她陪着我走过最艰难的时候，是我生命里的光

KUWEI
酷威文化
图书 影视

[illegible]

再遇

半截白菜 著

BAN JIE
BAI CAI

上册

江苏凤凰文艺出版社
JIANGSU PHOENIX LITERATURE AND ART PUBLISHING

图书在版编目（CIP）数据

再遇：全2册 / 半截白菜著. -- 南京：江苏凤凰文艺出版社，2023.3
ISBN 978-7-5594-7550-3

Ⅰ. ①再… Ⅱ. ①半… Ⅲ. ①言情小说－中国－当代 Ⅳ. ① I247.5

中国国家版本馆 CIP 数据核字 (2023) 第 026722 号

再遇：全2册

半截白菜 著

责任编辑 曹 波
特约编辑 马春雪 李 晶 刘玉瑶 郑 蕾
装帧设计 recns
责任印制 刘 巍
出版发行 江苏凤凰文艺出版社
南京市中央路165号，邮编：210009
网 址 http://www.jswenyi.com
印 刷 北京市松源印刷有限公司
开 本 880毫米×1230毫米 1/32
印 张 26
字 数 798千字
版 次 2023年3月第1版
印 次 2023年3月第1次印刷
书 号 ISBN 978-7-5594-7550-3
定 价 69.80元（全2册）

目录

CONTENTS

第一章

骤　然　再　见

再遇 002

军训完第二天，孟浅浅一大早脚就有些抽筋，她不敢吵醒舍友，单脚跳到小阳台，这时手机正好响起，她拿起来一看，是家里的来电。她抿抿嘴唇接了起来。

母亲熟悉的声音传来："你弟弟上个学期的校服你塞哪里了？怎么没找到，还有你妹妹暑假的时候买的袜子，你一起塞哪儿了？"

"都在孟啸房间的衣柜里，最上面那格。"

"媛媛的袜子也在？她一个女生的袜子怎么塞你弟弟那里……"

"孟啸说要的！"

一句话直接堵住了对面的话头，母亲顿了顿，道："行，既然孟啸要就要吧，对了，花那么多钱去读海城大学，你可得给我好好读，不许去找那个叫应浩的，别以为我不知道，他也考到海城了……"

听见那个名字，孟浅浅一顿，挪开手机，挂断电话，絮絮叨叨的声音没了，她的脚似乎都好了。孟浅浅弯腰揉了揉脚踝。

舍友们还在睡觉，她打了个哈欠，也准备回去补觉，宿舍走廊里风大，"啪嗒"一声，一条睡裤掉在栏杆上。

那是舍友常慧慧最喜欢的那条。

孟浅浅踩上宿舍床阶梯的脚收了回来，她抓抓头发，一把拉开门，准备去捡那条睡裤，脚步声从走廊那边传来。

她一抬起头，便见到一抹高挑的身影，背着个斜挎包，穿着垂直长裤跟短款上衣，扎着一个高高的马尾，脸蛋漂亮艳丽。

她唇角含着笑意，看到孟浅浅，说道："早上好，学妹。"

孟浅浅看了对方一眼，讷讷地“嗯”了一声：“早上好，学姐。”

女生轻轻一笑，带着满身惬意以及眉梢藏不住的春意拐向楼梯口处，“哒哒哒”的高跟鞋声渐行渐远。

孟浅浅在原地站了几秒，才小心地上前，伸手去够栏杆上的睡裤，她垂眸扫去。

初晨的阳光打在树梢上，间接落在树下站着的男人身上。应浩手插在裤子口袋里低着头按着手机，刚刚跟孟浅浅打招呼的学姐从楼梯口处跑出去，挽住了他的手臂。

他抬起头跟女友细语了几句，长腿一迈，带着女友转身离开。

孟浅浅收回视线，没什么表情地收起了衣架，拿上睡裤推开宿舍门，舍友们还睡得很香，有微微的鼾声。

她将睡裤跟衣架随手放在常慧慧的桌子上，转身爬回自己的床，拉开被子蜷缩在里面，又伸手摸了摸脚踝，脑海里浮现出高二那一年的情景。

她长跑时扭伤了脚，应浩一把拽住她的手臂，当众拦腰把她抱了起来，直接抱去医务室。

看了医生后，应浩又蹲下来背着她离开医务室，他虽然嘴里还在骂她蠢，但他的动作很温柔，他说：“你这么蠢，除了我，还有谁愿意搭理你。”

她被说得不好意思了，红着脸去捂他的嘴，完全忘记了疼痛。

“呀。”安静的宿舍里发出了一个伸懒腰的声音。

孟浅浅从回忆中抽回来，便听舍友常慧慧喊道：“浅浅，我的睡裤是你收的吗？”

孟浅浅：“嗯。”

“感激不尽啊，这是我最喜欢的，就是裤腰有点松。”常慧慧还懒洋洋地躺在床上。另外两张床上也有了少许的声音，看样子舍友们都睡醒了。

几秒后，舍友叶岚有些起床气道：“常慧慧，你起床的动静能不能小点？”

舍友朱芳也打了个哈欠，趴在枕头上说道：“你又不是第一天认识她，她要是醒了，我们大家都得醒，还是浅浅好啊，温柔体贴，她醒了我完全不知道。”

叶岚："浅浅那是有为我们考虑，不像某些人。"

被暗喻的常慧慧没有反驳，拉着被子说道："这么早，不如我们来开个晨会吧。"

"聊什么。"朱芳问。

常慧慧揉揉鼻子道："我做梦梦到了曾经喜欢过的那个人，突然感慨时间过得好快。"她翻了个身，问，"你们谈过恋爱吗？"

宿舍里再次陷入安静，只听到少许的风吹在阳台门上发出的声音。常慧慧立即看着对面的床，说道："浅浅，你先来。"

被窝里不透气，孟浅浅悄声地呼吸，她的声音很低，问道："来什么？"

"谈过恋爱吗？"常慧慧大声地问。

孟浅浅的指尖拽着被子，像只蝉蛹一样，过了许久，才低低地说："谈过。"

宿舍里其他人翻身的声音大了些，常慧慧趴在栏杆上，"哇"了一声："什么时候谈的？谈恋爱的感觉怎么样？"

孟浅浅苦笑了一下。

"之前，感觉很好，真的很好，哪怕以遗憾收场。"

顿时，其他人瞬间就安静下来，常慧慧也安静了，半晌，她问道："那他呢？现在在哪儿？"

"他现在有喜欢的女生了。"

宿舍里更加安静了，常慧慧看不到孟浅浅的脸，只看到她的被子。过了许久，叶岚说道："没事，大学里帅哥多的是，我们再谈一场。"

常慧慧立即附和："对，浅浅，我们再谈一场。"

"像隔壁学姐林飘一样，找一个像应浩学长那样的，学习厉害，长得痞帅痞帅的！"

孟浅浅在被窝里安静着，没有应声。

"扑哧。"走着走着，林飘突然笑起来。应浩按着手机，淡淡地问道："笑什么？"

林飘抱紧他的手臂，笑道："我们那层楼有个学妹，我不记得她叫什么了，但是有点可爱，我今天是第三次看到她一大早帮她舍友收裤子了，而且收的还都是同一条裤子。”

应浩笑了一声，眉梢懒散，不以为意，漫不经心。

林飘侧头看他，就爱他这股劲。

两个人很快抵达食堂，吃过早餐后，应浩把林飘送到教室，便转身去了学生会。

他的舍友唐隽、周彦恰好都在，唐隽拍着桌子：“我的早餐呢？”

应浩把油条豆浆扔在桌子上，随后用脚勾了把椅子坐下，拿起桌面上的橘子剥了一块往嘴里放，说道：“周彦，那些猫崽、狗崽给它们找个空置的教室收养起来，我已经打了报告，过两天会有兽医过来给它们体检、打疫苗。”

周彦点点头：“行啊。”

海城大学在海城的老城区附近，这里有养老院和一些老小区，住着一些独居的老人。老人们很喜欢养猫养狗来给自己做伴，但是老人的精力有限，只能照顾自己，顾不上这些猫狗，于是一些小猫、小狗会走会动了，就喜欢往海城大学的西门跑，偏偏学生们又都十分有爱心，经常会去喂它们，逗它们，导致海城大学的猫狗都有些泛滥了。所以给猫狗体检、打疫苗就很有必要了。

唐隽把油条放在豆浆里，吃得眼睛眯了起来。他笑道：“这一届新生里有个女生穿得很朴素，但是长得好啊，扎着马尾辫，杏眼，皮肤又白，像只小兔子……”

像只小兔子。

听见这五个字，应浩掰橘子的指尖一顿，半晌，他才将橘子片放进嘴里嚼，长腿交叠，问道：“你喜欢这种类型的？”

唐隽擦擦薄唇，说道：“以前没喜欢过，以后就不知道了，她昨天军训完回来，我看着她怎么一点都没变黑，反而还白了。”

周彦在一旁直笑。

“你那么关注她，她要被你吓死了。”

唐隽：“瞎说，你们是没见过她，见过了肯定也跟我有一样的想法。”

应浩含着橘子片，勾唇笑笑，喉结滑动，他问周彦：“你见过吗？”

周彦摇头：“没见过。”

应浩看向唐隽："那你追到后，下回带给我们看看。"

唐隽举手："行。"说完，仿佛多了动力似的，三两下就把早餐给解决掉。

应浩又剥了一个橘子，慢条斯理地吃着，学生会的门开着，不一会儿就进来了不少人。唐隽把早餐袋扔了，拿起纸巾擦拭手指，忽然想到了什么，他说道："对了，周彦，你去处理猫狗的事情时可能会遇见她，听说她是猫猫狗狗的头号粉丝，喜欢跟它们聊天。"

周彦笑道："这么巧。"

应浩也在擦拭指尖，听罢又是一顿。

——应浩，我以后要养猫养狗。

他低声问唐隽："那女生叫什么？"

唐隽耸肩："我说我不知道，你们信吗？"

应浩抬起头，半晌，把纸巾狠狠地扔在唐隽的脸上："滚吧。"

开完"晨会"，孟浅浅又有些迷迷糊糊地睡了过去。再次醒来时，宿舍里只剩下常慧慧坐在书桌旁摆弄着她那条宝贝睡裤。常慧慧看到她睡醒了，道："喏，叶岚给我们买了早餐，你这一补觉醒得挺晚的。"

孟浅浅抓过手机看了一眼，十点半。

她抓抓头发，从床上下来，说："睡回笼觉最难受了。"

身子好像重了一圈似的。她摸去阳台洗漱，脚还微微地有些抽疼，但她强忍着，洗漱完走出来，叶岚买的小笼包搁在桌子上，已经凉了，她坐下来就着保温杯的温水吃。她看着常慧慧手里的睡裤。

"你要不要把裤腰弄紧一些？"

"不用，我就喜欢这条睡裤现在的样子，从紧到松都是它陪伴我的痕迹。"

孟浅浅："好吧。"

她笑着站起身来，收拾着没吃完的小笼包，说道："那我先去喂猫狗了。"

常慧慧："去吧去吧。"

换下身上的睡衣，孟浅浅穿了一条白色的裙子，扎着两条低马尾，提着小笼包走向西门。这个点日头有点晒，她尽量往树下走。同样，这个点那些猫也躲着日头，它们懒洋洋地趴在花坛旁，猫尾巴轻轻地甩动着。

孟浅浅走过去，坐在一只橘猫的旁边，用手轻轻地梳理它的毛发。细碎的阳光打下来，落在她的眉眼上。不远处传来脚步声，她抬手挡住阳光看过去。一名高瘦的男生手里提着一串钥匙走过来，来到她不远处停住了脚步。

四目相对。

孟浅浅晒眯了杏眼。

"你……"周彦看到这女生时，唐隽口中小兔子的形容一下子鲜活起来，他斯斯文文地一笑，"学妹好啊，你在这里喂它们呢？"

孟浅浅："学长好，是啊，我刚到，你也是来喂它们的吗？"

"我不是。"周彦走上前来，晃动着手里的钥匙道，"我是学生会的，准备给这些小猫小狗安个家，位置就定在对面那间空置的教室里，你现在有空吗？帮忙一起布置一下？"

孟浅浅顺着周彦的目光，看到西门左手边那里的一栋教学楼，那栋教学楼据说是去年刚空下来，以后是要翻新的，只是现在暂时空置而已。她当然乐意帮忙了，让这些可爱的小猫小狗有个可以去的地方，多好。

她拍拍手站起来，说道："有空的，学长，要怎么弄呢？"

接下来的半个多小时，孟浅浅跟着周彦稍微布置了一下留给小猫小狗的空教室，周彦这边准备得很齐全，还有一些猫砂跟猫爬架之类的。布置完后，周彦拍拍手，说道："过两天会有兽医过来给它们做体检。"

孟浅浅擦擦指头上的灰，看着几只小猫窝在角落里晒着太阳，她笑眯眯地道："谢谢学长，谢谢学生会所有的学长学姐。"

周彦被她给逗笑了，说道："你得谢谢我们会长，这都是他安排的。"

学生会会长是应浩。

孟浅浅一顿，她搓了搓指尖，道："那也谢谢他。"

周彦一笑，没注意到她的语气，只是轻声道："学妹，加个微信吧。"

"哦，好。"

孟浅浅拿出手机，跟周彦互加微信。

周彦看着她的微信名——“浅浅一笑”，浅浅一笑胜海棠，唐隽那家伙眼光不错。

周彦学长走后，孟浅浅又在教室里陪着猫待了一会儿，才起身去食堂，去得晚了，几乎没剩什么菜。她打了一份红烧豆腐和青菜。这会儿食堂有很多空位置，平时常慧慧喜欢的柱子后面的角落也空着，孟浅浅走过去坐下，拿起手机拍了张照片发给常慧慧。

常慧慧趁着今天下午没课出校玩去了，看到照片立即回敬了孟浅浅一张更漂亮的相片。孟浅浅咬着筷子笑着敲字。

“应浩，这儿。”娇俏的女声从身后传来。

孟浅浅的指尖一顿，紧接着，她坐椅旁边的另外一张椅子被男生修长的手轻轻地拉出来。

她的呼吸一凛，后背抵着柱子，用余光看向那边。应浩眼眸轻扫，只看见女生握着筷子的手腕，柱子后是个盲角，他看了一眼便收回视线，在椅子上坐下，长腿交叠，把玩着手机道：“你吃快点。”

林飘伸手牵住他的手道：“我刚坐下来呢，都没菜了。”

“你不是要减肥吗？正好。”他漫不经心地应着。

声音离得很近。孟浅浅停了好一会儿才动筷子，她咀嚼得很仔细，吃青菜的时候咔嚓咔嚓地响，她偶尔咬着筷子停顿下来。

她吃饭的节奏让一旁的应浩的指尖顿了顿，似乎想起了什么。

“晚上我们出去吃吧？”林飘问道。

“好，想吃什么？”

“你定呗。”

“嗯。”

他们的声音传来，孟浅浅含着饭一下一下地咬着，手机“嘀嘀”地响起来，是闺密周乔发来的微信。

她拿起来一看。

周乔：浅浅！应浩是不是有女朋友了？你还考去他的学校，你是不是因为他啊？你还不死心吗？浅浅！！

孟浅浅：我死心了，我死心了……

周乔：你死心了就好，他不值得。

周乔：我知道，你肯定是因为他才复读的……他完全没有要等你的意思，他跟那个林飘学姐从大一下学期就在一起了。

孟浅浅：我知道。

周乔：那你在学校里见过他吗?

孟浅浅：见过。

此时他们就在她的身后，林飘牵着他的手在聊天。

孟浅浅收起手机，也收起桌面上的餐具，随后走向餐具回收处。

打的菜没吃完，豆腐还剩下很多，但是豆腐是辣的，不适合给猫吃。她倒掉豆腐，放好餐具，走向楼梯口处。

孟浅浅的身影消失在楼梯口处时，应浩抬起眼眸，随意一扫，隐约只见一抹白色。他收起手机，拿走女友的餐具，也走向餐具回收处，把剩饭倒掉，顺手叠放在刚刚孟浅浅摆好的餐盘上。

林飘走过来挽住他的手：“走啦。”

从食堂出来后，林飘盯着便利店不动，应浩看了她一眼：“想吃？”

林飘摇了摇头，拽着他走。

应浩没劝她，他看了一眼便利店，大学里的便利店跟高中的相比要大很多。林飘得回去午休了，把林飘送回宿舍后，应浩回了自己的宿舍，一推开门，便看到周彦跟唐隽靠在一起，两个人握着手机在笑。

“笑什么？”应浩解了点领口，拉开椅子坐下，拿出手机摁着。唐隽笑眯眯道：“周彦去搭窝的时候，碰见了那个女生，然后还互加了微信。”

“这么巧？”应浩漫不经心地回着。

“那你弄清楚她叫什么名字没？”

唐隽：“正打算问。”

应浩笑了一声，没太在意。他放下手机，起身走向小阳台，周彦见状，也跟了过去。

应浩靠在墙壁上，他垂着眼眸，懒懒地说道：“我晚上不回来住了。”

周彦也靠在墙壁上，点了点头。

孟浅浅回到宿舍，舍友们还都没回来，宿舍里静悄悄的，她洗了手，随后坐到桌子旁，翻起书本。

微信通讯录多了一个好友添加，她点开一看，对方叫唐隽。

唐隽：学妹，我是周彦的舍友，你加我一下呗。

她一顿，点出去，找到周彦的微信，点进去，编辑。

浅浅一笑：学长，有位叫唐隽的学长加我，他说是你舍友。

周彦：哈哈，是的。

浅浅一笑：那我加他了？

周彦：可以啊，但是你别告诉他，你叫什么名字，让他猜去。

浅浅一笑：哦。

不知道他们在搞什么鬼，但是，孟浅浅还是通过了唐隽的好友添加。果不其然，一添加成功，唐隽就一个劲儿地问孟浅浅：学妹叫什么名字？学妹哪里人？学妹、学妹……

是有点烦人。

孟浅浅索性不搭理他。

浅浅一笑：学长，唐隽学长……他问了我好多问题。

周彦：辛苦你了，学妹。

浅浅一笑：……

周彦：学妹，你玩《绝地求生》吗？

浅浅一笑：玩过几次，我玩得很差。

周彦：那有空一起玩啊，没关系，学长带你。

浅浅一笑：哦，好。

当晚，孟浅浅躲在被窝里，下载了这个游戏。暑假的时候，周乔拿了奖金，给她和成暖一人送了一个最新款的手机，手机下载游戏的速度很快。

她点进游戏里，单枪匹马地玩了一把，很快就结束了。

但是，退出游戏后周彦就加了她。

周彦：学妹？你这速度蛮快的。

浅浅一笑：学长好。

周彦：走，学长带你。

说完，周彦立即拖着她进了游戏里，组好友的时候，唐隽也来了，看到孟浅浅，立即通过游戏语音笑喊："学妹好，学妹妙啊。"

孟浅浅：呃……

"别废话，还差一个，咦，应浩也在？"周彦的声音穿透耳麦，孟浅浅的指尖微顿，紧接着便看到队里多了一个人。

账号 ID 为"YING"，跟他 QQ 名字一样。

组好队后，周彦问道："应浩，你不是出去住吗？这个点？林飘呢？"

他的声音有些低："她去逛街还没回来。"

"哟哟，春宵一刻值千金啊，还不赶紧的。"唐隽笑得贱兮兮的。

周彦喝道："唐隽，收敛点，队里还有学妹。"

唐隽似乎想起来了，笑道："哦，对对对，还有小学妹，学妹你不开麦吗？"

孟浅浅没开麦。

周彦说道："唐隽，都说别吓到学妹了。"

唐隽咳了一声："她连微信都不搭理我，难道我看走眼了，不是个小可爱？而是个高冷的小姐姐？"

周彦"扑哧"一笑。

孟浅浅在这边操控着游戏人物，落地时，她落在应浩的后面，她操控着人物转身往回跑，钻进了房子里。

周彦见状，跟上她："学妹别跑，往这边来。"

孟浅浅敲字——

浅浅一笑：学长，这里有枪。

唐隽："哇，学妹，你怎么那么偏心？不给我枪给他。"

周彦轻笑，追上孟浅浅的人物。应浩操控着人物，随意看了一眼这位学妹的头像 ID：浅浅一笑，他愣怔了几秒，嗓音很低："学妹？"

话还没说完，门板被敲响了。

应浩回头看了一眼，拧起眉头："可能是林飘回来了，我先下了。"

"去吧去吧。"

在队里说完这话，他操控的人物就不见了。孟浅浅持着枪站在窗户边，看着应浩的人物离开，现实中，她的眼眶微微地红了起来。

过了许久，她擦擦眼角，对自己说："放弃吧，孟浅浅，你跟他早就结束了。"周乔说得对，他不是良人，不会给她承诺和未来。而今，他上了大学，把她忘得干干净净，只有她还在过去的回忆里走不出来。

那么努力考上海城大学，一半是为自己，一半是为了他，如今对于他的执念，得慢慢地放下了。

孟浅浅，你得走出来。

"学妹？"周彦的声音传来。

孟浅浅猛地回过神来，一看，自己"死"了。她不好意思地一笑："这就'死'了啊，学长，不好意思啊，你快捡我的装备吧。"

周彦一笑："你发什么呆？我拖都没拖动你。"

"不好意思……学长，我舍友她们回来了，我先下了。"孟浅浅找了个借口。

周彦："好，下回再约。"

"嗯。"

说完，孟浅浅退出游戏，摁灭手机屏幕以后，她直挺挺地躺在被窝里发呆。

不一会儿，常慧慧回来了，叶岚跟朱芳去图书馆还没回来。叶岚跟朱芳是金融系的学霸，而她跟常慧慧则像两条咸鱼。

常慧慧探头问道："浅浅？你不玩游戏了？我们吃泡面吧？"

孟浅浅回过神来，趴在栏杆上说道："好啊，我要老坛酸菜的。"

"那我要红烧的。"常慧慧笑眯眯地去翻柜子，说道，"就我们俩吃，别给她们两个留，学霸是不需要吃东西的，她们吃书本就够了。"

孟浅浅“扑哧”一笑，瞬间心情好了很多。

学校西门那两间教室收拾出来后，很多喜欢猫狗的学生也开始给这两间教室布置，还自发地买了很多玩具跟猫粮、狗粮，孟浅浅每次去都觉得又变了一个样。这天，她提着刚买的猫架子走进去。

两只橘猫跟一只白猫分别占据着一个角落，躺在那儿懒洋洋的。孟浅浅走到食品区那边取下架子上的猫粮，提着走到橘猫旁边的小碗处，弯腰倒了一些，又给橘猫换了水。白猫见状，“喵喵”地凑过来，也不管这是不是它的碗，直接就吃。

孟浅浅顺手揉着它的毛发，小声地喊道：“白白，你这两天怎么样啊？我没来看你，是因为要上课呢。你不会生气吧？嘿嘿。你的爪子又长了哦，有空我给你修剪修剪……”

身后的门突然推开，“嘎吱”一声，像是在安静的湖面投下了一颗石子，孟浅浅蹲在地上抬起头来，看了过去。

阳光中，应浩看清了地上蹲着的女生的脸，他愣了一下。

四目相对，几秒后，孟浅浅顺了顺猫的毛发，起身，没有打招呼，也没有喊他，只是平静地从他身边走过，白色的裙摆在半空中摇曳，落下。

——应浩，我以后要养猫养狗。

——你去当医生，这样我们的狗儿子、猫女儿就不用找别的医生看病啦！

——那你呢？

——我负责貌美如花啊。

“应浩？”林飘拽了他的手臂一下。应浩才猝然回过神来，他往猫屋里走，抽出插在裤子口袋里的手臂，弯腰把白猫踢翻的碗翻过来，不耐烦地赶走那只白猫，又拖过来白猫的碗，取了猫粮往白猫的碗里倒。

“哗啦啦”的声音也让林飘回过神来，她抿紧嘴唇走过去，像研究似的看着高大的男友：“刚刚那个小学妹有什么问题吗？”

应浩骨节分明的手指一下一下地顺着白猫的毛发，他没什么表情，语气轻淡："只是想起唐隽说的话。"

"什么话？"林飘一直盯着他，反问。

"他说今年新生里有个长得像小兔子的女生，她也很喜欢猫狗，经常跟猫狗煞有其事地说话，今日一见，果然名副其实。"应浩拍拍手，站直身子，牵住林飘的手，眉宇懒散。

林飘被他一牵，心头的怀疑也少了很多，她想起唐隽那人的性格，笑道："确实形象，他该不会喜欢这位学妹吧？"

应浩的喉结滑动了一下，抬眸看了一眼放在小柜子上的粉色兔子猫架子。

他说："谁知道。"

两个人离开猫屋时，林飘挽住了他的手臂，说道："其实我跟你说的那个很可爱的女生就是她，住在我们隔壁宿舍，我偶尔看到她，她都在收拾东西，她们宿舍特别干净，我想肯定是她的功劳。"

应浩听着，没应声。

林飘看了他一眼，见他在漫不经心地看着手机，心想，幸好男生不可以去女生的宿舍，她可不想让应浩看到自己宿舍的样子。两个人走了一会儿，林飘便被人喊走了。应浩一个人没什么事情，长腿一迈就回了宿舍，一推开门，宿舍里没人，他拧了拧眉毛，迈步走向小阳台。

他点开《绝地求生》，周彦在线。

YING：组队？

周彦：好，我正在带学妹，你等一会儿。

学妹。

应浩一顿，编辑回复周彦——

YING：好。

从猫屋走出来，孟浅浅头都没回。太阳很大，晒得她有些晕，她走到一处花坛边坐下，仰头看着树梢。

阳光刺眼，令她不得不抬手挡着，细碎的阳光落在她的脸上。她发着呆，不远处就是猫屋。玻璃窗上隐隐有人影，那身高除了应浩应该没有别人。

她跟他擦身而过的时候，泪水差点夺眶而出，她跟他就这样成了最熟悉的陌生人。

孟浅浅扯唇笑了笑，从花坛边站起身来，转身离开。回到宿舍，常慧慧正在翻英语书，她“啊”了一声趴在桌子上说：“我觉得我们还是得考个证吧？对吧，浅浅？”

孟浅浅走向小阳台洗了手，说道：“你说得对，那我们什么时候开始努力？”

常慧慧：“这个问题？要不由你来定？”

孟浅浅摇头：“我现在不想努力。”

常慧慧：“……那明天？”

孟浅浅：“好。”

叶岚从被窝里探出头，惊奇道：“你们俩行啊，连努力都要算时间？”

朱芳埋在被窝里玩手机，听见叶岚的话，痴痴地笑起来，越笑越大声。

孟浅浅有些不好意思：“嗯……”

她擦干净了手，也爬上床躺下，刚拿出手机，就被周彦学长拉进游戏里，周彦笑道：“学妹下午没课吧？学长带你。”

“好啊。”她操控着人物跟着周彦进入游戏，这个游戏什么都好，唯独不好的就是设置了毒圈。

她但凡一个人玩，或者和不认识的人组队，一般都跑不出毒圈，会直接死在毒圈里。周彦看着她像只无头苍蝇一样拼命地往毒圈里跑，没忍住直笑：“学妹，方向感那么差？”

孟浅浅埋头跑着。

周彦立即驱车来到她的身边，笑着道：“快上车，我把你送出去。”

孟浅浅一顿，心里一松，赶紧上了周彦的车，吉普车飞驰起来，颠簸得很，但孟浅浅紧张的神经开始一丝丝地放松。

周彦扔了几个倍镜给她，问道：“你现实中方向感是不是也很差？”

“嗯，偶尔会迷路。”

迷路对她来说很困扰，以前应浩就常常转头把她扯到身边，指着太阳说这是东那是西，还说干脆给她做个记号，或者直接绑他身上得了。

“哈哈，太可爱了。”周彦一笑，开车很快便出了毒圈。

一局结束，拖着孟浅浅这个后腿，周彦自然赢不了。

在游戏广场上，孟浅浅和周彦的两个人物都穿着原始服饰站着，周彦那边好一会儿没反应，孟浅浅只能先操控着自己的人物跑来跑去，不一会儿，周彦的人物动了一下。

紧接着，队里多了一个人——YING。

周彦开麦笑道：“学妹，上次忘记跟你介绍了，这是应浩学长，猫屋就是他安排的。”

孟浅浅一顿，她没想到周彦会提到她，她轻轻地“嗯”了一声，不好不理人，她说：“谢谢学长安排的猫屋。”

她这次开了麦，声音穿过来，直达耳膜。应浩仰头看着窗外的风景，听着熟悉的女声，浅浅一笑，果然是她。

他收回视线，编辑——

YING: 客气。

简洁明了的两个字浮现在队伍里，孟浅浅没有再搭话。队长周彦带队开始游戏，三个人的队伍进入四人模式。一落地，孟浅浅就往房子里跑，周彦笑着调侃：“往左往左，按左手的位置跑。”

孟浅浅钻进房子里：“这个我会，左手。”

周彦又是一笑，操控着人物跟着进屋，说道：“学妹方向感有进步，以后可以给你安排一个指南针。”

孟浅浅躲在角落里说道：“手机有指南针，我现在不记得方向我就拿出来看看。”

“所以不需要人了对吗？”周彦的语气带了少许玩笑的味道，“那我有点失落呢。”

周彦撩妹的痕迹很重，应浩沉默地持枪站在楼顶，来一个人扫一个人。

周彦问道："你今天开挂了？"

应浩换了枪，跳下楼顶，说道："去开车，别等下跑不出毒圈。"

周彦是不会跑不出毒圈的，这话说谁很明显，周彦惊讶于应浩的敏锐，他笑着跳出窗口，说："是的，我们的小学妹经常跑不出毒圈。"

两个人都跑去开车，周彦开了吉普，应浩开了摩托车。孟浅浅操控着人物，两辆车子往这个方向开来，她没有任何犹豫地跑向了周彦。应浩操控着人物，摩托车从她身边擦身而过，游戏里的人物穿着原始服饰，没有任何表情，动作也很机械，只是不知道现实中拿着手机的人是什么表情。

孟浅浅上了周彦的车，车子追在摩托车后面，周彦说道："学妹，下次我换摩托车接你。"

孟浅浅正专心地看着包里的装备，随意地问道："摩托车比较好吗？"

周彦笑而不语。

孟浅浅挑出一些装备，扔给周彦："学长，这些我用不着，给你吧。"

"哈哈，谢谢。"周彦接了孟浅浅递来的装备，反手选了一顶粉色的帽子戴到孟浅浅的头顶上，"送你的。"

原始人物多了一顶粉色帽子，多了一丝可爱和憨态。孟浅浅明显喜欢粉色，她说："好可爱啊。"

如果人物可以动，她肯定会晃一晃脑袋的。

队里的另一个人一直没吭声，出了毒圈后，他下车开始横扫。最终这局三个人挺进了决赛圈，这也是孟浅浅第一次尝到胜利的滋味。三个人回到广场，队里只剩下两个人，应浩下线了。

周彦说道："小学妹，又剩下我们两个人了。"

孟浅浅："嗯。"

周彦："走，我们继续。"

"嗯。"

孟浅浅又玩了两把。

常慧慧咬着一根香肠在门口晃悠，突然门口来了一个人，跟常慧慧在门口聊天，谈话。

常慧慧笑道："哦，她在打游戏，最近迷上了那款吃鸡游戏，没事就在那里玩儿，还是学长带着她呢。"

“对啊，周彦学长，林飘学姐你跟我说说，他这人怎么样呗，能不能配得上我们家浅浅？”

孟浅浅在被窝里迷迷糊糊地听见这话，反正已经结束游戏了，她掀开被子，蹬脚从床上下来往外看。

宿舍门大敞着，林飘就站在门边，踩着高跟鞋，一头长发披散在肩膀上，旁边是靠在门框上站没站形的常慧慧。

林飘看到孟浅浅下来了，含笑喊道：“学妹好啊。”

孟浅浅顶着一头凌乱的头发，扶着楼梯，看着林飘愣住了。一秒后，她说道：“学姐好。”

林飘握着斜挎包的带子，眼眸里含笑：“过两天我生日，你们都来玩儿吧。浅浅也要来。”

她特意点了孟浅浅。

孟浅浅靠着楼梯，白皙的脸上还有些许的茫然，她“哦”了一声。林飘笑着跟叶岚点点头，转身便走回自己的宿舍。空气中隐隐带着香水味，常慧慧擦擦嘴巴“啧啧”两声道：“林飘学姐真是漂亮啊，闻闻。”她用手扇着空气道，“香水味，是一个成熟女人的象征。”

朱芳从小阳台回来，擦着手道：“气质才是最重要的，没有气质，喷一身的香水都没用。”

常慧慧反手关上门，说道：“也是。”

“你们看我，我要是喷一身香水，会是什么样？”常慧慧挠挠裤子，露出了小腿，卷起来的裤腿一边高一边低的，看着十分不拘小节。

叶岚闷笑，说道：“可能像个傻子吧。”

“哈哈哈哈。”朱芳笑出声来。

孟浅浅抓抓头发，才反应过来刚刚答应了什么：她答应林飘去参加她的生日会，那会遇见应浩吧。

常慧慧靠着床说道：“林飘学姐这次生日应该很隆重吧，应浩学长肯定得帮她过。”

叶岚：“废话，女朋友生日，男朋友不帮过像什么样？”

朱芳：“不过我还没近距离见过学长，好几次都是远远地碰见，衣品是真好啊。”

常慧慧："不止衣品，那张脸更好，他就有那种说不上来的气质，我没文化不知道怎么说，野？"

叶岚："浪荡不羁。"

"对对对，浪荡不羁，看起来就浪荡不羁。"常慧慧朝叶岚比了一个大拇指，回过头来她看着孟浅浅，"浅浅，你发什么呆呢？"

孟浅浅回过神来，摇头。

最后的心理防线放下了，也就懒得去想参加生日会这件事情了，现在时就是现在时，过去已过去。

林飘和应浩提前到了KTV看场地，他们算了算人数，来来回回看了七八个，最后定下一个名为"公主堡"的包厢。

林飘穿着细带粉色上衣，黑色长裤，露出少许腰肢，她看着应浩："你学生会的要不要再叫一些？"

应浩手插在裤子口袋里，靠在墙壁上，按着手机道："有些人不熟。"

林飘一想也是，今年招了不少人进去。她走向应浩，香肩微露。

应浩听见动静，抬起眼眸。林飘也定定地看着他。

彼此对视，无声中，应浩抬起手，微抬下巴，解着领口的纽扣。林飘唇角勾起，往他那里又走了一步。

近得呼吸交缠，应浩没动，垂眸看着她。

寂静的包厢，安静的两个人。应浩眼前似乎有个人影晃动了一下，像是电视剧播放到一半冒起雪花的屏幕一般。林飘指尖微微一勾，衣服遮住肩膀。应浩定神，眼眸不含半点情绪地看着她的动作。

"不确定就不要做这种事情。"他的声音很低。

林飘："我看你也不是很确定。"

应浩没应声。

林飘拿出手机点了点，从一个购物软件中点出了一张图片，递给应浩看："你给我买个包包当生日礼物吧。"

应浩看了一眼手机屏幕，说道："行啊。但是你背着这个包挤着公交车？踩着单车？挤在地铁里？林飘，好马须得配好鞍。"

林飘的下颌紧了紧，随即笑笑，没有搭理他这个话。应浩拿起手机，点进购物软件买下了这款包包。

晚上，“公主堡”的包厢里爆满，满桌摆着酒水、零食、水果，音乐声震耳欲聋，灯光昏暗。包厢门被又一次推开。

四个女生探头进来，带头的常慧慧用眼睛一扫，立即扫到沙发上万众瞩目的女主角，她立即招手。

叶岚、朱芳、孟浅浅跟在她的身后，常慧慧咳了几声，来到林飘的跟前，伸手递出一个小礼盒袋子，在音乐声中喊道：“林飘学姐，生日快乐。”

林飘停止说笑，抬起头来看，见是常慧慧，唇角一勾，接了礼物：“谢谢慧慧。”

常慧慧高兴地撒开腿给后面的人让了路。叶岚紧跟其后，拿着一个长方形的锦盒，笑道：“祝林飘学姐青春永驻，跟应浩学长心心相印，白头偕老。”

“哟——”有人起哄。

林飘含笑接下，接着轮到朱芳。朱芳拿着一个深紫色的盒子，她递上后轻咳一声，说道：“祝林飘学姐跟应浩学长地阔天高，比翼双飞。”

“哇——”起哄声再起。

朱芳让开路后，最后一个是孟浅浅。她像是被猝不及防地推到林飘跟前，有些茫然，心里一个劲儿地回想叶岚跟朱芳给的祝福语，她们给得太高级了。此时所有人都看着孟浅浅。

她今日穿着杏色泡泡袖的裙子，皮肤白皙，锁骨如弯刀。

林飘抬起头笑意盈盈地看着她，昏暗的光线里，只看到对方漂亮的眼睛。孟浅浅将手中的深蓝色锦盒递了过去，说道：“祝福林飘学姐跟应浩学长百年好合，早生贵子。”

长腿交叠按着手机的男人靠在沙发里，指尖微顿。

第二章

干　干　净　净

“谢谢浅浅学妹。”林飘满脸都是笑意，她接过锦盒，侧过脸去看应浩，带着揶揄的表情。应浩只停顿一瞬，用轻飘飘的嗓音回道：“谢谢学妹。”便继续按他的手机了。

孟浅浅的脸蛋早因为周围的目光和起哄涨得通红，她被常慧慧带着坏笑拉出去，人潮拥挤间他这句话飘了过来，砸在她耳膜上又落下。

“学妹，这边。”周彦握着手机，笑着朝她们招手。孟浅浅被常慧慧拉着过去，唐隽拿着一瓶玻璃瓶可乐，抵着瓶口，单手靠在周彦的肩膀上，笑眯眯地看着孟浅浅：“学妹今天的裙子很好看。”

这是孟浅浅第一次见到唐隽，他长着两个酒窝，一看便是爱笑的人。她腼腆地一笑，周彦耸肩把唐隽的手抖开，带孟浅浅跟常慧慧过去和叶岚、朱芳她们坐在一起。

长条沙发上坐了不少人。

孟浅浅落座后，不远处便是应浩和林飘，有人起哄问道：“你生日，应浩给你买了什么礼物？”

所有人都齐刷刷地看过去，包括常慧慧。常慧慧趴在孟浅浅的肩膀上去听，孟浅浅不得已也跟着转头。

只见林飘从身后拿出一个包，举在半空中。

“哇。”常慧慧第一个认出来是个名牌，出声尖叫。周围的女生目光里都带着羡慕，孟浅浅安静地扫了一眼那个包，便收回视线。而应浩身为话题中心，没参与话题，只是斜靠在沙发上按着他的手机。

周彦在那边“喂”了一声：“应浩。”

他抬起眼眸，入目除了周彦，还有坐在周彦对面那一抹杏色。孟浅浅正在喝果汁，一口接一口，喝一口需要舔一下，像在品尝什么美味一样。应浩眼眸微敛，收回视线，才看着周彦，周彦笑着举杯，说道：“破费了。”

应浩把长腿放下，坐直身子，端过杯子道：“你们玩得开心。”说完，喝光了杯里的酒。

周彦喝的是果汁。

一口喝完，应浩放下酒杯，靠坐了回去，林飘笑着靠到他的肩膀上，抬眸看了一眼孟浅浅。从进门到现在，应浩连看都没看一眼孟浅浅，她的第六感总算可以休眠了。她低声提醒应浩：“别喝太多。”

应浩舔了一下唇角的酒液道：“你自己也悠着点。”

“那你看着我啊，我一高兴说不定就使劲喝了。”

应浩笑笑，没有应她的话。

孟浅浅离他们不远，林飘的声音是真好听，撒娇时更是无人能敌。她支着下巴，看着常慧慧跑过去跟学长学姐们抢着点歌，周彦提过果汁瓶给孟浅浅倒上：“学妹想点什么歌？我去给你点。”

“我不唱。”孟浅浅摸着杯子，笑着摇头。

周彦笑问：“害羞？”

孟浅浅看着周彦，又笑着摇头。

“那你以前唱歌吗？”

孟浅浅：“唱啊，不过我闺密更会唱。”

“我去给你点吧。”

孟浅浅又摇头。

她不能唱，以前一唱应浩就堵她的嘴巴，说她唱歌软绵绵的。她不敢唱，也没什么心思去唱。

她想了想：“学长，你唱吧。”

周彦一愣，随即笑了。

唐隽在后面听得酸溜溜的，他直接坐在孟浅浅的身边：“学妹，你是觉得我挺啰唆的吧？以后学长绝不这么烦你，那我发微信给你，你能回复吗？”

孟浅浅一愣，她看向唐隽，惊觉他似乎误会了，她摇头：“学长，我没觉得你啰唆。”

“没觉得我啰唆啊，那就好啊，我微信你记得回复哦。”唐隽笑出了酒窝，不等她说完，就直接下了决定。

孟浅浅下意识地看了一眼周彦。

周彦笑而不语，眼中神色暗涌。

林飘在旁边听到这边的对话，她挽着应浩的手臂，有些惊讶道：“所以你两个舍友都喜欢浅浅学妹？”

应浩垂眸按着手机：“可能吧。”

“啧啧，学妹挺厉害的。”林飘又看了一眼孟浅浅，长得要说多漂亮倒也不算，但她确实有一种让人想要呵护的气质。

她凑上前去，亲了一下应浩的侧脸。

应浩的眉心很轻微地一拧，随后看向她。

林飘一笑，装糊涂。

应浩：“我出去一下。”说着，从沙发上站起来，把手插在裤子口袋里走出去。

林飘靠回沙发，抱着手臂，看着他的背影走出去，眼里带着些许的挣扎。

常慧慧喝酒了，喝的还是她以前根本没喝过的好酒，喝得又多，可想而知，她醉了。幸好 KTV 距离海城大学不远，走路回去即可，孟浅浅跟叶岚一左一右扶着她，走得跌跌撞撞的，朱芳拿着四个人的小包，常慧慧嘴里还在高歌。

走出 KTV，周彦跟唐隽从后面跟上来，周彦手插在裤子口袋里，走到孟浅浅的身边，孟浅浅转头看了他一眼。

周彦含笑：“一起回去？”

孟浅浅一笑：“好啊。”

唐隽笑眯眯地喊道：“学妹，需要帮忙吗？”

孟浅浅摇头：“不用。”

唐隽笑了一下，走上前去，拿走朱芳手里的包，说道：“来来来，我帮你们拿。”

朱芳的脸有些红，说道："谢谢学长。"

"客气。"

不一会儿，身后传来了脚步声，林飘的嗓音含笑："哎，巧了，步行回去？"几个人回头一扫，林飘挽着应浩的手臂跟在后面，应浩手插在裤子口袋里，眉眼几分懒散几分锋利，没什么表情地冲周彦、唐隽点点头。

孟浅浅很快转回头来，认真地看着回学校的路。

常慧慧紧紧地靠在她的肩膀上，嘴里哼着："如果这是最后一页，在你离开之前，能否让我把故事重写……雨停滞天空之间像泪在眼眶盘旋……"

秋天的林荫人行路上，歌声竟额外好听，听的人都安静了，只有细碎的脚步声隐隐响起。

常慧慧揽着孟浅浅："浅浅，你想不想你的前男友？你觉得他会想你吗？你们以后还会再见面吗？"

这话一出，连脚步声都没了。孟浅浅心惊肉跳，反射性地捂住她的嘴巴，她听见了身后的脚步声也似乎跟着停顿下来。

"唔唔唔，浅……浅，他还爱……爱不……爱你啊……唔唔唔……"孟浅浅用了劲儿去捂常慧慧的嘴，整个世界都仿佛安静了几息。

她没有回头，不知道应浩是什么表情。

头顶温热，她抬头看去，周彦笑着看她，问道："浅浅，你有秘密。"

孟浅浅只想一头撞死常慧慧。

唐隽啧啧几声，说道："学妹，不好意思，我们都听到了。"

孟浅浅："嗯……"

一行人继续向前，脚步声再次响起，林飘没忍住看了一眼身侧的男人，应浩没什么表情，手插在裤子口袋里，嘴里含着一颗薄荷糖，下颌动了动，看样子在嚼。

他没有看孟浅浅那边，就像是没听到他们的对话。

林飘笑了一下，心想，自己想什么呢？

很快，一行人从西门进了学校，隐约可听见猫儿的叫声："喵，喵。"在夜空中显得格外软弱，格外可怜。

常慧慧挣扎着想要去看看，叶岚按住她的肩膀，硬拖着她离开。常慧慧哭叫着："多可怜啊，多可怜啊，它们在找妈妈，我就是妈妈，妈妈来了。"

一群人没忍住笑起来，孟浅浅实在是拖不动常慧慧了，只能顺着她的蛮劲儿，走向猫屋。周彦跟唐隽也都跟上了。

林飘顿了顿，她确实没什么爱心，也不想看猫，她揽着应浩的手臂拽着往宿舍走去，想和其他人分开。

应浩原本长腿已经迈往猫屋，被林飘一拽，他的脚步微停，喉间的薄荷糖咽下，他垂眸看着林飘。

月光冰凉，让他看起来也疏离了几分，看她的目光像审视一般。

林飘带着几分撒娇："我们回宿舍吧？"

"行。"

只停一息，应浩收回视线，转身走向另外一条通往女生宿舍的路。猫儿的叫声依旧隐隐约约地传来，也传来了猫屋里女生好听的声音。

"常慧慧，你不要抓它的尾巴，小心它咬你！这是小橘，不是小白，不要乱叫……"隐约可以想象那张气急败坏的俏脸。

从猫屋里出来，常慧慧有些狼狈，猫爪在她的手背上留下了几条抓痕，她"呜呜呜"地抱着孟浅浅的手臂："疼死了。"

孟浅浅扶着她："你活该，幸好小橘已经打了针，不然你也得去打针。"

常慧慧继续"呜呜"地假哭着。

叶岚和朱芳两个人笑疯了。

周彦跟唐隽也笑，周彦提着孟浅浅的小包，两个男生把她们几个女生送回了宿舍，孟浅浅从周彦手里接过小包，朝他们挥手："学长，晚安。"

"晚安，学妹。"

周彦跟唐隽站在楼梯口处，目送她们上楼，看着她们上去后才转身离开。四个人上了三楼，孟浅浅跟叶岚把常慧慧使劲推到床上去，两个人累得气喘吁吁的，她俩对视一眼，随即笑起来。朱芳拿好睡衣靠在楼梯上看着孟浅浅问道："你觉得哪个学长好？"

孟浅浅一愣。

朱芳一笑："你别以为我们看不出来，周彦学长跟唐隽学长都对你有好感，其实我觉得周彦学长更靠谱一些。"

叶岚点头："这我赞同，唐隽学长多少有点吊儿郎当的，嘴巴挺会说的，这种男生很讨女人喜欢。"

孟浅浅抿唇，半晌摇了摇头，又不知道摇头干什么，索性走向小阳台洗手。朱芳跟着进来，笑道："不过确实也不好选啊，你加油。"她笑着拍拍她的肩膀。

孟浅浅看着哗啦啦的水流，脑海里浮现的是音乐课上，应浩将书本挡在两个人的面前，笑着拿了一个万花筒递给她的画面。转动着万花筒，里面有一只白色的小猫咪踩着球一直转，特别可爱。

"哎。"她回过神来，轻轻地叹了口气，成暖说得对，最美好的时光终将逝去。

周彦跟唐隽回到宿舍，应浩开着电脑正在看汽车测评，唐隽对这个也感兴趣，于是立马拉了椅子坐下。

应浩洗过澡了，穿着黑色的T恤和灰色长裤，神情懒洋洋的。周彦拿了睡衣，说道："唐隽，把浅浅让给我吧。"

唐隽愣住了，应浩敛了眼眸。

几秒后，唐隽笑着回头看着周彦："凭什么呢？"

周彦靠着衣柜笑道："显然可见，她更适合我一些。"

唐隽笑了，站起身来，说道："你耍了小心机，别以为我不知道，我只是懒得跟你计较。"

周彦挑起眉头，没否认。

唐隽："还是各凭本事吧。"

他拍了拍应浩的椅子："浩，你怎么看？"

应浩轻笑了一声："问我做什么？我让你们滚，你们滚吗？"

周彦："呃……"

唐隽："也是，你跟浅浅又不熟。"

应浩用长腿点了点，垂着眼眸没应，耳边是测评师的声音："今天我们要评测的车型是华星最新出的这款……"

海城的秋天有点漫长，该是冬天的季节却刚刚搭上秋天的车，阳光不再那么热烈，阴天较多，人也容易犯懒。

今天也只有一节课，上完这节课明天就是周末了，同时，今天也是把那些猫咪狗狗送去做绝育手术的日子。

从教室里出来，孟浅浅把书本递给常慧慧让她拿回宿舍，常慧慧接过书本，看了一眼站在台阶下的学长，冲孟浅浅挤眉弄眼地笑。孟浅浅推了她一把，常慧慧笑嘻嘻地走了，孟浅浅这才走下台阶，朝周彦走去。

周彦笑着道：“冷不冷？”

孟浅浅抱抱手臂摇头：“还好。”

“这几天都要下雨，你出门记得带伞，要是忘记带了，我给你送。”周彦含着笑意，把手插在裤子口袋里走在她身旁。

孟浅浅笑笑，看了一眼旁边的树，微微有些腼腆。

周彦看着她，眉梢带着笑意。

两个人安静地走着，偶尔有路过认识周彦的，投来暧昧的神情。周彦神情坦荡，孟浅浅略低了低头。

很快，便走到小屋，一辆宠物医院的车子停在外面。周彦刚到，就被另一个学妹喊了声：“学长，过来帮个忙。”

周彦听罢，脱下外套，递给孟浅浅。

孟浅浅猝不及防地接过来，周彦看着她道：“帮我放到猫屋里。”

孟浅浅点点头：“好的。”随后，她走向猫屋。

今天来的学生很多，都是来帮忙的，进进出出的。她带着外套刚走进去，便看到了应浩。

他穿着黑色上衣和黑色长裤，手提着小白的脖颈，一脸不耐烦地晃了晃小白的身子。听见动静，他看了过来。

孟浅浅一顿，对上他的眼眸。她迟疑了一下，喊道：“学长早。”

“嗯。”他的嗓音很低，收回视线后，小白对着他张牙舞爪的，他低低地一笑，“啧，来啊。”

小白“喵”了一声，看到了孟浅浅，身子挣扎着朝孟浅浅“喵喵喵”了好几声，那样子仿佛是看到了救世主。

应浩挑了一下眉头，他弯下腰，把小白放到地上。

小白立马撒腿就往孟浅浅这里跑。孟浅浅刚刚挂好周彦的外套，弯下腰就把小白抱起来：“干吗呢？想我啦？”

小白在孟浅浅的怀里“喵喵喵”地叫着。

孟浅浅看了一眼一旁的猫笼，上面贴着小白的名字，她走过去，打开猫笼，问道：“学长，这是小白的吧？”

应浩靠在椅子旁，听罢，说道：“嗯。”

两个人的语气都很平常，像是在心里反复演练最后表现出来的一样。孟浅浅听到肯定答案后，把小白放进猫笼里，扣上猫笼。应浩见状，走上前去，伸手拿走猫笼。他的尾指有个很细小的月牙形咬痕，是她当初咬的。

孟浅浅的眼眸落在他的尾指一眼，便挪开视线，去找小橘。

应浩提着猫笼转身出去。

周彦正好进来，笑着拍了拍应浩的肩膀，应浩冷哼一声，走了出去。孟浅浅的声音在身后响起：“学长，你冷不冷？你的外套我挂在椅背上了。”

周彦一笑：“好的，不冷啊，你在找小橘？”

“嗯。”

“我帮你。”

应浩敛着眼眸，长腿一迈，走向了宠物医院的车，在车旁的几个女学生看到他来了，脸微微一红，纷纷打招呼。

应浩唇角微勾，点了点头。把猫笼放好后，西门那边缓缓地停了一辆黑色的车，应浩的手机紧跟着响起，他拿出来一看，随后放下。

他随手拽了一下袖子，走向西门。车子又缓缓往前开了几步，直到被树荫遮挡住，一个穿着黑色西服的司机从车里下来，拉开车门。应浩走过去，弯腰坐了进去，车里有一股檀香味，右边座位上坐着一个穿着西装革履的中年男人。

应浩：“袁叔。”

袁从严转头看着他：“瘦了。”

应浩挑起眉梢，往后靠，长腿交叠：“你看错了。”

袁从严拍他的肩膀：“我从小看到大的，我能看错？”

应浩哼笑一声。

袁从严上上下下地打量着他，随后靠着扶手低声道：“有空回一趟本家，探探你爸的口风，我估计应涵快回来了。”

应浩的神色淡了很多，眼里微微闪过一丝阴鸷。

袁从严说道："该准备的要准备了，需要袁叔帮你什么吗？"

"给我弄辆车吧，T牌的。"

袁从严一愣，点点头："可以，金钱上面也别跟袁叔客气。"

"你多想了，我只是想试试那车的性能。"他转头看着袁叔，含笑道。

袁从严看了他几秒，随后笑了起来，摇了摇头："你若是想要车早要了，在这个时候要？袁叔难免多想。"

应浩一笑，手指按了车门，弯腰走出去。袁从严靠在车背上，看着他走进学校门口，这才吩咐司机开车。

小橘的性子比较烈，不像小白那么温顺，完全不配合，一碰到猫笼就"喵喵喵"地直叫，坚决不肯进去。

孟浅浅抱得满头大汗，这已经是第三次尝试了。周彦赶紧抽了张纸巾给她擦汗，低声道："要不小橘换下次？"

孟浅浅用手心顺着小橘的毛发，想了想："我跟着去宠物医院？"

周彦一笑："你去了给医生添乱？我们学生会有安排帮忙的学生，再说，小橘这个样子，它肯上手术台？"

孟浅浅："呃……"

一想到小橘拼命挣扎的画面，她的后背就出汗了。孟浅浅低头看着温顺的小橘，说道："那行吧，只能下次了。"

说完，她拍了一下小橘的尾巴。小橘估计也烦了，一下子性子就上来了，"喵"的一声直接从孟浅浅的怀里跳了下去。

周彦笑道："这肯定是个烈性子。"

孟浅浅看着小橘那背影，提起桌面上另外两个猫笼，走出猫屋。周彦跟上，刚一出猫屋，便看到唐隽走过来。唐隽看到孟浅浅赶紧喊道："浅浅学妹。"

孟浅浅把猫笼递给学生会的人，转头一看："学长好。"

唐隽笑出了酒窝，探头看了看："我这是来迟了？没得帮忙？"

说完，他看了一眼周彦。

周彦把手插在裤子口袋里，眉梢带着笑意，就站在孟浅浅身边，有几分般配。唐隽猛力抓了抓头发，有些烦躁。

这时，狗屋那边传来一些尖叫声，周彦神情一凛，转身就往狗屋跑去，唐隽见状跟着去了。孟浅浅也跟着走了两步，周彦摁住孟浅浅的肩膀：“你别跟来，你留下来，等会儿万一医生有话要问呢？”

孟浅浅一顿，脚步停下了。

巧的是，那边在点数的学妹喊了一声孟浅浅：“浅浅，怎么不太对啊？”

孟浅浅只能返回宠物医院的车旁，跟孟浅浅同一届的女生把单子递给她，说道：“少了一只。”

孟浅浅接过来一看，看到小橘的名字也划勾了，她拿起笔把勾子划掉，说道：“这下数目对上了。”

女生见状，“哦”了一声。随后，她道：“得拿给学长他们签名。”

孟浅浅看了一眼下面签名的地方，又看了一眼狗屋的方向，视线收回来时看到一个高大的身影从西门走进来，正是应浩。她顿了顿，接着走上前去，将单子和笔递给应浩。

应浩脚步一顿，垂眸看着她。

孟浅浅：“学长，签名。”

应浩敛了眼眸，看向单子和笔，伸手拿过来，手指骨节分明，尾指的月牙形咬痕很是明显，笔尖要落在单子上时，他停顿了一下，低声问道：“小橘呢？”

孟浅浅：“它不肯进猫笼。”

应浩听罢，没签名字，顺手把单子和笔递还给她。孟浅浅“哎”了一声，接过单子和笔，看着他走向猫屋，追上前问道：“你想干吗？你不要强迫它，应浩。”

名字这一喊，应浩的脚步微顿，几秒后，他说：“你过来。”

孟浅浅满脸疑惑，只得跟在他的身后进了猫屋，应浩眼眸扫了一下，扫到在角落里玩着猫猫球的小橘。

他上前两步，从小橘的爪子下拿走那颗猫猫球，小橘身上的毛瞬间爹起来。“喵！”

应浩没搭理它，扯过猫笼，把猫猫球扔了进去。小橘见状，自己跳上了桌子，接着钻进了猫笼。应浩指尖一勾，“哐”一声，合上了猫笼的门。

他抬起眼眸看向孟浅浅，眉梢微挑："怎么样？"

孟浅浅抿唇，喃喃地道："行啊，你厉害。"

她的声音柔软，不情不愿的，像极了某些时候。应浩一顿，他收回视线，把猫笼提着，走向门口，孟浅浅拿着单子和笔跟着，出去后，应浩把猫笼递给学妹，转身拿过笔和单子，低头在上面涂涂改改，接着在最下面签上名字。

狗屋那边也处理好了，周彦跟唐隽一手拉着一只小狗仔出来，走向另外一辆车。孟浅浅见状，赶紧跑过去，询问情况。

站在身边的人影走了，应浩的指尖停顿了一会儿，画下最后一笔。

猫屋狗屋暂时安静下来，西门这边除了极个别偶尔进来打扫的人，原本也没那么多学生光顾。孟浅浅也经常过来打扫，摆弄猫玩具。

这天，孟浅浅家里给打了钱，她正好需要办点事情，便搭乘公交车出去了一趟。

事情刚办完，孟啸就打电话过来了。

孟浅浅接了，孟啸在电话里张嘴就叫她买一对耳机和一双鞋子给他，孟浅浅问了鞋子的价格："多少？"

孟啸："打了折最多五百。"

孟浅浅："我生活费才多少？"

孟啸："那你先买一对耳机给我。"

"没有。"孟浅浅说完就要挂电话。

母亲在那边轻飘飘地道："一个耳机才多少钱，这个月生活费不是给你了吗？买个又怎么样？"

孟啸："就是。"

孟啸说的这些牌子孟浅浅压根没听过，她不敢现在就答应下来，万一到时价格太贵了，她还要不要活？

她多少有些准备，所以才问了鞋子的价格。她说："我看看再说，如果有剩余的再给你买，没有剩余的就没办法了。"

"你一定要给我买啊……"

孟浅浅直接挂了电话，眼看天色不是很好，孟浅浅原本打算打车回宿舍的，后来想了一下，还是选择了搭公交车。

只是公交车站走过去有点远，需要走上天桥到对面去搭车，这样才能直达学校。天色又暗了一些，看样子要下大雨了。

她方向感差，想趁现在赶紧跑，于是她赶紧往天桥跑去，谁知道她刚走上天桥，瓢泼大雨便倾盆而下。此时才五点半，然而因为这场大雨，整个城市都亮起了灯光。霓虹灯闪烁，孟浅浅埋头跑着。

她已经顾不上被雨淋了，她只希望赶快跑到能躲雨的地方，下了天桥，她走到税务局的门口躲雨。此时，她浑身湿透，而公交车站距离这里还有一段路。

孟浅浅伸手擦去脸上的水珠。

手机在此时“嘀嘀”响起，她拿出来一看，来电是周彦，她接了起来，强忍住战栗：“学长。”

“浅浅，你办完事情没有？”周彦的声音从话筒里传来。

孟浅浅的身体冷得有些发抖：“弄完了。”

“你现在在哪儿？”

孟浅浅看了一眼黑压压的天空，说道：“我还在外面，税务局门口，我打算去公交车站。”

“这么晚了，打个车吧。”

孟浅浅小声地应了一声，她抬头看着路上飞驰而过的车子以及溅起的水花，霓虹灯闪烁的街道上，完全看不到空着的出租车。

她掩饰得很好，周彦在那边没听出她此时的情况，但他还是有点担心，他顿了几秒，说道：“你在那里别动，我叫个车去接你，正好那车也快到了，红色的，新车。”

孟浅浅正想说“好”，手机没电了。

周彦还想跟她说车主情况，便听见“嘟嘟嘟”的声音，他眉心一拧，只能编辑了信息发出去。

孟浅浅看着黑掉的屏幕，多少有点委屈，说不上来委屈什么，或许是从接到孟啸的电话后就感觉处处不顺吧。

有时心情不好，只需要一点小事就可以跌入谷底。她有点自暴自弃地站在税务局门口，想着这天什么时候能放晴，也顾不上其他的了。

这时，一辆崭新的红色轿车缓缓地停在税务局门口。孟浅浅见状，立即走过去，刚要拉开车门，车窗便摇下来，驾驶位上的应浩靠在椅背上，眼眸看着她。

孟浅浅的指尖微顿。

应浩嗓音低冷："上车。"

孟浅浅抿紧嘴唇，松了门把手。

应浩解开安全带，倾身打开副驾驶位的车门，看着她说道："周彦很担心，你现在赶紧上车。"

孟浅浅猛地回过神来。一秒后，她敛了眉眼，走到后座拉开车门坐了进去。车里暖和了很多，但她还是没忍住打了个喷嚏，应浩坐回驾驶位上，指尖在中控屏上面按来按去，没过一会儿，孟浅浅便感觉座椅开始加热，暖和起来。

她揉揉手臂，说道："学长，谢谢。"

应浩坐了回去，扣上安全带，"嗯"了一声，随后启动车子。车子滑入车流中，此时雨水小了一些，但依旧有水珠顺着窗户往下落，车里很安静，两个人都没有说话。孟浅浅看着外面的风景，想，最熟悉的陌生人也不过如此。

车子驶进了海城大学。看到宿舍楼在不远处，孟浅浅的腹部突然一阵抽疼，是生理期到来的那种坠疼。

屋漏偏逢连夜雨。孟浅浅深呼吸一口气说道："学长，你把车停在入口，我自己走过去就行。"

入口到宿舍那一片有几栋教学楼，有屋檐，不会淋到雨。应浩听罢，车子缓缓地停下，车里此时的热度很高，尤其是孟浅浅的座椅，像是要把她身上的冷意全蒸干一般。应浩用指尖扯了下领口，他的脖颈有少许的汗珠。

车门打开，孟浅浅的脚迈出去，疼痛让她没有心思再说别的，只"砰"的一声关上了门。她看着屋檐，十几步路，咬咬牙就能走过去了。

应浩听到车门关上，没有立即开车，他看着前面半晌，随后偏头看着她的身影。

雨不大，但是她的身影看起来不太对劲。

应浩的眉心拧了几分，紧接着打开车门，大步走下去，一把握住她的手臂。孟浅浅疼得烦躁，她想赶快回到宿舍，专注力被突如其来的一握给打散了，她不假思索地喊道："你别碰我！"

"我不碰你？"应浩直接反问，"我为什么不能碰你？"

说完这话，他弯腰把她直接抱了起来，大步地走向屋檐下，没了密集的雨水，孟浅浅的疼痛仿佛缓和了很多，她站稳身子就推开应浩。

应浩被她一推开，似乎瞬间清醒了，看着她的样子，他抬起腕表，看了一眼上面的日期。

浅浅，你又记不得自己来例假的时间了，他心说。

他放下手臂，看着她。

孟浅浅缓和过来了，抬起眼眸，杏眼里含着隐忍，她的声音很软："我没事了。学长，你先回去吧。"

一句话，将两个人的关系撇得干干净净。

"浅浅。"周彦的声音传来，紧接着他撑着伞上了台阶，把一件外套直接搭在孟浅浅的肩膀上，孟浅浅忍着疼痛看向周彦："学长。"

周彦看她这样，很是心疼，主要是没想到她都淋湿了。他看向应浩："她怎么回事？"

应浩站在屋檐边，有少许的水珠顺着屋檐滑落，滴落在他的肩膀上，他安静地看了孟浅浅一眼，随后道："她身体不舒服，这个你自己问她。人给你送到了，我先走了。"说完，他转身走下台阶，朝轿车走去。

孟浅浅盯着他的背影，在那一瞬间眼眶湿透。周彦低头看着孟浅浅："你怎么了？"

泪水顺着她的脸颊滑落，没入衣领。

孟浅浅笑着摇头，说道："我就是肚子有些疼。"

"我送你回宿舍，你淋雨了怎么不说……"周彦摸着她手臂上的湿润，有些懊恼自己不够贴心，连这一点都没想到。

"其实就淋了一点而已。"孟浅浅摇头，跟着周彦往宿舍走去，周彦撑着雨伞走在她的左手边，给她挡掉那些雨水。

这里灯光昏暗，孟浅浅的肚子一阵阵地抽疼着，她有意地隐藏自己的表情，周彦一时也没想到例假之类的。

终于抵达宿舍楼了，孟浅浅站直身子，笑道：“学长，我先上去了。”

“你肚子好些了吗？要不要买点药？”周彦看了一眼她的肚子，毕竟对方是女孩子，他不好多问，所以说得很收敛。孟浅浅笑着摇头：“没事，可能是受凉了，我上楼用热水焐焐就好了。”

“那你快上去。”

“好，学长拜拜。”

说完，孟浅浅就转身走上楼梯，周彦撑伞在下面站着，直到看不见她的身影了才离开。

孟浅浅来到三楼，宿舍的门关着，但是里面透着光，她推开门，里面的光投射出来，令她瞬间觉得温暖多了。

常慧慧正在敷面膜，一回头看到她的样子：“怎么回事？出去一趟怎么淋雨了？”说着，她立即走上前来扶住孟浅浅。

孟浅浅笑了笑，道：“忘记带伞了，刚上天桥就下雨了。”

窸窸窣窣地，叶岚跟朱芳也从床上起来，说道：“刚刚我就给你发了信息，但你没回复，我还想着要不要找周彦学长呢。”

“手机没电了。”孟浅浅坐下了。

常慧慧取下她肩膀上的外套，抖了抖，贼笑了一声：“学长送你回来的吧？”

孟浅浅笑笑，她捂着肚子，叶岚下来给她倒了一杯温水，低头看了她一眼：“你是不是……”

“生理期，肚子好疼啊。”她总算能说出来了。

常慧慧一听：“又淋雨又生理期的，能不疼吗？你赶快去洗澡。”

朱芳在床上往下指着自己的抽屉：“我抽屉有红糖，你泡着喝。”

叶岚走过去拉开抽屉，从里面拿出红糖，拿过来孟浅浅的保温杯，直接给她泡了一壶。孟浅浅看着舍友们，心里暖暖的，她起身拿了睡衣，进入小阳台的浴室。

肚子还是疼，一阵阵地抽着。孟浅浅洗了一个热腾腾的热水澡，擦着头发走出来，便听到隔壁宿舍大笑的声音，听起来很开心的样子。

常慧慧摁着手机说道：“啧啧，林飘学姐高兴死了。”

“怎么了？”叶岚问道。

常慧慧："听说应浩学长买了一辆车，上百万呢，进口的。"

"那跟林飘学姐有什么关系？"叶岚问道。

常慧慧："当然有了，你看啊，应浩学长给林飘学姐买了一个那么贵的包，那是不是得买辆好的车来配？提着好包坐豪车，从此走上人生巅峰。"

孟浅浅沉默地打开吹风机，呼呼地吹着头发。吹完头发，宿舍除了常慧慧，叶岚跟朱芳都睡觉了。孟浅浅把地上的头发粘起来扔掉，才关灯上床，她躺在床上，疲惫感猛地涌上来，但是疼痛感同样密密麻麻的。她一到生理期总是疼，有时甚至得吃止痛药。

她拿出手机。

周彦：学妹？睡了吗？你现在怎么样？

唐隽：学妹，你好点没？我刚刚忙完，天啊，又被周彦捷足先登了。

唐隽的专业是人工智能，好像要更忙一些。

孟浅浅：周彦学长，我没事，已经躺下了。

孟浅浅：唐隽学长，我好多了，你辛苦啦。

周彦：躺下了就早点睡觉。

唐隽：我不辛苦，你想吃夜宵吗？我给你打包过去。

孟浅浅：周彦学长，晚安。

孟浅浅：我不吃哦，学长，我刷好牙了。

"学妹真的软糯软糯的，好可爱。"跟孟浅浅发完信息，唐隽没忍住感叹，周彦在对床，看了他一眼。

"你也在跟浅浅发信息？"

唐隽："我担心死了好吗？你傻不傻，她那个是肚子疼吗？她是……来例假好吗？"

周彦一愣，他眯了眯眼睛："这个我倒是没想到。"

唐隽哼哼："她估计很疼，我要是在她身边就好了。"

周彦的眼眸沉了几分。

在桌前坐着看视频的应浩没有吭声，他滑动鼠标时，尾指上的月牙咬痕越发明显。

唐隽探头，看到他的手："应浩，你尾指怎么有个咬痕？前女友咬的？"

应浩："嗯。"

唐隽："嗯？"

周彦："什么？"

什么样的女生能在应浩的身上留下痕迹？

雨下了两天终于停了，只是天气还没完全放晴，林飘拿着一份杂志挎着小包走向海城大学的停车场，眉梢全是笑意。

此时露天停车场的车并不多，应浩那辆红色的车子因为车牌跟车型在这个停车场里尤其显眼，此时车旁除了应浩，还有周彦和唐隽。唐隽坐在车里，埋头研究中控屏，周彦看着车头抱着手臂道："这车你感觉怎么样？"

应浩把手插在裤子口袋里，说道："无论是怠速还是在行进中都很稳，噪音也很小，二手起步速度很快，这也是普通燃油车没法比的，这车的人机交互做得也很完善，像360度全车环影，在新能源车上面就显得特别好用。"

"啧，问题还是出在……"

"出在电池上好吗？"唐隽从车窗探头，大声地道，"你刚刚说的那些我们国内的车都可以实现，唯独这个电池。燃油车为什么好？好就好在加油方便，充电一小时，谁有那个时间等？烦都烦死了。"

周彦一听，用指尖挠了下眉峰，笑了笑，看向应浩。

应浩踢了一下车子："我不知道？就你知道？"

唐隽从车里钻出来，一眼就看到站在后方盈盈带笑的林飘。林飘见被发现了，也就不继续看戏了，上前挽住应浩的手臂，说道："你们在聊什么呢？"

应浩垂眸看了她一眼："在聊天。"

林飘笑眯眯地把手中的杂志递给应浩，说道："刚刚在杂志里看到我们这辆车的介绍。你看看？”

杂志伸到眼前，封面上最先印入眼帘的是“华星总裁应顺尧谈新能源汽车”的字样。林飘含笑看着应浩，应浩却面无表情地直接翻过封面。

林飘的神情微僵，眼眸一直看着应浩，不想放过他的任何表情。

应浩随意翻到介绍车的那一页，看了几眼，上面的介绍他倒背如流，没有新的资讯。他的指尖一松，页面合上。他推开杂志说道：“以后这种没必要拿给我看。”

林飘看了一眼“应顺尧”三个字，他居然没反应？

这时，唐隽拍拍车头，抵着下巴说道：“应浩，你说我们拆了这个车看看里面怎么样？”

应浩看唐隽那感兴趣的表情，说道：“你想拆就拆。”

站在一旁的林飘脸色巨变，她立即笑道：“干吗拆啊，这车不是买来开的吗？”

她又挽住应浩的手臂：“是不是嘛？”

应浩低头看她。

林飘眉梢含着笑意，眼底隐隐带了些勾引，那种明目张胆的勾引。应浩的眼眸没什么情绪，抬手随意地拨弄她的头发。

这时，身后传来了孟浅浅的声音。

“周彦学长。”

周彦一愣，随即看过去，看到孟浅浅跟她的舍友一块站在那边，朝他招手。周彦唇角一勾，大步地走过去，孟浅浅立即把手中的袋子递给他：“外套我送去干洗店洗好了，你看看。”

“干洗店？这么破费？不用的，你送回来我自己手洗就行了。”周彦接过袋子说道。

孟浅浅微微一笑。

常慧慧在一旁挤眉弄眼：“学长，我们家浅浅平时挺省的，送一次干洗店……”

“常慧慧。”孟浅浅捂住了她的嘴巴。

周彦含笑。

“学长，我们先走了。”孟浅浅拽着常慧慧，跟周彦告别。

而不远处，唐隽见这个情况，早已翻了个白眼，一脸的不甘。

应浩拨弄林飘头发的指尖这会儿倒是没停顿，一下两下，随后收回手臂，放回裤子口袋里。林飘看着他的侧脸，咬了咬牙。

他这眼神怎么有些索然无味？

“常慧慧，你干什么啊？”两个人走远后，孟浅浅才松开常慧慧那张嘴，瞪了她一眼。

常慧慧笑眯眯地道：“让学长心疼你啊，话说你到底对学长什么想法？”

孟浅浅抿紧嘴唇，没有吭声。

刚刚老远其实就能看到应浩在跟林飘调情，他在拨弄林飘的头发，举止很是亲昵。

“喂，什么想法？”常慧慧又撞了她一下，孟浅浅的手也插进外套口袋里，轻声地说道：“不知道啊。慧慧，如果想要忘记一个人，是不是再谈一场恋爱会比较好？”

常慧慧没想到她会突然这么问，愣了几秒后，接着道：“理论上是这样，但是我感觉初恋好难忘啊，而初恋如果给自己带来很多很多的开心，那就更难忘了。”

孟浅浅的心开始一丝丝抽疼。

她笑道：“好像是这样。”

这时，一辆银色的跑车呼啸一声从她们身边开过，带来的风声跟嚣张气焰让正在行走的同学们都吓了一跳。

大家纷纷看了过去。

跑车车窗开着，驾驶位上的男生戴着墨镜，只见一张吊儿郎当的侧脸还有那一头挑染的头发。

常慧慧立即道：“如果我的初恋是陆礼，那我第二天就能忘光。”

“他叫陆礼？”孟浅浅反问，常慧慧点了点头：“超级富二代，超级有钱，也超级花心，好像是学的什么特别冷门的专业，我都不记得那个专业叫什么了。”

孟浅浅：“呃……”

“你的周彦学长是以第二高分考进来的。”常慧慧看孟浅浅的表情，笑着科普。孟浅浅回过神来："什么我的周彦学长。"

常慧慧接着笑道："不过最厉害的还是应浩学长，他是那年海城的状元。"

孟浅浅没有吭声。他的成绩，她一清二楚。

常慧慧"啊"了一声道："算起来，我们认识的三个学长好像都是超级学霸啊，唐隽学长一进海城就被严雄老师招去做弟子，专门研发无人驾驶，也是学霸啊。"

孟浅浅："哦。"

"你真是包打听啊。"孟浅浅想了想，说道。

常慧慧一听，跳起来打孟浅浅，孟浅浅笑着赶紧跑，两个人在大学校园里打打闹闹，笑声朗朗，引来侧目。

隔天，猫跟狗被宠物医院送回了学校，一大早就有很多学生去帮忙。孟浅浅早上有两节课，一下课就把书本塞给常慧慧，随后就赶往猫屋。

这个点猫屋有些安静。孟浅浅一进门便看到站在桌子旁翻着猫咪记录本的应浩，他听见动静抬起眼眸。

四目相对，孟浅浅的脚步微顿，嘴唇动了下道："学长。"

"嗯。"他单手插在裤子口袋里，应着。

孟浅浅问道："猫咪们情况怎么样？"

"都还行，这边有护理手册，你看看。"他松开记录本，让开位置。孟浅浅之前在网上看了一些术后护理视频，但既然这里有专业的，那就再看看。她走上前去，伸手拿起那本蓝色的护理本，立即翻开。

她今天扎了低马尾，几缕碎发垂落。应浩后退一步，拿着手机走向窗边，靠在那边玩手机。猫屋里除了偶尔"喵喵"叫的猫咪，很安静。孟浅浅看着看着，听见小橘的猫叫声，她转头一看。

应浩长腿交叠坐在椅子上，指尖正在逗着睡得好好的小橘。

孟浅浅喊道："学长。"

应浩的指尖一顿。

孟浅浅看小橘那样，显然是压到伤口了，她快步走上前去，弯下腰轻轻地挪动小橘的身子，让它侧躺着，脖子抻长，免得弯曲压到伤口。她嘀咕了一声道：“它现在需要休息……”

像是说给自己听，又像是说给应浩听。

应浩的手掌收了回来，插在裤子口袋里。

两个人此时一个坐着一个站着，离得很近。高二那一年有一天课间休息，应浩跑来她的班里找她，但她不在，他便坐在她的椅子上等。等她回来，发现桌面上的本子乱七八糟的，是被他拨弄乱的。于是她一边嘀咕一边说他，而他笑着说她：“你怎么那么啰唆？”

孟浅浅此时的声音渐渐地小了很多，后面那些猫咪需要休息的话也被她咽了回去。猫屋里愈发安静，孟浅浅往旁边挪了两步，拉开了距离。应浩把长腿放下，将手从裤子口袋里抽出来，站起身来离开了这里。

他一走，孟浅浅的呼吸一顿，接着又松下来了，伴着无尽的空落。

身后有椅子拉开的声音，他像是换了个椅子坐下。

孟浅浅收回思绪，指尖顺着小橘的毛发。小白看到孟浅浅来了，也踮着脚走过来，“喵喵”地直叫，看样子也不太舒服。孟浅浅心疼得很，立即把小白给抱起来，这段时间猫屋被几个学妹收拾得很干净，还在窗这边搭了两张沙发，孟浅浅抱着小白坐在沙发上，低声说道：“小白啊，你受苦了。乖……疼痛只是一时的……”

小白看着她，那样子像在问为什么要这样对它们，孟浅浅突然觉得好难过。

对啊，为什么要这么对它们？它们连选择的余地都没有。因为不想让它们继续繁衍，所以强迫它们节育。

又过了十多分钟，猫屋里更安静了，连女生碎碎念的声音都没了。坐在工作台后面的男人抬起眼眸，看到歪倒在沙发扶手上抱着小白在那里打瞌睡的女生。应浩的眼眸看不出情绪，他放下手机，身子往后靠，就那么静静地待了几秒，随后起身。

这时门口传来脚步声，紧接着周彦走了进来。应浩的嗓音有些低，不耐烦道：“小点声。”

周彦笑着，正想说话，一转头看到在沙发上靠着的女生，她的低马尾已经垂在胸口跟猫纠缠在一起了。

周彦的脚步声瞬间变轻了很多。

他将外套脱下，低声问道：“她什么时候睡的？”

应浩看了一眼他手里的外套，收回视线坐回椅子上，长腿交叠，神情懒散：“不知道，可能刚睡吧。”

周彦笑笑，走上前去，轻轻地把外套披在孟浅浅的肩膀上。她怀里的小白猫也跟着睡着了，画面很温馨很可爱。

他静静地看了她几秒，接着走向工作台。应浩开了静音在玩游戏，周彦走过来，又看到了他尾指上的月牙形咬痕。

周彦跟他同宿舍一年多，也是最近才发现这个月牙形咬痕这么明显。他笑着问：“你是不是很爱你前女友啊？”

游戏里，应浩操控的人物在这危机四伏中直接中枪，屏幕一灰。应浩飞快地按着屏幕，重新操控人物，声音散漫：“没有很爱。”

周彦笑了，他说：“是吗？我不信。”

应浩没有再搭理他。

周彦轻笑，也不好再窥探别人的隐私，哪怕是兄弟的。他转身走去看半睡半醒的小橘，又去看睡得有些熟的孟浅浅。

应浩看了一眼腕表：“我先去吃饭。”

周彦站直身子，挥手，他问应浩：“浅浅吃饭没？”

应浩的脚步微顿，一秒后说：“可能没有。”

周彦点了点头。

应浩把手插在裤子口袋里转身拐出门。走出去没多远，猫屋里就传来了手机铃声，孟浅浅被手机来电铃声吵醒。

她小心翼翼地把小白放在一旁，摸出小包里的手机，眼神蒙眬，跟周彦学长的笑脸对上，孟浅浅也勾了一丝笑容，随后看到来电名字，她的笑容淡了些，她拿开怀里的外套，起身走向门口去接。

来电是孟啸。

“姐，那个耳机你买了没？”

孟浅浅抿唇：“没买。”

“啊？那你什么时候买？”

“我说了如果有剩余的钱再给你买，如果没有就买不了。”

孟啸有些不满：“又不贵啊，我同学们都买了，我也想要。”

孟浅浅："你干吗要跟人家比？"

孟啸直接挂了电话。孟浅浅看了一眼屏幕，吸了一口气把手机收起来，她转身回了猫屋，周彦站在窗边抱着小黑温和地看着她。孟浅浅的心里微微一松，道："学长，你吃饭没？"

周彦放下小黑说道："还没呢，学妹，一起吃吧？"

"好。"

两个人收拾了一下猫屋，随后一起出门去食堂，孟浅浅的手机响了好几次，她顺手给调成了静音。在他们两人抵达食堂时，碰上穿着棕色风衣的唐隽，唐隽风尘仆仆的，看到孟浅浅笑出了酒窝："巧了，那我们一起吃？"

孟浅浅含笑："好，学长最近好忙哦。"

"可不？学校元旦晚会要弄灯光秀，这几天正在忙。"唐隽看了一眼周彦撇撇嘴，随后看着孟浅浅又含着笑意，"你们周彦学长跟应浩学长把责任全甩给我，自己落个清闲。"

孟浅浅"啊"了一声看了一眼周彦。

周彦含笑不语。

三个人上了楼，这个点了第二食堂肯定没吃的了，只能去第三食堂，一上去就看到应浩坐在窗边一边玩手机一边喝咖啡。他们点了餐后带着孟浅浅过去，孟浅浅顿了顿，跟着坐在周彦的旁边。

应浩抬起眼眸看过来，"啧"了一声。

唐隽："你这什么意思？不欢迎我们？"

应浩喝了一口咖啡，说："知道还问。"

唐隽："呃……"

孟浅浅饿了，坐下后便开始吃饭。周彦跟唐隽时不时给孟浅浅夹菜。

孟浅浅不挑食，但是不吃芹菜，结果两位学长夹的都是芹菜，她只能硬着头皮吃。

应浩淡淡地看了她一眼。

将近五分钟后，他说："你们俩有病啊，夹菜怎么不夹点肉？"

周彦跟唐隽一顿，看着孟浅浅拨到一旁的芹菜，唐隽率先反应过来："学妹不喜欢吃芹菜？天哪！看看我跟你周彦学长多没眼力见儿。"他有些懊恼，立即拿着公筷给孟浅浅又夹了些鸡块，这正是孟浅浅喜欢吃的。

周彦用指尖挠挠眉峰，低声跟孟浅浅说：“抱歉，你以后不喜欢什么直接跟我说。”

孟浅浅握着筷子的手停顿在半空中，她扯唇笑了笑。这时应浩的手机响了起来，来电是林飘，他接起来，随后端着咖啡对他们说：“我先走了。”说完他把杯子搁在回收处，把手插在裤子口袋里下了楼梯。

孟浅浅垂眸看着饭菜，眼眸瞬间暗了几分，她咬了咬牙，生出一股悲凉又想要破茧而出的想法。

周彦低头看着她：“学妹？”

孟浅浅回过神来，看向周彦。

周彦一笑，孟浅浅顿了顿，也跟着一笑，她说：“学长，我确实不喜欢吃芹菜。”

“那你还不喜欢吃什么？”

“我……没有了。”孟浅浅想了想说道。唐隽在一旁看到他们这样对视对话，顿时心中升起一股危机感，其实他多少发现了，他的机会很渺茫。

啊啊啊！我怎么那么忙啊！找女朋友也需要时间的好吧。

唐隽拿起手机，编辑。“嘀嘀”两声，周彦的手机屏幕一亮，他拿起来看。

唐隽：你好好对她，你一松手我就抢。

周彦看着信息又看了一眼一旁的兄弟，眉梢挑了挑。

周彦：谢了，兄弟。

第三章

我妄想了

应浩顺着人流来到一楼。林飘站在柱子旁边，看到他下来了立即摁灭了手机走上前，挽住他的手臂："你小心自己的胃啊，老是这么晚才吃饭。"

应浩看着手机，问道："你想买什么？"

"都可以吧，天冷了，买点衣服啊，我们开车去？"林飘还没考驾照，她仰头看着他。应浩买了这车，她也才坐过一回，还是跟唐隽他们一起的。

应浩淡淡地道："车子在唐隽的工作室里。"

林飘的脸色顿时一变。

这时，她的手机微信响了好几声，是那种连环响的，一看就是有人给她连环发微信。应浩垂眸看她："不看看微信？"

林飘的下颌动了动，随后笑道："没什么需要看的，估计是导师群，我们导师最近在群里很活跃。"

应浩的眉梢挑了一下，点了点头。

两个人走向校门，学校里开车的人并不多，大多都是一些导师教授，学生更多的都是骑单车或者小电动车。

一辆银色跑车从身后开过来，来到他们身边时，驾驶位上的男生勾了下墨镜，往这边看过来。

林飘今天穿着短裙和高跟靴，上身搭了件白色的毛衣，卷着一头长发，看着非常漂亮。她用余光扫到跑车，呼吸一顿。随后再看看自己跟应浩，有车不开走路，瞬间感觉矮了人家一截，她购物的心情一下子少了很多。

跑车里的人看了他们一眼后呼啸而去，醒目而张扬。

林飘的脸色不太好。好在门口就有空着的出租车，两个人上了车后，应浩把手肘搭在车窗上，把玩着手机。现在的天气其实不算冷，甚至有些凉爽。

林飘坐在一旁，垂眸拿起手机看。

礼：都说了我送你去，你不要，这不得坐个公交车去啊？

礼：同学之间帮个忙没什么吧？

礼：学姐穿着白色毛衣可别蹭脏了。

林飘下意识地看了一眼一旁的应浩，他这股野劲儿确实吸引人，但是能当饭吃吗？

她收回视线，又看了一眼手机上的聊天记录，最后摁灭了屏幕，看向了窗外，车里很安静，只有出租车播放的午间新闻。

把餐具放回回收处，孟浅浅跟周彦、唐隽离开食堂，唐隽还得回工作室。互相道别后，周彦送孟浅浅回宿舍，这个点是午休时间，学校里的人并不多，风有些凉爽。孟浅浅把毛呢外套的领子拉起来，挡住下巴，慢慢地走着。

周彦看着她像只小兔子一样，鼻头红红的，笑了笑："学妹，冷吗？"

孟浅浅看了他一眼，笑着摇头："不冷，其实我们连城那边冬天更冷一些。"

"你是连城的？"

孟浅浅点头。

周彦笑道："巧了，应浩也是连城出来的。"

孟浅浅一顿，笑道："哦，这么巧？"

"是很巧，有缘呢。"

孟浅浅微微一笑。

两个人来到牡丹楼，楼下宿舍管理员在打瞌睡。周彦送到就得走，他看着孟浅浅欲言又止，孟浅浅因为小包里的手机一直在振动而有些心神不宁，也没注意到周彦的表情，她朝他挥手，周彦看着她的小手，笑了起来。

算了，下次吧。这样想着，他也挥手告别。

孟浅浅看着他一走，立即拿出手机，一看来电，心情有些烦躁。她靠着楼梯扶手接了电话，孟啸的声音再次传来：“姐，你就给我买吧。姐！”

孟浅浅不想应声。

“姐，你给他买吧，烦死了，你不给他买他就问我要！”一个清脆的声音从那边传来，正是孟浅浅的小妹孟媛媛，她的语气里全是烦躁。

“小妹。”孟浅浅喊了一声。

孟媛媛小声地回了句：“姐。”

姐妹俩听到对方的声音，彼此都安静下来。

最后孟浅浅喊道：“孟啸。”

孟啸那正在变声期的声音传来：“啊？”

孟浅浅张了张嘴，想了想，觉得说什么都没用。她直接挂了电话，放下手机后，她上楼的时候低头翻着那个耳机的牌子，是没鞋子那么贵，但是也要不少钱。回到宿舍，常慧慧在看电视剧，叶岚和朱芳不在宿舍里。

孟浅浅忽然想起周彦之前戴的耳机似乎跟这个很像，她点开周彦的头像编辑。

孟浅浅：学长，我之前看到你戴了一对白色的耳机，那是什么牌子啊？

周彦：这个吗？

他拍了一张相片过来。

孟浅浅：对对对。

周彦：这是仿牌的，国产的，但是音质不输给原装品牌，但价格要便宜很多。

孟浅浅瞬间觉得来了希望。

孟浅浅：现在能买到吗？

周彦：当然可以，你要买吗？

孟浅浅：嗯。

周彦：那明天我们出去？

孟浅浅：好。

隔天下午正好没课，孟浅浅便跟周彦出门了，这算是两个人第一次一起出校门。在路上他们碰到了朱芳和叶岚，她们正要去图书馆看书，看到她跟周彦，那两个人顿时露出了暧昧的笑容。孟浅浅的脸颊微烫，明明没什么的，怎么被她们这样一看就好像有什么似的。

周彦的眼中含着笑意，从容淡定，出了校门周彦拦了一辆出租车，随后两个人直奔电子城。男生对于电子产品的了解远远高于女生，孟浅浅有些晕头转向地跟着周彦，买到了那对耳机，周彦还帮忙砍了下价格。

孟浅浅很感激，她接过耳机说道："学长，你帮忙省下来的钱我请你吃冰激凌吧。"

周彦一听笑道："那这不是相当于换个方式把钱花出去？"

孟浅浅看了他一眼笑道："值得啊。"

周彦一听，他眼中的笑意更深了。随后看着她收起那对耳机，掏出手机付款。孟浅浅看了一眼手机里剩余的钱，停顿了一下。

因为钱是母亲给的，所以母亲每次让她给孟啸买东西就变得理直气壮。她呼了一口气，收起手机。

孟浅浅跟周彦离开电子城时去买了冰激凌，一人一份。两个人边聊边逛，晚上在海城大学旁边的小吃街吃了煲仔饭。吃过晚饭，两个人回学校，在走到篮球场旁边的教学楼时，周彦喊住了孟浅浅："浅浅。"

孟浅浅转身："啊？"

周彦含着笑意看着她，随后上前一步，说道："浅浅，你要不要跟我试试？"

孟浅浅一愣，教学楼的光是橘色的，有些温暖，她看着周彦带笑的斯文的脸，努力地去解析他这句话的意思。

半晌，她张嘴道："学长……"

"其实我知道，你应该是有点没法忘记初恋吧？"周彦打断孟浅浅要拒绝的话，孟浅浅的心头一跳。

她说："我现在……学长，其实我一直在努力，我觉得人要往前走，哪怕曾经吃的是最甜的蛋糕。"

"这不是挺好的？既然想要往前走，那跟我试试？行吗？"周彦笑着又走近她一步，孟浅浅呆呆愣愣地看着他。

周彦笑着牵住她的手。

孟浅浅："学长……你何必……"

"哎，我也没谈过恋爱啊，我也想试试……"

隔着三步左右的距离，周彦牵着孟浅浅的手，于灯光下那般温暖而又那般模糊。

不远处的红色轿车里，应浩紧握着方向盘，他静静地看着教学楼下牵手的两个人。

两分钟后，红色轿车启动，飞驰而去。很快，车子抵达酒吧门口，应浩下车，恰好扫到门口站着的另外两个人。

头发挑染、吊儿郎当的陆礼，以及站在他面前顺着头发的林飘。林飘突然看到他，表情愕然。

应浩面无表情地收回视线，大步地走上台阶。那种看见了又无视的冷酷表情让林飘的心头一震，她咬了咬牙，一把推开搂着她腰的陆礼，踩着高跟鞋大步地追在应浩的身后。

应浩穿着黑色衬衣跟长裤，在人群中很是显眼，但是现场人太多了。他路过吧台时，随手拿了一顶鸭舌帽戴上，接着到一个卡座坐下。

林飘追到时，他正拿着酒瓶倒酒。应浩整个人被光线晕染得野性十足，她的到来没有让他有任何反应。

林飘走上前来，一把抢过他的酒瓶。

应浩皱起眉头，抬起眼眸看着她。

林飘从心底蔓延起一股悲凉之情，握着酒瓶的手微微发抖："你心里有人，你心里一直有人。"一句话近乎嘶吼。

应浩依旧没什么表情，他往后靠，长腿交叠，盯着她，半晌语气没起伏地道："怪你没本事而已。"

认证了心里的想法，林飘跌坐在沙发上。

"我追了你三天，你就答应我了，那天晚上出去吃饭，我说不想回宿舍，拉着你去酒店，你直接开了两间房。我出去买了衣服回来，穿着吊带裙去你房间，你也无动于衷，甚至有些不耐烦……”

说到这里，林飘绞着手，眼底带了几丝的恨意。她弄明白了，应浩借着她去忘记别的女人，他在某些时候应该也想要喜欢她，可惜没喜欢上。她宁可他是因为识破她的真面目而厌弃她，而不是因为某一个不知名的女人而不要她。从小到大，她成绩也好，样貌也好，就没输给过任何女人。

“谁？那个女的是谁？”她抬起头看向应浩。

应浩端起酒杯，偏头居高临下地看着她，道：“你应该反思你自己，骑驴找马，你配知道她的名字？”

林飘的脸色巨变。

两个人交往至今没有发生过关系，应浩是一方面，她自己也是另外一方面。她喜欢他的长相，喜欢他身上的那股劲儿，但是她始终在犹豫，犹豫他值不值得她奉献出自己。她想要爬得更高，她不想走错一步，她没有错，是他什么都不摊开了说。

“你有没有喜欢过我？”

应浩的唇角扯了下，冷漠至极。

这表情已经很明确了。

林飘恨恨地看着他，半秒后，“唰”地起身离开，高跟鞋“哒哒哒”地走远。应浩端起酒一饮而尽，完全不在乎她走还是留。他喝完一杯又倒了一杯，放在桌面上的手机“嘀嘀”响起，小组群里有消息。

周彦：先恭喜我吧。

唐隽：我不恭喜行不行？

周彦：你说呢？

唐隽：好好对她。

周彦：谢谢。

应浩拿起手机看着这信息，冰凉的液体顺着喉咙抵达胸膛，他将酒杯抵着唇角，闭上眼睛，脑海里闪过孟浅浅顶着黑眼圈趴在他肩膀上的样子，他的手指紧绷，隐隐泛白。睁开眼睛后，他又倒了一杯酒，眼眸看着尾指上的咬痕，轻轻地亲了一口。

来到宿舍楼下，周彦把手插裤子口袋里看着孟浅浅，唇角含着笑意。孟浅浅看着他温柔的神情，有些恍惚，她藏在袖子里的指尖点了点：“我上去了。”

“好。”

“周彦学长。”孟浅浅喊了一声。

周彦低声道：“以后你可以直接叫周彦。”

孟浅浅的耳根微红，她笑着点点头：“那你回去吧，拜拜。”

“拜拜。”

他的声音一落，孟浅浅便转身往楼梯走去，她至今还有些迷糊，怎么就答应周彦学长了呢？她一路疾步走回宿舍。

宿舍里很暖和，常慧慧跟叶岚、朱芳各自躺在床上玩手机、看书。听见她回来了，纷纷随意地打个招呼。

“回来啦？”

“你约会回来啦？”

“感觉怎么样啊？”

孟浅浅捂住常慧慧那张嘴，常慧慧直笑。

孟浅浅匆匆地说道：“我去洗澡。”说完拿着睡衣钻进洗手间。

洗完澡出来，只剩下常慧慧还没睡觉，她躲在被窝里玩手机。孟浅浅在小阳台吹干头发后，悄悄地回了床上，尽量不发出一点儿声音。躺好后，她看着天花板，握着手机斟酌着要不要给两个闺密发信息。

常慧慧撩开一点儿被角，悄悄地看着孟浅浅：“浅浅，你有烦心事啊？”

孟浅浅猝然地回过神来，她说道：“有点吧。”

“说来听听呗，正好我睡不着，我感觉我得吃点安眠药了，天哪，每天晚上都这么精神。”

孟浅浅：“安眠药不能乱吃。”

“那你说，什么事儿。”

孟浅浅：“……今晚学长说想跟我试试。”

常慧慧：“果然被我猜到了，我跟叶岚刚刚还在说，你们今天肯定得有进展。周彦学长这么温柔的人，你还犹豫什么？”

孟浅浅一顿：“我怕我心思不纯。”

常慧慧“扑哧”一笑：“你哪儿不纯？你是想利用他忘记你前男友吗？”

孟浅浅：“没有，我只是想走出来。”

“没错，接受一段新的感情，也是走出来的开始，你这算哪门子的心思不纯？”常慧慧打了个哈欠，一边看着手机一边道，“如果有一个那么温柔的人追我，我可能也会想要试试，更何况不试试你就永远只会觉得草莓蛋糕好吃，但不知道蓝莓蛋糕也很香。”

孟浅浅也有些困了，她想了想说道：“那我就试试蓝莓蛋糕吧。”

“甜死你。”常慧慧笑眯眯地说。

孟浅浅：“嗯，蓝莓也很甜。”说着便睡了过去。

确定关系的第二天，周彦一整天都有课，孟浅浅去看完猫咪回来，常慧慧突然从外面进来，手里举着手机说道：“应浩学长跟林飘学姐分手了……”

宿舍里的叶岚、朱芳都愣住了。孟浅浅的手也微微地停滞了一下，随后，她继续整理衣柜，叶岚好奇地问道：“怎么分手了？”

常慧慧打开一段视频，说道：“早上陆礼开着跑车送林飘学姐去上课，而且是从校外回来的，林飘学姐还穿着昨天那套衣服，陆礼昨晚发朋友圈定位是在酒店……”

一向文静的朱芳也震惊了，坐起来说道：“林飘学姐这是劈腿了还是？”

她接过常慧慧的手机点开视频。

常慧慧拉了把椅子坐下，说道：“据说不是劈腿吧，昨晚林飘学姐就在群里说她跟应浩学长和平分手了。”

叶岚：“一夜之间，风云变幻啊。”

常慧慧：“可不是？太魔幻了。陆礼那个花心男哪里比得上我们应浩学长，应浩长得又帅成绩又好，还比他高，搞不懂。”

孟浅浅合上衣柜的门，拉了把椅子坐下，翻看桌面上的书本，没什么表情。

周彦发来微信——

周彦：下午下课我去接你，我们一起吃饭？

孟浅浅：好，今天温度下降了，你多穿点。

周彦：你才应该多穿点，小兔子。

孟浅浅：……

海城的天气越发寒冷了，元旦晚会也在众学生的期待中到达。这晚整个校园大变样，唐隽设计的灯光秀繁华至极，满天星彩。

孟浅浅跟周彦站在柱子下，她仰头看着灯光，杏眼里含着惊喜。

周彦看着她揉揉她的头发："你约一下你的舍友，我喊应浩跟唐隽，我们两个宿舍一起吃夜宵。我请客，正式公开一下我们的关系。"

孟浅浅脖子里围着一条红色围巾，她扭头看向周彦，笑着点头："好。"

周彦整理了一下孟浅浅的围巾，说道："不过得等一下应浩，他今晚回家了。"

孟浅浅："嗯。"

滨江花园 108 号，红色轿车停下后，应浩长腿迈出，走上台阶，一进门就闻到屋里飘着菜香味，保姆上前接过他的外套。他顺手把车钥匙扔在柜子上，这才走向餐厅。

陈菲端着汤出来了，看到他微微一笑："你来得正好，花胶汤也好了。"

应浩看着她，唇角轻扯："陈姨辛苦了。"

"一家人，客气什么，卢姨，去叫先生出来。"

"哎。"保姆擦擦手转身走过去。

陈菲舀了一碗汤，笑着走过来，放在应浩的面前，说道："你先喝，别等你爸。"

应浩垂眸看了一眼桌面上的汤，笑了笑，拉开椅子坐下。脚步声从楼梯处传来，应浩抬起眼睛，应顺尧穿着深蓝色毛衣走过来，说道："快放假了吧？干脆搬回家里住算了，你袁叔说你都瘦了，我看着也有点。"

他接过陈菲端来的碗喝了一口汤。

应浩放下勺子往后靠，看着应顺尧："没瘦，还是那个体重。"

"是吗？脸看着没什么肉，陈菲，你觉得呢？"应顺尧看着陈菲，问道。

陈菲的唇角含着笑意，眉眼温柔："我倒没觉得瘦，应浩像你。"

应顺尧："哪儿像？他最像他妈。"说着，应顺尧坐下来，语气稀疏平常。

应浩紧捏了一下勺子，眼眸里含着几丝冷笑，他推开碗，拿了公筷夹了桌面上的排骨。

陈菲伸手，把排骨推到他的面前。实在是体贴入微，无微不至。

应顺尧一边夹菜一边说道："最近公司的财务部变动挺大的，董事绞尽脑汁想要往财务部塞人，你要是早点毕业就好了，我也就没那么发愁了。"

应浩夹着菜："怎么？想把我安排到财务部去？"

"上阵父子兵啊。"应顺尧看了一眼自家大儿子，笑道。

应浩吃了几口，随后放下筷子，拿起纸巾擦擦嘴角，说："我吃饱了。"

"这么快啊？不多吃点？"陈菲愣了一下，有些着急地问道。

应浩拿起手机低头把玩："不吃了。"

应顺尧："他不吃就算了，成天在外面乱吃，家里的饭菜都不香了，你外公外婆那么严谨的人，怎么教得你性格如此。"

应浩的嘴角扯了扯，没搭理。

吃过饭，应顺尧去阳台接电话。陈菲切了水果出来放在茶几上，应浩交叠的长腿松开，伸手叉了一块哈密瓜，随后他看向陈菲："陈姨，你跟我爸认识多久了？"

陈菲拿着遥控器正在按，听罢道："差不多快三……"

突地，她的头皮一阵发麻，一股寒意冲上后背。她转头看向应浩，应浩咬着哈密瓜，唇角含着笑意，神情轻松，陈菲那蔓延上来的冷意才慢慢地收缩回去，她笑道："不记得了，一想到你们长大了，四舍五入，已经三十年了。"

应浩："是吗？"

十五分钟后，从本家出来，应浩嘴角的笑容消失了，他把手插在裤子口袋里，眉眼冷淡，弯腰坐进驾驶位上。

他按了蓝牙耳机。

袁从严接了电话："吃完饭了？"

"嗯。"

袁从严："怎么样？"

"财务部。"

袁从严叹了口气，说道："预料之中。"

应浩冷笑一声。

两分钟后，挂断了电话。应浩启动车子，手机"嘀嘀"几声，周彦在群里喊他，发了一个定位给他。

应浩随意地看了一眼，车子开出小区。

抵达海城大学正门，最后一场灯光秀正好落下。应浩下了车，顺着定位走去，十字路口一拐，烧烤店门口。

孟浅浅穿着一身白色羽绒服站在那儿打电话，周彦从店里出来，打开围巾给她围上，她回眸对着周彦一笑。

应浩的脚步停住了。半晌，他后退两步，靠在墙壁上，闭上了眼睛。

夜晚的树荫下偏暗，零散的路灯打下来。口袋里的手机振了几下，应浩才睁开眼睛，他用手揉了下脖颈，随后站直身子，长腿一迈走出拐角，往那烟火十足的烧烤店走去。

走近了，听到店里嬉闹的声音，主要是唐隽那带笑又戏谑的声音。应浩的唇角勾了几分，微微低头走上台阶。

正在说笑的一众人齐刷刷地看过去。他穿着黑色短款夹克，整个人似乎带了黑夜的寒露一般，那张脸不愧为议论声最高的。

"哇，学长。"常慧慧没忍住，叫了一声。

"发信息给你没回复，我还以为你不来了。"周彦拿了一瓶可乐放在他的面前。

应浩拉开椅子，指尖摁着开了可乐说道："出来得晚。"

周彦点点头。

其实跟林飘分手后这段时间应浩都很忙，回宿舍的时间极少，他在外面似乎是有住所的，所以聚餐才会等到今天。

应浩进门时，孟浅浅就听见了，当时她正在跟叶岚挑烧烤材料。或许是因为努力地想要走出去，并且尽量不去听应浩其他的消息，此时听到他的声音，竟有了些距离。她端着小盘子递给烧烤的老板，随后走了回来。

大家都在聊天。她拉开椅子，一抬头对上应浩的眼眸。他看着她，孟浅浅一顿，轻轻地朝他一笑，不是那种甜笑，而只是礼貌性地一笑。

应浩朝她点点头，随后挪开视线。

周彦拿过一旁的可乐，开了瓶盖递给她。

可乐瓶身泛着水珠，这是冰的。孟浅浅接过来，咬着吸管喝了一口，有点冰，周彦看她似乎被冰到了，低声问道："要不要换一瓶没冰过的。"

孟浅浅笑着摇头："不用，我是很少喝冰的，但偶尔喝一下也可以的。"

周彦："那你受不了得说。"

"嗯。"

"真没眼看。"唐隽捂着脸，一脸痛苦。其他人纷纷笑起来，孟浅浅咬着吸管微微地错开了身子，耳根有些发红。

周彦看出她有点不好意思了，于是说道："她脸皮薄，你们别笑了。"

"好好好，不笑。"常慧慧的嘴巴这样说，那笑声可没停止。

应浩坐在最里面，他没有参与任何调侃，只握着可乐瓶，听着笑声，眼神从孟浅浅手中的冰可乐上扫过。当初，因为她每次生理期都疼得要死要活的，于是他勒令她不能喝冰的，她也听话。

如今，她开始喝冰可乐了。

他拿起瓶子，抿了一口。

烧烤不一会儿上了桌，几个人伸手各拿走一根。周彦拿了一块鸡翅给孟浅浅。这鸡翅有点大，孟浅浅只得擦了手指，动手撕开那烤得香喷喷的肉，一块一块地放进嘴里。

常慧慧擦擦嘴角，"咳"了一声看向应浩："学长，我能问你一个问题吗？"

应浩抬起眼眸："你问。"

常慧慧看了一眼其他人，又擦擦嘴角，往前靠了靠说：“你跟林飘学姐是和平分手还是林飘学姐劈腿的？”

全场安静了几秒。

应浩往后靠了靠，说：“和平分手。”

常慧慧心里“哇”了一声，面上却笑眯眯地道：“哦哦哦，是和平分手啊，和平分手好啊。”

这世上就没有不透风的墙，没分手之前，林飘跟陆礼在酒吧门口搂搂抱抱，早就有人留了照片，怎么会是和平分手。应浩学长人品好好啊，哪怕不是和平分手也给学姐留了面子。常慧慧拿起可乐，朝应浩举起：“学长，我敬你一杯。”

应浩挑起眉毛，拿起可乐：“喝完。”

常慧慧：“呃……”

看着常慧慧吃瘪，桌面上又满是笑声。唐隽把手臂搭在应浩的肩膀上，说道：“兄弟，别难过，天涯何处无芳草，我们回头再找。”

应浩：“谢谢啊。”他回复得很敷衍。

其他人又跟着笑。

周彦看了一眼身旁的孟浅浅，原本想着现在跟大家说一声他们在一起的事儿，可是大家先提了应浩分手的事情，这会儿反而不好说了。

孟浅浅感觉到他的犹豫，凑过去，低声道：“其实也不用特意说，大家都知道的。”

周彦垂眸看着她，几秒后笑笑，指尖顺着她的头发：“好，听你的。”

他们这对情侣在餐桌上的确没有太多过分亲密的行为，但是毕竟是今晚的主角，一点小动作大家都会关注的。这会儿大家的眼神全扫过来，唐隽再次捂脸，应浩看着周彦的指尖几秒，才移开视线。

想到跟看到，那是两个级别的疼痛。

夜宵结束，一行人离开烧烤店。应浩还得去开车，车停在学校门口，他伸手朝其他人挥了挥手，便走向拐角处。

常慧慧看着他的背影，说道：“我要是追应浩学长有没有机会？”

几个人“唰”地看向她。

唐隽哈哈一笑："你试试，快，现在追上去。"

叶岚也笑着撞了一下常慧慧的肩膀。常慧慧咳了一声，有些不好意思："不敢不敢，有点犹豫，让我先想清楚。"

叶岚："你太屄了。"

朱芳："我觉得应浩学长不好追，我们没林飘学姐那个长相。"

唐隽："不一定，我们这个兄弟说不定想试试清汤寡水的，常慧慧，你可以试试！"

常慧慧被大家说得直跺脚，转身扑到孟浅浅这里，抱住孟浅浅的手臂。孟浅浅笑着拍拍她的肩膀，常慧慧摇晃着孟浅浅的手臂："浅浅，你来说，你觉得可行吗？"

孟浅浅看着可爱的常慧慧，回道："可行吧，不试试怎么知道呢？"

她觉得自己的声音从近到远，越来越模糊，也越来越不像她说的。但是她明白，自己跟应浩之间的距离是越来越远了。

周彦笑着道："加油啊，慧慧学妹。"

常慧慧轻咳一声。随后，一行人朝西门走去，顺便去看了那些可爱的猫咪。

周彦牵着孟浅浅的手，说道："我们就在这儿认识的。"

孟浅浅点头："嗯。"

周彦又是一笑。

唐隽靠在墙壁上，翻了个白眼。

"为他人做嫁衣，我好惨啊。"

周彦："呃……"

回了宿舍，常慧慧就张罗着加应浩的微信，十分钟后，她不太理解地拧着眉心："应浩学长怎么不加我？"

孟浅浅擦着头发坐在椅子上，看了她一眼："你加他了？"

"是啊，他不搭理我。"常慧慧撇嘴，后来又操作了几次，对方依旧没加她，她也只能算了。

孟浅浅躺下后，看着宿舍天花板。她在想要不要找个机会跟周彦说她跟应浩曾经的关系，但现在两个人正在尝试交往，多少处于一种小心翼翼当中，这令她有点难以开口。孟浅浅抓了抓头发，翻了个身睡着了。

元旦假期结束后，时间就过得很快。新年即将到来，学校宣布了放假时间。孟浅浅订了高铁票回去。

周彦是黎城人，方向跟她是相反的。

周彦订了明天的票，所以，今天他先送孟浅浅去高铁站。两个人站在检票口，周彦的指尖圈着她的围巾，笑道："我总感觉你有话要跟我说。"

孟浅浅的呼吸一凛，她说："有，过完年吧？"

周彦看着她，点了点头："好，可以进去了，到了发信息给我。"

"嗯嗯。"孟浅浅点了点头，周彦突地又拽住她的手，随后靠近她一点，在她的头顶落下一吻。他亲得过于突然，孟浅浅有些呆住了，周彦身上带着淡淡的洗衣液味道，全然陌生的气息让孟浅浅眨了几下眼睛。

周彦看她发呆，无奈地一笑，随后推着她往前走。

孟浅浅这才回过神来，跟他挥手告别，检票进站后，她回头跟周彦又挥了一下手，这才向大厅走去。

进了车厢后，她看着手中的票找位置，不一会儿到了 08 这一排，脚步微停。应浩坐在 08B 的座位上，长腿交叠，戴着鸭舌帽。他微抬下巴，也看到了她。

四周很多人来来回回的，却仿佛都成了虚影。

"学长……"她笑着喊道，"好巧。"

应浩："嗯。"

打了招呼，孟浅浅把行李箱抬起来，要往上放，但旁边有一个人的行李箱放到这边来，她没放上去。应浩起身，抬手推开那个碍事的行李箱。

孟浅浅的行李箱这才放好，她弄好后，低头看了一眼车票。应浩看到她车票上的位置是 08C，于是他站起身来，孟浅浅低着头走进去坐下后，应浩才回来坐下。他按了按鸭舌帽，又低头按着手机。

孟浅浅也低头看着手机。

"周彦送你来的？"他的声音有些低，在她耳边响起。

孟浅浅回过神来："嗯，你回去看外公外婆？"

应浩："是。"

孟浅浅点点头，又看着手机。两个人其实挨得挺近，外面 08A 有人来了，那人一坐下，这一排便满了。她看了一会儿手机，便看向窗外的景色。

应浩拧开水瓶，喝了一口水。想了想，又从包里拿出另外一瓶，开了盖子递给她。孟浅浅一顿，看着矿泉水。

应浩转头看她："拿啊。"

"我不渴。"孟浅浅摇头。

应浩合上盖子，放在她的手边。随后压低鸭舌帽，像是在闭目养神。孟浅浅也靠着窗户，继续玩手机。

她玩了几把纸牌游戏。她属于技术差又爱玩的那种。不管再好的牌到了她手里都成了烂牌，输了她就跟自己怄气，这会儿看着游戏上面的欢乐豆的数量，一脸的不甘。

鸭舌帽下的眼眸睁开，应浩静静地靠在椅背上，双手抱臂。接着，便听到孟浅浅拿起手机给常慧慧发语音。

"慧慧，你的账号能不能借我一下？"

常慧慧立即回了句："你要干吗呀？你又要玩纸牌吗？"

孟浅浅："那我问朱芳吧。"

"天哪，姐姐，你技术那么差就不要玩了，朱芳今天是搭飞机，她手机关机啊。"

孟浅浅："哦。"

常慧慧："乖啊，我们不玩，你好好休息一下，很快就到家了。"

孟浅浅："好吧。"

她放下手机，发了一会儿呆，过了一会儿，再次登录小程序，熟悉的音乐声再次响起。

应浩的眼眸微微眯起，唇角勾了下，调整了一下姿势。

领了任务，欢乐豆又没了，孟浅浅确实也没办法了，正巧这时，周彦发了语音过来："在干吗呢？"

孟浅浅瞬间像找到了救星一样："我在玩纸牌，但是总是输。"

孟浅浅嘀嘀咕咕地道："我感觉我打得可以啊，怎么就老输呢？"

周彦在那边笑起来："那怎么办？还要玩吗？"

"算了吧。"孟浅浅说道。

周彦又是一笑。

随后，小情侣又聊了些话，孟浅浅才总算不再惦记这件事儿了。应浩的唇角也抿成了一条线，指尖随意地转着手机。

这一趟，路上的时间并不长，也就两个半小时左右。孟浅浅跟应浩的对话屈指可数。

抵达连城是晚上 6 点左右，车子一停，08A 那个人就先走了。

应浩站直身子，从行李架上取下自己的行李袋，随后顺手把孟浅浅的行李箱拿下来。

孟浅浅接过行李箱，说道："谢谢。"

应浩看了她一眼，道："你今天跟我说了很多个谢谢。"

孟浅浅一顿，她看着他笑了笑，但不知回复什么。他们之间似乎也只剩下这些客套的话。应浩看她那礼貌的笑容，移开了眼眸，提起行李袋走向出口处。

孟浅浅则推着行李箱往另外一个出口走去。

应浩回头看了一眼。女生的背影藏进了人海里，他的下颌紧了紧，转头继续往前走。

出了高铁站，外面天色已黑，连城的交通没有海城那么方便，这边公交车得等，出租车到家则很贵。

孟浅浅当然是选择坐公交车。

她拖着行李箱走到公交车站，看着连城的霓虹灯，哪怕这里是高铁站，再往下的建筑依旧都是老房子。

这就是她的家乡。

一辆黄色的出租车来到她的面前停下，副驾驶位上的应浩转头看了过来："上车，跟我拼车，这个点你要等到什么时候？不用吃饭了？"

孟浅浅看了一眼眼眸微冷的男生，随后抬起头看了看前面这条长长的队伍，都是在等公交车的。她抿了抿嘴唇，确认了一下："拼车？"

"拼车。"应浩点头，"快点。"

"上车啊，小同学，这里不能停车。"司机也喊了一声。孟浅浅不再犹豫了，拖着行李箱走去后备厢。

司机下来，把她的行李箱放进后备厢。

"谢谢师傅。"

孟浅浅走过来拉开车门，上了后座，车门一关，车子便启动了。司机边扣着安全带边说道：“你们俩都是同学就应该提前商量一下啊，害我兜了一个大圈……”

孟浅浅抿抿嘴唇：“不好意思啊，师傅。”

应浩的嗓音低低的：“我临时起意的。”

司机接着又道：“女同学，你这个男同学对你很好哦，我们的车都要上高架桥了……”

“师傅，你专心开车行吗？”应浩语调冷冷地打断司机的话。

司机猛地闭上嘴巴，转头看了一眼这不太好惹的男生。现在的小孩吃什么长大的，长得这么高大。

半个小时后，出租车停下来。孟浅浅从车里下来，一抬眼便看到连城三中的大门，她抿抿嘴唇，走过去接了行李箱。

司机把后备厢关上。

孟浅浅抬着行李箱上了台阶，下意识地看了一眼不远处的男人。应浩提着黑色行李袋，也看了一眼连城三中的牌匾。

见他的眼神扫过来，孟浅浅收回视线，拖着行李箱往家的方向走。没走几步，便遇见了提着卤菜的乔老师，他是应浩高三的班主任，也是孟浅浅复读那一年的班主任。乔老师“哎”了一声，用手指了指：“应浩，孟浅浅……”

孟浅浅的脚步一顿，而另一边的应浩也停了步子。

“哟，你们两个怎么回事？吵架啦？”乔老师来到孟浅浅面前，脸上带着调侃。

孟浅浅的呼吸一顿，她说：“老师，我们……”

“老乔。”应浩走了回来，喊了一声。

乔老师看向应浩：“又高了？成熟了啊。”

应浩笑了一下。

乔老师又看了一眼孟浅浅，说道：“得偿所愿了吧？”

孟浅浅抿紧嘴唇，一声不吭。

乔老师猛地看向应浩，应浩一顿，他抬起眼眸看向孟浅浅。孟浅浅突地别开了头，对乔老师说：“老师，我先回去了，家里等着吃饭，过几天我再去看你。”

乔老师这才反应过来，情况似乎不太对，便立即点了点头。

孟浅浅拖着行李箱，深呼吸了一口气，飞快地走在连城三中的外墙边，这儿树枝繁乱，高高垂落。

她行走着，身后传来了脚步声，一下，两下。

“浅浅。”男人低声地叫了她一句。

孟浅浅停下脚步。

她站在人行道上看着不远处的应浩，他把手插在裤子口袋里，高大而俊朗。孟浅浅抬手擦拭了一下眼角，说道：“应浩，其实我这段时间想得挺明白的，我们之间已经结束了，我知道，我跟你不是一路人，你那么努力自律，可我不行，复读这一年我无数次地想要放弃，我觉得自己学不好，太累，我不知道自己是怎么考上去的，可能是运气好吧。我们真的已经结束了，是我妄想了。”她说着，猛地落下泪水，像泪水擦不干净似的。应浩看着看着，拳头逐渐拧紧。

他走上前去，看着落泪的女生，说道：“对不起。”

孟浅浅摇头：“你没对不起我，我们谁也没对不起谁，只是我们的当初太稀里糊涂。我们始终要往前走的，以后……以后……我们就当个普通朋友吧。”

应浩的下颌线紧绷着，眼眸看着她，半晌，他说：“好。”

两个人再见面到现在，总算开口谈起过去的事情。孤注一掷地复读一年考去他的学校，才发现他已经重新开始谈恋爱了。两个人从熟悉到陌生再到如今的疏离，到现在总算有机会当面说一说了，孟浅浅擦着泪水，唇角却带了笑意，如释重负。

她擦完眼泪，语气有些轻快：“那我回去了。”

“我送你。”他说道。

“不用，你快回家吧。”孟浅浅拖着行李箱转身，往南尾巷的方向走去。

孟浅浅的家就在南尾巷右边的三里街枫园小区。那里依然古香古色，灰色的庭院，高挂的灯笼，深藏在一片老小区的后面。

这边比海城市冷，孟浅浅的下巴抵进围巾里。身后，应浩跟着她，隔了三百米左右的距离。他把手插进裤子口袋里，脚踩着她踩过的砖块，眼眸看着她的背影。

目送她进了枫园小区老旧的大门，应浩在原地又站了一分钟，随后转身从巷子里走出去，拿出手机拨打了家里的电话。

是外婆接的。

“到了？”

“到了，但我想先去拜访我的老师，外婆，你跟外公先吃饭。”

“到了就好，有事你先忙，我给你留饭。”

“好。”

挂断电话后，应浩原路返回，不多时，他来到乔老师的家里。乔老师正在小院子里喝着小酒吃卤菜，他一看：“应浩？”

“老师。”应浩进门，“打扰你了？”

乔老师笑着站起身来：“怎么会？你师母去娘家了，我今晚就一个人，趁着她去娘家赶紧喝两口，你来了正好。”

他拿了一把椅子递给应浩。

应浩接过来坐下，一年半没见，应浩确实又长高了。

乔老师进屋拿了杯子跟筷子出来：“能喝点吧？”

“可以。”应浩拿起酒瓶，倒了小半杯。

乔老师坐下，看着他说：“成熟了不少啊，当初在班里你还跟周乔成天吵架。”

应浩抿了一口酒，笑了笑，指尖把玩着酒杯。

乔老师夹了一口卤肉吃，说道：“来问孟浅浅的事情吧？”

应浩抬起眼眸看他：“嗯。”

乔老师笑了笑，说：“你们都考出去后，孟浅浅家里就安排她去连城的大专报名，报了名后，我好几次看到她带着弟弟妹妹出来，每次她都会带他们进三中玩，她就坐在篮球看台上，我记得你以前打篮球她就坐在那个位置，第三排最中间那个，对吧？”

应浩又抿了一口酒，指尖翻转，尾指上的咬痕隐约可见。

“孟浅浅太乖了，我能感觉到她有些孤单，毕竟以前都能看到她跟你们一块玩，于是我就上前跟她聊天。我的意思是问她想不想考出去……她有些惊讶，后来我让她考虑考虑，很快，没过多久开学了，我就在我们班里看到了她。我亲自给她补习，发动她身边的同学帮她，她这基础确实有点差，学得也挺辛苦的。

“不过，她倒是没放弃。有一次她就问我，海城大学最低多少分可以上，然后又问我，你的分数是多少。我报给她后，她就沉默了，当时我都以为她要放弃了，我立即跟她说，海城有那么多大学，又不止这一家，机会还是很多的……”

乔老师说完，笑看着应浩。

应浩低着头，指尖泛白。

乔老师说：“你能告诉我，你们当时发生了什么吗？”

应浩的喉结滑动了一下。他拿起酒瓶，又倒了一杯，这次倒得多，满满的酒香。他喝完身子往后靠，用指尖抹了下唇角，说：“我拉不动她，给她补习，无论怎么补都没用，她学得很累，睡不好，有时半夜还给我打电话，哭着说不想学了。我气她不争气，她在那样的家庭里，她怎么就不想走出来？我不明白……另外，我也没时间等她成长了，于是便不了了之。”

“那她考到海城了，你们这不是可以……”

应浩的唇角扯了一下，他往前倾，又给自己倒了一杯，薄唇抵着酒杯：“老师，如果一个人活了二十年，发现活在一个谎言里，而他还不能轻举妄动，你觉得他该怎么办？”

乔老师一愣。这是什么问题？

“这个时候，情爱微不足道，不值一提，甚至，它只会成为枷锁。”应浩又喝了一杯。

乔老师却从这话里听出来了意思。他们之间，一个努力想要再续前缘，一个却在抛弃过往想要往前走。

乔老师感觉得出应浩应该是家里出什么问题了。他拍拍应浩的肩膀，说道：“我当了半辈子的老师，大道理懂一堆，但只有一句话我觉得最真实，珍惜眼前人。”

应浩的眼眸微红，他低着头道：“你说，她当时是不是很辛苦？”

乔老师：“这……是辛苦的，不过对她也好，考出去意味着新的希望。”

“姐，你回来啦？我的耳机呢？”孟啸从屋里跑出来，殷勤地接过孟浅浅的行李箱。孟浅浅没好气地把一个袋子递给他。

孟啸高兴地转身便走。

孟媛媛擦着桌子翻了个白眼。母亲黄秀琴在厨房里，立即喊道："孟浅浅，阳台打扫一下，洗衣机里的衣服也晾一下，叫你买早上的票，你非得买下午的……"

进屋后孟浅浅的屁股还没沾上椅子，她抿抿嘴唇，脱下外套，挽起袖子，转身便去阳台。孟媛媛扔了抹布，跟着过来，轻轻地喊了一声："姐。"

孟浅浅抬头看她，笑道："我回来了。"

孟媛媛看着看着，点点头："嗯。"

孟媛媛走进阳台，走过去打开了洗衣机，帮孟浅浅晾衣服。孟浅浅看着她，心里头暖暖的。这时，屋里"砰"的一声。

紧接着，孟啸冲了出来："你怎么买的仿货？你就买这个糊弄我？"

阳台里的姐妹一顿，孟媛媛看了孟浅浅一眼，孟浅浅站直了身子，脸色不太好。孟媛媛扔了手里的衣服，转身便走出去。

"仿货怎么了？仿货能用就行，你什么身份啊，还想要用正品。"

"孟媛媛！"

"妈！"

"孟浅浅，你出来！"黄秀琴从厨房里走出来，手里拿着锅铲，冲着阳台就吼。孟浅浅放下扫把，走了出去。

屋里一片狼藉。

父亲捧着一本书也从房间里走出来，地上是孟啸摔的盒子，耳机也摔在一旁。孟啸看了孟浅浅一眼，转头对着黄秀琴便说："我让她买正品，她买这个，我在班里会被人笑死的。"

黄秀琴的脸色很难看："你再去给你弟弟买一对新的。"

孟媛媛大叫："能用就行了，干吗还买新的！"

黄秀琴指着孟媛媛："你闭嘴！"

她看向孟浅浅。

孟浅浅抿抿嘴唇，走了进去，弯腰捡起地上的耳机，拿出手机插上后，递给孟啸，她说："你自己听听。"

孟啸不情愿，后退一步。

孟浅浅等了几秒后，又递出去说："你听听，你听听啊。"

后面四个字，她说得很大声。孟啸吓了一跳，他抢过耳机，塞进耳朵里，音乐声流淌，声音环绕在四周。

半个小时后，一家五口坐在餐桌旁开始吃晚饭。黄秀琴一边夹菜给儿子一边唠唠叨叨地说着："出去读个书了不起了，没有我们供着你，你能去读？"

"好好吃饭吧。"父亲孟致贤说道。

鸡飞狗跳的一晚结束，孟浅浅擦着头发进了房间，孟媛媛盘腿坐在床上玩手机，手机是孟浅浅之前换下来的那部。她抬起头："姐，海城大吗？"

孟浅浅在她的床上坐下来，笑道："很大，你也加油读书。"

"我成绩不行。"孟媛媛摇头，"我们家怎么就孟啸有个好脑袋，我感觉妈在生他的时候心眼就偏了，什么最好的都给他。"

孟浅浅一顿，顺了顺妹妹的头发："我不在家这半年辛苦你了。"

"辛苦什么？一点家务活而已。"

孟浅浅微微一笑，她拉开被子，说道："今晚我们一起睡吧。"

"好啊。"

孟媛媛也放下手机躺下，跟姐姐挨在一起。姐妹俩用的是同款沐浴露，味道很好闻。孟浅浅睡了一会儿没睡着，她看了一眼熟睡的妹妹，侧过身子拿出手机，周彦给她发了一条微信还挂着。

周彦：忙完了吗？

孟浅浅：刚躺下，你睡觉了吗？

周彦：等你信息，看来你今晚跟家里人聊得很开心，一个晚上都没回复我的信息。

回了家似乎就真的没时间，好像有无数的家务还有事情要忙。

孟浅浅：是啊，刚到家，事情好多哦，你明天早上的高铁，早点睡觉啊。

周彦：不急，宿舍剩下我一个。

孟浅浅：唐隽学长呢？

周彦：他还在工作室，你怎么不问应浩学长呢？

孟浅浅：……

她突然聊不下去了，有点想立马就把事情说了，但是快要过年了，她不想让周彦不开心。想了想，她还是按捺下心思。

隔天开始，孟浅浅家要大扫除，事情可多了。这一忙就忙到腊月二十七，到处挂上了红色的灯笼，处处都是红色的新年横幅，小区广播里播着新年快乐歌。孟浅浅出门买了一些卤肉还有一些年货，去乔老师家拜访。

乔老师家院子的门半掩着，孟浅浅刚准备抬起手来敲，突然，里面传来了师母的声音。

“按你这么说，这两个孩子，一个在往前走一个还念念不忘呢？”

乔老师的声音传来：“应该是这样，我倒是有些后悔当初没多了解一下，让浅浅考虑下别的学校。他们原本就不是一路人啊。”

师母叹了口气：“哎，这年少的感情最是珍贵，可应浩是决心想要抛弃过去，这对努力考上海城大学的浅浅多少有点不公平。”

乔老师还没回答。

孟浅浅的脚往后退了一步。

他想要抛弃过去，那她还考到海城大学，他肯定觉得很困扰。

她侧了下身子，一转眼，看到了拐角也提着年货，眉眼冷峻的应浩。

第四章

当　朋　友　啊

孟浅浅一顿。

他似乎也听到了院子里的对话。这时，他走上前来，看了她一眼，随后屈指敲了敲门。

孟浅浅看着他敲门，觉得他似乎敲得有点用力。

不一会儿，门被拉开。师母穿着一袭红色绒裙，看到他们两个人，均是一愣，接着很快便回过神来。

“进来，怎么这个时候来？”师母让开身子，喊了声，“老乔，应浩跟浅浅来了，你们先坐，你们老师等下就出来了。”

师母估计也有点尴尬，不过她原本就是一名情感栏目的编辑，调整情绪的能力较强，很快就镇定下来。孟浅浅进门喊道：“师母新年好。”

“师母新年好。”另一道有些低沉的男声传来。

“好，新年好。”师母点了点头。

乔老师也从屋里出来了，他刚刚进屋拿了一件外套，一边穿着一边抬头看到他们两个人，愣了一下，随后笑道：“坐，坐。”

孟浅浅拉开椅子坐下，旁边的应浩也坐下来，他身高太高，坐下来只能往后靠，把手插在裤子口袋里，有几分散漫。

师母端着茶水出来，又拿了一些零食，笑道：“浅浅，你越来越漂亮了。”

孟浅浅接过零食，耳根有些发红：“师母又年轻了。”

“就你嘴甜。”师母一笑。

乔老师坐下来看了他们一眼，说道：“中午在这里吃吧？”

孟浅浅摇头，还没说话，师母就说："就在这里吃，我好久没见你了，怪想的。"

孟浅浅一顿，闭上了嘴巴，她的唇角带了一丝笑意。应浩端起茶杯抿了一口，看了她一眼，随后敛眸收回目光。

乔老师看向应浩："你呢？有不能留下的理由吗？"

应浩的薄唇微抿，几秒后，他含笑："没有，那就辛苦师母了。"

师母看着应浩，笑了笑道："应浩也变了很多，不辛苦，我早上才买了不少菜，你们来得正好啊。"说着，她拆了一包软糖递给孟浅浅。

孟浅浅接过来，在嘴里放了一颗。师母显然很喜欢她："甜吧？这糖是在别的城市买的，当时我还从海城转机过去。浅浅在海城有没有交到朋友？"

孟浅浅含着糖点头："有。"

"那男朋友呢？"

孟浅浅一愣。

乔老师似乎也没想到自家老婆会在此时问这个问题。师母却不觉得这个问题有什么问题，她说道："谈没谈啊？你这犹豫我看着……"

孟浅浅顿时脸红耳赤，说："谈了。"

师母一听，看了一眼应浩。

应浩靠着椅背，感受到来自师母明里暗里的攻击，他的下颌微紧，但一声不吭。

师母又看向孟浅浅，笑道："很好，浅浅，我们人就是要往前看，过去的就让它过去吧，当你经历过风雨后，就会发现当初执着的东西跟人都不值一提。"

孟浅浅认认真真地点头。

师母又笑："那我等着过几年你带你男朋友回来看我。"

孟浅浅有些不好意思，小声地说："刚谈……"

应浩看着她红透的耳根，薄唇抿成一条直线。一旁的乔老师看着应浩，想起这孩子那晚在这里微红的眼眶。他轻咳一声，道："肖芳，去做饭吧，时间差不多了。"

师母扫了乔老师一眼，眼底带着"你心疼他？"的疑问。

乔老师挥挥手。师母抿抿嘴唇，站起身来。

孟浅浅见状，也跟着起身道："师母，我帮你吧。"

肖芳说："来啊。"

孟浅浅走了两步，像是想到了什么，立即低头脱掉身上的外套以及围巾。她转身把外套跟围巾团了团，扔到自己的椅子上。结果围巾散开滑落到扶手上往下掉，应浩微微皱起眉头，伸手帮她把围巾提起来放好。

孟浅浅的脸色有些尴尬："谢谢。"

应浩："你总这样。"

孟浅浅："呃……"

她绕回去，赶紧把围巾和外套收拾好，搭好之后，才埋头往厨房里走去。孟浅浅进了厨房后，乔老师看着应浩："她总怎么样？她的小毛病你倒记得很清楚。"

应浩笑笑，没回应，他收回来的指尖上还带着她围巾的温度，他垂眸看了一眼，把手插回裤子口袋里。

这不是孟浅浅第一次进乔老师家的厨房，复读那一年辛苦的程度是加倍的，她的基础差，连带初中的一些知识都要恶补，周末和几个同学来乔老师家补习的时候，大多都是她跟师母掌厨。

当然家里也是非常不满的，而孟媛媛在那一年揽下了所有孟浅浅该做的活，她宛如一夜之间成长了，想把姐姐送出去。

孟浅浅进了厨房，轻车熟路地弯腰拿起菜开始择。肖芳看了她一眼，系着围裙，低声问道："刚刚我跟你老师说的话，你听到了？"

孟浅浅停顿了一下，"嗯"了一声。

"听到了也好，免得你迷迷糊糊的。"她抬头扫了一眼院子里的男生，说道，"凡事不要太执着，知道吗？"

"知道，师母，其实我之前隐隐约约能感觉到……"

重逢后他的冷漠无视，其实就说明他把她当陌生人，不想有过多的牵扯。她之前不明白，只是隐约觉得两个人回不去了。而今天师母的话也点醒了她，她考过去对他竟是造成了困扰。

肖芳摸摸她的头，无声地安慰了一下，才开始做饭。她没告诉孟浅浅的是，应浩并不如表面的那样无动于衷。

女生只要想通就好，管男的什么想法。

孟浅浅跟师母两个人很快就做了三菜一汤，还做了一份甘草水果。乔老师拉着应浩喝酒，孟浅浅在旁边看了一会儿，发现他挺能喝的。

她收回视线，专心地吃饭。她手边放着的饮料，好几次都被她不小心推到桌沿，但每次，旁边就会有一只修长的手伸过来，给她推回去。

乔老师在对面看了应浩一眼。应浩面无表情地夹着菜。

乔老师微叹一口气。

从乔老师家里出来已经是中午一点半了，孟浅浅理着围巾，便听见身后的门响了，应浩也走了出来，两个人的视线撞上。

对视两秒后，孟浅浅微微一笑："新年快乐啊，学长。"

应浩抿紧嘴唇："浅浅，新年快乐。"

"那我回家啦。"

"好。"他的喉结滑动了一下。孟浅浅冲他点点头，随后率先走下台阶。应浩站在原地看着她的背影，几秒后才下了台阶，踩着她走过的砖离开。

两天后，大年三十已到，连城到处都是新年的气氛，买年货、挂灯笼、游狮……新春歌曲到处都是。

天色渐黑。

应浩端着菜上桌，外婆拿出老花镜擦拭了几下戴上，随后拉开抽屉，从里面拿出女儿的照片，擦拭了几下，喊道："浩，过来。"

应浩走上前来，今天他穿着浅色系的衬衫搭配了休闲款的西装外套。他来到外婆跟前，看着照片里的母亲。

外婆取了贡香，点燃了递给他道："又一年新年了，你妈妈看着你已经这么大了，一定很开心。"

应浩接过贡香，后退一步，双膝跪在地上，声音很低："妈，新年快乐，我二十一了，你看着我这样，还满意吗？"

外婆在一旁笑道："能不满意？高大俊朗，有男人的风范。"

应浩的唇角勾了勾，又深深地伏地，重重地跪着。

外婆看着他，又看了一眼相片里的女儿，说道："幸好你妈走的时候什么都不知道，她带着爱去了那边，一定能开开心心的，不知道也是一种福气。”

应浩“嗯”了一声。

贡香插上后，他抬手摸了摸母亲的脸。外公在餐厅那边喊道：“吃饭了。”

“来了。”应浩扶着外婆走向餐厅。一家三口坐下来吃年夜饭，外婆开着电视要看春晚，她觉得这样热闹。

吃完年夜饭，应浩又去给母亲上香。

外婆坐在沙发上，握着遥控器，问道：“高中时经常跟你在一起的那个女生，她现在怎么样了？”

“她……很好。”应浩回过神来，嗓音低低的。这时手机“嘀嘀”响起，他从裤子口袋里摸出来点开看。

唐隽建了一个微信群，名叫“新年 happy”，一共七个人，常慧慧在群里先发了一个表情，说明另外四个人是孟浅浅那个宿舍的。

叶岚：新年快乐。

朱芳：团团圆圆，给点钱！

唐隽：一进来就要钱，真是俗气。

周彦：哈哈。

接着，孟浅浅探头小声地问道——

孟浅浅：那个，你们还有敬业福吗？我还没集齐。

看着她这条问题，应浩突然涌起了冲动，他点进软件翻看了一会儿，他压根没参加这样的活动，空荡荡的。

最后他返回了微信朋友圈，发了一条有所限制的状态。

YING：有多余的敬业福吗？

好友 A：哟，大佬你也集福？

好友B：哈哈哈，我只有一张，用了。

好友C：我还没齐呢。

学妹A：学长，我有，不过你能不能发个语音给我，我再给你啊。

学姐A：咳，你用你自己来换吧。

好友E：兄弟，我有。

得到一张敬业福后，应浩返回了群里，先选中了孟浅浅，随后编辑——

应浩：有，你账号多……

他字还没打完。

孟浅浅已经发了一个“谢谢老板”的表情包出来——

孟浅浅：@周彦 齐啦，谢谢。

应浩的手指微顿，把打出去的字删除了，垂着眼眸没有吭声。

外婆的声音在不远处传来：“你跟她还有没有联系啊？”

今年大家都在集福，孟啸跟疯了似的，每天早上醒来第一件事就是扫福，他不仅自己扫，还要拉着家里人扫，而且是那种别人不扫，他就拿别人的手机去扫的那种。

孟浅浅不想让他碰自己的手机，只能醒来后也当成任务一样跟着扫。后来发现常慧慧她们也都在扫，她就更积极了一些，也玩出了点儿乐趣来。

春晚开始之前，总觉得集齐了一年就圆圆满满。孟浅浅最后一个敬业福一直扫不到，唐隽建了群，她便在群里求敬业福，最后是周彦发给她的，两个人也因此交换了集福软件的账号，成功互加为好友。

周彦：齐了？

孟浅浅：嗯嗯，齐了。

周彦：那就等着开奖吧。

常慧慧：我觉得我肯定能拿到至少一百块吧。

唐隽：你做梦呢，一个人几毛差不多。

叶岚：我算了一下，一个人能有一块左右，运气好的能有三四块。

朱芳：那集那么久有啥意思？真是白费功夫。

孟浅浅：重在参与呗。

周彦：哈哈，那是的。

常慧慧：@YING 学长，你呢？你集齐了吗？

YING：没有。

常慧慧：啊？这都没有，学长，我有多的，你通过我微信，我们再互加集福软件的号，然后我发给你。

YING：不用。

常慧慧：可这群里只有你一个人没有耶。

应浩那边便没再回复。

聊天记录到这里似乎就停止了，孟浅浅看了一眼自己的集福页面，有了敬业福，福都集齐了，她不再去想，于是便退出应用，抬头看着电视。

家里人今晚也难得安宁，全坐在一起。吃瓜子也好，吃水果也好，拿着手机玩也好，哪怕孟嫒嫒跟黄秀琴刚刚还吵了一架，此时坐得距离很远，但她还是坐在客厅里。

这人世间的烟火气，也时常让人贪恋。

连城某一个广场可以放烟花，噼里啪啦的，这个年在这烟花中完整地度过了。

大年三十过后，时间似乎就变快了。

黎城是个外来人口挺多的城市，一到过年会冷清一些，当然，这仅仅只是黎城的外围。

年初三这天，周彦有个同学聚会。

周彦搭乘网约车抵达，吃饭、聊天，最后他们被安排去 KTV。在 KTV 的门口，周彦看到陆礼开着跑车从地下车库出来，又呼啸而去，副驾驶位上坐着一个短发的女生，但不是林飘。

他挑了下眉毛，便看到一辆网约车停下，紧接着车门打开，穿着超短裙、长靴，搭着一件毛衣开衫的林飘从车上下来。

她的肩上背着小包，走上台阶，看到周彦后，愣了一下："新年好。"

周彦含笑："新年好。"

林飘的下颌动了一下，眼眸左右扫了一下，戴了美瞳的眼眸带了些许的棕色："你看到陆礼了吗？"

周彦顿了一下，想着要不要说实话。

林飘看着他的神情："你直接说吧。"

周彦耸了下肩膀："他刚从地下车库把车开走，副驾驶位上有个女生。"

仿佛猜测成真，林飘的脸色一下子变得灰白。

看着她的表情，周彦想起她跟应浩和平分手时的话，她跟陆礼拉拉扯扯的视频他也看过。他微叹了一口气，问道："其实我也是不太明白，你为什么要跟应浩分手？"

陆礼跟应浩压根没有可比性。

林飘听见这一问话，立即恢复了一些精神，仿佛刚刚的灰白已不存在，她抱着手臂，脸上带着要战斗的表情："你们身为他的舍友，难道不知道他心里一直有人吗？"

周彦一听，沉默了。

"你们也该察觉到了吧。他尾指上的咬痕，你说人咬人怎么可能会留下咬痕？那得咬得多用力？那分明是他特意处理过留下来的！"林飘带着不甘地道，"这人对他得多重要，他才肯把这个留下？我林飘还从没吃过这样的亏。"

周彦的手微微地插在裤子口袋里。

林飘看着他，笑道："你也当心一点你那个女朋友，你好好去回想一下她跟应浩每次见面都是什么样的。但愿我的第六感是错误的。走了。"林飘说完，转身走下台阶，网约车已经不在了，她穿着一身华丽但不适合行走的服饰，脚步微顿，也带着几分茫然。

这时，周彦在她身后问道："那你说，他为什么要答应你的追求？"

林飘抱着手臂，背对着周彦，看了一眼天空，说："他利用我，想要忘记那个女的，但是他没喜欢上我。”

周彦沉默下来。

林飘走快了两步，拿出手机，拨打陆礼的电话，被那边挂断了。周彦看着她走后，在原地站了一会儿。

一些有迹可循的画面浮了上来，最直观的就是在游戏时应浩对孟浅浅跑毒圈的问题的反应。

他跟周彦玩过那么多把游戏，应该知道他的水平。但当时应浩却说了那句话：“去开车，别等下跑不出毒圈。”这明显是在说孟浅浅。

再然后，吃饭夹菜的事情，芹菜是他跟唐隽夹的，应浩却打断他们，让他们多夹点肉，而那时孟浅浅吃芹菜已经吃得很艰难了。

周彦用指尖揉了揉眉心。

最后一个问题便是孟浅浅要跟他说的话，如果是其他事情，或者其他人，有必要那么欲言又止吗？

他低咒了一声。

大年初三这晚，知道周彦去参加同学聚会，孟浅浅便没有打扰他，直接洗了澡便睡觉了，隔天起来，微信也没周彦发来的消息。

她看了一眼手机，便出去煎鸡蛋做早餐。等吃过午饭回来，微信也没有信息。孟浅浅拿起手机坐在床边，想了想直接打了个电话过去。

两分钟后，那边接通了。

周彦温润的声音传来，笑道：“我昨晚跟同学喝酒了，睡到这个点。”

“那你吃午饭没？”孟浅浅反问了一句。

“吃了，刚吃了一碗面条。”

孟浅浅“嗯”了一声，随后，她起身把房门关上，隔绝外面的电视声音，说道：“我有件事情要跟你说。”

“你说吧。”周彦像是准备好了。

孟浅浅呼了一声道：“我的前男友你也认识，他……是应浩。我考去海城大学也是因为他。”

说完后，孟浅浅像是等待判刑一样，便安静下来。

周彦在那边只叹息了一声，接着道：“我猜到了。”

孟浅浅：“啊？”

周彦说：“我猜到了他是你的前男友。”

孟浅浅抿紧嘴唇，彼此安静了一会儿，孟浅浅低声道：“对不起，要不我们……”

周彦：“再跟我试试吧，三个月的时间，如果你还不能喜欢上我，我们再说。”

周彦直接打断了孟浅浅后面要说的话。

孟浅浅一愣，半晌，她还是摇了摇头：“周彦，我……”

“浅浅，难道你要回到应浩的身边吗？”

“不。”

“那就行了。”周彦得到这句话，立即道，“那还有什么问题吗？”

孟浅浅：“我……”

最后这通电话不了了之。挂断后，孟浅浅深呼一口气，倒在床上，心想，周彦多好的人，那么温柔，那么绅士。多好的人，你该知足。

初五这天晚上，孟浅浅出门去了旧书屋买了一些练习册还有一些高考试卷，这些主要是买给孟媛媛的。

虽然孟媛媛也跟她之前的想法一样，有些自暴自弃，但是孟浅浅还是觉得妹妹的基础比自己要好很多，会有更多的机会。

从旧书屋里出来，巷子里有些暗，孟浅浅抱着书不知不觉地走到了刺青店的附近。刺青店破旧了很多，连招牌都摇摇欲坠，孟浅浅从门口匆匆地走过。

一个染着一头灰色头发的男人撩开帘子走出来，喊道：“站住。”

空旷安静的巷子里，这道声音非常明显清晰，孟浅浅浑身一紧，拔腿就跑，下一秒刺青店里又出来两个人，那灰色头发的男人“唰”地两三步就来到孟浅浅的跟前，把她挡住了。

孟浅浅不得已刹停了脚步，连呼吸都要停止了。

之前周乔、应浩、萧然几个人都跟这家刺青店的人起过几次冲突。

“孟浅浅？”那灰色头发的男人认出了她，笑了起来。

“杨哥。”孟浅浅小声地喊道。

“变了很多啊，比以前漂亮了很多，这女生一长大就是不一样了，我记得你以前就跟在那个周乔的后面……就这么高。”杨哥抬手比画了一下，眼眸落在孟浅浅的身上完全没有错开。

另外两个男人也走过来，几乎把孟浅浅给围住了，他们两个人带笑说道：“我们听说你们都考出去了？还考了蛮好的学校嘛。”

他们朝着她越走越近，孟浅浅的头皮发麻，她抱着书本紧贴着墙壁，有些后悔走了这条路。据说他们三个人去年去别的城市工作了，谁知道这会儿会出现在这里。

“对了，应浩那小子呢？你不是他的女朋友吗？”三个人围着她，像是想起了什么。孟浅浅紧紧地捏着书本，手摸进外套口袋里想拿手机。

“怎么不说话？这小嘴闭得真紧……”另外一个孟浅浅记不清名字的男人已经伸手想碰她了，孟浅浅在手机上按了110……

这时，一个很低的嗓音传来：“她男朋友在这里。”

围着孟浅浅的三个男人齐刷刷地看了过去。应浩从拐角处走出来，穿着休闲款的白色衬衫跟黑色西装款休闲外套，一手插在裤子口袋里，眼眸看着这边。也许是光线的原因，他的眼眸很深，如暗夜的狼。

杨哥率先回过神来：“应浩也长高很多了呢。”

“啧，这些有钱人家的小子，呸。”另外一个想起之前被萧然支配的恐惧，脸上露出愤恨的表情。

孟浅浅的呼吸停住了，看着他。

应浩的指尖微微往旁边扫了扫，示意她赶快走。

孟浅浅看到了，趁着其他人在说话的时候，悄悄地从后方跑了出去。

“杨哥，我手痒了。”一个男的已经想动手了，杨哥笑了笑，说道：“那就上啊，今天就教训一下这小子。这小子以前比我矮多了，吃了什么好东西长这么高啊。”

话刚说完，另一个男人立即冲上前去，对着应浩的脸就开始挥拳，应该早就妒忌他的脸长成这样了。应浩微微侧头，下一秒抓住对方的手腕，用力往下一压，随后长腿一抬，回敬他，朝他的脸一踹。

“砰”一声，那人被踹飞，撞到墙壁上。

杨哥“呸”了一声也上前去，直接往应浩的肚子打去，应浩闪身躲过，接着用拳头回敬杨哥的胸膛，杨哥再起一拳。应浩躲避。

孟浅浅看得心惊肉跳，但是她不能成为负担，只能一边跑着一边打

110，不远处一家药店的老板听见动静也从店里出来，看到这个情况，立即叫上店员，拿着棍子跑过来。药店老板似乎认出了杨哥，大喊着：“杨聪，我报警了啊！”

这一声报警瞬间让那三个人清醒了，应浩也停住了拳头，那个被应浩踩在地上揍的男人“唰”的一下爬了起来，满脸鲜血的跌跌撞撞地跑了。药店的老板挥着棍子：“你们三个人迟早得坐牢！”

“滚！”

随着这一声滚，应浩的身子往墙壁上靠去。药店老板看了孟浅浅一眼说道：“快去扶他吧，到我店里拿药。”

孟浅浅这才猛然回过神来，她跑过去抱着书本蹲下：“学长……”

应浩把手搭在膝盖上，他抬起眼眸，看着她：“你喊我什么？”

孟浅浅一顿。

“应浩。你能起来吗？我去拿药帮你擦擦，你身体其他地方还疼吗？”她看到他唇角的一点瘀青，立即着急地问道。

应浩听着孟浅浅虽然语气焦急，但她没有伸手扶他，也没有去触碰他，她如今把两个人的关系分得很开。

他说：“你能扶我吗？”

孟浅浅一愣，随即点头：“好。你是不是伤到哪儿了？要不我们上医院吧？”她单手抱着书本，另一只手伸过去抓住他的手腕。

触碰的那一刻，应浩反手抓住她的手腕，紧紧地抓着。

孟浅浅吓了一跳，死命地挣扎。“哗啦”一声，书本全掉在地上。

孟浅浅甩开他后，后退了一步。她看着地上的书本，应浩的手臂垂落回去，空气近乎凝固。

就在这时，那边药店老板朝这边喊了一声：“小姑娘，你不带你男朋友过来？”

这声音让孟浅浅立即回过神来，她冲那边喊道：“老板，他不是我男朋友。”说完，她匆匆地蹲下捡地上的书本，捡了几本之后，一双修长的手伸过来，帮她捡起了那边的试卷。孟浅浅抬起头来看了他一眼。

应浩垂着眼眸，捡起试卷后单手拎着，站了起来。

孟浅浅也赶紧抱着书本起身。

应浩没有再看她，而是直接走向药店门外放着的长椅。他那出色的长相一到有光的地方便更加显眼，加上此时他的衬衫跟外套都有些凌乱，看起来有几分野性，店里的两名女员工看到他都两眼放光。他把试卷放在长椅上，随后坐了下来，身子往后靠。

他也不是完全没有伤到，至少明面上嘴角跟眼角都有伤。孟浅浅把书本也放下，又看到他指尖上有血迹，估计手指也破皮了。

应浩："你去药店拿点药，顺便拿点止血贴，我得处理一下。"

孟浅浅点点头："好。"

应浩把手机递给她。

孟浅浅一顿："嗯？"

"扫码给钱。"他说。

孟浅浅摇头，推开他的手机，立即转身朝药店走去。老板似乎早就在等着她，他拿着消毒药水和棉签还有止血贴递给孟浅浅，孟浅浅要给钱，老板推手说不要，他说："杨聪是我同母异父的弟弟，他太混账了，不好意思啊。"

孟浅浅一愣。

她没想到药店老板跟那个杨哥是这个关系。她抿抿嘴唇说："好的。"然后就拿着药走了出来。

应浩靠在椅子上，低头在摁手机，孟浅浅走过去，把消毒药水和棉签以及止血贴放在书本上。

她说："你抬一下头。"

应浩便抬起头来。

孟浅浅拿着棉签沾了点儿消毒的药抬起手，好在棉签很长很粗，让她和应浩还有些距离，不至于靠得那么近。应浩也没有正对着她，而是侧着脸，这样也可以避免两个人对视。孟浅浅飞快地处理完了眼角，随后换了另外一条棉签，递给他。

"唇角你自己涂吧。"

应浩撩起眼眸，看了她一眼。接着他伸手拿过那根棉签，在唇角上随意地划弄两下，那力道，孟浅浅都替他疼，但他的眉头皱都没皱一下。

他划完后就扔了棉签。孟浅浅赶紧拿了止血贴撕开递给他，唇角的伤没办法贴，只能贴眼角。

应浩看了一眼止血贴，接过来，接着直接在眼角贴上，贴得不算正，有些歪还有些皱，孟浅浅虽然觉得贴得不好，但她还是松了口气。

她说："你的手指要不要处理一下？"

他看了一眼手指："不用。"

说完，两个人就安静下来。

孟浅浅抬手整理着书本，顿了顿，似乎才想起来自己忘记了什么。她低声道："应浩，谢谢你啊。"

应浩按着手机的手一顿，几秒后，他说："不客气。"

"你什么时候回学校？"他继而问道。

孟浅浅想了下，说道："还没确定，我还没买票。"

"嗯。"

"小姑娘，弄好了吗？"药店老板出来看了一眼，关心一下。

孟浅浅坐直身子看向药店老板："好啦，谢谢老板。"

药店老板看应浩像是皮外伤，也松了一口气："没事就好，我刚刚还以为你们是……"

"我们是朋友。"孟浅浅笑着接话。

应浩抬起眼眸，看了她一眼。

老板："哦哦。"

孟浅浅回答完老板的话，转过身抱起书本跟试卷，随后看向应浩，他正看着她，孟浅浅微微一笑："我们上次说好了，当朋友啊。"

应浩没回应。

"我得回家了，有点晚了。"孟浅浅看了一眼时间，站起身来说道。

应浩也跟着起身："正好，我也要回去。"

"那拜拜。"

两人并不同路，孟浅浅跟他点头告别，然后从另外一条巷子离开。应浩站在原地目送她，几秒后，转身朝另外一个方向走了。

回到家里果然是晚了。

黄秀琴脸上敷着打折的面膜从洗手间里出来，看到她进门后，没好气地说："买个东西买那么久，今晚洗完衣服你再睡。"

孟浅浅说道：“我知道了。”

说完，她朝房间走去，黄秀琴喊住她，上前一步，盯着她怀里的书本，接着问道：“买给你弟弟的？”

“不是，孟啸有补习班哪里需要这个，这是给媛媛的，都是些旧书。”

“给媛媛？怎么？我们家还要再出一个大学生？你妹妹最多读完高中就出来，她根本就不是读书的料子。”

孟浅浅的下颌紧了几分：“我不是读书的料子，我也考上好的学校了。”

“你一提这个事情我就气，当初说好了去上个大专，我连医院都给你看好了，你好端端的突然反悔……”

“秀琴！”父亲在屋里喊了一声，黄秀琴闭上了嘴巴。

孟浅浅转身就往房间走去，并关上了门。

孟媛媛趴在床上看手机，有些了无生趣地说：“姐，我都说了别买了。”

“你先看看再说。”孟浅浅把书本试卷放在桌子上，随后拿了睡衣去洗澡，洗完澡又洗衣服、拖地，忙完回来都十一点半了。

孟浅浅躺下，点开手机微信。

大年三十建的那个“新年 happy”的群里，今晚聊了很多，大多都是常慧慧跟唐隽、周彦、叶岚聊的。

快结束的时候，常慧慧还特意在微信群里问了问应浩。

常慧慧：@YING 学长今晚在忙啊？

但是应浩没回复，孟浅浅其实也想知道他现在怎么样了，还有没有别的地方疼。但是她没加应浩的微信。

于是，她点开了周彦的头像。

此时两个人既然是情侣，加上周彦已经知道她跟应浩之前的情况，她就直接说了今晚发生的事情。

周彦吓了一跳，问——

周彦：那你怎么样？

孟浅浅：没事。

周彦：怎么还会发生这种事情？

孟浅浅：没办法，老家这边挺乱的，那个杨哥他们很早就辍学不读书了，一直在这片地方晃荡。

周彦：那是真挺危险的。

孟浅浅：嗯。我没加应浩微信，不知道他的情况如何了。

周彦在那边挺开心的，孟浅浅没有私下联系应浩，而是如实告知他知道，他回复她一句——

周彦：我问问。

随后便点开了应浩的微信。

周彦：听浅浅说你受伤了，现在怎么样？

名苑花园内，应浩刚洗完澡，带着一身水汽，毛巾随意地搭在头顶上，他修长的手指握着手机，看着周彦发来的微信，几秒后，将手机"啪"的一声翻转扣在桌面上。

她说得倒快。

周彦：他没回复，估计睡觉了。

孟浅浅看到这条信息，便也放下心来。又跟周彦随意地聊了聊，才放下手机翻身睡去，孟媛媛看到姐姐睡着了，也把手机放下，起身关了灯。

这次寒假放的时间很长，差不多到元宵节这天。孟致贤初八就出门上班了，没了父亲在家压着，孟浅浅家里的冲突更多了。吵完架，妹妹甩门进了房间，说道："姐，你赶快回海城吧，这家怎么待得下去！"

孟浅浅拿笔在本子上画着重点，她努力回想自己复读那一年老师所教给她的，一样样地摘抄下来，一样样地记下来。

她说道：“你今天抽空把这几道题解一下。”

“姐！我不要。”

孟浅浅停下笔，她抬起头看向孟媛媛。

孟媛媛顿了一下。

孟浅浅说：“过来。”

孟媛媛的神情有些烦躁，但她还是走了过来。孟浅浅自己学得不行，逻辑性也差，但为了教妹妹，没办法只能硬着头皮上。

她当然可以提前回海城，叶岚昨天就回去了，说在家里待着没意思。但是她想教孟媛媛，也放不下孟媛媛，所以家里吵归吵，她留还是要留。

元宵节这天便要开学，于是，孟浅浅买了农历十四早上 8 点 30 分的高铁票，孟媛媛送孟浅浅去高铁站，姐妹俩拖着行李从屋里出来。

黄秀琴刚接了丈夫的电话，不太情愿地放下话筒，喊住孟浅浅，随后走进房间里，再出来时手里拿着一个黑色钱包，打开钱包后，她数了数里面的钱，把钱拿出来又放回去，抠抠搜搜的，孟媛媛抱住手臂翻了个白眼。

黄秀琴取出了八百块，看向孟浅浅：“生活费，省着点用，你爸这个月放年假，工资自然也就不多，下个月不一定能准时给你。”

孟浅浅看着那钱，抿了抿嘴唇，说：“知道。”

黄秀琴想了想，又抽走了一百块，这才把剩余的七百块递给孟浅浅。孟媛媛气得大叫：“八百块已经是很低了，别人都是一千多，你还要让姐给孟啸买东西……”

“有你什么事吗？你再说，我一分都不给。”黄秀琴瞪了孟媛媛一眼，孟媛媛只能闭上嘴巴。

孟浅浅拉过来孟媛媛，接了钱，对黄秀琴说道：“你是不是觉得以后就是你跟爸爸、孟啸三个人过？”

黄秀琴一愣，没弄明白孟浅浅的意思。

孟浅浅已经拉着孟媛媛扯着行李出门了。黄秀琴看着她们姐妹俩的背影，瞬间有几分慌乱。她这是什么意思？

姐妹俩抬着行李箱下楼，孟媛媛嘴里还在骂着黄秀琴：“以后就让她那个好儿子给她养老！”

孟浅浅一直没说话，很快，姐妹俩来到公交车站，孟媛媛这才停下唠叨。上车后有位置，两个人走到后面坐下。

孟浅浅看着掌心里的钱，人为五斗米折腰。

“姐，你把钱收好。”孟媛媛提醒道，孟浅浅“嗯”了一声，把钱收了起来，她看了一眼窗外，觉得是不是应该尝试自己赚钱。但这对于她来说，其实很迷茫，她既没有周乔优秀也没有成暖勇敢。她还想考证，她能两者兼顾吗？

公交车抵达高铁站，车上大多数都是学生，都在这一站下车。孟媛媛要把孟浅浅直接送到检票口。

她说：“高铁站真的好大。”

孟浅浅看了一眼路线，说道：“你等下出去记得看图标。”

“知道啦，我又不是你。”

孟浅浅：“我……”她揉了下妹妹的头。

姐妹俩来到检票口排队，孟媛媛左右张望，忽然拽了拽孟浅浅的袖子：“姐，那是浩哥吗？”

孟浅浅抬头看去，便看到应浩穿着兜帽上衣跟牛仔裤，提着黑色的行李袋站在隔壁的队伍里，他人很高，像鹤立鸡群，低头正在看手机。

因为距离不是很远，所以能看到他的眼角还贴了一点儿止血贴。

“姐，是他吧？”孟媛媛又问。

孟浅浅握住孟媛媛的手臂拉下来，孟媛媛回头看着她：“你跟浩哥不是上同一所大学了吗？”

孟浅浅收回视线，说道：“是上同一所大学了，但我们并没有联系。”

孟媛媛的嘴巴张了张，最后又闭上了。

她对姐姐和浩哥的事情是知道一些的，毕竟姐妹俩睡在同一个房间里，姐姐跟浩哥打电话发语音聊视频，她偶尔还凑上一句，浩哥买东西给姐姐吃，他偶尔会让姐姐给她带一份。

她以为姐姐考到海城大学会跟浩哥再有联系，但这次春节回来，姐姐完全没有提起浩哥甚至没有任何跟浩哥联系的迹象。她大约也能猜到些结果，她伸手牵住孟浅浅的手。

孟浅浅看了她一眼，任由她牵着。

“姐，那你是不是重新谈恋爱了？”

孟浅浅将票递给检票人员，回道：“是啊。”

孟媛媛大叹一口气。

孟浅浅接过行李箱，揉揉她的头发，说道：“我进去了，你等下不要乱跑，直接回家啊。”

“好的好的，微信联系。”孟媛媛点头。

孟浅浅这才推着行李箱走进去，这次的位置是 12 车厢 12A，靠走廊的位置。她把行李箱很顺利地放上行李架后，三个座位也还空着。她解了围巾准备坐下，便看到应浩提着行李袋走进这节车厢。

他抬起行李袋时看到她了，顿了一下。

孟浅浅立即扬起微笑。

应浩推好行李袋，说：“你怎么那么晚？”

孟浅浅说：“家里有点事，你呢？”

应浩放好行李袋，半靠在座位上说：“外婆不放，我多待了两天。”

“哦哦。”孟浅浅看着他的唇角还有眼角，他唇角的伤已经好了，眼角那里的止血贴还很明显，她想了想问道，“那个……伤口还没好吗？”

应浩抬起兜帽，直接罩住了头，那棱角分明的脸便藏了进去。他嗓音有些低的说道：“已经好了，懒得撕下来。”

他的位置就在孟浅浅隔壁那排的后排，也是 A 座，靠窗。孟浅浅得知他伤口没事了，便也坐下往后靠。

不一会儿，列车启动。

车厢里窸窸窣窣的，有人说话有人吃东西。孟浅浅拉着围巾挡住自己的下巴，补觉去了。这一趟，因为她和应浩前后座，孟浅浅跟应浩没有说过一句话，她上洗手间时，他抱着手臂，在闭目养神，她从洗手间出来往自己座位走时，看到同车厢的女生拿着写了微信号、电话和名字的纸张偷偷地往他的座位上塞。

孟浅浅看了一眼便挪开视线，来到座位坐下。

抵达海城时 11 点出头。

孟浅浅取下行李箱，一回头应浩提着行李袋，就跟在她身后，两个人都没说话，但这次却走向同一个出口。

刚走出出口，她便看到不远处站着的周彦。

孟浅浅的脚步一顿，有些惊讶："你怎么来了？"

周彦一笑，走上前拿过孟浅浅的行李，接着牵住孟浅浅的手，将她往怀里带了带，拉开了孟浅浅和应浩的距离。他抬头朝应浩打了招呼："你这眼角的伤口还没好呢？"

应浩单手提着行李袋，眼眸安静地看着他，顺带看了一眼那明显拉开的距离，似乎看出了什么。

他说："好了，工作室不忙吗？"

"忙啊。所以过来带浅浅去吃火锅，碰上你便顺便一起通知了，省得浪费时间。"周彦含着笑意，跟他对视。

应浩的喉结滚动了一下，抬手去招呼出租车，问道："都知道了？"

周彦的笑容淡了一些，语气有些严肃："嗯。"

出租车停下后，应浩点了点头，弯腰坐了进去。车窗摇下，他看过来，眼眸很轻微地从他们相牵的手滑过。

他说："我先走了。"

周彦巴不得呢，他点了点头："好啊，我叫下一辆，然后一起去工作室吃火锅。"

"嗯。"应浩收回视线，他往后靠，车子开走了。

孟浅浅隐约可以感觉到周彦有些紧张，等上了车，她看了一眼周彦，周彦也看了她一眼，随后笑道："你过年胖了？"

孟浅浅立即道："哪儿胖了？"

"哈哈……"周彦笑了笑，说道，"好，不胖。"

孟浅浅："你刚刚紧张？"

周彦笑笑，有些心虚，他看孟浅浅的样子应该并不知道应浩心中所想，他当然紧张，多少有点怕应浩回头对浅浅说一句"我忘不了你"。

更何况，应浩的魅力摆在那里，他有点不好战斗。

他笑笑说道："正常的吧，毕竟那是你曾经很难忘却的前任。"

孟浅浅息了声音。

几秒后，她说："对不起。"

周彦：“哎，没事，道什么歉呢？”他伸手握了握孟浅浅的手腕，“反正你得给我三个月的时间。”

孟浅浅小声地“嗯”了一句。

明天开学，今天是返校大潮，到了校门口，车子基本走不动路。孟浅浅跟周彦只能提前下车。

唐隽的工作室跟孟浅浅的宿舍是两个方向，此时先回宿舍不合适，所以她直接拿着行李去了唐隽的工作室。

这是孟浅浅第一次来唐隽的工作室，他的工作室像个小车库，此时正中间停着应浩买的那辆红车的车。

旁边还摆着一台正跳着数据的电脑。

常慧慧、叶岚都在，在靠近门口的位置，桌上摆着简易的电磁炉还有一些菜啊肉啊的。看到孟浅浅一来，常慧慧立即挥手：“浅浅，这里。”

孟浅浅跟周彦放好行李箱走过去。

叶岚拉了把椅子给孟浅浅，说道：“正在熬汤，等会儿，你要不要先喝点什么？”

孟浅浅摇头笑道：“我帮忙吧。”

周彦说：“你们弄，我过去那边看看。”

“去吧去吧。”

孟浅浅转头看去，看到应浩和唐隽正站着在研究那辆红色的车，两个人正在说话，唐隽手里捧着平板，说道：“电池最需要突破……”他撞了下应浩，“你那边怎么说？我们需要场地。”

应浩看着平板电脑上的数据，说：“我还不能开口。”

唐隽挑起眉头。

周彦此时也走到这边跟着一起看。他懂的不如应浩和唐隽多，但在那之前，应浩已经邀请他去他的团队了，三个人如今的目标一致。

走近后，他也拿起平板电脑看。

应浩把手插在裤子口袋里，垂着眼眸看眼前的车。唐隽一边打开车门一边说道：“如果有现有团队进行研究，可能比我们初起步要好。”

应浩：“知道。”

唐隽坐进去后，手肘搭在窗户上，看了他们一眼："怪了，我怎么觉得你们俩今天的气氛不太对？"

周彦抬起头："有吗？"

唐隽看了一眼应浩。

应浩挑起眉毛："有吗？"

唐隽："难道我的第六感失灵了？"

很快，常慧慧在那边喊道："可以吃啦。"

于是三个人走过去。孟浅浅成了掌厨的，她脱了外套和围巾，里面穿着宽松的白色毛衣配牛仔裤，头发扎了低马尾，细碎的刘海搭在脸颊边，此时正有些许的阳光往她脸上照。

她盈盈带笑，美得有点空灵。

她柔美中带着点儿天真，笑起来时杏眼又很温柔，歪头时又带着几分可爱。那一刻是非常美好的。

唐隽低声赞叹了一句。

周彦看她笑，也微微地笑了起来。

应浩的眼眸却隐晦深沉。

她拿着长长的公筷扬起头来，看了他们一眼。他们的呼吸均是微顿，唐隽咳了一声，转头想说点儿什么。

应浩说道："我出去一下，你们先吃。"

周彦看着他的背影，微微松了一口气。

唐隽眯起眼睛："你跟应浩有事。"

周彦都不知道怎么说，大步地走到餐桌那边，拉开孟浅浅身边的位置坐下，笑着道："浅浅，我来弄吧。"

唐隽抱着手臂点了点头，这才走过去。常慧慧给他让了位置，后来问道："应浩学长呢？"

"他出去了。"

"要吃饭了出去干什么？"常慧慧嘀咕了一声。

不过，后面他们并没有等来应浩，他出去后就没再回来。

下午，她们三个人回了宿舍，常慧慧是昨天回来的，床什么的都铺好了，她还带了些零食，往孟浅浅的桌子上放了一把。孟浅浅拿了一颗花生糖吃，说道："不知道的还以为你发喜糖……"

"哈哈哈，我连男朋友都没有，哪儿来的喜糖发？"

叶岚看着手机问道："应浩学长还没通过你的微信？"

常慧慧翻了个白眼："没有，我看应浩学长现在清心寡欲的，准备一个人孤独终老了。"

叶岚笑起来："可能是被林飘学姐伤了心吧。"

孟浅浅叠着衣服，听着她们聊天，没有加入其中。她其实不认为应浩会一直单身，他那样的人应该会很快再找的，但愿他下一段恋情能好一些。

收拾好衣服，孟浅浅拿了一小袋猫粮，随后便去了猫屋。她一推开猫屋的门，便看到应浩站在她买的粉色猫架旁。小橘在猫架上跳来跳去，他正用指尖逗弄着小橘。

他抬起眼眸，看了她一眼。

孟浅浅一顿，笑笑："学长好。"

应浩："不是朋友吗？为什么还叫学长？"

孟浅浅愣了一下，她开了猫粮倒在小桶里，垂眸想了一下，说："应浩。"

礼貌、疏离，不像以前那种甜甜的叫法。应浩抬头看着她，尾指却被小橘挠了一下。他猛地收回手，看了一眼尾指。小橘在咬痕附近留下了一个爪印，应浩的脸色微青，直接提起小橘的后颈。

小橘奓毛，"喵喵喵"地连叫几声。

孟浅浅回头一看，看到小橘的毛发都奓起来了，应浩的神色并不好看。她吓了一跳，跑过去喊道："你把小橘给我。"

应浩推开窗户，要把小橘从窗户放出去。

孟浅浅扑上去，说道："你给我！你把小橘放下，别扔它。"

应浩充耳不闻。小橘已经被放到窗户外面了。孟浅浅正好扑到他身边伸手去接，应浩突然俯身，另一只手搭在窗台上，几乎把她拢在怀里。

他低声道："小橘已经找到收养的人家了，它再动不动逮着人就抓，迟早得再次变成流浪猫。"

"不会的，你刚刚肯定是逗了它才会……"孟浅浅刚说完转身便发现了两个人的情况，她的眼睛猛地睁大，反射性地伸手推开他，并抱着小橘往旁边躲去。

应浩的肩膀被拍了一下，他松开放在窗台的手，随后插进裤子口袋里，半倚在窗台边，神色自若。

孟浅浅的呼吸停了几秒。“你……”

“它的领养人你要看看吗？”应浩拿起窗台上的一份资料扔到一旁。孟浅浅突然有些警惕，看了一眼资料，又看了他一眼。

应浩抿紧薄唇。他看出了她眼底的警惕，神情微冷。

孟浅浅犹豫了几秒，单手抱着小橘，捡起资料，走到那边去看。前段时间，学生会已经在“萌宠论坛”上陆陆续续地放出猫咪的照片，寻找有缘人，如今也断断续续地有领养人跟学生会这边联系，等学生会拜访完这些领养人，就会根据情况把猫咪的领养手续办好。

要领养小橘的是一对丁克夫妇，三十来岁，家里已经有一只泰迪了，想多养一只猫。他们夫妻都是金领人士，是一对很好的领养人。孟浅浅由衷地替小橘开心，她顺着小橘的毛发，说道：“你们都有家了，我也可以放心了。接下来我要忙了，真的会很忙哦。”

说着，她把脸埋在小橘的毛发上蹭了蹭。之前考上这个学校全凭对应浩的执着，如今却应该清醒地思考接下来要走的路。

“你要忙什么？”应浩低低地问道。

孟浅浅抬起头，看了他一眼，却拒绝回答。

应浩：“我们不是朋友吗？”

孟浅浅就差对他翻个白眼了，她给小橘倒了猫粮，然后转身便走了出去，离开了猫屋，留下应浩一个人倚在窗台边。

他安静地看着她离开的背影，几秒后，转头看着那只被她喂饱的小橘猫，用指腹摸了摸尾指的咬痕。

出了猫屋后，周彦正巧来找孟浅浅，孟浅浅回过神来，立即走上前去。周彦笑道：“不是让你等等我吗？”

孟浅浅：“我就是来看看小橘。”

“看到了吗？”

"嗯。"

"如果以后猫咪都被领养走了，你们的乐园也要消失咯。"周彦看了一眼猫屋跟狗屋，笑道。

孟浅浅也看向猫屋，失神了一会儿说道："那也没办法，学长，我们走吧。"

"好。"

周彦带孟浅浅去图书室挑考证的学习资料，他说："应浩六级已经过了，他口语了得……"

话说到一半他住了嘴。孟浅浅宛如没有听见一样，周彦也松了一口气，给她选了学习资料，然后去柜台刷卡。

刷完卡，周彦像想起了什么事情，他说："对了，学生会要在三月中旬举办一次敬老院义工活动，你要不要问问慧慧她们参加吗？"

孟浅浅抱着书想了一下，点点头："好，我回去问问。"

"我送你回宿舍。"周彦等下还要去学生会开会，他看了一眼腕表，把孟浅浅送回宿舍。孟浅浅上楼进门。

常慧慧看到她怀里抱着书，张大了嘴巴："你终于决定要考证了？"

孟浅浅把书放在桌面上，说道："是的。"

叶岚探头："加油。"

朱芳要晚上的飞机才到，所以此时宿舍里只有她们三个人。常慧慧抓了下头发："我的天，浅浅你都努力了，我是不是不应该继续当咸鱼啊？"

孟浅浅闷头笑道："对，你也不应该当一条咸鱼。"

常慧慧立即踩着拖鞋就要去借书，孟浅浅把另外一本书扔在她的桌子上："我们俩交互学习，也可以一起探讨。"

"这个好。"常慧慧又坐了回来，拿起书本开始翻。

叶岚在后面笑眯眯地道："很好，我们宿舍总算要在学习的海洋里团聚了。"

嘴上说要考证，但真正学起来没那么容易，常慧慧学了两三天就开始走神了。孟浅浅为了防止自己太贪恋被窝的暖和，或者学着学着就睡过去了，她一般都会早早地起来洗漱完毕，坐在书桌旁一边受冻一边努力。

这天早上，轮到常慧慧去买早餐，叶岚跟朱芳都有课，孟浅浅一个人在宿舍里看书，走廊上传来些许的脚步声，紧接着就是细细的哭泣声。

孟浅浅愣了一下。她摘下耳机去听。

那女声还在哭，是那种压抑到极致的哭泣。孟浅浅原本不想搭理，可是隔壁宿舍的也听到了，还朝走廊砸了东西。

有声音从门口传来："哭什么？有病啊？一大早的。"

孟浅浅抄起书本快步地走向门口，想去看看是谁，一踏出门看到楼梯拐角处的人，她瞬间屏住了呼吸。

林飘穿着棕色的裙子跟黑色的露肩毛衣，手里提着一个黑色的小包，一头长发很是凌乱，最可怕的是她裙子上还带着黑色的点，看起来像是凝固后的血迹。

林飘眼眶发红地看向跑出来的女生。

孟浅浅迟疑地喊道："学姐……你……"

林飘没有回应，她只是红着眼眶看着孟浅浅，那样很是可怜，昔日风光无限、高挑漂亮的学姐此时看起来很是狼狈。

孟浅浅指着屋里，说道："你要不要进我们宿舍里……我给你倒杯水喝。"

林飘听见这话动了动，接着踩着高跟鞋往这边走来，孟浅浅紧张地看着她，心想着进去给她倒水。

谁知道她眼前一黑，"啪"的一声，一个巴掌狠狠地打在了孟浅浅的脸上，她的脑袋嗡嗡作响，一脸茫然地看着林飘，眼前都有些重影。

"你干什么啊？！"常慧慧跨上最后一个台阶冲过来，一把扶住孟浅浅，并指着林飘，她买的热豆浆晃悠了两下，豆浆全溅到了林飘的身上。

林飘抬手挡了一些，眼眸冷冷地看着孟浅浅："如果不是因为你，我今天不会这样，你好端端地待在连城那破地方就好了，干吗还考到海城？你配吗？一个复读的垃圾。"

常慧慧大声地骂道："你才是垃圾，你劈腿还拜金，你有什么资格说浅浅？浅浅，你怎么样？"她看向孟浅浅。

孟浅浅的耳朵有些耳鸣，她站直了身子，冷冷地看着林飘，随后弯腰捡起地上的书本，说道："自己选的路，你哭着也得走完，只能说你活该……”

说完，她嘴里就冒出腥味，那味道直冲喉咙。她转身就往洗手间里跑去，趴在洗手台上吐了些血丝出来。

林飘恨恨地看着她的背影，常慧慧吼道：“滚。”随后她走进屋里，把门关上。

“砰”的一声。

走廊上已经站满了人，一个个用嫌弃的眼神看着林飘，昔日众人眼中的美女。如今只是个笑话。

“陆礼那样的人能跟吗？他的女朋友可不止一个。”

“拿自己去赌，赌输了吧……”

林飘站直了身子，听着这些话，毫无感觉，她麻木地走向自己的宿舍。她宿舍里的人躲她如瘟疫，纷纷让开了路。

“你还好吗？”常慧慧捧着一杯温水站在孟浅浅的身侧，孟浅浅抬手擦拭了一下唇角，血总算止住了。

她接过温水，喝了一口，又漱了一下口，随后靠在小阳台上。

常慧慧看着她肿起来的脸，心疼得很，说道：“刚刚发挥得不好，我应该回敬她一巴掌的。”

孟浅浅苦笑了一下说道：“我也被打蒙了。”她摸进洗手间，拿了毛巾过了水捂着脸。

常慧慧跟前跟后的，有些好奇地看着她问道：“她干吗突然对你发难啊？”

孟浅浅坐在椅子上，把书放好，摇摇头道：“不知道。”

但是回想她刚刚的那些话，她似乎知道她是从连城来的，还复读，那……她知道她跟应浩谈过恋爱？可是那都是过去的事情啊，她才是他的前女友啊。

孟浅浅觉得头大。

周彦这时正好又发微信过来。

周彦：要出门了吗？我陪你去图书馆。

孟浅浅：不去了，今天我想在宿舍里待着。

周彦：怎么突然改变主意了？

孟浅浅：就觉得宿舍暖和，我可以躺在被窝里看书。

周彦：？

那头，男生宿舍“雅轩楼”。

小阳台水声“哗啦啦”的，应浩洗完脸，随后拿起手机点开，下一秒，他转过身子，一把拉开阳台的门。

正靠在书桌旁看手机的周彦抬起头“唰”地看过来。

应浩眼眸微眯：“你有跟林飘联系？”

周彦皱起眉头，顿了一下：“就过年的时候聊了一会儿。”

“你跟她说浅浅是连城来的？”

周彦有些不明所以，但是他微微地拧眉回想了一下说道：“是有聊到这个话题。”

应浩的脸色瞬间难看起来。

他一把拽下床上的耳机，大步往门口走去。周彦愣了几秒，接着手机“嘀嘀”响了起来，他拿出来一看，是孟浅浅被林飘扇巴掌的视频，他脸色大变，立即穿了鞋子也朝门口走去。

应浩走在前面，因为男女生宿舍有一定距离，应浩扫了辆单车骑过去，周彦自然也跟着，两个人一前一后来到女生宿舍楼下。

应浩直接拿出学生会的权力，大步上楼。

周彦也是学生会的，寝室阿姨也放了行，并在他们身后嘱咐：“五分钟后下来啊，不然我就上去赶人。”

来到三楼，应浩并没有去浅浅的宿舍，而是直接走过。但周彦来到孟浅浅的宿舍门口，斟酌了一会儿，才屈指敲门。

林飘的宿舍在最里面，应浩敲门后，是她舍友开的门。对方看到应浩后愣了一秒。

应浩后退一步说道：“让她出来。”

林飘的舍友愣了一下，点了点头，走过去敲了敲林飘的床沿。林飘从床上坐起来，她的眼睛红肿着，随后看到门口站着的男人。

可能是很久没看到他了，多少有点像幻觉。

她的舍友又敲了敲床沿："下来啊，人家找你。"她的语气有些不客气，也有些不耐烦。

林飘顿了顿，掀开被子，从床上下来，她换了一身丝滑的睡衣，踩着拖鞋，抱着手臂走向门口。

还没走出去，应浩伸手一把抓住她的手臂。

林飘尖叫了一声，挣扎道："你要干什么？应浩！"

应浩看都不看她，一把拽着她来到302的宿舍门口。孟浅浅有些茫然地捂着脸站在衣柜旁，周彦正站在她的身边。

应浩看着孟浅浅，心疼逐渐升级，他说："周彦，让浅浅出来。"

周彦看向孟浅浅。

孟浅浅轻声地问道："你要干什么？"她看着脸色发白的林飘。

应浩挑起眉头，他指了一旁的常慧慧："你出来，替浅浅处理。"

常慧慧不知为何，立马听懂了应浩的意思，她咳了一声，揉揉手腕快步上前，扬起手臂，"啪"的一声，一个大力无比的巴掌就这么扇向了林飘。

因力道太大，林飘整个人震了一下，应浩顺势松手，他轻轻地擦拭了一下指尖，往旁边站去。

林飘的身子跌靠在栏杆上，体验了一把刚刚孟浅浅经历过的耳鸣，还有嘴里出血，眼前发黑站不稳的滋味。

应浩的嗓音冷冷地传过来："你跟我之间的事情，不要扯到第三人，你以后再敢对孟浅浅做什么，我双倍奉还。"

"呵呵……你连亲自还手都不敢……"林飘突然笑了起来，肩膀随着她的笑耸动，紧接着她的眼眸抬起来，直接看着孟浅浅。

孟浅浅微微一愣。

她的眼神仿佛在说，你配得上他吗？你这么懦弱。

说完这话，林飘站直了身子，转身朝自己的宿舍走去。她的后背挺得很直，像个刚刚战败的女王。

应浩听到林飘的话，眯了眯眼睛，转头看了林飘的背影一眼。

孟浅浅看到应浩转头去看林飘，她的嘴唇拧紧，坐了下来，很久没有想起的画面浮上了脑海。

高中时因为她和应浩走得近，她明里暗里受到了很多攻击。每次试卷发下来，同班的班长就会嘲讽地看着她：“你朋友不是挺厉害吗？你怎么考成这样？人家年级前五，看看你，吊车尾，你配和他玩吗？”

复读那一年，也有一些老同学逮着她笑：“孟浅浅，你果然没考出去，人家应浩上了大学肯定就把你给忘记了，他肯定要选一个跟他同等水平的人……”

“浅浅？”周彦低声地喊道。

孟浅浅茫然地抬起头，对上了周彦温和的眼眸，她顿了顿，挤出一抹笑容。周彦看着她的笑，很是心疼，他蹲下身子，牵着她的手说道：“对不起，我太粗心了，大年初三那晚我参加完同学会回去，她给我发了微信，问你是不是连城的，我一时没想那么多，便回复了她。”

所以，林飘才会去探听她跟应浩的过去，才有了今天这一幕。孟浅浅突然觉得一切都通了，她笑笑说道：“所以，防不胜防对吗？”

她这样笑，这样问，周彦只觉得心如刀割，这话双重意思啊！

他低声道：“对不起！对不起！”是他低估了女人的妒忌心。

应浩站在门口，看着周彦牵着她的手在那里道歉，而他连进门的资格都没有。他的下颌紧绷，眼眸深深地看着，几秒后长腿一迈，朝楼梯走去。常慧慧从刚刚开始就觉得气氛不太对，但她想了想，还是跟着迈出了宿舍，朝应浩跑去。

“学长。”

应浩停住脚步，把手插在裤子口袋里，微微偏头：“什么事？”

常慧慧看着他线条分明的侧脸，咳了一声，说：“学长，那个微信你要不通过我一下？”

应浩看了她几秒，突然问道：“你喜欢我什么？”

这直白的一问，常慧慧一呆，她似乎没想过这个问题：“就……”

应浩的眼眸带了几分嘲讽，他从裤子口袋里拿了一把钥匙递给常慧慧：“去学生会拿点冰块给孟浅浅敷一下。”

常慧慧接过钥匙：“哦，好，我现在就去拿。”

应浩的脚步没有停顿，转身下楼。高大的身影很快就消失在拐角处，常慧慧看了一眼手里的钥匙，转身先回宿舍去拿盛具。

她没敢立即进去，怕成了电灯泡。孟浅浅的余光看到常慧慧的身影来到窗边，把手从周彦的手里抽出来。

“周彦，你先回去吧。”

五分钟已经快到了，周彦的手一空，也不好再待下去了，他站起身来揉了揉孟浅浅的头发，说道：“我去买点药膏，先走了。”

孟浅浅点点头，然后迟疑了一下说道：“以后还是尽量不要上宿舍来吧。”

周彦一顿，随后看到常慧慧的身影，他点点头说道：“好。”说完便转身出去。

常慧慧从外面闪进来，朝周彦一笑。周彦也微微一笑，然后错身而过。常慧慧把宿舍门关上，总算是安静下来了。

孟浅浅的身子放松下来坐了回去。

常慧慧说道：“吓死了，没想到应浩学长会这样来一下，不过他真的太帅了。”

孟浅浅安静地坐在椅子上，看着常慧慧从桌子下拿出一个保温盒，她说：“慧慧，你刚刚好勇敢。”

常慧慧一笑：“应浩学长给我的勇气啊。”

孟浅浅从回忆的情绪里抽出来，笑着看常慧慧。

或许什么样的女生都适合他，唯独她不适合，因为她实在是太弱了。常慧慧摸摸孟浅浅的头：“我去给你拿冰块，应浩学长给的钥匙，他让我去学生会拿。”

常慧慧真是三句话都不离应浩。

孟浅浅摇头道：“不用啦，其实也没那么疼了。”

“要的要的。”常慧慧说完立即出门。孟浅浅看着她走出去，只能拿起毛巾再敷一下脸，她呆坐了几秒，转过身拿起笔，继续看书。

二十分钟后，叶岚跟朱芳拿着周彦买的药膏推门进来，看到孟浅浅顶着一张猪头脸还在那里学习，惊了一下：“小宝贝啊，你都伤成这样了，还那么勤劳！快，先擦擦这个药膏。”叶岚把药膏放在孟浅浅的桌子上。

孟浅浅看了一眼药膏，问道：“这事你们都知道了？”

朱芳擦擦脸说道："能不知道吗？论坛里都是视频，不过听说应浩学长已经安排人删了。"

"我看看你的脸。"叶岚抬起孟浅浅的下巴，"啧啧，真搞不懂，怎么舍得对你下手，学姐这光环一落千丈。"

朱芳："好好的牌打烂了还怪别人，学姐真行。"

不一会儿，常慧慧回来了，她们三个人围着给孟浅浅敷脸，虽然敷着冰是挺痛的，但孟浅浅心里却暖暖的。

好在隔天是周末，孟浅浅这脸这情况就适合在宿舍里待着。周彦一早就送了早餐过来，中午又送了午餐。晚上，唐隽也争着送了晚餐过来，周彦还发了一条视频过来，上面是他删除林飘微信的画面。

常慧慧坐在桌子旁吃着两个学长送来的吃的，说道："这咸鱼的生活好好哦。"

叶岚笑起来："人家是给孟浅浅买的，又不是给你。"

常慧慧："我沾浅浅的光不行哦。"

晚上八点多，孟浅浅看书看到感觉颈椎病都快出来了，她揉揉脖颈，做了下眼保健操。常慧慧的手机"嘀"了一声，她看了一眼，接着往门口走去。宿舍里其他人也看向她，叶岚："有情况？"

朱芳挪开手机："我也觉得有情况。"

孟浅浅也有些好奇。

不一会儿，常慧慧回来了，手里提着四份关东煮，那熟悉的味道让孟浅浅愣了一下。常慧慧笑眯眯地把其中一份放到孟浅浅的手边："这是给你的。"然后又给叶岚跟朱芳送去。

叶岚接过来，看着常慧慧："怎么回事啊？谁买的？我们学校的关东煮难吃死了，这一看就是去校外那家买的吧。"

常慧慧"嘿嘿"地直笑，她说道："浅浅，你快吃啊，里面有你喜欢的鱼丸还有墨鱼丸。"

孟浅浅拆开盒子看着鱼丸和墨鱼丸，她问道："慧慧，谁买的？"

"外卖。"

孟浅浅："哦。"

叶岚："我才不信呢。"

“就是。”朱芳一边吃一边说。

常慧慧却笑着吃，并不说话。

孟浅浅拿起签子开始吃，熟悉的味道让她想起了两个闺密，周乔和成暖，周乔很快就要结婚了。时间过得好快啊！

第五章

机　关　算　尽

三月中旬，初春。

孟浅浅宿舍的人全都报名参加了义工活动，这次活动规模很大，同时也是海城大学每一年主要的活动之一。

因为参加活动的人数多，分布在了好几个敬老院。

孟浅浅的宿舍被安排在临市。

第一次参加这个活动，大家都挺兴奋的。这天一早，孟浅浅宿舍的四个人勾肩搭背地下楼。学校安排的大巴就停在宿舍楼下。

孟浅浅一眼便看到周彦站在车旁，他在清点人数，抬眼看到她来了后笑了笑。

孟浅浅的唇角微勾，走过去："你跟我们这车？"

周彦放下笔，说："是的。"

常慧慧："哟哟哟。"

叶岚跟朱芳也在一旁笑。这时，大巴车门传来一些动静，孟浅浅一抬头便看到应浩穿着黑色的运动服背着双肩包手撑在挡板上，半弯腰想说话。视线是猝不及防地就对上了，孟浅浅一愣，随后朝他点点头："学长，早上好。"

应浩："早上好。"回了这话，他对周彦说，"先登记住宿的情况，如果不想住宿的，可以临时调换地方。"

周彦点头："好，已经有学妹报备了。"他看向浅浅几个，"你们先上车吧。"

常慧慧朝应浩挥手："学长，我们来了。"说着，就拉着孟浅浅跟叶岚、朱芳走向大巴。

应浩的身子往后靠，让了位置给她们，过道很窄，孟浅浅从他的身侧走过，他的眼眸落在她的脸上几秒。四个人走进去后，选了最后面的位置坐下，孟浅浅靠着窗户，把书包放下抱在怀里。

常慧慧看着站在那边低头按着手机的应浩，说道："我们好像很久没见到应浩学长了吧。"

叶岚："上次在图书馆有见到。"

朱芳："这次义工所有的流程都是他安排的，忙成这样还能天天让你们见到啊。"

常慧慧："哦。"

她看了一眼手机，那天晚上应浩学长给她们宿舍买了关东煮后，他就再没给她发过短信了。啧。

她们在聊天，孟浅浅却看着窗外。

正好看到林飘学姐也从楼梯上走下来，她没有穿高跟鞋，也没有涂大红唇，穿着简简单单的白色运动服，扎着高马尾往大巴车走上来。

常慧慧惊呼了一声："林飘学姐也来啊……"

话音刚落，就看到林飘上了大巴车。应浩靠在第一排的扶手上，低头一边摁着手中的手机，一边戴着耳机讲话。

林飘路过，他连头都没抬，林飘也没看他，直接从他跟前走过，最后在第五排的位置坐下。大巴车里很安静，应浩拔下耳机，长腿踩地，似乎就跟没看到林飘一样，直直地往孟浅浅这边走来，他的眼眸在孟浅浅的脸上扫过。

她看着窗外，脸上的肿胀已经不见了，恢复了白皙红润的脸颊。

他敛了眼眸，将单肩包扔在第八排的座位上，说道："你们四个人坐在那里，等下不好睡，要到这前面来吗？"

孟浅浅回过神来，看了一眼常慧慧三个人。

四个人你看看我，我看看你，然后一致摇头，常慧慧说道："我们就要坐在这里。"

应浩听罢，轻笑了一声："行。"然后便转身朝大巴车门口走去。

常慧慧捂着耳朵："学长犯规啊，笑起来这么好看。"

他笑起来不是温润的，而是那种有点戏谑的感觉。孟浅浅看了常慧慧一眼，笑了笑。

八点半左右，大巴车上人数坐了三分之二，周彦也收了记录本上来，他直接来到后面，常慧慧三个人“唰”地站起来往旁边让了让。

周彦便坐在孟浅浅的身边。

孟浅浅看他满头大汗，便拿了纸巾递给他，他笑着接过去，擦拭了额头上的汗，说道：“我带了面包，你吃了吗？”

孟浅浅笑道：“吃了。”

“那等会儿还是吃点儿吧，蓝莓味的。”说着，他用手顺顺孟浅浅的头发，眼眸温柔。

不远处，又戴上耳机打电话的应浩抬起眼睛便看到了这一幕，他的指尖摁在椅背上，微微泛白。几秒后，他低下头，回答电话那头已经重复了两次话的袁从严：“干妈这次跟你出差吗？”

“你自己问她吧。”袁从严说完，挂断电话。应浩微顿，翻找起干妈的电话号码。

而旁边，很多学妹把目光落在他的脸上。

从海城市到临市用了两个多小时，等到达目的地，所有人便在周彦的带领下都进了敬老院。这家敬老院老人的年龄从60岁到93岁，有些是子女送来的，也有些是实在没地方去，自己选择进来的。

老人们一开始在这里还感觉挺新鲜，时间久了难免寂寞，毕竟老伙伴再多也不如亲人的陪伴。而孟浅浅这些正年轻的孩子一来，老人们都很开心，他们或多或少从他们身上看到了儿子、女儿、孙子、孙女的影子。

孟浅浅被安排去陪一个老奶奶聊天，给她梳头，老奶奶看着孟浅浅，说道：“我看到你就想到我的孙子，我孙子他也交了一个女朋友。”

孟浅浅半蹲下来笑问：“奶奶，你这么年轻，孙子多大了啊？”

老奶奶捂着嘴巴笑道：“小丫头，我还年轻啊？我孙子二十二了，他跟他那个小女朋友啊，是从高中就认识的，说大学毕业后就要结婚呢。”

孟浅浅：“那多好啊，青梅竹马。”

“是的呢。”

她站起身来给老奶奶梳头，不远处应浩坐在椅子上，正陪着一个老爷爷下围棋，老爷爷看着他道：“小子，你心神不宁啊，想到谁啦？”

应浩笑笑，回过神来，将了老爷爷一军。

一整天下来，学生们都很用心，老人们也很开心。应浩的领导能力很强，整个活动安排得都很妥帖，也没有出现什么大的矛盾。

因为学生们陪老人吃了晚饭后，又自发打扫了一下，从敬老院出来时，天色已晚。好在应浩他们提前订了附近的客栈，但因为人数较多，学生们只能分散去几个客栈。

周彦带孟浅浅几个人去她们的客栈，孟浅浅运气好，分到一个单间，常慧慧看了一眼房间，捂着嘴巴嘘嘘：“啧啧，干部的女朋友就是不一样。”

孟浅浅脸色微红，让她们先走。

常慧慧笑眯眯地拉着叶岚跟朱芳上了楼。孟浅浅看了一眼她们的背影，把行李放下，看着周彦道：“我们也上去看看她们住的地方吧？”

周彦看着她，牵住她的手，眼眸在她的脸上扫着。

孟浅浅歪了歪头：“嗯？”

周彦的眼眸落在她的嘴唇上，朝她走近了一步。孟浅浅察觉出他的意思，她顿了顿，盯着两个人越来越近的距离。

她的后背下意识地紧绷，这时，房门被推开了，应浩把手插在裤子口袋里，站在门口，眼眸晦暗不明。

周彦的心一紧，他抬起手臂，把孟浅浅揽进了怀里：“你应该敲门。”

应浩：“是吗？你们门没关严实。”他的眼眸扫过孟浅浅的脸。

——应浩，你放开我……你弄疼我了……

他的下颌紧了几分，深深地看着躲在周彦怀里的她，过了半晌，他说：“周彦，她还很单纯。”

你别碰她。

这时，隔壁的房间传来了些许声音，孟浅浅如梦初醒，猛地从周彦的怀里挣脱出来。周彦听见应浩的话原本就觉得尴尬，此时被推开后更是有些不知所措，他其实只是想亲亲她而已。

孟浅浅抓抓头发，说道："我们去找慧慧她们吧。"

说完，她匆匆地往门口走。来到门口，她很疏离地看了一眼应浩，然后就从他身边走过。

应浩的喉结滑动，任由她从身边走过去。隔壁的声音愈发明显，周彦挠挠眉心说道："我们给她换个房间吧。"

应浩："好。"

周彦提了孟浅浅的行李出来，兄弟俩走下楼梯，谁都没说话，到了一楼，应浩从包里拿出一张卡递给前台："换顶楼的套房。"

周彦站在一旁，看出应浩这是在花自己的钱给孟浅浅换。周彦立即拿出手机，点开二维码说道："用我的。"

前台愣了一下，看了看银行卡，又看了看手机。

周彦在应浩身后道："我才是她男朋友。"

应浩的下颌紧了几分，他看着前台略过他手里的卡，伸手接了周彦的手机，随后扫了二维码。

顶楼的套房价格不便宜，周彦看了一眼金额，随后收起手机："我带她上去，你不是还要去忙吗？快去吧。"说完，他就直接往电梯那边走去。

应浩站在原地，看着金色的卡片。

前台的人看着这位帅哥，觉得他的心情很差，她迟疑地喊道："帅哥？"

应浩回过神来，敛了眼眸，收起卡片，随后转身朝门口走去。

一辆黑色的轿车缓缓地停下，应浩弯腰坐进车里。

司机看了他一眼，说道："袁总刚开完会。"

应浩往后靠，长腿交叠："嗯。"

车子启动，不一会儿就抵达了另一个豪华酒店，应浩下车，大步走进大堂，顺手在服务员手里提过一个蛋糕，搭乘电梯进了二十八楼的套房。

袁从严靠坐在椅背上，揉着眉心，听见他进来道："你干妈还在洗脸。"

应浩把蛋糕放下，坐在沙发上。

袁从严的妻子，也就是应浩母亲祝愿的闺密林晓雅擦着脸从洗手间出来，她看着沙发上的男生笑道："有心事啊？"

应浩放下长腿，身子往前倾，道："我想跟您聊聊。"

林晓雅挑起眉毛，看了一眼自家丈夫。袁从严一顿，立刻起身，朝书房走去。林晓雅坐在丈夫原本坐的沙发上，伸手拿起蛋糕看了看说：“你说吧。”

应浩的身子往后靠，说道：“我还是放不下她。”

林晓雅一听。她看向他，脸上带着聆听的表情。

应浩：“我试过去喜欢别人，但我没成功，我也试着去忘记她，但我依然没成功。我明明知道，她陪我走不了多远，可我还是忘不了。”

“你不是说高三那年她很累吗？”

“是，她跟着我那么累，我凭什么非要把她拉出她的舒适圈？”

林晓雅点点头：“那你只能往前走啊。”

“但是她交了男朋友，我也快要疯掉了。”

林晓雅一愣，半晌：“那你想怎么样？”

应浩的身子往前倾，轻轻地捏着指尖，一声没吭。

林晓雅却知道，他心里有答案。

进了电梯后，孟浅浅发现周彦没有跟来。电梯门合上后，电梯里只有她一个人，她的后背顿时微微放松，有些失神地看着一路往上跳动的数字。

“叮”一声，电梯门打开，这时孟浅浅才陡然回过神来，她走出电梯。常慧慧她们的房门没关，房间里传来嬉笑的声音。

孟浅浅的心情放松了一些，走过去探头喊道：“哈喽。”

“哈喽，哈哈哈，快进来。”常慧慧探头一看，看到是她，立即招手。孟浅浅笑着走进去。这是个双人房，有两张床，一张比较大一张比较小，需要住三个人，朱芳揉揉鼻子道：“我不习惯跟人睡一起，我自己睡这边行吧？”

“我是没问题，不知道叶岚怎么说。”常慧慧点头。

叶岚洗了脸从洗手间出来，常慧慧便问了她这个问题，叶岚沉吟了一下说：“行吧，我跟慧慧一起。”

她们分好了床，常慧慧拉着孟浅浅坐下。

几个人聊起今天在敬老院里的经历，常慧慧说：“如果让我到了五十多岁无依无靠去敬老院，我就干脆死掉算了。”

叶岚："不可以。"

常慧慧："唉，感觉人最辉煌的时间也就到四十岁，五十岁往上基本没用了。"

"你太悲观了，有很多企业家五十多岁才发迹呢。"叶岚翻了个白眼。

孟浅浅想了一下："好像是这样哦，我爸公司的老板四十五岁才赚了人生第一桶金，我爸也是去年才升职的。"

"看吧。"叶岚看向常慧慧。

常慧慧耸耸肩膀，她抬手敲了敲墙壁道："这里的隔音似乎不太好。"

孟浅浅瞬间想到刚刚房间隔壁的声音，脸色微微泛红，她很无奈地说："是真的不太好。"

话音刚落，门就被敲响了。几个人看去，周彦提着孟浅浅的行李站在门口微笑。孟浅浅看到他，感觉刚才听到的声音又在耳朵里回荡，她的呼吸微停。

"学长！"

"进来吧。"

"不进去啦，浅浅，我给你换了一个房间，走吧。"

"哇！这么好？还换了房间。"常慧慧立即起哄，她的语气中全是调侃，但没有带着半点嫉妒。孟浅浅推了常慧慧一把，在她的笑声中起身，走向周彦，周彦立即伸手牵住她的手，两个人往电梯走去。

孟浅浅："你怎么想到给我换房间啊？"

周彦按了电梯楼层，说道："得换啊，能住吗？"

孟浅浅的耳根微红，电梯里一时安静下来，但是等电梯门打开，孟浅浅才发现有些不对劲，楼层太高了，也太安静了。

她低声问道："这是什么房间？"

周彦含笑看了她一眼，随后拿出房卡打开门，里面是个一房一厅的套房，而且配着泳池跟很大的落地窗，还有一个小花园，小花园里有藤椅。孟浅浅吓了一跳，说道："这是套房啊，价格很贵的，学生会的学长们不会都住在这里吧？"

周彦笑着走进去说："你今晚就住在这里。"

孟浅浅却不敢进去，她看着整个环境，再看向周彦："你出钱换的？多少钱？”

周彦唇角的笑意淡了一些，说道：“没多少。”

“多少钱？”

周彦顿了一下，只能告诉她金额。孟浅浅一阵头晕，这次出来做义工，学校是吃住全包的，现在周彦却要搭上这笔钱，这钱比她一个月的生活费都高，孟浅浅立即道：“我们去退了吧，我其实也不用自己一个人一个房间，我可以跟其他学姐住在一起。”

周彦抿起嘴唇：“浅浅，你要跟我分得那么开吗？”

听见这话，孟浅浅一愣，她看着周彦，肉眼可见周彦的心情变得不好了，她立即解释道：“不是，我们都只是学生，我相信这笔钱对你来说也是负担，我们没必要这么勉强对吗？”

这话戳中了事实，让周彦想起爽快大方拿出银行卡的应浩，瞬间不知名的情绪蜂拥上来。周彦神情温和却有些愤怒地说道：“房间我开了，你不住的话就空着吧。”

周彦说完，松开了孟浅浅的行李，大步走了出去。

孟浅浅呆住了。等她反应过来，转身去追周彦时，电梯门已经快关上了。周彦靠在电梯墙壁上，他的神情让孟浅浅的脚步完全顿住，她很是无措地揪着衣服的下摆。

好一会儿，她蹲下抱着头想：省钱有错吗？有错吗？

她跟周彦交往以来，两个人都是请过来请过去的，她不想让周彦的压力太大，这有错吗？

电梯一路下行来到一楼。电梯门一开，周彦便大步地走了出来，他摸出口袋里的手机，随意地翻着。付款的页面还没有关上，看到上面的金额，他停顿了一下。好一会儿，他才收起手机。

周彦在客栈一楼寻了个地方站着，站了一会儿，他突然用拳头狠狠地捶了一下一旁的墙壁。

这时，一辆黑色的轿车在不远处的树荫下停下。车子开走，应浩从树荫下走出来，把手插在裤子口袋里，摁着手机朝客栈大门走去。进了大门，应浩抬起眼眸，便看到站在不远处的周彦，神情颓废。

应浩挑了下眉毛。

周彦低着头，没有注意到他。应浩便直接进了大厅，走向电梯，按了楼层，等待电梯门关上时，他想起周彦刚刚那个样子，他用眼眸扫向了电梯按键，最后按了顶楼的键。

很快，电梯在顶楼停下。

应浩走向那单独的一间房，房门此时没关，从里面透了些许的光线出来。他的下颌微紧，脚步加快了一些。

果不其然，她就坐在沙发上，在那里偷偷地落泪。

“浅浅。”

这声音一出，孟浅浅抬起头来，看到的却是应浩，她愣了一秒，反射性地擦着脸上的泪水：“学长，你怎么……来了？”

应浩看着她的泪水，眼眸深了几分：“跟周彦吵架了？”

孟浅浅擦着泪水摇头。

应浩的眼眸微眯，他走了进来，问道：“你是对房间不满意吗？”

孟浅浅立即摇头。

“那就是觉得套房太贵了，住不起。”

孟浅浅“唰”地抬头瞪大了眼睛看着他。

应浩的唇角勾了几分，半靠在鞋柜上，说：“今晚这里住满了，你那间房间退了以后立马就被人订走了。实在没办法才订了顶楼，你现在不住的话，只能下去跟常慧慧她们挤了。可是，如果她们知道你放着这么好的房间不住却跟她们挤，她们会怎么想？”

孟浅浅眼眶含泪，一直看着他。

应浩把玩着手机，喉结滚动，忍住上前碰她的念头道：“觉得一个人住太奢侈了，就让她们上来陪你住啊，都是成年人了，都不会太愿意跟别人睡在一起的。”

孟浅浅：“可这是周彦花钱订的，实在是太贵了。”

“那怎么办？花都花了。”应浩的眉梢微挑，“我的浅浅……你纠结什么？”

孟浅浅听见他这话，瞬间眼眸带着戒备：“学长，你的劝告我听进去了，我这就跟慧慧她们说。”

应浩：“行。”

“别哭了啊，这又不是什么大事。”说完，他转身走向门口，他还顺手关上了门。孟浅浅看着他走后，重新坐回了沙发里。

一分钟后，她拿起手机，给周彦发了一条微信。

孟浅浅：周彦，你不要生气了，好吗？

周彦：浅浅，对不起，那间房你……如果不想……住的话，我再想办法。

孟浅浅：我住，我叫慧慧上来陪我吧。

周彦：好。

他回复了这个后，孟浅浅也不知道再说什么了，便没再给他发消息。她拿起纸巾擦拭眼角的泪水，随后起身，下楼去找常慧慧。

来到七楼，她们的门关着，敲门也没人应。孟浅浅顿了顿，想着估计出去玩了，她拿出手机打开微信。

这时，隔壁的门打开了，她抬起头看到林飘从里面出来。

她一顿，林飘也微微一愣。林飘把门“砰”的一声关上：“你找常慧慧？”她张口问，眼眸没什么情绪。

孟浅浅抿抿嘴唇：“嗯。”

回答完，她就转身朝电梯走去，她顺手发了一条语音在群里：“慧慧，你们在哪儿？”

发完后电梯正好停下，她走进去。

谁知道林飘也跟着进去了，林飘就穿了一件白色的上衣跟灰色的直筒裤，而且素面朝天，完全像变了个人似的。

电梯下行，她安静地站着，低头按着手机。

林飘偏头看了身侧的女生一眼，眼眸闪过一丝冷意。她笑笑，说道：“你以后会跟周彦结婚吗？”

孟浅浅的指尖微顿。

林飘又笑了笑：“像你们这种楚楚可怜的女生确实很受欢迎哦。”

孟浅浅抬起眼眸，看了她一眼：“林飘学姐，你才是美女。”

“美女”二字让林飘的唇角微僵，那像是戳中她的神经一样。她无声地笑了笑，便不再开口了。

电梯一到，孟浅浅便率先走出电梯。

常慧慧正好发了微信来，发的是语音：“浅浅，我正要跟你说呢，我们在小院子这里一块玩《绝地求生》，可刺激了，你快来。”

“好，来了。”孟浅浅回了这话，一走到大厅就看到院子里坐着的几个人，常慧慧、叶岚、朱芳，还有周彦。

她走下台阶，周彦似乎感应到了也抬起头看过来，四目相对。孟浅浅抿唇，周彦微微一笑，朝她伸手。

她走上前来，把手递给周彦。周彦牵着她的手坐下，常慧慧匆匆抬起头道：“浅浅来得正好，快进队伍，周彦学长带我们飞。”

周彦笑道：“真的吃鸡了，有什么奖励？”

常慧慧一愣，随后她看了一眼孟浅浅，贼笑道：“那就奖励浅浅的一个吻吧。”

孟浅浅感到头皮发麻，踢了常慧慧一下。

周彦轻笑：“那我得加油了，浅浅，快登录游戏。”

孟浅浅只能打开APP，毕竟大家都在等她。这段时间她一心向学，很久没玩游戏了，她的技术又生疏了，生疏到还不如刚玩没多久的叶岚和朱芳。她俩不愧是学霸，连玩起游戏来都比她强多了。周彦更不用说，孟浅浅好几次差点死掉，都是他救回来的，拖着她这个拖油瓶，这局游戏居然还能吃到鸡。

常慧慧一阵欢呼。

孟浅浅呆了呆。

周彦看了她一眼，笑道：“是不是该领取奖励了？”

孟浅浅看着周彦，发现他的眼眸里含着认真。而周彦看着她，也很想触碰她，不为什么，刚刚吵架了，他想要亲近孟浅浅一点。

常慧慧拍手：“来来来——”

叶岚跟朱芳也笑着拍了拍手。

周彦看孟浅浅不动，觉得她是害羞，于是撑起身子靠近她。孟浅浅屏住呼吸，脑海里乱糟糟的。下一刻，她脑子里跳出的声音却是林飘刚刚问的那句：“你以后会跟周彦结婚吗？”

会吗?

周彦的吻已经落在她的眉心了。

“哐”，很大一声，所有人齐刷刷地转头。

客栈的木制门在一旁摇晃着，那是被人用力推开后造成的情况。而站在门边的人是应浩，他一手提着装满饮料的袋子，一手插在裤子口袋里，看着他们这里。一根树枝垂落，戳着他的头顶，他抬起手握住树枝，指尖一折。树枝断了，叶子从他的肌肤滑过，血冒了出来。他像是不知道疼似的，上了台阶，把袋子放在跟前的桌子上。

“只有冰红茶是常温的。”他的嗓音有些低，抬起眼眸看着孟浅浅，“你喝？”

“可以啊。”孟浅浅很随意地点头。

应浩从袋子里取出饮料，直接拧开了盖子递给她，周彦立即伸手帮她接过来。

应浩抬起眼皮，看了周彦一眼。

周彦微笑：“谢谢。”

应浩看了他几秒，随后薄唇紧抿，点了点头，拉了张椅子坐下，拿出手机按着。周彦这才把冰红茶递给孟浅浅，孟浅浅接过来，低头喝了一口，眉心还有些温度，是周彦留下来的，她有些不自在。

好在周彦坐了回去，也伸手拿了一瓶可乐喝。

常慧慧咳了一声，也不再客气了，伸手从袋子里拿喝的，并顺手递给叶岚跟朱芳，然后她看了一眼应浩手指上的血迹。

她挪过桌面上的纸巾递给应浩。

“学长，你的手指上有血。”

应浩垂眸看了一眼。

孟浅浅把盖子拧好，瓶子放回桌面上，便看到应浩接了常慧慧的纸巾，随意地在指尖上擦了一下，尾指上的咬痕一晃而过。

孟浅浅收回视线，拿着手机低头按着。

周彦在一旁说：“我们再玩一把吧，应浩，你玩吗？”

“不玩。”他说完。常慧慧惊呼一声：“学长，你尾指上是个咬痕吗？”

“嗯。”

常慧慧：“我能看看吗？”

应浩的神情有些不耐烦，但他还是伸手摊开。男生五指修长，骨节分明，而尾指边上的咬痕隐隐约约，还是月牙形的。

常慧慧咳了一声：“学长，这是谁咬的？”

“初恋。”

叶岚跟朱芳一听，“唰”地探头过来。周彦在一旁键盘都按不下去了，他被“初恋”二字震得心慌，他下意识地看了一眼孟浅浅。孟浅浅低着头，不知道应浩对常慧慧说这个做什么，她胡乱地敲着九宫格。

一秒后，她抬头说道：“初恋是没有结果的。”

所有人均看向她，包括应浩，应浩收回了手，眼眸眯起：“你怎么知道？”

孟浅浅看着他笑道：“我就是知道啊，因为我亲身经历过啊。”

应浩的下颌紧绷。

孟浅浅接着又笑道：“在错的时间遇见错的人，真是大错特错。”

应浩咬着牙根：“你觉得都是错？”

“当然了，都是错。”说着，孟浅浅打了个哈欠，站起身来道，“有点累了，慧慧，我换了个顶楼的房间，你要不要跟我一起去睡？”

常慧慧听见“顶楼”二字，两眼瞬间放光：“好啊好啊，听说带小花园的对吗？”

“嗯。”

“来了。”常慧慧起身，孟浅浅拿走冰红茶，跟周彦说：“我去睡啦。”

周彦看着她，唇角勾了勾：“好，去吧。”

常慧慧挽住孟浅浅的手臂，两个人进了大厅。叶岚跟朱芳对视一眼，也起身拿走属于自己的饮料：“两位学长，我们也先回去睡啦。”

周彦点了点头。

叶岚看了一眼坐在椅子上没有吭声的应浩，拽着朱芳进了大堂，看到电梯门要合上了，两个人快速过去，挤了进去。

挤进去后，才发现电梯里正是孟浅浅和常慧慧两人。叶岚看着孟浅浅道：“浅浅，你真敢说啊。”

应浩学长明显被说得不爽了，而且看那表情，像是把他的信仰给打碎了似的。叶岚想着：没错，就是信仰。

常慧慧说道："我觉得浅浅也没说错，初恋确实很多都没有结果啊，如果应浩学长很爱初恋，他后面又为什么要谈恋爱？"

朱芳跟着点头："对啊。"

孟浅浅扯唇笑了笑，说："可能是花心？"

"应浩学长要是花心起来那确实挺恐怖的，估计能两天一换，毕竟那么多人等着跟他在一起。"常慧慧笑道。接着几个人出了电梯，孟浅浅陪常慧慧去取行李，叶岚确实松了一口气，她笑着道："我做了挺长的心理建设，我怕晚上磨牙吵到慧慧呢。"

常慧慧说道："那我还怕我那可怕的睡姿呢。"

接着，几个女生全笑起来了，现在好了，都解决了，一人一张床。不一会儿，孟浅浅跟常慧慧上了顶楼，看到顶楼的套房，常慧慧开心得要命，扑在沙发上说："我今晚睡这里了！"

孟浅浅这才进了房间去看，房间里只有一张床，不过沙发确实够大，她也挺喜欢沙发的。

"你要不要睡床？"

"不要，我就睡这里，早上醒来还可以看看小花园，多好。"

孟浅浅："嗯。"

随后两个人商量着去洗澡。结果洗手间里只有一个人的洗漱用品，常慧慧抹着满脸的泡沫说："我等下去楼下拿。"

孟浅浅还穿戴整齐着，她说："我去吧。"说完，她拿起手机，出了房门，进了电梯。

这个点不算晚，但其实已经安静下来了，只有极个别的情侣牵着手提着夜宵进来。孟浅浅来到前台，说明来意，前台的妹子立即拿了一份洗漱用品给她。

"谢谢。"

孟浅浅接过来，随后走向电梯。

电梯门这时打开了，在电梯里，应浩双手插在裤子口袋里，站得笔直。孟浅浅见状，以为他会走出来。

但他用眼眸看着她，没有走出来，电梯门也快要关上了。

孟浅浅还在犹豫，应浩抬起手挡住了电梯门，说道："进来。"

孟浅浅抿了下嘴唇，走进去，站到另外一边，两个人中间相隔的距离可以再多站两个人，应浩松了手，电梯门缓缓地合上。

电梯里一片安静，两个人都没有说话。

就这样，电梯抵达顶楼，门开了，孟浅浅走出电梯，头也不回地往房门走去。应浩靠在墙壁上，看着她的背影，直到电梯门关上。

"浅浅，你回来啦。"常慧慧已经洗完澡洗好头正在吹头发，孟浅浅关上门，"嗯"了一声，随后也拐进洗手间里。

等孟浅浅洗完澡出来，四十五分钟已经过去了，她一边吹头发一边跟常慧慧闲聊，常慧慧说："这间一个晚上要八百多块吧。"

孟浅浅："嗯，差不多。"

她用指尖挠了挠眉心，又想起周彦留下的那温度，她放下手。

"真的有点贵啊。"常慧慧咋舌，"周彦学长很舍得给你花钱。"

孟浅浅按着手机的指尖一顿，想起两个人今晚的争吵，他转头就走的样子。她抿抿嘴唇，说道："我宁可不要这种舍得。"

常慧慧一听："也是，感觉周彦学长家也不是很有钱的那种，他们三个人好像只有应浩学长家里情况好一些。不过，应浩学长各方面也挺简单的，估计家里也就小康往上吧。"

孟浅浅没回应。

她手机微信通信录里多了一个人，她点开看。

YING

她愣了一秒，随后选择了忽略。

一楼小花园，几个大四的学长在聊天。

应浩坐在旁边的椅子上，椅背靠着客栈大厅的窗户，指尖垂放在扶手上，上面还有今晚被树叶割的伤口。

周彦站在一旁，垂眸想说话，却看到他点开了一个熟悉的头像，像是点了添加。

周彦想看得更清楚一点，应浩已经反手把手机放在桌面上，凑过去看大四学长给他看的汽车图片。

周彦眼眸眯了眯。又过了几分钟，应浩坐了回来，他拿起手机一看，上面空荡荡的，孟浅浅没有通过他的好友添加。

应浩沉默着，用手摩擦了几下手机，才放下。

周彦拿起手机，跟孟浅浅发微信。

周彦：睡了吗？

几秒后，孟浅浅软糯的声音传来："还没。"

应浩也听见这声音，他垂眸看着地上，看不出神色。

孟浅浅躺在床上一时睡不着，收到周彦发来的微信，她回复了周彦一句还没睡，发过去一会儿，没等到他回复。

她揉揉眼睛刚放下手机准备要睡，这时房门被敲响，她翻了个身道："进来。"

门拧开了，常慧慧笑眯眯地靠在门上："你睡着了吗？"

孟浅浅从床上起来，靠在床头上说："没有，可能不太习惯，脑袋里想着一些乱七八糟的事情。"

常慧慧咳了一声："我也是耶，我在想你今晚说的话。"

孟浅浅一顿，看着常慧慧："我今晚说了什么话？"

常慧慧此时的眼睛格外得亮，孟浅浅多少有点紧张，不知她是不是看出些什么。上次林飘学姐闹的那一场，常慧慧就在现场，但是事后常慧慧并没有问什么。虽然论坛里说了林飘学姐是因为孟浅浅当时凑上去跟她说话，她迁怒于孟浅浅才打了她那一巴掌，后来应浩的回敬也只是警告林飘别迁怒于他人。

林飘后来变了很多，她再也没有涂红唇穿高跟鞋，穿得简简单单的，完全回归了学生的本质，有人在后面戏传她开始"从良"，这肯定跟应浩的警告有关系。

但是当时常慧慧确实在场，这段时间因为学习忙加上猫屋的事情，她跟常慧慧一直没单独聊过。

“我在想……”常慧慧走了进来，孟浅浅的身子微微紧绷看着她，常慧慧笑着坐在床边，接着直接盘腿坐上来，说道，“你说初恋这事情。”

孟浅浅抿唇：“我说初恋这事情怎么了？”

“你说初恋不会有结果，还说亲身经历过，也说了在错的时间遇见错的人，但是浅浅，你真的是这么想的吗？如果你真这么想，你之前还会去关注你前男友有没有谈女朋友？那你今晚这个话不是挺违心的吗？”

孟浅浅愣住了，半晌，她抱着膝盖说道：“我没有违心，我是在提醒自己。”

“果然如此，我猜到了，如果应浩学长是你的前男友，你今晚这个话，恐怕除了提醒你自己，你还在提醒他吧？别惦记初恋，错过就错过了，你要往前走就往前走吧，别回头。是这个意思吗？”

她一连串的话说得孟浅浅头皮一阵发麻，她呆呆地看着常慧慧。

常慧慧说完，笑道：“我果然是个小天才啊。”接着，她用手枕在后脑勺上倒在床上。

孟浅浅的眼眸还呆呆地看着她，一秒后，她踢了一下常慧慧的腿：“你是不是知道什么？”

常慧慧转头看她：“我不知道啊。”

孟浅浅其实不信，她张了张嘴想说话，常慧慧突然拉扯她的被子道：“人嘛，总有些不能说或者不想说的秘密，我理解的。话说我想了一下，我今晚在这里睡行吗？”

孟浅浅看着被卷走一大半的被子，道：“可以啊，我本来喊你上来就是希望你跟我睡在一起。”

“也是，一个人睡这么好的房间压力是挺大的。”常慧慧打了个哈欠，“那我就不客气了。”说完，甩了一半被子给孟浅浅。

孟浅浅赶紧接过来，伸长了腿躺进去。常慧慧靠近孟浅浅，两个人手臂贴着，常慧慧睡前嘀咕道：“其实林飘学姐的事情也给了我警醒。”

孟浅浅拢了一下她的头发，轻声问道：“嗯？”

“还是努力学习吧，我从明天开始要努力了。”

孟浅浅：“呃……”这话你都说了多少遍了。

没一会儿，常慧慧就睡着了。孟浅浅抬手给她多挪了点儿被子，随后拿起手机看了一眼，周彦没有再发信息过来。

她总觉得两个人之间的沟通太少了，也少了些什么。

隔天一早，学校的大巴车来到客栈楼下。孟浅浅醒得早，顺便把常慧慧给拉起来，常慧慧揉着腰道："我觉得这里没我们宿舍舒服，床太软了。"

孟浅浅弯腰收拾行李，说道："但你睡得挺香的。"

"哈哈，是啊，好软，太软了，腰受不了。"常慧慧洗了脸出来，说道，"真的还是宿舍好。"

"嗯，那我们回去了。"孟浅浅把常慧慧的行李拉出来，两个人推着行李走出房门，用电梯的人多，等了一会儿才等到电梯来，结果里面已经站了两个人，这两个人一个是林飘，一个是林飘她舍友。

林飘的舍友看到孟浅浅跟常慧慧，有些惊讶："你们怎么住这么好？"

常慧慧看了林飘一眼，拉着孟浅浅进了电梯，说道："浅浅的男朋友订的房，能不好？"

她的舍友一笑："周彦学长啊？没想到，周彦学长还挺大方的。"

"那……"孟浅浅拽了常慧慧的手腕一下，常慧慧咳了一声闭上了嘴巴，两个人站好后，电梯门关上了。

来到一楼，电梯门一开，应浩拿着手机正在打电话，看到她们两个下来，立即挂断电话，接着上前，提走孟浅浅的行李。

孟浅浅手腕猛地用力，扯住行李。

应浩垂眸看着她，两个人的指尖在行李杆上碰了一下，孟浅浅立即挪开，但触到了他尾指的咬痕，无声对峙一秒。常慧慧"唰"地一下上前，把行李推给应浩："学长，你也帮我拿吧，我的手好累啊，昨天差点折到了。"

应浩："好。"说完，他的手腕微微用力。孟浅浅最终敌不过他，只能松手，他另一只手提起常慧慧的行李，转身走向门口。

常慧慧看了孟浅浅一眼。

孟浅浅咬了一下指甲，其实从那天猫屋被他突如其来的一抱，她就对应浩竖起了心墙。但或许他并不是故意的？

她有些心事重重，跟着常慧慧上了车，还是那天来的大巴车。常慧慧低声道：“周彦学长呢？怎么不见他啊。”

孟浅浅回过神来，抬眼扫去，没看到周彦，她拿起手机准备给周彦发微信，却看到他坐在倒数第二排的位置上正在打电话，眉心紧拧。

他今天还戴了一顶鸭舌帽。

常慧慧撞了孟浅浅一下：“学长……”

孟浅浅“嘘”了一声，意思是先让周彦打完电话。于是她跟常慧慧穿行过那个座位，在最后一排坐下，刚坐下隐约就可以听见周彦在说什么。

“不是故意要这样花的，确实有急事，妈，你放心吧，我知道，我不会现在就去打工，我会把学业先弄好，我已经答应我舍友了，回头跟他一起……”

声音传了过来，常慧慧看了孟浅浅一眼。孟浅浅有些失神，周彦说的不是故意这样花，是说的房费吗？

孟浅浅猛地吸了一口气。

这时，几个学长上车了，给同学们发放早餐。

应浩也在其中，他提着一个袋子，往这边走来，他从袋子里拿了牛奶和包子递给常慧慧，随后直接把袋子递给孟浅浅。孟浅浅看了他一眼，接过来，说道：“谢谢。”

应浩看着她：“不客气。”说完便走。

孟浅浅打开袋子，里面是豆浆，摸起来是热的。常慧慧在一旁看了一眼，再看看自己这冷冰冰的牛奶。

常慧慧：“这……”

叶岚跟朱芳也上了车，一看到她们两个就指着她们，意思是不等她们。常慧慧笑眯眯道：“我们以为你们醒了呢。”

叶岚：“没有浅浅叫，我们怎么醒？咦，浅浅，你的是豆浆啊？”

她举了举手中的牛奶说道：“学长怎么不给你拿牛奶啊，牛奶才有营养啊。”

常慧慧听到叶岚的话，悄悄地翻了个白眼，心想，豆浆是热的啊，你这牛奶是凉的啊。孟浅浅已经喝了一口了，她说：“没关系，豆浆也很好喝。”

身后的动静终于引起周彦的注意了，他快速地挂断了电话，从椅子上站起来，看着孟浅浅笑道："你什么时候来的？怎么没跟我说？"

孟浅浅看着他，笑了笑："刚上车没多久。"

周彦看孟浅浅表情自然，心里松了一口气。随后常慧慧让了座位，让周彦坐在孟浅浅的身侧，周彦又开了自己的牛奶给孟浅浅。

孟浅浅喝一杯豆浆就够了，她吃不下，于是摇摇头。应浩在前面点名，点完又跟司机确定到学校的时间。

他和司机说着话，眼眸却看着最后一排挨在一起的两个人，下颌微紧。

不一会儿，车子启动。

应浩没立即坐下，他站在过道上靠着第四排的椅子，把玩了一下手机，抬起眼眸道："你们都拿到早餐了？"

所有人一边吃一边点头，齐齐回复道："拿到了，在吃呢。"

"嗯。"他应了一声后，道，"有一个同学跟别人不一样，拿到了豆浆，是哪位同学？"

他的声音很好听，低低的，在车厢里回荡。一下子车上的同学纷纷看看自己又看看别人，车厢里引起了不小的动静。

孟浅浅咬着吸管，突地好几个人的目光都扫向她的手。她顿了顿，抬起头，眼眸对上那站在过道上的男人。

他挑起眉毛看着她，随后继续说道："拿到豆浆的同学跟我互加一下微信，我发个红包给你，至于金额多少，同学们想知道吗？"

车厢里的同学嗅到了玩游戏的前奏，纷纷欢呼起来："想啊，当然想知道了，是哪位幸运儿啊？孟浅浅？"

"真的是你，孟浅浅！"

"学长该不会就发个一毛钱吧？哈哈哈。"

所有人都盯着孟浅浅看，孟浅浅下意识地松了咬吸管的嘴巴，有些愣怔地看着应浩。应浩顺着大家的视线，光明正大地看着她，唇角微勾。

几秒后，他走上前去，来到她面前，点开了自己的二维码，伸到她的面前。孟浅浅从看他的脸上转而看向他的手机。

她抿紧嘴唇。

周彦站在一旁，脸色也有些微妙。

"浅浅学妹？"他喊了一声。

孟浅浅迟疑了几秒，抬起头看着他道："学长，我有男朋友了，不能随意地添加其他男生的微信。"

应浩握着手机的指尖俨然一紧。

机关算尽，她不买账。

"哈哈，浅浅你真行，应浩学长的微信你都不要。"

"有男朋友了不起啊，学长，给我吧，我加，我没有男朋友……哈哈哈。"

一群人全都笑了起来，他们没有任何顾忌地笑，却不知道这个要微信的男人如何算计，只为得到这个微信。

"学长，要不要继续玩游戏啊？"有人又在那边起哄，应浩看了孟浅浅几秒，随后移开视线，转身走回自己的座位，嗓音有些懒散："玩吧，今天穿红色衣服的，衣服上有带英文的，哪位？"

立即便有男同学笑着站起来："我啊，学长。"

他立即递出微信，应浩扫了他的，随意地发了个1块钱的红包，那男同学一点开哀号一声："就这么点？"

"多少多少？"

"一块钱！"

"学长，你可真小气，如果刚刚是孟浅浅的话，你准备发多少……"

应浩连眉梢都没抬，点着手机，道："大概发个500加20块吧。"

其他人又叫起来，尤其是那名男同学，却没有人听出来这组合起来的意思。坐在最后一排的几个人却挺安静的，常慧慧躲在窗户那边，一直看着孟浅浅和周彦。周彦看着孟浅浅没有说话。

孟浅浅捏着手机，耳朵却听着倒数第二排林飘舍友的谈话内容，她们在说周末做兼职的事情。两个多小时后，车子抵达学校，直接停到了宿舍门口，同学们纷纷下车，周彦牵着孟浅浅的手腕，走在最后面。

应浩坐在第一排靠过道的位置，他提起单肩包站起身来，目光一下子便对上他们两个人，车里一阵安静。

周彦微微一笑道："下午去工作室？"

应浩的眼眸从他们交握的手上扫过，说道："嗯，你忙完也过来吧。"

周彦："好。"

他说完，应浩转身先下车了。周彦看了孟浅浅一眼，笑着问：“你下午要做什么？”

孟浅浅说道：“我去一下图书馆。”

“好。”

随后周彦牵着她的手下车，孟浅浅跟周彦道别，然后上楼。抵达三楼，孟浅浅又想起早上听到周彦的那通电话。

她跟周彦这些日子，她可以感觉得到周彦花钱也是有节制的，昨晚那钱，花得太不应该了。她想了想，朝林飘那个宿舍走去，她们宿舍的门还没关。孟浅浅之前在客栈电梯碰见的林飘舍友叫陈莉，此时，陈莉正在拆快递。

孟浅浅轻声喊道：“陈莉学姐。”

陈莉转头：“浅浅？怎么了？”

孟浅浅有些忐忑，她笑了笑，说道：“学姐，那个，我想问问，你那里是不是有兼职可以做啊？”

陈莉一听：“有啊，怎么？你也要做啊，你们大一还是先好好学习吧，我觉得没必要啊。”

孟浅浅说道：“你那里不是有周末可以做的吗？我可以啊。”

陈莉听罢，放下了剪刀，朝门口走来，笑着看孟浅浅：“你这太乖了吧，你真的想做吗？”

“嗯。”

陈莉思考了一下：“那要不明天你试试？”

“好！”孟浅浅的心跳有些快，猛地点头。

“好，那你先回去休息吧。”陈莉抬手揉揉她的头发，孟浅浅说了好几句谢谢，才转身朝自己的宿舍走去。

一进门，关上门后，孟浅浅猛地深呼了一口气，然后把小包放下。常慧慧洗了脸走出来，笑道：“怎么笑成这样？有好事？”

孟浅浅坐在书桌旁，说道：“我感觉轻松了好多。”

“什么意思？”

孟浅浅笑笑，不说。常慧慧揽住她的脖子摇晃：“你说不说，你说不说……”

孟浅浅笑着推她，两个人闹成一团，不管如何，她就想着兼职后赚到的钱可以帮一下周彦。

隔天中午，孟浅浅没有跟常慧慧她们去吃饭，而是跟陈莉出了门。陈莉把手插在裤子口袋里说道："其实这工作很简单的，因为中午客人多啊，便利店的关东煮这一块忙不过来，你呢，就负责这一块，另外晚上也需要，你有空也可以过来，最好做固定的。"

孟浅浅点点头。

"哦，对了，还有一些时薪比较高的，比如大型购物中心的推销员，这个工资很高，但是名额不好拿，我拿到了跟你说啊。"

"好的，谢谢。"孟浅浅看着前往便利店的路，心情很忐忑，她不知道自己能不能做好，她怕做不好。她昨晚背的单词此时也都忘光了。

与此同时，常慧慧一个人垂头丧气地走进食堂，随便点了菜点了饭端着，她一转头便看到唐隽朝她挥手："常慧慧，这里呀。"

常慧慧看过去，一眼便看到坐在窗边的三个男生。她的眼睛一亮，端着饭菜走过去："学长们好。"

"哈哈，好啊，一起坐吧，对了，浅浅呢？"唐隽挪了位置，让常慧慧坐，她这一问，另外两个男人都抬起头来。

应浩握着可乐瓶，抿了一口："她呢？"

周彦也看着常慧慧，常慧慧被学校三个有名的帅哥看着，脸都红了，她原本想说"周彦学长你居然不知道"。但是想了想，她这个舍友也不太清楚，便觉得没脸这么问了，她说道："其实我也是猜测，因为昨天浅浅回来后去找陈莉学姐，我怀疑浅浅去做兼职了。"

"什么？孟浅浅去做兼职？"唐隽愣住了，他看了一眼周彦。

周彦垂着眼眸，握着筷子的指骨微紧。

应浩盯着周彦，半晌，他的唇角扯出一个嘲讽的弧度："她是因为你，因为房费，昨天早上你接的那通电话她听到了。"

周彦一声不吭。

应浩猛地捏扁了可乐瓶，"唰"地站起身来，转身就朝楼梯口走去。他想起上学期在猫屋初见她的那一眼，那一眼宛如一个梦，也是那一眼让林飘立即怀疑她和他的关系。而她如今这样，是因为周彦吗？

身后传来另外一道疾步的声音，是周彦。应浩出了校门口，拿起手机在微信上戳了戳陈莉。

不一会儿，两个人来到了位于旧城区的便利店店铺，这个点进进出出的人很多，而关东煮柜台后面，一个女生围着围裙站在那儿，手里拿着一次性的小碗，低着头正在给一个中学生拿豆腐串，眉眼细细的，唇角含着笑意。温柔，还有些腼腆。

周彦狠狠地抓了一下头发，在原地看了几眼，便有些不敢看了。他想起前一个晚上的吵架，整个人被愧疚冲垮了。

他转身便走。

应浩没走，他站在原地，又等了一会儿，才上前推开门。丁零零的声音响起，孟浅浅下意识地喊道："欢迎光临。"

下一秒，对上应浩的眼眸，孟浅浅一愣。应浩来到她的面前，单手插在裤子口袋里，用骨节分明的指尖点了点："给我来一份关东煮。"

孟浅浅回过神来："哦，好，学长，你想要什么？"

"鱼丸、墨鱼丸……"

孟浅浅的指尖停了一下，然后再去取鱼丸、墨鱼丸，她低声问道："你还要什么？"

应浩垂眸看着她："你是因为周彦吗？"

孟浅浅一顿："不是的，我也是为了我自己。"

应浩："是吗？可是我很嫉妒。"

孟浅浅猛地看向他。

应浩也看着她，没有再往下说。孟浅浅看了他几秒后，微微拧起细眉，但还是专心地给他装上墨鱼丸跟鱼丸。

那边店长喊了孟浅浅一声："浅浅，你收下钱。"

"哦。"

孟浅浅拿着碗走到那边，放在柜台上，先收了别人的钱，然后再看向应浩："学长，买单。"

应浩拿出手机扫码，问道："你吃午饭没？"

孟浅浅："吃了。"

“是吗？”他扫完码，把这一份推到孟浅浅的面前，眯起眼睛道，“我觉得你没吃。这是给你的。”

孟浅浅愣怔地看着他。

应浩忍住想吻她的念头，转身走向门口，推开门直接走出去。不一会儿，他的背影就消失了。

陈莉从便利店里面的小房间推门出来，探头看了几眼，她看向孟浅浅：“这是什么情况？”

孟浅浅回过神来，说：“没什么。”

陈莉看了一眼桌面上的关东煮，说道：“店长让我换你去吃饭，你自己煮点儿面加进去，去吃吧。我会给你保密的。”说完，她把应浩给的关东煮推给孟浅浅。

孟浅浅进了便利店的小房间坐下。其实工作比学习舒服多了，她在家里是干惯了活的人，并不会觉得有多累。

她拿起手机，想着应浩若是知道了，周彦肯定会知道。其实她原先的计划是等自己做得适应了，不会被人嫌弃，能坚持做，她再跟他们说的，没想到这么快就暴露了。

孟浅浅：周彦，你吃饭了吗？

然而，这条微信发出去后，周彦并没有回复。孟浅浅下午做完兼职就回了学校，之后又去了图书馆，等她坐在图书馆，再拿出手机，周彦依旧没回复。

孟浅浅抿紧嘴唇，发了一会儿呆，才开始看书。

五点多左右，常慧慧跑过来，探头喊她：“浅浅，我们去吃饭。”

孟浅浅收起书，然后瞪了她一眼：“中午的事情是不是你说的？”

常慧慧咳了一声，挽住她的手：“我猜的嘛，你也可以跟我说啊，我们是好姐妹啊，我可以陪你去。”

“你也要去吗？”孟浅浅的眼睛微亮，有个人做伴感觉会更好。常慧慧想了一下，又道：“算了，我不太行。”

孟浅浅：“呃……”

两个人去吃过晚饭，孟浅浅拿出手机又发了一条微信给周彦，问他吃晚饭了没有。到宿舍的时候，周彦回复了她，但不是回答这个问题，而是说猫的事情。

周彦：晚上七点，小橘的领养人要来接小橘，你要过来送它吗？

孟浅浅：要。

于是她在宿舍匆匆地洗了个澡，孟浅浅穿着白色的连衣裙赶去猫屋，快七点了，学校的灯都亮起来了，校园里的植物也在灯的照耀下带了点儿金色。孟浅浅小跑过去，一眼便看到周彦站在花坛旁边，她立即朝周彦一笑。

周彦看着她，便想起了第一次见面时，她在花坛边上坐着，而他也是朝这个方向走来，只是此时换成了是她朝他走来。

孟浅浅来到他面前时，甚至有点小心翼翼，因为他一整天没回复她的微信。周彦笑了笑，说道："他们快到了。"

孟浅浅点了点头。

不一会儿，一辆黑色的车停在西门门口，一对夫妻从车里下来。周彦去迎接他们，随后进了猫屋。

小橘还在孟浅浅买的猫架子上上蹿下跳，领养的妻子见状就笑起来："真可爱。"说着，她就要去抱小橘。

小橘见是陌生人，"喵喵"地叫了几声，接着跳开了，往孟浅浅这儿跳，孟浅浅弯腰把它抱起来，小橘这才停下奓毛。领养的那位妻子见状，说道："小家伙不肯跟我们走啊？"

孟浅浅梳理着小橘的毛发，心里也有些不舍，她笑道："没有，它只是觉得你们陌生，以前我们刚开始的时候，它成天抓我们。"

"哈哈，原来如此。"那位妻子看样子真的很喜欢小橘。孟浅浅作为小橘比较亲近的人，只能不停地哄着它，最后用了跟应浩一样的办法，才把小橘哄进了笼子里，周彦在一旁一眼看出这方法是应浩之前惯用的。

他抿紧了薄唇，看了一眼孟浅浅。

随后那对夫妻也收拾了小橘的猫架子等，因为这些是它熟悉的物品，可能需要先用一段时间。四个人从猫屋里出来，小橘在笼子里玩着球，眼睛一直看着孟浅浅。

孟浅浅的鼻子有些酸，但她还是面带微笑，目送着领养人提着猫笼上了车："我们走啦，两位小同学。"

"慢走，姜先生、江女士。"

"拜拜。"

车窗摇上，车子开走了。

周彦回头看了一眼孟浅浅，孟浅浅眼底含着泪光，在月光下眼睛很亮，周彦看着她的杏眼，拳头拧了拧。随后他走了过来，来到孟浅浅面前。

"浅浅。"

孟浅浅看着他："啊？"

她用手背擦了擦泪水。

周彦笑道："还记得我们第一次见面的时候吗？"

孟浅浅顺着他的视线，看了一眼没什么变化的花坛，她笑道："嗯。"

周彦："其实那天我看到你，我就想着，唐隽这张嘴巴很会描述，他描述过你的长相，而我再见到你的时候，就想着这女生跟唐隽说的分毫不差。"

孟浅浅又笑了。

周彦看着她笑起来温柔可爱的样子，呼了一口气道："我以前不懂啊，不懂那些人说的，在没有能力的时候遇见想要保护的人，那是一件很无奈的事情，但是我现在懂了。"

孟浅浅抿紧嘴唇看着他。

周彦紧接着又道："其实我没有跟你说，我想跟你谈恋爱的出发点并不光明。"

他看着她的眼睛，很专注。

"我有个妹妹，七岁那年跟我爸爸去接我妈下班，在路上被大货车给撞了，我爸当场死亡，我妹妹飞出去很远，后来是在灌木丛里找到的，她的眼睛被树枝给刺穿了。她的眼睛就是一双杏眼，像我妈的。

"我看到你的时候，我就觉得如果我妹妹还在，她的眼睛也一定跟你一样漂亮，然后长得也像你这样温柔可爱。所以唐隽起初想追你，但被我耍了心眼拦下了，让你不要搭理他。因为我自己动了心思。

“我喜欢你，但喜欢得又不纯粹，所以我愧疚，尤其是当知道应浩跟你的事情后，我更加不知道该怎么办了，我表面上风轻云淡，其实大年初三那天晚上回去后我真的想了很多，如果那个时候我答应和你分手，可能会更好一些，我一直在勉强你。”

孟浅浅微微地摇着头，但又不知道为什么要摇。

她觉得难过，周彦这样温润的男生，家庭是如此残缺，她连安慰都不知道从哪里安慰。周彦拉着她的手，说道：“不过走到今天也不错，还没到三个月，要不我们就走到这里吧？”

孟浅浅的眼眶一下子就红了起来。

她其实也想过分手。她似乎没有再喜欢别人的勇气了，她跟周彦这段时间，确实有些浑浑噩噩。

她说：“对不起。”

“不用道歉。”周彦摇头，他笑道，“分手前能不能让我亲一亲你的眼睛？”

孟浅浅迟疑了几秒，点了点头：“好。”说完，她闭上了眼睛。

周彦走上前，低头，薄唇轻轻地贴上她的眼睛。

妹妹，你好。

西门口，一辆黑色的轿车刹停。应浩看着花坛边站着的两个人，看到周彦低头去亲吻她，周彦高高的影子将她笼罩住，四周的月光仿佛为他们加冕，他的喉咙腥甜，反射性地去按车门。

看着他这有些失控的样子，袁从严认出花坛边的男生是应浩的舍友之一，他一把抓住应浩的手臂，严厉道：“你既然已经选择放弃她了，就是跪着也得往前走！”

应浩被拽回了椅子上，半天没吭声。

他放弃了吗？

他没有，也不想放弃。

第六章

似　曾　相　识

“开车。”袁从严看他坐了回来，立即吩咐司机开车。司机启动车子，黑色轿车开出去了，袁从严本来是计划把他送回学校的，这会儿也不让他下车了：“我以为这一年多你的情绪已经可以控制得很好了，没想到还是有破绽。”

应浩把两只手垂放在大腿上，眼眸看着前方。

“你要知道你身边全是一群戏子，不想满盘皆输，你就好好收拾自己。”

应浩：“我知道。”

“你知道？”袁从严转头看着他，“那你现在这样？”

“人总有弱点的吧？袁叔。”应浩抬起眼眸，看向咄咄逼人的袁从严。

袁从严微愣，看着男生年轻的眼眸，以及沉静的表情，叹了一口气，抬手拍拍他的肩膀：“你还年轻，那个女生也还年轻，如果真的放不下，以后还有机会，你得有耐心。”

“我有。”

哪怕脑海里全是刚刚那个画面，应浩还是强压住了。

“行，那送你到学校门口。”袁从严满意了，车子很快停在海城大学门口。

车门打开，应浩从车里下来。

袁从严看着他的背影，摇了摇头。

司机说道：“应少爷年轻，是个性情中人。”

“看似薄情最是深情，像他妈一样。”袁从严说道，“这一年多来，他这努力全白费了，这女生看似弱弱小小的，却有这样的毅力，这样搅动人心的能力。”

司机听着，笑笑，启动了车子。

周彦微微退开一些，孟浅浅睁开眼睛，随后她也后退，两个人多少都有些不好意思。但是，孟浅浅则惦记着另外一件事情。她翻转手机外壳，从里面取出了两百块，递给周彦：“房费，我觉得我们还是分摊一下好。先给你两百，过几天我再给你剩下的。”

周彦看着这钱，真是啼笑皆非：“所以你去做兼职是因为我吗？”

孟浅浅想了一下，摇头但又点头，说道：“我是受了你的启发，当然，其实我之前也有想过，我想过到底是学习要紧还是赚钱要紧，我之前那么犹豫主要的原因是怕我自己不能两者兼顾。这次兼职也只是试试水。”

周彦有些心疼，但又笑道：“幸好我们分手了，不然我会生气的。”

有时身份不一样，看待事情的角度就不一样，如果还是她男朋友，面对这两百块他只会觉得羞辱，但是一旦不是那层关系了，就宽容了许多。

孟浅浅：“我就猜到你会生气，所以去做兼职的事情不想跟你讲，其实我的想法是等我把房费赚够了，把房费给你后，我也提分手的。”

周彦捂着额头：“别说了，我现在得回去缓缓。”

孟浅浅“哎”了一声，看着他往宿舍走去，急忙跟上：“那钱你收一下啊。”

周彦却越走越快，孟浅浅的腿没他的长，追得太累了：“周彦！”

“你找一天请我吃饭吧。”周彦在前面说。

孟浅浅一听：“什么饭能一顿吃几百块啊？”

周彦：“那你就请十几次好了，妹妹——”

“妹妹”二字让孟浅浅的脚步一顿。

然后，她就看着周彦拐进了另外一条路。孟浅浅被丢在原地，愣了几秒，半晌，她只能换另外一条路回宿舍。

夜晚的校园环境很好，孟浅浅的脚步却很轻快，如果可以，她以后要学会说“不”，这时，手机响起来了。

她停下脚步，是家里的来电。

她一顿，接起来。

黄秀琴的声音从里面传来，说道："孟浅浅，周乔不是快结婚了吗？我们全家都要参加，据说她婆家很有钱，我这段时间一直在看衣服，孟啸好像没什么体面的衣服，你这样，有空出去逛逛，大城市的衣服始终是不一样的，你给他挑一挑，买一套好了。"

孟浅浅："……我没钱。"

"怎么没钱？不是刚给你七百块钱吗？过年的时候你爸爸也给你红包了，这些我都知道的，你凑一凑，也不用买太好的……"

"妈！"孟浅浅打断她的话。

黄秀琴："你什么意思？"

"我挂了，对了，你要是真想买，就拿钱给我吧，我给他买去。"说完，孟浅浅挂了电话，她站在原地深呼吸了一口气。

然后又拨打了妹妹的电话，孟媛媛接通电话后，孟浅浅说："藏好你的零花钱。"

"知道了。"孟媛媛立马就猜到了是什么事，"姐，你干脆跟周乔姐说，别请孟啸好了。还体面，也不看看自己什么身份，还讲究体面。"

孟浅浅："周家的喜帖发出去了，收回来不好，更何况这是喜事。"

孟媛媛："也是，你放心好了。"

随后姐妹俩又聊了一会儿才挂断电话。孟浅浅的好心情多少有点受影响，她加快了脚步，回了宿舍。

常慧慧看到她回来了，立即坐直身子："你跟周彦学长……"

孟浅浅："分手了。"

常慧慧"啊"了一声。

叶岚跟朱芳也"唰"地从床上坐起来，孟浅浅拉了把椅子坐下，说道："我跟他不合适。"

常慧慧的眼神有些复杂，似乎是想到了什么。叶岚跟朱芳却分析起了孟浅浅跟周彦会分手的原因。

"你们不够亲近，感觉周彦学长对你好客气。"

"周彦学长有点直男，我感觉好多细节他都不知道。"

"你们在一起这么一段时间，他居然也没打算安排跟你出去住一晚。"

"虽然说我们得纯洁点，但是这东西还是需要的对吗？你看学校里多少情侣连爱情湖那块地方都不放过。”

孟浅浅被她们说得脸红耳赤。

常慧慧突然问道：“浅浅，你前男友他怎么样？你们接吻吗？”

“轰”的一声，像是一朵烟花炸开了脑门，孟浅浅一声不吭，只留下满脸的通红。应浩对她从不客气。舍友三个人看着她，“啧啧”了几声，点点头，表示理解，表示明白。

常慧慧：“那一定是很难忘的吧？”

孟浅浅：“我去洗澡了。”

说完，她拿着睡衣朝小阳台走去，洗完澡出来，宿舍也要熄灯了。她爬上床，跟常慧慧说了晚安便睡了。

两个小时后，男生宿舍雅轩楼。

一个梦魇压得应浩喘不上气来，他“唰”地从床上坐起来，被子滑落到腰间，露出赤裸的腹肌，汗水顺着他的下巴滴落。他微微地喘气，脑袋里乱糟糟的，全是梦里的画面。

有尸山，有火海，还有孟浅浅。

他的眼眸阴沉着，从身侧拿过手机，拨打了那个从常慧慧手里得到的手机号码，很快，那头的女生接了，她带着蒙眬的睡意，嗓音侬软：“喂？”

“浅浅。我后悔了。”他低声道，“当个小三而已，没什么大不了的。”

这声音一出，宿舍里亮起了灯。

唐隽举着那把自己设计的大灯投向了应浩，周彦撑起了身子，也是一脸睡意，他心想，幸好分手了，否则真走到这一步了。

应浩抬起手挡住唐隽那个光，垂眸等着那头回复，将近一分钟。孟浅浅那头很轻声地道：“你躺下休息，冷静一下。”说完，便挂断了电话。

耳边传来了忙音，应浩的薄唇抿成一条线，以前孟浅浅很容易心软，他只是哄两句，她就能弯着眉眼朝他靠过来。

如今，她没有。

“兄弟，我早就发现你们之间有问题了！”唐隽很快就理清了情况，手里举着那大灯，站在地上盯着应浩，并去看那裹着被子撑起半身的周彦。

偏偏，周彦跟应浩的床是对着的，屋子里暗流涌动。

应浩抬起眼眸，光还打在他的脸上，说道："你们之前不是好奇这个咬痕是谁咬的吗？"

此时谁也睡不着了。

周彦靠在床头上，没有吭声。

应浩也靠在床头上，曲起长腿，指尖转着手机，道："这是孟浅浅咬的。生理期的时候疼得受不了，往我怀里一趴，哭了，边哭边咬。"

唐隽听罢，倒吸了一口气，大灯转了一下，转向了周彦。周彦立即抬手挡住，其实在那之前所有的猜测已经在脑海里形成了。此时只不过是证实了一下而已。唐隽摇摇头："这造的什么孽啊，应浩，你这样太破坏兄弟感情了。"

应浩："你问问他，他什么想法？"

唐隽那把大灯又转向了周彦。周彦被这大灯照得没来由地来了几分脾气，那句他跟孟浅浅已经分手的话被他猛地咽了回去。

他看了一眼那边隐在阴影里但仍然带着锋利的男生，说道："你在做这个决定之前，先想想孟浅浅考来海城后，见到的你都是什么面目。"

这话直接击中了应浩的心，他的指骨泛白。周彦两手放在后脑上："就算是泥人也会有三分脾气，更何况浅浅并非完全没有性格的人，她并不软弱，你说什么就是什么啊？"

说出这个话，周彦觉得舒服多了，不可否认，哪怕已经分手，哪怕知道自己跟她不合适，刚刚也还是会不舒服。男生那莫须有的占有欲啊。

应浩半天没吭声。

唐隽把大灯转过去，应浩只用手掌挡着，侧脸冷峻，指尖一直转着手机。唐隽叹了口气道："应浩，你一开始就应该说明，我们兄弟又不是无理取闹的。你现在是为爱做糊涂事啊。"

唐隽感觉头疼死了，两个都是兄弟，怎么劝？劝周彦分手？那不行，那不是坏吗？劝应浩退出？可看看他那尾指的咬痕，孟浅浅对他来说，恐怕不止重要一点半点，不然他能做出这样的决定来？

唐隽："你们俩，要打架记得跟我说，我回头给你们联系救护车。行了，散了，睡了。"唐隽有些庆幸自己当初太忙，及时地退出了这场战争，他收起了大灯。

宿舍里陷入漆黑中。

女生宿舍牡丹楼。

孟浅浅挂了电话，把手机放在枕头下方。她让应浩去休息，她自己却睡不着了。之前听了师母说的那些话，她就意识到自己考到海城是一头热，并且非常有可能给应浩造成了困扰。现在这个困扰似乎真的应验了。

高中时期所有人都觉得应浩不好，这里不好那里不好。但只有她知道，他很好，他霸道又细心，连她的例假时间都可以记得很清楚，每次都会给她准备红糖水，帮她找暖水袋捂肚子，一边凶她就知道吃冰，一边又哄着她。

而她至今还记得他给她补习的那些日子，他的眼底带着恨铁不成钢，带着满满的无奈，好几次他生气道："你别学了，你学不好。"

但是过了一会儿，他又会俯身下来劝她："我们再来一次？这次我讲慢一些，你耐心听着？"

就这样反反复复。

填志愿的时候，看到她空着的那几栏，他扭头便走，头也不回。她那时是真觉得自己不行，太累了，父母也没为她空出时间去支持她，甚至黄秀琴还拿了些手工活，说要补贴家用，要她放学回来后至少做到十一点半左右。

那个时候，她怎么能跟上他的脚步？她跟不上。

所以他想要往前走是对的，他就应该往前走。更何况，他本来就不像专情的人。

孟浅浅想到这里，瞬间放松下来，或许这只是他的一句戏言。就这样迷迷糊糊地睡着了，隔天是周日，孟浅浅在便利店的兼职还要继续，她在宿舍看书看到九点半，陈莉学姐就过来喊她。

孟浅浅背起小包就跟着陈莉出了校门。

进了便利店后，孟浅浅进里面放下小包，拿着围裙走出来，一走出来便看到站在柜台后手插在裤子口袋听着店长说话的应浩。

他转过头看了她一眼。

孟浅浅的心一跳，店长在一旁喊道：“浅浅，快出来，你把这个汤换一下，刚刚掉了一根头发进去。”

“哦哦，好的。”孟浅浅立即走过来，看了一眼里面的萝卜，有点可惜，但是头发也很明显，它就缠在白色萝卜的上面。

她伸手，刚碰到边缘。

旁边伸来一只大手，骨节分明的手指握住了铁锅的边缘，应浩说道：“我来吧，你把桌面擦一擦。”

他的声音近在耳边，呼吸也很近，有些温热。

孟浅浅的心一跳，总算问道：“你怎么在这里？”

“我来陪你。”说完这话，他便走向后厨。

孟浅浅愣住了，她扯了一旁的抹布擦拭，看到旁边店长的眼神，店长微微一笑，说道：“浅浅，可以哦。”他朝她竖起大拇指。

孟浅浅：“呃……”

一分钟后，应浩端着换好的汤出来了，放回汤后他擦了擦手，走向了柜台，开始收银。

孟浅浅站在原地发了两秒的呆，就有客人要关东煮，而且一来就不止一个，好几个客人一块说：“我要这个，这个豆腐串也来一点儿，鱼丸，你拿错了，不是这个吧。”

“汤给少一点儿，不要那么多……”

“喂……”

“喂！”

在孟浅浅手忙脚乱的时候，一道低低的嗓音从那边传来，一群正乱七八糟地点单的人转头看去。

应浩把手插裤子口袋里，朝他们笑笑，他用指尖点了点道：“你们排下队好吗？别为难我女朋友。”

孟浅浅“唰”地转头看向应浩。

她皱起眉头：“你别乱叫。”

应浩笑而不语，转过身子去给客人拿东西。孟浅浅跟前的几个人这才开始排队，孟浅浅其实有点不服，毕竟她刚刚其实也说了排队，为什么应浩说的就有用，她说的就没用？她给这些人装好后，又进来了几个人。

她先发制人："排队排队。"

她的声音软软的，实在是构不成威胁，很快就淹没在大家的说话声中。孟浅浅只得用勺子敲了一下关东煮锅的边缘，然后微笑着再次说道："大家排排队可以吗？啊？"

这时，才算有人重视她的声音，纷纷排起队来。

应浩在一旁看着她，眼眸里含着笑意。

陈莉从里面走出来，她看到应浩后其实有些诧异，但是看到应浩一直在看着孟浅浅，心里隐约能猜到点啥。不知道林飘知道了会怎么想，问题是孟浅浅还有男朋友啊。

就这样，两个小时左右过去了。孟浅浅的手有些酸，应浩从一旁拿起一次性的碗，自己盛了满满一碗的关东煮，随后放在她的手边，边扫码边说道："进去吃吧。"

孟浅浅抿紧嘴唇："我又不是没钱，再说了，这里包吃的，我不用你的，你自己吃吧。"

"那好啊。"他说完，端起那碗满满的关东煮直接就往垃圾桶走去。

孟浅浅见状，呆了："应浩。"

他停住脚步，回头看她。

孟浅浅指着他。

应浩的唇角勾了几分，笑道："就当我给你赔罪的行吗？你那么努力考上来，见到的却是我混账的一面。"

孟浅浅猛地咬牙。

应浩："你再咬着牙齿，小心脸越来越大。"

孟浅浅："我……"

"要不我们一起吃？"他晃了一下手中的关东煮。孟浅浅一转头，便看到周彦跟唐隽从外面走进来，她的眼睛一亮，赶紧挥手。唐隽看到应浩真的在这里后，"啧啧"了几声，他下意识地看了一眼周彦。

周彦的脸上却带着微笑，他非常自然地来到外边，看了一眼柜台，说："吃点儿什么好呢？浅浅，你是不是还欠我一顿饭？"他抬头看向孟浅浅。

孟浅浅赶紧走过去，笑道："是啊，还欠着，你们想吃什么？我买单。"

周彦笑着点头："好。"他抬头看了一眼应浩。

应浩也看着他，无声地对视。几秒后，他在身后问孟浅浅："我买的你吃不吃？"

孟浅浅："你要敢你就扔。"

应浩："我……"

唐隽笑着伸手："应浩，你不吃就给我啊。"

应浩眯起眼睛，一秒后便把那关东煮扔在柜台上。唐隽笑眯眯地挤了一些甜辣酱，随后端起来，一脸馋相地说道："我先吃了，谢谢你啊，应浩。"

打扰人家小情侣，还直接堵到人家浅浅兼职的地方来了，好魄力，但是周彦似乎很平静，平静得有点不太正常。

孟浅浅在这边也给周彦装了一碗，随后她从裤子口袋里拿了一张一百块递给应浩，毕竟他是收银的。

应浩看了一眼一旁含着笑意开始吃的周彦，下颌紧了紧，但最后还是给孟浅浅找了钱。

孟浅浅接过来，说："谢谢。"

"你吃什么？"他问。

孟浅浅正想说话。

周彦就道："浅浅，我给你买一份饭吧，你出来吃。"

孟浅浅："哦，也行。"

因为这里是管中午饭的，所以周彦挑的那份饭最后店长没有收钱。孟浅浅捧着饭出来，跟着周彦、唐隽来到窗边的位置坐下。唐隽咬了一口鱼丸，转头看了一眼应浩，应浩站在门口，没有吃饭。

唐隽叹了一口气。

周彦也看了一眼应浩，随后他看了一眼孟浅浅，孟浅浅一直在低头挖饭吃，垂着眼眸看不出神情。

吃完饭，孟浅浅收起饭盒走出去扔，她看了一眼应浩。

"你不吃饭？"

应浩靠在墙壁上："你关心我？"

孟浅浅微微一笑："因为我们是朋友啊。"

应浩眯起眼睛看着她。

孟浅浅不再搭理他，转身返回了店里，她跟周彦、唐隽说："你们等我一下，我去拿包。"

"去吧。"

拿了小包出来，三个人出了店门。应浩也还没走，孟浅浅下了台阶，三个男生都跟在她的身后。

周彦："浅浅，四六级你记得报名啊。"

"嗯，我记着呢。"

唐隽："那有什么难题没有？"

孟浅浅咬了咬下唇，其实她心里没底，但是到底没底在哪里，她也说不上来。她原本就不是读书的料。

她说："我舍友她们也有考，我有时会跟她们一起学习。"

"叶岚和朱芳吧？"唐隽想了一下。

孟浅浅点了点头。

唐隽："也好，有学霸带着你，你至少不会那么迷茫。"

周彦也笑道："实在不行，你也可以问我。"

孟浅浅："好。"

唐隽跟应浩聊了聊车子的问题，唐隽似乎迫不及待想要自己开干，应浩说道："再等等。"

"等什么啊？"

应浩："给你一支完美的团队。"

唐隽的眼睛一亮。

很快，四个人进了学校，周彦得回学生会一趟，唐隽飞奔去他的工作室，孟浅浅则朝图书馆走去。

她走上台阶，应浩也跟在她的身后走上台阶。

她的脚步微顿，快步进了图书馆，拿了书找桌子坐下。她抬起头扫了一眼，应浩并没有过来，而是在一两个女学生的注视下，拐进了那边的书架。孟浅浅微微地松了一口气，低头翻看手中的书，又戴上耳机听手机里的英语听力。

听得有点吃力。

突然，孟浅浅眼前一黑，她一愣，接着有两本书被推过来，他说道："你的作文是弱项，还有阅读理解，你做题的速度太慢，这两本书可以帮到你。"

孟浅浅盯着那两本书的书皮，抬起头对上他的眼睛，彼此对视，应浩看着她粉色的嘴唇，喉结滑动了一下。

他说："我再给你找一份真题试卷，按你学习的特性，还不如最后几天抱佛脚，你只要最后几天把我给你的试卷做完，基本问题就不大了。最后就只剩下英语口语了，这个你跟你舍友每天都空出点时间来，互相练习，但一定要坚持。如果她不肯陪你，我陪你。"

孟浅浅的呼吸一顿，往后退了点儿道："谢谢。"

能提升学习能力，她是不会拒绝的。应浩的唇角微勾，随后坐下，翻着桌上的书说道："你以后有什么职业规划？"

孟浅浅一愣，不知道怎么回答。

应浩看着她："你选这个专业……"

孟浅浅低下头："随便选的。"

应浩抿紧薄唇，他也猜到了。

一秒后，他说："你很棒。"

孟浅浅看着书，低着头没有回应。应浩用指尖挠了一下眉峰："我的浅浅，你真的很棒。"

哪怕他曾经看着她那么累，不想再压着她学习，哪怕他记得周乔的话，浅浅有属于自己能走的路。

她或许可以当一名护士，或许她可以开一家小店，或许她能做好一份文职工作。但是，她确实自己考出来了，远离了那个家。

孟浅浅抬起头："你不要那样喊。"

应浩眉梢微挑："那该怎么喊？还跟以前那样喊你行吗？"

孟浅浅："你闭嘴吧。"说完她收拾起桌上的书本，包括他给找的那两本，转身换了个位置坐下，和孟浅浅同桌的几个位置被其他同学霸占了，没有给应浩留半点余地。

应浩坐在原地，懒散地支着下巴看着她。

从图书馆出来，是下午五点多，孟浅浅晚上不用去兼职，她直接回了宿舍，正巧碰见叶岚跟朱芳在练口语，孟浅浅立即放下书本挤了进去。叶岚看了一眼孟浅浅，笑着道："今天你好积极啊。"

孟浅浅说道："跟你们学习学习，你们不要嫌弃我啊。"

叶岚："不会，我们自己也好不到哪里去。"

然而实际上是好太多了，孟浅浅这才明白应浩要她跟叶岚练英语口语的原因。常慧慧躺在床上玩手机，听着她们在这里努力学习，心里头酸酸的，几秒后她也坐了起来，说道："我再也不当咸鱼了，我要跟你们一起，大家等等我。"

说完，她就从床上下来，翻出书本捧过来，跟她们站在一块。

三个人看着常慧慧，全笑了。

两个小时后，孟浅浅洗完澡出来，手机便响了，她拿起来看了一眼，是家里的电话。她看了一眼几个舍友，随后推开门到走廊去接。黄秀琴的声音从手机里面传来："钱给你转了，收到了吗？"

孟浅浅看了一眼短信，是有一条转账信息进来，她说："收到了。"

"我多打了两百块，你给孟啸买一套稍微好看点的运动服，最好是名牌。"黄秀琴像是想到了什么，接着又说，"你别乱买，孟啸不穿的话你就得再买一套。"

孟浅浅对名牌不太了解，她咬咬牙道："我去看看，如果这个钱不够，我不会买的。"

"孟浅浅你是不是翅膀硬了？你小心我给你断了下个月的生活费！你别忘了，你还有三年才毕业！"黄秀琴出声威胁。

孟浅浅："我……"

其实她怕的，她好不容易考出来，哪怕当初目的不纯，但她渐渐地找到了能在这里立足的路，她不想功亏一篑。

她咬牙道："我先去看看。"

"买名牌的。"黄秀琴这次直接下了命令，随后挂了电话。孟浅浅放下手机深呼吸，这才发现自己已经走到楼梯口了。

这时，一个略带嘲讽的女声传来："心烦吧？碰上了这样的家庭，是不是觉得像吸血鬼一样？永远都粘着你，没办法摆脱？"

孟浅浅吓了一跳，猛地转过身，便看到林飘背着一个斜挎包站在那儿，穿着简单的白色上衣跟牛仔裤，身材玲珑有致。

林飘一步步地走上来，笑着挑眉："哎，像你这样家庭的女生应该有很多吧，像雪花一样，多得数不胜数。你说，像你这样家庭的女生，除了嫁人还有什么办法能改变现状呢？"

孟浅浅后退，直到靠着栏杆，她说："也不一定要嫁人。"

"嫁人是最好的捷径，你以后就会明白的。"林飘似讽非讽，话里有话。

孟浅浅看了她几秒，转身朝宿舍走去，进屋后她关上了门。

林飘笑了笑，这才朝自己的宿舍走去。舍友们正在聊天，每个人都挨得很近，一听见她回来了，纷纷停下了话题。

林飘放下斜挎包，回头看她们："在聊什么？"

陈莉站起身来转了椅子，像是不聊了。林飘抱着手臂，看向另外一名一直有些唯唯诺诺的室友："你说，你们在聊什么？"

那舍友往后挨了点，她抿唇摇头。

林飘逼问："萧云，你来说啊。"

她看向另一个舍友。

林飘的样子确实让人有些不适，陈莉有些不耐烦了，她"唰"地踢了一下椅子，说道："我们在聊，你的前男友应浩心里是不是有个非常重要的人！"

为了保护孟浅浅，陈莉没有直接说名字。

林飘的脸色微变。

陈莉故意问道："是你吗？林飘？"

林飘放下手臂，大步地朝阳台走去，懒得跟她们说。几个人纷纷松了一口气，陈莉也呼了一口气坐下。

接下来的几天，都是满课。孟浅浅很老实，每节课都去上，从不逃课。所以，老师对她的印象也很好。当然，她的长相也是其中的原因之一。她长得温温柔柔的，说话软糯，有时又很可爱，班上的同学对她也很好，经常会给她占占位置。孟浅浅上课久了，胆子也大了一些，还帮同学点到过，只是当时差点说漏嘴。

这天下午没课，吃过午饭，孟浅浅便约常慧慧出门去逛逛，她想给周乔买结婚礼物，而且昨天也从便利店那里拿到了工资。

这份工资尤其珍贵，她觉得这是她迈出人生第一步后收到的第一份礼物。临到要出门时，常慧慧却临时有事没办法陪她去。

孟浅浅有些失落，但也不能强求，于是只能自己去。她看了一眼地址，搭乘了公交车然后换乘地铁。

一切都很顺利。但是出了地铁口以后，就不太顺利了。

她看着手机上的地图，却分不清东西南北。于是，她又调出了指南针。但是，指南针跟她要去的那个购物商场的方向似乎又不太对，绕了一圈她来到两栋大厦的中间。

完全看不到有购物商场的样子，而且这里的大厦很多，不单单这两栋，往前面还有，上面也都没有名字，这怎么找？

孟浅浅呆了。

这时她的手机响起来了，她接起来。

那头应浩的嗓音传来：“你在九里大厦干什么？”

孟浅浅一愣：“这里是九里大厦吗？”

应浩：“是，你要去哪儿？”

“你怎么知道我在这里，你又在哪儿？”

应浩挑起眉毛：“告诉你详细地址，你也看不到我的。”

孟浅浅：“我……”

“周彦呢？他没陪你？”

孟浅浅抿紧嘴唇，一时气急：“他忙。”

应浩：“哦，站在那里别动。”说完，应浩便挂了电话。

孟浅浅听着“嘟嘟”的声音，并没有听应浩的话，而是仰头看着这两栋大厦，寻找看看有没有“九里”的标志。

这时，斑马线绿灯一亮，一个高大的身影从对面走来。不一会儿，应浩握着手机站在不远处喊了一声：“浅浅。”

孟浅浅转过身子，只见他高高大大地站在树下，她一愣。

“是不是去 COCO 购物中心？”他往这边走来，眼眸看着她。孟浅浅抿紧嘴唇，点了一下头：“你怎么在这里？”

“路过。”应浩摁着手机，看了一眼上面的线路说道，“我带你去。”

孟浅浅想了一下，说道：“你告诉我……”

他抬起眼眸看着她：“我正好也要买东西。”

孟浅浅：“哦。”

她抿抿嘴唇，最后跟着他的脚步，往右边人行天桥下走。应浩走在她的身边，指尖滑动放大地图，确认了位置后便放下了。

他转头看了她一眼，她还在那里看指南针，似乎是不太相信自己能在指南针的引导下走错了路。他的唇角勾了勾，长腿迈到她靠着大马路的一边。

就这样，很快两个人抵达了购物中心。

“你要买什么？”应浩看了她一眼问道。

孟浅浅说：“我给周乔买结婚礼物。”

“到三楼看看。”

应浩引着她走向电梯，孟浅浅先他一步走上去，他走在后面，落后一步，但他人长得高大，垂眸都可见她雪白的脖颈。

电梯上，从对面下来的几个女生凑在一起，看着他小声地议论。就连站在孟浅浅前面的几个漂亮姐姐也时不时地回头看了几眼。

孟浅浅扶着扶梯，往前走了一步。应浩眯起眼睛：“干吗呢？”说着，他也跟着走上来，大手扶着扶梯，指尖不经意地碰到她的尾指。

孟浅浅“嗖”地一下收了回来。

应浩看着她的后脑勺，手也收了回来，插回裤子口袋里。

来到三楼，这里除了可以买礼物，也有些服装店，孟浅浅抬头看着旁边一个品牌店，应浩走在她的手边，问道：“你有多少预算？要买这个？”

孟浅浅抿紧嘴唇，有些犹豫。

应浩看了她一眼：“进去看看，看又不要钱。”说着他先走进去。

孟浅浅迟疑了几秒，随后也跟着进去，这个时候正是上夏季款的时候，价格没有任何折扣，挂在上面红彤彤的价格，都是超过三百块的，孟浅浅看了一眼就知道买不了，她转身就往门口走。

应浩看着她，也跟着出来，并没有劝她再看看，他说：“连城的衣服也不错，回去再看看。”

孟浅浅看他：“在哪儿？”

“一中对面那条三元街，你不是陪我去过？”

孟浅浅：“忘记了。”

应浩的眼眸微深。

商场里情侣很多，时不时有情侣从他们跟前走过，或者迎面而来。而他们却有些疏离，中间还空着差不多半个人的位置，他们行走在这些情侣的中间，显得有些格格不入。

这时，前面嘻嘻哈哈地来了一群人，当中有一对是情侣，男生一只手插在裤子口袋里，另一只手牵着女生的手，笑着跟同学说话。这一幕似曾相识。

孟浅浅看了那对情侣一眼，没几秒挪开了视线。曾经无数次，他们也是这样牵着手走在大街上的。

应浩也是沉默地看着。过了许久，他的声音有些低：“你想吃冰激凌吗？”

孟浅浅摇头：“不吃。”

应浩偏头看她。孟浅浅朝他微微一笑，不甜，但很有礼貌。应浩的下颌紧了几分，这时恰好走到冰激凌的店铺门口，从里面传来了音乐声。

“我们变成了世上最熟悉的陌生人，今后各自曲折，各自悲哀……今后各自曲折，各自悲哀……”

这个时候，应浩才明白，一次放手有可能就是永远分别，哪怕她此刻在眼前。那些熟悉的小毛病，那些熟悉的依赖，都有可能一去不复返。他抬起眼眸看了一眼店铺的名字，说道：“我去买一份冰激凌，你吃不完我吃。”

还没到生理期，可以吃点。

说完，他就朝店铺门口走去。

孟浅浅立即道：“我真的不吃，你别买了，哎，我看到那个店是不是有卖娃娃？我去看看。”

说完，她转身就朝对面那家公仔店走去。

应浩的脚步微停，回头看了一眼她，只见她直接进了店里，没有回头。他在原地站了几秒，最终还是没有去买冰激凌。她不吃，他买来干吗？

店里有卖很多种结婚礼物，包括结婚娃娃，红彤彤的，很喜人。孟浅浅让服务员拿了一对连在一起的娃娃下来。

她抱着转身便看到靠在柜台上看着她的应浩，孟浅浅顿了顿，笑着举了一下那对娃娃："怎么样？"

应浩眉梢微挑："可以。"

"周乔肯定喜欢的。"她拍拍娃娃，然后走向柜台买单。应浩顺手从柜台上拿了一个发夹，夹在她的耳边上。

孟浅浅一愣，立即伸手去摸，恰好摸到他的指尖。应浩握住她的指尖，孟浅浅快速地甩开，并往旁边躲了去。

一旁的服务员呆住了。

应浩眯起眼睛，半晌，他把手放回裤子口袋里，说道："这是你最喜欢的兔子发夹。"

柜台上有镜子，孟浅浅扫了一眼，确实是兔子发夹，她抿抿嘴唇，说道："我现在不喜欢这个了。"说完，她取下发夹放回柜台上，朝服务员笑笑，然后买单，抱着娃娃走了出去。

应浩用指尖拿起那夹子，说道："多少钱？"

服务员说了价格后，看着这帅气的男生，笑问："和女朋友闹别扭了？"

应浩一顿："嗯。"他买下了那个发夹。

第七章

与　你　无　关

出了那家店后，孟浅浅抱着娃娃就往电梯走，她回头看了一眼，没看到应浩跟了出来。孟浅浅抿紧嘴唇，料想他应该生气了。

生气就生气吧。

她抬手顺了顺耳根的发丝，上了扶梯。大大的娃娃把她整个人都挡住了，只露出细白的指尖和手臂。

扶梯上来来回回有不少人，也有小孩子在跑动，随着他们母亲的一声叫唤，孟浅浅被孩子撞到，踉跄着往下，四周起了少许的惊叫声。

孟浅浅心里也是一慌，这时一只手臂猛地搂住她的腰，把她往后带了一步，她回头一看，对上应浩的脸。他看了她一眼，随后眼眸扫向一旁的母亲还有那熊孩子："阿姨，孩子带好，这是扶梯。"

那母亲紧紧地抓着自己的孩子，点了点头，没敢吭声。

"我来拿。"应浩一把拎过那对娃娃说道。

孟浅浅抢不过他，手臂一下子便空了，她说："谢谢啊。"

应浩单手拎着"嗯"了一声。

很快，他们两人来到门口，孟浅浅看了一眼购物中心旁边的店铺，想了想说道："你要不要吃点儿什么？我请你。"

那样子客气得很。

应浩垂眸看她："你想吃什么？"

孟浅浅摇摇头："没想法。"

应浩单手从裤子口袋里摸出那个发夹，迟疑了一下，正准备拿出来。孟浅浅便有微信跳出来，孟浅浅拿起来点开一看，是周彦发来的微信。

周彦：浅浅，你买完东西了吗？中午我们一起吃饭。

孟浅浅看完，立即抬头看向应浩，笑道：“要不，我们回学校吃？我昨天答应了周彦今天一起吃饭。”

“是吗？你答应了而已，我没有。”应浩看着她，“你刚才说了，要请我吃饭。”

孟浅浅：“我……”

“回学校我请你啊。”孟浅浅立即笑着道。

应浩眯起眼睛：“我要是不呢？”

孟浅浅：“你要是不，那也没办法，我穷。”说完，她转身就去拿他手里的娃娃，应浩提起来，让她够不到。孟浅浅一愣，应浩把另一只手从裤子口袋里拿出来，摊开，他的掌心里躺着一个浅蓝色的兔子发夹。

他低声道：“你收下这个发夹，我们就回学校去吃。”

孟浅浅抬头看他：“你干什么？”

“我在追求你。”

孟浅浅的心脏跳了一下，不是开心的，而是刺痛的。她是真心实意地想要往前走，也希望他能往前走，彼此只留下回忆，活成两条不相交的平行线。

她看了一眼发夹，说道：“我不会收的，行吧，我请你吃饭，这里店铺随你挑选。”

应浩垂眸看着她。几秒后，把那发夹扔到一旁的垃圾桶里。孟浅浅看了一眼，跳起来道：“你怎么这样？不收就扔，你太过分了。”

应浩把手放回裤子口袋里：“你不收，我留着它做什么？走吧，吃饭。”

说完，他走下台阶。孟浅浅走在他的身旁，转头看了好几眼那个垃圾桶。几秒后，她说：“我还是回学校吃吧，你要吃就吃，不吃就算了。”她抢过他手上的娃娃，快速地走向地铁口。

应浩：“我……”

一秒后，他转身走回了购物中心的门口，看了一眼垃圾桶，那个发夹卡在边缘，他抬脚踹了一下垃圾桶，发夹松动掉了下来，他伸手接住，放回裤子口袋里后，他转身朝孟浅浅那儿走去。谁知道孟浅浅这次不迷路了，已经进了地铁站。

应浩的下颌一紧。

顺利回到学校后，周彦他们已经打了饭给孟浅浅，这样她也就不用去食堂了。她放下娃娃，坐在桌子旁吃。

常慧慧拿着“不求人”在后背挠着，背着英语单词，她说：“我今天不是跟我朋友去金融系吗？我发现很多学长学姐他们在大二下学期的时候其实已经开始实习了。”

叶岚：“然后呢？”

常慧慧：“所以感觉大家都很拼，据说她们都是拿的大公司的 offer，很厉害，经常参与一些项目，叶岚，你们班有人有这个打算吗？”

叶岚翻着书道：“有几个吧，但不算我和朱芳。”

常慧慧：“你们怎么没计划呢？”

叶岚：“你们成天说我们是学霸，实际上在这个班里，我们真的不算什么，有机会导师也都是给那些更优秀的学生。”

常慧慧“啊”了一声：“还有这样的？那你们起步不就比别人晚了？”

“那也没办法，只能慢慢找机会了。”

常慧慧收起了“不求人”坐在孟浅浅身边，看着孟浅浅吃饭，说道：“你们学霸都这么惨了，我跟浅浅不是更惨？”

孟浅浅拿纸巾擦擦唇角，看了常慧慧一眼道：“我们先读好书吧。”

常慧慧叹气：“只能这样了，背单词背单词……”

“浅浅，你买的这个娃娃很可爱，非常可爱，你闺密肯定很喜欢。”

孟浅浅眉眼一扬：“太好了。”

“你闺密也挺厉害的，才大二就订婚啊。”

孟浅浅笑道：“嗯，他们高中就认识了，我们那时都没想到他们会走到一起。”

常慧慧“啧”了一声：“你闺密这种的，一百个人只能出一个，很多都是无疾而终的。”

叶岚在一旁点头。

孟浅浅笑了笑，点了点头，低头收拾饭盒。常慧慧说完，看孟浅浅的表情，才反应过来自己刚刚说了什么，她很后悔自己一时的多嘴。

孟浅浅把饭盒拿去扔掉后，原本打算看会儿书的，但有点困，她换了衣服上了床，准备午睡一会儿，躺在床上后，脑袋却乱糟糟的，不知在想什么。

其实她没搞懂，应浩为什么还要追她。海城大学除了林飘，还有很多漂亮的学姐学妹。他应该挑一个跟他一样优秀的，难道是因为看到她考到海城后，又想要照顾她吗？

孟浅浅皱了一下眉头。

学生会刚开完会，应浩坐在椅子上，长腿交叠，正在翻备选名单。门被推开了，一个学弟拿着一个手机走进来，来到应浩的身后弯腰喊道：“学长。”

应浩：“嗯。”他头都没抬，此时正好翻到这个学弟那一页。学弟见状，咳了一声，半点儿犹豫都没有，把手机递给应浩：“你看看。”

应浩把目光从备选名单上挪开，扫向了他的手机，这一看，他神情微冷。

手机上面是一个微信群，微信群里发了很多张照片，正是他跟浅浅在购物中心时候的照片，上扶梯也好，在娃娃店买礼物也好，还有一张是他搂着她的腰往上带的那一张。而现在这个微信群里，正在议论这件事情，议论着要不要发帖子说应浩当小三，这还不算，还有人提议把帖子的主题改为浅浅勾引他，甚至由此引出林飘事件。

应浩问道：“论坛是你在管？”

“是的，学长，我一发现不对就立马拿来给你看，你看要怎么弄？”

应浩眯起眼睛：“说我是小三没事，那个想改帖子主题的给我揪出来。”

“这个可以……啊？学长，你真的……当小三啊？”

应浩没回应，他让学弟把这些聊天记录截图下来发给他，随后他起身，拿着手机出门，来到唐隽的工作室。今日唐隽的导师严雄在，他对于把自己的好徒儿挖走的应浩没什么好感，严肃着脸不搭理他。

应浩的手虚虚地插在裤子口袋里，礼貌地喊道：“严教授好。”

“哼。”

应浩挑挑眉毛，眼眸一转，看到在那里做数据记录的周彦，他走过去，坐在周彦的对面。应浩翻转手机，放在周彦面前。

周彦随意地看了一眼，随后愣住了，他抬起头来看他。

应浩："你觉得这件事情怎么处理？"

周彦放下数据记录，也往后靠了靠，盯着他。

应浩用指尖挠了一下眉心，笑了笑，他点着桌面："你跟她已经分手了，对吗？"

周彦："我……"

"既然分手了，就发个声明，让大家知道，免得她受伤害。"

"你怎么知道？"周彦反问。

应浩的长腿交叠，懒懒地靠在椅背上说道："你的好胜心没了。"

周彦："嗯……"

不远处，唐隽一直往这边偷听，看周彦没有反驳，就说明是真的。唐隽有些震惊，应浩这么敏锐的，一下子就嗅出来了，他都还不知道呢。

严雄教授在一旁敲了一下唐隽的头："认真做你的事。"

对峙几分钟后，周彦确实也觉得得声明一下，他不想让孟浅浅受到伤害，他拿起手机看了应浩一眼，然后通过聊天渠道把他和孟浅浅分手的消息散布了出去。

应浩揉了一下眉心。

这时，他的手机响起，他拿起来一看，来电竟是孟浅浅。应浩揉眉心的指尖一顿，看着这个号码，接着接了起来。

那头，女生软糯的声音传来："应浩。"

"嗯。"他低低地应了一声，"你刚睡醒？"

她在那头没接这个话，她说："我想跟你聊聊。"

"好，去哪儿聊？"

孟浅浅："食堂的奶茶角，两点半。"

"好。"

挂了电话，孟浅浅下床，稍微梳了一下头发，然后洗了个脸，便拿着手机出门了。

这个点食堂没什么人，除了极个别的学生过来喝奶茶、咖啡的。孟浅浅点了两杯奶茶，随后找了个位置坐下，不一会儿，应浩便把手插在裤子口袋里走进来。

他人长得高，很显眼。

孟浅浅吸了一口珍珠，把另一杯冰的奶茶推给他："请你喝奶茶，学长。"

他垂眸："学长？"

孟浅浅含着珍珠一笑。

应浩这才拉开椅子坐下，扫了一眼她手中的奶茶，上面没有冒冷气。他才开了自己那杯喝了一口，他用舌尖舔了一下杯壁，有点儿冰。

他看着她。

孟浅浅这才松开奶茶，把珍珠吞下去，随后道："我觉得我们之间还是当普通朋友比较好，如果你不想当朋友，那我们就不要联系也行，就是那种，你看到我或者我看到你的时候，彼此就是陌生人……"

应浩咀嚼着珍珠的动作越来越慢，直到停下。

他紧紧地盯着她："你再说一遍。"

孟浅浅停顿一秒，随后道："我叫你不要追我。"

应浩的身子往后靠，沉沉地看着她，他反问："为什么？"

孟浅浅抿紧嘴唇："我觉得我们得往前走，你走你的，我走我的。"

"你觉得我会答应吗？"

孟浅浅一顿，她转着奶茶，有些手足无措。她说："我是真心想和你当朋友，应浩，你也知道，我们之前那么狼狈，我真的怕了。我跟不上你的脚步的，我们的人生刚开始，之前我都跟不上，更何况是未来，对吧？"

应浩没有吭声，他的舌尖有些痒，他喝了一大口奶茶，喉结滚动，直接滑进喉咙里，他抬眸一直看着她。

孟浅浅也只能咬住吸管跟他对视。

他的目光像是粘在她的脸上。一会儿，应浩的目光又稍微往下扫向她的嘴唇。

孟浅浅微微挪开视线，并且多少有点儿慌。上了大学后的应浩是有变化的，他愈发深沉了，让人看不懂。不像过去，周乔每次挑衅，他都会反击并撑回去。

几秒后，应浩拿出手机，打开了二维码，放在桌面说道："先加个微信，我考虑考虑，考虑考虑当朋友。”

孟浅浅低头看了一下他的二维码，又抬起头来看他。应浩咀嚼着珍珠，一只手插在裤子口袋里。孟浅浅想了一下，拿出手机，扫了一下，添加成功。

看着他的头像出现在列表里，孟浅浅端起奶茶，起身就走。她有些懊恼，自己还加了他的微信。很快，孟浅浅回了宿舍，她坐在椅子上想了又想，把应浩的微信又给删了。

几个小时后，她跟常慧慧在宿舍里吃晚饭。手机短信响了起来，她看了一眼，是应浩发了短信过来。

应浩：刚加上微信好友就删了？

孟浅浅抿唇。

应浩：那我明天早上去你宿舍楼下接你上课吧。

孟浅浅：……

她点开微信，应浩又加了她一次，这次孟浅浅只能通过。不过在通过后，他并没有立马发微信过来，甚至，后来的几天他都没有发。

两个人加了微信后，就空置在那里。

孟浅浅的整颗心总算松下来了，而与此同时，她跟周彦分手的事情也传开了，尽管分手信息传得广，但当初她跟周彦恋爱的事情，却只有很小范围的人知道。

消息传开后，孟浅浅的通信录也多了几个加她的男生。她稀里糊涂地通过了两个，等反应过来这些人要干吗之后，她就全部选择了无视。

周乔的婚礼是农历五月二十八，这个时间正好是暑假。六月底，海城大学放假了，便利店那边正好赶上暑假了，也不需要兼职人员了。孟浅浅领了薪资，订了高铁票，收拾好行李回了连城。

这次回去没碰上应浩。

孟浅浅下了高铁，也顺利地上了公交车，摇摇晃晃地抵达连城。成暖回来得比她早，站在公交车站等着她，一看到她下来了，立即挥手：“浅浅！”

孟浅浅提着行李，笑着飞快地下车。

成暖冲过来，抱住她：“想死我了。”

孟浅浅笑着也抱紧她：“我也想你。”

“呜呜呜呜……大城市虽好，但还是我们这小破地方更好。”成暖蹭了蹭孟浅浅的衣服，又亲了她一口。

孟浅浅也亲了回去，问道：“叔叔阿姨都好吧？”

“好，只是黎城压力大。”成暖是完全跟着周练的，周练去哪儿她去哪儿，而她的父母则跟着她，当初她跟着周练考上黎城的学校，她的父母也跟着去了。

孟浅浅点点头：“大城市嘛。”

“是啊。”成暖提起孟浅浅的行李箱，说道，“不过我买了辆车，明天去提，我们开车去接周乔。”

孟浅浅笑道：“好啊。”接着，两个人看了一眼三中的校门口，彼此对视一笑。成暖直接把孟浅浅送回家，一进门，孟媛媛正在拖地，一看到她，大声地喊了句：“姐。”

这一声喊出来后，孟啸“唰”地从屋里出来了。

孟浅浅看到孟啸，这才想起衣服的事情。果然，孟啸上前就拉孟浅浅的行李箱：“衣服呢？妈给了你钱的，你应该买了的。”

孟浅浅抿了下嘴唇，打开小包，从里面拿了两百块扔到桌子上道：“没买衣服，我没找到店。”

孟啸愣了一秒，回头看了一眼那两百块，脸色立即变了。

他走过去拿起电话给黄秀琴打电话。孟媛媛见状，立即拿起拖把抡了过去：“你就只知道告状，你除了告状你会做什么？你这辈子就背着你妈娶媳妇生孩子好了！”

孟啸的电话已经通了，黄秀琴在那边也听到了。

孟浅浅赶紧拉着孟媛媛朝房里走去，黄秀琴在电话那头已经开始骂了。孟啸一脸的得意，坐在椅子上。

房门关上后，孟媛媛还想踹门，她说：“姐，你别拉我，我打死他……他以后会拖累我们的，他昨天去玩游戏，把零花钱都花完了，都这样了，妈都不舍得骂他。”

孟浅浅一听：“什么？”

“就是去网吧玩游戏，好多学生都一起玩，刺青店那个杨哥开的！”

孟浅浅整个人有些蒙了：“爸不说吗？”

“说什么啊？爸他最近好忙，天天出差，他也是今天下午才回来的，回来了就出去了。”孟媛媛坐在床边，揪着被子说。

孟浅浅立即打开行李箱，然后拿出钱，开始找地方藏。孟媛媛看到孟浅浅手里的钱，也愣住了。孟浅浅说：“我去做兼职赚的。”

孟媛媛反应过来：“哦哦，姐，你藏我这边，不过我觉得你还是得开个银行卡，不要用家里给你开的这个。”

“我知道，我这次确实给忘记了。”藏好钱后，孟浅浅才拿着睡衣去洗澡，黄秀琴也回来了，免不了吵一场，父亲提着白酒回来后，训斥了她们一顿。

黄秀琴这才住了嘴，她走上前，接过丈夫的白酒，说道：“我能不管吗？让她买套衣服推三阻四的，还什么两百块不够买，不够买不能自己添点？这下好了，孟啸没衣服穿了。”

孟致贤看了站在门边的孟浅浅一眼，随后道：“明天带你弟出去买，买一身好点的。”说完，他从钱包里多拿了两百块，放在桌面上。

孟媛媛见状，赶紧上前，抢了这两百块，塞进孟浅浅的手里。孟浅浅只能点头应下，这个家赚钱的人是孟致贤，他也很少命令些什么，但是他但凡开口，她们都很难拒绝。父亲毕竟是父亲。

隔天，孟浅浅跟孟媛媛带着孟啸去买衣服，之前还嚷嚷着要买牌子货的孟啸今天却要砍价。孟浅浅一个没注意，孟啸挑了一套很普通的运动服，然后跟老板砍价，他拿过孟浅浅手里的钱递给老板，老板还找了二十块。然后，孟啸把二十块放进口袋里说道：“好了，衣服买了，你们回去吧。”

孟浅浅盯着孟啸：“你要去干吗？”

孟啸：“你管我。”他说完就走了。

孟媛媛拉扯着孟浅浅道：“肯定又去玩了！”

孟浅浅看着孟啸走远的背影，心扑通扑通地跳着。接下来的两三天，孟浅浅都跟成暖在一起，成暖炫她的车技，还有她那辆小轿车和男朋友。成暖的男朋友周练已经进入娱乐圈了，成为一个偶像团体中的一员了。

这天，周乔回来了，她们两个人去接周乔。来到机场出口，成暖拍了拍孟浅浅的肩膀，只见应浩靠在一辆黑色的SUV旁边，身上穿着白色衬衫跟长裤，他穿着正装，看起来修长挺拔，有几分懒散。

他抬起头看过来，把目光投向孟浅浅的脸上。

孟浅浅抿了下嘴唇。

成暖咳了一声："他怎么变帅那么多啊？"

孟浅浅挪开视线，没有应。

很快，周乔跟萧然出来。周乔简直大变样，气质超级好。孟浅浅看得眼睛都亮了，姐妹三个抱在一起，成暖要炫她的车，于是三个人上了成暖的车。那头应浩也接走了萧然，成暖说："他们的感情还那么好哦。"

周乔耸肩，孟浅浅微笑。周乔看了她好几眼。

不过，接下来属于姐妹三个人的时间，聊的都是开心的事儿。

那头，应浩带着萧然去见了乔老师，三个人坐下后，乔老师要开酒，应浩这次不喝，乔老师看着他："怎么不喝？"

应浩咬着烟人往后靠了些，说："等下还有事情。"

乔老师一听，也不勉强，就敬萧然。萧然看了应浩一眼，低声问道："你跟孟浅浅……还有可能吗？"

应浩："有。她只能是我的。"

萧然："啧……"

姐妹三个人在连城兜了一大圈，还去了秘密基地喝了杯果汁，随后成暖跟孟浅浅送周乔回去。

南尾巷铺了满地的红色地毯，一片喜气洋洋。车子停下，周乔下车进去，孟浅浅趴在车窗上，看着周乔的背影。

满天的红色，看得出来周乔的婆家对她的重视，周乔要嫁出去啦，嫁给爱情。这时，应浩从里面出来了，他正在接电话，眼眸一抬，看到了她。

孟浅浅反射性地抿紧嘴唇，坐好。

应浩："车子开着的时候别这么趴着，很危险。"说完，他便往自己那辆黑色的SUV走去。孟浅浅听罢撇撇嘴，立即关上了车窗。

成暖用指尖敲了一下方向盘，"哟呵"一声："他刚刚在跟你讲话？"

孟浅浅看向成暖："讲了一句而已。"

成暖的眼底透着狡黠，闪烁着某些不知名的光芒。

孟浅浅催促道："开车开车。"

前面的黑色的SUV启动了，应浩的手虚虚地从车里伸出来，骨节分明。成暖叹了口气道："我说真的，应浩变成熟了。"

孟浅浅没吭声。

成暖启动车子，道："走吧，送你回家。"

"暖暖最好了。"孟浅浅笑眯眯地道。

成暖推了她一下，笑道："嗲声嗲气。"

孟浅浅扑过去抱她。姐妹俩在车里闹成一团，最后成暖才拨弄着头发笑着开走了。

黑色的SUV上了大路，又往机场开去。这次是海城来的航班，车子停下没多久，应顺尧、陈菲还有应涵便朝这边走来。

应涵戴着墨镜，提着行李，头发染成了些许的黄色，身上穿着深色的上衣，他笑着招手："哥。"

应浩看着他，眼眸闪过几丝阴冷，但转瞬即散。他拉开车门说道："你怎么染了这么一头颜色？"

应涵勾下墨镜，看着他笑道："帅吗？"

应浩的唇角扯了扯："还行。"说着，他接过应顺尧的行李，走去后车厢放下。陈菲拿着一把扇子，扇扇脖子，道："这边怎么比海城还热啊！应浩，你都出汗了。"她从小包里拿出纸巾递给应浩。

应浩站直身子，看了一眼她递来的纸巾，没有接，说道："不用，陈姨，上车吧。"

陈菲笑笑收回了纸巾，走向后座，跟着应顺尧上了车。应涵则主动地上了副驾驶位，应浩在原地站了几秒，这才绕去驾驶位，上车启动。

应顺尧原本在后座上看文件，一抬头看到车里的烟盒，道：“少抽点烟，你妈最不喜欢烟味。”

应浩没应声。

应顺尧又看了一眼应浩，说道：“明天给你妈扫墓的时候，你可不能抽烟。”

应浩的眼眸看着前方，扯了下嘴唇：“行。”

陈菲拽了应顺尧一下：“别一来就管孩子，他自己懂的。”

“他懂的话就不抽那么多烟了，当初我抽一根祝愿就跟我生气……”

车速突然变快了，像是突然拐了个弯一样。应顺尧的眉心一下子就拧起来了，应涵立即吹了个口哨：“哥，连城这地方路大车少，适合飙车啊。”

陈菲：“飙什么车？应涵，让你哥开慢点儿。”

应浩加了油门，就以这样的车速一路回到名苑花园，颠得应顺尧骂了他几句，下车后，陈菲看到这小区道：“顺尧，我们是不是该安排爸妈到海城去住啊？这地方也看着太不规整了。”

应顺尧：“爸跟妈不喜欢，之前就拒绝我了，他们说还是在这里住着舒服，我也就没强求。”

陈菲点了点头：“也好。”

应浩下了车，没有去搭理他们的话，也懒得接他们的话，他的眼眸远远地看了一眼外公外婆的房间，全都暗着，客厅也暗着。

他们不想看到这一家子，所以早早地去睡了。一行人上了楼，站在外公外婆家门口，他的下颌微紧，把手插在裤子口袋里，单手开了门，屋里一片昏暗，他下意识地看了一眼供奉母亲的那个柜子，他微微地低了头。他们一家三口进了屋。

陈菲左看右看：“爸跟妈呢？”

应浩语气淡淡的：“睡了。”

他推开一扇门，后面是另外一个院子，他说：“房间弄好了，你们早点休息。”

“那你呢？”应顺尧转身看了他一眼，问道。

应浩拿了个苹果咬着，说道：“我还有事。”说完，他朝门口走去。

应涵笑着跟上：“哥，我也跟你一起吧？”

应浩看他那张宛如不知世事的脸，他用舌尖抵了一下苹果，随即唇角轻扯：“我没空陪你。”说完，他走出门。

应涵拿下墨镜：“哥，你过分了啊……”怎么不带我呢！

应浩咀嚼着苹果，神情冷漠，“砰”一声关上了门。

回到家后，孟啸还没回来。孟致贤让孟浅浅去找孟啸，孟浅浅不太想去，黄秀琴就指了孟媛媛。

一想到杨哥那张脸，孟浅浅当然不可能让妹妹去，她只能自己出来找。她拿着手机，在上面按了110。她打算如果看到他们超过十个人，就打电话报警，让警察把他们都收拾了。

这次位置不是在刺青店那条巷子，是另外一条，靠近南尾巷，往后有几间酒吧，而孟啸经常玩的地方就在酒吧二楼。以前孟浅浅只是经过这里，没进来过。此时她来到这酒吧门口时顿了顿，她看着上面银灰色的牌子，听着里面的音乐声。

她深呼吸一口气，走上了台阶。

里面五颜六色的灯光照得她很不舒服，她一路躲着酒吧里的各色顾客，朝着楼梯走去。昏暗的光线下，她随意一扫，看到应浩坐在吧台边，低头在那里跟人玩扑克牌，跟前放着一排酒，一共有十六杯，他喝了五杯。

灯光从他的脸上划过，他眉宇间带着几分散漫跟坏劲儿。

孟浅浅皱了下眉头，随后假装没看到，直接越过去。这时，他放下一张牌后，端起一杯酒杯，薄唇刚刚抵住杯沿，眼眸却略微往这边一扫。

猝不及防，四目相对。

孟浅浅的呼吸一凛。

应浩放开酒杯，身子往后靠了点：“你来这里做什么？”

孟浅浅抿唇：“与你无关。”

话音一落，身后隐约有什么人靠近。孟浅浅刚一转头，应浩就伸手搂住她的腰往怀里一带，冲力让孟浅浅扑到他的怀里，呼吸间全是酒味。

随后，她抬起头去看，只见几个手臂带了刺青的男人从身边走过，一个个不怀好意地看着她。

应浩的手掌遮住她的眼睛，抬眸看着这群人。他没什么表情，就那么看着他们，令人探不清深浅。

他们几个人撇撇嘴，这才收回在孟浅浅身上的视线，拐上了楼梯。

这些人连上个楼梯都很大的仗势，非要弄出点声音来。孟浅浅的眼睛被蒙住了，嗅觉瞬间就敏锐了好几度。男人的衬衫领口微微戳着她的下巴，还隐约带了一股熟悉的香味，是一种类似于檀香的味道，但要更淡一些。

以前应浩抱住她的时候，这味道就在鼻息间流窜，他说是他外婆亲自调的香，安神的。

他的掌心挪开，重见那些妖魔鬼怪似的光线，孟浅浅微微皱眉，对上他的眼眸，应浩盯着她，眼眸略微有些放肆："你来这里做什么？"

孟浅浅一把推开他，站到一旁说："不关你的事，不过，谢谢你。"

应浩收回手臂，手臂内侧全是她身上的体温。他眯起眼睛："来找你弟弟的吧。"

"你见过他？"孟啸果然在这里。孟浅浅悄悄地按了手机页面，然后绕过他，就朝楼梯走去。

应浩半靠着吧台，眼眸盯着她，看着她不怕死地上了第一个台阶，他把长腿放下，从椅子上起来，说道："我陪你上去。"

孟浅浅一顿，她抿紧嘴唇："你喝你的酒吧。"

"你觉得我喝得下吗？"他的嗓音轻飘飘地从身后传来。

孟浅浅往上走，问道："能不能报警？"

应浩："他们做什么事了，你要报警？"

孟浅浅咬牙："这都不能报警？"

"小孩子沉迷游戏而已，怎么报？"

孟浅浅："呃……"

很快来到二楼，这酒吧是复式类型的，但是二楼被全部封闭起来，孟浅浅抬手，正要拧开门。

应浩的速度比她快，他微微地侧身，从她身边走过，抬手一把推开门。这楼不是正规的复式楼，所以应浩在这里头都要顶到天花板了，这门一开，里面的烟味扑鼻而来，里面的人也很多，少说也有二十多个，但也不是每个人都在玩。

带头的几个，包括那个杨哥抬起头看过来。

应浩半靠在门上，有些散漫，那杨哥看到应浩的脸微变，反射性地就想起上次被殴打的疼痛。

孟浅浅一眼便看到趴在桌子上的孟啸，她反射性地想上前，应浩抬手拦了她一下，他的眼眸也落在孟啸的身上。

“孟致贤的儿子。”他喊了一声。

孟致贤！孟啸多少也有些怕父亲，他“唰”地转头，看到应浩：“你……”

应浩哥？

应浩：“你爸喊你回家。”

孟啸愣了一下，他说：“才几点。”

“走不走？”

孟啸有些不甘，但此时身上也没钱了，他擦擦手，朝杨哥说了声明天再来，然后就朝这边走来，走到门口才发现孟浅浅在。

“姐……”

孟浅浅看了他一眼，转身下楼。孟啸耸耸肩膀跟在后面，他看了一眼应浩：“应浩哥，你不是跟我姐分手了吗？”

应浩挑起眉毛，没吭声。

三个人下了楼，孟浅浅走到门口转身看着孟啸，孟啸朝她走来。应浩则坐回了吧台，他的眼眸看着她。

“回去发个微信给我。”

孟浅浅：“好。”然后她转身便走，孟啸跟在她身后，孟浅浅此时只想赶快回家。孟啸却不知想到了什么，他说：“姐，你那里有钱吗？我想吃个夜宵。”

孟浅浅：“没有。”

“姐，你肯定有的吧，我记得你以前很会存钱的。”

孟浅浅走得飞快：“没有。”

“你怎么会没有？你明明就有。”突然，孟啸上前一把抓住孟浅浅的手臂，孟浅浅被他拽得转了个身子。

她皱紧眉头，第一次流露出厌恶的眼神：“我说了，我没有，你今晚花了多少钱？你零花钱是不是都花光了？”

“什么花光？几块钱而已，我就是玩玩，我现在想吃个夜宵，你请我不就好了。”

“没有！”孟浅浅直接打断他的话。

“你怎么可能没有？你有的，你有的。”孟啸的手微微用力，孟浅浅狠狠地挣扎。姐弟俩在巷子里拉扯成一团。

就在孟浅浅想着拿个棍子打他的时候，身后传来了脚步声，下一秒一只骨节分明的手握住孟啸的手腕，指骨用力，孟啸疼得倒吸一口冷气，一道低冷的嗓音传来：“松开。”

孟啸疼得立马松开了孟浅浅。

孟浅浅后退一步，捂着手腕，看了过去。

应浩摸出手机，递给她：“帮我拿着。”

孟浅浅：“你要干吗？”

下一秒，手机落在她的掌心。紧接着，她就看到应浩抬脚狠狠地踹向孟啸，孟啸往后甩去，撞在墙壁上。孟啸立即哀号大哭。最后，应浩一把将孟啸的脸按在墙壁上。

孟浅浅心惊肉跳，她原本想阻止，可是看着孟啸那样子，她又从心底升起了一股隐秘的解气感。孟啸哭喊着，不停地哭喊着，十几岁的人了，㞞得直哭。应浩偏头看向孟浅浅，手摊开：“手机。”

孟浅浅不明所以，把手机放在他的掌心里。

应浩松开孟啸，半蹲下来看着孟啸，拨打了派出所的电话。

“你好，我要报警。”

孟浅浅一愣，立即上前：“学长！”

应浩报了地址，挂了电话，他仰头看她：“你先回去。”

孟浅浅：“你这是干什么啊？”

应浩眯起眼睛：“你亲我一下，我就告诉你。”

孟浅浅：“不说算了……”

她没走，不一会儿，警车来了。孟啸看到警车，忍着疼痛扑上去说要告应浩，说应浩打人，民警看了应浩一眼。

应浩把手插在裤子口袋里，朝警车走去。

孟浅浅当然也不能走，她作为目击者跟着上了警车。刚抵达派出所，黄秀琴就提着小包赶来了，看到母亲的那一刻，孟浅浅似乎理解了应浩为什么要报警了，黄秀琴一进来就推了孟浅浅一下：“你去接你弟弟，怎么接出这样的事情？”

一名民警护了孟浅浅一下，说道：“你儿子玩游戏没钱了问你女儿要钱，你女儿没给，就要打她。最后是应浩出来拉着的。”

黄秀琴愣住了，接着看向应浩。

应浩靠在椅子上，身上的衬衫有些凌乱，他似乎是察觉到黄秀琴想说什么，他扯唇道：“我跟孟浅浅分开两年了。”

黄秀琴到嘴边的话咽了下去，一转眼看到儿子被打得鼻青脸肿的，整个人崩溃地扑过去抱住孟啸。

孟啸想告状，却对上应浩那冷漠的眼眸，孟啸只能咽下那些苦。

不一会儿，孟媛媛跟父亲也来了，父亲听说孟啸为了钱要对孟浅浅动手，他觉得丢人，瞪了孟啸一眼。孟啸整个人恹恹的。

又过了一会儿，孟浅浅一家要走，孟浅浅看了应浩一眼，应浩长腿交叠，领口松散，他挥挥指尖，让她回家。

她抿紧嘴唇，什么都没说，出了门。出了门没多久，便看到一辆SUV开过来，应浩的外婆跟外公坐在车里，车子从她的身侧开过去。

回到家里，孟啸还捂着脸哭。黄秀琴看着孟浅浅的眼神，像是要把她给剁了。孟啸哭了一会儿，抓着黄秀琴的手：“刚刚是不是赔了钱？”

黄秀琴只能把注意力放回儿子的身上，她说：“你要干吗？”

“给我点吧，我想吃夜宵。”孟啸讨好地一笑。

黄秀琴看着他，只能拿出一些给他，随后她看着孟浅浅跟孟媛媛说：“你们俩去把衣服洗了。”

孟致贤拿着毛巾擦着脸走出来，说道：“今晚都这么累了，就先别洗了，明天再弄。”

黄秀琴的脸色微变，但又不得不听他的。

孟媛媛立即拉着孟浅浅进了房间，一进去，孟媛媛捂着嘴巴，差点大笑起来：“你看到他那样没？太好笑了。”

孟浅浅也有些累了，她去拿睡衣换上，然后坐在床边，道：“我觉得孟啸再这样下去……”

“你也感觉到了对吧？”孟媛媛坐在姐姐的身边说道。

孟浅浅点了点头，她看着妹妹：“你一定要好好学习。”

孟媛媛：“我争取吧……”

随后，姐妹俩躺下了。孟浅浅关了大灯，开了一盏小灯。她摸出手机打开微信，斟酌了一下，翻到应浩的头像。

孟浅浅：你今晚受伤了吗？

一分钟后……

YING：没有。

孟浅浅：谢谢。

YING：谢谢就完了？

孟浅浅：学长。

YING：……

几分钟后……

YING：如果我不想往前走，我想跟你在一起呢？

孟浅浅一顿，几秒后，她按着九宫格，速度很快。

孟浅浅：但我想往前走。

我走我的，你走你的。

那头，应浩不再回复。孟浅浅摩擦着手机，把手机放下。她看着孟啸被打，虽然很是解气，却也感到无能为力，她就是在这样的一个家庭出生，她未来能走多远？总感觉也就如此了。

应浩应该走得更远。

隔天，放在桌面上的手机一直“嘀嘀”地响着，正是萧然跟周乔的“结婚群”，大家在起哄让萧然发红包。

应浩从浴室里出来，脸上还带着水珠，他换上了黑色的衬衫跟长裤，随后拿起手机出门。两辆黑色的 SUV 停在门口，应浩嘴里咬着一块面包，扶着外婆外公上车。

应顺尧带着陈菲跟应涵上了另外一辆车，应涵从车窗里探头，看着应浩：“哥，走吧。”

应浩坐在驾驶位上，拧开矿泉水，喝了一口。随后启动车子，外婆在后座上哽咽着擦泪水：“浩，我有时都恍惚，你爸怎么敢呢？”

应浩没吭声，他握着方向盘，看着前面的路。

外公按着外婆的肩膀：“擦擦泪水，他敢不敢，我们不是早就知道了吗？我们两个老家伙一定要好好地活着，要陪着应浩走到那一天。”

外婆听见这话，立即擦拭泪水，不一会儿，便收起了所有的情绪。很快，车子抵达墓园，下车时，外婆看着走在前面的“一家三口”，说道：“你妈去世的时候，应顺尧跟她商量，说回老家下葬，说他将来也要来，骗你妈买了两个墓位……”

“好啦。”外公低声道。

外婆深呼吸一口气，应浩扶着外婆，走进墓园里，来到了祝愿的墓位前，墓碑上的祝愿笑意盈盈。

应顺尧穿着一身剪裁得体的西装下跪，伸手碰了碰祝愿的脸：“我好想你啊。”

外婆牙根一咬，她紧紧地抓着应浩的手。

“祝愿姐，我们来看你了。”陈菲也带着一脸的严肃，弯腰把花放在墓碑前。应涵也跟着鞠躬，但没说话。

应顺尧上了贡品，然后点上香，说道：“我们的儿子如今也长大成人了，他很快就可以出来帮我了。应浩，你过来。”说着，他还朝应浩招手，应浩垂着眼眸看他。几秒后，应浩松开了外婆的手，外婆因恨在他的掌心留下了指甲痕迹，他理了理袖子，藏住了指甲痕迹，双膝跪在母亲的墓碑前面。

他看着墓碑上的女人，冷峻的脸没什么表情，只有眼眶微微发红。

妈，你好吗？

应顺尧嘴里一直温柔地说着话，说如今华星怎么样怎么样，以后华星会怎么样怎么样，说着他们创立的王国，他说："我多想你还能陪着我啊……"

应浩的眼眸微眯，他看了一眼身侧的应顺尧。

他很想问：你真的这么想吗？

几秒后，应浩收回了视线，弯腰给母亲倒酒："妈，这是你最喜欢的女儿红，尝尝……"

一个小时后，扫完了墓。应浩看了一眼坐在台阶上的应顺尧，他眯了眯眼睛，走上前，坐在他的旁边，应顺尧看了他一眼，抬手拍拍他的肩膀，非常慈爱。应浩看着不远处的山，随后看向应顺尧："你上次说希望我去华星的哪个位置帮你？"

应顺尧一听，笑道："财务部啊，我盼你出来帮我，盼了很久了。"

"是吗？但我想去研发总部。"应浩说着，看着应顺尧的表情，"我不单自己去，我还想带上我的朋友一起去。"

应顺尧愣了几秒，定定地看着他，半晌，他笑着拍拍他的肩膀，说道："好啊，你喜欢的话都可以的。但是，你要知道，研发总部如今有老梁坐镇，整个部门人才济济，各司其职，哪怕你身为我的儿子，去那也是从最底层的职位做起，你觉得如何？"

应浩的薄唇紧抿，说道："我从不妄想一步登天。"

"那就好，做出成绩来吧。"应顺尧的眼角笑出了细纹，满脸欣慰。

应浩看了他几秒后，收回视线。

这时手机响起，他看了一眼。

是"结婚群"里，孟浅浅被起哄发红包，应浩看了一眼身边的应顺尧，随后起身走到一旁，靠在台阶上，看着孟浅浅不太好意思地发了一个小红包。应浩抢了下，只有两毛钱。

最小的。他反手发了一个超大的红包出去。

孟浅浅抢到一个最大的，她回了一个"谢谢老板"的下跪表情包。

应浩轻笑了一声。

第八章

重 新 开 始

他刚笑完，周乔就发了一条——

周乔：从老公到老板的过渡……

这一条发出来后，整个群一下子安静了，这个群里有成暖、萧然、周乔，还有高中的同学，大家都知道应浩和孟浅浅的事情。

不管是应浩班上的，或者孟浅浅班上的，很多人都见证过他们的故事，如今却令人唏嘘。

周乔：@孟浅浅 记得拿我捧花，下一个新娘就是你，还有婚礼那天萧然的很多兄弟会到，我们争取脱单。

成暖：哈哈哈哈，好耶，浅浅，你要加油。

孟浅浅：哎，大家一起加油。

看到她回复了，应浩脸上的笑意消散了。

她说往前走，她的未来没有他。所以，她可能会成为别人的新娘。

他的眼眸沉了下来。

接下来的一周，孟啸除了经常出去，更多的是养他的伤口，他等着要参加周乔的婚礼。周乔这个婚礼隆重到整个连城一阵轰动，方圆百里，几乎人人都希望能拿到周家的喜帖。

为了不让孟啸在婚礼上太丢人，孟浅浅不得不给孟啸的伤口擦药，孟啸看着自家姐姐道：“周乔姐嫁得那么好，也不知道你以后嫁到哪里，我看应浩哥家庭条件也就一般吧，你挑男人的眼光没周乔姐好。”

孟浅浅神情淡淡的，她擦完药后扔了棉签说：“有你这样的弟弟，我嫁不嫁得出去还是个问题。”

孟啸：“喂，你什么意思？！”

孟浅浅懒得搭理他，走去阳台帮孟媛媛晾被子，她再次嘱咐：“我给你买的那些练习题一定要多做，你考到哪个城市都没关系，只要别留在连城。”

孟媛媛拍拍被角：“知道啦。”

隔天便是周乔跟萧然的婚礼。孟浅浅三更半夜就去了周乔家。

周乔最后还是选择在这个家里出嫁，哪怕她曾经恨不得与这个家老死不相往来，但烂掉的根它还是根。不过，周乔的母亲和妹妹的变化很大，孟浅浅都能感觉出来。她跟成暖进屋后，周乔立即让化妆师给她们两个人上妆。

孟浅浅平日里都是素颜，也几乎不怎么用化妆品，不过可能真是有些天生丽质。上好妆后，她的皮肤更是清透。

化妆师笑着给她弄头发，说道：“你长得很漂亮，难得见到你这种古典美人。”

“哇，真的，好好看。”成暖趴过来，盯着孟浅浅。孟浅浅也觉得镜子里的人不像自己，柳叶细眉，娇唇红润。

周乔在身后说：“浅浅今天一定要抢到捧花哦。”

孟浅浅脸颊绯红，笑道：“没抢到怎么办？”

“那等着抢我的吧。”成暖抱住孟浅浅。

很快，吉时到了，门外传来了脚步声，孟浅浅跟成暖立即上前堵门，因为只有她们两个伴娘，没有其他姐妹。

后来还是被萧然他们攻破了，孟浅浅不得不拉开门，她眉眼含着笑意，神情有些无奈，一露脸外面簇拥着萧然的一些兄弟，眼眸都往孟浅浅的脸上扫，齐刷刷的目光让孟浅浅有些不好意思，她往旁边让了让。

“哟，伴娘？”ED 战队的老羊朝孟浅浅吹了声口哨。闻家兄弟也看了孟浅浅一眼，此时应浩手里拿着一大沓的红包，一进门便看到了穿着粉色礼服的孟浅浅，他一愣，一时无法挪开视线。

她可能是怕被人挤到，于是站到房门边，眼角还点了一颗红色的痣。

闻泽厉看了他一眼，问："你认识的？这伴娘？"

"嗯。"

闻泽厉笑了起来。

应浩把红包递给老羊，靠着门就这么一直看着孟浅浅。孟浅浅本来等着萧然他们出来，她帮周乔拉裙子，结果就感觉到对面投来的目光，那目光肆无忌惮，非常放肆。孟浅浅被看了好一会儿，她抬起眼眸，狠狠地瞪了他一眼。

应浩一愣，笑了起来。

不一会儿，新郎接到新娘，抱着新娘从里面出来，一行人跟着，孟浅浅急忙伸手接过周乔的裙摆，跟在身后。

成暖手里拿着捧花，她和孟浅浅两个伴娘跟在一队人的身后，但是新郎走得太快了，孟浅浅来到楼梯口的时候，裙摆就从她的指尖溜走了。

她只能空手走下台阶，走了几步，她的裙尾被人踩到，她往后跌了去，撞到了一个人的胸膛，应浩的手趁机摸上她的腰，低声道："要不，我抱你下去？"

孟浅浅反手推了他一下，随后，她拉着裙摆飞快地下楼。

成暖在下面看到了她"哟哟"了两声。

终于来到一楼，新娘上车。孟浅浅跟成暖牵着手跟上，钻进了车里。成暖看了孟浅浅一眼："你跟应浩，应该是有联系的吧？毕竟是一个学校的。"

孟浅浅呼了一口气，说："有。"

成暖鼓掌："我猜到了。"

孟浅浅握住成暖的手，不让她再说话了。新娘上车一般来说应该哭的，但是周乔完全没有哭，她一直看着前方，眼神坚毅，孟浅浅抱了抱周乔。

这一整天下来，伴娘都非常累，因为司仪无数次地点到孟浅浅跟成暖，并且开放了孟浅浅的微信二维码，孟浅浅的微信通信录被挤满了。

而且，她拿到了捧花。

接到捧花的那一刻，那些加了孟浅浅微信的男生全都跳了起来，叫声就要冲破屋顶了，毫无疑问，孟浅浅今天的伴娘装扮非常漂亮，像是一颗夜明珠在发光。

应浩看着源源不断的人加孟浅浅的微信，他拉开椅子，走到后台扯开一旁操控的哥们，他弯腰把投影上孟浅浅的二维码给换了。

于是，那些还在加孟浅浅微信的男生愣住了，没加上。一个个在外面问道："什么情况？伴娘的二维码怎么加不进去了？"

"这不是伴娘的吧，刚刚说不是叫孟浅浅吗？"

"喂，司仪，你看看投影吧，怎么换了啊？我还没加上呢。"

"就是，我们还没加上呢。"

一下子抗议声飞起。

司仪只能赔笑，他转过身下了台阶，朝后台而来，一眼看到站在操控师旁边的应浩，司仪咳了一声："应先生，这是节目流程。"

应浩把手插在裤子口袋里，看着司仪："是你们新娘搞的鬼吧？"

司仪："呃……"

周乔穿着一袭敬酒服，从后面走出来，抱着手臂，看着应浩："没错，是我安排的，我们浅浅这么漂亮，她有更适合她的人，而不是你。"

应浩的下颌一紧。

不管过了多长时间，周乔依旧看不惯应浩，今天是萧然和周乔的大喜之日，应浩也懒得跟周乔计较。

他俯身弯腰在电脑上不知敲了什么，直接把孟浅浅的二维码给屏蔽了，等操控的哥们根据周乔的要求再把孟浅浅的微信二维码放上去时，已经放不了了。

周乔翻了个白眼。但让她多少有些意外的是，应浩确实成熟了很多，他不再像过去那样非常轻易地就跳脚。他从周乔身侧走过，回了酒席现场。

周乔看了一眼坐在姐妹桌旁的孟浅浅垂着眼睛，不知跟成暖在做什么。

成暖正拿着一堆饮料，拉着孟浅浅给换周乔等会儿要敬给客人的酒，孟浅浅倒了一点儿可乐，看着上面冒着的泡，说道："这可乐有汽，认得出来。"

成暖一看，还真是，什么酒能冒汽啊。于是立即给换成别的饮料，说道："这下妥了。"

孟浅浅一口气给换了好几杯，心里有点发虚："要是被发现了呢？"

"怎么会被发现，又不是没有真酒，真假掺在一起呗，不然周乔晕了可怎么办？"成暖看了一眼整个场地，人超级多，连城一百桌，萧家那边来的也一百多桌，两百多桌酒敬下去，腿都废掉了。

孟浅浅想了想，也是。

不一会儿，萧然跟周乔从后台出来，成暖顿时有些紧张，说道："来了来了。"

孟浅浅转身去拿托盘，然后把换好的"酒"摆上去，周乔在那边挥手，她立即端起托盘要起身，这时，一只手从旁边伸过来，接走她的托盘。孟浅浅一抬眼，对上应浩的眼眸，他看着她道："我来。"

一桌子的人齐刷刷地看过来。这一桌恰好全是高中的同学，他们对如今两人的关系万分好奇。

孟浅浅抿紧嘴唇："哦，好。"然后，她拉着成暖朝周乔他们那边走去。应浩则跟上，人一走，桌子上的同学便开始唏嘘。

"孟浅浅不是考到海城了吗？她明显是为了应浩考去的，应浩都不感动？"

"据说，应浩又谈了一个女朋友。"

唏嘘声再起。这些声音并没有被压住，直接绕进了孟浅浅的耳朵里，成暖抿唇，咬牙道："他真的谈了？那他怎么对你还……"

孟浅浅摇摇头道："我也不知道。"她懒得去想这些了。

应浩自然也听到了那些声音，他敛了下眼眸，看着前面穿着粉色礼服的女生。

跟萧然、周乔会合后，孟浅浅就转身拿酒杯倒酒，她一转身就面对着应浩，她看了他一眼，匆匆倒了酒，跟成暖一人一杯。应浩的嗓音很低，在后面嘱咐道："就算不是酒，也不能多喝，他们的注意力主要在新郎新娘身上，你悠着点。"

孟浅浅就只当没听见。

萧然喝了两杯后，有点撑不住了，他看了应浩一眼。应浩放下托盘，解了点儿衬衫领口，接过一旁其他人递来的真酒，陪着萧然一起敬，分散了一下其他人对新郎官的攻击，尤其是到了同学那几桌。

“来，应浩也一起喝啊。”

“哈哈，祝萧然、周乔新婚快乐，百年好合，应浩，我们祝你什么呢？”

应浩把手插在裤子口袋里，笑了笑：“祝我如愿以偿。”

“如什么愿？你还有什么愿望？”

应浩垂眸没有回应，一口喝完了酒。

有同学把目光扫向了孟浅浅，孟浅浅就站在后面端着“酒”，她冲那位同学点点头，举杯。

那同学一笑，也敬了孟浅浅一下。

同桌这几桌最难搞，拉着新郎官跟新娘不让走，灌酒也半点不客气。应浩喝了好几杯，回头端着酒杯到孟浅浅的跟前。

孟浅浅看着他，他微抬下巴，可见脖颈微微发红。他薄唇轻启，小声地提醒：“饮料。”

孟浅浅“啊”了一声，反应过来后，立即拿起桌面上的“酒瓶”给倒上。应浩的眼眸落在她的脸上，看着她眼角那红色的小痣，顺着看到她的耳朵。

他眼里流露出少许的悔意。

“好了。”她侬软地提醒。

应浩回过神来，他唇角微勾：“谢了，替我作弊。”说完，他转头回去，又被人敬上了。孟浅浅把“酒瓶”放下，成暖捏捏她的脸：“你该不会又一次心动了吧。”

孟浅浅：“我觉得我的心苍老了十几岁，哪有那么容易心动？”

成暖有些震惊。

孟浅浅却没有再说，这是事实。之前的时候，她敌不过他的追求便答应了。痛过哭过，但是从来没有思考未来。但自从考上去之后跟他再一次重逢，她开始学会思考了，人越思考越通透，想得越多心越荒芜。

成暖看着孟浅浅的表情，抱了抱她。

周乔的成长是从她母亲不肯给她钱上大学的时候开始的，孟浅浅的成长是从复读考上海城大学后见到应浩谈恋爱的时候开始的。

成暖想着，我的成长呢？啥时候开始？

走完这么多桌不容易，帮萧然周乔敬酒的队伍也逐渐扩大了，这个时候兄弟多的好处就显现出来了。

ED 战队的几个人包括老羊也都来了，老羊站在孟浅浅的身边，笑着喊道：“嘿。”

孟浅浅：“嘿。”

孟浅浅知道他是周乔的战队经理。

“我加了你微信，你还没通过我。”老羊拨弄了一下头发，笑道。

孟浅浅含笑：“我还没看手机。”

“那记得通过我。”

“好。”

前面，应浩喝了一整杯白酒，热得他解了领口，又挽起袖子，他端着酒杯想要再次作弊，一回头便看到孟浅浅身边站着一个男人，那个男人表情明晃晃地显示出想要追孟浅浅的意思。

应浩的指尖紧紧地捏着酒杯，他喊道：“浅浅。”

由于人多，孟浅浅并没有第一时间听见，反而是一个跟着一起来看热闹的新郎那边的女生亲戚看到了应浩有所需，她立即端起另外一瓶“酒”笑着给应浩倒上，她轻声地问道：“小哥你是哪里人啊？”

应浩敛了眼眸，看向倒酒的女生。他看着酒满了，语气淡淡的：“谢谢。”

“你还没回答我呢，小哥。”不说别的，今天帮忙敬酒的除了闻家兄弟，就数这个探不出来历的男生最出色。

男的都盯着伴娘孟浅浅，女的后来也都盯上这个总跟伴娘孟浅浅离得不远的男生。

应浩：“乡下人。”说完，他再次抬头去看孟浅浅。

孟浅浅恰好也抬头看过来，她先看了他一秒，随后目光落在他身边穿着时尚的女生身上。接着，孟浅浅像是早料到了一样，挪开了视线。

应浩：“我……”他看了一眼老往他这儿挤的女生，他说，“我结婚了。”

那女生："啊？"

应浩说完，示意这女生走。这女生听到这里能不走吗？只能走了……

那女生走后，应浩抬起眼眸看向孟浅浅，孟浅浅还在跟老羊聊着，而且旁边还有其他虎视眈眈的男生。

"哎，我们家浅浅就是有魅力。"周乔轻飘飘地扔出这句话，应浩转头看了她一眼，周乔戴着金色手链的手抬起来，指着老羊，说，"那是我的战队经理，年薪几百万，首都人。应浩，浅浅会长大的，等她长大了，你就只是过客而已。"

应浩看了周乔几秒。

周乔等着应浩跳脚。谁知道，应浩挪开了视线。

周乔眯起眼睛，这人真的变了好多。

孟浅浅最后敌不过老羊的软磨硬泡，只能点开微信，一看到上面一长串的好友添加，她多少有点吓坏了。

被老羊指引着找到他的微信，孟浅浅通过了他的好友申请，老羊这才放心地离开了。敬完了酒，孟浅浅跟成暖就被同学拉了过去，去了同学那一桌。

到的时候，应浩已经在了，他长腿交叠，指尖转着酒杯，身上的衬衫领口微敞，正在跟他们当时的班长聊天。

孟浅浅拉开椅子，他抬起眼眸看过来。

四目轻微一对，便收了回去。孟浅浅跟成暖的同学来得不多，更多的都是周乔跟萧然的同班同学，不过因为应浩的关系，他们都认识孟浅浅，于是几个女生拉着孟浅浅说道："来来来，我们也喝点。"

孟浅浅端起酒杯。

女同学就笑道："不能喝饮料。"

孟浅浅一顿，说："没有，这是红酒。"

"行。"

接着，两个人碰杯各自喝了一点。对面的男生看了一眼应浩，应浩的眼眸从她的酒杯上滑过。一桌子的同学开始聊天，后来又起哄着过去给老乔跟师母敬酒，师母拉着孟浅浅的手，笑着要她坐下，其他同学纷纷说师母太偏心了。

师母笑着说道：“去去去……”

于是，孟浅浅又跟师母喝了一点点的红酒，好在今晚的红酒都是度数很低的，孟浅浅只觉得稍微有点晕，但神志还算清醒。

酒席散场的时候，同学们非要跟着老师一起走，孟浅浅过去抱了抱周乔，然后也跟着大部队走了。

出了门，她穿着高跟鞋差点崴脚，成暖立即扶住她，笑道：“今天真是难为你穿高跟鞋了。”

孟浅浅笑道：“也不算很高。”

一群人从酒店里出来，走上了南尾巷的红色地毯，然后又拐进了巷子里，穿出大路，来到三中的校门口。

所有人仰望着三中的牌匾，他们都是从这里毕业出去的。

“怀念啊。”

“我怀念三中的关东煮。”

“我怀念冰激凌。”

“我怀念被老乔扔粉笔头的日子，砸我一脸我都乐意。”

“哈哈哈哈哈哈，我就不一样了，我怀念篮球队……”

“我怀念我们的教导主任，不知道他的地中海植发好了没？”

“哦，那我连十八班那群家伙我都怀念。”

“哈哈哈，以前应浩是不是揍过那群家伙……”

一群人说着，转头去看应浩，应浩的手插在裤子口袋里，风吹乱了他的领口，因为背着光，显得有些看不透。他的唇角微微一勾，眼眸看向了不远处的孟浅浅。

孟浅浅站在树下，接触到他的目光便移开了。因为那群家伙曾经调戏过她，应浩直接上去，将带头的那位按在黑板上，让他滚了一脸的粉笔印。他说：“记住了，以后看到孟浅浅绕路走。不然我就给你脸上再添点墨水，洗不掉的那种。”吓得那群人后来看到孟浅浅就只好绕路走。

“好啦，都回去吧。”师母看着天色晚了，命令道。

“好的，老师拜拜。”

大家在三中的门口散去，老乔跟师母还有几个同学和孟浅浅同路，孟浅浅跟成暖挽着手，走了几步脚后跟疼得厉害，她将鞋子脱下来，然后直接拎在手里，赤着脚走。几个同学看了她一眼，笑了起来。

“脚疼了吧？”

孟浅浅脸色微红，今天的妆容多少有些散了，但仍然可见眉眼的漂亮。她赤脚踩在地上，晒了一天地板暖暖的，很舒服。

人群走着走着，回家的回家，成暖也回了家，最后剩下她一个人，她走了两步，听见身后跟着的脚步声。

她抿抿嘴唇，没有开口，继续往前走，很快，进了自家小区，准备上楼梯时，应浩有些低沉的嗓音在身后响起：“浅浅。”

孟浅浅一顿，转过身来，看到他站在不远处，眼眸深深地看着她：“我们聊聊？”

孟浅浅笑了笑：“好，在……在这里聊？”

她指了一下家楼下的楼梯，她实在是不想走了，宁可坐在楼梯口。应浩偏头，垂眸看了一眼那楼梯口，挑眉：“行。”

随后他抖动了一下西装外套，走过来，俯身把外套铺在台阶上。

“你坐。”

孟浅浅低头看了一眼深色的外套，她抿抿嘴唇，也懒得再拒绝了，坐了下来。喝了酒，她的心跳其实很快。

应浩也跟着坐在她的身侧，两个人的手臂不经意地碰到一起，她碰到他挽起的袖口以及少许温热的肌肤，她稍微把她的手挪开了一些。

应浩垂眸看着她这个不经意的动作，眼眸眯了眯。他说道：“有件很浑蛋的事情，我想跟你说。”

孟浅浅看了他一眼：“你说。”

应浩转头看她，这儿的光线昏暗，彼此对视着，应浩又道：“我跟林飘在一起，是为了忘记你。”

孟浅浅一愣。

应浩继续看着她：“我们之前分得不清不楚，后来上了大学在两个城市，我确实想往前走，我觉得你陪我走不了多远，我也不想让你那么辛苦，所以我上大学后一直想忘记你，但是，我没做到。那种无论梦里还是独处的时候，你都在。你的一颦一笑，越是想忘记就越深刻，以至于看到你出现在猫屋的时候，我都觉得那不过是个幻觉，是从梦里跑出来的一个影像……”

孟浅浅的心怦怦直跳，她不知道是因为酒还是因为他的话。

她想起自己跟周彦匆忙在一起的时候，也是想要往前走也是想要忘记应浩。她低下头没有吭声。

应浩垂眸看着她：“既然我们忘不掉，不如我们重新开始？”

孟浅浅放在一旁的手微微颤抖，她说道：“你忘不掉而已，又不是我。”

话音刚落，应浩凑过去，直接堵住她的嘴唇。孟浅浅一慌，抬起头，应浩立即扣住她的下巴，重新吻上她的唇。

孟浅浅几番挣扎，却仍是徒劳无功。他含糊道：“为了这一刻，我愿意下地狱。”

听见这话，孟浅浅才隐约地清醒过来，她扬起手，狠狠地打了应浩一巴掌。应浩被打偏了头，他用指尖抹了下唇角的血丝，抬起眼眸看着她。

孟浅浅的胸口起伏，杏眼圆瞪，接着就要起身。应浩拉着她的手臂，把她拽回了怀里，紧紧地抱着。

“我不会让你便宜了别的男人，从我后悔的那一天起，我就不会再放手了。”

孟浅浅挣扎，推搡，她大声吼道：“如果我没有考到海城，我们就结束了。”

应浩按着她的腰，将她整个人严严实实地贴着自己，肌肤滚烫，她玲珑的曲线令他心头发热，他低声道：“你信吗？就算你没有考到海城，两年后，三年后，我依然会来找你。”

心脏快要飞出胸口了，孟浅浅死死地盯着他，应浩舔了一下唇角的血丝，说道：“我温水煮青蛙也煮够了，我开门见山地说，我要跟你重新开始。”

孟浅浅看着他，她说：“你等着。”说完，她再次挣扎。

应浩紧紧地抱着她，转了个身，抵在了扶手上，他低声道：“孟浅浅。”

这时，楼梯上传来了脚步声，紧接着传来了一声尖叫声，是孟媛媛。

“姐！浩哥！”

孟浅浅扭头。

应浩也抬起眼眸，看了一眼孟媛媛，他轻声道："媛媛。"

孟媛媛不知该往下还是该往上，但是下一秒，她脸色微变，说道："爸好像要下来了……"

孟浅浅挣扎："应浩，你松开我。"

应浩听见这话，微微地拧了一下眉心，接着，他的薄唇落在她的耳垂上，亲吻了几下，又不知从裤子口袋里摸出了什么，"咔嚓"一声，随后才松开了她。孟浅浅立即赤脚跑上楼，拉着自家妹妹，手在微微发抖。

孟媛媛牵着她，看了一眼那野性十足的男生，赶紧带着自家姐姐上了楼。果然，走了没几步，便看到孟致贤穿着今天喝喜酒的西服走下来，他皱起眉头看了她们姐妹俩一眼："怎么了？"

孟浅浅低着头道："没什么，喝了点酒，头有些晕。"

"对的，姐姐今天是伴娘呢。"

孟致贤："上去休息。"

"好的。"孟媛媛拉着孟浅浅跟父亲擦身而过，孟致贤下了楼，看到了一个高大的男人弯下腰，捡起地上的外套，并略微抖了抖，他的衬衫领口敞得很开，浑身充满了压迫感。孟致贤觉得他有些熟悉。

应浩看了一眼孟致贤，礼貌地点头，那样子教养很好。

孟致贤愣了一下，也点点头，随后彼此擦肩而过。

应浩拿出手机，原本想给孟浅浅发一条微信，后来想到若是发给她，她记起来他也在她的好友列表里，会把他拉黑了或者删除了。于是，应浩收回了手，转身走了。

他揉了一下唇角。疼，但满足。

一进门，黄秀琴正在给儿子做消夜，孟啸一个晚上不要命地喝了很多酒，全吐了，肚子空空的，此时饿疯了，正在沙发上哀号。

黄秀琴听见孟浅浅回来了，立即道："把地拖一拖，你弟刚刚吐了，我感觉还有味道。"

"我拖过了，姐姐今天当伴娘，累死了。"孟媛媛立即顶嘴，孟浅浅也懒得搭理黄秀琴，进了房间。

她一抬头看到桌面的镜子，就看到头上戴着的兔子发夹，孟浅浅一顿，她抿了抿嘴唇，扯下那个发夹，放在桌子上。

孟媛媛关上门，探头看过来，说道："刚刚浩哥给你戴上的，你以前不是很喜欢这个吗？"

孟浅浅头晕晕地后退，坐在床边，揉着额头道："我以后不喜欢了。"

孟媛媛看着自家姐姐，才不信呢。

黄秀琴端了面条出来给儿子吃，看了一眼姐妹俩的房门，她走上前，说道："孟浅浅，你可别那么轻易就嫁，你要是嫁，条件至少也得是萧然这种的，应浩那种就不要想了。看看今天周乔那排面，你有她一半就好了。你坚决不能去找应浩。听见了没？！"

黄秀琴在门外一直说，孟浅浅懒得搭理，孟媛媛猛翻白眼："我没觉得浩哥不好啊……"

孟浅浅一个眼神扫过去，孟媛媛闭上了嘴巴。

好在，不一会儿，孟啸还想吃，黄秀琴只得又去给她的亲儿子做一碗面。孟浅浅这才拿了睡衣去洗澡，刷牙的时候她才发现舌尖破了，有些疼。她赶紧弄完了，穿着睡衣回了房间，孟媛媛倒了一杯水给她，问道："姐，参加完周乔姐的婚礼，接下来这个暑假你怎么安排？"

孟浅浅接过水，说："你要不要跟我一起去海城？我想去继续做兼职。"

孟媛媛一愣，她摇头："不了。"

孟浅浅："你跟我去，我一有空就辅导你。"

孟媛媛咳了一声："姐，你的辅导没什么用。"

"我……"孟浅浅想了一下，"要不我去跟乔老师说一声，你暑假去他那里？"

孟媛媛的眼睛微亮："这可以吗？"

孟浅浅想了一下，觉得可行。

姐妹俩聊了一会儿，才挨到一起躺下休息。孟浅浅觉得酒劲儿还没散完，她整个人都晕乎乎的，也没办法去思考其他的事情，她连手机都没看，就直接睡了。

名苑花园，应浩挽着外套推开门，屋里亮着一盏橘色的灯，外婆站起身来，说道："回来了。"

他把外套随意地搭在椅背上，用指尖揉着唇角，有些诧异："外婆怎么还没睡？"

"怕你喝多酒了，我给你熬了点醒酒汤。"外婆披上外套准备往厨房走去，几步后，她转头看着应浩，"你这脸怎么了？"

应浩见遮挡不了，他低声道："浅浅打的。"

外婆一愣，随即想起了那个女孩，应浩很喜欢的那个。外婆皱起眉："你干了什么混账事？啊？逼急了那么乖巧的女孩。"

应浩的唇角微勾，揽着外婆的肩膀："好了，我要喝醒酒汤。"

外婆看了外孙一眼，很想问他，孩子，你还是忘不了她吗？最后她还是没问，进厨房端了醒酒汤出来，又去弄了点儿冰块包在毛巾里递给应浩。

应浩接过来按着脸说道："外婆，你去睡吧。"

"你快喝。"

"嗯。"这时应浩的手机响起，他拿起来，来电是袁从严，他接起来，"袁叔。"

"今天你爸在会议上有谈到你要进研发总部的事情，你跟唐隽、周彦的简历也进了 HR 那边，这次收获很大。"

应浩："嗯。"

"你早点回海城，按我估算，应涵会跟你进一个部门。"

应浩："猜到了。"

"早点回来。"

"好。"准备挂之前，袁从严又问了一句，"你干妈问你，跟她还有没有联系，这次萧家结婚应该是碰上了吧？"

应浩："碰上了，追着呢。"

袁从严："嗯？"

不是简单的碰上，而是追着？

隔天一早，外面就叮叮当当、哐哐当当的，吵得没法睡。孟浅浅不得不爬起来，因为昨天喝过酒，她此时还有些晕眩，脚感觉沾不到地上一样。

孟浅浅拉开门，就看到黄秀琴拖着一个很大的编织袋进门，并看了她一眼："还不赶快去洗脸，过来做手工。"

孟浅浅扫了一眼那个袋子，又看了一眼阳台。孟媛媛站在那里直翻白眼，孟浅浅抿抿嘴唇转身进了洗手间，黄秀琴继续哐哐当当，说道：“暑假这段时间你就在家里帮我做手工，大学生了，也没什么事情需要做了，像你弟还要去上补习班……大学生挺好的，舒服。”

孟浅浅一边刷牙一边关门，刷着刷着，感觉小腹有些坠胀，很不舒服。她的脸色微微有些苍白，急忙洗漱完转进房间里，去翻找卫生巾，结果翻了半天只剩下一个袋子。

孟浅浅这才想起来，前几天孟媛媛正好用完了最后一片卫生巾，还没来得及去买，住在一起的姐妹俩姨妈日期很容易撞到一起。她揉着腰站直身子，拉开抽屉拿了钱还有手机便出了房门。黄秀琴去了阳台，站在那里指手画脚。

“床单翻转过来，抖干净毛絮再放进洗衣机里面，我跟你说过多少遍了，你是不是耳聋啊。”

孟媛媛不停地翻着白眼。

黄秀琴拽着孟媛媛让她用手洗。

孟浅浅皱起眉头，正想说话，主卧室的门开了。孟致贤从房间里出来，抓着头发冷着声音：“吵什么吵！”

“就是，我正在写作业呢。”孟啸也跟着出来不耐烦地抱怨。

家里黄秀琴最看重的两个人开口了，她也就消停了，于是拽着孟媛媛蹲下。

孟浅浅看着不吵了，她揉着肚子赶紧出了门，疼痛让她的脚有些发抖。

手机“嘀嘀”响起来。

她疾步走着，也没看，便接了起来：“喂。”她的声音有些微微发抖。

那头安静了一秒，紧接着，有些低沉的嗓音传来：“浅浅，你……例假该来了吧？”

孟浅浅一顿，抬起头，应浩正好从巷子里拐出来，手里提着一杯热豆浆，俊脸上有两条指甲印，其中一条从他的下颌到他的脖颈，一路往下，正是她昨晚打的。他眯起眼睛看着她，大步上前，将豆浆贴在她的脸上。

“脸色这么白。”

温热让孟浅浅回过神来，她后退一步，转身就要走。可是疼痛让她难受得直闭眼，她挂断电话，又走了两步。

下一秒，身后传来脚步声，接着，他弯腰把她抱了起来。

孟浅浅一慌，叫道："不能抱！不能抱！"她哭喊着。

应浩几秒后反应过来，立即把她放下，他垂眸看了她几眼，随后道："是不是要去买卫生巾？"

孟浅浅狠狠地瞪着他。

应浩挑起眉毛。

他说："你在这里坐着，我去。"说着，他握着她的手腕，把她拉到长椅子边上。孟浅浅哪里敢坐，她靠在墙壁上，盯着他的背影。

应浩很快来到孟浅浅要去的那家便利店门口，直接进门。他随意扫了一眼，看到货架上卖的牌子，他没有任何犹豫，拿了一个熟悉的牌子的。旁边正在摆货的女生脸色微红，看着他，问道："你经常买啊？"

应浩脚步微顿，扯了袋子，看了那女生一眼："算是。"说完，他转身便走。

应浩来到柜台前，买了单，顺便又要了一杯热水，还买了一排巧克力。出去后，看到孟浅浅抱着手臂靠着墙壁，轻微咬着指甲忍着疼痛。他的薄唇紧抿，走过去，将热水递给她："喝点。"

孟浅浅伸手准备接过来。

应浩想了想，说道："我试试温度。"说完，他低头喝了一口。

孟浅浅拧着眉毛看着他，应浩却突然俯下身，手撑在她的头顶，堵住她的嘴唇。孟浅浅一愣，抬手就推他。

应浩闷哼一声，离开了少许，抵着她的额头，看着她因挣扎脸色起了红晕，没有刚刚那么惨白了，说道："你脸色现在好看多了。"

他将袋子递给孟浅浅，低声道："快回去休息。"

听见他这话，孟浅浅咬紧嘴唇："钱我转给你。"

应浩把手插在裤子口袋里，出来的时候脸颊上有两条指甲印，现在脖子上则多了三条。他说："不用给也行。"

孟浅浅没理他，轻咬着牙关，转身朝小区走去。

应浩跟在身后陪着她，来到楼梯口，他问道："你什么时候回海城？"

孟浅浅："不知道。"

应浩看着她的背影，道："我明天回去。你回去的时候跟我说，我去接你。"

孟浅浅没回复他，上了台阶。

几秒后，应浩上前，弯腰把她抱了起来，孟浅浅的呼吸一凛，看向他。应浩轻轻地扫了她一眼，大步走上台阶，说道："进屋了你赶紧洗澡。"

没到家门口，孟浅浅就要下来，应浩松开手。孟浅浅后背贴在墙壁上，说道："你回去吧。"

应浩站在她面前，他指尖划了下脖子上的指甲痕迹："再亲一口？"

孟浅浅说："你是吃定我了对吗？"

应浩一愣，半晌，他的指尖放下，说："没有。"

孟浅浅："那你就滚。"

应浩眯起眼睛，半晌，点了点头："你开心点，里面有一条巧克力，疼得厉害就吃点，别咬手指甲。"

孟浅浅抿唇："你走。"

"OK。"他转身，把手插在裤子口袋里，指尖又碰了碰脖子上的指甲痕迹。

孟浅浅匆匆地看了一眼，只觉得那指甲痕迹衬得他反而多了几分不羁，完全没有狼狈的感觉。

她立即挪开视线，转身上楼。

第九章

了 如 指 掌

推门走进家里，满地的手工活，黄秀琴和孟媛媛坐在地上，孟媛媛正对着门口，看到孟浅浅进来后，立即起身："姐。"

"干活。"黄秀琴把孟媛媛拽了回去。她头也没抬，对孟浅浅说："你也坐下来一起，一大早的你干什么去？"

肚子一阵阵地发疼，就这几步路，孟浅浅的脸色又白了一些。她没回应黄秀琴的话，朝洗手间走去。

黄秀琴："孟浅浅！"

"砰"，门关上了。

孟浅浅坐到马桶上，整个人虚脱了。黄秀琴在外面嘀嘀咕咕的，孟媛媛突然想到了什么，她说："妈！姐生理期，她肯定很疼。"

"每次都疼，平时也不知道在外面吃些什么，估计都拿着零花钱去乱买东西。"黄秀琴的脸色拉下来，本来今天计划多做一些手工的。

"妈！"

声音从门外传进来，孟浅浅捂着肚子，有些烦躁，她咬着指甲，拧着眉头，脑袋里轰隆隆的。几分钟后，她扯过袋子，从里面拿出巧克力，狠狠地往嘴里塞。

"姐，你好了没啊？"孟啸那狗憎人厌的声音接着传来，"快点，我要忍不住了。姐！姐！快点啊……孟浅浅！"

咽下巧克力，孟浅浅"唰"地起身，随后洗了手，扯着袋子一把将门拉开，她苍白着脸，神情有些冷漠。

孟啸"唰"地一下冲进去，完全不顾孟浅浅在，孟浅浅下了台阶，将门一把甩上。黄秀琴抬起头道："关那么大声干什么，你现在赶紧喝点热水，舒服点就坐下来帮忙。"

"妈！姐不舒服，你没看到吗？！"孟媛媛大力地扔了手中的手工。

黄秀琴："每个月都会疼，忍忍就过去了，难道我就舒服吗？我也不舒服啊……"

孟浅浅看了黄秀琴一眼。

黄秀琴愣怔了一下。

孟浅浅拿过自己的水杯，倒了一大杯热水，然后拿了止疼药，转身就进了房间，关上门。黄秀琴看着关上的门，脸色也很难看。

进房后，孟浅浅就着水吃了止疼药，随后拉了被子躺下，可惜浑身都有些冷，完全没有作用。中午她也没起来吃饭，到了下午，孟媛媛给她煮了一碗面，她吃完后舒服了一些，就被黄秀琴拉着去做手工活。

她有些浑浑噩噩的，到了晚上不到八点就躺下了。

还是疼。迷迷糊糊间，手机振动，她看都没看，直接接通。

那头，应浩的嗓音有些低，轻声地问道："还疼吗？"

孟浅浅很迷糊，她弓着身子，小声软软地回："疼。"

"你吃药没？"

"吃了。"

"止疼药？"

"嗯。"

"又耐药了？"

"嗯。"

"回海城我带你去医院看看，好吗？"

孟浅浅的精神不大集中，她闭着眼睛，说道："我看过医生，没用……"

"总要试试的。"

"没钱。"

应浩："钱我来出。叫媛媛接电话。"

孟浅浅不想动弹，而且她迷糊得很，没有开口也没转身。一直在偷听的孟媛媛"唰"地趴过来，强行拿走孟浅浅的手机。孟浅浅也没跟她抢，手自然地垂放了下去。孟媛媛捂着话筒，小声地道："喂，浩哥。"

"媛媛，你下楼一趟。"那头的男声是真好听，有些低，有些散漫，又有几分隐藏的温柔。

"哦，好的。"孟媛媛说完，下了床，又给孟浅浅扯了被子盖好，接着转身下楼。来到一楼，便看到应浩靠着墙壁，怀里抱着一个大箱子。

孟媛媛立即朝他走去，笑道："应浩哥！"

应浩站直身子，把箱子递给她说："媛媛，麻烦你了，等下你给煮点姜水，然后加热水，拉她起来泡个脚。"

"啊？这样可以吗？"孟媛媛接过箱子，低头看了一眼箱子，也不知道里面装的什么。

应浩指看了一眼三楼的窗户，道："不知道能不能行，试试吧。"

"哦，也是。"

孟媛媛看向他。男人背着光，很帅，哪里都很帅，又高大，比父亲还高大。她自己是不婚主义，但是她觉得浩哥能把她姐姐从这泥潭里拉出去。

孟媛媛："应浩哥，你要加油。"

应浩收回看着窗户的视线，垂眸看了她一眼，眉梢微挑："谢谢，你上去吧，箱子里给你买了饮料。"

"啊？还有我的份，啊！谢谢，谢谢，那我上去了。"孟媛媛一听是饮料，眼睛都亮了。

她抱着箱子转身就走回楼梯。

应浩看她上去了，又看了三楼的窗户几眼，这才转身离开。

不能把她抱在怀里，只能这样了。

三步并作两步地上楼，很快，孟媛媛就到了家门口，但是她没立即进去，而是把耳朵贴在门上，听听里面的动静，得黄秀琴跟孟啸都不在客厅才行，否则这一箱东西都会被拦下，被发现是一回事，好东西被抢走才可怕。

她在门口站了几分钟，直到客厅的电视关掉，她才打开门，探头扫了一眼。黄秀琴去了厨房做凉拌菜。

孟媛媛"嗖"的一下，抱着箱子跑进了房间里，跟一阵风似的。

进去后关门。孟媛媛打开箱子，一看，里面有卫生巾、吃的，还有暖手宝跟暖肚贴等，很多东西，孟媛媛觉得有了这些东西，姐姐估计都不疼了。不过她没忘记应浩的吩咐，她先把暖肚贴拿起来，来到孟浅浅的床边，拉开被子，给她贴上。

孟浅浅半睁开眼睛，推她的手："怎么了？"

"你试试这个。"孟媛媛拉开她的手。

孟浅浅觉得腹部有些热热的，她摸了摸，摸到一块像药膏一样的东西。她问道："哪儿来的？"

孟媛媛笑而不答。

孟浅浅似乎明白了些什么，她拿起手机，点开了他的微信。

孟浅浅：你买的那些东西多少钱？

应浩：一块。

孟浅浅：说不说？

应浩：你给我钱，就代表你原谅我，代表对我仁慈，我下次就更得寸进尺。

孟浅浅：你强词夺理！

应浩：还好。

应浩：等你不疼了再说吧，别动怒了。

孟浅浅有困意，确实也不适合一直拿着手机，她放下手机。孟媛媛抱着暖手宝，塞进她怀里，看了她一眼，说："我发现浩哥真是太了解你了。"连她此时心情烦躁都知道。

孟浅浅瞪了孟媛媛一眼，孟媛媛嘿嘿一笑，放下暖手宝就出去了。暖意涌上来，孟浅浅不一会儿便昏昏欲睡。

她没关掉的手机微信页面，"结婚群"还没解散，周乔战队的老羊正好给孟浅浅发了消息，想找她聊天，无奈孟浅浅一直没回复。

这时，应浩给老羊发——

应浩：我们互相加个微信吧？我有些事情想问你。

老羊：啊？

老羊：哦，好啊。

几秒后，老羊通过了应浩的添加，然后他等着应浩联系他，谁知道应浩没再搭理他。老羊有些莫名奇妙。他去问了周乔。

周乔：时时刻刻地关注你这个情敌。

老羊：什么……

这人……这太贼了吧。

孟浅浅又昏睡过去了，但是睡到一半被孟媛媛拉起来要泡什么脚。她靠在孟媛媛的身上，就这么半推半就的，泡完脚躺下，一觉睡到天亮，中间没有再疼过。

隔天，孟浅浅摸着脖子上的汗起床了。

孟媛媛笑着问道："怎么？昨晚疼吗？"

孟浅浅看向自家妹妹："没有。"

"哇，那看来这个方法真可以哦。"孟媛媛高兴坏了，她生理期偶尔也疼，那以后也这样弄。

孟浅浅："是不是应浩跟你说的？"

"是啊。"

孟浅浅："我……"

她下了床，看到一箱子的东西。她又看了孟媛媛一眼，孟媛媛咳了一声，推开孟浅浅先出了门，一出去就鸡飞狗跳的。黄秀琴拿着一件白色的上衣在那里骂孟媛媛："都说了分开洗，你耳聋啊，每次说了都不听，这个月零花钱扣一半。"

孟媛媛："喂！"

孟浅浅揉着额头，走出去洗漱，忙完后九点多了，她拉上孟媛媛出门，去买了一些卤肉还有凉菜，去乔老师家拜访。

今天师母去上班了，只有乔老师在，他在院子里看书，见到她们，立即道："进来，怎么又买东西？"

孟浅浅笑着把卤肉和凉菜放下，说道："中午给老师你加点儿菜。"

乔老师看了孟浅浅一眼，便没再计较，让她们坐下。

孟浅浅把孟媛媛的事情跟乔老师说了一声。乔老师一听，看来这姐妹俩都想努力走出去啊。他笑道："没问题，正好这个暑假我还要给两个学生补习，孟媛媛过来一起补。"

"谢谢老师。"

"你呢？你有什么打算？"他问孟浅浅。

孟浅浅微微一笑，说："我想回海城去，做做兼职看看书。"

"也好。"乔老师又道，"应浩今天早上也回海城了。"

孟浅浅一愣："哦。"他有说过。

乔老师看着孟浅浅，多少还是有点心疼这个女孩，当初在他的想法里是孟浅浅考上了，两个人应该能再续前缘的。可惜，命运弄人，不知道应浩如今是什么情况。

乔老师留了孟浅浅姐妹吃午饭，孟浅浅答应了，她跟孟媛媛去买菜下厨。买完菜回来，姐妹俩钻进厨房里。

孟媛媛有些紧张，这位毕竟是老师，于是问孟浅浅："姐，乔老师喜欢吃什么啊？"

"他什么都可以，家常菜。"

"哦哦哦，那就好。"

姐妹俩做完饭，吃饭的时候孟浅浅顺便把高铁票订了，她订了明天早上的。孟媛媛看着她，说道："家里估计要乱成一锅粥了。"

第二天，孟浅浅拉着行李箱出来的那一刻，黄秀琴愣住了，紧接着孟浅浅说道："我回海城，我报了四六级的英语，要去考……"

"你都大学了！还考什么？孟浅浅，你考出去就很厉害了对吧，我拿的这些手工活怎么办？你读书都是花家里的钱，你现在暑假休息就应该回馈啊，孟浅浅，今天你走出这个家我就断掉你整个学期的学费还有生活费！"

"就是就是。"孟啸在一旁点头。

孟媛媛吼道："你闭嘴。"

孟啸："我……"

孟浅浅看着黄秀琴："那是英语证书，是以后就业需要的。你……你断我生活费断得还少吗？"

"一百块算断吗？"黄秀琴指着她，"反正你今天不能走出去。"

孟媛媛这个时候反而不吵了，她拿起手机，悄悄地给父亲打电话。僵持了几分钟后，孟致贤回来了，他穿着一身西装，拿着个公文包，看着家里这情况，便重重地把公文包拍在桌面上。

黄秀琴一身的刺收敛了一些。

孟致贤转头看向孟浅浅："说吧，你这个时候回海城干什么？"

孟浅浅看着父亲，道："考证。"

"什么证？"

孟浅浅说了。

孟致贤拧起眉头，想了一下，说道："如今就业形势严峻，多考点证倒是好的，但是学校都放假了，你住在哪里？"

孟浅浅："宿舍，申请就可以。"

孟致贤看了她几眼，说："去吧，你长大了，别跟不三不四的人在一起，有自己的目标和想法倒也是可以的。"

"谢谢爸。"孟浅浅很少听他说这么多话，这个男人在家里也是重男轻女的，他小时候从来没抱过她们，反而是孟啸一出生，他就经常抱在怀里，她跟妹妹不知道有多羡慕，时间久了，恨意不知从何说起。

但有时候，她们反而会因为他的一句关怀、一句关心而开心很久很久，他的一句鼓励也可以让她们重获新生。

她们都太缺爱了。

孟浅浅拉着行李箱，转身下楼，她的眼眶微红。孟媛媛跟着出来，说要送她去高铁站，黄秀琴只能不甘地看着她们走，一声不敢吭。

孟啸嘀嘀咕咕地说："爸真偏心。"

进了高铁站后，周彦发微信过来——

周彦：什么时候到？

孟浅浅：估计中午吧。

周彦：好，午饭一起吃。

他发完这条信息，孟浅浅看到了一条新闻推送。

华星集团研发总部人事变动：梁坤卸任总工程师。

这条新闻发布出来后，业内议论纷纷。应浩正在唐隽的工作室，他一看，愣了几秒，手机在这时响起，是袁从严的来电。

“袁……”

“你爸任命应涵为研发总部的总工程师，任命书已下，你现在到公司来。”

应浩的脸色微变，逐渐变得阴冷，他放下手中的资料转身便走。

唐隽急忙追上去：“怎么了？”

“梁教授卸任了。”

“什么？”唐隽震惊不已，“所以……现在是谁接替了位置？”

应浩指尖微紧，他偏头看着唐隽，说：“我弟。”

唐隽看着应浩的表情，其实他早猜到华星集团是应浩家的，哪怕应浩从来没提起过。之前他隐约得知应浩的母亲姓祝。而祝愿是海城大学第一批学习传感器的学生，而且全班只有一个女生，祝愿师姐在海城大学很出名。

祝愿跟学金融的应顺尧一手创立的华星，如今是国内数一数二的汽车巨头。那应浩就是华星的太子。而应涵，是应顺尧第二任妻子带来的继子。

唐隽立即取下手套，道：“我陪你去。”

“不用，我自己去。”应浩说完，大步地出门，唐隽还是不放心，跟着他出去，两个人叫了一辆出租车。

应浩开的那辆，他留着给周彦去接孟浅浅了。

很快，车子抵达华星集团。

应浩下车，大步地上了台阶。唐隽跟着进去，但没有跟着上电梯，他留在大厅里。那前台看到应浩多少有点诧异，急忙给他扫了卡：“大少爷。”

应浩没看她，直接进了电梯。

电梯一路往上，抵达顶楼。应浩走出来，朝董事长办公室而去，百叶窗半开着，应浩一把推开了半掩的门。

正在激烈争吵的两个人齐刷刷地看过来。

袁从严整理了一下身上的衣服，后退一步。

应顺尧看到大儿子，他的脸颊抽了抽，顺了顺袖子，扬起笑脸：“怎么来了？不是周一才报道吗？”

他还在试图粉饰太平。

应浩走到他面前，拿起桌面上的钢笔，把玩了几下，随后握着钢笔尾巴，露出了尖尖的头。袁从严见状，赶紧上前一把握住他的手腕，往下压，示意他不要冲动。

应浩看着应顺尧：“收回任命。”

应顺尧看了一眼儿子手中的钢笔，他咬了咬牙稳住身子和情绪，他依旧微笑道：“梁坤这几年成绩一直平平，年纪也大了，对行业的敏锐度降低了很多，做新能源汽车的公司如雨后春笋般崛起，我们再不努力，就要被甩在后面了。传统思想和传统做法也不适合这个时代，梁坤如今确实太过守旧，我们需要新鲜的血液，而你弟弟，在国外进修的这几年，在新能源汽车这块拿到了不少专利，他已经可以独当一面了，更何况他还持有公司的股份，也是公司的股东，进集团里工作也是应该的，你们兄弟俩可以合作，改变我们的现状。”

“合作？我从基层做起，他直接空降研发部的老大？”应浩的手好几次要抬起来，都被袁从严给按住了。

应顺尧呼了一口气，道：“你应该看看你弟弟的专利。”

“狗屁专利，别以为我不知道那些花里胡哨的东西！”应浩眼眸里森冷，他一把推开袁从严，笔尖对准应顺尧。

应顺尧拧起眉头，多少有点被吓到：“应浩，你不能这样，我是从大局考虑的，你们都是兄弟，为什么要这么排斥？”

应浩一脸的狠戾，他舔了一下唇角，逼近他，想说话。

袁从严再次握住他的手腕，往下拉，他从牙缝里挤出：“别功亏一篑……”

应浩的指尖一紧，手背上全是青筋。

到站后，周彦又发信息过来，问她到哪儿了。

孟浅浅：正走出来。

不一会儿，来到门口，看到那辆红色的轿车时，孟浅浅的脚步一顿，正在犹疑，车门打开，周彦笑着走了下来。

看到是周彦，孟浅浅略微松了一口气。

周彦上前，提过她的行李箱，问道："你中午想吃什么？"

孟浅浅："都可以。我先把行李箱放到宿舍吧，周彦学长，我请你吃饭。"

周彦把她的行李箱放上车后，笑道："可以啊。"

"上车吧。"

孟浅浅开了副驾驶位的车门，坐了上去。周彦启动车子，开出去没多久，他的手机响起，他按了蓝牙接听。

"唐隽。"那头唐隽不知说了什么，周彦脸上的笑容逐渐消失，渐渐地变得有些严肃。他转动着方向盘，道："我知道了。"

孟浅浅看着他。

周彦按了耳机，转头看着孟浅浅，道："浅浅，我们去接一下应浩吧，他家出事了。"

孟浅浅一愣，半晌，她说："好。"

周彦笑笑，转头看着前面的路，油门加速。

去华星的路比去学校的远，而且还堵车，抵达的时候已经过了中午，车子停在大厦门口，孟浅浅从车里看了一眼这高高的大厦，似乎就是她上次迷路对面的那一栋。唐隽从大厅里出来，弯腰拉开车门坐了进来。

他用手抓了一下头发，说道："梁教授不当总工程师了。"

"什么？"

周彦也是惊讶不已，他转头看向唐隽。

唐隽揉了一下脸，看到孟浅浅，冲她微微一笑："学妹，看到你我心情好多了。"

孟浅浅微微一笑，但是唐隽这样说，他却没有笑，他转头看着周彦，道："应浩那个后妈带来的弟弟接了梁教授的位置。"

周彦一听，脸色也沉下来。

其实他跟唐隽都猜到了应浩的家庭背景，以及他那位令人尊敬的母亲。周彦看向大厦："现在呢？"

"等吧。"

于是车里的三个人都安静地坐着。孟浅浅听不太懂他们在说什么，只是跟着他们一起看向大厦门口。又过了十多分钟，才看到应浩和一个中年男人走下来，来到大堂，但是没有立即出来，而是站在那里，不知在说些什么。

那男人一身西装革履，看着他说话。

应浩扯了几下领口，把手插在裤子口袋里，神情冷漠。

终于，那男人叹了一口气，又拍了拍他的肩膀。应浩这才转身走出来，下了台阶，视线跟车窗里的孟浅浅对上。

这车的玻璃改了一片，可以看见车里。

四目相对，应浩的眼眸更深了几分。

孟浅浅一顿。

一秒后，他大步地走过来，一把拉开副驾驶位的车门，手撑在车顶上，俯身看着她："到了？"

孟浅浅抿紧嘴唇，看着他近在咫尺的俊脸："到了。"

应浩往她这儿再弯了一点："我亲亲可以吗？"

孟浅浅的脸色微变。

这时，周彦拿了手机抵过来，挡在他们两个人中间，应浩的鼻尖碰到那个手机外壳，他偏头冷眼看了周彦一眼，随后才松开了孟浅浅，站起身来，一秒后，他又伸手，揉揉她的头发。随后绕去后座，坐了进来，他整个人往后靠。

唐隽立即问道："怎么样？现在什么情况？"

应浩："再等等。"

"那我们呢？"本来周一他们都要去报到了，都收到通知了。

应浩揉了一下唇角，掌心被钢笔印了一条很长的印子出来，他说："你们先不用去。"

唐隽点头："应小少爷年纪比我们还小，当我的上司？笑死，他要是能当，我也可以。"

应浩的眼眸微沉。他对周彦说："去吃饭。"

周彦"嗯"了一声，启动车子。孟浅浅看了一眼窗外，大堂里那个中年男人还在站着，他也看着这边，看到孟浅浅时，他点了点头。

孟浅浅一时弄不清，他是在跟自己点头吗？

车子往海城大学开，旧城区有几家不错的餐厅，也是他们平时出来吃的主要场地。车在人行道靠着栏杆的位置停下。几个人从车里出来，走进餐厅，选了个四个座的位置，应浩给孟浅浅拉开椅子。

孟浅浅看了他一眼，说道："谢谢。"

应浩则坐在她的身侧，开始清洗碗具筷子。

周彦点菜，又把牌子递给应浩，应浩看了一眼递给孟浅浅："来一份甜酸排骨？"

孟浅浅："都可以。"

应浩："再来一份椰子汤。"

这也是孟浅浅喜欢的。应浩把菜单还给周彦。

周彦接过来，轻咳了一声，交了菜单。应浩对孟浅浅的一切几乎了如指掌，他不藏着的时候，这种了解简直令人害怕。不过，此时也不是想这个的时候。

周彦终究还是担心："如果最后已成定局？那我们该怎么办？"

应浩往后靠，转着手机："死磕到底。"

周彦："这能行吗？"

应浩："不知道。"

他也有华星的股份，但是那又有什么用？

唐隽抓抓头发："糟心，我本来只想当个老老实实的技术人员，现在怎么觉得我要参与夺嫡的戏码？"

周彦看了唐隽一眼："如果成了，你就是功臣。"

唐隽："有点道理。"

应浩没吭声，他一直转着手机，像在思考，但是脸色依旧阴沉。

很快，菜上齐了。

唐隽在手机上点了一下，说道："不如我们吃完饭去 KTV 唱歌吧，太烦躁了。"

周彦看向应浩："你怎么说？"

应浩抬起眼眸，看他一眼："随你们。"

"浅浅一起去吧。"唐隽笑眯眯地看着孟浅浅，又道，"常慧慧等下回来了，叫上她。"

常慧慧在家没法控制自己，学习不下去，只有跟孟浅浅还有叶岚她们在一起才行，她听说孟浅浅回海城了，于是也拎着包要跟着回来。

孟浅浅："好。"

看得出来他们的心情都不好，孟浅浅也不好扫兴。应浩偏头看了她一眼，拿起公筷给她夹了几块排骨，又问道："肚子还疼吗？"

这一问，餐桌上的另外两个人齐刷刷地看过来。

孟浅浅咬牙："不疼了，你别在这里问这个。"

"哦，行。"

他点点头。

其他两个人无语了。

吃过饭后，先把孟浅浅送回学校把行李箱放下，车子来到女生宿舍楼下，应浩下车，帮孟浅浅把行李箱提下来。

孟浅浅想伸手接过来，应浩提起来没给她，而是大步地往楼梯走去，孟浅浅不得已，只能跟上。

两个人来到二楼拐角时，林飘穿着一袭裙子踩着高跟鞋从楼梯上下来，迎面撞上，她看了一眼应浩，并看了一眼他手里的行李箱。林飘脸上的笑容僵了僵，距离之前的论坛消息过去已经很久了。他还在追求孟浅浅，他完全没有放弃。

应浩看都没看林飘一眼。

孟浅浅也没看林飘，她追上前去："你走慢点啊。"

可能是因为生理期，她的语气有点烦躁，这声音一出，走在前面的高大人影的脚步顿了顿，停下了，还回头看了一眼孟浅浅。

孟浅浅这才走快两步，直接从他身侧走过。

应浩挑起眉毛，跟上她的脚步："刚才我是快了些……"语气有哄的意思。

孟浅浅没搭理他，上了三楼。

而林飘站在原地，听着那些脚步声走远，再听着应浩那哄着的语气，她的眼眸里全是恨意。

初恋很了不起吗？

她更妒忌他对孟浅浅说话的语气。

进了宿舍放好行李箱后，孟浅浅看着应浩道：“上次你买的东西多少钱？”

应浩把手插在裤子口袋看着她：“没多少。”

孟浅浅：“告诉我。”

应浩：“今天没时间算，走吧，先下去。”说着，他转身出门。

孟浅浅看着他的背影，抿了抿嘴唇，她说：“我洗个脸。”

“好，等你。”

孟浅浅转身进了小阳台，洗脸，擦手，天气热，手心里都是汗。洗完脸和手出来，孟浅浅还换了一件衬衫款的衣服配着牛仔裤，因为早上穿的那件吃饭的时候蹭到了污渍。

她走出来，一眼看到应浩站在楼梯口那边，他低头在看手机，侧脸冷峻，眉宇带了点儿说不上来的阴郁之色。

孟浅浅想起自己刚刚说的钱的问题，他连找借口都没有，可见心情很差。她也不想在这个时候再说别的了。她走过去，应浩的喉结滚动了几下，他看了她几秒：“换衣服了？”

“嗯。”

他的眼眸往下滑，看到她脖颈上戴着的红色绳子。

他看了好几秒，孟浅浅立即抬手拢了一下领口。

应浩回过神来：“还戴着你奶奶送的那个玉佩？”

“嗯。”

应浩点点头，走向楼梯。

他曾经咬过这根绳子。

孟浅浅走在他的前面，两个人一前一后地来到一楼，周彦开了车门，孟浅浅上了副驾驶位。女生宿舍里有零星几个人看到了孟浅浅的待遇后，窃窃私语道：

“太幸福了吧，跟学生会最帅的三个男生在一起。”

“周彦学长给她开的门耶。”

上车后，车子开去了学校附近的KTV，唐隽在网上订好了包厢，常慧慧正好也到了。周彦掉转车头去接她，孟浅浅跟应浩、唐隽两个人进了包厢，上次来KTV还是林飘学姐生日的时候。孟浅浅寻了个位置坐下，沙发被空调吹得有些发凉。

应浩看了她一眼，走过去调高了温度。

他拿起单子叫了服务员，又多点了一打啤酒。不一会儿酒来了，还多了一杯热奶茶，应浩端过去放在孟浅浅的跟前：“你喝这个，还有不许点歌。”

孟浅浅抬头看他：“你管我。”

应浩：“你点我就切。”

“那我来干吗？”

“玩游戏。”应浩说完，从一旁拿了自己的手机，点开了游戏给她，孟浅浅低头一看，上面居然有十几万的欢乐豆。

她：“你……”

应浩：“随便你怎么输。”

孟浅浅：“我……”

不一会儿，常慧慧跟周彦也推门进来了，常慧慧看到孟浅浅，立即扑过来抱住她道：“天哪，想死我了。”

孟浅浅没去碰应浩的手机，她伸手也抱住了常慧慧：“我们这个暑假相依为命。”

“好啊好啊。”常慧慧坐到沙发上，笑着说道，“我要点歌。”

“点吧。”

于是，孟浅浅靠着常慧慧看着她点歌。没人跟常慧慧抢，常慧慧一口气点了好多，孟浅浅看着有点想唱，但是她的声音确实不太适合唱歌，有点郁闷。

周彦进来后，直接就坐到应浩他们那一桌，各自开了啤酒喝。

唐隽一边喝一边说道：“我觉得如果最后不行，我们开一家公司好了。”

周彦："不行。"

唐隽挑起眉毛。

周彦："这不单单是公司的事情了。"

唐隽想了一下："也是。"

应浩若是不在华星里，华星以后就要易主，祝愿学姐留下来的一切就要拱手让人。

应浩靠在椅背上，长腿交叠，转着酒杯，一口接一口地喝着，脑海里全是八岁那一年母亲去世前的画面。

她握着他的手，道："你爸爸还年轻，他若是再找，再娶，你不要反对，人这辈子需要有个人陪伴，我们家浩浩以后也会找到那个能陪伴你的人，长长久久……所以，不要反对哦，妈妈这辈子很幸福，能做自己喜欢的事情，能为国家创造价值，还拥有你这么一个好孩子，非常地幸福……"

妈，你错了。

应浩仰头喝了一大口，酒水顺着他的喉咙滑落，没入衣领。

唐隽看他这样的喝法，吓了一跳："应浩，你悠着点啊，你这酒量再好，也经不起这么喝……"

话音刚落，那边传来孟浅浅"哎呀"一声的声音，三个人转头看去。孟浅浅拿着自己的手机，又把欢乐豆给输光了。

她有些不爽，叫了一声，就是这一声吸引了大家的目光。

应浩看着她的侧脸，那微微噘起的嘴，还有低垂的眼睫毛。

他站起身来走了过去，来到她面前，钳住她的下巴，往上抬："浅浅……我们曾经说过，要陪伴彼此一辈子的，嗯？"

孟浅浅下巴微抬，睫毛颤了一下，她看着他，想说话。应浩却低下了头，亲吻她的眉心："我们重新许诺，如何？"

说着，薄唇往下，亲吻她的鼻子，接着来到嘴唇边，他微微偏头，只余一厘米。

孟浅浅低声道："你吻啊。"她的语气没有起伏，带着隐隐的威胁。

应浩停顿了几秒。

孟浅浅："嗯？"她故意回复他这话。

应浩："我……"

他挪开了一些，随后半蹲下，低头给她绑上散开的鞋带。

他说："你可以用这样的语气再说一次。"绝对吻到你开不了口。

系好鞋带，应浩撑着膝盖，抬头看着她，神情带着鼓励。

孟浅浅抿着嘴唇跟他对视。因为曾经跟他在一起过，知道这个人能不客气到什么程度，而且此时这里还有其他人，他不要脸，她还要呢。

她收回视线，抓过手机继续玩。应浩拿过自己的手机，塞在她手里："你手机玩不了了，用我这个。"

孟浅浅低头看着他的手机，没动。

应浩坐在桌子上看着她。

孟浅浅停顿了几秒，才点进游戏模式，开始玩，一局就输掉他不少的欢乐豆。可能是因为他账号的级别比较高，一些野生队友对他的期待也比较高，跟他一起当了农民后，大家纷纷希望他带领自己赢了地主，走上人生巅峰。

谁知道他们的期待值过高，这个账号的主人乱打牌，还听不懂暗示。最后队友们怒了，朝孟浅浅扔了好几个臭番茄。

应浩："浅浅，你真行。"

他的嗓音在头顶响起，孟浅浅看着手机上的豆子数，突然觉得很解气，于是再进新的一局，又是一通操作，又收获了一大堆的臭番茄。

看着他的头像被人扔了满脸红，孟浅浅笑起来。可能是没干过坏事，她笑起来后又感觉有些羞耻，怕被人知道。被应浩这样盯着，孟浅浅感觉自己的小心思一览无遗，她"唰"地站起来，把手机塞给应浩，说道："你烦死了。"说完就要走。

应浩却一把搂住她的腰，往怀里带。孟浅浅猝不及防地摔到他的怀里，两手推着他的肩膀，应浩用力地搂住，孟浅浅不得不半边身子往后仰，瞪着他，跟他对抗。应浩按着她的腰，看着她道："我说，我们重新许诺？好吗？这一次我若是违背诺言，就让我断子绝孙。"

这话一出来，孟浅浅的手臂松了几分，她盯着他，不得不说，她几乎要心软了，她本来就不是那种会强硬拒绝别人的人。但是她此时也想起了很多，想到高三那一年，想到乔老师跟师母的话，想到了刚到海城大学时他的状态，也想到了今天发生的一切。

他从大厦里走出来时的身影，他不是普通人啊。

“应浩……”她软软轻轻地喊道。

应浩：“嗯？”

孟浅浅：“我再考虑考虑。”

应浩挑起眉毛：“真的？”

孟浅浅点头，缓兵之计也是计。

“你给个时间。”

孟浅浅：“你要计时吗？拿个表在我眼前，看着它跳动？”

应浩：“行。”

他妥协了，也不想逼得她太紧。孟浅浅松了一口气，手臂用力地想要离开。应浩手臂往上，指尖摩擦着她的脖颈，随后亲吻了一下她的脸颊，这才放开了她。

孟浅浅猛地后退，匆匆地看了一眼其他的人。

常慧慧捂着嘴巴，眼睛亮晶晶的。

唐隽“啧啧”了几声，吃着花生米一副吃瓜表情。

周彦笑道：“之前浅浅手机欢乐豆没了，我居然想都没想到要把自己的账号给她，行吧，你们才是天生的一对。”

他的心还是有点酸的，看到应浩的行为，再看看自己当初的态度，完全两个截然不同的做法，实在是太扎心了，也难怪孟浅浅当初没有喜欢上他。

孟浅浅低声道：“周彦，你很好。”

“好个屁。”应浩吃味地道。

周彦：“我……”

常慧慧“扑哧”一声笑起来，上前拉过孟浅浅：“来来来，不要跟他们这群臭男人在一起，还是我们女生在一起比较香，虽然刚刚那一幕挺粉色的。”

她也终于能理解了，孟浅浅对初恋的念念不忘，应浩学长果然是一块让人吃过就很难忘记的蛋糕。哪怕不喜欢吃草莓味，但是只要吃过他这一块，应该都会喜欢上草莓味的。

孟浅浅脸红如血，推了常慧慧一下，常慧慧笑起来，拉着孟浅浅闹，还拿话筒给孟浅浅唱，孟浅浅推开了。常慧慧看着孟浅浅的脸，觉得应浩学长喜欢她是有道理的，念念不忘也是有道理的。

如此温柔可爱的女生啊。

“浅浅，我点一首歌给你听，好不好？”常慧慧扑过去，手指在屏幕上滑动，孟浅浅凑过去，看看常慧慧点了什么歌。

这时，应浩放在桌面上的手机响起来，他低头一看，眼眸微微一冷，他拿起来，转身走了出去。

包厢里的气氛因他的离开有些下陷。

唐隽吃着花生米：“不知道是谁打给他的。”

周彦：“可能是华星的？”

孟浅浅坐回了沙发上，看着关上的门，没有吭声，他刚刚的表情很阴冷。

这家KTV距离海城大学不远，现在是暑假，要比平时多一点人，有点吵。应浩出来后，直接推开了另外一间空着的包厢走了进去，才接起来。

来电是陈菲。她的声音带着笑意，温温柔柔的：“应浩，这两天有空到家里吃饭吗？我给你做你爱吃的菜。”

应浩：“没空。”

“应浩，你不要生气，我觉得应涵也不适合那个位置，但是他的性格没有你稳重，心气也高，非要撞一撞南墙才肯回头，你身为哥哥，职位上的不同没什么大不了的，你依然可以管着他，他会听你的。”

应浩冷笑：“陈姨，你很会说话。”

陈菲一愣。

应浩：“如果陈姨你真那么替我着想，要不你去劝劝我爸，你是他的枕边人，你一定能说服他的。”

陈菲后背的汗收了一些，她说道：“你爸我哪里能说得动，如果是你妈在，说不定可以，我真管不了你爸。”

应浩没有回应。他坐下来，长腿交叠，手里拿着打火机，开了又关。

有时真想不顾一切地撕开他们虚伪的脸。

陈菲：“应浩，陈姨对不起你，你过来家里吃顿饭吧，跟应涵聊聊，要不，你劝劝他？”

应浩低头看着地板，他说：“陈姨，还记得你刚来我们家的时候吗？”

陈菲一愣，接着她道：“记得啊，你是个很好的孩子，从来没给过我脸色，当初救你爸爸，我是没想到你爸爸会娶我的。”

应浩的喉咙一阵腥甜，他扯唇冷笑。

下一秒，他挂断了电话，把手机扔在桌面上。

几个人在包厢没等到应浩回来，常慧慧有些犹疑：“应浩学长难道回去了？一声招呼都不打？”

唐隽：“怎么可能？他不是那样的人。”他拿起手机看了一眼，没看到信息进来。

周彦想了一下，看向了孟浅浅。

常慧慧接着也看向孟浅浅，孟浅浅一下子被两个人盯着看，愣了愣，她说：“干吗？”

常慧慧说道：“浅浅，你要不要出去看看？”

孟浅浅抿紧嘴唇，她又看了一眼包厢的门，想了想说道：“我去看看，你们……”

唐隽也站起来：“我也去看看，浅浅，我们分头找找看，如果看到他在打电话什么的，不要打扰，直接回来。”

孟浅浅点了点头：“好。”

周彦：“那我也去。”

常慧慧见状：“那我……”

“你就在这待着吧，免得有人进我们包厢。”

“好的。”

说完，三个人起身出门。一出门，他们两个男的就往更远一些的安全楼梯跟前台走去，孟浅浅不知去哪里找，她站在原地看了一会儿，推开了一间空置的包厢门，看了一眼，没人，接着她又推开另外一间。

推到第三间的时候，可见里面有隐约的光芒，孟浅浅的心一跳，走了进去，身后的门关上了。沙发上，应浩靠着椅背，架着长腿。孟浅浅一顿，想走，应浩却转头看过来。

他的神情不太好。

孟浅浅顿了顿。

“过来。”他把指尖放下，薄唇轻启。

孟浅浅呼了一口气，走上前，轻声问道："大家都在找你呢，还等着你去喝酒。"

她没有说大家担心他是因为他接了什么电话或者收到了什么消息，有意地避开让他不舒服的点。应浩用指尖把玩着打火机，接着突然摁灭，余下的一点儿光线也没了。应浩突然一拽她的手腕，孟浅浅一个踉跄跌坐在沙发上。

脸颊被他的大手一捧，接着，他的人影逼近，偏头堵住她的嘴唇。

孟浅浅第一时间下意识地想要反抗，"唔"了一声。他扣着她的脖颈，用指尖挑开了她的领口。孟浅浅抬手一把捂住他的指尖，脑袋里乱糟糟的。

应浩略微停顿了一秒，说："今天不打我了？"

孟浅浅的声音微颤，嘴唇烫得很，她说："没来得及。"

应浩咬着她的嘴唇，低低地一笑，接着，直接偏头，咬住她脖子上的红色绳子。他流连忘返，孟浅浅开始反抗。

他说道："过去，我只能浅尝辄止，如今，我好像可以直接走到底。"

孟浅浅抬脚踹他："我说了，我考虑考虑！"

应浩一顿："哦？对……"像是想起来似的。

孟浅浅胸口起伏，闭着眼睛不想搭理他。

应浩退开了一些，垂眸看着她，说道："要不这样，你亲我一口。"

孟浅浅看着他，一声不吭。

应浩沉默了，他单手捧着她的脸，指腹蹭着她的肌肤，在昏暗的光线下，她的眼睛很亮，杏眼很好看。他心想，难怪他没法喜欢上别的人。被她这双眼睛看了无数次，他早就为她沦陷了。

这时，孟浅浅的手机"嘀嘀"响起来，是好几条微信，有来自唐隽的、周彦的、常慧慧的，还有一条是来自周乔战队的经理老羊。

老羊：浅浅，你在忙吗？

应浩低头看着这条微信，嗓音有些低："你跟他一直有联系？"

孟浅浅顺着他的视线，看向微信，道："嗯。"

应浩："嗯……"

包厢的门接着被推开了，唐隽、周彦齐刷刷地探头进来，看到这一幕，“唰”地又把头给收了回去。孟浅浅一把推开应浩，站起身来整理领口。应浩垂眸看着她：“你除了考虑我，是不是还会考虑别人？”

孟浅浅抬起头看他，说：“我不是你。”说完一把推开他，走出门口。

门外，周彦跟唐隽靠在对面的墙壁上，看到孟浅浅出来后，“啧啧”了几声，孟浅浅的脸颊微红，有些烦躁，径自走进他们的包厢。

应浩握着手机走出来。

周彦迟疑了一下，说道：“浅浅人再好，也不能总欺负她。”

应浩：“谁欺负她？她不割我的心就不错了。”

周彦：“你这不是活该吗？”

进了包厢，孟浅浅有点懊恼自己刚刚一时的心软，不过好在包厢的时长也差不多了。

三个男生喝完了剩下的酒，没办法开车，于是几人步行回去。常慧慧挽着孟浅浅的手臂，走在前面，三个男生走在后面。

常慧慧离孟浅浅近，看了一眼她的脖子，咳咳两声：“我觉得这个画面似曾相识，你觉得呢？”

孟浅浅回过神来，看向常慧慧。

常慧慧笑道：“我们总共也就来过两次 KTV，上次……”

上次是林飘学姐生日，结束的时候，孟浅浅跟三个舍友走在前面，旁边还有周彦跟唐隽，后面，林飘学姐挽着应浩的手跟着。

常慧慧反应过来自己说了什么，想到孟浅浅上次的心情，常慧慧立即再次挽紧孟浅浅：“不要去想过去的事情了。我们要看未来。”

孟浅浅没吭声。

三个男生把两个女生送回宿舍便走了。常慧慧提着行李进门，孟浅浅扎起头发，帮常慧慧收拾衣柜。

常慧慧翻着自己的书本，说道：“浅浅，你知道应浩学长家里出了什么事吗？”

孟浅浅一顿，说：“不太清楚，好像是他弟弟抢了他在公司的职位。”

“什么？应浩学长还有弟弟？”常慧慧一脸的震惊。

孟浅浅也是一愣。对啊，应浩怎么会有弟弟？他不是独生子吗？

她转过身来，靠着衣柜。

常慧慧撑着脸：“我觉得这弟弟肯定不是亲弟弟吧，不然之前怎么都没听说过呢？”

“嗯。”

今天吃饭的时候，孟浅浅其实也没怎么听，听着也理不清，但被常慧慧这么一说，似乎就通了。

常慧慧揉着脸：“浅浅，你还要去做兼职吗？”

“做，我等一下去便利店那里问问，如果没有再问学姐，看看有没有超市的销售兼职。”

“我陪你去。”

“好。”

收拾完宿舍，孟浅浅跟常慧慧一起出门，朝便利店走去，因为做了一段时间的兼职，孟浅浅跟店长也挺熟悉的了，她进门后便去找店长。

店长听说孟浅浅暑假还要做兼职，他思考了一下，说道：“可以，但是可能时薪没有上学的时候高，你也知道，学生放假，暑假多少有点影响。”

孟浅浅想了一下：“可以的。”

店长笑道：“那就行，明天中午过来吧。”

“好。”

跟店长说完，孟浅浅走出来，常慧慧买了一根冰棍靠在吧台上啃着，看见孟浅浅过来了，赶紧招手。

“浅浅，快过来看，那是不是林飘学姐？”

孟浅浅走上前，跟常慧慧一起看向窗外，便看到林飘学姐上了一辆黄色的出租车。常慧慧把一半冰棍给孟浅浅咬，说道：“她穿得很……性感哦。”

孟浅浅本想咬的，但是想到自己还在生理期，只能忍痛推开，她看着远去的出租车，脑海里闪现林飘那双大长腿。

她说：“是挺好看的。”

黄色出租车很快抵达创业中心区的咖啡店，林飘从车里下来，把挽在手臂上的外套穿上，顿时端庄了许多。

她朝咖啡店走去，推门进去，丁零一声。

好友江慕慕在座位上朝她挥手，林飘朝她走过去，笑道：“有点塞车。”

江慕慕笑道：“没事，哇！你今天穿得很漂亮。”

林飘微微一笑，端起咖啡抿了一口，余光可见那些朝她看过来的目光，林飘的唇角微微一勾，眉眼带着几分自信。

江慕慕拉着她的手臂，道：“你等下，可能再等个五分钟左右。”

话音刚落，江慕慕的眼睛往后一扫，眼睛一亮：“来了，你运气真好。”

林飘转头看了一眼，只见一名戴着墨镜、穿着黑色上衣跟七分裤的男生，带着一堆好友走了进来，他的头发挑染了几根黄色的，唇角微勾，神情有些嚣张。他们走过来，在隔壁的那一桌坐下。

林飘收回视线，朝江慕慕拧起眉头问道：“这是谁？”

江慕慕低声道：“华星集团的二少爷。”

林飘一愣：“华星集团？二少爷？那大少爷呢？”

江慕慕笑道：“大少爷好像比较少听到他的名号，我也是最近才知道华星这个二少爷的，因为他刚刚接任梁教授的职位。梁教授你认识吧，你们海城大学出来的啊……”

林飘定定地看着江慕慕：“大少爷有什么特征？”

“大少爷？不太清楚，好像，他母亲姓祝？”

“哐”，林飘的咖啡杯回到桌面上，她眼神有些呆滞地看着江慕慕，她的猜测果然没有错，她用指尖紧紧地捏着咖啡杯。

许久，她偏头去看旁边那一桌的人。正巧，应涵取下墨镜，扫了她一眼，接着上下扫了一眼她的身材。

林飘的心跳逐渐加快。

隔天中午开始，孟浅浅就去便利店做兼职，她现在主要就是做好两件事情，兼职和学习。这个暑假，黄秀琴不会给她一分钱，她得靠自己。因为是暑假，便利店的生意确实没有之前好，所以孟浅浅还顺便兼职了店里的外卖服务。

有很多宅在家里的人懒得出门，就点一份泡面或者一份关东煮，要么点份饭等，有些女生还会额外点卫生巾、巧克力，等等。这些都有配送费，按路程时间算，配送费店长抽一点，其他的给外送员，这样孟浅浅就多了一份收入。

很快，周一到了。

中午忙完后，唐隽在微信上叫孟浅浅下班回来顺便打包三份关东煮。孟浅浅洗了手，提着关东煮回学校，去了唐隽的工作室。

抵达的时候，一辆黑色的轿车刚好开过来，紧接着在门口停下。一个高大的中年男人从车里下来，一身西装革履，他恰好看到孟浅浅，孟浅浅认出他就是那天在大厦里跟她点头的那个男人。

她愣了一下。

对方今天也看了她一眼，并点了一下头，接着便大步地走进了工作室里。

孟浅浅见状，没有跟着进去，而是站在门外提着关东煮等着。

屋里的三个人看到袁从严进来后，纷纷站了起来，应浩靠着车站着。袁从严进来后叹了一口气，看着唐隽、周彦，然后再把目光转向应浩，说道："没有办法，任命书已经下了，应涵今天走马上任，反对的声音几乎为零。这些年来，应顺尧一直在给他铺垫，等我们发现真相的时候，已经是这个情况了。"

袁从严面色铁青："当初把我派去黎城分公司，他就在做准备了，可惜我们一直活在谎言里，要不是前年我费尽心思回到总部，恐怕我们今天一点反击的能力都没有。"

应浩把手插进裤子口袋里，神情阴冷。

唐隽听得心慌意乱的："那，袁总，现在完全没有办法吗？"

"倒也不是。"袁从严摸了摸指腹间的戒指，看着应浩道，"我想到了一个办法，你今晚陪我出去一趟。"

应浩："去哪儿？"

"去了就知道了。"

应浩点点头："好。"

"我看你们还没吃饭呢，你们先吃吧，我先走了。"袁从严说完，走上前拍了拍应浩的肩膀。应浩说道："我没事，我能忍。"

袁从严笑笑："我信你。"

说完，他转身便走了，出了门又看了一眼站在门边不远处规规矩矩的女生。袁从严低头弯腰坐进车里，突然觉得在“战争”的路上，有个人陪着挺好的。

黑色的轿车启动，从孟浅浅眼前开走，孟浅浅这才转身走进工作室，里面的气氛不算好，应浩看到她，收起了一些阴冷之色。

他走上前，接过她手里的袋子，垂眸看她：“吃了没？”

“吃了，你们快吃吧。”

应浩把另外两袋一人递了一份，然后把自己那份拆开了，从里面先挑了一个鱼丸放到孟浅浅的唇边。

孟浅浅看着他。

应浩挑起眉毛。

一秒后，她张开嘴，吃下了这颗鱼丸。

应浩的唇角勾了勾，靠在一旁的椅子上，低下头开始吃。

孟浅浅看他们三个人开始吃了，她走过去，拿了扫把，扫了扫屋子里的一些零碎垃圾。唐隽看着孟浅浅这样，说道：“浅浅学妹真是个天使。”

应浩踢了唐隽的椅子一下：“我的。”

唐隽：“你的你的……”

周彦看着孟浅浅，想了想道：“应浩，你觉得袁总会想出什么办法？”

唐隽也看向应浩。

应浩：“我想想。”

随后，他们的电话都响起来，全是华星人事部的，他们三个人没有去报道，那边打电话来了。应浩的那个手机，还有他父亲跟应涵打来的，他拿起来看了一眼，接着关机。

接下来，下午的时候，他们的电话时不时地响起。

周彦是传感器专业，唐隽是人工智能专业，他俩在华星那儿都是人才，更何况唐隽还是严雄手下的学生。

下午五点多，黑色的轿车再次来到工作室门口。

应浩进了里面的休息室，换上了黑色衬衫和长裤，扣着衬衫纽扣走出来。孟浅浅坐在椅子上看着英语书，是唐隽让她拿到这里来的。她看了应浩一眼，他的扣子没全扣上，留了点儿领口。

他抄起桌面上的手机，走向门口。走了几步，他回头喊道："浅浅。"

孟浅浅："啊？"

"帮我拿一下外套。"

孟浅浅看了一眼衣架上的那件深色外套，"哦"了一声，起身走过去拿下来，随后递给他。

应浩垂眸看她，伸手拿外套，下一秒握住她的手腕，低头在她的眉心落下一吻，然后才松开，转身走向黑色轿车。

孟浅浅在那一瞬间想打他一顿。

唐隽说："加油。"

周彦："加油啊。"

孟浅浅："加油。"她温温柔柔地跟着补了一句，也不知道应浩有没有听到。

袁从严在一旁看他上了车，才吩咐司机开车。

应浩往后靠，看了一眼工作室里站着的女生，收回视线，车子很快开出了校园。

天色渐暗，霓虹灯亮起。

车子很快来到一家高级餐厅门口停下，应浩下车，穿上外套，领口微敞，跟着袁从严上了台阶。不一会儿，来到一个包厢门口。

服务员推开门，应浩看到屋里坐着的五个男人，他愣了一下，记忆瞬间涌上来，母亲去世前，他们来看她时，每个人都揉了揉他的头。再往前，就是一些比较美好的记忆。

他们五个男人看到他，也有些惆怅，时间过得真快呀。

"浩儿。"

"应浩。"

"陈叔，林叔，萧叔，雷叔，董叔。"进门后，应浩一个个地喊过去。

陈叔笑着点头："来，这边坐。"

应浩走过去，坐在他们的对面，袁从严也挂好外套，整理了一下袖子，走过去坐下。雷叔看着应浩："长这么大了，也帅了很多，都是大人了。当初说要把你放到连城养大，我还反对过呢，不过你外公外婆都是高级知识分子，跟着他们倒是比较好的。"

应浩微微地往前倾，两只手握在一起。

袁从严笑道：“那是当然的，还是跟着外公外婆好。”

“是啊，现在看着应浩，能隐约看到祝愿当年的样子。”

袁从严笑道：“是吧？我也这么觉得，所以今晚约大家出来，齐聚一处，就是希望你们能帮个忙。”

几位方才还说得情深义重的叔叔顿时彼此对视一眼，很轻微的表情，但是都被应浩纳入眼底，他的眼眸微微一眯。

袁从严当然也看到了他们的表情，但是他面不改色，他说道：“我想启动‘东方’这个项目，所以希望你们到时能给投上一票。”

“什么？那不是被否决掉的吗？”

“这……现在研发部已经在开始研究了，为什么还要开启‘东方’？”

“‘东方’这个项目原来是用来做新能源汽车的，是在祝愿还没去世之前就打算做的一个项目，但是当初的技术没法跟上，又是属于国内外比较先进的项目，投入了一段时间后没有见到成效，加上当时华星还在发展中，于是应顺尧跟董事会最后还是否决掉了这个项目，并把它沉入水底。祝愿哪怕不甘也没办法。”

这么多年过去了，公司里面已经没几个人记得这个夭折的项目了。

袁从严笑道：“我知道现在新能源汽车在市场上已经逐渐崭露锋芒，研发总部这几年也是把目光放在这一块，但是这不是应涵当了研发总部的老大嘛！”

几个叔叔瞬间安静下来，他们看向一旁的应浩。

应浩看着袁从严，大概猜到他的打算了，他薄唇紧抿，心口微微滚烫。

“你们跟祝愿关系都很好，也是一路经历风雨走过来的，这么多年的感情，你们忘光了吗？”

“没有，哪里忘了，都记得呢，只是如今应涵已经接了研发部的位置，应浩……”话说到这里，雷叔看了一眼应浩，突然也不知道该不该继续说下去。

是的，感情曾经存在，但是这么多年了，应顺尧才是华星的董事长，死人没法跟活人比，活人还能联络感情。

袁从严轻轻地一笑，他说：“我们应浩不要研发总部老大的位置，我们只要启动‘东方’，看在祝愿的面子上，这点忙各位股东、董事不能帮一帮吗？”

这话一问，五个叔叔齐齐地看向应浩。

应浩一声不吭，他用指尖抵着下巴，眉眼敛着锋芒，从这个年轻男人的身上隐隐能看到一丝丝的狼性。

雷叔的掌心冒了点儿汗，他转头看了一眼身边的同伴。如果可以，他也不愿意得罪人，更不愿小看了任何一个年轻人，更何况这是祝愿的儿子。

为了给自己留一条后路，他顿了顿，拿起纸巾擦拭了一下掌心，说：“我支持启动‘东方’。”

雷叔算是这些人当中的老将了，他都表态了，其他人陆陆续续地也开始松口，即使有些不太情愿，但还是点头了。

表完态，雷叔说道：“我只是延续祝愿的夙愿，并不打算跟应顺尧成为对立面。所以，我希望你的方法能委婉一些。”

袁从严笑了笑：“行。”

他看了一眼应浩，应浩站起身来，朝他们微微鞠躬。几位叔叔看着他，心情都很复杂。实际上从祝愿去世后，应浩就被带去连城养大，彼此来往的机会变少了，对这个孩子的感情自然也就淡了，但如今看着他长大成人了，又有一种别样的情感。

雷叔站起身来，虚虚地伸手扶了一下应浩，道：“好好干。”

“谢雷叔。”

他的声音很低，不卑不亢的，假以时日，也会是一方人物。雷叔庆幸自己刚刚第一个表态，他笑道：“不必客气。”

“好了，事情谈完了，我们先吃饭。”袁从严按了按钮，包厢的门被推开了，服务员端着早已准备好的饭菜进来。

“应浩会喝酒吗？”

“会喝点。”

“来，我看看你如今酒量如何……”

第十章

你　来　帮　我

应浩走后，工作室的三个人面面相觑。最后，唐隽放下手里的活儿，说："哎，心神不定的，要不我们叫吃的吧，分散一下注意力。"

周彦拿起手机："行吧。"

几个人叫了三份外卖，孟浅浅合上真题试卷和书，跟他们两个人坐在桌子旁开始吃东西。常慧慧在宿舍里看书，给她发了微信，让她带一份吃的给她，孟浅浅只能再用手机叫了一份外卖，跟唐隽、周彦吃完饭后，孟浅浅提着送来的外卖回了宿舍。

常慧慧揉着脸从床上坐起来，说道："饿晕了。"

"我还以为你在看书。"孟浅浅打开外卖袋子，"没想到你在睡觉。"

"饿得太厉害了，没力气看书了。"常慧慧又找了一个新借口，她从床上溜下来，"哇，牛腩饭。"

孟浅浅让开位置给她，拿了一个苹果去小阳台洗，然后削皮，切成一小块一小块放在碗里端出来给她。

常慧慧："谢谢，浅浅你太棒了，对了，你今天晚上不用做兼职？"

"今天休息一个晚上。"

"哦哦，那得休息下。"

周乔的战队经理全名叫许旸，最近没事就找孟浅浅聊天，此时又发了战队比赛现场给她看。孟浅浅点开看了一眼，回了一个很棒的表情回去。接着，她就被唐隽拉进了一个三人的群里。

唐隽：也不知道应浩那边情况怎么样了？

周彦：都八点半了，还没谈完？

唐隽：会不会谈失败了啊？

周彦：说真的，要是失败了，我们真不知何去何从。

唐隽：原本以为能有一支完美团队，没想到到头来一场空，空有一身抱负无处施展，我好惨啊。

周彦：啧。

周彦：你还有严教授的团队。

唐隽：我早就叛出师门了。

孟浅浅没有插话，看着他们的聊天对话，心里也难免紧张，这种紧张无关情爱，单纯只是希望应浩能成功而已，他似乎不只背负着自己的未来，他还背负着唐隽跟周彦的未来。想到这里，她更能理解他的往前走。

晚上十点半，孟浅浅洗完澡，穿着睡衣擦头发，三人群里已经安静下来了，可能要等明天才能得到消息了。她坐在椅子上，一边擦头发一边听着常慧慧在床上打游戏的声音。这时，孟浅浅放在桌面上的微信“嘀嘀”两声。

她抬头看了一眼。

YING：在你楼下。

YING：下来，给你带好吃的。

孟浅浅一愣，回来了？她放下毛巾，拿起手机朝门口走去，在走廊上便看到一楼树下站着的男人。

他一只手虚虚地插在裤子口袋里，另一只手提着一个袋子，靠着树。

这画面多熟悉。孟浅浅顿了顿，最后还是希望知道他今晚的情况，于是转身朝楼梯走去。没一会儿，她抵达一楼。

白色睡裙如夜晚精灵似的。应浩略微站直了身子，垂眸看着她。

孟浅浅抿紧嘴唇，朝他走过去，她问道：“今晚你们谈得……”

话音未落，应浩突然伸出手臂，揽住她的腰，将她抱在怀里。孟浅浅最后一个字变成了惊呼，整个人贴着他的胸膛。应浩单手搂着她，垂眸问道：“洗了澡？”

孟浅浅两只胳膊屈成弓状，推着他的手臂，头发凌乱地披散着，她说：“是，你放开我。”

路灯从树枝中间零零散散地投下去。应浩的黑色衬衫敞开了很多，可见锁骨，他的眼眸看着她，呼吸间带着淡淡的酒香味，灯光打了点儿在他的眉眼上，显示出几分霸道。他说：“你猜我带了什么吃的？”

孟浅浅还在推搡，刘海落下来垂在唇边，黑夜中美了很多，她抿紧嘴唇，“不知道。”

“你再闻闻……”他另一只手抬起来，晃了一下手中的打包袋。

空气中隐约闻到了奶味，但也有别的味道。孟浅浅迟疑了一下：“你带了双皮奶？”

“不止呢。”他笑出了声音。

孟浅浅仰着身子：“那还有什么……”

“走，到旁边去吃。”说着，他松开她的腰。孟浅浅立即后退一步，被他握着手腕带到一旁的花坛边上坐下。

应浩放下袋子，挽起有些滑落的袖子，露出线条分明的手臂，他从袋子里拿出一个黄色的小盒子。然后打开，里面是红豆双皮奶，他拿出勺子，将它们递给孟浅浅。

孟浅浅接过来。

应浩用手臂往后撑了些，偏头看她：“吃吧。”

孟浅浅看了他一眼，勺子动了动，舀了一口，她问：“你今晚……”

“嘘，放心，应该解决了。”

孟浅浅略微松了一口气，她觉得唐隽、周彦的未来又续上了。

她低头开始吃。

应浩看着她，抬起手指尖把玩她的发尾。孟浅浅嘟囔了几句：“别弄……”

他笑出了声音，反问：“别弄？”

孟浅浅：“嗯……”

这一小盒的双皮奶其实很少，没几口就吃完了。应浩看着她吃完后，随即拿起另外一个盒子，打开，里面是香味扑鼻的狮子头。孟浅浅转过头看去，应浩走到她面前，半蹲下，拿起筷子把狮子头分开，夹了一块给她。

“你以前不是最喜欢去吃周乔家做的狮子头吗？试试这个味道如何。”

味道很香，孟浅浅顿了顿，张嘴吃，应浩挑起眉毛看着她，孟浅浅嚼着，很好吃。她说：“不过，我还是觉得周乔家做的比较好吃。”

应浩“啧”了一声：“我就比不上那个周乔是吧？”

孟浅浅：“呃……”

“以后要当你老公，陪你一辈子的人是我，周乔算什么？她顶多就是个老闺密。”

孟浅浅：“你想得倒挺远。”

“是挺远的，等这段时间事情忙完了，我就买个婚房。”

“我说了我再考虑，你没听见吗？”

应浩一顿，他又夹了一块放到她的唇边，他抬起眼眸看着她，她紧抿着嘴唇，看起来倔强多了。应浩低声道：“那你张嘴，把这块先吃了。”

“嗯？”

孟浅浅这会儿不张嘴。

应浩眯起眼睛。

彼此对峙。

应浩也维持着夹着狮子头的动作不变，他的下颌紧了几分：“你再看，我就在这里强吻你，让女生宿舍的人都看看……”

孟浅浅狠狠地踢了他一下，随后抢过筷子，张嘴吃了。应浩看她吃得掉了几滴到下巴上，他抬起手，用袖子在她的下巴上蹭了蹭。

蹭掉了那些油。

孟浅浅一顿，看了一眼他那袖子。

他那袖子上还镶了金丝的边，这不是普通的料子。

孟浅浅赶紧抬手自己擦。

应浩一把握住她的手腕：“干吗呢？别弄脏了睡衣……”

孟浅浅：“我……”接下来，她吃得都很小心，不会那么容易就溅出汤汁。应浩就半蹲着看着她吃，唇角微勾。

夜凉如水，女生宿舍有些留校的都没睡，来到走廊就可以看到花坛边上的两个人，一个坐着一个蹲着。

蹲的那个是赫赫有名的学生会长，此时大家就会对比，当初他跟林飘学姐有这么卑微的时候吗？

答案是没有的。别说看着林飘学姐吃东西，在食堂的时候，有一次林飘学姐要喂他吃，他似乎完全懒得搭理。后来还有一次他在吃的时候，林飘学姐让他喂她，他拿了一副公筷给她，让她自己夹。

所有人细细回想以后，只觉得应浩学长变了。

吃得差不多了，应浩的手机响了多次，正是唐隽跟周彦打来的，他们也迫切地想要知道自己的未来。

应浩挂断了电话，孟浅浅收拾好那些袋子跟盒子，说道："你快回去吧，唐隽学长跟周彦学长之前就很着急了。"

应浩提过她手里的垃圾袋子："你早点休息。"

"好。"

"你上去，我看着你。"

他把垃圾袋子扔在垃圾桶里，转头看着她。孟浅浅"嗯"了一声，大步地上了楼梯，她手里的手机响了起来。

她看了一眼。

应浩在楼梯口眯起眼睛看着，看着她一边回信息一边上楼。

谁给她发的信息？

袁从严拿着文件夹，屈指敲了应顺尧的办公室门。

"进来。"

袁从严拧开了门，正巧应涵抓抓头发转身出来，两个人迎面对上，应涵放下手，笑容灿烂，冲袁从严喊道："袁叔好。"

袁从严面无表情地点了下头。

应涵从他的身边走过。袁从严看着应涵的背影走远了，收回视线，转身走了进去，应顺尧站在桌子后面喝水，笑道："应涵高了很多吧？"

袁从严没回应他，走过去，笑着把手中的文件夹放到他面前。文件夹旁边还有一份新的策划书，袁从严扫了一眼，收回视线。应顺尧放下杯子，问道："这是什么？"

袁从严理了理西装外套，说道："看看吧。"

应顺尧翻开文件夹，入目是启动"东方"的项目书。

应顺尧一愣，再往下，一排的股东签名，最后面还有一个名字——祝愿，那娟秀的字迹，哪怕化成灰他都认得出来。

应顺尧"唰"地抬起头："这不是已经放弃掉的那个项目吗？"

袁从严看着他的表情，微笑："没错，股东们都签字了，就差你了。"

应顺尧的瞳孔紧缩，他看着袁从严："当年这个项目是为了做新能源汽车，而如今华星研发总部已经投入了大量的资金和人力在研发，跟这个项目的所有理念不谋而合，这也是祝愿当初的期望，这些年，我一直在努力地圆她的梦，在努力地想要弥补她曾经没有做到的遗憾……"

他说的真够情真意切的。

袁从严却没什么表情，他笑了笑，道："说那么多，请问研发总部开启新能源汽车的文件有没有祝愿的签名？没有她的签名，那么怎么能算开启呢？"

应顺尧的牙根一紧。

他说："股东们……"

"股东们，所有元老级的股东们，他们都希望启动'东方'，因为这才是祝愿的夙愿，你身为她的丈夫，是不是更应该支持？"

应顺尧看着面无表情的袁从严，头皮一阵发麻，有祝愿签名的文件，又有股东们的签名，哪怕祝愿这个签名已经是十几年前的了，但是如今，只要有她的名字，依然有影响力。这也是他一直在对外坚称华星是他们夫妻俩的，他会一直努力完成祝愿的所有遗愿的原因。

谁知道……这反而成了一把利剑，成了祝愿留给应浩的最后一张王牌。

"华星资源不够……"他还在顽强抵抗，他最理想的设想便是应浩带着他那两个伙伴进入华星，为应涵添砖加瓦。

"这个不劳你费心，集团只要资金到位，一切都好说。"袁从严打断应顺尧要阻挠的话。应顺尧意识到自己现在太过于紧张，有暴露情绪的风险，他收敛了一些，拿起一旁的钢笔，脸上的笑容放松了一些，道："你们也真是的，想要启动怎么没跟我提前说呢，那'东方'的选址准备安排在哪儿？应浩同意吗？他也是，也没跟我说呢。"

袁从严：“这些都不需要你这个董事长忧心了。”

应顺尧咬着牙笑了笑，低头看着下面一整排的股东签名，这才在祝愿的旁边，签下了“应顺尧”三个字。

当初，这份文件就应该一块销毁！

签好名字后，应顺尧合上文件夹，袁从严接过来，说道：“应董辛苦了，好好休息，我先出去了。”

他拿着文件夹走出去。

应顺尧拿着笔站直身子，看着门关上，下一秒，狠狠地将笔扔在地面上，“咔嚓”一声，钢笔分成两半，墨水溅得到处都是。

过了几分钟，应顺尧的怒火平息下来了，他掐着腰走回桌子后，拨打了雷致远的电话。

电话很快接通了。

雷致远：“喂，顺尧？”

应顺尧笑了笑，道：“忙不忙？”

“不忙。”

“我说你们也真是的，既然要启动‘东方’项目，怎么不提前跟我说。”

雷致远大概也猜到他这通电话的来意，他笑道：“这不是大家先签名，然后再给你看看嘛，主要里面有祝愿的签名，我们这些人都是跟着祝愿和你出来的，看到你们任何一个人的签名就宛如见了圣旨一般，无法拒绝，你说，我能拒绝得了祝愿吗？”

果然如此。

应顺尧刚压下去的火又蹿了上来。他笑了笑：“也是，就是我是最后一个知道的，多少有点不是滋味。”

“给你个惊喜嘛。”雷致远早就想好了回话的对策，他又笑道，“不过，‘东方’启动了，应浩一个人也不过是光杆司令，顺尧，你可要好好给应浩派派兵马。”

这话也间接地在讨好应顺尧。

无根的“东方”怎么能跟华星研发总部相比？你那拖油瓶儿子应涵手拿多少王牌？没什么好怕的，我们只不过签了一份不值钱的空白文件而已，你该捧谁还是可以捧谁的。

应顺尧早想到了这一点，从雷致远嘴里说出来自然更清晰，他听得懂他的讨好，他冷哼一声道："我自己的亲儿子还用得着你说吗？会的。"

"哈哈，好。"

挂了这通电话后，应顺尧翻起一旁的策划书，那是应涵送上来的，他对于研发的方向，已经有详细的文本了。

应顺尧又拿了一支钢笔，在上面飞快地签下自己的名字。

今天便利店里很忙，店长忙着送外送，而店长的女朋友又请了假，所以整个便利店里只有孟浅浅一个人，她独自一人又是煮关东煮，又是充当收银员，忙得不可开交。

常慧慧在宿舍里一个人待着无聊，跑到这边来看书，又可以时不时地帮孟浅浅弄弄这弄弄那，还可以找孟浅浅聊天。她在这边反而待得自在极了。

孟浅浅放在围裙兜里的手机一直在响，主要是微信群里的信息。

常慧慧握着手机，看着群里的消息道："唐隽学长跟周彦学长都挺紧张的，他们都在等应浩学长叔叔的回复呢。"

孟浅浅也知道，应浩那天晚上回来后说大概解决了，但是还没有确定下来，还要他那个叔叔回公司去处理。

唐隽他们顺便把应浩跟常慧慧一块拉进微信群里，五个人一块等消息。她擦了擦手，拆了一根老冰棍给常慧慧吃。

常慧慧接过来笑眯眯地道："浅浅，你真好……"

孟浅浅笑道："你多留意群消息，有新消息跟我说。"

"好啊。"

话音一落，常慧慧的手机振动了一下，她拿起来一看，下一秒从高脚椅上跳下来："有消息了有消息了，搞定了！哇，搞定了！"

孟浅浅一愣，她从兜里拿出手机，点开一看。

YING：项目启动。

唐隽：我的天哪，可以跟祝愿学姐梦幻联动，太幸福了。

周彦：跟做梦一样，十几年啊，我们启动祝愿学姐的项目……

唐隽：幸福，太幸福了，那接下来呢？

YING：去看子公司的选址。

唐隽：子公司？那也就是这个公司你掌权？

YING：我们三个。

唐隽：真棒，我也能当老板了。

周彦：你省省吧，你只适合钻车底，你适合当老板？

唐隽：那你也只适合玩传感器。

周彦：我承认啊。

YING：@孟浅浅，什么时候忙完，我们去接你，一起去。

孟浅浅吓了一跳，怎么突然提到她，好像知道她在窥屏一样，孟浅浅赶紧敲字，谁知道常慧慧替她回答了。

常慧慧：浅浅可能还需要半个小时左右，今天店里有人请假了。

YING：好，半个小时后去接你@孟浅浅，你想吃什么？我给你带去。

孟浅浅：不用。

常慧慧：应浩学长，那我呢？我能跟着你们一起去吗？

YING：可以，谢谢你陪着她。

常慧慧：欧耶。

放下手机后，常慧慧激动得很，她说："要成立公司了，公司耶，我的天，做梦都没想到的事情，没想到我有幸能沾个边边角角。"

她的父母开着一家中型超市，开了很多年了，生意谈不上特别好，但也不算很差，养孩子还房贷问题不大。但是，那都是普通人的生活。此时她觉得自己要摸到不普通生活的阶梯了，孟浅浅笑着看了她一眼，回到收银桌后面，擦拭桌面，把一些卖完的烟盒子收拾好。

半个小时后。

一辆黑色的SUV开了过来，停在便利店门口。

常慧慧立即兴奋："来了。"

孟浅浅转头看去。

车门打开，应浩从车里下来，穿着黑色上衣和长裤，看着她道：“好了？”

“嗯。”

孟浅浅提过一旁的小包，跟常慧慧挽着手。应浩拉开副驾驶位的车门，看着她，常慧慧见状，识相地松开孟浅浅的手臂，转身拉开后座的车门。

孟浅浅一顿。

应浩微微俯身：“我抱你？”

孟浅浅没理他，径自踩上去。无奈这车有点高，应浩笑了一下，伸手用掌心托着她的腰，帮她稳住，让她上去。孟浅浅坐稳后，应浩关了车门。

她拉了安全带扣上，车里有淡淡的花香味。

应浩绕去驾驶位，却没有急着开车，而是开了后座的车门，从里面捧了一束玫瑰花，来到副驾驶位，放到孟浅浅的怀里。

孟浅浅怀里一重，鼻尖被花朵蹭到，她顿了顿，环手抱住花束。

应浩上了车，笑道：“里面看看。”

孟浅浅低头一看，看到花朵里面藏着一排乳酸菌还有一小袋的奶糖。常慧慧有些羡慕，凑过来一看。

“哇塞，可以啊，浅浅，乳酸菌，还有糖。”

这才是追人的样子。

常慧慧想，应浩学长真的对浅浅好用心。

孟浅浅抿紧嘴唇。

应浩启动车子，用指尖拨弄了一下孟浅浅的刘海，随后车子开出去。常慧慧还在后面看着，孟浅浅觉得不太好意思，于是取出藏在花束里的乳酸菌和奶糖，伸手递给常慧慧。

常慧慧接过来，笑道：“那我就先吃你们的喜糖了。”

应浩轻笑一声：“谢谢你的祝福。”

孟浅浅瞪了他一眼。

应浩的唇角勾了一下。

这次车子直接上高速，往郊区开去。常慧慧看着导航上的目的地，说道：“那不是有点远啊。”

应浩用手肘支在窗户上，指尖轻轻地抵着下巴，他说："是有点远，但是场地大。"

"哦哦。"

孟浅浅看了他一眼，他握着方向盘的尾指上，月牙形的咬痕偶尔转过来，她看了几眼后，收回视线。

很快，车子抵达郊区，下了高速，来到一个很大的厂房外面。

门口已经停了一辆黑色的轿车，是那天到工作室的那辆车。车子停下后，孟浅浅从车里下来，唐隽跟周彦都在厂房里。

常慧慧挽着孟浅浅的手往里面冲。

一个宽敞的厂房内部就纳入眼里。唐隽笑着抓抓头发："怎么样？小学妹，这里好不好？"

他问的是孟浅浅。

孟浅浅笑着点头："好。"

常慧慧也跟着大声地说："好。"

应浩也跟着笑，而那名叫袁叔的带着他的助理从那边走来，手里拿着一份设计稿，他走过来，看了孟浅浅一眼，这次孟浅浅率先跟他点头。袁从严也朝孟浅浅点点头，算是回复，他指着手中的设计稿，说道："浩，你看看。"

应浩走过去，把手插在裤子口袋里低头看着。

"五天左右这里可以完工，在那之前，你需要什么人，还有设立什么部门，你得交一份稿子给我。我们的目标就是新能源汽车，所有的岗位都是为了它而服务的。"

应浩点头："放心，我已经准备好了。"

袁从严看了他一眼，点了点头，很满意："至于启动资金，三天到账。"

"好。"

袁从严顿了顿，回身看了一眼两个挽着手的女生，尤其是在孟浅浅的脸上多停留了一会儿，他问道："那她们两个呢？"

应浩回头看了孟浅浅一眼，他挑眉："一个当老板娘？"

袁从严"啧"了一声："你想得有点早了。"

应浩笑笑。

袁从严："你想过没，她也要进步。"

应浩："想过，但我不想让她太累。"

袁从严顿了顿，接着道："但我不认为她想原地踏步。"

应浩眯起眼睛，他看着正在说笑的孟浅浅，没有说话。当初就是逼着她要她成长，最后才会分道扬镳的。

如今，该怎么做呢？哪怕她成天只躺在家里，他都不想放手，他连最坏的结果都打算好了。

一个下午，唐隽和周彦都在这个厂房里畅想着自己的未来，应浩拿着笔一直在写写画画，偶尔停下来看向孟浅浅。

孟浅浅跟常慧慧陪着唐隽和周彦畅想，连带着都觉得身临其境。常慧慧的热血都被调动起来了，觉得自己也是其中的一员。

唐隽说："未来，这个城市，那个城市，全世界，都在开我们制造的车，啧啧……只要一想就觉得好爽。"

常慧慧鼓掌："棒！"

不过，哪怕他们说得天花乱坠，孟浅浅兼职的时间又到了，她看了一眼时间。应浩放下笔，站起身来道："要回便利店？"

孟浅浅点点头："嗯，今天店里需要人。"

"我送你。"应浩说完，伸手就过来牵她的手，孟浅浅猝不及防地被他牵到，挣扎间碰到自己在他尾指留下的那个咬痕。

她一顿，就这么被他拉到副驾驶位上，应浩回头跟唐隽他们说："你们晚上要回自己打出租车，这里外卖也不难叫，我们先走了。"

"哦，去吧。"唐隽还不想走，挥手道。

常慧慧看着也不好去当电灯泡，于是也留下了。

随后车子启动，半个小时后抵达了海城市区，来到了便利店的门口。里面已经有很多客人了，店长和另一个店员手忙脚乱的。孟浅浅立即进了店里，去帮忙，外送单还有七八单没有送，孟浅浅连围裙都没时间围，就开始装关东煮、热饭。

店长见孟浅浅来了，说道："浅浅，这几单你去送吧，都催了好久了。"

"好。"孟浅浅说完，拿着单子提着外卖，又去选了两包姨妈巾装起来，准备下台阶，结果她看到应浩靠在车旁看着她。

她看了一眼外面的天色，黑的，她想了想，回来买了一份关东煮提着出去，递给他。

应浩接过来：“我的？”

“嗯。”

说着，她就要走。

应浩拉着她的手臂：“我送你去。”

孟浅浅把单子给他看，说道：“你车子进不去，而且距离不远。”

应浩低头一看，全是在老城区的一些巷子里，车子根本进不去。他站直身子，道：“我陪你去。”

“不用……”

应浩：“你赶得走我吗？”

孟浅浅回头狠狠地瞪了他一眼，大步地向前走。应浩笑了一声，叉了块鱼丸给她：“来吃点。”

就这样，他陪着她进了老城区的小区，几家送完后剩下最后两家，都在一个小区里。应浩拿走其中的一份，说道：“我去送那家，你送这家。”

孟浅浅“嗯”了一声，提着热饭走向楼梯间，她按了305的房铃，但坏了，没办法上去。孟浅浅只能拿起手机拨打对方的电话，对方也没接。孟浅浅顿了顿，只能等着看看有没有人下来或者住户上去的。

等了一会儿，有个住户下来，门开了，孟浅浅进了楼梯间，顺便给对方再打一个电话，这次对方倒是接了。

孟浅浅笑着道：“你好，刘先生，我是便利店的员工，来给你送饭了。”

“哦，上来吧。”对方有气无力地说了一句，便挂了电话。

孟浅浅收起手机，一路往上，幸好这边楼梯都有感应灯，不会黑乎乎的，来到305的门口，走廊很安静，孟浅浅确认了一下门牌号，随后屈指敲门。一分钟后，一个男人打开了房门。

面前的男人脸上布满胡须，看起来有点阴郁，吓人。

孟浅浅努力不去看对方的眼睛，她说道：“刘先生，这是你的饭。”

说着就把饭递了过去，对方伸手，在拿到袋子的那一刻，突然握住孟浅浅的手腕，接着，他用力地把孟浅浅往里面拖。

孟浅浅一愣，反射性地后退，紧紧地扒住了墙壁："刘先生……"

"我一直等着你来送饭呢……"那男人笑着道。孟浅浅瞬间心慌意乱，她抬脚去踹对方的的门，想利用门把他的身子压住。

但是对方力道太大了，孟浅浅急得都要哭了，她问道："你想要做什么？你跟我说，刘先生……"

她在示弱。

这让对方的蛮劲儿松了一些，他说："我就想让你进来陪我聊聊天，我之前去买过几次关东煮你知道吧？但是你都不怎么理我……"

孟浅浅紧紧地扒住门，她扯唇道："工作的时候太忙了，实在是没时间，店长也盯着我们，打工不容易，要不，我们互相加个微信吧，有空我陪你聊聊……"

这么一说，对方的手果然更松动了一些，他说："你先进来，我手机在里面。"

就在他这松动的时候，孟浅浅猛地抽回了手，接着转身就跑。

那男的在后面骂了一句，紧跟着孟浅浅跑。孟浅浅一刻也不敢停，飞快地跑着，就这么一路来到一楼，扒开了门，孟浅浅看到应浩站在不远处。

眼眶一下子湿润了，她冲了过去。

应浩愣住了一秒，看到她的同时，也看到她身后跟着的男人，他当机立断拉住她，把她护在了后面。接着，他弯腰捡起刚刚他一直在踢的扫把棍子，握在手里。

那男人追到一楼，一直在喘气，扶着膝盖，看到那根棍子，直直地看着，汗水顺着他的额头流下来。

应浩捏捏孟浅浅的掌心："我松手，你可以吗？"

孟浅浅反射性地握住他的手。

应浩眯起眼睛："别怕。"

孟浅浅紧紧地拉着他的手："我们走吧。"

应浩的下颌微紧，他没回应，他看着那男人，道："你追到一楼了，还要再试试？"

那男人看到站在应浩身后那抹纤细的身影，眼底带了少许的不甘，接着果然冲上前。

应浩当机立断，上前狠狠地踹了他一脚，对方摔在地上。他拿着扫把棍子上前，对着对方的手腕就打下去。

哀号声飞起。

应浩直接踩着他的脸，垂眸阴冷着道："你吓坏她了！"

那人喘息着，捂着自己发疼的手腕，他刚刚被打的手，正好是他不久前用来拉住孟浅浅的手。应浩抬头看了一眼一楼挂着的监控，他刚刚送的另外一栋，哪怕走廊都有安装监控。他拿起手机，盯着那人的脸，报了警。

孟浅浅在身后听见了，立即上前，她走得很快，差点踩到地上那个人。孟浅浅下意识地后退，到了觉得安全的距离，她才伸手抓住应浩的手腕："你怎么报警了？"

应浩偏头看她，说道："这附近都是学生，这样的人太危险了，得处理。"

孟浅浅的眼睛眨了眨，觉得他说得有道理："但是你……"

"没事，有监控。"应浩垂眸看了一眼她握着自己的白皙手掌。

孟浅浅顺着他的视线，看到自己的动作，她顿了顿，松了一些。应浩笑着低头，亲了她的手背一下。

孟浅浅这下"嗖"地一下收回了手。

这些行为让躺着的那个人眼眸里全是妒忌的光芒，很快警车到了，附近的民警上前扭送那位刘先生。

应浩说："他先动手的，可以从里面调监控出来。"

民警联系了物业，去调取监控。

孟浅浅则打了个电话给便利店的店长，跟他说明情况。店长本来还在抱怨孟浅浅去送个外送那么久还没回来，他们要忙疯了。一听这个情况，也吓坏了，让孟浅浅好好配合警方，又问了孟浅浅是否需要帮忙。

孟浅浅看了一眼一旁的应浩，说："不用。"

"那就好，有什么事情打我电话。"

"好的，店长。"

到了警局，应浩跟孟浅浅都要做笔录，他俩分别在两张桌子上，相隔不远。孟浅浅把自己从进了楼梯口的所有过程都跟民警说了，尤其是那个人突然伸手抓住她的那个过程，她瑟缩了一下，那一幕就像是恐怖片一样。

应浩也听到了，他猛地撑着桌子站起来。

民警看出他的脸色，立即道："坐下坐下，这不是在处理吗？"

应浩眯着眼睛，只给一棍子太轻了。

他坐了回去，牵住孟浅浅的手，孟浅浅正在回忆，突然手被牵住了，她跟断片了似的低头一看。他的手指修长，紧紧地牵着她，尾指上的咬痕贴着她的尾指。孟浅浅看了几秒，这才抬头看向民警，把刚刚说到一半的话给续上。

小区的物业还有 305 的房东以及便利店的店长也赶来了派出所。

这位刘先生的大致情况也被了解了，他算是无业游民，又没什么朋友，性格原本就有些阴郁。然后又对在便利店上班的孟浅浅产生了美好幻想，于是一连几天都点了便利店的饭，期待孟浅浅能来给他送餐。今晚机会来了，对方一下子起了歹念，想拉孟浅浅进屋里，主要也是看孟浅浅性格温柔，觉得哪怕做什么，她都不会太反抗。

这心思一剥开，全部的人都心惊胆寒。

应浩当场抓住他的头狠狠地撞在桌面上。

民警是拦都拦不住。

"应先生……"另一个民警还是一把抓住应浩，眼里带着警告，应浩揉揉发麻的手腕，阴冷地看了一眼那一直在哀号的男人。那男人被撞了这么一下，几乎起不来了，趴在哪里，跟一条死鱼一样。

孟浅浅也上前拉住应浩，应浩顺了顺她的头发，说："你应该去学一学跆拳道，我明天就给你报名。"

此时看得出他还是很生气，孟浅浅顿了顿，点了点头。这时，唐隽、周彦还有常慧慧也赶来了，车子一到派出所，三个人飞奔下车。常慧慧上前一把拉着孟浅浅，上下看："吓死我了……"接着又把孟浅浅给抱住。

孟浅浅："没事了。"

她摸摸常慧慧的头。

便利店的店长也被民警训了话，大意就是尽量不要让女员工去外送，多招几个男员工。店长频频点头，满脸愧疚，这要真出事了，他这个店长也脱不了干系。房东则立即要跟这个租客解除租赁合同，她也是女生，也怕这种人。

又过了半个小时左右。

那位姓刘的被拘留起来，其他人离开了派出所，店长让孟浅浅今晚好好休息，不用去店里了，还说有什么事情记得找他。

孟浅浅其实觉得去店里上班也没事，但是店长这样说了，她也只能应下。看着店长走后，孟浅浅看向应浩。

应浩的手机正好响了。他低头看了一眼，走到一旁去接。他把手插在裤子口袋里，人很高，侧脸冷峻。

来电是应家的固定电话。

“喂。”

“应浩，明晚有空吗？回家吃顿饭吧。”陈菲的声音传来，十分温柔，“我提前准备，做你爱吃的菜。”

应浩看着不远处的小广场，他的唇角扯了一下：“好啊。”

陈菲一听，蛮开心的：“明晚见。”

话音一落，应浩挂了电话，看着屏幕，唇角扯起淡淡的讥讽。他收起手机，朝这边走来。

唐隽把车开过来，停在门口，周彦上了副驾驶位。常慧慧坐在右手边，孟浅浅只能坐在中间，应浩上了左手边。后座挺宽大的，但应浩身高腿长，空间还是有点逼仄。

他把手支在车窗上，一把抱住孟浅浅的腰，把她挪过来一些。

孟浅浅猝不及防地靠着他，她挣扎了一下。

车子启动。

应浩按着她的腰不让她动，说道：“其实我今天一直在想，我们公司需要一个信任的人帮忙打理。在公司的初期，没办法招那么多人，人事和行政这块都需要同一个人做。浅浅，你来帮我，好吗？”

“唰”的一下，车里的人都愣住了。孟浅浅也愣住了，她忘记了挣扎，抬起头看他，他低着头也看着她。

“便利店这样的兼职能做一时，不能做一世，有个更好的机会，我的浅浅，你应该试试。”

孟浅浅抿紧嘴唇：“我可以吗？”

“你可以。”

应浩接着又道：“反正我不会让你再到便利店去上班了。”

孟浅浅：“我……”

前面唐隽跟周彦听到这话，顿时“吁”了一声，后面这句话才是重点。常慧慧在一旁听着，立即道：“浅浅，我觉得你可以试试，真的，今晚听着我都觉得吓人，要是应浩学长今晚没有跟你在一起呢？再说了，这是多好的一个机会，跟优秀的人在一起，也会变得优秀的，我支持你。”

孟浅浅跟他对视着，迟疑着。

今晚这事情，她虽然害怕，但没有到那种完全不去兼职的地步，害怕，但也有很多可以规避危险的方法不是，但是进入一个公司开始新的挑战这又完全不一样。

她得往前走，她要在海城慢慢地站稳脚跟。

她犹疑了几秒，点头道：“好。”

话音一落，应浩的唇角一勾，低头堵住她的嘴唇。

孟浅浅拍他的肩膀。

应浩单手用力地抱着她的腰，把她往自己身上带。孟浅浅完全由不得自己，跌在他的怀里，他低头吻得深入。另一只手直接掌着她的后脑勺。

孟浅浅一直缩着，她呼吸不上来。应浩的掌心顺着滑入她的衣摆，光线昏暗，倒是没人发现，但是孟浅浅却略微清醒了一些，她用指尖抓着他的脖颈，在上面留下了抓痕。

车里另外三个人目瞪口呆……

就在这时，车子恰好停在海城大学的门口。

安静。

应浩微侧过脸，脖子火辣辣的。他抽出手，把她搂在怀里，孟浅浅的胸口起伏，一声不吭。

常慧慧捂着嘴巴。

应浩抬起眼眸看她，没说话。

但是常慧慧反应过来了，她看了一眼头都不敢抬的孟浅浅，立即转身开了门下车，还是偷偷摸摸地下去那种。

周彦心里暗骂，该死。他也跟着下了副驾驶位。

唐隽揉了唇角一下，也悄无声息地弃车而逃。车子万分安静，应浩也没吭声，他怀疑她睡着了。

就这样坐了一会儿。

应浩的指尖在她的头发上顺着，一下一下地顺着，但不小心钩到她的发尾有些毛糙的地方，扯得她头皮一疼。

孟浅浅轻叫了一声。

应浩这才确定她没睡，于是立即松手，低声道："浅浅？"

孟浅浅的语气带着不耐烦："别喊我。"

应浩挑起眉毛："我……"

又过了几分钟，平复了心情，孟浅浅才从他的怀里坐起来，他衬衫领口微敞着，脖子上的三个抓痕很是明显。

孟浅浅拨弄头发，一回过神来，看到车里的空旷，才发现他们都不在车里了，心里顿时松了一口气。她揉了揉手腕，突地往旁边看去。

应浩的手臂支在车窗上，指尖抵在唇边，正看着她。

孟浅浅："你下车。"

应浩："嗯？"

"你去前面，开车。"孟浅浅说完，又道，"快点。"

应浩停顿了一秒。随即点头，开了车门，下去。长腿落地，他又回身过来，撑着车顶俯身看她："别生气了，我对你总情不自禁。"

孟浅浅一声不吭，瞪着他。

应浩低声道："想想之前那会儿……"

"关门。"

应浩点点头，站直了身子，轻轻地带上门，随后走去驾驶位，坐上去，启动车子。孟浅浅靠在常慧慧那个位置，赶紧整理头发、衣服，等等。车子开进学校里，远远地便看到在花坛边走着的三个人。

常慧慧、唐隽、周彦。

孟浅浅赶紧收回视线。

应浩从内视镜里看了她一眼，支着下巴，油门一踩，从他们几个人身边开过。很快，车子来到女生宿舍楼下。

应浩松了方向盘，转头想说话。

孟浅浅开了车门，从车里下来，“砰”一声关上门，飞快地绕过车头。一秒后，似乎有点不太爽，她回身，抬脚踹了一下这辆黑色轿车的车轮，然后转身就跑。

应浩开车门的手一顿，垂眸看了一眼被踹的车轮，再看了一眼进了楼梯间的女生背影。他低低地笑起来，掌心轻轻地拍了一下方向盘，像是在跟它说，你家女主人踢的，受着吧。

进了宿舍后，孟浅浅直接拿了睡衣去洗澡，在浴室里待了好一会儿，她才穿上睡衣，好在天气暖和。

擦着头发走出来，便对上刚进门的常慧慧。常慧慧立即笑着捂嘴：“小宝贝，你洗好澡啦？这么快呀。”

孟浅浅的脸被热气熏得通红，看起来很是诱人。她抿唇说道：“你也去洗澡吧。”

“哈哈，我等一下。”常慧慧笑眯眯地坐在椅子上，看着她。

孟浅浅被她看得不知所措，她闷头擦着头发。

常慧慧突然站起来，来到她身边，接过她的毛巾，道：“我帮你擦吧，你都快把头皮扯下来了。”

“其实接个吻而已有什么害羞的，你们接吻比电视剧上接吻的还要有感觉。”

孟浅浅：“你别说了。”

常慧慧接着又道：“我看出来了，应浩学长对你是真不客气，你们彼此都是对方的初恋，他对你的感情肯定很深。”

孟浅浅没吭声。

常慧慧又道：“有件事我说了你可能会不开心，但是我还是得提一下，之前林飘学姐生日的时候，你记得吗？我看到林飘学姐亲了应浩学长的脸一下，他立马推开她就走。我想了想，要是换成你亲他一下，会怎么样？”

孟浅浅的脑海里乱糟糟的，没有回应常慧慧的话。常慧慧给她轻柔地擦着头发：“这么好吃的蛋糕，不要随便便宜别人。”

孟浅浅一顿，她垂眸看着地上的某一个点。

“好啦，我去洗澡，你别想太多哦，赶快想想接下来的挑战吧。”常慧慧揉揉孟浅浅的头发，然后放下毛巾，去拿睡衣，转进了小阳台洗澡。

孟浅浅等了一会儿头发差不多全干了，就上床去，躺在床上拿出手机，她有些小心地点开了五人群。

唐隽他们正在聊公司未来的规划。

因为启动的项目叫“东方”，所以子公司的名字就叫东方新能源汽车有限公司，不比华星研发总部那边，这家子公司的所有一切都需要自己设计，车型、性能，连 LOGO 都要重新设计。

几乎从零开始。

团队目前只有他们四个，人员也得招聘。这真比不上应涵接下的那个职位，所有资源都是现有的，他只要研发方向出来了，很快就可以上手。

唐隽：对了，梁坤教授卸任后，现在做什么啊？

YING：刚联系上，他带着妻子和孩子去旅游了。

周彦：咦，你们想干吗？

唐隽：你猜啊。

周彦：啧，我又不傻。

YING：他说等他回来再说，他认为我们之间的理念得一致，才会过来帮忙。

唐隽：看来梁坤教授还是有脾气的，要是梁坤教授来了，我们真的如虎添翼。

周彦：@YING，你爸那边不会有什么问题吧？

YING：不必担心。

把梁坤教授踢下台的前一刻，应顺尧是没算到袁从严会启动“东方”，如果他算到了，当初的手段就应该柔和一些。

可惜啊。

三个人正在聊。

常慧慧正好吹完头发，她上了床，拿着手机看了聊天记录，发了一个撒花的表情包出去。

YING：@常慧慧，她呢？睡了没？

孟浅浅正窥屏着，看到这句话，立即把手机放下，拉好被子。

常慧慧抬起头看了一眼对面，没看到手机亮，她笑着回复——

常慧慧：好像是睡了吧。

YING：照顾好她。

常慧慧：没问题。

唐隽也跟着凑热闹：照顾好她。

周彦：照顾好她。

YING：滚。

常慧慧：应浩学长，我能提一个请求吗？

YING：你说。

常慧慧：让我也偶尔去你公司里晃悠，看看能不能帮一些忙呗，我不要工资，我就想多学习学习。

YING：可以。

常慧慧：谢谢！

唐隽：我需要一个助理，你来吧。

常慧慧：……不去。

孟浅浅看着一长串的聊天记录，慢慢地便睡着了。

隔天，孟浅浅先跟常慧慧去图书馆看书，两个人都报名了 12 月份的考试，要发奋努力。到了十点多，孟浅浅跟常慧慧一块去便利店里。店长看到孟浅浅来了，立即迎上来，孟浅浅笑着跟他说："我可能上完今天的班，就不上了。"

店长一愣："不上了？怎么了？以后店里面不会安排女生去送外卖的，另外我还打算给你加时薪呢。"

孟浅浅说道："我可能要去做别的工作了，所以……"

店长想到应浩，他苦笑道："那真的太可惜了，本来还想说给你加时薪……"

孟浅浅："不好意思。"

“没事没事。”其实换成别人，店长倒不会那么舍不得，主要是孟浅浅性格好，做事能力也很强。

她不是那种咄咄逼人的强，而是很细致很贴心的那种。她来了以后，关东煮这边的生意肉眼可见地好起来。

店长：“那晚上下班我请你们吃饭吧。”

孟浅浅：“不用，店长，我请你们。”

“客气什么……”店长摆摆手，他的心情还是有些低落，孟浅浅真的很好。唉。

孟浅浅拿了围裙，也进去工作。常慧慧要了一份热饭坐在吧台上吃，一边吃一边看书，这便利店的最后一天兼职也就开始了。

滨江花园 108 号。

黑色的 SUV 跟银色跑车齐齐地开到门口停下。应浩下车，关上车门，整理了一下袖子，向敞开的正门走去。

应涵也从车里下来，握着手机在接，看到应浩，笑着喊道：“哥！”

应浩听见这声音，眼眸轻扫他一眼。

应涵笑眯眯地道：“明天带我去‘东方’项目基地看看吧。”

应浩：“明天没空。”

“哦，行吧。”应涵撇嘴，这时他手机那头的女声再次传来，应涵说道，“明天没空啊。下回吧，拜拜。”

说完挂了电话，那女声似乎听过。

应浩站在门口问道：“你交女朋友了？”

应涵笑道：“女朋友吗？她为了钱而已。”

应浩叼着烟，没回应他，推开门走了进去。应涵笑眯眯地跟上：“哥，今晚在家里睡吧，我们聊聊天啊。”

“没空。”

兄弟俩进了客厅，各自放下车钥匙。

陈菲端着菜走出来，看到他们，顿了一下，随即立即扬起笑容：“都回来啦？去洗手，准备吃饭了。”

应顺尧也收起了报纸，站起身来，看向应浩。

应浩的侧脸看不出什么表情，应顺尧看了他几秒后，也扬起了笑容，解着扣子道："今天难得一家团聚，应浩今晚就别回学校了吧。"

"我刚才就说了，让哥在家里睡。"

"是吧，你就闹你哥吧。"应顺尧含着笑意。

应浩站起身来，看了应顺尧一眼。

应顺尧看他的表情还算自然，心里松了一口气，权当他跟自己闹别扭了。

不一会儿，四人落座。

保姆阿姨端了汤出来。

陈菲立即起身，拿过碗率先给应浩盛汤，放在他跟前。

应涵立即道："妈，你这就偏心了，怎么总是好东西先给我哥呢。"

陈菲看了他一眼："我不偏心你哥偏心谁啊，你值得我偏心吗？"

"哎……我去研发总部你就老骂我，你现在还骂我，我以后不回来吃饭了。"应涵翻了个白眼说道。

陈菲："你要是真的这么想，你就赶紧走吧。"

应涵："我偏不。"

应顺尧皱起眉头："好啦，别吵了，应浩难得回来吃顿饭，阿姨，去把给应浩准备的鱼胶汤端出来，成天在外面吃饭，回来就多补补吧。"

保姆阿姨"哎"了一声，进厨房里端了鱼胶汤出来，放在应浩的面前。整张餐桌只有他跟前有，应浩放下喝汤的勺子，抬起眼眸看了一眼这鱼胶汤。

真是黑脸白脸红脸齐聚一堂。

他扯唇讥讽一笑，随后挪过鱼胶汤，低头喝起来。餐桌上，谈起应涵去研发总部的事情，陈菲开口就骂。

应涵就跳脚。

应顺尧就喝止，说道："你好好干吧，你哥的'东方'项目也启动了，别到时候被你哥碾压在地上起不来，那时我可就找到机会把你撤掉了。"

"知道了知道了。"应涵烦躁地点头，"我跟我哥这是良性竞争，对吧？哥。"

应浩没回应他。

应顺尧接着问应浩："你呢，你那边需要什么帮忙吗？有什么想法吗？"

应浩放下勺子，换了公筷夹了一筷子的肉，听罢，他抬起眼眸，看着应顺尧的表情，随即他面无表情地道："没有想法，我只是完成我妈的遗愿而已。"

应顺尧点了点头，语气有些惆怅："嗯，是的，我对不起你妈，没想到这个项目启动不是我带头的，其实这些年我一直没忘记这件事情，总以为研发总部做出来的就是你妈要的，看来，还是'东方'更有情怀，你好好干，需要什么你就跟我说。"

应浩往后靠，看着他的眼睛。

父子俩对视着。

应顺尧眼里带着慈爱。

半晌，应浩的下颌动了一下，眼眸里带了几缕冷意，他垂眸说道："吃饭吧，爸。"

一顿饭吃完，一个多小时。应浩接了个电话便要走，陈菲赶紧送他，那服务态度可真是好。应浩懒得搭理她，上了车，车子启动开走。

听见车声走后，应涵把手插在裤子口袋里，走出来："妈，你觉得哥他在想什么？"

陈菲的身子微微一抖，她垂下眼眸，似乎在说服自己道："你哥能想什么？我看他挺好的。"

应顺尧走上前，拍拍陈菲的肩膀，安抚她，说道："不必担心。"

陈菲抬起头看他。

夫妻俩对视着，应顺尧的眼神让她安心了许多，陈菲点了点头。应顺尧再看小儿子一眼，道："你一定要给我做出成绩来，绝对不能敷衍，你要知道这山上多少把刀，随时都可能扎死我们一家三口。"

应涵抓抓头发说道："放心吧。"

放心吧。

黑色的SUV开出滨江花园来到一家便利店门口，应浩下车，买了一瓶矿泉水，走到垃圾桶旁，喝一口漱一下口，"咕噜噜"的，他的喉结滚动，一瓶矿泉水都用来漱口了。直到嘴里的鱼胶味散了，他才站直身子，用力地将矿泉水瓶捏扁，扔进垃圾桶里。

几分钟后。

应浩才上了车，一路将车开到孟浅浅工作的门口，谁知道店门关着。他拿出手机，点开孟浅浅的电话，看了很久，却不敢点下去。

也不知道她气消了没有。

最后他只敢打常慧慧的。

常慧慧接起来。

应浩："嘘，你小声跟我说，你跟浅浅在哪儿？"

常慧慧被他嘘得有点紧张，也下意识地捂着话筒，说道："今晚店长请吃饭，我们在旧城区的烧烤店，哦，浅浅喝了一点酒。"

"你让她喝的？"男人的声音立即就冷下来。

常慧慧心一跳："不是的，她自己要喝的。"

"你怎么不看着点？"

常慧慧："学长，你有本事自己打电话给她啊，你去叫她别喝啊。"

应浩："我……"

第十一章

过　来　抱　我

撑完应浩，常慧慧还是有点怕的，便立即挂了电话。应浩挪开手机随意地将它放在中控台，随后启动车子，往旧城区开去。

这家烧烤店也是他们经常来吃的地方。树荫下有几个停车位，应浩开过去，停在树荫下，靠在椅背上，摇下车窗看着里面。

常慧慧拿了一串韭菜给孟浅浅，一抬头便看到门外不远处停着的黑色的 SUV，她立即看了一眼孟浅浅。

孟浅浅今晚是盛情难却，店长为了昨天的事情一直在跟她道歉，手里握着啤酒瓶，也可能是喝多了，又跟孟浅浅唠嗑说打工艰难，在海城这样的地方，想安家立命太难了。女朋友跟着他都三年了，连个厕所都买不起。

孟浅浅只能安慰他："慢慢来。"

他一酒瓶碰过来，要跟她碰杯，孟浅浅只能拿起倒了啤酒的一次性杯子跟他的碰一下，又稍微喝了一口。

这酒冰凉又有点爽，只是略涩而已。

店长接着道："年纪摆在这里了，哪里能慢慢来，我感觉我再买不起房子，她就要跟别人跑了。"

今晚店长的女朋友没有来，她们之前以为他女朋友请假是有事情，但是今晚店长这么一说，似乎不太像是有别的事情，反而像是情侣之间在闹矛盾。

另一个店员说道："你们感情那么好，她不会跑的。"

"小儒，你不懂……"店长抹了一下眼角，叹了口气道，"人越长大就越现实，三年前她跟着我的时候，觉得喝碗水都开心，现在，别说喝水，有时带她吃顿贵的，她都依旧忧心忡忡的。”

几个人都安静下来。

孟浅浅又喝了一口啤酒，常慧慧啃着鸡翅，想拦她没拦住。店长还又跟孟浅浅碰了杯，让她又多喝了一大口。

常慧慧：“浅浅，你少喝点。”

孟浅浅拿了一块鸡脆骨咬着，笑道：“嗯。”

她的眼睛亮亮的，看样子很乖。

桌上的其他人都看向她。

店长这才反应过来：“浅浅，你该不会是醉了吧？”

“没醉，店长，我觉得你有什么烦心事还是要跟茹姐沟通一下，她或许不是那么想的呢，你们以前不是初中同学吗？感情肯定比别人深厚吧，我觉得爱情不能用金钱来衡量……”孟浅浅打了个酒嗝，看着店长说。

店长一愣。

孟浅浅又喝了一口道：“你要是这么想，可能会把她越推越远，她可能不是那么想的，你偏偏要替她做决定，就算不能在一起，那也要求个好聚好散吧……”

常慧慧啃鸡翅的动作都停下来了。

其他人全看着孟浅浅。

孟浅浅很少说这么多话，她无疑是醉了。店长突然醒悟过来：“你说得对，浅浅，我们还是需要沟通的，哪怕最后……”

最后要分手。

孟浅浅笑了起来，眼眸弯弯，又喝了一大口酒。这时，门外停着的车子车门打开，高大的男人从车里下来，走上台阶，进了店里。他弯腰从身后扶起孟浅浅：“你喝醉了。”

孟浅浅看了他一眼：“我没醉。”

应浩手指伸出来：“这是几？”

“五。”

常慧慧“扑哧”一声，明明是三。

应浩低声道：“回宿舍，我陪你再喝点。”

孟浅浅推他：“你走。”

应浩挑起眉毛，他就维持着微俯身的姿势，微敞的领口看得到修长的脖颈，脖颈上三条指甲印直接来到锁骨处，有几分野性。

“我也为情所困，要不你也点拨我一下？”应浩用脚尖勾了一张椅子坐在孟浅浅的身侧，低声说道。

孟浅浅抬手还要去拿酒来喝，应浩不着痕迹地给她换成一杯可乐。孟浅浅喝了一大口，说道：“有点甜，这是假酒？”

应浩：“给你换了比较好的果酒，味道怎么样？”

孟浅浅“砰”地放下可乐，看着应浩，想了一下：“你为情所困？”

应浩点了点头。

孟浅浅撑着脸，笑起来，说道：“笑死，你也会为情所困，你那么花心，你也会？你也会？你也会？”

这三连问让全场所有人齐刷刷地看向应浩，里面不乏认识应浩的，或者跟应浩熟悉的。

应浩：“当然会，还没有遇到她之前，我或许会玩世不恭，游走花场，但遇到她之后，我彻底收心了。”

孟浅浅扯唇：“谁信呢？”

她下巴抬得很高，说：“你迟早得摔一次跤，别怪我没提醒你。”

应浩挑起眉毛：“好啊，我等着。”

他只当是她的酒后戏言。

孟浅浅懒得搭理他，端起“果酒”又喝了一大口，接着嘀咕道：“明明很像可乐，这是可乐酒吗？”

周围的人全笑了。

应浩：“是的。”

“不好喝。”孟浅浅吐了一下舌头，很嫌弃的样子。

“不好喝，那我们回宿舍。”应浩站起身来，弯腰扶起她，孟浅浅的脚有些站不稳，应浩揽着她的腰。

常慧慧也赶紧放下啃着的鸡翅，拍拍手，拿起孟浅浅的小包。应浩拿出手机，扫了店家的二维码，付了款。

店长反应过来：“哎，应浩，今晚我请客……”

应浩：“你加油。”

店长一顿，愣了一下，随后道：“谢谢。”

“我没醉，我觉得黄色的那个酒比黑色的那个好喝。”孟浅浅又打了个酒嗝，被他搂着走下台阶。

应浩：“回头买给你喝。”

“你买的我不要，不稀罕。”

应浩：“谁给你买，你稀罕？”

孟浅浅：“总之不是你。”

她的脚拐在一起，差点摔了。应浩顿了顿，让常慧慧扶着她一下，随后弯腰，半蹲在她跟前。

“上来。”

常慧慧愣了一下。

孟浅浅的眼睛很亮，看着跟前的男人，打个酒嗝然后趴了上去。应浩挽了一下袖子，接着去勾她的腿，随后背起她。

常慧慧在一旁目瞪口呆：“学长，那车子？”

“明天再过来开。”应浩说完，背着孟浅浅朝学校走去。常慧慧一顿，只能立即跟上。孟浅浅趴在他的脖颈间，呼吸轻缓，吹出来的气息喷在他脖颈上那三条抓痕上。

孟浅浅迷迷糊糊地道：“有点熟悉。”

应浩：“嗯？”

“你背过我。”孟浅浅揉揉眼睛，嘀咕道。

应浩：“记起来了？”

孟浅浅没回应，她趴着很安静。

应浩走在人行道上，树枝垂落，路灯昏暗。他走得很稳，背上的女生像睡着了似的，一直趴着没有动。

常慧慧提着孟浅浅的小包走在后面，看着前面的那两个相叠的背影。突然觉得有点感动，这明明是一块很好吃很好吃的草莓蛋糕啊。之前是为什么会分手，为什么呢？难道是跟应浩学长家里有关吗？

路灯跟月光投在他们两个身上，来到学校门口。孟浅浅突然抬起头，看了一眼海城大学的牌匾，应浩察觉到她的动作，手臂往上抬了抬，把她背稳了一些，然后也抬起眼眸看了一眼海城大学的牌匾。

他说："谢谢你。"

孟浅浅收回视线，又趴回了他的后背："我不是因为你。"

应浩挑起眉毛："嗯。"

随后走进学校里，从烧烤店到女生宿舍，足足走了半个多小时，孟浅浅看到不远处的花坛，打了个酒嗝："我想去那里。"

应浩走到花坛边，把孟浅浅放下来。孟浅浅在花坛上站稳，接着脱下鞋子，赤脚踩在花坛的边上，哼着歌开始走。她现在所做的一切完全没有经过大脑思考，思维跳跃性很强，被酒精带着跑。

应浩听着她唱歌，好在声音很小。他把手插在裤子口袋里，陪着她走："小心点。"

孟浅浅晃了一下自己的鞋子："我不会摔的。"

应浩："好，我信你。"

孟浅浅一直走一直走，围绕着花坛一直在走，应浩跟着她，走在下面，偶尔抬手扶一下她的手臂，陪着她闹。

常慧慧抱着小包坐在宿舍楼梯的台阶上，看着这两个人。而三楼，陈莉洗了脸贴着面膜，走出来晾衣服，晾完往这边一看，愣了一下，接着她回身招呼另外一个舍友，谁知道林飘也听见了，林飘撕下脸上的面膜，走了出来。

来到走廊，看到花坛边上的两个人。

孟浅浅像只小精灵似的，一直在花坛上走着，她用指尖钩着鞋子。而她旁边，高大的男人耐着性子陪着她，时不时地扶她手臂一下，还有几次他牵她的指尖，带着她跳过去。

陈莉抱着手臂道："这怎么有点美好。"

舍友脸上还有面膜，她弹了弹："没见过应浩这么耐心的时候。"

陈莉笑笑："浅浅这是喝醉了？"

"好像是的。"

陈莉看了一眼旁边站着的林飘，林飘的下颌很紧，看着花坛边上的两个人，一直看着。同样都是家庭不幸，为什么孟浅浅比她幸运？为什么？

"玩够了吗？"应浩轻声地问道。

孟浅浅停下脚步，她转头看着他：“几点了？”

应浩抬起腕表，看了一眼：“二十点。”

“几点？”

“晚上八点。”

孟浅浅：“还早嘛，灰姑娘还要穿鞋……”

“我给你穿。”应浩拿下她手里的鞋子，弯腰放在她脚边，孟浅浅低头看着他，手撑在他的肩膀上，说道：“十二点这鞋子就要跑掉了，你给我系紧一些。”

应浩低声一笑：“你这鞋子没有带子。”

“给我系紧一些，我要穿着它上南瓜马车。”

“好好好。”应浩半蹲下，说道，“后脚跟抬起来。”

孟浅浅抬起来。

应浩的指尖钩了一下鞋子，微微用力，带了点儿根的鞋子就穿好了。应浩站直身子，伸手将她抱起来：“回去睡觉。”

孟浅浅：“我没醉。”

“OK，你没醉。”

这个说没醉的人一直在说，哪怕上个楼梯也不安分，还在那里分析可乐酒和啤酒之间的区别。她是真想到哪出说哪出。常慧慧走在前面都要笑死了。开了宿舍门，应浩把孟浅浅抱进去，床都在上头，也没办法立马送到床上去。

他放下孟浅浅。

孟浅浅坐在椅子上，脸色红润地看着自己的鞋子。

应浩手撑桌子，垂眸看她：“你自己能洗澡吗？”

孟浅浅：“我又不残。”

应浩挑起眉毛，他站直身子，揉揉她的头发，对常慧慧道：“照顾好她，有什么事情打我电话。”

常慧慧笑眯眯地道：“好的，随时跟组织报告。”

应浩点了点头，把手插裤子口袋里，转身走出去。毕竟是女生宿舍，不好久留。他走后，常慧慧就去扶孟浅浅。

孟浅浅站起来，说道：“慧慧，我想洗澡。”

“哟，你认得出我啊。”

孟浅浅揉着额头，看着常慧慧：“我又不瞎。”

“哈哈哈哈，你真可爱。”常慧慧摸摸她的脸，牵着她走向浴室，然后出来给孟浅浅拿睡衣跟贴身衣物。

之前孟浅浅也经常给她拿这个拿那个，有几次她生理期肚子不舒服，还是孟浅浅给她洗的衣服。

孟浅浅真的是个很美好的女生。

她在翻箱子找孟浅浅贴身衣物的时候，走廊传来了高跟鞋的脚步声，她转头看了一眼，从窗户那看到林飘穿着一件白色上衣跟紧身牛仔裤，头发披散在肩膀上，不是那种大浓妆，而是有点简单的妆容，看起来落落大方。她直接从窗户前走过，常慧慧挑起眉毛，这么晚了，林飘学姐还有约啊。

真行。

有一盏楼梯灯坏了，林飘开了手机电筒，看着脚下的路一步步地走下去，手机正巧响起，她看了来电，抿紧嘴唇，接了：“你不是说没空吗？”

那头一道男声传出来：“在家待不下去，出来逛逛就想到你了，是在海城大学吧？我来接你啊。”

“谢了，我正走出来呢。”

“别，我开车进去接你。”

“你进不来。”

“谁说的，一个大学的门我都进不了，等着啊。”说完，那头挂了电话，林飘恰好来到一楼，她站在楼梯口，看着不远处的花坛，似乎上面还有两个人在那里玩闹似的。

不一会儿，银色的跑车停在她的脚边，应涵抓抓头发，往后靠：“上车。”

林飘收回视线，笑笑，弯腰上了车。

应涵上下打量她的身材，笑道：“今晚穿得这么斯文啊？”

林飘看了他一眼，微微一笑：“我什么时候穿得不斯文？”

应涵吹了下口哨：“女人穿紧身牛仔裤是另外一种暗示。”

“喂，我可没这么想，我等下十二点半得回来的。”

应涵一听，笑了：“哦，十二点半你回得来吗？”

说完，他启动车子。银色的跑车“嗖”的一下开了出去。

林飘看了一眼手机微信，在上面给陈莉发了一条信息。

林飘：帮个忙，等下十二点左右打我电话，催我回宿舍，我给你介绍高薪的兼职。

陈莉：……

常慧慧一直担心孟浅浅会晕在浴室里，好在她完好地从浴室出来了，一张脸被热气熏得红通通的。

常慧慧松了一口气，拿了吹风筒给她吹头发。

“头疼不疼？浅浅？”

孟浅浅还醉着呢，她说：“不疼，我没醉。”

常慧慧又差点没忍住笑了，吹完头发，常慧慧把孟浅浅送上床，孟浅浅拉了被子躺下，这时密密麻麻的晕眩感才袭击上来，原来刚刚一直酝酿着呢。

常慧慧看她躺好了也拿了睡衣去洗澡，洗完澡关灯睡觉，但是她躺在床上睡不着，于是继续玩手机。孟浅浅也睡不着，她的额头好像一直有一根针扎着，也不知道几点了。

门外传来了高跟鞋的脚步声。

接着，陈莉的声音传来：“你怎么转性了？都出去了，还回来。”

林飘：“难道我不能回来吗？”

陈莉看她换了一波口红色号，心想，林飘换法子和男人约会了？

林飘推开她，进了宿舍。陈莉放下手臂也转身跟着进去。

常慧慧听着外面的对话，有些发呆，接着把手机塞在枕头下，也翻身睡过去。这一夜，孟浅浅醒了很多次。

宿醉是真难受，但是，孟浅浅第二天还是硬着头皮坐起来。她意识到自己不用做兼职了，但是，她答应了应浩去他公司上班。

那总要问问情况吧。

孟浅浅拿起手机，拨打了应浩的电话。

一秒后。

那头接起来，男声传来，带着几分懒散：“头疼不疼？”

孟浅浅刚刚张嘴，然后有一些片段似乎跳上了脑海里，很碎片，她顿了顿：“不是很疼，我想问问，什么时候去上班。”

“休息一天，办公室正在建，你明天再过来看看，给一些建议。”他的声音很低，听起来似乎也是刚睡醒。

孟浅浅：“哦，我没什么建议。”

“哦？给你弄个粉色的屏风怎么样？”

孟浅浅：“不好。”

应浩笑起来，笑声就在耳边，透过耳膜传来。孟浅浅抿紧嘴唇，说道：“没什么事我挂了。”

“挂吧。”

孟浅浅立马挂了电话，紧绷的神经松懈下来，她又倒回了床上。不一会儿，她又睡着了。接下来的一整天，孟浅浅就一直在睡梦中醒酒，连吃饭都是常慧慧把她拉起来吃的，这个时候舍友就发挥作用了，常慧慧笑着捏孟浅浅的脸：“快感谢我这个好舍友吧。”

孟浅浅抱住她：“感谢，感激不尽。”

说要五天建成场地，可以说是很赶了，但也容不得他们慢慢来。“东方”启动得很匆忙，场地自然也就跟着赶，好在现在国内的建筑团队非常厉害。

花了大钱请的改造人员，指挥着工人在厂房里面工作。厂房里轰隆隆作响，吊车正在放设备。应浩、唐隽、周彦三个人一整天都泡在这个厂房里。

夜幕降临。

三个人随便吃了点麻辣烫，接着继续干活。一辆黑色的车开过来，缓缓地停在厂房门口，袁从严从车里下来，理了一下扣子，走上前，来到应浩身边，看着厂房的情况，说道：“看样子不用五天啊。”

造车的设备已经入场了。

应浩：“包括收尾应该差不多。”

袁从严点点头："我看你们在网上开始发布招聘信息了？有没有去专业的招聘网站看看？"

应浩："我联系了几个猎头公司，让他们帮忙找。"

"可以。"袁从严拍拍他的肩膀，说道，"过来这边。"

大门口声音嘈杂。

应浩顿了顿，把手插在裤子口袋里跟着过去，相比大门左边安静了很多。袁从严低声问道："你联系了梁坤教授？"

"嗯。"

"是好事，但是我提醒你一句，你爸那边估计不会放弃梁坤教授。"

应浩的眼眸微眯。

袁从严接着道："这只是我的猜测，你得做好准备，因为他在推梁坤教授下台的时候，是没料到我们会启动东方的，为了不让你成功，梁坤教授这样的人才自然就不能落到你手里了。"

应浩嗤笑一声："我明天就去找梁坤教授。"

袁从严一愣，随即笑着拍他的肩膀："可以，你这执行力，不错。"

应浩："我会在应顺尧把他拉回华星之前，让他答应过来帮我。"

袁从严："那你得立刻出发。"

"嗯。"

袁从严待了一会儿便要走了。唐隽跟周彦都出来送，两个人穿着简单的休闲服，此时因为帮忙，弄得有些脏兮兮的，笑着送袁从严。袁从严看着这两个男生，隐约想起了过去被祝愿拉进工作室的日子。

也是这样，青春、热血。

他多少有些庆幸，这些年他的心态一直没变，理念一直没变。哪怕他跟祝愿最后没有完成梦想，但以后这些梦想由这些孩子们来完成吧。

他笑着挥手。

唐隽跟周彦齐声："袁总慢走。"

"辛苦你们了。"袁从严说完，转身朝车子走去。司机开了车门，他坐了进去。车子启动离开。

应浩喊住唐隽跟周彦道："我明天得飞一趟东市，这里的事情交给你们。"

唐隽挑眉："去找梁坤教授？"

"嗯。"

周彦："我就觉得你爸那边没那么简单就放过你。"

应浩笑了笑，他低头在微信上点着，转了一笔钱到孟浅浅的账户里，然后编辑了自己的身份证和名字发给她。

YING：浅浅，买两张到东市的机票。

YING：你和我。

那头。

孟浅浅坐在椅子上正跟常慧慧一块看书，常慧慧念着英文单词，叫孟浅浅给她纠正错误，孟浅浅听得认真，她也尝试用英语去纠正常慧慧的错误，也算是练练自己的口语了。

手机这时便响起了。

她拿过来一看，应浩给她转了一笔钱，然后还发了身份证和名字的信息，让她买两张机票。

孟浅浅愣了一下，她还没买过机票，她按了语音："我跟你吗？"

"嗯，陪我出差。"

孟浅浅："机票，那个……"

应浩的声音传来："这些工作以后都是你做，先适应一下。"

孟浅浅："好的。"

他既然这么说，孟浅浅立即起身去翻自己的身份证，紧接着她点进了买高铁的那个软件，去买机票。

果然可以。

她顺便询问了应浩——

孟浅浅：需要买往返吗？

YING：不用。

孟浅浅懂了，买了单程，明天一早七点半的机票。

她截图发给应浩。

应浩："做得不错，我的浅浅。"

孟浅浅有些开心，这属于一个好的工作开篇吧。

常慧慧这时凑了过来，盯着应浩的身份证号："应浩学长居然是天蝎座的……"

孟浅浅对星座没什么研究，不知道天蝎座的特点。常慧慧在一旁却想着想着点点头，道："有点对上了。"

"不过你们出差，那是不是得在外面住宿啊？"常慧慧突然想到这一点，问孟浅浅。孟浅浅一愣。

这时，微信又响起了，她点开一看。应浩发了三家酒店名字过来。

YING：现在是旺季，房间不好订，你看看这三家，有哪家还有空房的，价格一千以上，订两间。

这明显是工作，孟浅浅立即又进了APP去翻，不过没找到，接着问了常慧慧。

常慧慧哪儿懂这个啊，她想了一下，说道："好像有几个比较出名的软件，你下载看看。"她一边说还一边看着应浩说的话，应浩学长居然说订两间？这么绅士的吗？

孟浅浅接连又下载了几个软件，随后找了下这三家酒店的电话，准备在软件上找不到就直接打电话预订好了。好在其中一个软件上有这三家酒店，孟浅浅翻了一下，果然没什么空房，就连价格昂贵的也几乎都订满了。其中一家一千五左右一间的还有剩余三间，孟浅浅立即抢着订。

常慧慧："我天，一个晚上一千五……好贵。"

孟浅浅已经交钱了，她这才反应过来，确实好贵，相当于她两个月的生活费。她将订单信息截图发给应浩。

YING：好。

孟浅浅："有点贵，其实我可以不用住这么好的。"

应浩也回了语音："你要是想住差点的也有，我陪你住，但是我们这是工作，明天要见的人很重要。"

孟浅浅："好吧。"

应浩："早点休息，晚安。"

孟浅浅："晚安。"说完，她放下手机。

常慧慧抱着手臂靠在一旁笑眯眯的，道："我觉得应浩学长太会对付你了。"

孟浅浅瞪了她一眼，她起身，拉了行李箱出来，开始收拾行李。

常慧慧看了一眼东市的温差，说道："没事，都是夏天，都热，我们这边穿什么那边就穿什么，不过你是不是得多带几套比较得体的衣服，因为是工作嘛。"

孟浅浅："嗯嗯，我知道，正在找。"

忙完后，时间也不早了，孟浅浅跟常慧慧便各自上床去睡觉。

孟浅浅顺便调了闹钟。

一夜无眠，隔天闹钟一响，孟浅浅便起床了，天色还没亮。孟浅浅洗漱刷牙，然后换了一条白色的衬衫裙，系上腰带。

放在桌面上的手机正巧也响起来。

YING：我去给你拿行李箱？

终究是女宿舍，不好直接上来，万一碰到常慧慧穿着不整，就不太好了。孟浅浅看了一眼还在睡觉，但是脚都伸到外面来的常慧慧，那大白腿都快要掉地上了，孟浅浅一边给她挪回去，一边编辑回复说不用，自己提就行。

随后，她拉着行李箱出门，小心地关灯，关门，然后走向楼梯，她的行李箱一点都不重，很轻，毕竟都是夏天的衣服。

来到一楼，便看到应浩穿着白色衬衫跟长裤，领口微敞，袖子挽起来，正站在那儿按手机。

他今天穿得很正式。

"哐"一声，行李箱碰到台阶上了。

应浩收起手机，抬起头，看到了穿着白色衬衫裙的女生，浅色系的腰带掐得腰很细，最令人惊艳的是细白的长腿以及浅粉色的脚踝。

他眼眸一眯，走上前，单手从她手里接过行李箱。

孟浅浅的头发有些散，她抬起手扎着，微微地打了个哈欠。

应浩："等下飞机上可以睡。"

"嗯。"

两个人来到车旁，唐隽坐在驾驶位上，笑眯眯地跟孟浅浅打招呼："浅浅学妹。"

"学长，早上好。"孟浅浅抬头看过去。

唐隽："学妹今天很漂亮。"

孟浅浅微微一笑："谢谢。"

应浩放好行李箱，走过来，开了后座的车门。孟浅浅只得上车，坐稳后，车门关上。应浩则去了副驾驶位。

唐隽有些诧异，一边启动车子一边往他那儿凑去："你怎么坐副驾驶位啊？"

应浩手肘搭在车窗上，指尖支着下巴，衬衫领口因动作开了少许，露出了些许的锁骨，他说："我怕忍不住。"

唐隽起初不明白，一秒后："我的天哪，你禽兽啊。"

这不由得让人想起那天晚上，噤若寒蝉的车厢情况。唐隽从内视镜里看了孟浅浅一眼，不得不说，稍微打扮一下，浅浅学妹能直接登顶海城校花榜首。主要还是孟浅浅的穿着太朴素了，在学校里基本就是白 T 恤牛仔裤，偶尔也是简单的长裙，更多时候也只是穿运动装，连妆都不怎么化。

太简单朴素了。

黑色的 SUV 开出学校，往国际机场开去。

孟浅浅忍着些许的困意。

六点出头，天色灰蒙蒙亮了，车子抵达了机场。孟浅浅下车，看到天边的金色光线，太阳快要出来了。

应浩将两个人的行李箱拿下来。之前应浩回连城都是简单的一个黑色挎包，但是今天却拿了一个中型的黑色行李箱，显得成熟了很多。

孟浅浅上前去帮忙，应浩却没给她机会，一手一个行李箱，走进机场。

孟浅浅跟唐隽挥手告别，然后跟在应浩的身后。

机场内部宽敞明亮，一早赶飞机的人很多。

应浩说道：“先去办理登机跟托运行李。”

“好的。”

孟浅浅有些迷糊地跟着应浩办理登机，然后再去托运行李，忙完后就剩下身上背着的小包，她手上拿着两个人的登机牌跟身份证。

应浩轻轻地揽着她的腰，低声道：“我们先去吃个早餐，吃完了登机，飞机上的早餐估计不怎么样。”

孟浅浅看了一眼时间，有点担心耽误了，她说：“有免费早餐干吗不吃，还要自己买来吃。”

应浩偏头看着她。

他今天穿得确实好看，正装总能穿出不一样的气质，更何况他还不好好穿着，露了些许的领口跟挽起袖子的手臂裸露在外面。

四周走过的女生，几乎全把目光盯在他的身上。

孟浅浅抿唇也看着他。

应浩的唇角勾了一下：“行，听你的，那我们直接去安检了。”

随后两个人过安检，等待登机。这是孟浅浅第一次坐飞机，感觉也确实不太一样，有些新鲜感，她的目光四处乱看。

应浩坐在她的旁边，支着下巴看着她看着窗外的样子，笑了笑。

从海城市到东市的航程是两个半小时。应浩关掉手机后，说道：“等下面见的人姓梁，叫梁坤，也是海城大学毕业的教授，他这次来旅游是带着妻子跟女儿，妻子叫苏漫，女儿叫苏婳。”

“她女儿姓苏？”

“对，随母姓。”

“哦哦。”孟浅浅点头。

应浩看着她：“梁教授的妻子是国画系教授，他女儿是学插画的，跟我们一样都是大学生，在首都上学。”

“好的。我记住了。”

“记住就好，睡吧。”他抬手拨弄了一下她的发丝。

孟浅浅推开他的手，靠着椅背，继续看着窗外。不一会儿，早餐便来了，孟浅浅尝了一口，说："还可以啊。"

应浩喝了一口咖啡，听罢，似笑非笑地看着她。

这小心眼的。

吃过早餐，孟浅浅当真就睡了。应浩问空姐要了毯子，给她盖上，飞机上的空调始终是冷的。他这一举一动很吸引旁边一些女生的目光，要不是他身边还有个女的，早就凑过来搭讪了。

抵达东市差不多十点，太阳正好。

取了行李，出了机场，应浩拦了一辆出租车，随后前往订好的酒店。这酒店还挺高档的，进去办理入住，上楼，一路来到二十一楼。

孟浅浅拿着门卡，对了对。

应浩的房间就在她的对面。

应浩拿过她的卡，给她刷了门，让她进去："稍微收拾一下，然后就出来，中午我们要一起吃饭。"

"好。"孟浅浅也不耽误了，赶紧进门。

身后，应浩也进了对面的门。孟浅浅洗了个脸，擦干后，犹豫了一下，还是拿了润唇膏稍微涂了一下嘴唇。

这润唇膏是会变色的，不一会儿变成了浅粉色的。她又把头发整理扎好，接着背着小包拉开门出来。

对面的门恰好也打开了。

应浩多穿了一件深色的西装外套，他抬手扣着领口的纽扣，眼眸落在她的嘴唇上，微微眯起眼睛："打了唇膏？"

孟浅浅："嗯。"

应浩："很好看。"

孟浅浅抿紧嘴唇，耳根微红，有点想擦掉。

应浩放下手臂，理了理袖口，带着她走向电梯。

他把手插在裤子口袋里，在电梯里也看了她好几眼。孟浅浅更加想把唇膏擦掉了，好在很快抵达一楼，有个人开了一辆黑色商务车过来，应浩接过车钥匙，开了副驾驶位的车门。孟浅浅坐上去，车子启动。

往东市的博物馆开去。

东市的博物馆不如影视基地那么热门，此时门口的停车场挺冷清的。车子停下后，孟浅浅跟着应浩上了台阶，在门口做了登记便走进去。

有个穿着灰色上衣、戴着一副眼镜的中年男人，身边跟着穿黑色修身裙的女人以及穿着浅色系短款上衣和黑色垂直长裤的女生。

三个人的气质都很抢眼。

“梁教授，苏老师。”应浩走上前，喊了一声。

梁坤教授带着妻女转头，一眼看到应浩，一些过去的回忆浮上来——跟祝愿跟这孩子有关的回忆。梁坤教授扶了一下眼镜，问道：“孩子，我们多久没见了？”

应浩来到他们面前，说道：“十四年。”

“时间过得真快。”梁坤教授说着，往那边走，语气微微有些惆怅。应浩笑笑，把手插在裤子口袋里跟上梁教授的脚步。

孟浅浅看他们男的走了，她匆匆地朝苏漫跟苏婳点头：“苏老师你好，我叫孟浅浅，是公司的人事。”

苏漫微微一笑，看着她道：“多大了？”

孟浅浅顿了一下，说：“二十一。”

“比我女儿大一岁，苏婳，叫姐姐。”苏漫的声音很温柔，她整个人气质超级好。苏婳也挺安静的，她喊道：“孟姐姐。”

孟浅浅有点受宠若惊，她“哎”了一声：“苏婳很漂亮，名字也很好听。”

苏婳有些害羞。苏漫一笑，看了女儿一眼，随后带着女儿跟上前面两个男人的脚步，孟浅浅也赶紧跟上，走在她们的身边。

苏漫说：“我认识应浩妈妈。”

“她很厉害，也很棒，今天看到她儿子，一眼就能认出来。”

孟浅浅看着那正在交谈的两个男人，尤其是应浩，他垂眸正在听梁坤教授说话，孟浅浅问道：“应浩跟他妈妈很像吗？”

“眉眼很像，长相很出色。”

孟浅浅点了点头。

苏婳也抬起头看了一眼前面的年轻男人。

几个人一边聊着天一边逛着博物馆，逛完了博物馆，应浩开车带他们去吃饭，不是选的什么高档地方，就是东市一些特色的店。梁坤教授看着很满意，苏婳拿着手机一直在拍店里的装饰。孟浅浅则陪着苏漫聊天。

吃过午饭，下午要去影视城游玩，去的地方是真正有历史痕迹的。应浩也没跟孟浅浅说该怎么做，但是自然而然的，孟浅浅就一直在陪苏漫母女。

应浩则陪着梁坤教授。

逛了一下午，晚上吃饭的地方高档且安静了很多，是东市一家酒店的顶楼餐厅，分室外和室内，可以看到整个影视城的夜景。因为是在郊区，影视城的夜晚看起来有些荒凉。很多电视剧在这里诞生，很多故事在这里拍成。

五个人坐在餐桌上，一边吃饭一边聊天。梁教授拿着热毛巾擦擦唇角，说道："不瞒你说，你爸昨天刚跟我打过电话。"

应浩拿着刀叉的手微顿，他抬起头看着梁教授："我猜到了。"

梁坤教授将毛巾放在桌面上，带了点儿掷的意思，是含了点儿情绪的。他说："我认为新能源不能太激进，但你爸不听。我现在想听听你对这个的理解以及看法。"

应浩看他那动作，想来梁坤教授跟应顺尧之间肯定有一些矛盾，他放下刀叉说道："我赞同您的意思，我觉得最根本的原因还是在续航里程上面，这是目前最需要解决的。"

"其他的呢？"梁教授看着他问。

应浩："我觉得我们对问题，要考虑全面，但是要解决问题，则需要专一。"

梁坤教授听罢，点了点头，他说："说得好，解决问题需要专一，研发总部那边如今问题很多，都是因为东一块西一块地发现问题，却没有去专一解决，反而囫囵吞枣……"

梁坤教授说完，又拿起毛巾随意地捏了几下，眉宇间带了淡淡的阴郁之色。当掌权的人跟自己不同心的时候，底下的人就开始站队，他这个管理者就变得里外不是人。

"出去透透气？"梁坤教授询问道。

应浩："好。"

他起身，对孟浅浅说："你陪着苏老师她们。"

"好。"孟浅浅点头。

随后，他们两个人走出去，到了室外，应浩靠着栏杆跟梁坤教授低头说话。孟浅浅坐在原地继续陪着苏婳。苏漫老师则去了洗手间，大约一分钟后，苏漫回来后，看到他们站在外面，微微拧了一下眉头。

正好这时，服务员端了两杯柠檬味的苏打水上来。

苏漫说："我早料到他们会这样，浅浅，你端着这两杯出去给他们。"

"好的。"孟浅浅起身，端起那两杯苏打水，走向拱门，走了出去，他们身后有一张桌子，孟浅浅走过去直接把苏打水放在桌子上。

刚刚弯腰，便听到了一些对话。

梁坤教授看着不远处的夜景，说道："应浩，你有没有怀疑过应涵的身份？"

应浩的下颌微紧，他看着梁坤教授。

梁坤教授转头看了看他："你已经长大了，有些事情是该查一查，我永远记得当初你爸娶陈菲的时候，你们一家给的祝福，因为她救了你爸一命，你们很感激，祝愿很善良，你跟祝叔叔祝阿姨都很善良，但你们不应该被人拿刀捅着。"

应浩的眼角微红，他说："知道，我会查的。"

这是他第一次直接面对这个话题。梁坤教授点了点头，抬手拍拍他的肩膀，说道："我答应去帮你。"

"谢谢。"

孟浅浅在身后，咬了一下指甲，转身回了餐厅。

她有些茫然地坐下来。所以，应浩那个拖油瓶弟弟有可能是应浩的爸爸亲生的吗？

不一会儿，应浩跟梁坤教授回来了，那两杯苏打水因为孟浅浅没有提醒，他们并不知道也没有喝。

玩了一整天，梁坤教授一家都累了。

应浩开车把他们送回下榻的酒店，然后再启动车子回了他们两个人的酒店。上了电梯，孟浅浅看了应浩几眼。

他眉宇间带着淡淡的阴郁之色。

孟浅浅收回视线，抵达二十一楼，两个人走出电梯。

孟浅浅从包里摸出他的那张房卡给他，应浩接过来，看着她道："我在这里看着你进去，你早点休息，明天还要陪一陪他们。"

"好的。"孟浅浅又看了他一眼，然后刷卡进门。

她很想说点什么，但发现也不好开口，毕竟这话她也不是光明正大听见的。希望他能自己开解一下自己吧。

想着，她关上了门。

走了一天，确实是累了。孟浅浅取下小包，瘫坐在沙发上发了会儿呆，几分钟后，她才起身，弯腰拿了睡衣，准备去洗澡。这时房间的电话响了，她顺手接起来："喂。"

"你好，应先生，请问酒送到哪个房间？"一道甜美的声音传来。

孟浅浅一愣："酒？"

"是的，应先生点的，他住在哪个房间？"

孟浅浅抿紧嘴唇，道："2108。"

"好的，谢谢。"说完，前台挂了电话。孟浅浅在原地呆站了一会儿，随后才进了浴室，十五分钟后洗漱好出来，孟浅浅的疲惫少了很多，也没觉得那么困了。她吹干头发，原本想着直接去睡，但是眼睛看向桌上的内部电话。

她迟疑了一下，多少还是有点担心他。随后，她记起来自己包里还有一张他那边的卡，他当时把两张卡都给她了，她刚刚好像只拿了一张卡给他。

孟浅浅从包里倒出房卡，随后取了自己的房卡，接着出门，来到对面这间，她屈指敲门。

"谁？"他低低的嗓音传来。

孟浅浅抿紧嘴唇："我，你还有一张房卡在我这里。"

那边沉默了一秒。

"进来。"

孟浅浅拿他的房卡一刷。

"嘀嘀"两声。

门推开了，屋内光线昏暗，落地窗的窗帘正在随风飘动，应浩正坐在U形沙发跟茶几中间的地毯上，屈着长腿，手里握着一瓶红色的酒。

他转头看过来，衬衫领口敞开，他顿了顿：“还没睡？”

孟浅浅看着他茶几上的几瓶酒，她抿抿嘴唇，走了进去，说道：“房卡，我放在这里了。”

应浩后背靠着沙发，眼眸一直看着她，说：“嗯。”

孟浅浅放好房卡，门也被弹着关上了。她走过去，发现地上已经躺了两只空酒瓶了，孟浅浅半蹲下：“你这样喝酒行不行啊？”

应浩用指尖捏了捏酒瓶：“我不会醉的。”

孟浅浅看着他，想劝些什么，但又不知该说什么。

于是一时间，气氛有些凝固。应浩的手肘搭上沙发，身子微侧过来，锁骨跟胸膛的肌肤有些明显，他看着她。

她洗了澡，穿着白色睡裙，皮肤很白，脸色也红润，神情有些天真。

他的手臂往前伸了伸，突然一把握住她的细腰。

孟浅浅惊了一下，蹲着变成膝盖跪地，接着她张嘴想说话，他却已经堵住了她的嘴唇。孟浅浅“唔”了几声，推了他一下，他却追了过来，手臂力气大得很。

直到长腿踩地，孟浅浅的神志渐渐回笼，满脸绯红，感觉到少许的狼藉。她睁开眼睛，突然单手捧着应浩的脸。

他薄唇离开了些，眼眸放肆地看着她，下颌线条分明。

孟浅浅的手掌能感觉到那如刀一般锋利的线条，她看着他的眼睛，嗓音柔软：“你想和好吗？”

应浩的心脏狂跳：“当然。”

孟浅浅就这么看着他。她觉得自己想通了，但似乎又还没有，但如果在他身陷囹圄的时候扎他几刀，她又做不到。第一次爱的人始终是特别的，在没有经历那次分别之前，她是被他爱着的。

在网吧睡着了起不来，是他背着她，抱着她回家的；他每次买吃的都记得她的喜好，去食堂打饭，他都避免打她忌口的菜；哪怕吵架，他也会主动联系她，打好几通电话给她；在人群中迷路，永远都是他先找到她，拉着她走出来。

她这样缺爱的人，是真切地被他爱着的，哪怕这个人风流花心，但做过的那些事情抹不掉。

孟浅浅手掌往后，用指尖掐着他的脖颈。应浩感觉到她指甲的锋利，挑了一下眉头，往她那儿凑，低声道："巴掌就先不打了，明天还要见人，给你掐几下，消消气。"

孟浅浅的指甲用力，入了他的肌肤。

应浩闷哼一声，手臂搂着她，他低声道："你指甲最近是不是没剪？"

孟浅浅咬牙："疼不疼？"

"有点。"

"活该。"

说完，孟浅浅的手指往下，划拉一下，在他脖子上留下了三条抓痕。应浩把她抱起来，说道："洗洗？"

现在这个情况当然不能回房间，孟浅浅没吭声，被他抱进浴室里，随后她一把推开他，关上了门。

应浩靠在柜子上，指尖摸着那三条抓痕，听着浴室里的水声。

几分钟后，浴室门打开了，热气跑出来。孟浅浅打理好自己，站在浴室门口，看着他。

应浩的衬衫领口微敞，也看着她，有点不敢上前。

对峙几秒。

孟浅浅说："过来抱我。"

应浩愣了一秒，随即揉了一下唇角："来了。"说着，上前，微微半蹲把她抱起来。孟浅浅反射性地抱着他的脖子，他把她抱到床边坐下，随后去拿了一条干毛巾，蹲下来，抬起她的脚，给她擦干脚上的水珠。

孟浅浅低头看着他，低声说道："我坦白一下，我今天去给你跟梁坤教授送苏打水，我听到了你们的对话。"

应浩的指尖一顿，一秒后，他继续给她擦脚上的水珠，就喜欢看她的脚，白里透红。孟浅浅见他没回答，便不再说话，安静着。

应浩的指腹摩擦着她的脚背，说道："我已经查过了。没有跟梁坤教授说，是因为我不知道他是不是只是来探口风的，我爸这个人，特别会做表面功夫……现在整个集团基本跟我妈没什么关系了，这些人都只听我爸的。”

孟浅浅听着，指尖蜷缩了一下。

应浩抬起头，看着她：“你看，我的往前走并不光明。”

孟浅浅没吭声。

应浩起身，两手撑在她的两侧，低头看她：“再给我吻一下？”

近在咫尺，呼吸交缠。孟浅浅看着他的薄唇、下巴、喉结，几秒后，她转过头，耳根发红，就是不给吻。

应浩微微地叹气，有点失落，接着，他低头含住她的耳垂：“只能这样了。”

孟浅浅差点又扇他一巴掌。

纠缠了一会儿，孟浅浅要回房间了，应浩倒是没留她，他对自己的自制力没什么信心。只能牵着她的手，把她送回对面门口。

孟浅浅进门后，看了他一眼：“你少喝点，你自己说了明天那么重要，还喝那么多。”

应浩单手撑在门框上：“好，你是醒酒汤，你说了算。”

“砰”。孟浅浅把门关上。

应浩后退一步，鼻梁差点都被门给压扁了。

躺到床上，孟浅浅其实浑身酸软，尤其是下半身。她拿起手机，进入百度，开始查“华星”的一些新闻。

应浩的母亲是在应浩 7 岁那一年患病去世的。两年后应浩的父亲应顺尧因为一场车祸，被一个女人给救了，后来为了报恩，他娶了这个女人。两个人没有举办婚礼，只领了结婚证，这个女人带着一个男孩一起嫁给应顺尧，这个男孩就是应涵。

关于华星的新闻还有应顺尧的新闻，基本没有提到应浩，应浩的母亲祝愿则有属于她的百度百科，但也没怎么提到应浩。而那个拖油瓶弟弟应涵也基本没怎么有新闻和资料。

应顺尧的情感新闻也只有那么几条，跟祝愿的以及后来出车祸娶了救命恩人的那条。

简单得很，正常人看的话，基本看不出什么来。

YING：睡了？

微信提示。

孟浅浅看了一眼没回复。

门接着被人敲响，孟浅浅愣了一下，随即下了床，穿着拖鞋来到门口。

她问："谁？"

门板那头传来一道很低的嗓音，带着几分不确定："浅浅，我再确定一下，你刚刚是想跟我和好对吗？"

孟浅浅愣了一下，她站在门后，没有立即回应。

门外。

应浩往前走了一步，额头抵着门板："孟浅浅，你回答我。"

孟浅浅没想到他还没去睡，却在这儿问这个问题。她都不知道该怎么回答，她看着门板，说："我不是问了你吗？你想和好对吗？"

应浩："废话，我当然想和好了。"

孟浅浅："那还有什么问题吗？"

外面，应浩的唇角勾了几分，他屈指，敲了敲门："开个门，我抱抱。"

孟浅浅："不开，我有个要求。"

"你说。"

孟浅浅："公是公，私是私，希望我们之间能公私分明。"

应浩："可以。"

亲近的人可以知道他俩的事，别的人没必要，尤其是他的父亲跟那位后妈，以及应涵，他也想保护她。

孟浅浅："我要是在工作上犯错了，你该骂还是得骂。"

应浩："好，私下哄回来。"

孟浅浅："不……"

一秒后，她说："你回去睡觉吧。晚安。"

应浩："真的不开下门？"

孟浅浅："晚安！"

应浩："晚安。"

说完，孟浅浅转身回了床上，躺下。应浩却没立即走，他靠在门上，低头摁着手机，点一下、两下、三下，预算她睡着的时间，以前的时候，他们握着手机聊天，她大约会在两分钟左右进入睡眠，然后他单方面挂断电话。

两分钟后，应浩扯了扯浴袍的领口，开了自己的房门。

而房间里，孟浅浅眼睫毛微垂，慢慢地熟睡，时间刚好。

隔天一早。

天还没完全亮，孟浅浅就醒了。昨天听得不太真切，但是大概有点清楚是要陪梁坤教授他们吃早餐，但具体吃什么，孟浅浅就不太清楚了。她醒来后洗漱刷牙，换衣服，扎头发，随后背上小包，拉开房门。

对面的门正好也打开了，应浩穿着黑色衬衫跟长裤走出来。

四目相对。

孟浅浅："早。"

应浩唇角一勾："早。"

他整理好袖口，走过来，低头在她嘴唇上亲了一口，随后拿起手机，给她又转了一笔钱，说道："等下买机票，我们下午回去。"

孟浅浅："这么快？"

"梁坤教授他们还要去下一个地方玩，我们别耽误他们的时间。"他放下手机，看了她一眼，笑道，"还有，厂房建好了，我们回去看看。"

孟浅浅一愣，接着眼睛微微一亮："好了呀？太棒了。"

只是唐隽学长跟周彦学长还有常慧慧怎么没在微信里说，估计可能要给他们一个惊喜。

应浩笑着看着她。

两个人进了电梯，应浩看她低头点开购票软件APP，熟练地在上面操作买票。抵达一楼，两个人来到停车场，孟浅浅上了副驾驶位，正在扣安全带的时候，应浩俯身下来，堵住她的嘴唇，并且按了一旁的按钮。

孟浅浅的椅子猝不及防地往后倒去，他半俯身在她上头，狠狠地吻着她。

孟浅浅因为脖子往后仰得厉害，不得不抱着他的脖颈。应浩的手搭在她的大腿上，薄唇来到她的耳边，亲吻她的耳垂。

孟浅浅整张脸"唰"的一下全红了。

应浩偏头看她的眼睛，随即笑道："下次继续。"

说完，他用指腹抹了抹她唇上的润唇膏，随后起身，按了按钮，低头给她扣上安全带。之后又扣上衬衫的纽扣，揉揉她的头发，给她关上门后离开。

孟浅浅盯着他上了驾驶位，心中有少许的恼怒，她故意问："你今天领子扣那么往上干吗？"

应浩启动车子，似笑非笑地看了她一眼："你说呢？"

孟浅浅故意戗："谁知道呢，今天倒是挺正经的。"

应浩挑起眉毛，他用指尖扯了扯领口："老婆，你看呢，这是昨晚那个小猫咪抓的。"

孟浅浅："你别这样喊。"

应浩："哦？这是你抓的……"他往下扯了些。

孟浅浅看到上面的三条抓痕，这次抓得更厉害了，有一条直接来到他的后颈下，差一点就要露出衣领。

他看了她一眼："看到了？"

孟浅浅："我……"

应浩笑出了声音，松开手。

随后车子启动去接梁坤教授一家三口，今日苏漫跟苏婳都穿了裙子，看起来端庄得体，苏婳大家闺秀的气质愈发明显。

她温温柔柔地喊孟浅浅："姐姐。"

孟浅浅笑道："苏婳今天很漂亮。"

苏婳有些腼腆。

苏漫笑道："她跟你很投缘，浅浅，以后多联系，你们互相加个微信吧。"

孟浅浅："好。"

昨天苏漫还没这样的意思，今天却这样吩咐，估计梁坤教授也把自己的打算告诉了妻女，她们才会想要跟孟浅浅更加亲近一些。

孟浅浅跟苏婳互相加了微信。

应浩开车带着他们，去了东市的画廊街，在那边喝早茶。吃过早茶就是陪苏漫跟苏婳逛画廊，应浩在外人面前彬彬有礼，孟浅浅也松了一口气。午饭随便吃了点，又逛了两个多小时，梁坤教授和妻女便提着行李，出发去了下一站。

送走他们后，孟浅浅跟应浩便回了酒店，开始收拾行李，在下午四点半左右，他们坐上了回海城的班机。

抵达海城时天色已暗。

两个人都没吃饭，直接提着行李坐上出租车，来到“东方”的项目基地，原本还只是一个空壳的厂房，如今里面已经全部弄好了，设备进场，二楼的办公室也全都安好了。

应浩把手插在裤子口袋里，看着亮着光的LOGO。

妈，你看到了吗？你的“东方”启动了。

水云间的包厢里。

应涵被林飘一把推开，他笑着靠在椅背上，用指尖抹了唇角的口红，盯着林飘：“也不知道你在矜持个什么劲儿，你是什么货当我看不懂？”

林飘坐在一旁，端起酒杯喝了一口酒，看了他一眼。

应涵皮带都解开了。

他冷笑连连，端起酒也喝了一口，欲擒故纵，呵。

林飘说：“应涵少爷，你也太心急了。”

“哦，你送上门来，用意明显啊，我这叫心急？”应涵偏头看着她，起身提了提裤子，坐在桌子上。

林飘看他那样子，心口直疼，应浩从不这样油腻。她抿紧嘴唇笑道：“应涵少爷，你以为我的价值就这些吗？我是学金融的，我能做的可多了。”

应涵端着酒晃着，看了她一眼：“哟，那你说，你还能做什么？”

林飘：“你不试试怎么知道我不能做？”

应涵突然停下摇晃酒杯的动作，他盯着林飘看，几秒后，他的身子往前倾，冷笑道：“那这样，我这里确实有一件事情，你办好了，我就重新定位你。”

林飘的心一跳，她笑道：“你说。”

“过两天，帮我接个人，顺便陪一下他的妻子和女儿，把她们哄开心了，事儿成了，我就奖励你如何。”

林飘定定地看着应涵：“好啊。”

第十二章

是　我　不　配

“欢迎来到我们的秘密基地！”唐隽、周彦还有常慧慧从厂房里跑出来，大张开手臂，一脸欢迎回家的表情。

孟浅浅看着挂上去的LOGO，尤其是红色的“东方”二字，看着就令人觉得有希望。

“走吧。”应浩牵住她的手，朝厂房里走去。

前面三个人齐刷刷地看着他们交握的手，愣了一秒。接着，唐隽率先回过神来：“出差效果那么好吗？”

常慧慧抱着手臂：“孤男寡女，干柴烈火，这不成也得成。”

唐隽回过神来，看了她一眼：“你很有经验？”

常慧慧咳了一声：“没有。”

“没有还说得头头是道。”

周彦摸摸鼻子，看着他们紧扣的手，语气微微有些惆怅：“迟早的事。”

唐隽点点头：“也是。”

这两个人陌生不了多久，迟早得在一起，不必惊讶。三个人在后面议论一番后，跟在他们身后进了厂房。

此时厂房里灯光明亮，研发室就设在一楼，再往后还空着，这个厂房比孟浅浅一开始看的时候扩大了很多，往后便是流水车间，整个车间可说是一望无际。两个人的行李箱放在一楼，应浩便牵着她上了二楼。

楼上的办公、家具用品全都弄好了，办公桌、电脑、椅子、沙发，再往里面就是会议室以及给梁教授预留的办公室，等等。

“你的办公桌在这边。”应浩把孟浅浅牵到靠着栏杆的视野最好的一个办公桌前，桌面上摆着一台电脑，上面正挂着招聘的信息。

孟浅浅被他拉着坐下，他靠着办公桌，从一旁拿了一份文件放在她的手边，说道："这些是我们正缺着的职位以及猎头公司的联系方式，这就是你主要负责的。"

孟浅浅翻开文件看了一眼：营销、IT、采购、生产、财务、车身造型设计师，等等。这就是一个全新的公司，孟浅浅点了点头，她看了一眼应浩："我会加油的。"

应浩垂眸看她，她的睫毛扇了一下，他差点低下头去吻她。

然而，旁边还有三个虎视眈眈的人盯着，他"啧"了一声，抬起头，看向他们，唐隽笑眯眯地道："梁坤教授那边怎么说？"

应浩："他说了答应帮忙。"

唐隽的眼睛一亮。

周彦却说："会不会有变故？"

应浩站直身子，拿起一旁的厂房设计稿随意地坐在地毯上，身子靠着墙壁，屈膝把玩着设计稿说："不知道，我爸找过他。"

周彦跟着坐在地上，说道："这就麻烦了，人总是会往高处爬的，要是你爸许诺了更好的职位呢？"

"这正是我所担心的。"应浩回道。

唐隽也盘腿坐下，道："我认为梁坤教授不是那样的人，他离开华星也不是他自己想走的，而是被你爸踢走的，我相信任何一个有骨气的人，都不会再被这个打他一巴掌的人拿块糖哄骗走。"

"你太天真了。"周彦看了唐隽一眼。

唐隽："你才天真，不要小看我们这种技术型人才的骨气好吗？"

周彦："在诱惑面前，骨气不值钱。"

他们三个男人在那边议论得热火朝天。孟浅浅跟常慧慧坐在椅子上听着，心情也有些沉重。一会儿觉得唐隽说得对，一会儿觉得周彦说得对。孟浅浅下意识地拿起手机，翻了一下好友页面。

苏婳的头像还在。

孟浅浅略微松了一口气，她抬起头说道："应浩，早上苏漫老师让我跟苏婳互相加了微信。"

应浩看着她："什么时候加的？"

"就是你跟梁教授在看画的时候。"

应浩听罢："这倒是好事。"

接着，他问道："你饿不饿？"

孟浅浅一愣，摇头："不是很饿。"

"那就是饿了。"他拿起手机，点开外卖软件，一口气点了四五份孟浅浅喜欢吃的，比如蛋挞、菠萝派、奥尔良烤鸡腿堡，然后点了一份热奶茶。唐隽在一旁立即说："给我也点一份，我要香辣鸡腿堡、可乐、薯条，要大份的。"

周彦："我也要一份香辣鸡腿堡，再来两份鸡翅吧，可乐也来一份。"

"那我……我也吃奥尔良烤鸡腿堡，还有一份鸡翅，我还想吃一份蔬菜沙拉。"常慧慧拉着孟浅浅凑过去，坐下。应浩的指尖在手机软件上点着，下单完，他抬起头伸手一把拨开周彦，手掌握着孟浅浅的手腕，把她拉到身边。

孟浅浅只能起身，被他拉到身边。

他扯了一份杂志扔在地上，说道："坐这里。"

孟浅浅一顿，其实地上很干净，一点儿都不脏，她踢开杂志，说："我坐在地上就好。"

应浩看着她，几秒后，他盘腿，用力拽了一下她的手臂，孟浅浅猛地跌坐在他的腿上，应浩揽着她的腰，说："坐这里吧。"

孟浅浅抿紧嘴唇，她对面正巧是唐隽、周彦、常慧慧他们三个。

三个人也都看着她。

唐隽咳了一声调侃道："这地板我今晚刚拖的，对吧？慧慧。"

常慧慧："是呢，用了两桶水呢。"

孟浅浅脸都红了，她转过头去说："我这样坐着不舒服。"

应浩低头摁着手机，听罢，抬起脸，凑到她耳边："怎么不舒服？"

孟浅浅被问得脸蛋滚烫，她懒得跟他计较了，干脆放松身子靠在他怀里好了。

应浩解开少许的领口，随后用手臂搂着她的腰，另一只手挪过设计稿，摊在几个人的跟前，说道："我们今晚谈一谈接下来的规划，常慧慧，你拿一下笔记本，记录下我们谈话的内容。”

常慧慧“哎”了一声，起身去拿笔记本，然后打开了文档，挪过小椅子开始敲键盘。不一会儿，叫的外卖来了，每个人都拿着属于自己的那一份。

孟浅浅那一份最多，全是她爱吃的，她捧着奶茶，听着他们谈话。

唐隽的点子很多，他拿过自己的笔记本，打开了上面的一个汽车模型给大家看，他完美地呈现了一台使用电池的汽车的整体构造。

他说：“我希望我们同步能完成自动驾驶这一块，自动驾驶现在不是为了追求科技感，更多的，应该是为了安全而诞生。”

周彦点了点头，他说：“这点我赞同，无人驾驶以后会实现，但不是现在，现在这个技术也达不到，现在所研究的一切都要以安全为主。”

应浩拿起一根薯条，沾了番茄酱放到孟浅浅的唇边，孟浅浅顿了顿，张嘴吃了，他用指腹碰了碰她的唇瓣。

很细微，孟浅浅差点咬他。

这场谈话，主要是唐隽跟周彦说，应浩一直负责听，他嘴里含着可乐的冰块，喉结滑动，眉眼有几分懒散，偶尔拿着笔写写画画。他说：“我们得尽快出第一辆车，东方得先面世，品牌先行。”

唐隽停下话头，说道：“但是，车间至少需要三个月，这三个月你弟那边应该有重大突破了吧。”

应浩：“哪怕是这样，我们也不能急。”

唐隽：“真不知道你弟要推出什么样的车，或者他们的研发已经超乎想象了？”

这话一出，全部人均安静下来。

应顺尧能把应涵送上研发总部工程师的位置，他必定不是草包，那么他手里能有什么王牌呢？这才是一个大问题。

这个晚上，吃完了外卖，五个人围坐在一起，谈了一个晚上。孟浅浅没这么熬过夜，很快就困了。

她的头一点一点的，有点儿可爱，几个人停下说话，都看着她。

应浩圈了圈她的腰：“去沙发睡？嗯？”

孟浅浅陡然一醒，她“嗯”了一声，睁开眼睛，接着站起身来。应浩也跟着起身，接着弯腰把她抱起来，朝沙发那边走去。

沙发这边没开灯，他把她放在沙发上，抓过一旁的抱枕，给她枕着。孟浅浅睁开眼睛看了他一眼，又闭上了。

应浩捏住她的下巴：“偷看？”

孟浅浅迷糊着道：“没有。”

应浩低头亲吻她的嘴唇，指尖拨弄她的头发。孟浅浅抬手推他的肩膀，嘀咕道：“我困死了，别亲嘛。”

应浩：“嗯……”

他就喜欢她这撒娇劲。

他笑了一声，扯过外套披在她的身上。随后起身，揉揉脖子，走了回去，剩下三个人全看着他，周彦问道：“话说，你们是怎么和好的？”

应浩拉了张椅子坐下，一听，顿了一下，他耸耸肩膀，没回答。

常慧慧趴在椅子上，打着哈欠道：“浅浅该不会是可怜学长吧……”

话没说完，应浩的眼眸就扫过来。

常慧慧猛地一惊，立马闭上嘴巴。

熬到这个点，大家都有点累，此时安静下来。应浩看向沙发上躺着的女生，眼眸眯了眯。

实在是困得厉害，孟浅浅一沾上沙发就睡着了，醒来的时候，有些茫然，左右看了看。常慧慧趴在沙发尾上睡觉，听见动静了，立即起身，来到孟浅浅的跟前：“浅浅，你醒啦。”

孟浅浅看到常慧慧的两只黑眼圈，她坐起来：“你昨晚没睡？”

“没有，听他们聊天太精彩了，我以前也经常玩手机玩个通宵。”常慧慧抖开外套给孟浅浅披上。

孟浅浅扫了一眼办公室。

办公室空荡荡的，他们三个男的不在。

常慧慧似乎是知道她在找谁，说道：“袁总来了，他们在楼下开会，还有袁总带了好多人才过来。”

孟浅浅瞬间清醒过来，她从沙发上站起来，走到栏杆处往下看。

下面果然有一群人站在那里，那个高大的袁总正在讲话。应浩把手插在裤子口袋里，正巧抬起眼眸看过来，便看到她披头散发地趴在那儿，眉眼细细的，一脸的蒙眬。应浩的下颌紧了几分，他掏出手机，在屏幕上点了几下。

“嘀嘀”，孟浅浅的手机响了。

她看了一眼楼下的男人，一个晚上没睡，他精神倒是还不错。她转身回去，拿起办公桌上的手机一看。

YING：公司派了司机，在外面候着，你跟常慧慧先回学校，洗个澡再休息一下，下午再过来公司，下午事情多。

孟浅浅：好。

孟浅浅：你呢，你一夜没睡累不累？

YING：还好，想抱你。

看到他这信息，孟浅浅抿紧嘴唇没回复，她叫上常慧慧，常慧慧其实也想回宿舍了，没有洗澡总感觉不舒服。

她立即来劲了：“太好了，那我们先回去吧。”说完，她挽着孟浅浅的手。

两个人从楼梯上下来，去取孟浅浅的行李箱，多少也有点惊动了在那边开会的一行人。袁从严看着那纤细柔弱的女生，说道：“这就是你让我们在楼下谈话的主要原因？她在楼上睡觉？”

说完，他看向应浩，应浩的手虚虚地插在裤子口袋里，对上袁从严的眼眸：“嗯，不过楼下不是更宽敞吗？”

袁从严看了他几秒，随后袁从严摇了摇头。

长得一张薄情相，却是痴情种。

门外果然停着一辆黑色的轿车，车上还有一个司机，孟浅浅跟常慧慧上了车，跟这位司机说了谢谢。

司机说不用，他姓李，以后就是子公司的司机了。

孟浅浅听着司机介绍了一下自己后，说道：“那下午我给你做个登记。”

李司机笑道：“要的要的，对了，孟小姐，请问一下，员工宿舍我能申请一间吗？”

孟浅浅顿了顿，说道：“我们还没沟通到员工宿舍的问题，等过两天沟通好了，我再跟你说，不知道李师傅现在住在哪里？”

“我就住在海城旧城区，那里太吵了，晚上老睡不好。”

孟浅浅点点头，拿出手机记下了这件事情。

常慧慧在一旁看了孟浅浅一眼，撑着下巴道：“浅浅，你真是有模有样了。”

孟浅浅笑着用手捅了她一下。

很快，车子上了高速，回到海城大学。孟浅浅跟常慧慧上宿舍去洗澡，洗完澡出来，确实舒服多了。

孟浅浅擦着头发坐在桌子旁看书。

常慧慧洗完澡则直接去睡觉。

中午两个人叫了外卖，吃完了常慧慧去图书馆看书，孟浅浅收拾了一下，那位李师傅就过来接她。孟浅浅上车前，发了一条微信给应浩。

孟浅浅：你们吃饭没？要打包吗？

应浩没回复，估计在忙，孟浅浅想了一下，还是去便利店打包了三份关东煮装好带上，去便利店里的时候，她看到店长的女朋友回来上班了，店长也是笑眯眯的，看来两个人和好了，真的有沟通。

店长偷偷地给孟浅浅多塞了三串鱼丸，说道：“谢谢你，浅浅，听君一席话，胜读十年书啊。”

孟浅浅有点茫然：“啊？”

店长看她这个表情，就知道她把醉酒时说的话忘光了，他笑着揉揉脖子：“没事了没事了，慢走啊，有空来玩。”

孟浅浅笑道：“好。”

随后，她上了车。

李师傅把孟浅浅送到公司门口，孟浅浅道谢后下车，随后上了二楼，此时二楼的办公隔间也零零散散地有人了。

不再是昨晚只有他们五个人的情况，孟浅浅到了自己的办公桌，看到上面有几份简历，这时身后的一名采购部男生说道：“孟小姐，那是我们的简历，应浩说让我们放你那里。”

孟浅浅认出对方就是早上袁总带来的其中一个人，她知道那个位置是做采购的，她点头说：“好的，对了，应浩、唐隽还有周彦他们呢？”

“唐隽和周彦都出去了，应浩好像在休息室里。”那男生名叫袁响。

孟浅浅一笑：“谢谢。”

她看了一眼他的简历，姓袁，那应该是袁总的亲戚？这样还放心一些。毕竟东方即使是新开的，但它依然是华星的子公司，万一应浩的爸爸派个人下来往里一钻搞个卧底，那怎么弄？

孟浅浅笑起来，觉得自己想太多了。

她拿起三份关东煮，朝休息室走去，门紧闭着，孟浅浅屈指敲了敲，不一会儿，应浩低沉的声音传来。

“进来。”

孟浅浅拧开门，屋里有些许的昏暗，应浩拿着毛巾坐在沙发上擦着头发，指尖上全是水珠。他抬起头，看着她：“门关上。”

孟浅浅反手关上门，问道：“你午饭吃了没？”

“吃了一点。”他闻了一下，问道，“关东煮吗？”

孟浅浅“嗯”了一声，把关东煮放在桌面上，随后取了一份放在他的面前，应浩拿走毛巾随意地搭在一旁的椅子上，牵住她的指尖：“你午饭吃什么？”

孟浅浅被他牵着坐到他的身边，淡淡的沐浴香味和洗发水的味道传来，她叹了口气道：“我跟慧慧点了两份肥牛饭。”

应浩笑了一声，往后靠看着她。

光线不是很好，休息室只有一扇小窗，面向外面的，而且此时还拉上了窗帘，显得更昏暗了。他一笑，孟浅浅便瞪他一眼。

应浩笑着道：“你不喜欢吃肥牛饭就不要勉强，偶尔跟常慧慧说一声，让她也陪你吃点你喜欢的。你不想说，我来说。”说着，他要拿手机。

孟浅浅按住他的手腕，说道：“我觉得挺好吃的，就是这段时间吃多了腻，更何况，买两份打折，慧慧也喜欢吃。话说，我也没说不喜欢吃啊。”

应浩眯起眼睛，捏了她的鼻子一下：“你叹了口气我就知道你午饭吃得不太愉快。”

孟浅浅顿时接连叹了好几口气，好几口，像是故意跟他作对一样。应浩突然堵住她的嘴唇，孟浅浅的叹气声一下子就被堵没了，她“唔”了一声有些许的挣扎，应浩握住她的手反剪在身后，另一只手搂紧她的腰。

他的指尖顺着腰线，滑动。他吻住她的唇瓣，低声道：“以后别这样叹气，不知道叹气会短命吗？”

孟浅浅的眼眸里带水，她张嘴道：“你也信这个？”

应浩：“以前你可迷信了。”

孟浅浅：“我……”

她记起来了，他以前叹气，她就捂他的嘴巴，还让他“呸呸呸”。他每次都不耐烦，怎么现在他自己反而迷信了？

应浩退开一些，他刚洗了澡，换了件衬衫跟长裤，刚扣上几个扣子，也没扣全，隐隐地露了少许锁骨。

他看着她，想起昨晚常慧慧的那个话。

他眯了眯眼睛，想问，但最后却还是咽了回去。

孟浅浅看了他几眼，然后推开他，打开关东煮的盒子，说道：“你快吃点吧，等下冷了。”

应浩接过来，往后靠，长腿交叠，叉了一块鱼丸放在她的唇边。

孟浅浅把关东煮给他后打算起身，闻到那鱼丸的味道又有点走不动路了，她低头咬住，眼眸掀起来看他，含糊道：“我去忙了，你自己吃啊。”

应浩看着她的眼睛。

几秒后，他指着唇角：“亲我一口再出去。”

孟浅浅：“呃……”

才不亲，她站起身来转身便走。

应浩：“孟浅浅。你不听话。”

回应他的是关门声。

出去后，孟浅浅扯了一张纸巾擦拭唇角的汤汁，又按了一下嘴唇。然后来到办公桌旁，开始给这些简历存档，华星集团本来就配着办公系统的，但应浩直接重新买了一个公司内部系统。孟浅浅打开那个系统，一时还有些不太会操作，正需要慢慢熟悉，她翻开邮件看了一下收到的简历，一一下载下来。

挂着“东方”的牌子收到的简历，基本都是些不怎么样的，但是如果挂“华星”的话，又会让对方期望太高，所以这就有点两难。孟浅浅支着下巴，翻着这些简历，拿不定主意的，她就放到一边，有些她直接 pass 掉。

十多分钟后。

应浩从休息室出来，他挽起了袖子，扣子扣到了最上面一颗，他一出来，就吸引了两个新来的女同事的目光。

他拉开抽屉，从里面拿出一串钥匙，走过来放在孟浅浅的桌子上，说道：“这是宿舍钥匙，你先拿着。”

孟浅浅接过来：“哦，宿舍安排在哪儿？”

“今晚去看就知道了。”他解了点儿袖扣，说道，“记得等我下班。”

“嗯。”

他又看了她一眼，这才朝楼梯走去。他一走，两个女同事在后面便议论起来，“这就是我们的顶头上司？”

“这么年轻的？”

“好帅。”

“好年轻。”

孟浅浅翻了一下简历，这两个女同事其中一个也是采购部的，另一个是财务部，都是袁总安排过来的。

他安排的都是内勤人员，至于研发技术营销生产这一块的，都还得招。

夜幕降临。

海城国际机场，18 点 45 分，从东市飞往海城的航班抵达。梁坤带着妻女拿了行李，风尘仆仆地来到机场出口处。

一辆黑色的商务车缓缓地停在他们的面前。

副驾驶位的车门打开，一名穿着白色上衣跟蓝色牛仔裤的女人从车里下来，她含笑着来到梁坤三人的面前。

“梁教授、苏老师、苏婳小美女，旅途辛苦了。”

梁坤看着她：“请问你是？”

“我是林飘，是应董派来接你们的。”

梁坤偏头看了一眼妻女。

苏漫眉眼淡淡的，苏婳一声不吭。

司机这时也跟着下车，竟是应顺尧的特助，他笑着扶了一下眼镜，上前便接过来他们的行李，道："梁工走吧，叙叙旧。"

梁坤笑了笑，抬手拍了拍妻女的肩膀，示意她们上车。看着他们上车后，特助关上车门，看了林飘一眼，说道："林小姐，这种情况就不要太斯文了。"

他就慢一点下车而已，林飘就差点请不动人家了。

林飘的脸有些滚烫，看了对方一眼，心想全是土匪行为。

两个人各自上了驾驶位跟副驾驶位，车子启动，朝"金玉王朝"开去。在车里，林飘往后看，笑着跟苏漫搭话。

苏漫在车里，看了一眼林飘手上的手链，她问："林小姐现在任职于华星吗？"

林飘一愣，几秒后，她笑道："没有，我跟应涵小少爷是朋友，我是海城在读学生。"

"哦？哪个专业？"

"金融管理。"

苏漫点了点头："高才生。"

林飘的眼角笑得扬起来。

苏漫说完这话，便没再继续聊下去。

很快，车子抵达"金玉王朝"，这是整个海城市最奢侈的中式餐厅。特助在前面引路，梁坤走在前面。

林飘陪在苏漫跟苏婳身边。

来到包厢，门一开，里面富丽堂皇。

应顺尧站起来，笑着道："东市养人气啊，老梁，你这气色都好了很多啊。"

梁坤笑笑："应董开玩笑，我都晒黑了。"

"男人晒黑怕什么。"他亲自给梁坤拉开了椅子。

林飘看完应顺尧怎么做，她也跟着给苏漫跟苏婳拉开椅子，苏漫落落大方，苏婳有些安静，绕了椅子坐下，谁知道包被挂了一下，从肩上滑落，快要掉在地上了，林飘一早就注意到她这个包，立即伸手给她拦住，笑着挂回苏婳的肩膀上，道："苏婳，这包是酒神系列的吧？真好看。"

苏漫在一旁微微地拧了一下眉毛。

苏婳抬头看了林飘一眼，她拽回了自己的包，随后坐下。

应顺尧在对面看了林飘一眼，神色不愉。

林飘一抬眼，对上应顺尧的眼神，她心里一跳。

没几分钟。

她手机一响，她拿出来一看。

应涵：滚，你现在给我离开那个包厢。

从包厢里出来，林飘的脚其实有点发软，身后的门缓缓地关上，像是对她关上了一扇通往奢华的大门。

"唰"的一下，隔壁的包厢门被一把拉开，应涵掐着腰从里面走出来，脸色极为难看："我当你是真心想要体现一下你自己的价值，没想到你露出了拜金的本性！"

林飘觉得"拜金"这两个字刺耳极了，应涵必定私下没少这么想她，她咬紧牙关道："我压根不知道我做错了什么，怎么，夸她的包好看也不行？"

虽然她后知后觉地发现苏漫从一开始似乎就对她有些不满，但是她依然没搞懂为什么她这是在夸苏婳，却好像她做错了事一样。

应涵听罢，冷笑一声靠在墙壁上，上下打量着她，那样子像是在看一件物品，而不是看一个人。他说道："那我告诉你为什么，苏漫跟苏婳母女之间在之前就因为这个包吵过架，苏漫不喜欢女儿背这样好的包，苏婳偷偷背了，苏漫老师拗不过女儿只能睁一只眼闭一只眼，而你呢，说什么不好，偏要开始这个话题，你但凡把心思放在别的地方上，也不至于那么难看。"

林飘一听，敢情她这是撞到枪口上了。

她冷笑："不是有钱人吗？连个包也要偷偷背？"

应涵一听，他站直身子，说道："看来你是没家教的。"

林飘的脸色顿时愈发难看。

应涵推开隔壁包厢的门。

林飘站在原地，在此刻非常想要甩手就走，但最后还是忍住了，她踩着高跟鞋跟在他的身后，进了包厢里。

应涵看了她一眼，倒是没让她走。

包厢的门合上后，应顺尧起身，从服务员的手里端过一碗精致的甜品，放在苏婳的面前，笑道："尝尝这个味道，看看甜不甜？跟你妈妈做的有什么区别。"

这是杨枝甘露，也是苏漫经常给苏婳做的，苏婳就喜欢吃这个。苏婳烦闷的心情顿时好了一些，她看了一眼身侧的母亲。

苏漫看了一眼那杨枝甘露，又看了一眼应顺尧，她说："应董，谢谢。"

这人太会拿捏人心了，一碗杨枝甘露就让母女俩之前那点儿不愉快散去，也驱散了刚刚那位林飘挑起的尴尬气氛。

"客气了，一家人嘛没有隔夜仇，苏婳这么漂亮，穿什么背什么都好看。"应顺尧笑着坐了回去。

苏漫笑笑，挪过杨枝甘露，对一直安静着的女儿道："吃吧。"

苏婳沉默了几秒，才在母亲的鼓励下吃起来。

梁坤一直没说话，他早已习惯了应顺尧的表面功夫，整个集团看似还是祝愿的班子，实际上人心早被应顺尧给收买了，没有人会向着祝愿，更何况是祝愿的儿子。

应顺尧拿起热毛巾擦擦手掌，笑着看向梁坤，说道："我们当伙伴这么多年，早就摸清楚彼此的脾气了，做事情的时候拍桌子互指鼻子的情况比比皆是，我相信梁工是不会跟我计较的。"

说完，应顺尧就停下来，这是在试探他把他踢下台后，他的态度。

梁坤看着应顺尧，看了好几秒，随即，他笑笑："哪里敢跟应董计较。"

"看你这话，那就是还过不去。"应顺尧直接接下这话，他拿公筷夹了菜，起身放到梁坤的碗里，说道，"这些年你确实是辛苦了，华星的今天也全靠你，我那小儿子应涵没法跟你比，他就是背靠你种下的树乘凉，按这么算他还得喊你一声老师。"

"别，我可不敢当。"

“老梁，你的傲气呢？还是别藏着吧，最近呢，公司人事动荡，老江我算了算，也到了该休息的年纪了，老伙伴我也不说他半点不好，只能说难堪大任，华星还得继续往前走不是，以后无人驾驶、新能源汽车、芯片，都是重中之重，这些都是你熟悉的，所以，我想聘请你回来当这个副总裁，以后研发总部还得你多看着点。”

副总裁？职位比总工程师确实要高，一个是部门的头儿，一个是集团的副手。

应顺尧可真是舍得下血本。

梁坤拿起热毛巾轻轻地擦拭着唇角。

应顺尧起身，又用公筷夹了菜放到梁坤的碗里。

苏漫抬起眼眸，看了丈夫一眼，面对这样的诱惑，他会怎么想。

应顺尧笑道：“你好好考虑，这是一个好机会，我还是习惯跟你共事。”

梁坤放下热毛巾，没吭声。

今天唐隽和周彦也很忙，那两份关东煮他们都没回来吃，孟浅浅拿出来分给了其他的同事，这一忙忙到晚上七点多，外面天色已暗，孟浅浅放在桌面上的手机响起来，她看了一眼。

YING：下来，我在门口。

孟浅浅只得关了电脑，然后起身，拿起那一串宿舍的钥匙放进包里，然后收拾收拾，背着包朝楼梯走去。

新来的两位女同事也正巧下班，跟在孟浅浅身后下来，一眼便看到应浩靠在车旁等，两个女同事一笑。

其中一个凑过来，问了孟浅浅：“你跟应大少爷是男女朋友吗？”

她这一问，应浩也听见了，他抬起眼眸看过来。

孟浅浅一顿，跟他对视着，随后低声笑道：“不是，我们只是大学同学。”

“噢，对，应大少爷他还在读书呢。”女同事笑着点了点头，“这公司，是你们几个人合伙创立的吧？”

孟浅浅笑笑：“我只是打杂的而已。”

“你谦虚啦。”说完，女同事拉着另外一个女同事说道，“拜拜，明天见。”

“明天见。”

孟浅浅朝对方挥手。对方和另一个女同事朝应浩点头，应浩看了她们一眼，也点了头，然后看向孟浅浅。

一秒后，他打开副驾驶位的车门，孟浅浅走过去，坐进副驾驶位。

坐稳后，应浩并没立即走，他撑着车顶，垂眸看着她：“你刚刚为什么这么回答？”

孟浅浅从他的神情就看出了他的不愉快，她抬起头，看着他道：“我说了公私分明吧，我真的觉得我们的关系得保密，不然我以后做错了事情，别人会觉得应总的女朋友怎么那么没用啊。”

应浩的眼神微变。

孟浅浅拽着他的领口：“我经历过这样的事情啊。”

应浩的下颌紧了几分，他当然也知道。

几秒后，他咬牙切齿：“等你嫁给我了，就不会有这些事情了。”

说完，他关上车门，绕去驾驶位启动车子。

孟浅浅却觉得自己的心态竟然这么平和，高中的时候因为和他走得近，所以受到的攻击并不小，那会儿可真难受，如今却已经知道了解决问题的方法。

黑色的 SUV 开上高速。

路灯打进车里，忽明忽暗的。应浩把袖子挽起来，搭在方向盘上的手指骨节分明，孟浅浅看了他一眼。

心知他心情还不爽。

她没吭声，往后靠着看向窗外。

大约几分钟后。

他问：“晚饭想吃什么？”

孟浅浅的声音软和了很多：“都行。”

应浩没再问，车子抵达海城旧城区附近，是一家日料店，应浩停好车，两个人进去吃饭。孟浅浅多少会看一下价格，好在这家日料店价格不算很贵，应浩看她在看价格，把单子拿走，说道："我自己想吃，你只是陪我吃而已。"

孟浅浅看着他。

应浩夹了寿司放在她的唇边："试试。"

孟浅浅张开嘴，吃了，寿司竟然意外的好吃。

应浩看了她一眼，就知道合她的胃口，他没再说什么，就只是喂她吃。

吃完出来，应浩启动车子，开到新区那边，有两栋公寓式的楼房，孟浅浅仰头看着，说道："这就是员工宿舍？"

应浩把手插在裤子口袋里，站在她的旁边："嗯。"

孟浅浅："那以后这里我管吗？"

"你管，你回头再招两个助理帮你。"

孟浅浅："好。"

话音刚落，应浩牵住她的手，拉着她往天桥走去。孟浅浅看着他，晃了一下他的手，问道："你还是不开心？"

应浩刹停脚步，垂眸看她。

孟浅浅的眼睛亮亮的。

应浩俯身，盯着她的眼睛说道："浅浅，自信点，是我配不上你。"

孟浅浅抿紧嘴唇。

应浩用手掌捧着她的脸，指腹在她的脖颈肌肤上滑动，接着，他偏头吻了吻她的脖颈。孟浅浅吓了一跳，撑着他的肩膀。

他含糊低笑："别急，天桥上又没人。"

孟浅浅捏他的耳朵，他用手臂揽住她的腰，把她抱在怀里。

孟浅浅埋在他的胸膛上，听着桥下疾驰而过的车声，也是奇怪，今晚天桥确实没人，安静得好像大家都躲起来了。于是天桥成了他们两个人浪漫的地方。

而不远处就是海城大学。

抱了几分钟后。

应浩半蹲在她跟前，说道："走，背你回宿舍。"

孟浅浅也没客气，上前就趴在他的后背上。应浩站直身子，两手拖着她的腿，孟浅浅这次是清醒的。

她钩着他的脖子，问道："我胖没胖？"

应浩朝楼梯走去，每一步都很稳。

他说："不胖。"

孟浅浅轻哼："撒谎。"

应浩："你摸摸我的心跳，看看我有没有撒谎。"

孟浅浅的手往下摸，按到他的心脏："有点快。"

"负重走路心跳不快？"

孟浅浅突然捏他的下巴："你就贫。"

应浩冷哼一声，孟浅浅莫名感觉到危险的气息，她"嗖"的一下把手收了回来。

他俩下了天桥，朝海城大学大门走去，这一路上有许多的目光扫来，应浩镇定自若，孟浅浅把脸埋在他的肩膀上。很快，来到女生宿舍，孟浅浅在花坛上下来，应浩解了点儿领口，实在是热。

孟浅浅抬手擦拭他脖颈的汗。

他的喉结滚动了一下，盯着她看，下一秒，她的腰又被他给搂住了，而就在这时，他的手机有个电话打进来，应浩只能拿出来，低头看了一眼。

是袁从严打来的。

应浩滑开接了："袁叔。"

"你爸今晚在'金玉王朝'宴请梁坤一家，他许诺给梁坤副总裁的位置，梁坤在餐桌上没有给出一个确切的答复，我们得做两手准备。"

应浩的指尖一顿。半晌，他道："好，我知道了。"

袁从严："应浩，这场战争刚刚打响，但是我们不能慌。"

应浩："放心。"

挂断电话后，应浩垂眸，没有吭声。孟浅浅盯着他看，随后，她凑过去，在他的唇边亲了一口。

刚亲完，应浩很快就反应过来，接着他用指尖扣着她的脖颈，抱起她，来到树下，把她推在树底下，低头下去，狠狠地吻着。

树枝摇晃。

孟浅浅后悔了，她踢着他："应浩。"

"嘘。"他含着她的唇瓣道，"别说话，在外面呢。"

孟浅浅："呃……"

你也知道在外面！

亲了没一会儿，应浩的手机再次响起，这次是微信视频。他退开了一些，用指腹擦拭她嘴唇上的水珠。

孟浅浅狠狠地推着他的手，反射性地抬头去看宿舍楼。

常慧慧的人影在上面一晃而过，孟浅浅的心顿时提起来，满脸通红。应浩点开视频，发视频过来的人是唐隽和周彦。

这里的光线不好，应浩牵着她的手走出树下，来到花坛边坐下。

唐隽和周彦在视频那头露了脸，唐隽说："梁教授是不是被你爸截走了？"

应浩微微俯身，握着手机："嗯。"

唐隽的神情一言难尽，他侧过头去，把视频交给周彦。

周彦："幸好我们一开始就没抱太大期望。"

然而这话说出来后，大家还是沉默了。其实还是抱着希望的，只是现在才知道自己的天真。

唐隽揉揉脸："我才不信。"

应浩："你可别哭。"

"我哭什么？我一个大男人哭？"唐隽瞬间看了过来，他看到了孟浅浅，立即道，"小学妹，哥哥想你了。"

"滚。"应浩寒声道。

唐隽："呃……"

周彦想了一下，说："不知道我们以后会变成什么样，今天看到办公室里来了这么多人，突然有点慌。"

应浩懂他们的心情，他微微扯了一下领口，说道："办公室再改造改造。"

整个厂房是复式型的，属于两边复式那种，那边还有一个很宽大的办公室，至今还空着。把这群新来的安排到那边去，这边的办公室就他们几个专用。他把这个想法说出来后，唐隽说道："我举双手赞成。"

周彦笑道："这样也好。"

孟浅浅看着他们虽然在笑，却能感觉到他们好像有点士气低落。她拿出手机，摩擦了几下页面点进微信，翻找苏婳的头像。

刚找到，她准备要点进去的时候，一只修长的手握住了她的指尖。

“没必要问。”

孟浅浅抬头：“我找她聊两句。”

“聊了又怎么样？让她去求她爸吗？苏漫老师一看就很有主见，她只会觉得你目的性太强。”

孟浅浅有些丧气了，松开了手指。

应浩捏捏她的鼻子：“行了，去休息，对了，明天下去你去学跆拳道，我已经给你报名了，这是地址。”

他发送一个定位过来，孟浅浅打开一看，又是在旧城区，离便利店也近。

她“哦”了一声，接着，她问：“难道这事情就这么过去了吗？不再争取争取？”

应浩：“再等等吧。”

“好吧。”

孟浅浅起身，朝楼梯走去。应浩目送她上楼，看着她的背影消失在楼梯口处，他才转过身，坐在台阶上，他拿出手机，看着梁坤的电话号码。

几秒后。

他还是收起手机，朝车子走去。

孟浅浅到了三楼，也没急着进屋，站在栏杆边上，探头看了一眼，就看到他坐在台阶上。他才不是真不在乎。

看着车子开走后，孟浅浅才转身进了宿舍。

常慧慧在刮腿毛，抬头看她：“舍得回来啦？在楼下拉拉扯扯的，啧啧。”

孟浅浅上前捏她的脸：“你在那里偷看很久了哦。”

“没有没有，你们都躲到树底下了，我怎么看哦，就看到应浩学长推着你去了树下。”常慧慧笑得脸上的肉粉嘟嘟的。

孟浅浅瞪她，随后松开她坐在她的旁边。

她又一次拿起手机，看着苏婳的头像，但又想起应浩刚刚的话，最后她觉得她还是别坏事好了。

“你叹什么气？”常慧慧刮完腿毛，擦上润肤液，问道。

孟浅浅摇头。

忽然，她像想到了什么，接着拿着手机，走出宿舍，举起来，对着挂在半空的月亮拍摄。楼梯上传来脚步声，孟浅浅拍完后，转头一看，对上了刚走上来的林飘，四目相对，林飘拢了拢薄薄的外套，从她的身侧走过。

孟浅浅收回视线，低头看着相片。

林飘不经意地一扫，看到她脖子上的吻痕，像被人用力吮出来的。

林飘牙根一咬。

几秒后，隔壁宿舍的门大力地关上。

孟浅浅吓了一跳，她看了一眼那扇门，但没心思去搭理什么情况，她回到宿舍坐下后，开始点开 P 图软件，上色加色，调了一下，然后又从相册里翻出另外一张相片，是之前去东市的时候拍的月亮图。

两张图片一起发到朋友圈。

孟浅浅斟酌了一下，编辑——

东市跟海城的月亮是不是一样圆？

发出去后。

周乔：你去东市了？

成暖：啧啧，你傻不傻，难道不是一个月亮吗？难道还有两个月亮？

唐隽：哈哈哈，小可爱。

周彦：一样圆。

几分钟后。

苏婳：姐姐，你一定是傻了，这月亮是一个月亮啊。

孟浅浅立即来劲了，回复她——

孟浅浅：嘿嘿。

苏婳：姐姐，其实我觉得还是有点区别的，你看东市的是不是要冷一些，海城市的要暖一些。

孟浅浅：真的，我看看……

孟浅浅：苏婳，你回海城了吗？

苏婳：回了，今晚刚到呢。

孟浅浅：哦哦，好的。

苏婳：姐姐，有空我去找你玩好不好？

孟浅浅：好的啊，对了，我们东方项目厂房弄好了，你到时来这边玩儿吧。

苏婳：那到时等我爸带我去。

看到最后这一句，孟浅浅差点要跳起来，她立即截图这一条发到五人群里，把唐隽、周彦给炸了出来。

唐隽：小可爱，你可以啊。

周彦：她还肯回复你，看来情况没那么糟啊。

YING：@孟浅浅，我去接你。

孟浅浅：干吗？@YING。

YING：你说呢。

孟浅浅：你别来，我要睡觉了。

YING：看你这么可爱，想给你点儿奖励。

孟浅浅看到他这句奖励，突然脑海里浮现出酒店那一幕，她的脸一下滚烫起来，有些感受羞于说出口，但不代表它不存在。

YING：嗯？

孟浅浅：不下！

YING：行。

常慧慧看着聊天记录，皱紧眉头，研究了一下，说道："那个梁坤教授果然被应浩的爸爸给诱惑了是吧？"

孟浅浅说："嗯。"

常慧慧："周彦学长果然有先见之明。"

孟浅浅说："情况还不算太糟。"

至少苏婳还肯搭理她。

常慧慧："或许人家只是跟你客套而已。"

孟浅浅："嗯……"

她拿起睡衣去洗澡，洗完澡出来，常慧慧拿她那个刮毛器也要给孟浅浅刮毛，结果她发现孟浅浅天生丽质，居然没什么毛毛。常慧慧："怎么能这样，人比人气死人，难怪应浩学长那么喜欢你。"

孟浅浅："你可闭嘴吧，我要睡觉了。"

说完，她爬上床去。

躺在床上，孟浅浅跟常慧慧进了舍友群，问问两位舍友什么时候回来，她们给的回答是至少开学前一周。行吧，这段时间慌里慌张的，确实有点想念那两位学霸舍友了。

可能是睡前想得太过了，孟浅浅做梦梦到梁坤教授明天就到公司了，全公司上下欢呼。第二天一早，孟浅浅醒来时，神采奕奕的，做了好梦精神当然好。她洗漱完跟常慧慧下楼，来到一楼转角，看到应浩已经到了。

他听见动静抬头，看到她后，他说道："跳下来，我抱你。"

常慧慧"唰"地看向孟浅浅。

孟浅浅盯着这几个台阶，感觉跳下去要命。她摇摇头，大步地走下去，从他身侧直接走过，应浩笑了一下，直接伸手抱住她的腰往回搂，孟浅浅"哎"了一声，推他。

应浩一个用力，把她抱到跟前，扣着她的腰，笑道："昨晚那粗糙的演技，幸好加你微信的人是苏婳，要是苏漫老师你已经被拉黑了。"

孟浅浅正挣扎着呢，这会儿停下，仰头看着他："我昨晚做梦梦到梁坤教授来了。"

应浩挑起眉毛，他说：“我该拿你如何是好。”

你怎么那么好，那么善良，那么美好。

常慧慧在一旁抱着手臂咳咳几声，最后觉得自己这个电灯泡太大了，于是绕过他们，自己去开了后座的车门坐上去。

几分钟后。

应浩才牵着孟浅浅回到车里，他说：“你下午记得去跆拳道馆报到。”

孟浅浅：“知道啦。”

她上了车。

应浩去驾驶位，启动车子。

他先带她们两个人去食堂吃早餐，吃完了才开往郊区。一下车，孟浅浅就看到了李司机，赶紧喊道：“师傅，宿舍订下来了，你过来领钥匙吧。”

李司机一听，高兴坏了，立即跟上孟浅浅。

他冲应浩点头：“应大少好。”

应浩：“好。”

常慧慧也跟着孟浅浅进了公司，看到公司的人数，她有些惊讶：“哇，现在这么多人了，我就一天没来呢。”

孟浅浅说：“都是袁总安排过来的。”

“哦哦，这样的话你就不用招那么多人了，感觉以后这里一定会很壮观很厉害啊。”常慧慧两眼发亮。

孟浅浅点头道：“是。”

上了楼，孟浅浅就发现那些办公桌全搬走了，此时搬到了对面那个复式楼层去，这边只剩下四张桌子以及两个办公室跟一个休息室，场地一下子扩大了许多。唐隽在沙发那边正在铺地毯，是那种毛茸茸的地毯，可以躺着可以休息，整个办公室简直是大变样，看起来比昨天那样人挤在一起办公好多了。

唐隽笑道：“以后这里就是我们浅浅的小天地了。”

孟浅浅呼了一口气，其实她也有点喜欢这样的改造，她更喜欢跟唐隽、周彦、应浩这三个熟悉的人一起办公，其他新进的人在对面那个复式二楼办公，这样挺好的。

常慧慧：“看得我也心动了，我也想在这里办公。”

唐隽直起身子，擦擦脖颈的汗，说道：“让你当我助理你又不要，现在公司不招在校学生了。”

常慧慧耸肩：“才不要帮你，那是男生干的活儿。”

唐隽看了她一眼：“啧啧，眼界小。”

孟浅浅听着他们拌嘴，觉得还挺好玩的。而后面的厂房传来了很大的安装声音，汽车流水线正在制造。

她看了一眼，还有很多机器人。

唐隽道：“这些机器人以后我还要再改装改装。”

孟浅浅：“你真棒。”

“谁真棒？”应浩低沉的嗓音从楼梯口传来，孟浅浅跟唐隽转头，应浩靠在楼梯栏杆上，眯起眼睛看着他们。

“唐隽真棒？”

孟浅浅：“呃……”

“是吗？浅浅。”

孟浅浅懒得搭理他，直接拉开椅子坐下。应浩的眼眸看向唐隽：“下来，看你的研发室。”

唐隽擦擦手，朝他走过去，用手扇着鼻子说道：“这一身酸味。”

应浩转身大步下楼，一看就很不爽。

唐隽：“唉……”

他们下去后，李司机就上来登记宿舍，拿宿舍钥匙，他成了东方新能源汽车公司宿舍的第一位舍友。

孟浅浅把留下来的简历发到应浩的邮箱里，等待他回复。目前公司职称还没完全定下来，总工程师的位置留着，那是给梁坤教授的。后面的食堂孟浅浅也跑了几趟。现在这些人员都是袁总带进来的，比较可靠。

常慧慧这一整天都在帮她的忙，时间过得很快，一下子就到下午五点了，孟浅浅站在栏杆旁边往下看，看着公司的大门口。

这时，应浩从研发室里走出来，戴着白色的手套，他慢条斯理地把手套咬下来，看着她：“你在等什么？”

孟浅浅回过神来，看向他：“我昨晚做梦……”

“老婆，你以前说梦是反的。”

“哐当”。

常慧慧听见“老婆”二字，跌坐在地上。

孟浅浅指着他：“你不许这样喊。”

“应浩，你没有期待吗？梁坤教授……”

他真的没来。

应浩靠在门上，说道：“收拾收拾，你该去学跆拳道了。”

孟浅浅：“嗯……”

第十三章

未　来太　长

梦是反的，好像确实是这样，她确实经常做到好梦，但那都与现实无关。那一年应浩考上海大的时候，她看着自己的成绩单哭了，当晚做梦梦到自己也考进了海城大学，跟他还是同一个专业，并且昂首挺胸地走进教室里，看到他错愕的表情。

然而现实是她没考上，她复读一年才上了海大，学了一个不怎么喜欢的专业，也没有所谓的昂首挺胸，反而是黯然失神。

想到这里，孟浅浅转身去拿包，然后关了电脑，下楼。

应浩在研发室门口跟人说话，看到她下来了，说道："你先跟李师傅去，晚点我去接你。"

孟浅浅看都没看他，直接往门口走去。

应浩见状，微微皱了一下眉头，他扯下另外一只手上的手套，大步地跟上。

孟浅浅则拉开了副驾驶位的车门，"砰"一声："师傅，走吧。"

李司机已经启动车子了，也没注意到自家老板出来，油门一踩，便开了出去。应浩没赶上，站在门口眯起眼睛看着远去的车。

唐隽在里面喊道："去哪儿？回来看这台电脑！"

应浩把手插在裤子口袋里站了一会儿，一分钟后才转身回了研发室。

车子上了高速，李司机笑道："孟小姐，没想到公司安排这么好的宿舍给我们住呢！"

孟浅浅坐在后座上，笑道："李师傅喜欢吗？"

“当然，那里是新城区，环境要比旧城区好很多，我看公司还购买了大巴，以后住在市内，工作在郊区啊？”

孟浅浅点头：“是的。”

“那可真是太好了。”

孟浅浅笑笑，看着窗外。

很快，抵达那家跆拳道馆，店铺不算大，但装修得挺新的。孟浅浅推开车门下车，手机跟着“嘀嘀”响起。

她拿出来看了一眼。

YING：心情不好？

YING：晚上去吃甜品？嗯？

孟浅浅：谁要吃？你自己去吃吧。

回完这话，孟浅浅把手机放回包里，然后进门。这竟然是一对一的课程，一个老师穿着跆拳道服走出来，笑问：“孟浅浅？”

“你好，老师。”

这老师很年轻。

他笑道：“我姓杨，你叫我杨老师就好，走吧，去换衣服。”

孟浅浅点了点头，跟着他进去，换了衣服出来，站在场上，孟浅浅只觉得自己弱得像小鸡。杨老师说道：“应浩希望你能学一些防身术，我们先从基本功学起，你跟着我练。”

孟浅浅：“好的。”

于是，她开始跟着杨老师抬手。

有时孟浅浅总是低估自己，大概是常年在家里有做家务的原因，她这基本功一上来就有模有样的。

杨老师有些诧异：“你看起来柔柔弱弱的，但动作都很标准，也挺有劲儿的。”

“谢谢老师。”她微微一笑。

场馆的窗户紧闭，但外面透了些阳光进来，打在地上。孟浅浅就站在那光圈里，头发扎成了马尾辫，一张脸温柔漂亮。杨老师便多看了几眼，随后他教她第一个防身术，也是比较常出现的——抱臂背摔。

杨老师做示范的时候，很注意两个人的距离，孟浅浅被掀翻在地时，橡皮筋掉在地上，头发披散开来。杨老师弯腰，笑道：“没事吧？我没怎么用力……”

孟浅浅瘫在地上：“没事，就是有点晕。”

“那我下次注意点儿。”说完，杨老师含笑看着她的脸，去握她的手腕，想把她拉起来。

应浩上了台阶便看到这一幕，那位跆拳道老师眼眸那般温柔地看着孟浅浅，孟浅浅头发零散地躺在地上，笑起来睫毛微颤，柔软甜美。

应浩在那一瞬间，涌起了后悔。他进了门，一把握住杨老师的手腕，低声道：“杨老师，我来。”

男生的力气不小，杨老师愣了一下，转头对上应浩的眼眸：“应浩。”

应浩笑笑，推开了杨老师，随后俯身看着孟浅浅，此时阳光打到她脸上，美而不自知的女生。

孟浅浅看到他，睫毛颤了一下。

应浩嗓音很低：“我觉得还是我自己亲自教你好了，我不喜欢看到你躺在别人的跟前。”

孟浅浅一愣：“你在说什么啊？”

应浩没有接话，搂住她的腰，把她抱了起来。

孟浅浅万般尴尬，她看了一眼一旁的杨老师。杨老师后退半步，也有几分尴尬，应浩顺便捡起地上的橡皮筋放在孟浅浅的手里，然后他转身看着杨老师：“老师，我们切磋一下。”

杨老师顿了顿，点了点头：“好啊，跆拳道还是散打。”

“散打。”

应浩说完便挽起袖子，他看了一眼孟浅浅，捏捏她的手，说：“一旁看着，等下带你去吃甜品。”

孟浅浅一脸通红，甩开他的手，走到一旁坐下。

杨老师脱下跆拳道服，里面是略微紧身的黑色上衣，杨老师的肌肉要发达很多。应浩穿着衬衫看不到肌肉，但是身材体型是真好。

两个人对着站。

几秒后，杨老师开始出拳，应浩隔挡，接着长腿抬起来，狠踢。杨老师侧过身子，躲过了第一踢，但第二踢紧跟而来，应浩反守为攻，虽然他穿着衬衫和长裤，但他的速度很快，出拳的时候狠厉中带着点斯文，斯文中带着狠厉。

最后直接一拳打在杨老师的脸边。

应浩眯起眼睛，喉结滚动："老师，承让。"

杨老师微微喘气，笑着道："应浩，这一年多来没少偷练啊。"

应浩后退了一步，他稍微掰了一下手指，说道："只是没到你这里练而已。"

说完，他朝孟浅浅走过来。

孟浅浅看着他，觉得他变化更大了，高中的时候他哪有这样的拳脚功夫，还不如萧然呢。现在好像挺厉害的样子。

应浩盯着她："还生气吗？"

孟浅浅愣了一下，几秒后想起自己从公司出来时带着的一股气。她回神来，转身就走。

应浩笑着从身后抱住她的腰："说说，为什么生气？"

他因为刚刚搏斗过，整个人都是滚烫的，连说话时的呼吸都带着热气。孟浅浅抿紧嘴唇道："我没生气。"

"没有？"

孟浅浅："没……"

一秒后，她说："有有有，我想起了刚考上海城的时候那个心情。"

这话一出，应浩的手臂猛地收紧，他沉默地看着她。

孟浅浅哼了一声。

应浩："打我一顿？"

孟浅浅："我打得过吗？"

应浩笑着亲她的脸颊："你随时都打得过。"

"哎，你们俩……"杨老师在一旁看了半天，没忍住咳了一声，原来应浩跟这女生是这个关系。

他倒是鲁莽了。

应浩松开孟浅浅，转头去看杨老师，说道："我自己教她。"

杨老师点头："可以，但是交的费用不退哦！另外，我妹也是老师，如果你不喜欢我一个男的教她，那就让我妹来教她吧。"

孟浅浅一听："好啊好啊。"

孟浅浅推了应浩一下。

应浩垂眸看了她一眼，心知她是心疼这个费用。

他对杨老师说："可以，你妹妹教。"

杨老师松了一口气，笑道："好吧，孟浅浅今天先下课。"

"谢谢老师。"孟浅浅转身就朝换衣间走去，她换好衣服出来，看到应浩跟杨老师站在门口聊天。

孟浅浅走过去，应浩牵她的手，跟杨老师告别。

走出跆拳道馆，不远处就是便利店，门口人来人往的。

应浩看了孟浅浅一眼："不生气了？"

孟浅浅瞪了他一眼。

应浩勾唇一笑："我们去吃甜品。"说着，牵着她往街尾那边走去。

走着走着，孟浅浅问道："你之前学散打是在杨老师这里学的？"

"嗯。"

孟浅浅："你怎么会突然想学？"

人多，都往她这边挤，应浩拉着她上了台阶，护着她在里面，说道："忘不掉你，加上家里的事情，需要找个地方发泄，便过来学了。"

孟浅浅一愣，她没吭声。

两个人进了甜品店，应浩点了一大堆孟浅浅喜欢吃的甜品。孟浅浅的手机在这时响起，她一看，来电是乔老师。

店里人多，有点吵，孟浅浅跟应浩说了一声，便起身出去外面接。

外面要安静一些。

"乔老师，怎么啦？"

乔老师在那边叹了口气，说道："浅浅，我想了想，最终觉得还是得跟你说。"

孟浅浅的心顿时提了起来。

乔老师接着道："你劝劝你家里人吧，你妹妹只在我这里上了两天课就没上了，你妈妈不肯让她上，说要做手工补贴家用，你妹妹跟家里闹了一场后，也就没来了。”

孟浅浅的心直跳，是一种愤怒的跳动。

她咬着牙，说道：“只上了两天？”

“对，你回海城后，她只来了两天，后来就没来了，她还让我别告诉你。”

“好的，老师。”

孟浅浅的眼眶蓄满泪水，她挂了电话。第一时间打给黄秀琴，电话响了快一分钟才接，黄秀琴一接电话，就说：“你还知道给家里打电话？还以为你不要学费了呢……”

“妈！”孟浅浅打断她的话，“你为什么不让媛媛去补习。”

黄秀琴一听：“哟？家里事情那么多，她去补什么习啊，孟浅浅，你妹没你那么笨，她至少能考个本地大学，她不需要补习！”

“本地大学是什么大学，我想要她考出来。”

“你做梦吧。”黄秀琴也快被气死了，孟浅浅考出去后就跟长了翅膀一样，连暑假都不在家里帮忙了。为了这个事情，她跟孟致贤抱怨了几句，孟致贤还教训了她。她对着孟致贤不敢说什么，但是，两个女儿她还不能说吗？

“你妹不像你，她考在本地还可以经常回来。”

孟浅浅明白了，黄秀琴要压着孟媛媛留在家里。孟浅浅气得泪水直掉，她用袖子擦着泪水：“我要把媛媛接到海城来，我在这边给她补习……”

“孟浅浅，你真是翅膀硬了，你给她补习，她读书的费用你全部出对吗？”黄秀琴在那边大吼。

孟浅浅：“我……”

一道人影从身后绕过来，应浩俯身看着她，孟浅浅满脸泪水，跟他的眼眸对上，她后退了一步。应浩一把搂着她的腰，抱到一旁的阴影下，将她搂在了怀里。黄秀琴在电话那头一个劲儿地骂孟浅浅。

孟浅浅抽泣着。

应浩垂眸看着她，握着她的手腕，想拿她的手机。

孟浅浅抬头看着他，冲他摇头。

应浩看着她被水洗过的眼睛，他微微地眯起眼睛。

孟浅浅握紧手机，收起了脆弱，她说道：“我再跟你说一遍，媛媛必须补习，你如果不让她补，我把她带到海城，我就算不上学，我也打工供她补习。黄秀琴，你自己考虑。如果你以后想过这个家只有你们三个人的日子，那么，请随意。”

她语气坚定，有破釜沉舟的气势，实实在在地吓到了黄秀琴，黄秀琴的那些话全被截断了，卡在喉咙里，她有些恍惚，电话那头还是那个软弱可欺的大女儿吗？

她的一声黄秀琴也的确震慑了黄秀琴。

安静了几秒后，黄秀琴那边挂断了电话。孟浅浅听着忙音，身上储蓄的力气一下子卸掉，随后靠在应浩的怀里。

应浩搂着她的腰，亲吻她的鼻尖：“说得好。”

这时，店里的服务员提着打包好的东西，从里面走出来。孟浅浅知道自己的情况很糟糕，埋在他肩膀上没有抬脸。

应浩接过打包袋，说道：“谢谢。”

服务员走后，应浩搂着她的腰去开车。

孟浅浅上车后，拿着纸巾吸鼻涕。

应浩听着，看了她一眼，启动车子，说道：“再找个地方吃甜品，去哪儿呢？”

孟浅浅的声音软糯：“随意。”

应浩一听，挑了一下眉头，随后车子掉转出去。

大约过了十五分钟后，车子开到一个公寓小区门外，孟浅浅下了车，问道：“这是哪？”

“我在校外的住所。”

应浩牵着她的手，进入大门。

孟浅浅认出这个小区，叫“斯格”。

学校论坛里有议论过这个公寓，价格贵不贵是另外一说，但据说海城艺术系的学生都在这里买了一套住。可能是住的都是学生的原因，这里被誉为最年轻的公寓。

应浩的那套在十二楼，就是一个单身公寓的格局，房间跟客厅是连通的，有点像酒店式的那种。

进门后，孟浅浅看了一眼环境，他这儿连拖鞋都只有一双。

应浩把拖鞋拿出来给她，他赤脚。

孟浅浅把甜品放在桌面上，她坐在地毯上，拿了油条先啃，确实有点饿了。应浩靠在沙发上，屈腿拆开豆浆还有杨枝甘露等甜品，撕了半根油条放进豆浆里，推给她。

孟浅浅喝了一口豆浆又咬了一口油条，说道："味道好好。"

应浩轻笑一声。

孟浅浅吃饱了，问道："我给你发的邮件你看了吗？"

应浩："还没看。"

孟浅浅"哦"了一声。

应浩收拾好桌面上的狼藉，孟浅浅则去拿抹布擦了一下桌面上的豆浆汁。再出来时，应浩则坐在地毯上，拿着平板翻看邮件。

孟浅浅看他在看简历，跟着坐在他身边，说道："你觉得这些人能用吗？"

"不行。"应浩随意地扫了几封，便关了页面。

孟浅浅眨了眨眼睛。

应浩往后靠，几秒后，他用指尖解着衬衫纽扣，慢慢地靠近她，接着突然吻上她的脖颈。孟浅浅愣了一下，推了他一下，他含住她的嘴唇，道："我说过要给你奖励，不如今晚实现吧。"

孟浅浅满脸羞红。

"你……"

"别怕。"说完，他突然把她拦腰抱起来，接着走向了浴室。从浴室里出来，孟浅浅推着他的肩膀，突然问道："你和别的女生……"

应浩一顿，他抬起眼眸，眉眼被水珠打湿，带着性感，他说："没有。"

说完，他推开她的手腕，把她推倒在床上，半跪下去，吻着。

孟浅浅的指尖掐着床单。她恍惚着，直到他的脸纳入眼底，她张了张嘴巴，说道："你……"

应浩按着她的腰，吻着她，行动带着隐隐的失控。

孟浅浅确实还没准备好，其实她自己明白，他对于她来说，很重要。

没有他，她不会考出来，走出人生的这一步，就更不用说，他的其他的好了。

孟浅浅搂着他的脖子，也回应着他的吻。应浩被她一回应，差点失控。

但他不认为此时合适。

吻到最后，孟浅浅都有些神志不清了。

应浩咬着她的嘴唇，道："我送你回去。"

孟浅浅："嗯。"

但是她的衣服湿透了，只能在外面罩着他的外套，下了楼，上车。车子启动，往海城大学开去，孟浅浅开了少许的车窗。

风吹进来，吹乱她的发丝，令她清醒了很多。

回到宿舍楼下，孟浅浅下车，肩膀上搭着他的外套，走向楼梯。应浩握着方向盘看着她，几秒后他一把推开车门，大步下车，从身后揽住她的腰，把她推在墙壁上，低头堵住她的嘴唇。

孟浅浅"唔"了一声，眼眸带水。

应浩抵着她的额头，微微离开了一些，指腹按着她的唇瓣，道："下次找个好时机。"

孟浅浅抿紧嘴唇，眉眼里全是柔意。

她没回应，但是也不抗拒。

应浩的手掌在她后腰上摩擦，揉得她的膝盖有些软。身后传来了少许细碎的脚步声，孟浅浅这会儿脸极红，她推开应浩，飞快地上了楼梯，跑动时，男人的西装外套往下滑掉一些，露出了白皙的肩头。

应浩把手插在裤子口袋里，看着她的背影，看着她那如玉的肌肤。

站了几秒后，他用指腹抹了一下唇上的水迹，转身，阴影打在他的脸上，眉梢到薄唇，全是野性。

他抬起眼睛，看到站在台阶下的两个女生。

林飘以及陈莉。

他只扫了一眼，便走下台阶，朝车子走去，从她们身边毫不在意地走过去。

一分钟后，车子启动离开，呼啸而去。

陈莉看向旁边的林飘。

林飘跟雕塑一样站在原地，脑海里不停地回放着刚刚那一幕，他接吻竟是这样的，那样放肆又那样狂。

他把孟浅浅吻得几乎要滑到地上，可他又用手臂紧紧地搂着她的腰，让她不至于摔了。

她还听见应浩说下次找个好时机，嗯？

他怎么能这样……他怎么能这样……

陈莉陪着林飘站了一会儿，随后伸手拍拍她的肩膀：“林飘，走吧。”

林飘突然回过神来，她看了一眼陈莉：“你看见了吗？”

陈莉愣了一下，几秒后反应过来：“看见了。”

陈莉想了想，道：“我第一次看到应浩这样，我估计很多人都不敢相信这是他。”

林飘尖着嗓音：“你闭嘴！”

陈莉摇了摇头，很想说，你现在不是也有男朋友吗？既然如此就不要再惦记着应浩了，但是她知道林飘不听的。

林飘或许爱陆礼的钱，也爱应涵的钱。但是，她可能一开始就喜欢应浩。陈莉耸耸肩膀，走上台阶上楼，也懒得再跟林飘说了。

回到宿舍，常慧慧正在敷面膜，看到孟浅浅进来，惊掉了面膜：“小宝贝，你怎么了？你们发生关系了？”

孟浅浅拿了睡衣，直接往浴室走去。

常慧慧捏着面膜跟着探头：“是不是？是不是？”

孟浅浅推开她的头，拿下外套。

里面贴身的裙子简直了，显得身材玲珑有致，常慧慧睁大眼睛：“我的妈耶，你这身材……”

越说越夸张，孟浅浅满脸通红，推开她：“出去，我要洗澡。”

常慧慧：“我再看几眼……”

“砰”。

孟浅浅强硬关门。衣服湿透了贴在身上，有些不舒服，脱下湿衣服，热水淋在身上，孟浅浅才呼了一口气。十来分钟后，她洗完澡出来了。

常慧慧捂着耳朵。

孟浅浅一愣："怎么了？"

话音刚落，就听到隔壁宿舍摔门的声音，紧接着林飘不知接了谁的电话，对着电话大骂："滚，我不会回去的，我死也会死在这里。"

孟浅浅一顿。

又过了几分钟，隔壁才安静下来。常慧慧才把手放下来，她说："你不知道，你进去洗澡没几分钟，林飘学姐就回来了，然后她用力地甩门，那门"砰"那么大一声，居然反弹回去，接着她又关了一次，我的妈，脾气好大。然后呢，她就来电话了，跑到走廊去接，"砰"的一声又甩上门，陈莉学姐骂了她一句，她又甩……不过她那通电话好像也挺那个的，那人不知道是谁，居然叫她回去结婚？结婚？搞不懂。"

孟浅浅皱起眉头，擦着头发，说道："你别探听太多。"

"我才不呢，她不跑走廊讲电话谁听得见。"常慧慧耸耸肩膀，她上前拿了吹风机给孟浅浅，孟浅浅吹着头发。

常慧慧还是好奇地问道："对了，你身上淋湿这个事情是什么情况？又没下雨。"

孟浅浅耳根微红，没搭理她。

应浩不小心用水淋了她一身，后来他直接把她给抱了出去。

常慧慧："什么情况？"

孟浅浅推开她的脸，道："没什么情况，就是不小心淋湿了。"

"有问题。"常慧慧提起孟浅浅的领口，看到了上面藏都藏不住的吻痕，"啧啧"了几声。孟浅浅推开她的手，看着头发干了，赶紧爬上床。

常慧慧："逃避是解决不了问题的，只会让我不停地猜测，猜测……你们确实发生关系了！"

孟浅浅："你可以闭嘴吗？"

常慧慧："哦，确实有点晚了。"

她笑眯眯地上了床，拿着拖鞋，用力地扔到开关那里。

"啪嗒"，拖鞋掉地上了。

"啪"一声，灯也关了，宿舍一片昏暗。

孟浅浅看着她这行为，没忍住一笑。

常慧慧也跟着笑她说："浅浅，我今天听见应浩学长喊你'老婆'……

突然觉得有点美好。你会嫁给他吗？”

孟浅浅就着黑暗看着天花板，许久后，说：“未来太长，不知道。”

常慧慧点点头：“也是。”

孟浅浅翻了个身，手机突然有个语音进来，正是应浩，她按了接听。

这时，常慧慧又在后面问道：“浅浅，你还没回答我，你今天和应浩学长发生关系了吗？”

孟浅浅心惊肉跳，立马挂断了语音通话，她看着屏幕。

一分钟后。

YING：……

YING: 跟她说发生了。

孟浅浅：……

你滚吧。

“浅浅……”常慧慧跟魔音一样，又传过来。

孟浅浅翻了个身，“唰”地看向隔壁那张床：“你怎么回事？你最近好……色。”

常慧慧枕着手臂，就着一点儿光线看着孟浅浅：“咳，也没有，我最近看了点儿小说，有点魔障。”

孟浅浅愣了一下：“你还看小说？你没复习吗？”

“解解闷嘛，其实我也有点想谈恋爱了，我以前喜欢的那个人他在朋友圈官宣了，弄得我也想谈了。”

孟浅浅一顿，她记得常慧慧是曾经有个喜欢的人。

她说：“你现在心情怎么样？”

“还好啦，有点酸涩。”

孟浅浅想了想，从床上爬下去，握着手机，上了常慧慧的床。常慧慧“哎呀”一声：“你来陪我睡吗？”

“是的。”

“哎呀，等下应浩学长吃醋了，你都没陪他睡，反而陪我……”

“你可闭嘴吧。”

“哈哈。”

两个人挤在同一张床上，聊着天，迷迷糊糊地便睡过去了。隔天一早，孟浅浅是被手机吵醒的，她怕吵到常慧慧，立即从床上溜下来，迷瞪着眼睛看屏幕，是媛媛的来电。

孟浅浅瞬间清醒了很多，她推开小阳台的门走出去，接起电话来。

孟媛媛在那边立即喊道：“姐，你可太厉害了，昨晚你说了她一通后，她坐在沙发上一个劲儿地发呆，后来爸回来了，她起身就告状，结果被爸训了一顿，随后就让我继续补习，我现在就在去乔老师家的路上。我跟你说，她就是欺软怕硬，她说你威胁她，爸的表情也不太好，后来他还说，再怎么样，一个家还是要齐齐整整的，然后，她彻底没了声音。姐，我会加油的，不会辜负你的期待。”

孟浅浅听着，松了一口气，说道：“那你要加油，去了先跟乔老师道谢，如果不是他跟我说，我都不知道呢。”

孟媛媛：“她不让我去，说去了就断你的生活费，又一直唠唠叨叨的，我在家里眼睛不是眼睛，鼻子不是鼻子的，做什么她都有意见，后来我就索性不去了，我也真怕她给你断了生活费。”

“我生活费暂时不用担心了。”

“但还有学费啊。”

孟浅浅顿了顿，确实，还有学费，还有三年的学费呢。她想到她离开家那天父亲说的话，道：“媛媛，幸好还有爸在。”

孟媛媛走路很快，那边还带着点儿风声，她道：“是啊，感觉爸变了一些，没以前那么偏心了。不对，还是偏心的，他这次出差，给孟啸买了一个平板电脑，你知道平板电脑有多贵……我们就没有。”

孟浅浅心里一酸，她扯唇笑道：“以后我们自己买吧。”

“嗯，我快到乔老师家了，先拜拜，姐，你有什么事情记得跟我说。”

“你才应该跟我说。”

“哦。”

挂断电话后，孟浅浅便直接去洗漱，今天气温挺高的，小阳台也有点热，洗漱完，她走出来，常慧慧还没睡醒。

孟浅浅换下睡衣，选了一件白色的裙子穿上，结果脖子跟手臂上有少许的吻痕，她愣了一下，撩起头发看。

脖颈那块儿也有，这下可怎么办?

她没处理过这个问题。

她走到常慧慧的床边，扒拉常慧慧的手臂：“慧慧，慧慧，醒醒醒醒……”

“啊？”常慧慧睁开眼睛，一脸的茫然。

孟浅浅：“那个吻痕要怎么办？有办法吗？”

常慧慧擦擦唇角的口水，说道：“用遮瑕膏吧？”

“你那里有吗？”

“没有，我没用过这个。”

孟浅浅：“呃……”

“很多吗？我看看。”常慧慧扒拉着孟浅浅的肩膀跟头发：“噗，怎么跟拔罐一样。”

孟浅浅：“你……”

“去买吧，美妆店应该有。”

孟浅浅：“我要上班了。”

“那就让应浩学长去买。”

刚说完，常慧慧又继续睡了，她在宿舍太自由了，比在家里自由多了，在家里还要早起去超市帮忙，所以现在能睡就多睡一点。

孟浅浅没打扰她，把她的衣服晾好后，她犹疑着又来到镜子前，看了一眼自己的样子，其实她觉得陈莉学姐应该是有遮瑕膏的，毕竟她们看起来懂很多，也成熟很多。不过她最后还是没去找陈莉。

楼下有车到了。

应浩发了微信进来。

孟浅浅背着包，搭了一件防晒外套下楼。

应浩站在车旁，把手插在裤子口袋里，抬起眼眸看她。孟浅浅抿紧嘴唇，走过去，他侧过身子给她拉开副驾驶位的车门，垂眸道：“怎么穿那么多？”

孟浅浅看了他一眼："还不都是因为你。"

"哦？"

他俯身给她扣上安全带，随后直起身子，正想说话，用指尖撩开她的发丝，在她缩着脖子想要推开他的手时，他已经撩开了，清楚地看到她纤细的脖子以及到锁骨处的深浅痕迹。

孟浅浅索性也不躲了："你去买遮瑕膏，我得遮遮，不然今天见不了人。"

应浩用指尖在她的吻痕上按了按，笑道："好。"

他绕去驾驶位，启动车子。

其实这防晒外套穿上确实有点热，孟浅浅推开外套边角，吹着凉风。应浩偏头看了她一眼，用指尖按了下空调，说道："穿上，空调我开小点。"

"哦。"

随后车子出了校园，直接往市中心开去。

不一会儿便停在一家刚开的美妆店门口，应浩说道："你在这儿等我。"

孟浅浅："嗯。"

他推开车门，下了车，朝美妆店走去。

孟浅浅看着他的背影。

几分钟后，他出来了，提着一个袋子走过来，打开车门坐上来，从袋子里取出那瓶遮瑕膏，孟浅浅伸手想拿，应浩躲开了，他说："我帮你涂，后面有些地方是死角，你可看不到。"

"哦，好吧，都要涂啊。"孟浅浅说着，脱下防晒衣，撩起头发。

应浩开了瓶子，看着她那后颈，细白，柔软。他沾了点儿在指尖，随后抹到她的脖颈上，他的指尖有些冰凉。

孟浅浅瑟缩了一下。

涂完脖子，孟浅浅觉得可以了。

应浩却说："你这裙子有点透，脊背上有几个地方有点明显。"

"真的吗？"孟浅浅自己看不到后面。

他低声道："真的。"说着，指尖就拉下她的拉链。

"刺啦"一声，凉风吹上来，应浩看着她白皙的后背，蝴蝶骨上也斑斑痕迹，他笑着沾了点儿遮瑕膏。

轻轻地抹着，上上下下，他也没说话。

孟浅浅觉得脸有些热，尤其是他似乎有些故意。

好半晌。

她说道："好啦，我们要迟到了，好啦……"

应浩："哦？好了？是差不多了。"说着，他给她拉上拉链。

孟浅浅立即坐正身子，看向他："你故意的？"

"嗯？"他一边盖着盖子，一边抬起眼睛看她一下，"没有。"

孟浅浅："你……"

"哐"。

瓶子放回中控台，这才启动车子。

"想吃什么早餐？"他问。

孟浅浅："都行吧，确实晚了。"

"嗯，下了高速买份肠粉？"

"好。"

抵达公司，袁从严开了个视频跟应浩沟通，在视频里说道："总工程师的位置不能空着，梁坤不来，得另外找人。"

应浩："你有什么好建议？"

袁从严："让猎头公司找，但是薪资待遇方面，得拿得出手，你若是没什么意见，就按我说的去做。"

"听你的。"

"好。"

说完后，袁从严看了一眼在后面办公桌上跟新员工沟通的孟浅浅，他说："听说你们分了两个办公室？"

应浩："嗯。"

袁从严笑了笑："是因为她？"

应浩用身子挡了挡，不让袁从严看到孟浅浅，说道："也不是，只是希望能有属于我们自己的空间。"

"挺好。"袁从严自己也是跟伙伴创业走过来的，能理解这种感情，聊了一会儿便挂了视频。应浩握着手机下楼。

孟浅浅看着他下楼。

所以梁教授真的不来了？应浩都要找新的总工程师了？

拿起手机，她点进苏婳的头像，最后又退了出来，微微地叹了一口气。

周彦正在上台阶，听见后：“怎么叹气了？”

孟浅浅回过神来，看着他道：“没什么。”

周彦笑笑，揉揉她的头发。

接下来的一整天，孟浅浅经常看着大门，也时常看手机，还无数次地点开苏婳的头像，但一直没等来梁教授。

唐隽几番对着应浩欲言又止。

应浩靠着门拿着平板电脑，一直没什么表情。其实大家都知道，如果应涵有真本事的话，梁坤教授回了华星，对应涵来说那简直是锦上添花。

晚上七点多。

孟浅浅从办公桌旁起身，发现大家都下班了。只有研发室的灯还亮着，她伸了个懒腰，一转眼看到应浩坐在门口的台阶上，把玩着手机。

她转身走下楼梯，朝他走去，从身后轻轻地抱住他的脖子。

应浩的指尖一顿，按熄了屏幕，就匆匆这一眼，孟浅浅看到上面是梁教授的名字，孟浅浅低声道：“打啊，打给他，问问情况。”

应浩放下手机，握着她的手腕，抬起眼眸道：“下来，我抱你。”

“不，我要这样趴着。”

应浩伸长腿，身子往后靠，给她一个更舒服的姿势：“行，你趴着。”

他把玩着她的指尖。

孟浅浅把脸埋在他的肩膀上。

这男人的失落肉眼可见，他或许真的很希望有个人能来帮他。

身后传来脚步声，孟浅浅转头看去，周彦跟唐隽走了过来，他们一起坐在应浩的身侧，唐隽笑道：“学妹，趴我这里，我的肩膀不比他小。”

应浩踢了唐隽一下。

周彦揉揉脸，仰头看着天空：“今晚的月亮蛮圆的。”

唐隽：“哎，是的，好圆，八月十五是不是快到了。”

周彦：“还有两个多月吧。”

应浩侧过头，脸颊轻轻地摩擦着孟浅浅的脸颊：“亲我？”

孟浅浅不亲，就蹭他的脸，两个人的呼吸微微地交缠在一起，有种别样的亲昵。

她低声道："你其实很希望梁坤教授来吧？"

应浩没回应，唐隽跟周彦也看了他一眼，拍了拍他的肩膀。应浩看了一眼天空，说道："袁叔已经请了猎头公司帮忙找人了，估计几天就会有消息，我猜测他会找朱先胜教授，严雄教授的死对头……"

唐隽震惊了："不是吧……"

天！那他这是叛了老师，进了老师敌对的门下？

周彦："这挺让人无奈的。"

孟浅浅："我们再努力一下吧？"

她这话一出，手机也跟着响起来，"嘀嘀"几声，在此时挺刺耳的。她拿出来一看，看到苏婳发来的一条微信。

苏婳：姐姐，我跟我爸等下要去你们公司，你在公司吗？

"啊啊啊！"孟浅浅跳起来，她人生当中第一次这么激动，应浩反射性地握住她的手腕，接着跟着起身："怎么了？"

"你看！"

孟浅浅把手机递到他的眼前。

应浩定睛一看。

他的神色一顿，一秒后，他对周彦跟唐隽说："准备准备，见人。"

"什么？"周彦起身。

应浩说："梁坤教授要来。"

"什么时候？"唐隽也从台阶上弹了起来，满脸的欣喜。

孟浅浅笑着道："等下，等下……"

唐隽："我的天哪！等下，我该做点什么？哥没法淡定啊。"

应浩："你在这跪着迎接吧。"

唐隽："哎？"

"哈哈哈。"周彦大笑起来，他整理身上的衣服。应浩转身进去，说道："把研发室的电脑全打开，浅浅，你去把现有的工作人员的名单打印一份出来备着。”

“好的。”

孟浅浅立即上了楼梯，她一边上一边回复苏婳。

孟浅浅：在的，我们都在公司。

苏婳：应浩哥哥也在吗？

孟浅浅：在的。

苏婳：好的。

孟浅浅飞快地打印了公司的现有人员名单后，她顺便洗了茶具，还烧了热水，以备等下梁坤教授来了可以坐下来喝杯茶。

二十分钟后。

一辆黑色的华星 S-2 的车子抵达公司门口。司机下车开了车门，梁坤教授扶着眼镜从车里下来，苏婳穿着一条白色的裙子也下了车。她看到孟浅浅，顿时眼睛微微一亮，那是真的欣喜的表情。

梁坤教授看了女儿一眼，默不作声。

应浩带着周彦、唐隽、孟浅浅走出去迎接。

他看着梁坤教授：“晚上好，梁叔。”

梁坤教授说道：“没打扰到你们吧？”

应浩：“当然没有，十分欢迎。”

梁坤教授一听，便笑了，这孩子没有计较他的拿乔，很好。他也没再端架子，而是拍拍应浩的肩膀，说：“进去看看吧。”

“请。”

几个男的走在前面。

孟浅浅笑眯眯地看着苏婳，苏婳呼了一口气，挽住孟浅浅的手臂，说道：“姐姐，我其实早想来了，但是我爸这几天喉咙有些不舒服，抽烟抽的，我妈妈就不让他出门，非要他在家里养一养。”

这话一听就知道是借口。

孟浅浅没有揭穿，说道：“那梁坤教授好些了吗？”

“好点了，今天还喝了雪梨汤。”苏婳的话一看就是有人教她的。

孟浅浅点点头：“那就好。”

她们两个人也进了公司，陪在他们几个人身后，先去了研发室，梁教授回头看了一眼唐隽：“严雄的爱徒？”

唐隽面对大佬，有些紧张，连呼吸都不顺畅了，他笑着道：“是的是的。”

“人工智能专业成绩第一，去年拿了全国大学生机器人大赛第一名？”

唐隽整理了一下领子，点头道：“是我。”

梁坤教授点了点头，看了一眼一旁的周彦：“他去年比赛的传感器你做的？”

周彦：“是的，梁教授。”

“传感专业，刘云的爱徒周彦？”

周彦微微一笑：“嗯。”

梁坤教授：“可以。”他看了一眼应浩，“你还藏了不少吧？YING这个程序员是你？”

应浩笑笑，说道：“梁教授，你这是有备而来啊。”

梁坤教授：“是你藏得太深。”

“上次见面，我们互相都不信任，我要是不弄清楚你们是一支什么样的团队，我怎么敢来？我已经这把年纪了，我想要的是在这个行业留下最后一抹色彩，找个跟我理念相同的人非常重要，我也没时间去走弯路了。”

应浩：“您说的对，我们一开始都不信任彼此。”

梁坤教授看他这样坦诚，笑了笑，随后拍拍他的肩膀：“那以后我们慢慢了解，信任。”

应浩笑着点头：“好。”

三个平日里狂妄的男人在梁坤教授面前，瞬间都乖巧了很多。一行人谈着谈着便来到了二楼，孟浅浅刚刚烧好的水正在冒热气。

应浩走过去，坐在沙发上，挽起袖子，偏头拿了茶壶开始泡茶。梁教授坐下来，闻到了茶香味，于是问道：“这是白茶？”

“是。”应浩看了一眼梁教授，“特意为您准备的。”

梁坤教授：“这让我想起了你妈妈。”

应浩微微一笑。他的衬衫领口微敞，眉眼俊朗，动作如行云流水，既有教养也有骨子里渗透出来的修养。

梁坤教授看着他，心这才落到了实处："你们现有的人员名单，给我看看。"

他这话一出，孟浅浅立即反应过来，起身走到办公桌边，拿了那份名单递给梁坤教授。梁坤接过来，细细地看着名单。

他问："应浩，你认为还缺什么？"

应浩用茶具夹了茶杯放在梁坤的跟前，说道："电机专业、计算机专业、传感系统专业、动力学、能源专业、机械智能系统方面的人才，都还缺着。"

梁坤教授点了点头，很满意，他想了一下，说："还缺一个很重要的职位。"

应浩抬起头，看着他。

梁坤教授："车身造型设计师。"

他这话一出，唐隽难掩激动："对对对，这个非常重要。"

应浩用指尖挠了一下眉峰，说："确实……我们只想着希望你能帮忙，一时还没想到这一块。"

果然有经验的人总是不一样的。

周彦说道："对，外在也很重要，华星的车外形一直都很好看。"

梁坤教授笑了笑，他很久没操心这种事情了，如今重新操心倒是蛮新鲜。

他说："所以这个人必须先找到。"

应浩："您放心。"

一个多小时后，一行人送梁坤教授和苏婳出门，苏婳恋恋不舍地看着孟浅浅，说道："姐姐，我有空找你玩啊，不过我也就暑假在，开学就得去首都了。"

孟浅浅笑道："那你有空找我，我随时都在。"

"好的好的，拜拜。"苏婳朝她挥手，孟浅浅也跟她挥手，苏婳放开孟浅浅后，朝应浩挥手，"应浩哥哥，拜拜。"

应浩给梁坤教授开车门，跟苏婳点头：“拜。”

苏婳上了车，梁教授也上了车。

目送着黑色的轿车驶入黑夜里，唐隽“嘿”了一声跳起来，周彦笑着揉揉脸，半蹲下说道：“心里总算是安心了。”

应浩牵住孟浅浅的手，捏了捏：“饿不饿？”

孟浅浅看他一眼：“有点。”

“吃饭去。”

“好咧，我去开车。”唐隽转身去拿车钥匙。

周彦也跟着过去。

孟浅浅跟应浩先回了公司去关灯还有关电脑等，弄完出来，唐隽在车里朝应浩招手：“嘿，应浩哥哥。”

应浩抬腿就踹了一下唐隽的车门。

唐隽：“哈哈。”

两个人上了车。

孟浅浅扣着安全带。

应浩看了她一眼，手撑过中控台，堵住她的嘴唇。

孟浅浅“唔”了一声。

他用指尖扣着她的下巴，抬高她的下巴，咬着她的唇瓣，孟浅浅红着脸看着前面开走的车，微喘着推他：“他们走了。”

“走了不是正好？”说着，应浩的薄唇顺着来到她的耳边，亲吻。孟浅浅缩着脖子，说道：“你会碰到遮瑕膏的。”

下一秒。

“呸。”应浩偏头扯过纸巾一擦，化学物质的味道确实不好。

孟浅浅见状，顿时笑起来，她故意搂着他的脖子笑。

应浩靠着椅背，搂着她的腰垂眸看着她：“浅浅，我很久没见你这么笑了。”

孟浅浅一顿，抬头看他。

应浩：“高二记得吗？你去便利店买水，跟周乔在那里打闹，周乔泼了你一脸水，你笑着躲她，你当时就是这样笑的。后来我就问萧然，那女孩叫什么名字。他也不知道。第二天你还这样打闹，我就故意挡在你的面前，你直接就撞我怀里了。”

孟浅浅抿紧嘴唇，她当然记得，他笑着弯腰盯着她：“你叫什么名字？不回答我我要你赔偿，我现在肋骨隐隐作痛。”

当时，她就觉得他长得好好看，但是太坏了，还要她赔偿，她没钱，于是只好告诉他，她的名字。

孟浅浅：“你从一开始就是故意的。”

应浩亲了她唇角一下：“就是故意的，我还打算你要是不说，我就再制造一场事故，让你把名字和号码都给我。”

孟浅浅：“你……”

这时，两个人的手机都响了起来，是唐隽跟周彦的催促。孟浅浅的肚子也跟着咕咕叫起来，她一把推开他，坐回副驾驶位：“开车，我饿了。”

应浩低头看了一眼她的肚子。

孟浅浅拿过小包捂住。

应浩笑了一声，启动车子，并接了唐隽的电话：“来了，路上。”

唐隽：“哥们，我们都快到了。”

“你们先点菜。”

唐隽：“用不用点小学妹喜欢吃的？”

“要。”

唐隽：“可我记不住她的爱好。”

“你给她点一份水蒸蛋还有糖醋排骨，另外有奶茶的话给买一杯，算了，奶茶我买，你先点这两个菜。”

唐隽：“行……”

兄弟，你行，你记得这么清楚，以后要是没成，你老婆好惨的。

简直了，他挂断了电话。

半个小时后，车子抵达旧城区。下车后，应浩牵着孟浅浅先去买了一杯奶茶，热腾腾的，孟浅浅喝了一口，甜甜的。

两个人这才走向餐厅。

常慧慧站在门口等着，看着他们过来后，兴奋地挥手。

孟浅浅笑眯眯地上了台阶，挽住常慧慧的手臂，常慧慧的眼睛眨了眨看着孟浅浅手中的奶茶，然后又看了一眼应浩。

应浩把手插在裤子口袋里，看了她一眼，随后直接略过她，走了进去。

常慧慧：“浅浅……不对，学长，你没多买一杯啊？”

应浩：“没有。”

孟浅浅这才反应过来，忘记多买一杯了，她立即下了台阶，说道：“慧慧，我请你喝。”

常慧慧“哎”了一声，笑道：“我开玩笑的，要不我们两个人一起喝？”

孟浅浅一顿：“好啊。”

前方高大的身影停住脚步，应浩走了回来，来到孟浅浅跟前，低头咬住孟浅浅的吸管喝了一大口，随后他用指尖抹着唇角的甜味，看了常慧慧一眼：“我在手机上给你点一杯。你不许喝她的。”

常慧慧：“这……”

我要谈恋爱！

我也要谈恋爱！

第十四章

披 荆 斩 棘

吸管被应浩咬了，常慧慧当然不敢再碰孟浅浅的那一杯了，她嘀咕道：“其实我也就是开玩笑的。”

孟浅浅刚刚看常慧慧的表情就知道她是故意问应浩的，她说：“没事，那就让他给你买一杯吧。”

两个人来到餐桌旁坐下，应浩的长腿抵在地上，在那里摁手机。

唐隽去洗手间回来后，探头一看，问道：“怎么？还买奶茶？”

应浩没应声。

唐隽看了孟浅浅一眼，孟浅浅咬着吸管，说：“没给慧慧买，补的。”

唐隽“啧”了一声，说道：“浩哥，现在手机上点什么时候到啊？我去买吧。”

“辛苦。”听到这话，应浩立即收起手机，放在桌面上。

唐隽：“啊？”

一秒后，他笑着摇头，转身走出去买奶茶。常慧慧见状，急忙起身跟上，说道：“唐隽学长，我跟你一起去吧。”

唐隽笑道：“好啊，你想喝什么口味的？”

“我都可以，我不挑。”

就这样，两个人出了餐厅的门，常慧慧猛地松了一口气，说道：“学长，幸好有你打圆场，我真的不一定要喝。”

“你刚才干什么了？”唐隽朝奶茶店走去。

常慧慧立即把刚刚的一幕跟唐隽说了，唐隽一听，“啧啧”了两声说道：“亏你也敢开这个口，应浩在浅浅这件事情上，惹不得。”

常慧慧心有余悸：“对，他看我那一眼虽然轻飘飘的，但是我觉得他连杀了我的心都有。”

唐隽哈哈地笑起来。

周彦有个电话出去接，餐桌上只剩下应浩和孟浅浅，应浩从椅子上站起来，来到她身边，坐下，道：“再给我喝一口。”

孟浅浅捧着奶茶，看了他一眼，没吭声。

应浩握住她的手腕，强硬地咬住她的吸管，喝了一大口。孟浅浅从桌子下踹他的长腿，他按住她的腿，道：“我还没跟你计较呢，你倒是先踹我。”

孟浅浅：“你想计较什么？”

“你奶茶跟她分着喝，那我呢？我要是想喝一口怎么办？”

“你自己再买一杯啊。”

应浩冷哼：“以后不许这样，你们在宿舍怎么喝我不管，在外面，你只能跟我一起喝。”

孟浅浅狠狠地朝他翻了个白眼。

那种小白眼翻得特别可爱，应浩些许的怒火被她给翻没了，笑着捏她的下巴，指腹擦拭她唇角的奶茶。

周彦握着手机进来了，一眼看到这边卿卿我我的画面，他有些失神，浅浅确实更适合跟应浩在一起。她性格温柔略内向，但总能被应浩调戏得满脸通红，眼睛更加有神采。

他呼了一口气，耸耸肩膀转身准备出去再吹吹风，结果看到唐隽跟常慧慧边说边笑提着奶茶走进来。

周彦：“嗯？”

怎么有种单身狗的凄凉感？

他立即问道：“奶茶有没有我的份？”

唐隽抬起头，扔了一杯果汁给他：“这个吧。”

“谢了，兄弟。”

三个人回到餐桌，孟浅浅一把推开应浩的手臂，应浩看到他们来了，身子往后靠，拿起手机摁着。

唐隽笑道："怎么办，浩哥啊，没给你买啊。"

"我不用，我喝她的就好。"

唐隽："呃……"

常慧慧笑眯眯地捧着奶茶来到孟浅浅的右手边，说道："浅浅，我买了抹茶味的，试试好不好喝，好喝我们下次外卖就叫它。"

"好。"

常慧慧想着要不要让孟浅浅先试一口，她抬起头看向应浩。

应浩冷哼一声。

常慧慧最终还是收回了这个念头。

算了，不敢。

不一会儿，菜上了桌，今晚开心，唐隽又点了几瓶啤酒，除了女生，三个男人一人一瓶。唐隽举瓶："恭喜我们踏出成功的第一步。"

"恭喜我们成立了一家公司。"应浩也举起来，"心之所向，未来可期，不负韶华。"

孟浅浅用奶茶代酒："未来可期。"

常慧慧："不负韶华。"

五杯碰撞在一起。

唐隽笑着喝："对，未来可期。"

"新的开始。"周彦含着笑意，"从今晚开始。"

他们相信，他们会在这个行业里成为领军者，会实现梦想，会建立自己的汽车王国。

这啤酒一开就停不下来了，又来了一打。

应浩一边喝酒，一边给孟浅浅夹菜，有时甚至是直接喂给她吃。

孟浅浅推他的手，让他收敛点，他喉结滚动，衬衫领口微敞，低声道："你一喝奶茶别的就吃不下了，别以为我不知道你排骨都没动几块。"

孟浅浅："你吃你的。"

他"啧"了一声。

最后，孟浅浅被他还塞了半碗炒饭。这顿晚饭吃得挺晚的，五个人在校门口跟保安叔叔交涉了很久才被放进学校里。

一进学校的大门，唐隽就开始唱歌。

“让我们红尘作伴活得潇潇洒洒，策马奔腾共享人世繁华……”他唱得十分豪情，常慧慧接了歌词：“对酒当歌唱出心中喜悦，轰轰烈烈把握青春年华……”

周彦把手插在裤子口袋里，含着笑意听着，道：“这歌太老啦。”

“老歌新唱！”唐隽回头说道。

应浩牵着孟浅浅的手，含笑不语。

孟浅浅由衷地替他们感觉到开心，那种涨满心口要溢出来的开心：“应浩，你也来唱，你唱歌不赖……”

应浩：“不唱，我只唱给孟浅浅听。”

“滚……”

话音一落，唐隽不小心蹭到花坛的水龙头，蓝白色的水管瞬间喷了长长的水柱出来，“哗啦”一声。

应浩反射性地搂住孟浅浅的腰后退两步，然而来不及了，再“哗啦”一下，水变成水花兜头而下。孟浅浅尖叫了一声，抱住应浩的脖颈，但还是被淋了个彻底。她抬起头，正巧对上他低垂的眼眸。

四目相对。

在那一刻，孟浅浅觉得他的眼里有大海，深而暗。

结果唐隽还玩上瘾了，反正都淋湿了，于是拿着水管开始四处扫射。最先扫射的就是这对情侣。

孟浅浅“哎”了一声。应浩抬手挡住那些水，把她抱在怀里。

夏天的裙子不经湿。

应浩触手是孟浅浅那温热的肌肤，以及湿透了的衣物。他垂眸扫了一眼，立即用力地抱紧她，说道：“我们先走，别理这个疯子。”

“嗯嗯嗯。”

接着，应浩牵着孟浅浅的手率先跑了。

常慧慧却跟唐隽玩得开心。周彦躲着大骂他们是疯子，他说道：“你们俩在一起算了。”

那些声音落在身后远去。

孟浅浅湿润润地上了台阶，头发跟衣服往下滴水，滴到地面一下子就晕开了。

应浩的情况也没多好，衬衫松松垮垮地贴在身上，腹肌隐隐若现，笔直的长腿也很明显。两个人看了一眼地上，接着眼眸对上。

一秒后。

应浩上前一步，把她抵到楼梯底下，揽着她的腰，低头狠狠地堵住她的嘴唇。

孟浅浅的眼睛一眨，睫毛的水就往下滴落。这儿昏暗无比，应浩借着昏暗轻轻地触碰她。

掌心所到之处，全是滚烫。

她的裙子太透了。

孟浅浅轻轻地“唔”了一声。

应浩再次吻着她的唇边，小声道：“别哼。”

孟浅浅睁开眼睛，眼眸于黑暗中显得特别无辜，应浩含住她的耳垂，气息不稳：“你知道你哼起来，是什么样吗？”

“嗯？”说着他又吻了回来。

孟浅浅用指尖拽着他的领口，触碰到他的脖颈，他的肌肤不比她差，线条分明，楼梯上有人上下，脚步声跟踩在孟浅浅的心上一样。

她迷迷糊糊地推着应浩。

又过了几秒。

又有脚步声……

没人发现楼梯里面阴影处的两个人。

十多分钟后。

孟浅浅终于回到宿舍。

常慧慧拿着大毛巾擦着头发，看着她进来后，笑问：“去哪儿了？”

孟浅浅立即倒了一杯温水，喝了一大口，喉咙的干燥这才舒服了一些。常慧慧见状，进阳台拿了毛巾出来，披在她的肩膀上，说道：“好的，不用回答我了，我知道你去哪了……你这腰被应浩学长都掐出痕迹来了。”

孟浅浅站起身子来：“在哪？”

常慧慧拉着她到镜子前，给她看。孟浅浅看到了后腰贴着肌肤的那一块红色指印，她满脸通红。

常慧慧拍拍她的肩膀，说：“不过今晚是真开心，听说梁教授答应帮唐隽学长他们了？”

孟浅浅：“嗯。”

“真好。”

深夜。

应顺尧还在处理今天的文件，陈菲端着牛奶进来，轻轻地放在桌面上。应顺尧放在桌面上的手机也跟着响起。

他看了一眼，来电是梁坤，应顺尧笑了笑，拿起来，接了。

“梁工，晚上好，还没睡呢？”

“晚上好，应董，你不也还没睡吗？”

“我还在处理今天的事务，老江这一走，很多事情又落在我的头上，所以，梁工不要考虑太久，早点给我回复，我需要你，老伙伴。”

梁坤教授一笑：“今晚这么晚还给你来电话，就是想要跟你说，这个副总裁，我没能力当，也没兴趣当。”

应顺尧唇角的笑容一下子淡了一些，他轻声问道：“梁工是还有什么问题吗？还是说你有更好的去处？”

“有是有，但我觉得应董不会感兴趣的，跟你打这通电话就是想跟你说一声，没什么事我就挂了。”

说完，梁坤教授那边直接挂了电话。

他这通电话多少带了点儿挑衅的意味，挂得也干脆。

应顺尧的脸色全然变了。

陈菲看着他的表情，轻声地问道：“怎么了？”

应顺尧放下电话，扔在桌面上，说道：“梁坤教授应该是去了‘东方’。”

陈菲的脸色也微变。

“东方不过是个空壳，他为什么去啊？”

应顺尧抬起头，看着陈菲道：“菲儿，华星这些人，每一个都跟祝愿有着千丝万缕的关系，我努力了这么多年，也没办法完全拔除。”

陈菲抿了一下嘴唇，往他大腿上坐去，她低声道：“她太阴魂不散了。”

应顺尧："是的。"

陈菲想了想，说道："你觉得应浩会不会知道些什么？"

应顺尧搂着她的腰道："他看过亲子鉴定书，不会知道的。"

陈菲多少还是有点担忧。

应顺尧紧接着道："应浩若是知道，他也不会这么平静。"

陈菲思考了一下，放松下来。

也是，应浩从考上海城后，回滨海花园这个家的机会也多了很多，他不爱住在家里，但是每次来都跟以前一样。

几乎没有什么不妥。

应顺尧安抚好她的情绪后，拿起手机，拨打了应涵的电话。

应涵那边还在蹦迪，换了个清静的地方接听。

应顺尧说道："梁坤教授去了'东方'，你做好准备。"

应涵一听，半晌，他笑了："老家伙，挺不知好歹的，祝愿阿姨还是很厉害的嘛，爸，你放心，剩下的交给我。"

应顺尧："好。但是你最近别老在外面鬼混，也别总跟那个女的在一起。"

应涵笑笑："行。"

挂了电话，他又往酒吧里走，搂上林飘的腰。

梁坤教授来了公司后，整个公司的氛围都变得不一样了。在招聘这件事情上也顺利了很多，尤其在研发人员上面。

孟浅浅也招到了两名人事部的员工，一个有经验的叫姜丽媛，在一个知名汽车公司当过人事，另一个是实习生叫杨恬。她们两个人也兼管行政，属于孟浅浅的下属。虽然孟浅浅总觉得自己做得不好，然而她总是低估了自己的能力，她所经手的事情，已经非常细致明了，连梁坤教授都忍不住赞赏。

梁教授的办公地点安排在一区办公区的最里面，也就是孟浅浅跟应浩他们所在的这个办公区域。对面复式楼上的那个分为二区。

梁教授的职称为总裁兼任研发部总工程师，唐隽则是 AI 研发项目部经理，周彦是动力传感系统项目部经理，应浩的职称为 CEO。

这一天，袁从严过来开会。

孟浅浅也参与了会议，她的左手边是财务部总监。袁从严西装革履，他喊应浩上去讲话，应浩穿着黑色衬衫跟黑色长裤上了讲台，年轻帅气，眉宇间带着自信，他是华星集团的股东，也是华星集团董事长的儿子，同时他也是东方新能源汽车有限公司的 CEO。

台下掌声起起伏伏，好些女同事在台下议论他。

“好帅。”

“长这么帅，我都想当老板娘了。”

“哈哈哈……”

“看着身材不错，哈哈哈。”

成熟的姐姐们经历颇丰，聊起天来没有忌讳。

孟浅浅看着他，觉得很遥远，很遥远。

会议结束后，孟浅浅合起本子准备出门，袁从严破天荒地喊住了她，她站定，喊道：“袁总。”

袁从严看着她，粉黛不施，难掩学生气，但她的工作却做得很细致，有种违和的稳重感。袁从严说道：“这几天招聘辛苦了，下午有两个人面试车身造型设计师，你要用点心。”

孟浅浅一听，立即点头：“好的。”

“这是两位候选人的资料。”袁从严给了她两份文件。

孟浅浅接过来。

回到办公桌，孟浅浅翻开文件，一看，愣了。这确实很厉害，其中一名叫沈圳的，曾任职于国际著名品牌汽车公司。另外一名叫秦晖霖的，是一家豪华汽车品牌的设计师，最近有跳槽的意思，所以很多公司正在联系他。

孟浅浅顿时有点紧张。

这时，一道人影从身后罩下来，熟悉的气息把她包裹住，孟浅浅抿紧嘴唇道：“看到了吗？”

应浩用指尖翻了一下文件，道：“看到了，你跟猎头那边联系一下，把面试时间分开。”

孟浅浅："嗯。"

"还有，跟他们说话的时候注意点，猎头很精明的。"

"知道。"孟浅浅说完，立即拿起桌面上的电话，拨打猎头公司那边的电话，跟对方定下时间。猎头那边笑道："孟小姐，既然东方现在正在发展当中，背靠着华星这棵大树，不如干脆要两个设计师好了，我看你们是有那个实力的。"

他的意思是让两个都要。这样他可以拿到两份钱，两位候选人也能得到满意的工作，更何况还是华星的子公司。

孟浅浅一愣，她握紧话筒，接着，她笑道："我们先面试吧，周先生麻烦你把时间安排一下，我们这边会配合两位候选人的时间，面试以后其他的再谈。"

"哈哈，好，孟小姐我们下午见。"猎头公司那边挂了电话。

孟浅浅瞬间松了一口气。

应浩笑着俯身，蹭一蹭她的脸颊："吓坏了？都叫你要小心，别轻易进圈套。"

孟浅浅耳根微红："他们为了钱太不按套路出牌了。"

"嗯。"

他亲了她脸颊一下，随后起身离开。走了没几步，楼梯上传来脚步声，正是财务部的总监，成熟性感的女总监周蜜。

她喊了应浩一声。

应浩走过去，接过她递来的账本。

孟浅浅随意地扫了一眼。

他更成熟了。

他跟着那女总监下楼，孟浅浅这才收回了视线。中午吃过午饭，孟浅浅看了一眼时间，居然快开学了。

她也顺便跟姜丽媛做了下交接工作。

下午两点半。

第一位候选人沈圳来到公司。应浩跟梁坤主面试，孟浅浅旁听。

差不多半个小时结束。

送走沈圳。

三点半猎头公司带来秦晖霖，这次面试是应浩、梁教授、唐隽以及周彦主面试，孟浅浅旁听，可以感觉得出他们比较喜欢秦晖霖，毕竟是大公司的设计师。

整个面试流程下来一个小时，谈完后，孟浅浅出门送客，返回来后，唐隽靠在研发室的门上，说道："我感觉霖哥可以。"

应浩抱着手臂没吭声，他跟梁教授说："干脆我们两个都要？"

梁教授一愣，接着笑着拍拍他的肩膀："你是老板你说了算，这笔钱不少。"

应浩："前期的投入很有必要。"他抬起眼睛看孟浅浅，"浅浅，你等下给猎头公司打个电话，跟他说一说我们的意思，最重要的是确保两位候选人的稳定性。"

孟浅浅："嗯。"说着，她就转身上楼。

应浩看着她道："下班记得等我，我送你去学跆拳道。"

孟浅浅："好的。"

一旁的梁教授看了应浩跟孟浅浅一眼，随后进了研发室。孟浅浅上楼后，大约等了四十分钟，然后给猎头公司打电话。

猎头公司那边一听孟浅浅的意思，笑起来："看吧，我的建议不错吧，孟小姐还跟我打哑谜呢，你看看这两位顶级设计师若是在你们公司，将来你们的车子绝对是全球瞩目。"

孟浅浅语气平静："那就麻烦周先生了。"

"客气客气。"说完，彼此挂了电话。

孟浅浅也松了一口气，她感觉自己又完成了一件事情。

六点半左右，天色渐黑。

孟浅浅收拾收拾下楼，一眼便看到应浩站在车旁，女总监周蜜站在他的跟前，不知在说些什么。

孟浅浅没靠近，等着他们聊完。

应浩听完周蜜的话，点了点头："可以的。"

周蜜笑了笑，几秒后问道："应总这么年轻，有女朋友吗？"

应浩抬起眼眸看了她一眼："我结婚了。"

周蜜："呃……"

几秒后，她转身踩着高跟鞋便走了。应浩眼眸一转，看到孟浅浅，抬了抬下巴，示意她过来，孟浅浅跟周蜜点了点头，然后朝他走过去。

他垂眸看着她，拉开副驾驶位的车门。

孟浅浅上车。

应浩的指尖拨弄了一下她的刘海，孟浅浅推开他的手，他笑着捏她的下巴，随后才松手，去开车。

抵达跆拳道馆。

已经七点出头。

天色全黑。

今天教孟浅浅的是杨老师的妹妹。女生比较轻手轻脚，孟浅浅学得挺开心的，而应浩跟杨老师则在门口聊天。

练完后，孟浅浅出了一身的汗。

应浩看到后，他拿了一旁的毛巾走过来，来到她的跟前，擦拭她脖颈上的汗，眼眸落在她脖子上的红绳上。

孟浅浅看他："你看什么？"

应浩："这红绳的颜色是不是浅了？"

"有吗？"孟浅浅低头去看。

应浩用指尖勾出她那条绳子，指尖轻轻地碰到孟浅浅的肌肤，那轻触的一下，让孟浅浅觉得有些敏感。

他似乎没发现。他翻转了一下红绳，顺着她的衣领放下去，玉佩染上他的温度又落了回来。

孟浅浅没忍住瞪了他一眼。

应浩的眼眸看着那玉佩落的地方，他抬起眼眸看着她："瞪我做什么？"

孟浅浅猛地后退。

她说："我换衣服去了。"

说完就跑。

应浩看着她的背影，用指尖在唇边蹭了蹭。

那玉佩上沾染的味道，真香。

换好衣服，孟浅浅出来后，又瞪了他一眼，然后朝门口走去。应浩跟上，牵着她的手跟杨老师和他妹妹道别，然后带着孟浅浅去吃饭。

不过应浩晚上还有事情，吃完饭他把孟浅浅送回宿舍。

孟浅浅则跟着常慧慧一起复习，隔天去了公司，孟浅浅带着实习生开始收拾办公室，是给那两个设计师安排的。

忙完从楼上下来。

应浩在一旁跟人说话，顺便看了孟浅浅一眼。

这时，周蜜在一旁看到："应总，你尾指上是不是有个咬痕？"

应浩垂眸看了一眼自己的尾指，几秒后，他隔着人群看着孟浅浅，嗓音低低的，说道："是，我老婆咬的。"

这话像是跟别人说的，也像是跟孟浅浅说。

孟浅浅瞬间收回视线，赶紧走了。

而周围的人更是一愣，纷纷好奇地问："没听说过啊，你老婆是谁？"

"你不是大学生吗？"

"有点震惊。"

"浩哥，你开玩笑的吧？"

连实习生都感兴趣了。孟浅浅喊了一声实习生，那实习生才回过神来。

不一会儿，应浩的手机响起，他拿出来一看——

孟浅浅：闭嘴。

应浩一笑。

YING：想要我闭嘴很简单，你可以像我吻你那样吻回来。

孟浅浅没再回复他。

下午，那两名候选人要来，孟浅浅其实有点紧张，那是两个顶级大佬，也是应浩他们成功的一个台阶。

就这样，从两点等到三点，从三点又等到了四点，再从四点等到了五点，几个小时过去了。那两个人没来，猎头也没来电话。

孟浅浅看着外面天色渐黑，“唰”地站起身来，站在栏杆旁边往下看。

应浩正从研发室里走出来，他取下白色的手套，问道：“人没来？”

梁坤教授、唐隽、周彦也紧跟着走出来，三个人看着孟浅浅。孟浅浅抿紧嘴唇，她说：“我给猎头公司打电话。”

说完，她拿起话筒，拨打了过去。

一分钟后，那边接起来。

那位猎头说道：“孟小姐，不好意思，不好意思。”说完，便挂了电话，连一句解释都没有。

孟浅浅愣住了，她再次起身看向应浩。

应浩的眼眸微眯，拿出手机，拨打了袁从严的电话。

袁从严带着少许的怒火：“他们被华星挖走了。”

袁从严说完，平复了一下心情，又补了一句：“换一家猎头公司再找。”

应浩早有所料，他看了一眼全在等着消息的几个人，他往外走了走，说道：“好，这就安排。”

袁从严听着他的声音：“小不忍则乱大谋，记得。”

“记得。”应浩看着在二楼的孟浅浅，四目相对。

袁从严的声音压小了一些：“要保密，别让公司的人知道，毕竟东方还是华星的子公司，这刚刚开始起步，就被集团针对，容易人心不稳。”

“这点我清楚的，袁叔你放心。”

“挂了。”袁从严那头挂了电话。

应浩收起手机，转身走了回去，面对研发室门口的梁坤教授、唐隽跟周彦，他说道：“沈圳跟秦晖霖有更好的去处，我们跟他们没那个缘分，只能再找。”

唐隽跟周彦对视一眼，满脸的不信。

梁坤教授看着应浩，微微地叹了口气，拍拍他的肩膀，什么话都没说，便进了研发室。众人的希望顿时落空，没了车身造型设计师，第一步就很难开展。

唐隽凑近应浩：“你说实话，什么情况？”

应浩看了他一眼。

兄弟之间看彼此的表情就知道为什么，唐隽骂了一声，没再说话。周彦拍拍袖子上的灰尘，说道："我估计这种事情以后不会少，真是一条披荆斩棘的道路啊。"

应浩的下颌紧了几分："辛苦你们了。"

"兄弟间别这么客气，最辛苦的人是你。"唐隽拍拍应浩的肩膀。

周彦看了一眼二楼，说道："你上去看看她？"

这事情从一开始安排操作的都是孟浅浅，她怕是有压力。应浩抬起眼睛，点点头，转身走向楼梯。

抵达二楼时，孟浅浅抿紧嘴唇站在办公桌旁。

她今天穿着修身的浅蓝色连衣裙，扎了个低马尾，头发有些松散。应浩走上前，扣着她的脖颈，低声道："给另外一家猎头公司打电话，找一个姓柳的，跟姓周的是对家，让他帮忙找。"

孟浅浅："嗯。"

"别有压力。"他看着她的眼睛道。

孟浅浅抬起头："不会，我这就联系。"

应浩用指腹摸着她柔软的唇角，垂眸道："好。"

他揉得她的唇瓣有些热，有些疼，孟浅浅张嘴咬住他的手。

应浩挑起眉毛，立即用手指压着她的舌尖，他这一压，孟浅浅的脸腾地一下红了，立马松开他。应浩笑着低头想吻她。

手机在这时却响了。

他只能松开孟浅浅，从裤子口袋里拿出来一看，来电是应涵。

孟浅浅看到这名字也是一愣。

应浩看着电话，没立即接，而是等了一会儿，他才走到后面去接。

"喂。"

"哥！"应涵的声音传来，"你们也在找车身造型设计师？不好意思，我才知道沈圳跟秦晖霖是东方要的，这样，我让猎头的人去跟他们两个人谈一谈，看看他们愿不愿意回去，华星这边成立了一个无人驾驶汽车项目部，我们也需要新的造型设计师，不过，既然你要的话，我再跟他们谈一谈。”

应浩的眼眸微眯：“这么巧？”

“是啊，我也没想到会那么巧。”应涵在那边笑着，声音爽朗，仿佛不谙世事。应浩低头说道：“麻烦你了，应涵。”

“客气了，哥。”

“挂了。”应浩收了手机。

孟浅浅一直站着听着，她看着他挂了电话道：“你弟弟来电？”

应浩“嗯”了一声。

“他说什么了？”

应浩嗤笑，靠在桌子旁，道：“等等看，看看他会不会把人还给我们。”

孟浅浅顿时反应过来，人被应涵挖走了。

她说：“那我还要联系猎头公司吗？”

“当然要，傻浅浅。”他弯腰给她拍拍裙摆的褶皱，随后起身，捏捏她的鼻子，“联系吧，我下去了。”

孟浅浅：“嗯。”

看着他高大的身影消失在楼梯口，孟浅浅立即拨打了另外一家猎头公司的电话，找柳先生，两个人聊了一会儿，孟浅浅把要求告诉对方，对方应下。电话挂断半个小时后，那位姓周的猎头打电话回来。

“孟小姐，我这边会努力地帮你们再找的，你怎么联系姓柳的？他找的人才肯定没我好。”

孟浅浅笑了笑：“不用了，周先生。”

说完，她挂了电话，她多少有点恼火，这都什么事啊。

晚上七点多，其他人都下班了，只有研发室的灯还亮着，孟浅浅提着小包来到研发室门口，便看到应浩、梁坤教授、唐隽、周彦四个人还在谈话。

她看了一眼转身先走，刚走到门口，手机便响起来。

YING：等我五分钟。

孟浅浅只得坐在台阶上等。五分钟后，研发室传来脚步声，孟浅浅站起身来，看到应浩用指尖解着扣子走出来，他手里拿着车钥匙，走过来牵着她的手说道："想吃什么？"

孟浅浅跟着他走下台阶："都可以，唐隽学长和周彦学长不吃吗？"

"别管他们，今晚就我跟你。"说着，两个人走向车子，梁教授的司机也停在不远处等着梁坤教授。

孟浅浅上了车。梁教授擦着眼镜也走出来，弯腰上了车。

应浩启动车子，黑色的 SUV 开走了，正好从梁坤教授的车子前开过，黑色的车身远去，梁坤教授咳了几下，接过司机递来的水，抿了一口，他看着前面开过的车。司机顺着他的视线看去，他说："应大少跟这位孟小姐好像是在一起。"

梁坤教授拧上保温瓶的盖子，放到一旁，说道："男人对年轻时陪在身边的女人总是没有抵抗力。"

司机想了一下，总觉得梁坤教授这是话里有话。

孟浅浅以为今晚就随便找一家吃的，谁知道应浩带她来旧城区的小吃街，整条街都弥漫着甜甜的冰激凌味。

孟浅浅闻到以后，一阵惊喜。

应浩拿过她的小包放在车上，不让她背着，随后牵着她的手，低声道："还有一个星期要来例假，今晚给你吃点儿。"

孟浅浅仰头看他，他的唇角含着笑意。

孟浅浅："谢谢啊。"说完她没藏住唇角的笑意，朝小吃街走去。

应浩笑着跟上，牵住她的手："吃棉花糖吗？"

孟浅浅："要。"

"冰糖葫芦？"

"要。"

"那冰激凌还吃吗？"

"吃。"

没一会儿，孟浅浅两手都抓满了东西，应浩改而搂着她的腰，他的衬衫领口微敞，把手插在裤子口袋里，陪着她逛。

孟浅浅吃得只剩下最后一口冰糖葫芦，吃不下了。

应浩接过来，把最后一口吃完，然后把签子扔进垃圾桶："吃完这些还是得吃点饭，叫个菠萝炒饭给你吃？"

孟浅浅嘴唇上沾着红色的糖，她舔了舔，点头："好。"

应浩看着她舔，喉结滑动了一下，搂着她低声跟她说话。

他这一低头，挡住了前面的视线，孟浅浅仰着脖子想听听他说什么，谁知道他是借着这个姿势，含住她的唇瓣。

孟浅浅："嗯……"她立即用手隔开他。

他含着糖站起身来，面无表情地舔着，眉梢带着的笑意能够看出他得逞的样子。孟浅浅："滚滚滚……"

应浩按紧她的腰："滚去哪儿？你怀里吗？"

孟浅浅："你……"

从小吃街出来，八点多了，得回学校了。车子停在学校停车场，应浩从车里下来，来到她的跟前，说："背你。"

孟浅浅看了一眼停车场这边的灯光，是有些昏暗。

她走上前，毫不客气地钩住他的脖子。

应浩站起身来，朝宿舍走去。

孟浅浅趴在他的肩膀上，树荫下斑斑点点的灯光投在他们的身上，孟浅浅看着他的侧脸眉眼，问道："你觉得明天那两个设计师会来吗？"

"不会。"应浩的嗓音很低。

孟浅浅想了想，说道："你好淡定，你似乎早料到了？"

应浩："从高三那年得知应涵是我爸的亲生儿子那一刻起，我就知道，未来会发生很多很多事情。"

孟浅浅听得揪心，她问："应涵今年多大？"

"小我几个月。"

"小你几个月……"孟浅浅不敢细想，小几个月是什么概念，她的手臂下意识地搂紧应浩，"我们那个时候在吵架吗？"

"没有，那个时候我们在冷战。"

孟浅浅："唉……"

还不是一样，没差别。

“亲我一下。”他感觉到她手臂的用力，趁机提要求。

孟浅浅偏头盯着他的眉眼。

她的脸红起来，凑过去，柔软的嘴唇贴在他的下颌处。

他眯起眼睛，一边背着她走，一边道：“往下点，再往下点……”

孟浅浅亲到他脖子了。

温热。

她的脸更红了，她捂住他的嘴巴，不让他说话，他的声音也有蛊惑性。

不远处，林飘的脚步虚浮，提着高跟鞋，摇摇晃晃的，几秒后，突然扑到垃圾桶旁，趴在垃圾桶上呕吐，她抬起眼眸。

看到前方的两个人。

高大的男生背着纤细温柔的女生，一步步地往宿舍楼梯口走去，那样恍惚那样美好。

紧接着，抵达楼梯口。

孟浅浅从应浩的身上下来，她要走向楼梯，下一秒却被应浩给搂住了腰，低头不知说了什么，接着，他的薄唇贴在她的脖颈上。

女生惊得满脸通红，连踹带踢。

喉间又一次涌上来酸味，林飘死死地看着他们，跪趴在垃圾桶边上：“哇——”她撑着垃圾桶，再次吐了满肚子的酸水。

林飘看到应浩的吻来到孟浅浅的嘴唇边，说一句就亲一下，他甚至咬着她的嘴唇。

林飘的指甲“咔嚓”一声——断了。

进了宿舍，孟浅浅来到镜子前，去看脖子。常慧慧手里拿着一个苹果，“咔嚓”一声咬着，探头跟着出来看了一眼：“哟，小宝贝，又被亲了？”

孟浅浅脸一红，赶紧放下头发。

常慧慧笑眯眯地擦了一个刚洗的苹果递给孟浅浅：“吃吧，给你留的。”

孟浅浅接过来，咬了一口，问道：“叶岚和朱芳还没消息吗？”

“好像说后天还是明天到吧。”常慧慧坐在椅子上，手机“嘀嘀”响起，她拿起来，眉眼一扬，敲着九宫格。

孟浅浅探头看了一眼，看到是唐隽学长，她也故意“哟”了一声。

常慧慧的脸一下子便红了，收起手机，看向孟浅浅：“你哟什么？”

孟浅浅啃着苹果，笑道：“你说呢。”

常慧慧上下打量她道：“我跟唐隽学长很纯洁，不像你跟应浩学长，你们迟早得吃了对方，不对，是应浩学长迟早得吃了你，啧啧，你看看你的锁骨。”

孟浅浅立即转头，看到锁骨上的吻痕，她一把遮住。

常慧慧：“应浩学长的吻技怎么样？”

孟浅浅推开她，满脸通红地啃着苹果不吭声。都说了是最甜的蛋糕，能差得了吗？他本身就很性感。

“啧啧。”常慧慧不用她回答，看她的表情就知道了。

这时，走廊上传来有些凌乱的高跟鞋声，孟浅浅跟常慧慧转头去看，两边窗户都开着。

林飘两脚虚浮地走着，还撞上了栏杆，看样子是喝醉了。

陈莉学姐听见声音，从宿舍里跑出来，扶住林飘：“怎么喝那么多？你这样下去怎么行？”

林飘打了个酒嗝：“只是陪他喝酒而已，我可以喝。”

她的舌头已经打结了。

陈莉学姐赶紧扶着她进了宿舍。随着隔壁的门关上，走廊里瞬间安静下来。常慧慧起身把窗帘拉上，她看了一眼孟浅浅。

孟浅浅收回视线，继续吃苹果。

临近开学，很多学生都回来了。隔天孟浅浅洗漱完出门的时候就有感觉，楼梯的人多了，她们三楼宿舍的另外两间也都有人回来了。

彼此碰面都打了招呼。

“浅浅，早上好。”

“早上好啊。”孟浅浅微笑。

“浅浅，你暑假没回家？在打工？”

“嗯嗯。”

“太勤劳了，以后有兼职可以介绍给我啊。”

“好。”

孟浅浅背着小包应完话，走向楼梯，拐到二楼听到有些女生走在前面正在议论。

“那是应浩学长吗？他来接谁？”

“这么早……”

孟浅浅的脚步一顿，又拐了一个弯便看到坐在驾驶位上摁手机的男生，好多女同学纷纷盯着黑色的SUV议论着。

孟浅浅突然没了走过去的勇气，她借着人群，顺着走廊走出去。走远了，她的手机响起，她拿出来一看。

YING：人呢？

孟浅浅：我去西门，你从西门开过来。

YING：……

孟浅浅收起手机，飞快地往西门跑去，跑了没几步，黑色的SUV跟过来，应浩坐在车里看着那跑得飞快的女生。裙摆飞扬，低低的马尾随着跑动一晃一晃的。他从车里下来，随后大步地追上她。

孟浅浅在快靠近西门前，腰部被男生的大手一捞，她惊讶地转过头。应浩拦腰把她抱了起来，大步地朝黑色的SUV走去。

她呆愣地看着四周盯着看戏的同学，什么时候聚集了这么多人？

花坛、楼上、走道，还有不远处的单车棚。

她们看着这边指指点点。

孟浅浅反射性地拿着小包捂着脸。

应浩大步地走着，垂眸看了她一眼：“迟早得知道的，遮什么遮，今晚我就发个帖子，我应浩整个暑假都用来追求人力资源二班的孟浅浅。”

孟浅浅：“不许发。”

“就发。”

说着，他拉开车门，把她塞进副驾驶位，并给她扣上安全带，随后关上门，绕去驾驶位。

黑色的SUV很快驶出校门，给大家留下了一个可八卦的背影。

第十五章

起　用　新　人

抵达公司没多久，柳先生就打电话过来，说有合适的人选，下午就带人过来。孟浅浅瞬间来了精神，立即通知了梁坤教授和应浩、唐隽、周彦他们。

唐隽笑道："这可太好了。"

周彦："换一条路总能走得通的。"

应浩弯腰敲着键盘，抬起眼眸看了孟浅浅一眼，唇角微勾："这会儿放心了吧？"

孟浅浅红着脸"嗯"了一声，随后转身离开研发室。

她回了二楼，开始整理一些人员资料，后面厂房的流水线制造出来大概需要三个月左右的时间，应该九月中旬就可以投入使用，到时员工会更多。这时手机"嘀嘀"响起，她拿起来一看，是家里转的钱。

看样子是生活费和学费，但是金额又对不上，少了将近两千块，像是被人咬掉了一半一样。孟浅浅抿紧嘴唇，截图了这进账信息。

正准备拨打，黄秀琴就来了电话，孟浅浅立即接起来："喂……"

那个妈字没喊，上次那通电话后，母女俩就没再联系过。

黄秀琴说道："九月份的生活费跟学费已经打给你了，一分不少，别再说什么家里亏待你，我没那么缺德，哪像你，口口声声就要离开家，你可了不得了，还要带媛媛走，呵，走了我看你们怎么活。"

孟浅浅："一分不少吗？你确定吗？你要不要再去看看转账记录，你才转了多少，学费都不够。"

"什么意思？"黄秀琴立即反问，她发现孟浅浅现在的语气有点咄咄逼人，被孟浅浅这样一问，她的气焰都小了很多。

孟浅浅："你只转了 4500，需要我截图给你吗？"

黄秀琴一愣："不可能，我拿了钱给孟啸让他去……"

话到了这里卡住了，紧接着，她转身下楼，追着往外走的孟啸："孟啸，你站住。"

孟浅浅在这边听着，一声不吭。她听到黄秀琴在拉扯孟啸，问了钱的问题。孟啸在那边说道："她肯定去外面打工了，她有钱的，我的钱不够花，拿点钱花怎么了？"

孟浅浅猛地咬牙。

那边窸窸窣窣拉拉扯扯的，几分钟后，黄秀琴的声音从话筒里传出来："被你弟拿了一些去花了，他想花就给他花吧，剩下的你自己想办法。"

说完，黄秀琴就要挂电话。

孟浅浅死死地握着手机，说道："剩下的你要给我打回来，我明天就要交了，黄秀琴。"

"你别这么喊我，孟浅浅，你这个暑假肯定打工了吧，有钱吧？我没问你要就不错了，你自己垫上！"

说完，黄秀琴"啪"地挂了电话。

孟浅浅咬着牙根，眼眶一下便红了。她心里涌起一股倔强和不服，连身后传来的脚步声她都没发现。这时一个人影走到身边，孟浅浅抬头一看。

对上了梁坤教授的脸。

孟浅浅顿时站直身子，用手背擦了一下眼角的湿润："梁工好。"

说着，她想侧过身子，但是这样会显得不礼貌。

梁坤教授看着她，拍拍她的肩膀，问道："家里来的电话？"

孟浅浅："嗯。"

"有什么困难吗？"

孟浅浅摇摇头。

梁坤教授："有困难要说，不要埋在心里。"

孟浅浅感觉眼眶又湿润了，她赶紧扯了纸巾擦拭眼角。

梁坤教授问道："家里几个兄弟姐妹？"

"还有一个弟弟跟妹妹。"

“你是家里老大？”

“嗯。”

“爸爸做什么的？”

“在一家食品公司做销售主管。”

“一个人养活你们四个人？”

孟浅浅点头，她很少跟这么年长的男人聊天，于是有些不知所措。

梁坤教授点了点头：“看来家庭也是挺不容易的，回头得让应浩也安排股份给你。”

孟浅浅摇头，不知该说什么。

梁坤教授轻轻地拍她的肩膀，随后抬手朝楼梯下招了一下。几秒后，一个高大的身影走上楼梯。

应浩一眼便看到眼眶湿润的孟浅浅，应浩的脸色微变。

梁坤教授说：“她家里的事情，你陪陪她。”

说完，梁坤教授便朝楼梯走去，跟应浩擦肩而过。

应浩朝梁坤教授点头，随后大步地来到孟浅浅的跟前，低头看着她。

孟浅浅的泪水开始成串地掉下来，有些控制不住了。

应浩牵住她的手：“因为什么事情？嗯？”

孟浅浅抿抿嘴唇，低声道：“学费跟生活费。”

“给少了是吧？”

孟浅浅点头。

应浩：“给少了就给少了，这两个月工资不是已经发了吗？以后不用问他们要了。”

孟浅浅“唰”地抬起头，泪水顺着脸颊滑落。

应浩的心一揪，用指腹擦拭她的泪水：“我养你。”

孟浅浅摇头：“不是，不是这样，我就是不甘心，不服气，为什么女孩子就要被这样对待，为什么当父母的可以按照自己的喜好去偏心、去克扣我们的生活费，而孟啸却过得那么滋润，我爸我妈他们没想过以后吗？”

应浩看着她，明白她开始思考了。

上一通电话她试图在反抗，这一次她开始思考，这代表孟浅浅成长了。他抬起她的下巴，低声道：“有些事情是想不通的，但是这样的家庭，不要也罢。”

孟浅浅抿紧嘴唇：“不行，现在不行，媛媛还在家里。”

应浩：“那你打算怎么办？”

“死磕，凭什么不给钱，凭什么要克扣？黄秀琴怕孟致贤，我得找孟致贤。”

应浩挑了挑眉毛，半晌他笑着坐在椅子上，搂着她的腰：“来，我抱抱。”

孟浅浅被他一搂，坐在他的腿上。他今天穿着黑色长裤，上身是衬衫跟西装外套，休闲款的那种，腿又长又紧实。

孟浅浅坐下后，泪水都干了，只剩下脸上发热，她挨着他的胸膛，应浩顺着她的头发。

应浩拿起桌面上的手机递给她：“打，现在给你那个老爸打电话。”

孟浅浅“嗯”了一声，她接过来，找到孟致贤的号码。

很快，电话接通了。

孟致贤的声音传来：“浅浅？快开学了吧？”

哪怕他是个偏心的父亲，哪怕他一直漠视她们姐妹俩，但是他在某些时候也带了点儿温柔，比如现在。

孟浅浅：“嗯，准备开学了，但是学费跟生活费都不够。”

孟致贤愣了一下：“不是刚给你打了吗？”

孟浅浅：“只给了 4500。”

“不可能，是我让你妈一分不少地打过去的……”

“爸，你觉得可能吗？”

一句话反问过去，孟致贤便安静下来，几秒后，他说：“我了解一下情况，你放心，答应让你去海城读书，就会供你读完。”

“谢谢爸。”

孟致贤：“嗯……”

一秒后，他挂了电话。

听着那边的忙音，孟浅浅也放下手机。接着，下一秒她跟打了胜仗一般，一把搂住应浩的脖颈，高兴地尖叫。

应浩笑起来，靠着椅背，垂眸看她，接着在她尖叫的时候，低头堵住她的嘴唇，追着她吻。

孟浅浅的呼吸一凛。

庆幸此时二楼没别的人。

下午两点多，剩下的学费和生活费补打了进来。孟浅浅的心情畅快了很多，有时就是要反抗一下，不能随便低头，倒不是她有多在乎这个钱，而是在这个家里，她至少能赢一次。

不过，她没忘记下午柳先生要带候选人过来。

孟浅浅跟对方确定了时间是三点半。

梁坤教授、唐隽、周彦还有应浩三点半的时候空出了时间，结果这次白等了，到五点半了，柳先生都没有来，那个新的候选人也没有来。

孟浅浅跑下楼，看着他们。

唐隽骂了一声，抓抓头发转身回了研发室。

应浩微微眯起眼睛，他看着孟浅浅道："收拾一下，准备下班。"

孟浅浅："我们会不会招不到车身造型设计师？"接着她又道，"以后都招不到？"

周彦："没那么倒霉吧。"

梁教授摇摇头，叹了口气也回了研发室。

应浩扯下手套，走到一旁去洗手，说道："总有解决办法的。"

总有解决的办法，是什么办法？孟浅浅没有想到，应浩也没有想到，接下来的几天，学校开学了，学生返校了。

叶岚跟朱芳也回来了，宿舍里又开始热热闹闹的。

叶岚一进门，拿着手机贼兮兮地看着孟浅浅："说，这个暑假发生了什么事情？"

朱芳也放下行李箱，一块逼近孟浅浅："说，这个暑假发生了什么事情？"

"没发生什么啊。"孟浅浅摇头。

"没发生什么？这是什么？"叶岚将手机怼到孟浅浅的跟前，孟浅浅一看，学校内网论坛，正在八卦她跟应浩的事情。

那天早上离开学校后，应浩当真发了帖子。

我应浩这个暑假都用来追求人力资源二班的孟浅浅。

发帖人：YING。

就这样一个帖子，被顶到论坛最上面，当事人发完这个帖子，就没再出现了。这个帖子仅仅只是官宣跟告知。

论坛里议论纷纷，但是对孟浅浅倒是有个好处，那就是她无论跟应浩什么时候出现在校园里，都不会再有很多人盯着看，抑或好奇或者议论了。

孟浅浅收回视线，看向两个舍友，说道："嗯，我跟他是在一起了。"

"我震惊啊，这可是应浩学长啊！啧啧，妹妹，你好厉害。"叶岚掐着孟浅浅的脸颊，说道。

孟浅浅红着脸拍开她的手。

朱芳"啧啧"了几声："我看帖子说，你不得了啊，应浩学长很宠你啊，简直跟对待自己的白月光一样。"

孟浅浅被捏得说不了话，她摇头："没有没有……"

常慧慧趴在栏杆边，笑着看戏，她本来想和叶岚跟朱芳说，孟浅浅本来就是应浩学长的白月光，她可是他的初恋呢。后来看孟浅浅没打算说，便也闭上了嘴巴。

舍友既然都回来了，四个人就收拾收拾一起出门聚个餐。

孟浅浅手机在这时响起。

叶岚捂住孟浅浅的手机："别回复，今晚我们四个人吃饭，男的全退散。"

孟浅浅点点头："好，我先看看，再回复他。"

叶岚这才松开手。

孟浅浅点开微信。

YING：看到你们了，去哪儿？

孟浅浅立即抬起头看去，便看到应浩跟着几个男生在多媒体教室门口，他人长得高大，把手插在裤子口袋里看过来。

隔着人群对视着。

孟浅浅收回视线，在手机上敲着。

孟浅浅：舍友说一起吃饭，只有女生。

一秒后，那边回复。

YING：去吧，不许喝酒。

你管得着吗？孟浅浅在心里这样回复他，然后收起手机，挽着叶岚跟常慧慧朝西门走去。四个人进了一家自助牛肉火锅店，涮牛肉吃，倒是没喝酒，而是喝了不少免费的饮料。

叶岚跟朱芳得知应浩现在就创立公司了，有些震惊："学长不愧是学长，这起步都比别人早啊。"

孟浅浅听着这话，突然觉得这话虽然是夸奖，但同时也更明确地点出了应浩的状态。如果他不是因为有这样的家庭，他估计也没必要读书时兼创业吧，他这是被逼着走……

就像她一样，她也得一边上学一边打工。而学校里有很多只要好好学习，享受学生生活的同学。所以一样米养出了百种人，原生家庭有时真是原罪。

"所以，唐隽学长跟周彦学长也一起创业了吗？"

孟浅浅点了点头："嗯。"

"三剑客啊。"

"新车发布会，浅浅你要通知我，我要去看看他们设计做出来的车长什么样。"

"对对对，要叫上我。"

孟浅浅笑道："好。"

叶岚："以后我有钱了，第一个选择就是买他们品牌的车，叫东方吗？"

"对，叫东方，这是LOGO。"孟浅浅拿出手机图片给叶岚跟朱芳看，叶岚笑道："怎么有点像指南针呢。"

孟浅浅笑起来："我也觉得像。"

常慧慧："我倒觉得挺高端的。"

四个人聊着聊着，孟浅浅又一次想起那车身造型设计师，还没招到呢，简直成了心头大病。

吃过晚饭，天色已黑，四个人结伴回了学校。

结果在宿舍楼梯口遇见了林飘，她站在台阶上。四个人彼此看了看对方一眼，随后假装没看到，直接朝楼梯口走去。忽然，林飘的嗓音轻飘飘地传来：“孟浅浅。”

四个人脚步微停，她们三个下意识地看向孟浅浅。

孟浅浅没吭声。

林飘的声音再次传来：“聊聊吧。”

孟浅浅反问：“聊什么？”

“都可以啊，聊聊，放心，学姐不打你。”林飘笑道，“其实打人是最无脑的行为，我早已为我之前的那一巴掌后悔莫及。”

这是继那个巴掌后，她俩第一次摊开说这个话题，还是由林飘点出的。

常慧慧立即哼道：“学姐，你知道就好，亏我们当初还很尊敬你呢。”

林飘轻轻地笑了起来，接着道：“是。孟浅浅，我们聊聊。”

常慧慧看向孟浅浅，拽了一下她的手。

孟浅浅松开常慧慧跟叶岚的手臂，转身说道：“好，聊。”

三个舍友愣了一下，彼此对视一眼，只能上楼，把楼梯口的位置让给她们。

听着她们的脚步声走远了，林飘让孟浅浅坐在台阶上，孟浅浅就陪着她坐，一时安静下来。

巧的是宿舍楼今天上下的人并不多。

林飘看向孟浅浅，昏暗的光线下，孟浅浅的眉眼柔和，她今天穿着圆领的裙子，领口锁骨上隐隐约约可见一点点的吻痕。

林飘的眼眸微眯，随后视线往上移动，看着孟浅浅。

半晌，她说道：“最近应浩那边的项目是不是停滞不前？”

孟浅浅一听，“唰”地看向林飘。

林飘还是那般艳丽，哪怕她没有化妆，但五官依然有冲击性的艳丽。孟浅浅反问：“你知道些什么？”

林飘笑笑，她说：“你们的启动资金这样挥霍下去，很快就要用完了吧，人招不到难不成弄辆毛坯车出来？华星是上市集团，资源汇聚在一起，你认为谁会最先出第一辆车？”

孟浅浅一听，心一紧，但是她在表情上没有表现出来，她说：“你是什么人啊，你以为你知道很多？”

林飘又是一笑，她看着孟浅浅那双眼睛：“我能说出这些话，就代表我知道一些，而且知道得比你还多，你知道‘耗’这个字的概念吗？再有钱的公司也经不起耗，启动资金仅仅只是启动资金而已，花完就没了，你们必须得拥有自己的品牌车，否则拿不到融资就是死路一条，华星集团一旦看不到希望，立马就能收回东方项目。到那个时候，应浩就只能灰溜溜地滚了。”

孟浅浅的拳头微微拧紧。

林飘笑着看向孟浅浅：“到时他就一无所有了，而你呢，还会继续跟着他吗？”

“这个世界上，光饮水可不能饱的。”

孟浅浅顿时听出来了，她在劝她离开应浩，她似乎很肯定应浩会失败一样。

孟浅浅顿时笑了：“我不是你。我不会在他一无所有的时候离开，我也不在乎他有钱没钱，更不在乎他是什么身份，成功失败与否都不是判定他这个人的标准，有钱吃好点没钱吃差点，一块蛋糕在面包店是一块蛋糕，到了餐厅它就变成了甜品，有什么区别？人都是吃五谷杂粮长大的，难道有钱就不用吃米饭了吗？难道有钱，你就能飞上天了？”

林飘的脸色巨变。

孟浅浅轻蔑地看了她一眼，站起身来转身上楼。

那踩在楼梯台阶上的脚步声咚咚咚的，像踩在林飘的手背上，令她的指尖微微发抖。

所以，他爱的女生，就是这样吗？这就是他爱的女生？他的初恋？

回了宿舍，孟浅浅的脸上还带着少许的怒火。常慧慧三个人看到她回来后，立即问道：“怎么了？她说了什么？”

孟浅浅拉了一把椅子坐下，说道：“说人喝水喝不饱。”

常慧慧一愣，半晌，翻了个白眼："劝你离开应浩学长对吧？"

"是不是觉得学长要失败了？"常慧慧最近经常跟唐隽联系，也大概知道东方公司目前的情况。

孟浅浅："是的。"

常慧慧："笑死，她自己什么德行看不清楚吗？"

叶岚和朱芳凑了过来："学长的公司出现问题了？"

孟浅浅抓抓头发，说道："有一点吧。"

叶岚顿时了然："创业哪里会没有问题。"她拍拍孟浅浅的肩膀，"加油。"

"嗯。"

不一会儿，四个人轮流去洗澡。孟浅浅洗完澡穿着睡衣出来，擦着头发，心里七上八下的，她嘴上说得那么硬，实际上却还是把林飘说的话听进去了。

应浩的父亲，就是打算耗他对吗？耗光了钱，就让他们关闭东方项目。所以，车身造型设计师也是他们一直阻拦的。之前也说了，华星集团的车子外形一直很好，于是以此来消耗他们。

孟浅浅拿起手机，想给那位猎头柳先生打电话。忽然，她灵光一闪，为什么要做等待的那个人，她可以做主动出击的那个人啊。

为什么要找特别出名的设计师？她可以找刚刚崭露锋芒的啊，年轻人有梦想又有激情，说不定能碰撞出更好的火花。想到这里，孟浅浅立即跟叶岚借了笔记本电脑。

哪怕寝室关灯了，她也抱着笔记本电脑来到床上，趴在床上开始翻着一些汽车设计奖项的论坛，浏览各大汽车网站，甚至翻墙出去看国外的一些名校。

"浅浅……你还不睡？"常慧慧下来上个洗手间，迷迷糊糊地问道。

孟浅浅咬着指尖，说道："再等会儿……"

"啪"，页面一跳。

江枫。

阿尔托大学设计专业。

20×× 年极星未来概念车全球设计大赛获奖者。

就他了！就他了！

孟浅浅激动得又咬了一下指尖，她拿起手机，也不看时间，直接拨打了应浩的电话。

“嘟嘟嘟”几声后。

那头接起来，带着低沉跟睡意：“嗯？你还没睡？”

孟浅浅管不了他的称呼，立即道：“我找到了，我们的车身造型设计师。”

“你找到谁了？”

“江枫，20×× 年极星的设计冠军。”

应浩安静了几秒，接着，他很低声地一笑：“老婆，你真棒。”

男生宿舍。

“啪。”唐隽设计的大灯亮起来，直接照到应浩的床上。应浩起身靠在墙壁上，身上穿着黑色上衣和灰色休闲睡裤，头发有些凌乱，他唇角微勾，眉眼含笑。

应浩把孟浅浅选择用新人设计师的想法告诉了唐隽和周彦。他们两个人错愕了几秒，紧接着唐隽说道：“这想法太好了。”

周彦：“对啊，这就可以绕开华星了。”

应浩揉揉脖颈，把玩着手机，说：“我们确实没想到。”

“真的没想到。”唐隽晃着大灯，“太可以了，浅浅学妹这招高啊。”

接着，他又把大灯晃到应浩的脸上，应浩皱起眉头，略微挡了一下。

唐隽问道：“这样的话，你就不用去华星了，不用去求应顺尧了。”

应浩：“是。”

本来他今晚是打算明天去找应顺尧的，既然应顺尧现在还在做表面功夫，那么他作为儿子去跟他要个人，甚至直接调走。应顺尧为了保住脸皮，估计一时会同意，他再让应顺尧签下一份约束书。他带走的设计师要是死了残了，又一次离开东方，那么全都算在应顺尧的头上。应顺尧既然想做个和蔼的父亲，这份约束书他就一定会签。

如今，东方确实是耗不起了。不到万不得已，应浩也不想走这一条路。袁从严听了他的计划，在电话那头也是同意的。如今，倒是不用去了，因为他有孟浅浅。

要不是此时这么晚了，他真想去抱她。

下半夜，孟浅浅一夜没睡，她在社交网站上找到了江枫的电子邮箱，给他发了一封邮件。不过没等来他的回复，天色已亮。

今天孟浅浅早上有课。

她带着两个黑眼圈从床上起来，把快没电的电脑还给叶岚，随后打着哈欠去了小阳台。常慧慧盯着她的黑眼圈，一边刷牙一边道："好可怜哦，黑眼圈都这么大了。"

孟浅浅瞪了常慧慧一眼，低头开始刷牙。洗漱完换好衣服跟着常慧慧下楼，抵达一楼便看到提着早餐站在宿舍楼下高大俊朗的男生。走过的女生都会看他一眼。

常慧慧笑着松开孟浅浅。

应浩走上前，揽住孟浅浅的腰，把她搂了过去，低声看她的黑眼圈："你后半夜没睡？"

孟浅浅点头。

应浩眯起眼睛："你后半夜干吗去了？"

"我联系江枫去了。"孟浅浅靠着他的肩膀，猛打哈欠。应浩举着豆浆放在她的唇边，给她喝，孟浅浅喝了一口，发出"咕噜咕噜"的声音。

应浩："他回复没有？"

"没有啊，他可能没看邮件。"孟浅浅也有些茫然，用带着泪水的眼眸看着应浩，她这一看，应浩的喉咙滚动了一下，眼眸微暗。

他说："人我来联系，有些话你可能说不明白。"

孟浅浅："哦，好，也不知道他现在人在哪儿。"

"在首都。"

孟浅浅"啊"了一声："你这也知道？"

应浩冷哼，拿出手机给她看，他已经买了两张机票，是前往首都的。他说："你下午收拾下简单的行李，跟我出差。"

孟浅浅拽着他的领口，仰头问道："你怎么知道？"

应浩用手臂搂紧她，垂眸看她。

那手臂的力道像是要掐断她的腰，从他们身边走过的学生匆匆看了一眼都脸红耳赤的。应浩道："我查了一下他的家世，巧的是萧然跟他认识，萧然作为引荐人，我们今晚跟他见一面。"

孟浅浅的眼睛一亮："那我是不是可以看到周乔？"

"不一定，但是你想见，我争取让你见。"

"啊啊啊，太棒了。"孟浅浅觉得累了一个晚上什么都值得。

应浩"啧"了一声："你就那么想见到她？她有那么好吗？"他低头，"比我还好？"

孟浅浅抬手就打他的肩膀："你滚。"

说完，她就飞快地往前走。

应浩跟在身后，看着她跑，几步后上前，大手搂住她的腰往回抱。四周响起了尖叫声，这哪是以前那个应浩学长啊，过分了啊，怎么碰上孟浅浅，他跟变了个人似的，简直了。

孟浅浅满脸通红，挣扎不过他。

应浩将早餐递给她，她接过来，低着头吃。

吃完后，也到了教室门口。孟浅浅进了教室，谁知道下一秒班上的同学尖叫，她一回头看到应浩把手插在裤子口袋里走在她的身后。

孟浅浅一愣："你？"

"我今天没课，陪你。"说着，他走向教室最后一排。孟浅浅看到很多同学都看着她，脸红耳赤的，立即低着头躲进后座。应浩跟着坐在她旁边，他长腿交叠，打开她的书本摊在两个人的面前。

不一会儿，老师来上课，同学们安静下来。

后排位置只有孟浅浅跟应浩两个人，教室里开了空调，凉爽舒服。孟浅浅有些打瞌睡，应浩见状，把手臂放在桌面上，不一会儿，孟浅浅的头便靠在他的手臂上。

呼吸清浅。

老师在上面一直在讲，应浩拿起笔，在本子上做记录，还有摘抄老师讲的重点，免得她醒来后一阵抓瞎。

他笔记做得认真，她睡得也很认真。

中途，老师让大家看书，等下要提问的。

应浩抄完了重点，低头看着熟睡的女生，他用指尖捏住她的下巴，竖起书本，接着低头，堵住她的嘴唇。

她睡的姿势有点可爱，嘴巴微微张开。应浩吻得孟浅浅直接从梦中清醒，她睁大眼睛，应浩捂住她的眼睛，低声含糊道："上课呢。"

孟浅浅的心直跳，再不敢发出半点儿声音。

这一个吻很长。

老师站起来后，应浩抹了一下唇角的水珠，长腿交叠，面不改色地抬起头，还跟老师的视线对上一秒，他表现得若无其事。

孟浅浅却把头埋在桌子上，满脸通红，一声不敢吭。

中午吃过午饭，孟浅浅回去收拾一点行李，应浩订的是三点半的飞机，两个人两点就赶往机场。

随后登机，这是孟浅浅第二次坐飞机，也算是熟悉了，她一坐下直接便睡了过去。

应浩的肩膀让她靠着，他翻着平板电脑里江枫的所有详细资料。

如今是信息时代，要找到一个人的信息并不难。

萧然这次也帮了忙。

抵达首都，天色已黑，首都的天气也有些闷热。萧然打了电话给应浩，说："派了车去接你们。"

应浩挑起眉毛："谢了。"

"黑色的 SUV，车牌京 A8888I。"

话音刚落，孟浅浅和应浩便看到了这辆车。接着驾驶位的车门打开，下来的人让应浩的脸色顿时一黑。

来的人是周乔的战队经理老羊，原名许旸，也是在婚礼上缠着孟浅浅要微信的那个男人。

应浩掐着孟浅浅的腰："你跟他还有联系？"

"有吧，朋友圈点赞聊聊近况……"在他的眼神下，孟浅浅的声音越来越小。应浩一声不吭地看着怀里的女生。

半响，他冷哼一声，随后带着孟浅浅朝车子走去。

许旸看到孟浅浅的第一反应抬手就要打招呼的，谁知道应浩这一搂，把他到嘴的话给搂了回去。

“好久不见了，老羊。”应浩扬起眉毛跟许旸打招呼。

许旸咳了一声，笑道：“好久不见，最近很忙吧？”

应浩：“还行，萧然呢？”

“哦，今晚萧然带着周乔回了本家，走不开，所以让我来接你们。”

“谢谢。”

上了车，应浩长腿交叠，孟浅浅坐在一旁，被他虚虚地搂着腰。

许旸上车后，调了一下内视镜，他往后看了一眼，笑道：“浅浅，是第一次来首都吧？”

他突然的搭话，让孟浅浅一顿，她看了一眼身侧的男人。

应浩靠着车窗，那边没有什么光线，有些忽明忽暗，也看不清表情。孟浅浅抿抿嘴唇，懒得搭理应浩。

她笑着回复许旸：“嗯，第一次。”

“这里有很多好玩的地方，你多待两天呗，让周乔陪你去玩儿。”

孟浅浅的眼睛一亮：“好啊，正好明天周末。”

“你是来工作的。”头顶传来一道低沉的声音，那声音还带着隐隐约约的不爽。

孟浅浅：“忙完就可以玩。”

应浩看了她几秒，偏头看向车窗外。

许旸挠了一下眉心，咳了一声，启动车子，进入车流密集的道路，萧然那边已经替应浩约了江枫，就约在一家名叫“棕色”的咖啡厅里。下车后，应浩对许旸说：“你有事可以去忙，等会儿我们自己回酒店。”

许旸笑道：“没事，我在门口等你们。”

应浩的下颌紧了紧，他笑笑，然后拉着孟浅浅的手朝咖啡厅走去。

既然如此，行李箱也没拿下来，就放在车上。在某种程度上，应浩是不会跟萧然生分的。但是，这次萧然偏偏派了这个对孟浅浅有贼心的许旸来，应浩猜都猜得到是谁的主意，除了周乔没别人。

不过这些醋意应浩都压在喉咙里，进了咖啡厅，他收敛了所有情绪。

咖啡厅今晚人并不多，江枫还没来，应浩牵着孟浅浅选了个中间的卡座坐下来。孟浅浅左右探头，说道："他还没来。"

"嗯，等等。"他拿了餐牌，给孟浅浅点了一份蛋糕和果汁，又多点了两杯咖啡。

孟浅浅点开电子邮箱，想看看江枫回复了没有。

没回复，但是显示已读。

心里说不紧张是不可能的，她也不知道她做的这个决定对不对，这个江枫是什么性格的人，会不会很古怪？此时，她也终于尝到了当人事的无奈。

她看着应浩："你那么信任我吗？"

应浩正在敲代码，听见这话，停顿了一下，偏头看她。

她眼底闪着光，一眼就能看出不自信。

他抬手，揉了揉她的头发，说道："你现在是人事部的负责人，用人方面当然你说了算，你这个方法很好，我们公司现在这个情况，就得置之死地而后生，浅浅，要相信自己。"

孟浅浅抿紧嘴唇，点了点头："嗯，我也这么想的，我们不要等待，要主动出击。"

应浩的嘴角一勾："对。"

说话间，咖啡厅的门铃响起，孟浅浅瞬间紧张起来，她抬头看去。一名穿着浅棕色上衣跟破洞牛仔裤的卷发男生站在咖啡厅门口随意地扫了一眼，随后，看到他们，走过来。

江枫，23 岁，毕业于阿尔托大学，七月底刚回国，书香世家，父亲是首都华清大学的教授。

应浩站起身来，朝江枫伸手："应浩。"

江枫笑道："你好，江枫。"

两个年轻男人握了一下手，随后面对面坐下。江枫转头看向孟浅浅："是你发邮件给我的？东方新能源汽车有限公司的 HR？"

"你好，是的，我叫孟浅浅。"

江枫一笑，点了点头。

他长相也很俊，但可能因为一头卷发，显得有些稚嫩，看起来应浩的气势便在他之上，应浩两手交握放在桌面上，说道："我希望能聘请你到我们公司当车身造型设计师，我看过你在极星比赛上的获奖作品‘飞跃’，正是我想要的，这是我们公司的网站。”

应浩指尖一转，笔记本转了个头，他刚刚用代码修整过的网站呈现在江枫的面前。江枫挪过笔记本，滑动着鼠标。

这时，服务员送来了咖啡和蛋糕。

孟浅浅拿了一杯咖啡给江枫。

江枫说道：“谢谢。”

孟浅浅问道：“要加糖吗？”

“不用。”

孟浅浅收回了手。

江枫看完了网站，把笔记本合上，他看着应浩，说道：“不好意思，有个问题我想问一下。”

“你问。”应浩抿了一口咖啡。

江枫抓抓头发一笑：“据我所知，你们东方挖过两个大佬级别的设计师，面试那一关也过了，但是最后他们反悔没去，这是发生了什么吗？”

应浩放下咖啡杯，眼眸看着江枫。

沈圳跟秦晖霖最后去哪儿了，他并没有去关注。所以，如今外面竟都是对东方不好的消息。应浩沉默了几秒。

江枫紧接着又道：“另外，你们东方背靠着华星这棵大树，没必要找像我们这种名不见经传的小喽啰吧？”

这也就是他为什么没回复孟浅浅邮件的原因，他只觉得不太可能，而且这段时间东方启动以后在业内也确实造成了少许的议论，最绝的还是他们貌似得罪了两位设计大佬，这也是江枫犹豫的原因。

他的每一句话都让孟浅浅心惊肉跳，哪怕她再笨，也听得出那两位设计大佬没来东方最后竟然是东方自身的缘故。这明明是他们不肯来啊，被华星集团给诱惑走了，怎么反而变成是东方的问题。

她转头看向应浩。

应浩没什么表情，但是，孟浅浅却觉得他有恨，恨他那位父亲。几秒后，应浩说道：“我出去一会儿，回来告诉你。”说着，他伸手揉揉孟浅浅的头发，低声道，“你吃蛋糕，嗯？不贵，你想吃多少都有。”

孟浅浅的眼眶差点就湿润了，她点了点头。

当父亲跟孩子成为对立面，孩子受的伤才是最重的。她深有感触。

应浩走出去。

孟浅浅挪过蛋糕，看了一眼江枫。

江枫耸耸肩膀。

孟浅浅问道：“你想吃吗？”

江枫一愣，道：“不吃。”

孟浅浅：“很甜的。”

江枫：“呃……”他看了一眼蛋糕，几秒后，咽了一下口水，说，“那来一点吧。”

孟浅浅随后让服务员分了一下这块蛋糕，她捧着蛋糕，看向咖啡厅玻璃窗外的男人。应浩低着头。

江枫也跟着转头看了一眼，接着，他看向孟浅浅：“你们……是不是……”

孟浅浅收回视线，看着江枫，说道：“不瞒你说，我们目前的情况很艰难，前有狼后有虎，前途渺茫，但是，我们都是好人，我们团队里面都是怀揣着梦想的年轻人，我们一开始确实也是想找有经验的设计师，但是，设计师看不上我们这个小庙……”

“不对啊，你们不是华星子公司……”

“我们是华星的子公司，但是我们的老板姓应，华星集团的老总姓什么？”

江枫抹了一下奶油：“应……”下一秒，他恍然，“所以，应浩是应顺尧的儿子？”

孟浅浅：“没错，但为什么应浩没有去华星总部上班？而出来重新建立一支团队？”

江枫愣住了，为什么？

孟浅浅接着道：“因为这是他妈妈的遗愿，他妈妈一直想要启动东方这个项目。同时，也有很多人阻挠启动，那两位设计大佬并不是我们得罪的，而是被阻挠后的下场。你刚毕业回来，总要找工作的吧？你到别的地方只能进入一支团队里面给别人打杂，但你进入我们的团队，你就是老大。这么好的买卖你为什么要犹豫？我们要悄悄成长，然后惊艳所有人。你不喜欢这样吗？”

江枫呆住了，他被孟浅浅的一席话给震住了。

一开始的犹豫还有装出来的老成全消散了。他竟然喜欢她最后那句话，悄悄成长啊，以后他就是老大，而且这似乎是一场很刺激的游戏。

江枫又吃了一口奶油蛋糕：“我觉得我喜欢。”

孟浅浅：“太好了。”她刚说完一大段话，此时心跳加速，掌心里都是汗，“那你会答应帮我们吗？”

江枫：“会啊！”

“太好了，太好了！”

孟浅浅看了一眼那边推开门进来的应浩，应浩把手插在裤子口袋里朝这边走来。

他的眉梢松了很多，他似乎也有了决策，他来到这边，坐下，看着江枫：“你……”

江枫咽下一大口蛋糕，说道：“我答应加入你们公司。”

应浩一愣，他挑了一下眉头，接着转头看了一眼孟浅浅。

孟浅浅吃着蛋糕眼睛亮亮的。

应浩眯起眼睛，伸手抹了一下她的嘴角：“老婆，你对他说了什么？”

孟浅浅笑眯眯地没有应声。

江枫也笑眯眯地吃着蛋糕。

应浩身子往后靠，把手插在裤子口袋里，左右看着他们。看来一开始被江枫装出来的犀利给骗了，这也就是一只爱吃甜食的小仓鼠。

应浩静静地等着他们吃完蛋糕。

他坐直身子，说道：“江枫，既然你愿意加入，那我们现在就谈一下你的薪资和待遇，你是首都人，要到海城的话还得需要给你找一个住所，你对住的有什么要求吗？”

江枫便开始提出自己的要求。

孟浅浅打开笔记本，开始记。

这一谈，便是一个多小时。送走江枫以后，孟浅浅伸了个懒腰，一抬眼就看到萧然搂着周乔的腰正从车里下来。

孟浅浅顿时满眼的惊喜，立即跑下台阶。

“乔乔。”

“浅浅。”

周乔推开萧然，上前，一把抱住孟浅浅。孟浅浅也紧紧地回抱着她：“我好想你，好想你哦好想你哦。”

“我也是！”

应浩一手提着电脑包，一手插在裤子口袋里，从台阶上下来。看着她们，“啧”了一声，他看向萧然，萧然一笑。

兄弟之间撞了一下肩膀。

应浩说道：“江枫的事情谢了。”

萧然眉梢微挑，看了他一眼：“还有需要帮忙的吗？”

应浩摇头：“没有，我不缺钱。”这不是钱可以解决的。

萧然听得出他并不想说，于是点点头，拍拍他的肩膀。

两个人安静地看着这姐妹俩拥抱来拥抱去。姐妹俩停下后，周乔捏着孟浅浅的脸，低声咬牙问道：“你跟应浩现在是什么情况？”

孟浅浅顿时心虚得不知如何回答。

周乔：“你该不会又爱上他了吧？”

孟浅浅：“我……”

周乔：“你那是没看过这世界上其他的男人吧，走，我们找个清吧喝喝酒，我再给你介绍一个男朋友。”

“她有。”

应浩的嗓音传来。

紧接着，他伸出手，直接搂着孟浅浅的腰，把人抱了过去。

周乔抬起头，盯着应浩。

应浩也看着她：“希望你能祝福我们。”

周乔狠狠地翻了个白眼。

萧然挠了一下眉峰，说道：“走吧，找个地方坐下来聊聊，聚一聚。”

随后，四个人换地方，找了一家比较私密的清吧。刚坐下，许旸也来了，他笑着拉开椅子道："浅浅，你们的行李我帮你们送到酒店了。"

孟浅浅张嘴想说话，应浩却提前说了，他端起酒杯，碰了一下许旸的杯子，道："谢谢，还麻烦你跑来跑去的，我敬你一杯。"

许旸一愣，随后端起来，跟应浩碰杯。

许旸对应浩不算陌生，后来他也找周乔了解过，知道他是孟浅浅的初恋，只是那次萧然跟周乔的婚礼上，他们似乎没有交集，没想到这次关系变化如此之大，他们直接复合了。

许旸顿觉头疼，还有些失落。

萧然问应浩："江枫答应了吗？"

应浩放下酒杯，抹了一下唇角的酒液，道："答应了。"

萧然"嗯"了一声："公司现在什么情况？"

应浩："按部就班。"

"为什么是应涵接手研发部？难道他的能力就那么出众？"萧然反问道。

应浩的唇角微勾："可能吧，具体我也不清楚，我只对东方这个项目负责。"

萧然的眼眸微眯，有些疑惑，其实这事情如果他没有去了解，他是完全不知道的。没有人知道华星集团会在两个月前扶一位年轻的工程师上去，这个年轻的工程师还是第二任老婆带进来的儿子，在首都这边的家族，对血脉是很看中的，不会发生这种事情。

应浩并不打算告诉萧然真相，这场仗他会亲自打完。

他在这边跟萧然聊着聊着，一转眼看到孟浅浅跟周乔还有许旸聊得很开心，许旸不知展现了什么技能，笑着逗孟浅浅。

孟浅浅眉眼弯弯的，笑得捂嘴，笑得满眼都带着星星。许旸看着孟浅浅笑也跟着笑，两个人宛如在对视着傻笑。

应浩眉梢的笑意渐渐地消散，薄唇抿成一条线。

周乔拍着桌子笑，笑着抬起头看向应浩，她还故意挑衅了一下，手指着许旸跟孟浅浅，用嘴型表示：浅浅跟许旸在一起更开心。

应浩眯起眼睛，他仰头喝了一大口酒。

他看着一直在笑还笑出了泪水的女生。整个人靠在椅背上，一声不吭，一秒后，"砰"的一声，他放下酒杯。

桌面上几个人看向他。

他站起身来，轻轻地扯着领口，握住孟浅浅的手腕，说道：“走，我们先回去休息。”

孟浅浅愣了一下，“哎”了一声。

周乔看着应浩：“现在时间还早呢。”

应浩没什么表情地道：“不早了，她昨晚没睡。”

周乔一愣。

孟浅浅看向应浩，隐约感觉他不太开心，她支着下巴看着他。

应浩捏住她的下巴，低声道：“回去休息，嗯？”

孟浅浅顿了顿，耳根微红：“行吧。”说完，她跟着他起身。

孟浅浅弯腰抱了抱周乔，说道：“明天见。”

周乔：“好吧。”

应浩对萧然道：“明天请你们吃饭。”

萧然摆手。

从清吧电梯一路搭乘下来，孟浅浅喝了点儿酒，舌尖麻麻的，她看着应浩的侧脸。应浩走出大门，随后牵着她走到人行道上，此时的店铺都关门了。

孟浅浅想了一下，大概能猜到他是为了什么不开心。

她耸耸肩膀，没打算搭理，她以前也这么看着他跟别的女生聊天也这么不开心的。

酒店距离这里不远，远远地就可以看到酒店的 LOGO。

人行道上没什么人，只有在收拾垃圾桶的清洁工。两个人走到一家药店的门口，应浩说道：“我买点东西，你在门口等我。”

孟浅浅停下脚步，“哦”了一声。

应浩看了她一眼，走进药店，来到柜台前，他伸手拿了一个红色的盒子。夜深了，药店里只剩下一个值班的小妹，她脸红红地看了一眼这高大俊朗的男生，哪怕他只是低着头扫码，她都能看到他眉眼的锋利。

扫完码，应浩把那个红色的盒子放进口袋里，走了出来，牵住孟浅浅的手。

孟浅浅看了一眼他的脸，又看了一眼药店。

那小妹还往外探头看着。

很快，两个人来到酒店，行李已经送上楼了，应浩拿了门卡。

孟浅浅探头一看：“只有一间？”

应浩说道：“有两个房间，你我一人一间。”

孟浅浅：“哦。”

进了电梯后，不知为何，她的心跳逐渐加速，实际上应浩什么事都没做，他只是牵着她的手而已。

电梯一路上行，抵达 32 楼。

应浩牵着她的手走出电梯，来到那房间的门外，“嘀嘀”两声，厚重的门开了。

孟浅浅揉了揉肩膀，一眼便看到两个人的行李，她松开应浩的手，走过去弯腰去拖行李箱。应浩把她的小包挂在客厅的衣架上，他靠着电视柜看着她。

孟浅浅把放倒的行李箱拉起来，刚站直了身子，身后就贴上来一具身子，紧接着，她的腰部就被应浩给搂住了。

孟浅浅愣了一下，下一秒，应浩的薄唇就吻上她的脖颈跟耳垂：“我们继续那天的事。”说着，行李箱又倒回了地面上。

孟浅浅满脸通红，整个人被他转个身子，他按着她的腰，把她推到沙发上，单膝跪在沙发边缘，低头堵住她的嘴唇。

孟浅浅的手不知往哪儿放。

应浩安抚地抚摸着她的头发：“乖……”

他的指腹扣着她的脖颈，轻轻地捏着。

客厅的灯光不好，昏暗。孟浅浅长发披肩，在墙壁上落下了影子。

夏风吹进来，“啪”一声，阳台似乎有植物摔落。

应浩用指尖掐着她的腰，抵着她的额头，再次堵住她的嘴唇。

阳台没关，风一直吹进来。应浩扯了沙发上的空调被搭在她的肩膀上，搂着她的腰，一边亲一边问道：“你今晚跟江枫说什么了？”

孟浅浅根本没力气也没精力回答，她趴在他的肩膀上。她的声音很低，像是被人掐住一般。

她说："我没说什么，我就是说我们的艰难，我叫他当个老大吧，别去当别人的打杂的小弟……"后面的话说不出来了。

应浩轻轻地掐着她的腰，顺着她的头发。

应浩大概猜到她说了什么，她确实越来越棒了，他本来计划也是说点儿公司如今的现状，年轻人总有少许的同理心，不像那些老家伙，心硬得跟石头一样。

"浅浅，你真棒。"他吻着她的嘴唇，辗转地亲着，温柔且强势。

直到孟浅浅哭出了声音，他含住她的嘴唇，这才松开她。

孟浅浅趺在他的肩膀上，泪水顺着眼角滑落，滴落在他的肩膀上。应浩用大手抚摸着她湿润的头发，安抚着。

孟浅浅昏昏欲睡，柔美至极。

几分钟后，应浩抱着她起身。

洗完澡，应浩赤脚抱着她出来，随意走向其中一间房间。孟浅浅身上只穿了浴袍，要掉不掉，应浩只穿了长裤，上半身线条分明，腹肌明显。进了房间，应浩把她放在床上，亲吻她的嘴唇："晚安？"

孟浅浅压根没力气，但她还是伸手推他。

应浩挑起眉毛。

几秒后，他掀开被子，俯身下去。

孟浅浅咬着手背，一声不敢吭。

十几分钟后，应浩直起身子，用指腹抹了一下唇角，接着亲吻她的嘴唇，说道："晚安。"

孟浅浅："晚安。"

接着，她迷迷糊糊中看到他站起身来，关小了床头灯，随后起身出去。

"砰"，门关上了。

客厅很凌乱，应浩弯腰收拾，满地的狼藉。他挑挑眉毛，收拾好后，他拿过手机，给一直在等消息的唐隽跟周彦发微信，并把江枫拉进微信群里。忙完这一切，应浩又去洗个澡。

洗完出来，他原本打算回对面的房间睡，他怕自己今晚控制不住。

但是他看着孟浅浅那间关着的房门，几秒后，他还是挠了挠眉心，一把拉开门，走了进去。她蜷缩成一团，很累很累的样子。应浩从那头上了床，挨过去，搂着她的腰，谁知道她的浴袍并不整齐。

触手就是滑腻的肌肤。

应浩眼眸一眯，想收回来却不舍得，于是便紧紧地搂着她。孟浅浅那蜷成一团的姿势因为有了温暖跟依靠，慢慢地有些放松。

夜深。

万物寂寥。

隔天一早。

孟浅浅往温暖的地方蹭去，蹭着蹭着，嘴唇就被人吻住，温热。她“唔”了一声半睁开眼睛，对上他的眼眸。

孟浅浅原本以为这不过是个晨吻，直到他俯身过来。

“唔”——她闷哼一声。

应浩揉着她的脖颈，低声道：“早上好。”

孟浅浅睁开眼睛瞪他，应浩笑笑，抱起她。

直到门外传来手机响声。

紧接着房门也跟着响了，而且这房间还设置了门铃声。

“铃铃铃”。

周乔的声音在外面传来：“浅浅……浅浅……”

孟浅浅猛地一阵激灵，她推着应浩。

应浩低头咬住她的嘴唇：“放松，隔着两扇门呢。”

孟浅浅怎么可能放松，周乔又敲门了。最后应浩闷哼一声，只能放过她，下了床，他俯身把她抱起来，道：“你去洗个澡，我去开门。水放热一点，舒服些。”说着，他抱着她朝浴室走去。孟浅浅被放在地上的时候差点摔了，应浩见状，把她抱起来直接放在浴缸里。

他俯身给她放水，孟浅浅的脸通红，叫他滚。

应浩见状，笑了一声，起身出去。

看到门关上，孟浅浅这才放松了自己。

应浩赤脚走出浴室，随意抓了睡袍穿上，拢了一下领口，他才走出来，铃声还在响，他一把拉开门。

周乔立即想说话，在看到他时却愣了一下。

还想说话？

萧然捂住她的眼睛，接着萧然看向应浩："是不是需要点时间给你们收拾一下？"

应浩有些懒散地靠着门，点了点头："需要，你们在楼下等一等？"

"好。"说完，萧然捂着自家老婆的眼睛，转身朝楼梯走去。

应浩嗤笑一声，关上了门。

回到房间，孟浅浅洗完澡坐在床边擦头发。应浩抱着手臂看着她，孟浅浅飞快地抬起头瞪了他一眼。

应浩笑了一声："我也去洗个澡，萧然跟周乔在楼下等我们。"

孟浅浅的声音很软："知道了。"

她刚刚出来的时候有靠在门上偷听。

看着应浩进了浴室，孟浅浅才突然想起客厅的情况，她"唰"地站起身来，朝门口走出去，想去收拾一下，结果看到客厅里整整齐齐的，像是被保洁阿姨收拾过一样。

但是她知道没有，估计是应浩收拾的。

这么想着，浴室门拉开了，应浩一身水汽走出来，扣着衬衫纽扣，说道："走吧。"

孟浅浅抿紧嘴唇，看了他一眼，看到他脖颈上的抓痕，瞬间脸色微红。

应浩拨弄她的头发，拧了一下眉毛："没干呢。"

说着，他转身回到浴室里，拿出吹风机，按着孟浅浅的肩膀让她坐下，随后给她吹头发。

孟浅浅撑着下巴，脸红红地坐着，头发吹乱了搭在肩膀上，有几分温柔。

周乔发了微信过来："还没忙完吗？"

孟浅浅猛地一阵激灵，坐直身子。

应浩看了她一眼，收起吹风机，牵着她的手，出门。

第十六章

柳　叶　刺　青

抵达一楼，周乔抱着手臂站在大厅看着他们。孟浅浅松开应浩的手，飞快地跑向周乔：“早上好，乔乔。”

周乔上下看着她，面色红润，皮肤白皙，不谈脖子上隐约的痕迹，整个人娇娇的确实看着舒服，与高中时期相比，如今的孟浅浅隐隐地有了些许的女人味，这种女人味到底是如何成长起来的，不得而知，但气色是真好。

“乔乔？”孟浅浅轻声地又喊道。

“走吧。”周乔回过神来，转身朝门口走去。孟浅浅笑着挽着她的手臂，姐妹俩亲亲热热地走在前面。

首都的周末也有很多人早起，此时熙熙攘攘，人来人往。

周乔偏头看着孟浅浅，这会儿不止脖子，连头发遮挡的后颈都有少许吻痕，她撞了一下孟浅浅的肩膀。

孟浅浅看向她。

周乔没说话，用眼眸扫视。

孟浅浅顺着她的视线，几秒后反应过来，立即整理了一下头发。

周乔：“知道遮了？”

孟浅浅脸色微微一红：“忘记涂遮瑕膏了。”

周乔听着身后男人的脚步声，她凑近孟浅浅：“你真的打算跟他继续在一起？”

孟浅浅抿紧嘴唇，低声道：“差不多吧。”

“差不多是什么意思？”

孟浅浅看着周乔的眼睛，几秒后，她说：“未来这么长呢，谁知道啊。”

周乔眯起眼睛，接着戳了她的额头：“你就蠢吧。”

孟浅浅一笑，挽紧她的手臂，问道：“吃什么早餐呢？”

“不吃。”

“要吃。”

姐妹俩在前面斗嘴，萧然跟应浩把手插在裤子口袋里在后面跟着，看着她们说悄悄话，周乔飒一些，孟浅浅软一些，时间好像又回到了高中时期。

萧然看了应浩一眼：“什么时候把她追回来的？”

应浩的目光落在孟浅浅的身上，他回过神来，说道：“暑假吧。”

萧然：“她要是没办法成长呢？”

应浩偏头看了萧然一眼，说道：“我已经不需要她怎么成长了，她只要陪在我身边就好。”

萧然挑起眉毛：“哦。”

应浩接着道：“她不用成长，已经很优秀了。”

萧然听着，说道：“失去过才知道珍惜。”

“是的。”应浩说道。

用尽全力忘记但忘不掉的时候他就知道这辈子完了。所以，他才会说出两三年后会回去找她，等他把仗打完了，输赢与否，都不妨碍他回去找她。那个时候，无论她等还是不等他，都是一场新的审判。

当然，也只有萧然这个共同经历过高中时期的朋友，应浩才会跟他说那么多。

四个人算是散步吧，一路从酒店走到一家广式早茶餐厅，周乔带着孟浅浅进门，说道：“特意订了一个包厢，超级多好吃的，够你吃了。”

孟浅浅笑得眼睛眯起来：“谢谢乔乔。”

“啧。”

包厢不大，四个人刚好，桌子是方形的。周乔和孟浅浅坐在里面，应浩只得跟萧然坐在一起，他选了孟浅浅对面的位置。

他今天穿着衬衫跟长裤，是休闲款的，领口没有扣到最顶部，他弯腰坐下。就这么一个动作，脖颈隐约有抓痕。孟浅浅一眼看见，她的脸颊有些烫，不敢多看，哪怕那是她抓的。

坐下后，应浩拿了热水给孟浅浅烫碗筷，指尖翻转。

周乔忽然眯起眼睛看过去：“应浩，你尾指上是什么？”

应浩停下动作，他手腕微动，尾指上的咬痕暴露出来。

他抬起眼眸，很淡地看了周乔一眼：“咬痕，你们家孟浅浅咬的。”

周乔一愣，她看向孟浅浅。

孟浅浅脸上发热，神情有些无辜。

周乔：“呃……”说真的，她居然不知道这件事情，这个咬痕一看就不简单，哪有真的能留下咬痕的，这不三五天就能消掉的吗？这还能长久留下来，应浩肯定做了处理。

这个人……怎么跟高中时期所看到的有些不一样，当然，他确实变得成熟了很多。

她拽了一下孟浅浅的手，指了一下她的鼻子：“你有很多事情瞒着我。”

“没有，我跟你说过的。”孟浅浅再次挽着她的手，“我跟你说过的啊。”

他对我很好，你只是不相信而已。

周乔：“呃……”

萧然拿过菜单和笔，递给周乔，周乔跟孟浅浅凑在一起，两个人开始点菜。孟浅浅要点冰豆浆的时候，应浩说了句：“热的，你生理期快到了，还有三天。”

周乔笔尖一顿，她看了一眼孟浅浅。

孟浅浅眨了眨眼睛。

周乔划掉冰的，选了热的。点完餐后，她把单子递给服务员，然后看着应浩，重新审视他。

应浩则手肘搭在扶手上，低声跟萧然说话。

周乔轻轻地“切”了一声，还是看不惯他。

不一会儿，饭菜端上来了。孟浅浅埋头吃，她有点饿，昨晚消耗太大了。应浩喝着茶，拿起纸巾擦拭她的唇角：“吃慢点。”

孟浅浅抬起眼眸看了他一眼，眼眸里含水。

应浩的喉结滚动了一下，又蠢蠢欲动了。

孟浅浅喝了一大口豆浆，问应浩："我们什么时候回去？"

应浩把纸巾扔在垃圾桶里，往后靠看着她道："明天，你可以跟周乔计划一下今天去哪里玩了。"

孟浅浅的眼睛一亮，她拽着周乔的手臂："听到了吗？"

周乔放下筷子，捏她的鼻子："听到了。"

孟浅浅眉眼弯弯的，那是真的开心。

应浩眯起眼睛，顿时有些吃味。

吃过早餐，孟浅浅跟周乔开始计划去哪里玩。应浩跟萧然就充当保镖，跟在她们身后，陪着她们玩儿。

孟浅浅不是那种会去逛购物中心的人，周乔也不是，于是姐妹俩选择去博物馆。应浩跟萧然对视一眼，只能陪着。

逛完了博物馆，两个人还去了游乐园，但又怕那些高空游戏，于是都是玩的碰碰车跟旋转木马。

应浩坐在椅子上，拿着手机拍在旋转木马上的女生，一连拍了好几张。

孟浅浅从旋转木马上下来，就往他这儿跑来，凑在他的身边看相片。应浩拿着手机搂着她的腰，给她挑。

孟浅浅仔仔细细地翻着，眉头轻轻地蹭着他的衬衫领口："你没拍周乔啊？"

"我拍她干吗？"

"可是我刚刚让你拍我和她的合照啊。"

应浩："哦，没拍，你问问萧然有没有拍。"

孟浅浅直起身子，被他搂着腰，她看着萧然那边，问道："校草，你有没有拍我跟周乔的合照？"

萧然："没有。"

说完这话，周乔一把拽着萧然的领口："我叫你拍的啊。"

"我拍别人的老婆干吗？"

周乔："你……"

应浩嗤笑一声，他微微低头，蹭了蹭怀里的女生的脸颊，看着好戏。

孟浅浅被他一蹭，脸色微红。

晚上那顿晚饭，去的是萧然跟周乔的新婚别墅，是个三层欧式别墅，平日里他们夫妻俩不回本家，就会住在这里。

看到这个三层别墅，孟浅浅由衷地替周乔开心，周乔有家了，而且这个家是她说了算。

她跟周乔盘腿坐在小客厅的沙发上抱着抱枕看电视，周乔揉着她的头发，说道："如果成暖在就好了。"

孟浅浅拼命点头："是啊，三个人齐齐整整的。"

周乔"啧"了一声："今晚你得陪我睡。"

孟浅浅一顿："啊？"

"啊什么？难得来一次首都，到我的家，还不跟我一起睡？"周乔捏住孟浅浅的脸揉搓。

孟浅浅挣扎道："哎，好吧。"她拿下抱枕，说，"我去跟他说一声。"

周乔："去去去。"

孟浅浅下了地毯，赤脚朝大客厅走去，应浩跟萧然刚刚在这里谈话，但是此时萧然不在，应浩手肘搭在膝盖上，俯身正在敲代码。

孟浅浅从他身后走过去，弯腰搂着他的脖颈。

应浩的指尖一顿："嗯？"

孟浅浅："今晚在周乔家睡。"

应浩松开键盘，偏头看她："那我呢？"

孟浅浅对着他的眼眸，咳了一声："你自己回酒店？"

应浩又侧了下上半身，领口敞着，他眯起眼睛："晚上我想跟你……睡！"

她摇头："不行，我要跟周乔睡，你自便吧。"

说完，她就松开他，起身要走。应浩一把抓住她的手腕，拉了回来，孟浅浅扑在沙发椅背上，眼眸对着他的眼眸，嘴唇近得能贴在一起，应浩扣着她的脖颈，低声道："我刚刚尝到滋味，你就要我休息？你觉得可能吗？”

孟浅浅耳根微红，猛地捂住他的薄唇，她说：“我不管，我就要跟周乔睡。我……我……”后面的话她没说出来，眼神闪烁。

应浩定定地看了她几秒，想起她满脸泪水哀求的画面，可能是有点怕了？

他挑了一下眉头，说道：“行，那就休息一个晚上。”

什么叫休息一个晚上？以后都不能休息吗？

孟浅浅差点扇他一巴掌。

这个浑蛋。

她站起身来，想了想，捞起抱枕狠狠地扔在他的脸上：“应浩，你不是人。”

说完，孟浅浅跑回了小客厅。

周乔都听见他们的对话了，周乔一把拉住孟浅浅低声道：“我先跟你说啊，你一定要做好防护措施。”

孟浅浅愣了一下，不由自主地想起了周乔当初还询问她这一方面的问题，为什么现在变成周乔来提醒她，真的是反过来了。

在周乔家住了一个晚上，隔天早上的飞机回海城。萧然、周乔送应浩跟孟浅浅去机场，姐妹俩抱在一起久久不舍得分开。

两个男人站在一旁，一声不吭地看着。

许久。

应浩看了一眼腕表：“浅浅，该登机了。”

于是，孟浅浅挣脱周乔的怀抱，周乔转头看着应浩，说道：“我跟你提个醒，老羊很喜欢浅浅，他从我们婚礼的时候，他就说了他想追到浅浅，本来还计划这个国庆去海城市找她的，连年假都请好了。你要是辜负了浅浅，老羊第一个出手。”

应浩看着周乔，神情微冷。

周乔：“总之，你做好心理准备。”

应浩的下颌紧了几分，笑道：“放心，他不会有这个机会的。”

说完，他牵着孟浅浅的手，转身朝安检处走去。

孟浅浅回头跟周乔挥手。

过了安检后，应浩朝孟浅浅伸手："手机。"

孟浅浅："嗯？"

"你的手机，给我。"

孟浅浅："你要干吗？"

把许旸拉黑。

应浩原本想这么说，后来想了想，他说："我看看你的微信，有没有屏蔽我，为什么我看不到你的朋友圈？"

"我都没发朋友圈。"孟浅浅不给，大步地往前走。

应浩眯起眼睛："是吗？我怎么记得昨天发了一条，但我看不到？"

孟浅浅："没有屏蔽。"

"我看看。"

就这样，两个人拉扯了一路，快登机时，孟浅浅有些烦了，直接点开他的头像给他看："没有屏蔽，没有屏蔽。"

应浩："好，那你把许旸拉黑。"

孟浅浅"唰"地停住脚步，她转头看着他："这才是你的最终目的吧？"

应浩把手插在裤子口袋里，手里还提着她的小包，眼眸微眯，舔了一下唇角："没错。"

孟浅浅："我不。"

"孟浅浅。"

"我求你，拉黑他。"他这个"我求你"，嚣张而霸道。

孟浅浅抿紧嘴唇，几秒后，她说："周乔诓你的，我跟许旸没那么熟。"

"没那么熟更好拉黑。"

四周有人注意到这里，往这里看过来，小情侣吵架很是稀奇，而且还是颜值这么高的一对。孟浅浅察觉到那些目光，她脸颊滚烫，瞪着应浩。

应浩神色自若，丝毫不受影响。

孟浅浅快被气死了，她打算阳奉阴违，她拿出手机，在他面前拉黑了老羊。

应浩挑起眉毛，总算满意，上前牵住她的手，大步朝登机口走去。孟浅浅气呼呼地伸手，抓他的肩膀，应浩嗓音低沉：“在床上你再抓，随你抓个够。”

孟浅浅：“你……”

抵达海城是中午两点多，孟浅浅和应浩在飞机上有吃飞机餐，下飞机就直奔东方。梁坤教授跟唐隽、周彦也赶到东方。

唐隽跟周彦之前是看过江枫的作品的，但梁坤教授没仔细看过。

一进门，应浩就跟他们三个人在二楼研究起江枫那个获奖作品，还有翻出江枫之前的一些废稿。

梁坤教授抵了一下眼镜，说道：“聘用他，你们实在太大胆了。”

唐隽笑着看向梁坤教授：“怎么说啊，梁教授。”

梁坤教授道：“他的作品天马行空，后续要磨合的地方还有很多，如果他性格偏执，恐怕会有很多麻烦。”

“这不用担心，他的性格……”应浩想了一下，长腿交叠，看了一眼在电脑桌旁的女生，说，“跟孟浅浅有点相似。”

几个人齐刷刷地看向孟浅浅。

梁坤教授也抬起头，看了一眼那个女生，他顿了顿，收回视线，道：“那行，那问题就不大了。”

唐隽笑起来：“梁教授，你是觉得浅浅的性格好对吧？”

梁坤教授笑笑：“差不多吧。”他也没说透。

应浩说：“聘用新人设计师，是浅浅想的，也是她做出的决定。”

梁坤教授点头道：“用人很大胆，倒是没想到她能有这个魄力。”

几个男人在那里议论孟浅浅。

孟浅浅戴着耳机在听英语，并没有听到他们的议论，并且她还上网给江枫买了明天的机票。江枫在微信里跟她聊天。

江枫：我能坐头等舱吗？

孟浅浅：我已经买了商务舱……

江枫：哦哦，行吧，还想试试头等舱呢。

孟浅浅：你没坐过头等舱吗？

江枫：我一介穷学生，怎么可能坐过头等舱？

孟浅浅：哦，我也没坐过。

江枫：天。

江枫：应大少出差，不带你坐头等舱吗？

孟浅浅：……

好像确实是没有，上次去东市，她买的机票是商务舱，她都觉得贵。

在公司开完小会，已经下午五点多了。梁教授看了一眼腕表，敲了敲桌子，看着他们几个道："晚饭干脆去我家吃算了，我妻子今晚在家，她喜欢做些家常菜，正好你们来尝尝手艺。"

唐隽一愣："哎，好啊。"

周彦笑道："好久没吃家常菜了。"

梁坤教授看了一眼应浩。

应浩笑笑，说道："好，那就麻烦苏老师了。"

梁坤教授说："上次在东市见完面，她就惦记着要给你做顿饭，她以前跟祝愿也吃过饭，那时是你妈妈下厨。"

应浩站起身来："好。"

他走向办公桌，俯身摘下孟浅浅的耳机，孟浅浅听得正入神，一愣，抬起头，男人正看着她，说道："今晚去梁教授家吃饭。"

孟浅浅一顿，然后："哦，好啊，会不会太打扰……"

"不会，走吧，浅浅。"梁坤教授的声音从身后传来，他算不上很和蔼，但自有那种当长辈的气度。

他们三个人先下楼，孟浅浅才站起身来。

应浩搂着她的腰，低头堵住她的嘴唇，说道："先让我亲一口再说。"

孟浅浅脸色微红，仰着脖子跟他接吻，不过也不能亲热太久，不一会儿，应浩用指尖抹着她唇瓣上的水珠，牵着她的手下楼。

今天梁坤教授是自己开车来的，没有司机，所以去他家里，就由应浩开车，孟浅浅坐在副驾驶位，梁坤坐在后座。

车子启动，跟唐隽、周彦那辆车一块上了高速。

孟浅浅靠着椅背看着窗外，去别人家多少有点紧张。

梁坤教授在车里跟应浩浅聊了几句后说道："浅浅，苏婳跟苏婳妈妈都很喜欢你，你有空多到家里来玩。"

孟浅浅一愣，应浩偏头含着笑意看了她一眼。

孟浅浅抿紧嘴唇说："好的，梁教授。"

梁坤教授点了点头，接着又转了话题，对应浩说："一开始跟着你的这几个人，股份一定要分配好，在公司没有做大之前，得先分配。"

应浩握着方向盘："好。"他侧头看了一眼旁边的女生，柔软的眉眼，白皙的肌肤，他的眼眸微深，是该给她股份。让她离不开自己。

梁坤教授的家在市中心，最好的地段。

天鹅湖小区。

一梯一户，一户将近三百个平方。孟浅浅跟唐隽、周彦都有些不知如何下脚换鞋，应浩最自如，他弯腰取下干净的拖鞋放在孟浅浅的脚边，说道："换上。"

"哦哦。"孟浅浅立即脱掉鞋子，换了拖鞋。

她的脚很白净，那天晚上应浩按着她的脚踝按出了少许的淤青，现在还在。

梁坤教授看了他们两个一眼。

推开门。

苏漫老师围着围裙，拿着锅铲笑着从厨房探头："回来啦，正好，差不多了，你们先去吃点水果。"

"苏老师，辛苦啦。"

"苏老师好。"

"好好，浅浅，好久不见。"

孟浅浅收敛了心神，笑道："苏老师，好久不见。"

"哇……梁教授，这是你女儿啊？"唐隽一抬眼看到客厅摆放的一幅画，那幅画是油画，里面的女生是苏婳，穿着一条白色的裙子，站在花丛中，眉眼低低，笑意嫣然，那种画中美人的感觉瞬间上来了。

这油画很吸引人，连周彦都忍不住多看了两眼。

孟浅浅看着都被吸引了，不知为何，出于女生的少许直觉，她看了一眼应浩，应浩把手插在裤子口袋里淡淡地看了一眼那幅画。

孟浅浅的心跳了几下。

应浩收回视线，低头摁着手机。

梁坤教授笑着回头，看了一眼他们几个道："这是我妻子前段时间的作品，本来打算参赛，后来苏婳不同意，就拿回了家里，现在还没找到地方摆起来。"

他轻描淡写地看了一眼应浩便又挪开了。

孟浅浅站在应浩的旁边，看到他在那里看刺青店铺的地址，她抿抿嘴唇，问道："你看文身干什么？"

应浩抬起眼眸，看了她一眼，接着视线往下，眼眸落在她的脚踝，笑了。

孟浅浅总觉得有不太好的预感，这时，她听见厨房里传来"哐当"的声音，她愣了一下，反射性地转身走过去，问道："苏漫老师，怎么了？"

其他人也赶紧跟了上来。

来到厨房才发现苏漫要拿胡椒粉，身子不小心撞到了柜子上。梁坤立即进去，替她把胡椒粉拿下来。

苏漫接过胡椒粉，说道："好啦，没事了，你们几个聚在这里干什么，都出去吧。"

唐隽跟周彦松了口气，这才离开厨房，要是给他们做顿饭伤到了梁坤教授的妻子，那可真是罪过了。

其他人都走了，孟浅浅想了一下，还是进去帮苏漫："老师，我来帮你吧。"

苏漫见状，笑道："不用啦。"

但孟浅浅没走，她看着有什么地方需要帮忙的，于是她便一边跟苏漫聊天一边帮忙搭把手。

很快，晚饭做好了。

一桌八个菜两个汤，都是苏漫做的。她解下围裙，扎了扎头发，又成了那个气质优雅的国画老师。

餐桌上，男人们一边聊天一边吃饭，还陪着梁坤教授喝了点白酒，孟浅浅则陪着苏漫说话。

苏漫说："苏婳今年才从我们身边独立出去，多少有点不适应，每天都必须打电话回家跟我聊会儿才能睡。"

孟浅浅点了点头。

这边苏漫的手机便响了，正是视频来电。苏漫笑起来："看吧，来了。"

她拿起手机，滑开了屏幕。

一下子，画面显示出来，苏婳在那边穿着睡衣坐在床上，头上戴着还没取下来的洗脸发箍，是小兔子的，她一看到孟浅浅，立即笑着喊："姐姐。"

孟浅浅放下碗筷："苏婳，晚上好，吃饭没？"

"吃啦，姐姐你今天到我们家吃饭吗？"

"嗯，是的，苏漫老师做饭很好吃。"

"那是因为你们很少吃她做的饭，才觉得好吃。"

孟浅浅微笑，苏婳给人的感觉有点像成暖，那种被父母宠爱着，会偶尔撑父母的感觉，是她跟周乔从没经历过的，她觉得苏婳很亲切。

苏漫挪开手机，看着女儿："你这么说，以后别哀求我给你做点什么吃的，妈妈做饭不好吃。"

"哎，妈妈不要这样。"

苏漫笑着看女儿，随后视频一转，朝其他人扫去。

先扫梁坤，苏婳喊了一声爸爸，再扫唐隽跟周彦，苏婳一一在那边喊了名字加学长，唐隽学长，周彦学长，最后镜头转到应浩那儿。

应浩端起白酒，抵着唇边。

苏婳立即喊了一声："应浩哥哥。"

应浩点点头，就算打过招呼了。

镜头也没在应浩跟前停留太久，一秒后就转过来对着孟浅浅和苏漫，苏婳笑喊孟浅浅姐姐，说道："姐姐，有空到首都一定要来看我。"

孟浅浅一顿，想起今天刚从首都回来，她有些心虚，笑着点头："好的，一定。"

"好了，挂了，别打扰我们吃饭。"苏漫拿过手机，跟她说了一声。

苏婳"哎"了一声："好吧，挂吧挂吧。"然后便挂了视频。

终于桌面上安静下来，开始吃饭。

苏漫老师的手艺确实很好，唐隽和周彦很久没吃到这样的菜色了，多少也让他们有点想家，毕竟这个暑假他们都没回去，一直在忙工作室的事情。所以此时更加有感触，两个人想着回到宿舍要给家里打个电话了。

苏漫吃着吃着，想起一些事儿，她笑着问孟浅浅："浅浅在家里做饭的吧？"

孟浅浅一顿，点头："嗯，做的。"

"像你这么贤惠漂亮的女孩子很少啦。"苏漫看着孟浅浅的眼神愈发温柔，她顺了顺孟浅浅的头发，说道，"以后有空就过来找我聊聊天啊，周末我们可以去逛逛街。"

孟浅浅觉得她很温柔，她脸红红地点头："好的。"

吃过晚饭，又坐了一会儿，四个人便离开了梁坤教授的家，又都喝了酒，于是便叫了代驾。周彦坐副驾驶位，孟浅浅坐左边的位置，应浩坐中间，唐隽坐右边的位置。

车子启动，车里带着淡淡的酒香味。

梁坤教授家的小区距离海城大学并不算远，海城大学本来就处于中心区，它旁边的旧城区也成了一个很热门的地方。

车子到了旧城区的主要干道，应浩便叫代驾停车，代驾一顿，只能停车。

唐隽侧头问道："干什么去啊？"

应浩："约会。"说着，他搂着孟浅浅的腰，示意她下车。

孟浅浅问道：“去哪儿？”

应浩按着她的腰：“你下了车就知道了。”

孟浅浅：“嗯……”她只能下车。

应浩也跟着钻出车里。

“师傅，麻烦开车，我快被这对男女闪瞎眼睛了。”唐隽看着他们下车后，气呼呼地说了这句话。

代驾一听，立即启动车子。

“唰”的一下，车子从身后开走了。

应浩笑着伸手，一把搂住孟浅浅的腰，往自己身上按过来。

孟浅浅站在台阶上，猝不及防就这么被他搂过去。两边正是树荫，她把手撑在他的肩膀上，仰头问道：“去哪儿啊？”

他贴着她的嘴唇：“文身。”

在吃饭之前看到他找刺青店的地址，孟浅浅就有点预感了，她对刺青店的印象一直不太好，可能是被那个杨哥闹的。

孟浅浅使劲摇头：“我不。”

应浩看着她的眼睛：“你怕？”

“怕。”

应浩挑起眉毛：“好。你陪我就好。”

说着，他牵着她的手，朝旧城区的巷子里走去，孟浅浅被他牵着，跟着他。周日的晚上，旧城区格外热闹，每一家店铺都有很多人，附近的学生买奶茶的、吃烤串的、卖水果的，络绎不绝。

孟浅浅抠他的掌心：“你到底要干吗？”

应浩偏头看她，笑了笑，随后带着她拐上一个台阶，推开了一扇玻璃门。孟浅浅一眼便看到这扇门上挂着一个木制的牌子。

柳叶刺青

极其文雅的名字，刺青店里环境也很好，非常干净整洁，更没有像连城那个杨哥的店一样，挂一些低俗的照片或者刺青画面。这家柳叶刺青连沙发跟座椅都是白色的，有个很年轻扎着小马尾的男生问道："有没有预约？"

应浩："有。"他拿出微信聊天记录，递给对方看。

那男生点头："哦，是你，应浩是吧？"

"对。"接着，那男生低头看了一眼孟浅浅的脚踝，孟浅浅下意识地后退，应浩也有点不大爽，哪怕他一开始的意思是想给孟浅浅文。他一把将孟浅浅拉到身后，抬起眼眸看着那男生："不是她，是我。"

那男生抬起头，对上应浩："啊？之前微信上不是说女生的脚踝吗？"

"改了，是我要文身。"

孟浅浅一听，愣了一下，盯着应浩，她拽着他的手："你文什么？"

应浩看了她一眼："你猜？"

孟浅浅："呃……"

那男生看了应浩一眼，半晌点了点头："行，你想文什么？"

应浩走过去，拿过笔，在上面写了一个拼音，递给那个男生。男生接过来，看了一眼，说道："OK，我去跟文身师说一声。"

应浩把手插在裤子口袋里，浅浅刚才没看到他写的是什么。

她仰头看着他："你要文什么呀？"

声音软糯，隐隐有撒娇的感觉。

应浩看着她，笑着没回答。他俯身用下巴蹭了蹭她的头顶，接着手腕用力，把她拉过来，转而搂住她的腰。

他说："本来想让你文的。"

孟浅浅："啊……"

"但是你怕疼啊。"他笑了一下，"那就算了。"

这时，那男生出来，让应浩进去，随后看了一眼孟浅浅，说："女生也可以跟着进去观看。"

应浩问孟浅浅："要看吗？"

孟浅浅对他到底想文什么，多少有点感兴趣，而且这家店跟她想象中的刺青店不一样，她说：“好啊。”

说完，应浩拉着她进去。

里面有一名文身师在那里，戴着口罩，头发蓬松，一身黑，他戴着手套，看到他们进来后，说道：“坐，你想文什么地方？”

应浩让孟浅浅坐在小沙发上，然后直接脱下身上的 T 恤，接着他坐在那椅子上，用指尖点着肩膀斜肩位置：“这里。”

那个地方，孟浅浅之前还在上面留下了咬痕跟抓痕，此时那些痕迹还没消退，隐隐约约的。

文身师见状，点头：“可以啊。”接着他弯腰开始操作。

孟浅浅微微仰头看着应浩的肩膀，想看看文身师在上面弄什么，但是此时上半身没穿衣服的应浩给她造成的冲击力很大，他手肘搭在膝盖上，两手交握，微微俯身，腹肌明显，最重要的是那晚的痕迹没有完全消退，有点说不上来的性感。

孟浅浅的脸红透了，那个文身师看起来挺冷静的，但他还是抬头看了她几眼。当文身师画到应浩脖颈边的一个咬痕时，孟浅浅满脸通红地低下头，拿出手机摁着玩。

常慧慧在微信上问她——

常慧慧：你今晚回来吗？

孟浅浅：回啊。

常慧慧：好的，不回来记得要说哦。

孟浅浅：明天一早有课！

常慧慧：哦，是吗？差点忘记了。

孟浅浅：……

江枫在收拾行李了，他在微信上问孟浅浅——

江枫：住的地方给我弄好了吗？我可不想流落街头。

孟浅浅：不会的，我们老板不会让你流落街头的。

江枫：哦，那我们的老板应大少现在在干什么？

孟浅浅的心一跳，江枫这是在窥探吗？结果她一看聊天框，心跳得更厉害了，这竟然是六个人的群，唐隽、周彦、江枫、应浩，还有常慧慧和她。

“嘀嘀”一声。

YING：@江枫 在陪你老板娘。

江枫：哇哦。

唐隽：@江枫 我们从不在群里聊这个话题，你很大胆。

周彦：@江枫 你洗洗睡吧。

江枫：我知道了，除了孟浅浅和应浩，其他都是单身狗。

唐隽：哪儿来的熊孩子！

群里顿时闹成一团，江枫居然这么快就跟大家打成一片，孟浅浅看着直笑，那一丝慌乱也没了。

她抬起头去看应浩，才知道文身师已经开始作业了，他似乎有点疼，一声不吭地握着手机，眼眸盯着她看。

这里的光线不算特别好，但此刻应浩的脸看起来轮廓线条分明，有些锋利，尤其是下颌这个地方，如刀刻般。

孟浅浅跟他对视着，有些恍惚，未来他会更加成熟更加有魅力吧。

“浅浅。”他的声音传来。

孟浅浅回过神来：“啊？”

“过来。”

孟浅浅“啊”了一声，站起身来，朝他走过去，低声问道：“是不是很疼？”

“还好。”

他虽然这样说，但孟浅浅觉得他还是疼的，他的脖颈有一点汗出来了。她走到他跟前，想了想，从一旁扯了纸巾，去给他擦脖颈的汗。

应浩垂眸看她，接着，微抬下巴，堵住她的嘴唇。

孟浅浅愣了一下，脖颈被扣住，她“唔”了一声，恍惚间，她看到了文身师刻下的字——QIAN。

浅。

她收回视线，眼眸看着他。

他的眼底含着几分笑意，下颌抬得更高了，按着她过去，辗转吻着，仿佛接吻能让他忘记疼痛。孟浅浅更恍惚了，他文了她的名字？

文身师安安静静地文着，能感觉到男生的略微绷紧的肌肉。

文身时接吻，有意思。

四十五分钟后，文身完成。文身师嗓音清清冷冷的：“可以了，暂时不要碰水，饮食上也稍微注意一下，不要喝酒。”

“好，谢谢。”应浩站起身来，拿过一旁的 T 恤套上。

孟浅浅也跟着起身，她抿抿嘴唇盯着他看。

应浩笑着牵着她的手：“走了。”

孟浅浅跟着应浩走出这间有些昏暗的房间，外面的光线亮了很多，她看着应浩：“给我看一下，你是不是文了……”

我的名字。

应浩扫码交钱，然后低声在她耳边道：“下次你就看到了。”

孟浅浅：“呃……”

交完钱，两个人出了店铺。旧城区依旧热闹，人来人往的，应浩牵着她，问道：“想吃点什么吗？”

孟浅浅看着不远处的奶茶店：“我想喝杯奶茶。”

“走。”应浩牵着她走去奶茶店，要了一杯热奶茶。

孟浅浅站在上面的台阶上，转头看了他一眼，接着，隐隐约约看到他领口处少许的文身，孟浅浅突然伸手搂着他的脖子。

应浩一愣，立即单手搂着她的腰：“怎么了？”

孟浅浅看着他：“你为什么要文身？为什么要文我的名字？未来那么长，以后洗文身很痛的。”

应浩拧起眉毛，捏住她的下巴："你什么意思？我为什么要洗文身？"

孟浅浅抿紧嘴唇："如果呢？"

"没有如果。"他的手指用力，"你在我身上留下的痕迹还少吗？这个咬痕，哪怕我在想要忘记你的那段时间里，我都没舍得处理掉。"

孟浅浅咬着牙，恨恨地看着他。

他眯起眼睛："你别告诉我，你心里有什么打算？！"

孟浅浅的心一凛："没有。"

应浩："最好是。"

这时，身后的奶茶已经做好了。应浩单手搂着她的腰，看了她几秒，然后伸手接过奶茶，插入吸管递给她。

孟浅浅接过来，睫毛眨了几下，咬着吸管。

应浩顺了顺她的头发，牵着她的手下了台阶。

这个点，很多外出的学生也刚刚回学校，他们两个人走在这大部队中，像是毫不起眼的一对，但又因为出色的长相，显得有些鹤立鸡群。

有些同学认出了他们，笑着道："哟，学长，浅浅，你们去哪儿约会啊？"

孟浅浅喝着奶茶，看了那群同学一眼，脸微微地变红。

应浩淡淡地道："约会也要告诉你们吗？"

一下子，他们全部笑起来："哈哈哈，好好好，不问。"

就这样，孟浅浅和应浩进了海城大学。来到女生宿舍楼下，孟浅浅的鞋带掉了，应浩半蹲下去，给她系鞋带，说道："明天上完课去接江枫。"

"好。"孟浅浅低头看着他。

系好鞋带，应浩站起身来，垂眸看着她："我抱抱。"

孟浅浅手里还捧着奶茶，她往前走了一步。应浩搂着她的腰，说道："今晚就不亲了，又不能继续，我怕我控制不住。"

孟浅浅拍他的手臂："滚。"

回到宿舍，叶岚跟朱芳还没回来，只有常慧慧在，她坐在椅子上边玩着手机边喝奶茶，她看到孟浅浅进来了，又看了看孟浅浅手里的奶茶。

四目相对。

孟浅浅一愣。

常慧慧大笑："哎哟……"

孟浅浅接着又说："哎哟，你……"随后她看到地上的行李箱，"嘿"了一声，"唐隽学长给你买的？"

这会儿该换常慧慧满脸通红了。

她说："你快看看你的行李箱吧。"

孟浅浅笑着喝了一口奶茶后，走过去扶起行李箱，把里面的衣服塞进衣柜。

常慧慧坐在一旁，一边看孟浅浅收拾行李，一边上下打量孟浅浅。她怎么觉得这次出差回来，浅浅变了一些呢？变得更加甜了，多了点儿韵味："浅浅，你跟应浩学长出差……住一起？"

孟浅浅一顿，她耳根泛红。

常慧慧眯起眼睛："好的，我知道了，我知道了，我知道了。"

孟浅浅羞得满脸通红，转身过去，捂着常慧慧的嘴巴，常慧慧笑着捏她的脸，随后扯来扯去，孟浅浅肩头的衣服被拉了下来。

里面风景显出，密密麻麻的印子。

常慧慧睁大眼睛："这……"

孟浅浅一把将衣服拉上肩头，气氛一时安静下来。

常慧慧反应过来了："浅浅，没事没事……"她拥抱住孟浅浅。

孟浅浅叹了口气，也不遮遮掩掩了，说："如你所想。"

常慧慧揉揉她的头发："累不累啊？"

孟浅浅的脸更红了，没回答她。

常慧慧抱住她，孟浅浅心头暖暖的。

随后，两个人洗完澡先上床休息，一边聊天一边等着叶岚和朱芳，孟浅浅问了常慧慧跟唐隽学长的进展。

常慧慧说："他没说破啊，也没跟我说谈不谈的问题，就是我们聊天比平时多了而已。"

孟浅浅："那可能他还在思考，你喜欢他吗？"

常慧慧一顿："还行。"

还行是啥意思?

孟浅浅没问。

常慧慧却看着天花板，心里想着之前的那个人。其实她不是很留恋他，但是对曾经暗恋的人，感情多少有点特别。

人就是这样，对触手可及的轻慢一些，对过分遥远的更看重一些罢了。

周一早上，孟浅浅有课，应浩也有课，他上课时间比她还早，而且早上连上两节课。孟浅浅下课后跟常慧慧去了金融系等应浩跟叶岚，还有朱芳。

江枫上飞机前给孟浅浅发了一条微信——

江枫：我登机了，记得迎接我。

孟浅浅看了一眼时间。

不一会儿，她便看到应浩拎着书从教室里走出来，有人跟他打招呼。他今天穿着衬衫跟长裤，领口只解开了一个扣子，看起来就是个斯文的学长。

他撩了一下眼皮，看到不远处花坛边站着的女生，他的唇角勾了一下，把书本递给旁边的人后，朝孟浅浅走过来，在不少人的注视下牵住她的手，问道："想吃什么？"

孟浅浅跟着他走，说："先接到他人再说。"

"先买点吃的给你。"

"不要。"孟浅浅摇头，外面有的地砖上还有些水。应浩直接抱着她大步跨过，孟浅浅看了一眼周围的其他人，他们都在自己走，她的脸更红了。

来到停车场，两个人上车。

应浩启动车子。

孟浅浅拆了一块口香糖，这是上课的时候一个同学给的，他还给了常慧慧。

应浩的眼眸扫了她手上一眼："哪儿来的？"

孟浅浅："同学分的。"她犹豫了一下，倾身往应浩的肩膀靠去，把口香糖放在他的唇边。

应浩垂眸看了她一眼，张嘴咬了："男的女的？"

孟浅浅一顿，撒谎："女的。"

"嗯。"他伸手揉了揉她的头发，在她唇边落下一吻。

抵达机场的接机口，时间正好，两个人在车里坐了一会儿，便看到江枫戴着墨镜，穿着破洞牛仔裤拉着行李箱，朝这里走来。

"应大少。"江枫笑着喊，"孟浅浅小姐。"

故意的。

孟浅浅笑着道："上车。"

江枫放好行李箱，随后上了后座。

应浩启动车子，转头看了江枫一眼："欢迎你，江枫。"

江枫的神情多少有点紧张，他正了正身子："老板好。"

这一声"老板好"逗笑了孟浅浅。车子在孟浅浅的笑声中进入了大路，很快，抵达工厂。

江枫看着这个地方，心中也涌起了一些热血。

三个人下车，朝公司走去。

梁坤带着唐隽、周彦站在大厅里，看着他们进来。

随之江枫放下行李箱，"哐"一声。

梁教授扶了一下眼镜，道："江枫，欢迎你加入东方，成为初创团队的一员。"

江枫认出了梁坤——杂志上经常出现的一位大佬。

他顿时结巴起来："梁……梁……梁工、工，久仰大名。"

这一声一出来，所有人大笑了。大概能猜得出江枫的性格了，梁坤看着江枫，也不计较他一时的嘴瓢，他点点头："欢迎，进来吧。"

因为是中午，所有人便先去食堂吃饭。梁坤刷卡请江枫，随后点好了菜，一样样地上桌，几个人围坐在一起。

应浩拿起碗，舀了一碗汤先给孟浅浅喝。

孟浅浅接过来，先喝了一口润润喉咙。

接着他们男的开始聊天，彼此在观念上稍微碰撞一下。孟浅浅一边夹菜一边听，多多少少也听进去了一些。

其间，她不小心呛到了，应浩立即拿起纸巾，擦拭她的唇角。

就因为这个行为，满桌的人都看过来。梁坤也停下了话头，他看了几眼万般体贴的应浩。应浩捏着孟浅浅的下巴："怎么那么不小心，嗯？"

孟浅浅呛得眼泪都出来了，她抿抿嘴唇，说道："辣。"

"那你拼命吃。"应浩不咸不淡地说了她一句。

梁坤看着，笑了笑，他招手让食堂师傅重新炒了一份不辣的上来。

应浩听罢，他看了一眼梁坤。

梁坤说道："不能吃辣的就换一换，我看孟浅浅很喜欢吃这道菜。"

应浩："谢谢梁工。"

孟浅浅头都要埋在碗里了，只想逃离这里。但是同时，她也觉得梁教授人很好。就是觉得自己给大家造成了麻烦。

吃过午饭，可以午休了。

梁坤这个大佬也回了自己的办公室，剩下他们几个年轻人走在一起，唐隽揉揉脖颈，说道："梁教授挺照顾浅浅学妹的。"

周彦："是的，梁教授人很好。"

江枫开心地道："没想到大佬这么和蔼可亲。"

应浩把手插在裤子口袋里，牵着孟浅浅的手，没有搭话。

上到一区的休息室。

应浩坐在沙发上，一把搂着孟浅浅的腰，让她坐在自己的大腿上，随后说道："睡吧，我看会儿文件。"

孟浅浅本来想自己在一旁休息的，被他这一抱，于是搂着他的脖子，趴在他怀里睡。他领口解开了一点儿，孟浅浅一睁眼便看到他肩膀上的文身。

真的是"QIAN"。

简简单单，没有任何花哨，黑色的文身衬得他皮肤很白。

孟浅浅没忍住收紧了手臂。

力气加重让应浩顿了顿，他按着她的腰，低声道："别撩我。"

孟浅浅："谁撩你，你满脑子都是什么啊。"

"都是你。"

孟浅浅："你……"她不吭声了，懒得搭理。

不一会儿，她渐渐地睡着了。

江枫的住所被安排在应浩那个公寓里，应浩给他租了一整套，江枫便正式成为东方的车身造型设计师。

公司的流水车线也安装得七七八八了。公司安排了三辆大巴，配备了三个司机，专门接送员工上下班，研发人员也配齐了。整个公司开始步入正轨。

同时也迎来了一个很重要的会议。

周三这天早上，公司主要部门的负责人齐聚在会议室里。梁坤跟着应浩前后走进会议室，应浩今天穿着黑色衬衫跟长裤。

周蜜一看到他眼睛就亮，孟浅浅坐在周蜜旁边，她看了周蜜一眼，周蜜很会穿衣服，衣领还微敞着。孟浅浅看了一眼自己，朴素得要命。

应浩坐下后，往后靠了靠，眼眸扫了一眼其他人，但在孟浅浅的脸上停留了几秒才收回，他接着道："如今公司已经步入正轨，当务之急便是首款车能否顺利发布、上市，各个部门要积极配合，若有什么问题公司会帮你们解决。"

梁坤："没错，有问题一定要提，你们现在先把进度汇报一下，唐隽，你先来。"

唐隽整理了一下领口，咳了一声说道："我们部门已经把系统算法重新调整，现在系统可以正常运作，智能化也在逐步提高，整套系统包括车机方面，都在有序测试，已经达到 L2 级别。"

梁坤点了点头："人机交互方面？"

唐隽："不会输给市面上的任何一款汽车。"

梁坤："很好，周彦呢？"

周彦也坐直身子，多少有点紧张："传感系统基本调试完成，有些细节问题需要后续跟梁教授商讨，电机组也完成了测试，接下来需要唐隽部门配合，接上他们的系统就可以进行最后的测试并且组装上线。”

“电池组呢？还有芯片，采购部确定好了吗？”应浩直接看向袁响，对于唐隽跟周彦的进度，他是清楚的。

袁响是袁从严带进来的，这几天也一直在外面跑，沟通不及时。

袁响扯了扯领带，说道：“目前接触的厂商，DN是最好的，电池技术和产能都是国内顶尖，很多车企跟他们合作，但是价格会偏高，现在还在谈，芯片已经采购完成，今天签合同。”

应浩看了一眼他手里的文件：“尽快敲定。”

袁响：“OK。”

最后，应浩跟梁坤看向坐在最旁边的江枫，梁坤扶了一下眼镜：“不知道江枫你最近有什么想法？”

江枫被他们一看，顿时有些紧张，他坐直身子，说：“我可以在三天之内先出概念，到时会发你们邮件。”

梁坤：“好，等你好消息。”

汇报到这里，基本上问题已经不大了。为了让东方这个品牌先面世，会先出一款概念车作为宣传。

这时，一桌子人的手机都不同程度地振动了一下。

孟浅浅的手机也跟着振动，她看了一眼——一封来自华星集团的邀请函。

9月25日华星新车发布会——新能源汽车铺开梦想之路，为梦想启航。

邀请函？孟浅浅一愣，她还看到邀请函上面的研发部总工程师的名字“YINGHAN”。

她猛地抬头看向应浩。应浩垂眸看着手机屏幕，薄唇紧抿。

会议室所有人都收到了。

梁坤作为前总工程师，神情也有些微妙，看他的人更多。

华星集团这些年在新能源汽车这一块表现一直平平，主要还是靠着燃油车占领市场，梁坤在位时，就被人逼问过。

梁坤当时就说了："这不是跟别的厂家买电池、买芯片就可以解决的，我们得有属于自己的电池芯片，才能有未来。"

所有人都"吁"他，造不出就造不出嘛，在这里狡辩什么。华星集团内部斗争也很厉害，有人主张燃油车好，有人主张一定要研发新能源汽车，两方打架，加上应顺尧偶尔的搅和，梁坤在那里里外不是人，更别提造出更好的电动汽车了。

而如今，应涵上位三个月不到，就召开了新能源汽车发布会，简直是在打梁坤的脸。

整个会议的气氛，因为这一封邀请函而沉下来。

几分钟之后。

应浩放下手机，他看着所有人道："我们不能因为任何事情而乱了阵脚，做好自己手头的事情最重要。周六有时间，大家一起参加华星集团的新车发布会，我们一起去看看总公司的成果。"

"好的，应总。"孟浅浅抬起头，温柔地说道。

她的温柔在此时仿佛涂上了坚定，一下子安抚了会议室所有人的心。江枫立即跟着附和："好的，听你的，应总。"

他这一回更是可爱。

梁坤眉心的褶皱微微地散开，他看了一眼孟浅浅跟江枫。其他人全部跟着放松，笑着也一一回了应浩。

应浩支着下巴，眼眸深情地看着孟浅浅，唇角微勾。

你怎么那么可爱，那么温柔呢？还有，谁让你喊应总的？

他拿起手机编辑——

YING：喊老公。

孟浅浅：好的，应总。

YING：……

再遇

半截白菜 著
BAN JIE BAI CAI

下册

江苏凤凰文艺出版社
JIANGSU PHOENIX LITERATURE AND ART PUBLISHING

第十七章

不 如 人 意

“好，接下来我们开个小会，唐隽、周彦、孟浅浅留下，其他人出去。”梁坤教授理了一下袖子说道。

周蜜也得出去，她站起身来，偏头看了一眼孟浅浅，拍拍她的肩膀，然后转身。她涂着大红色的指甲离孟浅浅只有一厘米那么近。

应浩的眼眸微眯：“周蜜。”

周蜜听见这低沉的声音，“唰”地站住，转头看向应浩，眉眼间全是妩媚。应浩撩着眼皮看她，道：“你指甲太长，剪短点。”

周蜜一愣。

其他人也是一愣，纷纷看着周蜜此时的动作，她的手正搭在孟浅浅的肩膀上呢。周蜜扯唇笑了一下，把手抬起来，离开孟浅浅，在众人奇妙的眼神下，她说：“好的，应总。”

说完，她转身就往门口走去，踩在地上的高跟鞋“嗒嗒”地响。其余的人也紧跟着离去，会议室的门关上了。

会议室里安静下来。

小插曲并没有影响什么。

孟浅浅看了应浩一眼，应浩并没有看她，而是翻看着桌面上的文件。她低头咬了一下指尖，然后很快地松开。

梁坤教授拿起文件，递给一旁应浩的助理，男助理的名字叫成茂，他按照合同上的名字，把合同一份份地放到他们的面前。

孟浅浅一眼便看到了“股权书”三个字，她愣了一下。旁边的唐隽跟周彦则很自然，他们跟应浩在之前就已经谈好了，现在只不过是走个流程而已。而她就不是了，她是中途插进来的，她下意识地看向应浩。

应浩看着她道：“看着差不多就签了，别问我，也别拒绝，你持股没有唐隽和周彦那么多，但你确实是初创人员。”

孟浅浅抿紧嘴唇：“我认为我没做什么，更何况，我还拿了工资。”

“你做得还不够多吗？你知道你招到江枫会给整个公司带来多大的利益？会给公司带来多长远的发展？”应浩早料到她会拒绝，也早就想好了话可以堵她。

孟浅浅：“换成是别人也会这么做的。”

“不，换成别人不会这么大胆地起用新人设计师。”

“但是现在才刚刚开始，万一江枫不能设计出合适的车型呢？”孟浅浅对未来是万分忧虑的。

应浩挑起眉毛：“哦，那就让他设计到合适为止，我们也不是吃素的，我跟唐隽、周彦不能给点建议吗？”

孟浅浅：“我是说万一他不合适。”

唐隽顿时笑道：“浅浅学妹，不会的，我们相信你，也相信江枫，你就是我们的吉祥物啊，这么一点点股份你就签了吧。”

周彦把合同往前推，说道：“要不这样，浅浅，你要是不签，我也不签了。”

孟浅浅愣住了，她看向唐隽、周彦：“你们……”

她又看向应浩。

应浩长腿交叠，手肘支在扶手上，好整以暇地看着她：“我要给我女朋友一点股份就这么难吗？”

孟浅浅不知该说什么，她真的不想要这个股份。她看向梁坤教授，希望重利的梁坤教授能说点什么：“梁教授。”

梁坤教授：“我之前就说了，初创人员的股份得有，业内论坛的初创人员名单里，你也是有的，你要是不拿这股份，以后人家会戳应浩的脊梁骨的。”

后面这话就重了。

孟浅浅一听，多少有点慌，她当然不希望如今已经这么难的应浩，到最后还会因为这件事情被别人说。她翻开股份书，一行一行地往下看。

股份也不是死的，它可以转让，可以卖出去，不一定永久持有。

她抬起头说道：“好，我签。”

唐隽笑起来：“就是嘛。”

周彦拿起笔：“那我也签啦。”

他们的声音都透着隐隐的兴奋。

孟浅浅拿起笔，看了应浩一眼，他含着笑意看着她，孟浅浅收回视线，在上面签上了自己的姓名。

签完后，唐隽跟周彦起身，相互握手恭喜，孟浅浅也被迫跟唐隽和周彦握手。

应浩从椅子上起身，把手插在裤子口袋里，走到她跟前，伸出手。

孟浅浅抬起眼眸看他。

“握手，恭喜你。”他说。

孟浅浅瞪了他一眼，这才把手放在他的掌心里。应浩慢慢地收拢，将她柔软的手包裹着，用指腹摩擦她的手指，弄得她脸红耳赤的。

应浩说：“叫上江枫，晚上聚餐。”

孟浅浅：“哦，好。”

从会议室里出去后，孟浅浅就去通知江枫，江枫一听要聚餐，眼睛一亮，说道：“我觉得可以加点甜品，比如蛋糕。”

孟浅浅笑道：“好的，会向上级复述你的要求。”

“其实也不用，你也吃，老板绝对会同意的。”江枫眨眨眼睛。

孟浅浅拿本子敲他的头，江枫趴桌子上哈哈大笑。

周蜜正好拿着发票走过来，她把发票放在袁响的桌子上，轻飘飘地看了孟浅浅跟江枫一眼，接着转身便走。

江枫坐起身，接着指着周蜜的指甲说道：“剪了，大红色剪没了。”

孟浅浅顿了顿：“你好八卦哦。”

江枫：“我是在陈述事实。”

孟浅浅：“记得，晚上聚餐。”

“好的好的，我的办公桌弄好没？”

孟浅浅一边下楼一边道：“快了，你要求太多，人家店家不好弄。”

“哦。”

“先委屈你在这边待一下了。”孟浅浅笑着说。

江枫说道：“那我可太委屈了。”

孟浅浅：“你是有多嫌弃二区。”

江枫：“格格不入啊。”

孟浅浅：“呃……”

行吧，年轻人。

晚上六点半，两辆车子启动，往旧城区开去。今晚这个聚餐梁坤教授没有参加，他认为是年轻人的聚餐，不适合他，还是回家陪老婆比较重要。

于是，聚餐只有他们几个年轻人。

孟浅浅打电话喊常慧慧、叶岚和朱芳，但是她们晚上竟然出去逛街了。孟浅浅噘起嘴，有点不开心地说：“怎么不带我？”

常慧慧咳了一声，赶紧说道：“国庆节快到了，叶岚喜欢的男生要来找她，她很着急，非要我们出来帮她选衣服，没办法，我们只能陪她了。”

孟浅浅一愣：“哦哦，这样啊，行吧。”

常慧慧：“别生气，回去给你买棉花糖吃。”

“两根。”

“好的。”

少来了三个女生，就只剩孟浅浅一个女生，她在餐桌上当然是被其他人给予了诸多照顾。

今晚吃饭大家都点了饮料，没喝酒。

江枫赶紧先点了两份小蛋糕，他说，他一份，孟浅浅一份。

应浩挑起眉毛，算是应允了。

吃过饭八点多了。

唐隽跟周彦送江枫回去，应浩开车送孟浅浅回宿舍，抵达楼下，还有不少学生刚回来，他们大多都是走路回来的。车子停在楼下有点显眼。

应浩启动车子，开到树荫底下，随后解开安全带，偏头看着孟浅浅。

孟浅浅掰了一下车门，没掰开，她抿紧嘴唇：“我要下车。”

应浩笑了一下，他用指尖解了点儿衬衫，接着，手撑在中控台，靠近孟浅浅，薄唇先落在她的眉心，随后慢慢地往下，最后来到她的唇边。

呼吸交缠，他也不吻，就贴着。

孟浅浅屏住呼吸了好几次，应浩的薄唇才贴上她的嘴唇，前面的亲近就像是一场铺垫，孟浅浅下意识地抬起下巴，回应他。应浩把她逼靠在椅背上。

车里安静，外面脚步声偶尔闪过。

树荫底下，忽明忽暗。

孟浅浅热得很，她手心里捏着的手机，突然变亮跟着响了一下。

有点刺眼也有点刺耳。

应浩抬高下巴，按着她的肩膀，没去搭理她那个手机，继续吻着她。

许久之后，他离开了，用指腹擦着唇角，他随意一扫，看到孟浅浅手机上显示的“老羊”二字。

应浩的眼眸一冷，猛地抬头看着她：“你没拉黑许旸？”

孟浅浅愣了一秒，立即看了一眼手机，接着快速摁灭了屏幕。她的阳奉阴违被发现了，她看着他的眼睛道：“他又没做错什么，我有时还想从他那里得知周乔的消息。”

“你要知道周乔的消息，可以亲自问她，还需要从老羊那里得知？你们的关系有好到超过和周乔的关系？”

孟浅浅抿紧嘴唇，看着他，没回应。

应浩的下颌紧着，手撑在方向盘上：“你删了他，行吗？”

孟浅浅没吭声，她转手去掰车门。

应浩眯起眼睛，看着她掰。

孟浅浅掰不动，她靠坐了回来，说：“我不删。”

应浩的眼眸越发地冷，他扯着领口，道：“不删，我们就这么坐着。”

孟浅浅也赌气，就靠着椅背坐着，她咬着下唇，眼眸里带着倔强。

应浩脸色沉着：“你不知道他对你什么心思吗？”

“他没有！”孟浅浅说。

不知为何，就是想要跟他吵，就是不想顺着他的意思。

应浩冷笑：“没有？”

他坐了回去。

车里一阵沉默，孟浅浅抬起眼眸看了他一眼，他侧脸冷硬如冰块。

烟雾缭绕，在那一刻，应浩离她很远。

孟浅浅咬牙，眼眶蓄满了泪水，她说：“开车门。”

应浩没看她。

就这么僵持了几秒，就在孟浅浅觉得快喘不上气的时候，只听“咔嗒”一声。车门开了，孟浅浅如释重负，立刻拉开车门，快速下车，朝楼梯口走去。

应浩看着她的背影，他咬了咬牙根。

一秒后。

他一把推开门，长腿迈下去，嘴里咬着烟大步地朝她走去。在孟浅浅快接近第四个台阶的时候，应浩的大手搂着她的腰把她直接抱了下来。

四周的学生见到这一幕，顿时愣住了。

孟浅浅惊叫了一声，她拍打他的手臂，应浩微微俯身，将她扛了起来。这突然改变的高度和姿势令孟浅浅整个人僵住了。

应浩将她扛到车后座，一把将她推进去，他倒没有很用力，还用手护着她的后脑勺。

孟浅浅坐起来，想要说话。

应浩抵住她的额头，看着她的眼睛：“你如果想在这里给别人观看我们怎么接吻的，你就继续挣扎。”

孟浅浅看到他眼里的狠意，她撑着身子，一声不吭。

“砰”，应浩关上门，绕到驾驶位，启动车子，他没有再提删除许旸的事情。

车子一路开到公寓。

孟浅浅被他牵着，来到他的住所，门一关，她被他推到柜子上。应浩低头堵住她的嘴唇，一手解着领口，一手关了玄关的灯。

一片昏暗中，传来窸窸窣窣的声音。

公寓里很安静，偶尔有猫叫的声音。

两个半小时后。

应浩低头给她系上浴袍的带子，随后起身进了浴室，打了一盆热水出来，蹲在她的面前，把她的双脚放进盆里，他说："你这次生理期又推迟了。"

孟浅浅咬着嘴唇："嗯。"

应浩想了想，起身去了小厨房，切了几片姜出来，扔在热水盆里。孟浅浅小声地道："我坐不住。"

应浩抬起眼眸看她，一秒后，起身把她整个人抱在怀里。

孟浅浅搂着他的脖颈，两只脚泡在热水里，暖烘烘的，有点昏昏欲睡。

应浩搂着她的腰，看着她出汗，说道："这几天晚上都泡泡脚，看看有没有效果，能不能缓解一些疼痛。"

孟浅浅："嗯。"

手机接着又响了一下，孟浅浅的肌肉有些紧绷，她察觉到应浩在看她的手机。

应浩是看了，但是他很快收回视线，垂眸看着她，并没有再让她删老羊的微信。

两个人安静地抱着。

孟浅浅如果不是被他抱着，估计都要坐不稳了。

许久之后，她嗓音温柔地道："我不是你，我不会随便跟别的男生暧昧，如果他们表示一点别的意图，不用你说，我都会删掉他们，我经得起考验，你可以看我跟许旸的聊天记录。"

应浩的下颌一紧，他薄唇紧抿，从一旁摸过自己的手机，塞在孟浅浅怀里："给你看，你翻个遍，要是找到一个跟我有暧昧的女生，我先弄死我自己。"

他的手机冰凉，孟浅浅盯着那手机，说道："不看。"

应浩捏她的下巴："你不看就别总是说我不是你，我不是你。"

孟浅浅："我冤枉你了？"

应浩："嗯……"

孟浅浅："哼。"

就在孟浅浅昏昏欲睡的时候，手机响起，来电是常慧慧。孟浅浅一个激灵，睁开眼睛，应浩正在给她擦脚。

他拿起手机递给她，说："跟她说，晚上在外面睡。"

孟浅浅打着哈欠，靠在他怀里，接过手机。十一点了，肯定回不去的，她拿过来，接了：“慧慧……”

“你还不回来？”常慧慧低声问道。

孟浅浅：“不回了。”

常慧慧：“好的吧，那棉花糖……”

孟浅浅：“放着，明天吃。”

“OK。”

挂完电话，应浩把孟浅浅抱到床上，把她整个人推进被子里，拨弄她的头发道：“衣柜里有你的衣服。”

孟浅浅看着他：“你什么时候买的？”

居心不良。

应浩：“在网上买的。”

孟浅浅拉了被子，遮住了脸。

应浩轻笑一声，起身，把泡脚的水端去洗手间，顺便收拾一下屋子，然后再回来，搂着她睡。

灯一关，公寓里一片安静，孟浅浅很快进入睡眠中。

华星这次新车发布会的时间卡得有点意思，在国庆节的前两天，正好又是周六。

这天学校补课，孟浅浅的专业几乎满课，下午一下课，她便抱着书往外走。

江枫在车后座上朝她挥手，应浩俯身给她开了车门。孟浅浅上车后，放下书本，扣上安全带。

江枫凑过来，问道：“你们这是补课啊？”

孟浅浅说道：“是啊。”

江枫：“辛苦咯，国内的学校就是这样，有点意思。”

他坐了回去。

应浩牵了一下孟浅浅的手，随后启动车子，朝校门口开去。

发布会的时间定在七点左右，还有时间，几个人吃过晚饭，才赶去了发布会现场。整个场馆都被包下来了，媒体记者们得拿着邀请卡进门。

华星集团的LOGO高挂半空，那句宣传语“新能源汽车铺开梦想之路，为梦想启航”用蓝色的横幅挂着。整个场馆的气氛加上宣传以及安保，都能让人感受到华星集团的豪气以及对新车的重视，还有华星集团对占领新能源汽车的美好期待。这一切无不显示着应涵并非草包，他是真的有实力。

孟浅浅抬头去看应浩。应浩朝她走来，牵住她的手，拿着两张邀请卡递给安保。

安保没认出这是华星集团的大少爷。

他们一行人进去后，碰见了一些媒体，这些媒体人正在议论。

“听说这位总工程师是应顺尧的小儿子？”

“是第二任妻子带过来的儿子，没有血脉关系，但是让他入了族谱，冠上了应姓。”

“哇，应顺尧的大老婆祝愿肯同意？”

“祝工去世多年了，听说她跟应顺尧的亲生儿子也是点头的……”

“没见过应顺尧的大儿子，长什么样？这些大佬很喜欢藏儿子。”

“我也没见过。”

“你说这以后，华星集团会不会让这位后妈带过来的儿子接管？”

“哟，还真别说……有可能哦。”

孟浅浅反射性地抓紧应浩的手，他没什么表情。

唐隽在一旁说道：“这些记者胡说八道。”

江枫则有些好奇：“老板，原来这新车是你弟弟造的？”

应浩没吭声。

孟浅浅看着他紧绷的下颌，两只手紧紧地挽着他的手臂。

应浩被她这无声的动作给安慰到了，他抽出手，从身后搂着她的腰，看了她一眼，带着她拐了个弯，走到最前面。

梁坤教授跟袁从严已经来了，站在最前面的位置，看到他们来了，微微招手。

袁从严看了应浩搂在孟浅浅腰上的手一秒，便收回视线，说道：“你们的电池跟DN合作？”

应浩点头：“嗯。”

袁从严点点头：“不错。”

梁坤教授对袁从严说："迟早会有属于我们自己的电池的，我们研究进度已经有百分之三十了。"

袁从严："梁教授，我是相信你的。"

应浩的喉咙有点痒，他用指尖挠了下喉结，偏头问道："袁叔，你见过应涵这辆车吗？"

"没有。"袁从严道。

应浩挑起眉毛。

唐隽："那他还藏得挺深的。"

聊到这里，几个人都安静了。今天这场发布会以深蓝色为主，深蓝代表着科技感，一辆轿车停在舞台上，用蓝色的布盖着。

七点二十分，场馆的门关上，整个场馆的灯亮起来。

应涵穿着一身深色的西装，拿着话筒走上了讲台，他长得不错，俊朗的外表让闪光灯顿起。他把头发染回了黑色，一双跟陈菲很相似的眼睛在灯光的照射下，隐隐地有几分温柔，他握着话筒，笑道："大家好，我是应涵，也是华星集团研发部的总工程师。"

全场稍微起了些许的骚动，因他的年轻也因他出色的长相，当然更多的还是因为他的身份。

"今天是华星集团 Bright 的发布会，感谢大家在百忙之中抽空而来，现在我给大家介绍一下我们这辆新能源汽车。"

应涵错了下身子，四名工作人员上台，一人捏着蓝色布的一角，在应涵的指示下，猛地一把掀开。

深蓝色的纯电动汽车展现在所有人的面前，车身线条微微闪过一道光芒，像是璀璨的星星，跟它的名字一样。全场顿时哗然，议论声四起。

"不愧是华星集团，车子外形永远这么好看。"

"这些年华星集团的车，颜值确实太令人心动了。"

孟浅浅的心也跟着一跳，这车子真的很漂亮。

这时，江枫在后面"切"了一声："一般般，一般般。"

唐隽几个人笑了起来，应浩的嗓音很低："电池这一块才重要。"

话音一落。

应涵果然在上面配合着身后展现的字幕，开始讲解车子的性能。

“Bright 的系统支持 CarPlay、CarLife 功能，还有非常智能的语音识别系统，可以通过语音或者按键进行唤醒。司机在驾驶的过程中可以进行一些日常操作，例如调节空调温度、加热座椅、开启天窗 、导航等功能。车长 4.7 米，空间大，车身采用 BYA 同款材质……”应涵走过去，抚摸着车子，工作人员钻进车里坐着。

应涵说着，笑道：“纯电续航 500 公里。”

这公里数一出来，台下一阵安静，接着议论纷纷。

续航 500 公里？那跟市面上的车有什么区别？

华星集团又不是没出过这个公里数的车子。

孟浅浅一听立即看向应浩。

应浩的眼眸微眯，半晌，他说：“500 公里？”

唐隽笑了：“他是认真的吗？”

像是在对话一般，应涵也似乎料到大家的反应，他微微一笑，站直了身子，说道：“我们将在一些主要城市的高速路口、高速休息站，以及城市的主要干道全面安上换电站。两分钟就可换好电池，并且会配备售后维修。”

顿时，那些议论纷纷的声音消失了，但下一秒，全场哗然。

“换电站？两分钟换好电？”

“那要是全国铺满，这似乎是个很好的办法，连高速休息站都考虑到了。”

“华星集团真是财大气粗啊，全国放换电站，太可以了。”

原来应涵留着这一手呢。现场议论的声音从刚刚 500 公里的续航那里开始翻转。闪光灯一路闪烁着。孟浅浅多少有点被这个现场带动了，感觉应涵要成功了，要上天了。

这时，梁坤教授说道：“我还以为是什么把戏呢，也不过如此。”

应浩说：“但是，他确实可以占领一定的市场。”

袁从严点了点头：“没错，现阶段他这也算是一个非常好的办法，甚至还发展了售后服务，要知道，如今纯电动汽车的维修是个难题，毕竟需要培养一批新的工作人员，因为修燃油车的人没法维修纯电动的车。换电站这个市场目前是空缺的。”

“占领了就代表有汤喝。”应浩接了话。

唐隽耸耸肩膀：“所以，大家泄气了吗？”

应浩牵着孟浅浅的手转身一边往外走一边说道：“没有泄气，我们不是为了换电站而来的，我们在很早之前就知道换电站这个市场可以做，但绝对不能长久，终究还是要回到续航里程这个问题上来。换电站多了，怎么维修？成本将会大大地增加，而且电池是有损耗的，500 公里的电池实际上只有 300 多公里可用，能跑多远？”

梁坤教授听着应浩的话，点点头，眼里带着欣赏。

袁从严看了梁坤教授一眼，笑道：“怎么样，应浩可以吧？”

梁坤教授微微一笑：“很好，想得够长远。”

袁从严也笑了，隐隐地也带着自豪。

一行人从场馆出来，外面没有人挤人的情况，空气也新鲜了很多。唐隽说道：“这下我们可以更专注地忙自己的了。”

周彦也说道：“我就只是好奇，应涵出国那么久了，学回来的就是这些东西吗？”

应浩：“不，他跟我爸一样。”

只注重眼前的利益。那些年如果不是祝愿的拉扯，华星集团在艰难的时候就被应顺尧给卖掉了。

周彦点了点头，算是理解。

他们在聊天，孟浅浅不太能插上话，她就默默地听着，谁知道肚子隐隐地有些作痛，不是那种生理期的疼，是肠道抽着的那种疼。

她忍了一下，却越来越疼。

应浩跟他们聊着天，拿起手机看了一眼，恍惚地看到了时间，突地想起孟浅浅的生理期，转头想说话，却看到她脸色发白。

“你怎么了？”应浩的脸色也跟着白了，一把搂着她的腰，问道。

现场所有的人全看了过来。

“浅浅学妹。”

“肚子疼吗？”

“什么情况？”

孟浅浅说不出话来，她抓着应浩的手："我肚子疼，不是姨妈疼，是那种……"

应浩的脸色更白了，他弯腰一下把孟浅浅抱起来，大步地走向停车场。唐隽跑得很快，跟在后面说道："我开车。"

接着，他跑去开车。周彦上前帮忙开门，帮应浩把孟浅浅扶上后座。孟浅浅疼得额头冒汗，应浩跟着上车，搂着她。

周彦没法跟着上车，他拿了另外一把车钥匙，把江枫接上，江枫刚回来还没驾照。

唐隽启动车子，一溜烟开出去。

孟浅浅疼得低低地喊着，靠在应浩的怀里，应浩心疼得有些暴躁，他踢了几下座椅："快点。"

"红灯啊。"唐隽的掌心冒汗，说道。

应浩："闯。"

"别别别，别闯。"孟浅浅抓着他的手，低声道，"我好一些了。"

应浩的薄唇抵着她的额头，轻轻地吻着。

唐隽自然也听孟浅浅的，确实不敢闯这个红灯，遇上交警就麻烦了。一路来到人民医院，孟浅浅又疼起来，应浩一路抱着她进去，唐隽立马去挂号。

看了医生。医生看了报告说道："初步断定是肠痉挛，你是海城大学的？今晚有几个海城大学的学生已经住院了。"

"是食物的问题吗？"应浩抱着她问道。

医生："应该是的，先去病房吧，要打针，你们跟着护士出去。"

护士进来招呼。

应浩抱着孟浅浅起身，跟上护士，唐隽皱起眉头："怎么回事啊，今天浅浅你吃了什么？"

孟浅浅想了一下，她说："没吃什么啊……"

"你是不是贪凉喝了绿豆汤？"应浩今天没上课，一直在东方，他低头问她。

孟浅浅眨了一下眼睛，没吱声。

此时想想，绿豆汤确实很凉，味道也有点怪怪的。

进了一个四人的病房，靠窗户有个男生正在打针，很年轻，看起来很像是学生，他一抬起眼睛看到应浩：“学长。”

这一声一出来就断定了，这肯定是海城大学的。

应浩点了一下头。

他把孟浅浅放在第二个床位上，第三个床位上也有人，不过用帘子挡着。孟浅浅一躺下去，护士就过来给她打针。

应浩站在一旁，捂住她的眼睛，等针扎上了她的手背后，他才放开。

这时，应浩的手机也响了，他一看是学校的来电，于是转身出去接。唐隽想了想，看着这样的状况，起身去给常慧慧打电话，不知道常慧慧有没有喝绿豆汤。他们俩走开后，孟浅浅安静地靠着椅背。

这时，一个男生从门口走进来，他西装革履，神情很不耐烦。途经孟浅浅的病床时，他随意地扫了一眼，对上孟浅浅安静温柔的眼眸，他的脚步微顿。

孟浅浅惊讶了一下，应涵怎么在这儿？

四目相对。

孟浅浅皱起了眉头。

她今天穿着柔软的白色长裙，头发垂放在肩膀上，裙子是露肩的，皮肤白皙，有几分楚楚动人。

应涵看了她好几秒，直到她眉头拧紧，他这才走向隔壁。他看着也是住院的林飘问：“我在开发布会，你老打我电话做什么？”

林飘挽住他的手臂：“你说呢，我肚子疼啊。”

应涵看着她，正想说话。护士过来后，随意地拉开了帘子。

此时应浩正好走进来，来到孟浅浅的跟前，俯身揉着她的头发，问道：“怎么样？好些了吗？”

应涵和林飘一起看向了隔壁，看着应浩和孟浅浅，孟浅浅点头，回道：“好多了。”

她声音软糯，很好听，应浩的衬衫领口微敞，眉眼冷峻。

林飘的脸色微变。

应涵看着孟浅浅那眉眼，几秒后，他笑着喊道：“哥。”

听见这声音，应浩抬起眼眸，看到应涵带着笑意看着他。应浩的眼眸微眯："今晚不是新车发布会？你怎么在这里……"

眼眸扫到一旁脸色苍白的林飘，应浩懂了，他眉梢微挑，收回了目光。

就这样看了她一眼，然后收回，没有任何情绪波动，这让林飘的牙齿直打战，脸色愈发难看，她下意识地松了应涵的手臂。

应涵却没在意林飘这手放没放下去，他笑着说道："刚开完记者会，爸他们几个股东在谈话，我听着烦就出来了。"他停顿了一下，"哥，你谈女朋友了啊？"

这一问，应浩一顿，他偏头，正对上应涵含着笑意的眼眸。

一秒后，应浩站起身来，绕过床位，来到应涵这边，他一只手撑着林飘的床沿，一只手狠狠地扣住应涵的脖子，是那种两指掐着他的脉搏的那种，他盯着应涵的眼眸道："是的，我谈了。你再多看她一眼，我就挖了你的眼睛。"

他的语气没什么起伏，但是在病房里造成了少许的骚动，林飘愣怔地看着应浩，他离她那样近，却是因为在警告应涵。

她看着看着，看到他领口敞开的位置，那一点点的文身。

Q？Q什么？QIAN？浅？！

她几乎要崩溃了。

应涵没想到哥哥竟这么敏锐，他笑着道："哥，你想多了，我就是看看我嫂子长什么样。"

"管好你自己。"应浩说完，后退一步。应涵的脖颈上留下了两个红色的指印，他抬手揉了一下脖子，很疼，而且呼吸也不太顺畅，他笑着问道："哥，你现在打架应该很厉害吧？"

"刺啦"一声，帘子被拉上了，他看不到那位穿白裙子的女生了。

应浩的嗓音很低地传来："没你那么厉害。"

"真的吗？我觉得你现在肯定很厉害，有空我们切磋一下。"

应涵的声音还从帘子后面传过来，孟浅浅从心里都在排斥这个人。对于看她的眼神她最有感觉，这个应涵看了她好几次，她被他看得烦透了。应浩看她的时候，她烦的时候会想瞪他，但是面对这个应涵，她只想叫这个人滚。

应浩拉好帘子，长腿勾了一张椅子，坐在她的床边。

孟浅浅看着他问道："学校里是不是有很多人出事了？"

"有二十几个。"

孟浅浅："幸好慧慧没吃，她当时想喝豆浆，我给她买了一瓶冰豆浆。"

应浩长腿交叠，把手插在裤子口袋里，盯着她看："你好意思说。"

孟浅浅："呃……"她看了他一眼，转过头，不吭声。

应浩看她这样，被气笑了。他放下长腿，握住她的手亲吻她的手背："说你一句就跟我生气？"

孟浅浅嘀咕："天气那么热，谁不想喝一口凉的？"

"那你没忘记你生理期还没到吧？"

孟浅浅"唰"地转过头，看着他，接着满脸通红。她低了低头，小声道："你说，我会怀孕吗？"

她不想怀孕，但是怕意外。

孟浅浅抿紧嘴唇："这个不会有意外吧？"

应浩看着她白皙中透着红色的脸，眼眸里闪过一丝惊喜，他唇角轻勾："如果怀了，我们就结婚。"

孟浅浅看着他眼里的惊喜，不知该说什么。几秒后，她伸手勾了一下他的眉毛。应浩眯起眼睛看着她："怎么？对结婚很排斥？"

孟浅浅笑笑，摇了摇头。

应浩看着她，一声不吭。

两个人的聊天声音压得很低，帘子后面那张床很安静。应浩走后，林飘跟失了魂魄一样，应涵抚摸着脖子上的指印，神情莫测，直到隐隐约约听见隔壁床的聊天，孟浅浅那软糯的声音非常好听。

应涵松开了抚摸着脖子的手，听着那声音。

林飘却听着应浩那略有些霸道但带着淡淡宠溺的声音，他连孟浅浅的生理期都记得，林飘反射性地抓了一下被单。

应涵这才看了她一眼："很疼吗？"

林飘抬起头，看向应涵，一眼也看到了他脖子上的指印，林飘想笑他，却生生地忍住了，她再次挽住应涵的手臂，道："还好吧，我差不多了，应该可以走了。”

“去哪儿？”应涵轻声问道。

林飘听出了他的意思，两个人至今还没发生关系，她笑笑：“当然是回宿舍了。”

应涵：“好啊。”

他这次没强留。

应涵喊了护士，拔了针，林飘挽着应涵的手。应涵还想再看一眼孟浅浅，但是孟浅浅的床被几个舍友围着，加上应浩还有其他三个男生，堵了个结实。最后，他只看到孟浅浅的头顶。应涵朝应浩说道：“哥，我回家了。”

应浩靠在床边，按着手机，抬起眼眸看了他一眼：“好。”

唐隽、周彦、江枫齐齐地转头，看到应涵有些诧异，再看到林飘，诧异中带着点儿了然，林飘只觉得脸火辣辣的，拽着应涵大步地往外走。

离开医院后，应涵把林飘送回了宿舍，一句话没多说，他驱车回了家里。

应顺尧刚回来，身上带了淡淡的酒味，他看到应涵进门：“记者会刚开完你就走了，什么事情那么急？”

应涵笑了笑，走到父亲的对面坐下。

陈菲端了牛奶出来，放在应涵的桌面上，接着又转身进厨房捣鼓些父子俩爱吃的。应涵喝了一口牛奶，问道：“爸，你知道哥的女朋友吗？”

应顺尧翻着文件的手一顿，一秒后，问道：“之前那个？”

应涵笑了一下，说：“难不成是林飘啊？”

“几个月的算什么女朋友。”应顺尧语气淡淡的，他继续翻着文件。

应涵更是一笑：“是现在那个。”

应顺尧：“那就是之前那个。”

应涵一听，若有所思：“哥蛮长情的嘛。”

应顺尧轻描淡写：“长情挺好，不像你，就知道在外面乱来。”

“我可没有。”应涵狡辩了一下，又说，“跟着我哥可惜了。”

应顺尧顿时抬起头看他，说道：“你赶紧跟林飘断了，如果现在断不了，以后也得断，你以后要娶的是什么人你心里得明白。”

“明白，明白。”应涵说道，“现在嘛，都是消遣，不过在奋斗的路上有这么一位佳人相陪，也挺不错的。”

应顺尧冷哼一声。

应涵想了一下：“哥这个女朋友是不是也是东方的股东啊？”说着，他拿出手机翻看，果然，看到了“孟浅浅”三个字，“那跟我是同事啊，以后都是股东会的人啦。”

应顺尧看了他好几眼：“你先把心思放在换电站身上。”

“好。”应涵收起手机，点头。

“你脖子上那是什么？”陈菲从厨房里出来，一眼看到，赶紧走过来问道。应涵愣了一下，赶紧扯了一下领口，他笑道：“没什么啊，我不小心弄到的。”

陈菲满脸担忧：“你该不会又在外面找女生了吧？”

应涵笑道：“没有。”

他不说是应浩主要是怕应顺尧和陈菲追问，如果他们知道他看应浩的女朋友，估计会骂死他。

他们要维持和谐的关系嘛。

林飘走后，隔壁的床又来了一位海城大学的学生，这位学生之前跟孟浅浅还有过几面之缘，于是那帘子便拉开了，一个病房四张床都是海城大学的，彼此都有话聊了，病房里很是热闹。

孟浅浅这张床人最多，三个舍友加三个工作伙伴。不过常慧慧她们也只待了一会儿，眼看天色晚了，便都先回学校了，唐隽、周彦还有江枫去送她们。

又过了一个多小时，孟浅浅这边也拔针了，她肚子不疼了，精神也回来了。孟浅浅下了床，脸上的红润也恢复了，气色好了很多。

应浩牵着她的手，跟另外三张病床的人道别，然后离开医院。此时十一点多，平时这个时候海城大学早关门了，今晚情况特殊，大门还开着。

这个学期应浩卸任了学生会会长的位置，但今晚这种情况，主任那边还是找了应浩。因此，今晚应浩也没办法回公寓去住，得回学校。

车子停在女生宿舍楼下。

此时楼下的人蛮多的，都往车子这里看。

孟浅浅打开车门下来，应浩下车，绕过车头，一手插在裤子口袋里一手牵着她朝楼梯走去，在不少女学生的目光中大大方方地走着。

到了楼梯口，应浩那只手从裤子口袋里抽出来，一把搂住孟浅浅的腰，抵着她的额头道："晚上如果还疼，记得打我电话。"

孟浅浅红着脸，看着他："嗯。"

他的大手按在她的细腰上，感觉很有力。由于贴得太近，孟浅浅的身子总会下意识地往后仰，这样就使得他的掌心愈发用力，路过的学生看得脸红耳赤。

应浩看着她的红唇。

孟浅浅脸红红地捂住嘴巴，小声地提醒："这里有很多同学。"

应浩挑起眉毛："好，放过你，晚安。"

孟浅浅："晚安。"

从应浩怀里出来，孟浅浅飞快地走上台阶。

应浩站在原地看着她拐上二楼，这才转身离开去开车。

孟浅浅一路回到宿舍，整个走廊今晚灯都还没灭，孟浅浅进了宿舍，常慧慧她们正在聊对于这碗绿豆汤惹起的事情，学校要怎么处理。

孟浅浅去拿睡衣，被常慧慧拉过去，说道："这是我们的受害人，叶岚大律师。"

叶岚笑扑在桌子上，说道："我看这场官司怎么打，才能让食堂的师傅换掉？"

孟浅浅说："这只是意外吧？"

常慧慧："涉及学生的安全，秦师傅怕是留不住咯。"

朱芳道："那是有点可惜啦，秦师傅炒的菜挺好吃的。"

孟浅浅跟着点头。

常慧慧："所以，任何职业都有风险。"

叶岚："没错。"

孟浅浅说道："那我这位受害人可以去洗澡了吗？"

常慧慧一听，笑倒了："可以的，孟同学，请，请不要把证据洗掉，谢谢。"

孟浅浅见她演上瘾了，立即道：“好的，肠子是洗不掉的。”

“哈哈哈……”叶岚跟朱芳狂笑。

在这一片笑声中，孟浅浅进了浴室洗澡，洗完澡出来已经很晚了，宿管阿姨上来让大家休息。

孟浅浅也在几位舍友的晚安中爬上了床，不过迷迷糊糊地睡了不到十五分钟，孟浅浅觉得肚子又疼了，她一阵激灵，猛地睁开眼睛，立即下了床，却发现是小腹阵痛。

她反应过来，可能是来大姨妈了，她赶紧拿了卫生巾跑到浴室一阵清理，果然是来了。她大松一口气，回到床上躺下，手机振动了一下。

她拿起来一看，是应浩发的语音通话，孟浅浅一愣，小心地按开。

应浩的嗓音传来：“生理期了吗？”

孟浅浅：“你怎么知道？”

应浩：“预感，疼不疼？”

孟浅浅的声音压得很低：“有一点，但不是很疼，我感觉泡脚有点用。”

应浩笑了一声：“好，那以后来之前都泡泡。”

孟浅浅：“嗯，你还不睡？”

应浩：“担心你。”

孟浅浅抿紧嘴唇：“应浩……”

“嗯？”他声音懒洋洋的。

孟浅浅：“你有计划过几岁结婚吗？”

应浩：“都听你的。”

沉默了一秒，孟浅浅说：“我睡了。”

应浩：“嗯，对了，通知你一声，东方国庆不放假，江枫今晚已经画出了车身外形。”

“哇，这么快。”孟浅浅有点兴奋，她捂着手机，“怎么样？怎么样？”

应浩轻笑：“非常棒。”

孟浅浅高兴得很，她小声地笑着：“太好了。”

“太好了，下来，我抱你。”

孟浅浅：“不要，这么晚了，我要睡啦。”

“好，晚安。”

“晚安。”

华星集团的新车发布会过后，全市开始安装换电站，规模超级大。连海城大学附近都有一个，有些人嗅到了商机，在换电站附近开了一家咖啡厅，而华星集团似乎也嗅到了什么，开始给换电站的装修添加一些比较特别的元素，以此来吸引人，换电站成了网红打卡点。

华星 Bright 售价也不贵，在 16.99 万到 21.99 万，属于比较适中的价格，于是首轮预订销量很好。

国庆节也紧跟着到来，但是东方的主要人员基本没有放假，都在加班加点地制造车子。

应浩让孟浅浅去跟 11 月中旬的海城国际车展的负责人联系，跟他们要了一个车展位置，其余交接的事情也由孟浅浅全权负责。

孟浅浅带着实习生杨恬往返于车展以及学校宿舍，还有应浩的公寓之间，忙得脚不沾地。

本来打算请车模的，后来大家认为没必要，车子比车模漂亮，于是讲解人变成了孟浅浅。在此期间，孟浅浅只能疯狂地去熟悉车子，认识车子，并把东方 A1、A2 的性能了解清楚。

应浩带着唐隽、周彦还有江枫开始试车，孟浅浅和梁坤教授站在一旁看着。

两辆车在跑场上像两头豹子，“唰”的一下停在不远处。

应浩从车里下来，扯下墨镜，朝孟浅浅走来，弯腰直接把她抱了起来，他脸上难掩飙车过后的兴奋。

孟浅浅“哎”了一声，身子半悬空，低头看着他。应浩狭长的眼眸含着笑意，看着他这意气风发的样子，孟浅浅的心头狂跳，突然脑海里闪过一句话，年少时不要遇到太惊艳的人，否则以后其他人都是将就。

她看着他，几秒后，低头亲了一下他的薄唇。

应浩的手臂猛地收紧，猛地含住她的嘴唇，狠狠地吻着。

身后一群人“吁”了一声，纷纷觉得得戳瞎自己的一双眼睛。

梁坤教授在一旁看了一眼，没吭声，拿过唐隽手里的测试卡看了一眼，说道：“准备准备，我们上车展。”

十一月中旬，海城国际车展到来。孟浅浅和杨恬难得穿上正装，她俩都穿了白色衬衫跟西装短裙，配了一件西装外套。

常慧慧今天也翘课来凑热闹，看到孟浅浅从休息室里走出来，眼睛一亮："哇塞，你这么穿也太好看了吧！"

孟浅浅："哪里好看？"

"超级好看好吧。"常慧慧用手丈量了一下孟浅浅的腰，"这细的，而且你皮肤好白，天哪，实在是太好看了。"

孟浅浅推开她，懒得搭理。

她头一次穿高跟鞋有点不习惯，但还是带着杨恬赶紧去现场。

两辆车子昨天已经进场了，此时外面天色还没亮，所有人都在收拾场地。

孟浅浅一到，几个男生一抬头，都愣了一下。虽然平日里孟浅浅经常穿裙子，但她基本不怎么穿显身材的，有时候她穿一件T恤跟牛仔裤就了事，很少穿像今天这么显身材的，她的腿又白又长，还很细，腰更细，她把头发盘了起来，显得女人味十足。

男生们全都看呆了。

应浩提着笔记本从那边走过来，走了没几步脚步刹停，眼眸定定地看着她。

孟浅浅的心直跳，疑惑道：这样看我做什么？她踩着高跟鞋，快速地朝展厅走去。

应浩回过神来，快步走过去，猛地一把搂着她的腰把她抱了起来，问："这衣服谁给你的？"

孟浅浅拍打他的手，道："不是你买的吗？"

应浩："这裙子这么短的？还有这腰，这么细吗？"应浩愣了一下，孟浅浅身上的衣服都是他在一家店里订购的，他现在万分后悔。

孟浅浅："套装都这样，谢谢。"

应浩："这……"

现场其他人全笑起来。

常慧慧瞪了唐隽一眼："你看得很欢乐哦。"

唐隽咳了一声，收回了视线。

周彦笑道："好了，应浩，时间很紧，赶紧先忙活吧。"

应浩很不情愿，很想把孟浅浅抱回休息室去换一套算了。但是时间确实来不及了，他松开孟浅浅，对一旁的杨恬道："今天你帮忙看着你上司。"

杨恬点了点头，她算是少数知道老板跟孟浅浅关系的其他员工之一。

孟浅浅被松开后，带着杨恬收拾展厅。全场只有江枫最自在，他坐在那里吃泡芙，完全没有一点儿紧张感。

早上九点，车展正式开门。

大门一开，陆陆续续地就有人进来了，且一次性进来得还不少。大牌车的人流量自然比较多，东方首次亮相，位置并非特别好，指示牌上的东方的 LOGO 也没有引起大家的关注。

孟浅浅和杨恬站在两辆车旁，多少都有些紧张，孟浅浅紧张得手心直冒汗。

很快，第一批客人来到东方这个展厅，眼睛一扫，瞬间就挪不开了。

车身造型实在是太好看了，好看得令人想要一探究竟。

那两个客人立即走进展厅，看向孟浅浅问道："你们这个车是？"

孟浅浅缓解了一下紧张，上前笑道："我们是东方新能源汽车，这是我们公司首款纯电动汽车东方 A1 以及 A2。"

"纯电动的？续航多少公里？"那人看着轿跑车型的 A1，满眼都是喜欢，这车的造型实在是太好看了，比华星集团的璀璨还好看。

孟浅浅笑着回答："500 公里，实际可以提供 450 公里。"

"这么实在的？"那人盯着看，这摸摸那摸摸，孟浅浅说道："是的，我们还开发了一个软件 APP，名叫东方智联，APP 跟车辆完成对接以后，可以在 APP 里面查看车辆的各种信息，对车辆进行远程启动，并且在某种特定的场景下可以用 APP 操控车辆移动，比如下雨天没带伞不太方便，可以操控车辆开到你的身边……"

这才是东方目前打入市场的一个亮点，优化了车辆的人工智能，在人机交互上比市面上的车子要做得更好，更人性化，并且使用 APP 跟车子关联来作为首款东方品牌汽车进入市场卖点。那人一听抬起头，说道：

“东方智联？听起来不错。”

孟浅浅微微一笑，她看了一眼站在后台那边的男人，这款 APP 就是他制作的。

应浩把手插在裤子口袋里，漫不经心地站在那里，眼眸深深地看着她。

孟浅浅红着脸收回视线，一回头，发现聚在这儿的人越来越多了。

那些人全冲着车子的长相而来，先被外表吸引，再来了解性能。

常慧慧从一旁溜进来，说道：“说真的，我逛了一圈，就我们的车最靓。”

“还真别说，你们的车确实漂亮，请的是哪位设计师啊？这么会设计？连华星集团的车子都比你们的差点。”

终于有人问起设计师了。

孟浅浅含笑道：“一位很可爱的设计师。”

“叫什么名字啊？是哪位大佬？”

孟浅浅笑着摇摇头，这些人以为是大佬，实际上只是一个刚毕业的留学生。

这时，人越来越多了，都是冲着车子的造型而来的。不远处有一队人马，是应顺尧带着应涵，他们也朝这边走来。

看到人满为患的展厅，应顺尧眯了一下眼睛。

应涵在看到那两辆车的造型时，心里咯噔了一下。

“爸，他们后来请的到底是哪位设计师？”

应顺尧皱起眉头：“不太清楚。”

能阻挡的都已经阻挡了。

看车的人越来越多，由于人手不够，常慧慧也赶紧充当起讲解员。看轿跑的人比较多，另一辆 SUV 是六座的，款式高档，也有一部分人过去看，常慧慧便跟着过去讲解，孟浅浅便跟杨恬负责轿跑这边。

这时，一道略有些熟悉的声音传来。

“纯电续航 500 公里吗？”

孟浅浅一抬头，看到了应涵，应涵旁边站着一个中年男人，眉眼有几分熟悉。孟浅浅想起看过的杂志，一下子便对上了。应涵今天也穿得一身西装革履，他含着笑意看着孟浅浅。

孟浅浅抿紧嘴唇，来者是客，她张了张嘴，想说话。

一道熟悉低沉的嗓音从身后传来："是的，续航 500 公里。"

所有人顺着声音看过去，应浩穿着黑色衬衫跟长裤，领口微敞，走到孟浅浅身边，不着痕迹地把孟浅浅挡在身后。

"爸，应涵。"

应顺尧点了点头，看着大儿子平和的面容，道："起初启动东方，并不是为了这 500 公里吧？梁坤教授呢？这么些日子，也没突破？"

应浩早料到他会说这个话，他说道："还在研发当中。"

"你们如今出了这个车，我是不太看好，一个月前华星集团才刚刚走了换电站的模式，你们至少应该跟华星通个气，共享资源，到时换电站东方也可以用。"应顺尧皱起眉头说道。

应浩眯起眼睛，笑了笑，说道："东方是东方，华星是华星。"

应顺尧叹了口气，抬手拍了拍他的肩膀，摆出一副好爸爸的姿态。应浩垂眸，将情绪敛在眼眸里，任由他拍了几下。

应涵在一旁笑道："哥，你们弄这个 APP 有效果吗？真那么好使？"

应浩："还可以吧。"

应涵："回头华星集团也弄一个好了。"

应浩："哦？可以啊，可惜你们的人机交互达不到这个水平。"

应涵挑起眉毛，笑了一下："可以的，我们迟早突破。"

他想起应浩团队里的唐隽，估计人机交互就是他给突破的。应顺尧说道："兄弟俩别针锋相对，东方公司也是华星集团旗下的，都是一家人，走，看看车子去。"

说着，应顺尧朝里面走，应涵跟着。应浩把手插在裤子口袋里，陪着这对父子俩，他由于长得帅气，因此吸引了一些女顾客，她们看着他指指点点。

孟浅浅听到他们的脚步声走远了，松了一口气，便专注于应付眼前这些客户。这些客户来自全国各地，有单纯只是看展的，也有来买车的，当然也有一些是汽车店的工作人员。

孟浅浅说话温柔似水，而且很专注，很专业，长得也好看，那些人都喜欢跟孟浅浅说话，最后在孟浅浅手上预订了车子，下了订单。

应顺尧看完车，听完车子的性能，大概清楚了应浩他们在续航里程上没有进展，如今的两辆车就是市面上纯电动车的标配。

他回过头来道："晚上我请你们几位初创人员吃饭。"

应浩看着应顺尧，唇角扯了一下，道："不了，订了餐厅，我们几个年轻人自己要聚一聚。"

应顺尧："哦，也行，把应涵带上吧。"

应浩看了一眼应涵，眼眸微微往下，轻轻地扫过应涵的脖颈。

应涵仿佛能感觉到脖颈上的疼痛，他笑着摆手："算啦，爸，我晚上有约。"

应顺尧听罢，也不勉强，随后，他带着应涵离开这个车展。应涵回头看了一眼展厅里那一抹纤细的身影，谁知道对上应浩狠戾的眼眸。

应涵一愣，"嗖"的一下收回视线。

啧，看了一眼而已。

应浩看着他们走后，伸手整理了一下袖子，转身回去。有好几个女顾客凑上前问他问题，应浩用指尖点了点孟浅浅："找她，我现在没空。"

他那股野劲儿，让女顾客脸红，女顾客说道："哎，她很忙啊，你来啊。"

"我被你们围着，我回家得跪搓衣板。"他说完，就直接往后面的桌子走去，他坐下后，把椅子往后放了一些，让背部靠着椅背。

那几个女顾客看他去了那么私人的地方也不敢再跟过去了，便转身去看车。

一整天下来，东方这个展位成了一个打卡点，热闹非凡，东方的车子性能怎么样先不管，好看才是第一感觉。孟浅浅的脚也快要跑断了，不过看着这么多人，她觉得值得。

下午六点，天色渐黑，第一天车展结束。

孟浅浅走到展区后面的桌子边，应浩挪开笔记本，看了一眼她的脚，接着蹲下，握着她的脚踝。

孟浅浅愣了一下，撑着他的肩膀，垂眸道："怎么了？"

"有点出血。"应浩说着，他用嘴撕开止血贴，慢慢地给她贴上。

孟浅浅看着他贴，说道："今天卖了不少吧。"

应浩："你成绩最好。"

孟浅浅的脸微微泛红："真的啊？"

"真的。"随后，应浩站起身来，合上笔记本，道，"走，去吃饭。"

他牵着她的手。

孟浅浅回头喊了常慧慧和杨恬，四个人朝后门出去。

唐隽和周彦今天都有课，江枫陪着梁教授去看了工厂。虽然说 A1、A2 是东方最先面世的车，但因为唐隽他们是主要研究的，所以大家也都能猜到这个市场的反应，只不过高颜值这一块的热度，大家一时没想到会这么大而已。

两辆车停在门口等他们，唐隽从车窗探出头，笑道："短视频上全是我们那辆 A1，太可以了。"

常慧慧拉开副驾驶位的车门坐上去。

应浩拉开后座车门，扶着孟浅浅的腰，孟浅浅钻进车里，说道："今天好多人。"

常慧慧说道："我腿都要跑断了。"

唐隽看了她的腿一眼："你穿着平底鞋也会断哪？"

常慧慧一个魔爪伸过去打他："穿平底鞋就不会断？你看不起平底鞋是吗？过分。"

应浩上了车，关上车门，摇下车窗，牵着孟浅浅的手轻轻地捏着，道："都只是看热闹而已。"

唐隽一听："下单不多？"

应浩："嗯。"

孟浅浅看向应浩，原来那样的销量他还看不上。

应浩看着她，说道："不过，多亏了我老婆，才让销量递增，如果没有她，那一定很惨淡。"

孟浅浅捏他的手，翻了个白眼："你不是说不多吗？"

这人一会儿多一会儿不多的，什么意思。

应浩说道：“确实，没有你，真的会更少。”

孟浅浅：“为什么呢？”

应浩：“我们的售后服务没有华星集团那么好。”

孟浅浅：“嗯……”

一想那个换电站，确实，APP 只是用来打开市场的，让市场对东方有了记忆点，但并不能占领市场。

唐隽“嘿”了一声道：“没事，我们本来就只是打开东方这个品牌而已。”

应浩挑起眉毛“嗯”了一声。

一行人抵达了订好的餐厅，是一家从餐厅改成大排档的店铺，名字叫小南风，环境很好。坐在优雅的环境里吃着大排档的炒菜、喝着啤酒，有几分风雅，而且又很接地气。

一共七个人，坐下后，几个人夸着江枫。

“设计得不错啊，小子。”

“我没看错你，很好很好。”

“当初我就很喜欢你的设计风格。”

江枫看着端上来的酸甜排骨，朝他们抱拳：“不必那么客气，我先吃了。”

孟浅浅笑道：“你赶快吃，不然我要跟你抢了。”

“天哪，跟你喜欢吃一样的东西真是胆战心惊。”江枫拿起碗筷，赶紧给自己搞了一大碗，“吃慢点，老板还让我吐回去给老板娘。”

全场的人大笑。

孟浅浅也直笑，她半靠在椅子上，笑得偏过头，刘海垂落了一些，眉眼弯弯。

应浩嘴里含着一口啤酒，咽下去后，凑在她耳边，低声问道：“生理期走了？嗯？”

孟浅浅：“嗯……”

第十八章

拳 脚 无 眼

黑色的跑车开进海城大学里，来到女生宿舍楼下。停好车后，应涵探头看了一眼三楼，不是看林飘那个宿舍，而是看孟浅浅那个宿舍，关着灯呢。

他身子往后靠，手枕在头顶。

楼梯处传来了高跟鞋的声音，不一会儿，林飘弯腰拉开车门，看了他一眼。

应涵："进来。"

林飘笑了一下，坐进副驾驶位，应涵启动车子。

他看了一眼林飘："你今天也穿裙子了。"

林飘顺着头发，看着他道："不然穿什么？"

应涵笑笑，说道："对了，我哥那个女朋友，你认识吗？"

林飘的指尖一顿，垂放下来，她转头眯着眼睛看他："你问这个做什么？"

她心里升起了一股危机感。

应涵转头看了她一眼："你想什么呢？我就是想知道，她家庭环境是不是挺复杂的。"

林飘微顿："你们找女朋友还要查家庭背景吗？"

"唰"的一下，车子停到了一家俱乐部的地下车库，应涵松开方向盘，偏头看着林飘，笑道："不查，其实我猜了一下，你跟她家里情况差不多吧。都是有问题的。"

这话一出，林飘浑身跟参毛一样，紧盯着应涵，满眼都是防备。对她来说，原生家庭是她不敢对外提及的痛。她不愿意让任何人知道，她知道这个社会上没有怜悯，而且原生家庭只会拖累她，阻碍她往上走。

林飘："我们家没问题。我只是普通家庭出来的，但是家里人愿意供我上海城大学……"

应涵伸手去揽林飘，说道："好的，明白，不用这么紧张，其实吧，我想问你一句，你愿不愿意一直陪着我呢。"

林飘靠到他怀里，愣了一下，她抬起眼眸看着应涵："你说的陪是什么？"

应涵看着她的眼睛，道："当然是陪着我，像我妈陪着我爸那样，我现在处境也不好啊，当这个总工程师，很多人说我太年轻了没经验，质疑我的能力，还有人拍板子骂我，毕竟我不是应顺尧的亲生儿子啊。这一路上太难了，我也需要有人陪。"

他的眼睛有几分像应顺尧，说起这些话时很温柔很深情。林飘认识他至今，还没听他这么温和地说过话。

林飘有少许的恍惚，后来她问道："我陪着你，如果你接管了华星集团，我能得到什么？"

"当然是娶你啊。"

林飘："真的？"

"真的。"应涵抚摸着林飘的头发，"等我登顶了，我就带你脱离你那个家庭，我们也别相互算计了。怎么样？"

林飘愣怔了，脱离那个家庭？她做梦都想。

她看着应涵的眼睛，隐隐约约仿佛看到了应浩的眼眸。

她点了点头。

应涵笑了一下，看了一眼她的裙子："你穿白裙子挺好看的。"

说着，手伸到林飘身后，拉开了她衣服的拉链。

夜深了。

小南风的人不少反而多了，基本上每个桌子都满了，酒水更是成箱成箱地上。在最优雅的环境里喝着啤酒，吹着夜风，聊着过去，谈着今天，畅想着未来。每一张桌子都有不同的话题。

眼看着他们喝得吃得差不多了，应浩拿起桌面上的手机递给孟浅浅，低声道："去结账。"

孟浅浅接过来："密码？"

应浩抬起眼眸看她："你生日。"

孟浅浅："哦，好。"

"付款密码也是。"

孟浅浅："知道了。"

她站起身来，朝柜台那边走去。应浩的手机是黑色的，手感冰凉，孟浅浅输入自己的生日，页面瞬间解锁。

他的锁屏是黑的，但是里面的屏幕却是一个女生的背影。孟浅浅愣了一下，她不知道这是谁，匆匆看了一眼后，便点进了微信去结账。

付完钱，再回到这个页面，还是看到了这个女生。孟浅浅这次没急着摁灭，既然应浩让她拿他的手机，就代表他不怕让她看，她的心情有些复杂。

说实话，这些日子，应浩的表现已经让她隐隐感觉得出他跟之前相比变化很大，他身边没有那些莺莺燕燕了，他变得更专情了。

孟浅浅深呼吸一口气，看着这屏幕，接着准备摁灭。

这时，她发现了这个女生脖子上的红色绳子，接着她看到这个女生的耳后，有一颗很小的黑色的痣，孟浅浅觉得有些熟悉，她伸手，摸了一下自己的耳后。

一秒后，她的脸猛地涨红起来。

"啧。"一道低沉带笑的声音从身后传来。

孟浅浅"唰"地转身，对上站在她一步后的男人，应浩把手插在裤子口袋里，衬衫领口微敞，垂眸看着她，含着笑意问："在我手机上看到自己了？"

孟浅浅满脸通红："你什么时候拍的？"

应浩："上次去东市拍的。"

说着，他伸手握住她的手腕，牵着她往外走："别瞎琢磨，手机里除了你，没别的女生。"

孟浅浅跟着他的脚步，看着他的侧脸："你那会儿怎么有空拍？"

“你光给苏漫老师和她女儿拍，自己没拍几张，我就顺手拍了。”

“哦。”

大家都喝了酒，所以叫了代驾。

江枫上了应浩和孟浅浅这辆车，在副驾驶位上呼呼大睡，应浩上车后，牵着她的手没放，懒洋洋地靠着椅背，闭目养神。孟浅浅看他似乎有点累，便没吭声，坐在椅背上跟常慧慧发微信。

常慧慧：学校进不去了，我们估计得在外面住。

孟浅浅：订房了吗?

常慧慧：直接去东方的宿舍住吧，唐隽在这里有宿舍啊。

孟浅浅：好，不过你们……

常慧慧：嘘，我跟他还没到那个地步，最多盖着被子纯聊天，你才要注意，应浩学长今晚喝了不少酒，但是他完全没醉。

她看了一眼应浩，他眉心微拧，领口敞着，很安静。

孟浅浅收回视线，回复常慧慧——

孟浅浅：他睡着了，估计也累了。

常慧慧：真睡了?

孟浅浅举起手机，拍了一张应浩的照片发给常慧慧。

常慧慧：哦，那你躲过了一劫。

孟浅浅：你走。

常慧慧：哈哈哈哈哈，不过浅浅，一定要有防护措施。

孟浅浅：……

孟浅浅：到了，不聊了。

就这样，车子抵达公寓，代驾小哥人很好，下车帮忙扶着江枫。应浩也睁开眼睛，他看了一眼孟浅浅。

孟浅浅说：“到了。”

“嗯。”

两个人下车，应浩走过去把江枫扶过来。

孟浅浅接过车钥匙，又拿着小包跟在应浩的身后。江枫喝醉了就是睡，他身高跟应浩差不多，但是应浩扶着他却很轻松。

孟浅浅看着江枫，有点怕他吐。

江枫睡着的样子更像个孩子。

“叮”，抵达楼层，两个人把江枫送进了房间里。

江枫的房间里全是手办，有好多很可爱的汽车模型，还有一个一人高的公仔，他的被子跟沙发套全都是卡通图案的。孟浅浅摸了摸公仔，说道：“他真的有二十三岁了吗？”

应浩把江枫扔在床上，拿过被子随手一盖，他扯了一下袖口，说道：“心智只有十三岁。”

孟浅浅瞪了他一眼：“你就很成熟？”

应浩走过来，握着她的手心说道：“我真羡慕江枫这样的家庭。”

孟浅浅跟着他走出门，说道：“我也羡慕。”

他们都知道为什么羡慕。父母恩爱，中产家庭，给了孩子足够的爱，孩子就能养成这样可爱的性格。

回到应浩那间公寓，孟浅浅立马脱掉高跟鞋，她赤脚去倒水。

应浩走在后面，解着衬衫纽扣，眼眸看着她。

孟浅浅喝着水，被他看了一眼，她抿紧嘴唇，放下杯子，转身去勾了睡衣，朝浴室走去。她的脚刚踩上台阶，应浩就走过来，从身后抱住她的腰，低声道：“我帮你洗。”

说完，他按着她的腰，把她推进了浴室里。

夜深人静。

浴室的灯不灭。

桌面上的手机亮了好久，应浩才赤脚从浴室里走出来，他只穿着长裤，应浩俯身拿起手机，来电竟是梁坤教授，他接起来。

梁坤教授在那头说："应浩，我有个建议。"

应浩抹了一下唇角的水渍，说道："梁教授，你说。"

梁坤教授笑道："电机，在电机上做文章。"

应浩一听，挑了一下眉头，身后传来细碎的声音，他回身，孟浅浅正拢着浴袍，赤脚从浴室里走出来，她抿唇看了他一眼，应浩的眼眸微暗。

他大手一揽，搂住她，孟浅浅跌在他怀里。

他低头闻着她的发香，说道："梁教授，你是说回收电能吗？"

"没错。"

应浩思考着。

他细细的吻让孟浅浅有些站不稳，她听着梁坤教授在那头的建议，觉得他们似乎又要更进一步了。

几分钟后。

应浩："好，我立即去东方。"说着，他挂断电话。

孟浅浅仰头看着他，应浩说："你先睡，我去一趟公司。"

孟浅浅："是不是有突破口？"

应浩埋头亲吻她的脸颊、耳垂，说道："差不多，得先看看，不一定能行，但这确实是个办法。"

孟浅浅笑道："真是太好了。我也跟你一起去吧。"她想去看看。

应浩抬起头看着她，低声问道："不累吗？要不然你先休息？"

孟浅浅："我……"

他笑了一声："你先好好休息，之后再去？"

孟浅浅想了想："也好。"

应浩含着笑意把她拦腰抱起来，直接抱到床上，俯身给她盖好被子，亲吻她的眉心："我等你睡了再走。"

孟浅浅"嗯"了一声，她闭上眼睛，很快就有了一些睡意。

迷迷糊糊中，她听见他调了床头灯，然后起身去穿衣服。

衬衫上了身，遮盖了文身和一些抓痕，孟浅浅气急或者承受不住的时候会抓他，他也很喜欢她这样在他身上留下痕迹，每一次都让他觉得她是真实地在他怀里的。

拿了手机，应浩又回来亲吻孟浅浅的眉心，看了她的睡颜几秒，这才转身出去。

门被小心地关上。

应浩给唐隽跟周彦打了电话，三个人分别叫了出租车朝公司开去。梁坤教授的车已经停在公司门口，看到他们来了，梁坤教授从车里下来，他身后还跟着一个女孩，那是苏婳。

她一身风尘仆仆，像是刚下飞机，背着一个双肩包。

唐隽一愣，笑道："苏婳怎么来了？"

梁坤教授说道："她回来陪我过生日，刚下飞机呢，走吧，我们先进去。"

"梁教授快过生日了？"唐隽好奇地问。

梁坤教授："是啊。"

"应浩哥哥。"苏婳温柔地叫了应浩一声。

应浩点了点头，把手插在裤子口袋里拐个身就进了公司。不一会儿，四个人便进了研发室。

苏婳没跟着进来，保镖陪着她在外面。

研发室的门一关，梁坤教授看了应浩一眼，笑道："刚从被窝里起来？"

应浩笑笑，他扣上最后一个领口纽扣。

唐隽"啧"了一声："欲盖弥彰。"

应浩一脚踢了过去。

周彦也"啧啧"了几声，看了应浩几眼，收回视线。毕竟孟浅浅是他第一个喜欢的女孩，哪怕这些日子已经习惯了这对情侣秀恩爱，周彦偶尔还是会酸涩一下，应浩这人只许州官放火不许百姓点灯，简直了，他拉了把椅子坐下。

梁坤教授笑道："好了，我们开始。"他扯过一旁的黑板，在上面画了一个电机图，说道，"电能在启动的过程中，它终究是有损耗的。我们安这个电机的最大用处就是减少损耗并且化废为物，兜住这些损耗，这是我初步的想法。"

唐隽跟周彦都安静地听着，两个人还没反应过来。

应浩却已经开始思考了："所以安装在那里是最重要的。"

梁坤点了点头，他确实很喜欢应浩的聪明，一点就通，年纪虽小但已经可以想到他这个年纪想到的地方，有少许祝愿的影子。

应浩扯过一旁的汽车模型，放在手心上看。

唐隽跟周彦凑过去，唐隽道："我差不多明白了。"

周彦："所以我们这个车是要增加电机吗？这样电池会不会不稳定？"

"所以需要探讨。"

研发室一个晚上一直亮着灯，五点多的时候，四个人略微有些疲惫，从研发室里走出来。

苏婳靠在椅子上有点打瞌睡，听见动静"唰"地从椅子上站起来。梁坤教授看了她一眼，随后看了一眼腕表，说道："一起去吃个早餐，然后回去休息。"

应浩解下手套，说道："好。"

唐隽揉着脖子道："我怎么觉得我还精神呢。"

周彦："你平时没少熬夜。"

几个人朝食堂走去，此时食堂刚开门，看到他们来了，师傅率先给他们准备吃的。坐下来后，苏婳靠着窗户的位置，满脸的睡意。

女孩确实漂亮。

梁坤教授喊了她一声，苏婳立即坐好。

唐隽看了她一眼，笑问："苏婳打算怎么给你爸爸过生日？"

苏婳说道："跟去年一样。"

梁坤教授笑着道："年年都一样。"

他们在聊着怎么过生日，应浩把玩着手机，看了一眼上面的日期，随后把手机放下，抱着手臂往后靠了靠。

他睡意不浓，熬了一夜，眉眼依旧冷峻。

早上六点多，孟浅浅就醒了，她睡得不算很好，中间醒了几次。床头上的手机提示响起，她拿过手机看了一眼。

标注了应浩的生日，11 月 16 日，就是今天。

她掀开被子下床，一边朝浴室走一边翻着微信朋友圈，唐隽学长一早就发了个朋友圈，是他们在吃早餐的照片，苏婳也在这张照片里。

孟浅浅多看了漂亮的苏婳一眼，又看了一眼斜对面的应浩，他抱着手臂一脸的漫不经心。

看了几秒，她把手机放下去洗漱，随后出来，换了一套衣服，赶去了旧城区的市场，买了一些食材。

六点左右，孟浅浅回到公寓，公寓这里看似简单，其实什么都有，尤其是厨房，挺大的。孟浅浅换了衣服，进了厨房，开始忙活。

吃过早餐的一行人返回海城城区，已经过七点了。应浩在楼下的早餐店买了一份早餐，提着上楼，一开门，便看到了孟浅浅坐在地毯上，正支着下巴笑着看他。

“几点醒的？”应浩愣了一下，问道。

孟浅浅：“你猜？”

应浩反手关上门，朝她走去，俯身看着她：“没睡好吗？”

孟浅浅摇头，几秒后，她侧过身子从一旁抬起来一个蛋糕，放在桌面上，说道：“生日快乐。”

应浩垂眸看着那蛋糕，又看了她一眼。

孟浅浅抬着下巴，眉眼微微带着笑意。

应浩挑起眉毛，低头吻住她的嘴唇，手指轻轻地捏着她的下巴，孟浅浅的肩带滑下来了一些，他掌心便握着她圆滑的肩膀，薄唇抵到她唇边：“谢谢老婆。”

孟浅浅红着脸推开他，随后摆弄起桌面上的蛋糕，插上蜡烛，但是没有打火机，她朝他伸手：“打火机。”

应浩垂眸，从裤子口袋里拿出打火机递给她，随后在这边地毯上坐下来，看着她点亮了蜡烛。

孟浅浅放下打火机，看着他道：“许愿，吹蜡烛。”

应浩笑了一下，往前坐了坐，两手放在跟前，说道：“东方成功，我娶孟浅浅。”

说完，他睁开眼睛。

孟浅浅在蜡烛跳跃的灯光中看着他的眼睛，她抿抿嘴唇，催促道：“吹蜡烛。”

应浩往前靠，盯着她的眼睛：“听见我的愿望没？”

孟浅浅的脚从桌子下踹了他一下。

应浩低笑，凑上前，吹灭蜡烛，随后切蛋糕。

孟浅浅这个蛋糕做得很小，只有巴掌大，她跟应浩你一口我一口地吃完。

最后吃完了，他们才想起来没给江枫留。

车展一共两天，东方 A1 因车型漂亮而大火，外加 APP 的加持，东方在一众车企当中崭露头角。但是跟华星集团的销量相比，东方仅仅只是叫好不叫卖。一周后孟浅浅看到华星集团的销量才明白应浩他们说的话。

井喷式的销量。

华星集团的股票一度飙升，加上他们换电站的快速安装，据说高速服务区大多都已经安上了，一时间整个市场都在议论华星 Bright，它确实如它的名字一般，璀璨耀眼。

十一月底，孟浅浅参加了英语四级考试，在有把握的情况下，考过了。常慧慧的口语则没过，她可怜兮兮地说明年再努力，而明年这个时候，她们已经是大三的学生了。

今年冬天来得还是很迟，十二月中旬才算有些冷。

寒假假期到来，叶岚跟朱芳提前回去了，常慧慧也在一大早被唐隽接去了高铁站。宿舍里只剩下孟浅浅一个人了，她收拾好行李。

其实她大部分行李都在应浩那里，这个箱子此时有点空。她看了一眼时间，提起行李箱出门，顺便锁上宿舍大门。

锁完后，隔壁的宿舍门也开了，林飘挎着小包走出来。

四目相对，孟浅浅淡淡地收回视线。

林飘眯起眼睛，半晌，笑了笑，提着小包朝楼梯走去。

孟浅浅提着行李箱走在她身后，此时宿舍楼这边没什么人，楼梯只有林飘高跟鞋的回音以及孟浅浅的脚步声。

楼下停着一辆跑车。

林飘看到驾驶位上戴着墨镜的应涵，走快了两步，弯腰坐进车里，说道："开车吧。"语气有点急切。

应涵刚刚就在三楼走廊看到那一抹身影了，他笑了笑，手握上方向盘，还是扫了一眼楼梯口。

孟浅浅穿着浅黄色的毛衣和牛仔裤，毛衣有些松松垮垮的，她单手提着空空的行李箱，眉眼如画，走了下来。

应涵墨镜上都印着孟浅浅的影子。

林飘见状，一把挽着他的手臂："应涵。"

应涵收回视线，看向林飘，几秒后，笑道："好，走吧。"

说着，车子启动，跑车呼啸而去。

孟浅浅看着车子开走，心里松了一口气，于是站在台阶上玩手机，等着应浩。过了几分钟，黑色的 SUV 开了过来，应浩从车里下来，绕过来拿过她的行李："不是让你在楼上等我？"

孟浅浅被他牵着走向车子，说道："想着行李箱不重，就提下来了。"

应浩眯起眼睛，看了一眼西门那边："我怎么听见跑车的声音？"

孟浅浅抿紧嘴唇说道："应涵来接林飘。"

应浩把她抱上车，听罢，微微一顿，随后伸手抚摸她的脸："记住，下次我来接你你再下来，嗯？"

孟浅浅看着他的眼睛，点点头。

"乖。"

他用指腹揉了一下她的唇角，亲了一下，随后绕到驾驶位启动车子。

这个时间段，是大部分学生回家的时候，同时也有一些公司提前放假。

黑色的 SUV 开过高速路口，便看到了华星集团的换电站，灰色系的换电站看起来很高档，旁边有个小小的咖啡店，换电站此时就有车正在换电，两分钟的时间就完成了一整套换电池的流程。

孟浅浅看着换电站，说道："好像真的很好啊。这个换电站。"

应浩轻扫一眼没吭声，车子上了高速，两边呼啸而过的车子很多，不少华星 Bright 从他们身边开过。

深蓝色的、黑色的、红色的都有。

难怪网络上有人说，这是华星集团的盛世。

孟浅浅收回视线，看着开车的男人。

应浩支着下巴，说道："老婆，别想那么多，未来是我们的。"

孟浅浅："上次说的那个电机，最后怎么样了？"

应浩用指尖敲了一下方向盘，说："还没进展。"

建议提出来是好的，但是怎么安装才是真的，这一切都还需要时间。东方公司现在也进行了第一轮融资，但是华星集团依然是最大的股东，融资后有了资本插手，能让东方快速突破。

所以今年唐隽和周彦都不打算回家过年，应浩要回去主要是因为要去看看外公外婆，但最多也就待两三天。孟浅浅也打算就只是看看孟媛媛，所以她才会带那么少的行李回来。

坐高铁两个半小时，开车则需要四个多小时。

抵达连城的时候，是中午两点多。

车子停在小区门口，孟浅浅下车，接过行李箱，说道："你回去吧。"

应浩揉揉她的头发，道："这两天找个时间跟我外公外婆吃顿饭？"

孟浅浅一顿，捏紧了行李箱，她看着他道："先不了吧，我们时间这么紧，下次可以吗？"

应浩看着她，半晌，点了点头："好啊。"说着，他俯身下来，轻轻吻了一下孟浅浅。

几分钟后，车子开走。

孟浅浅转身上楼，楼梯间传来脚步声，紧接着一个人影从她身边跑过，速度很快，撞得孟浅浅往栏杆上靠去。

"孟啸！"一道气急败坏的声音从楼上传下来。

孟浅浅转头一看，对上孟啸的脸，这半年来，孟啸的变化很大，胡茬儿都没刮，看起来一点都不像个十七岁的男生。

孟啸看到孟浅浅，顿时一笑："姐，你回来啦，有钱吗？"

这话一问，楼梯上的脚步声近了。

孟浅浅转头看去，黄秀琴冲下来，孟啸低咒了一声，立即转身就跑，他边跑边说："姐，晚上请我吃消夜……"

黄秀琴看到孟浅浅，愣了一秒，随后跟孟浅浅擦身而过，去追孟啸，但她根本追不上孟啸的脚步，她整个人虚脱地用手撑着膝盖。

孟浅浅看着这一幕，不知该说什么，她顿了顿，转身往上走。

一分钟后，黄秀琴跟在身后走上来，眼神挑剔地看着孟浅浅："不是说寒假不回来吗？你回来做什么？"

孟浅浅："我看看媛媛。"

"不用看，她死不了。"黄秀琴走快了两步，一把推开家里的门，她头发凌乱，家里有些乱，她在沙发上坐下，拨了一下头发，对孟浅浅说，"回来了把家里打扫一遍，孟媛媛现在每天都去你们那个什么乔老师那里补习，压根不搭理家里的事情。"

孟浅浅把行李推进房间里，发现家里确实很乱。

她回身看了一眼黄秀琴，黄秀琴又拨弄了一下头发，几秒后，猛地一把拿起家里的电话，拨打了出去，那边的人接了。她立即说道："孟致贤，你快管管你儿子，要不你再给我点钱，他刚刚拿了五百出去……"

那头，孟致贤不知说了什么。

黄秀琴的脸色更难看了："我管不了啊，你快报警，我们的儿子不能这样啊……"

说着说着，她抬起眼睛看到站在那里的孟浅浅。突然她挂断了电话，说道："孟浅浅，你这学期打工有多少钱，拿点给我。"

孟浅浅一顿，放下杯子，回头看向她，说道："我没钱。"

"你骗人。"

黄秀琴"唰"地站起身来，就朝她行李箱那里走去。孟浅浅立即转身抓住黄秀琴的手臂，母女俩拉拉扯扯的。

"哐"一声，门开了，母女俩停下，两个人抬起头看去。

孟致贤带着孟媛媛站在门外。

孟媛媛看到这情形，冲了进来，一把拽开黄秀琴，黄秀琴眼看就要摔倒了。孟致贤赶紧扶住黄秀琴，黄秀琴站稳了身子，指着孟媛媛道："你走开，我跟你姐姐有话要说。"

孟媛媛："有什么好说的，你不就是要钱吗？我的零花钱全给你了还不够！"

孟浅浅一听，拽住孟媛媛："什么？零花钱？"

孟致贤揉着额头："别吵了！"

几个人安静下来。孟浅浅看向孟致贤，孟致贤叹了口气，坐在沙发上，说道："别吵了，我今晚就报警，让人把你们弟弟抓进去。"

黄秀琴一听，哭喊道："不行，不行，我就是说说而已，千万别报警，他还是能悔改的。"

孟浅浅问道："到底怎么回事？"

孟致贤没吭声，孟媛媛抓着孟浅浅的手，说道："孟啸不上学了，他每天都跑去玩，连爸都管不动他了。"

孟浅浅："那你呢？"

她这才发现孟媛媛头发很长了，刘海都遮住了眼睛，而且瘦得厉害，孟浅浅慌神地看着她道："你怎么回事？你怎么成这样了？"

孟媛媛眨了一下眼睛，有些闪烁："我没什么啊，我这每天学习好累啊，晚上都要学到十二点，累死了。"

孟浅浅不信，她看向黄秀琴，又看向孟致贤，孟致贤支着额头一声不吭，他似乎也很狼狈。

黄秀琴瞪着孟浅浅："看我做什么？我难不成还能吃了你妹妹？"

孟浅浅看着她："那她怎么瘦得这么厉害？"

黄秀琴摆手："谁知道呢？学习学的吧！"

孟浅浅拽着孟媛媛进了房间，一把甩上门，盯着她看："说吧，什么情况？"

孟媛媛抓抓头发，说道："嗐，真的没什么，就是学习累的。"

"你说不说？！"

孟媛媛："我……"

几分钟后，孟媛媛才说了情况，原来孟致贤的公司又提拔了一个主管上来，两个主管形成了竞争，孟致贤不如年轻人，此时已经有职业危机了。而孟啸则变本加厉，已经严重到把黄秀琴的生活费都拿出去玩了。

只要孟啸伸手，黄秀琴就会给他钱。哪怕是他偷，黄秀琴都不敢拿他怎么样，只会求他不要再去，所以他才更加肆无忌惮。孟啸看起来是很颓废的样子，实际上他却是这个家过得最好最滋润的那个。

孟致贤之前答应过孟浅浅，不会克扣她的生活费和学费，所以每个月生活费都会准时打给她，而黄秀琴不能克扣孟浅浅的，就变成了克扣孟媛媛的。而孟媛媛因为经常被偷走或骗走生活费，她开始在伙食上下功夫节约，一天吃不到一顿饱饭。

孟媛媛正在长身体，若不是偶尔有乔老师的伙食改善，现在估计都站不到孟浅浅的跟前。孟浅浅听到这话，整个人有些晕眩。

孟媛媛立即搂着孟浅浅："姐，我没事的，这不是还有一个学期吗？考出去了就好了。"

孟浅浅看着妹妹，眼眶里全是泪水："你怎么不跟我说？你怎么不说？"

孟媛媛说道："这又不是什么大不了的事情。"

孟浅浅推开她，转身一把拉开门，走出去，看着孟致贤。孟致贤坐在沙发上，揉着眉心，渐露老态，孟浅浅到嘴的责问却收了一些。

她说："爸，把孟啸送去少管所，关上几个月，他就老实了。"

孟致贤抬起头，看着她，神情有些犹豫。

黄秀琴却从厨房里冲出来，说道："不可以，不可以，里面都是些什么人，你是不是要你弟弟死啊！"

孟浅浅看着黄秀琴："你不把他放进去，我们全家一块死。"

"你死什么死，你在外面过得那么滋润，一个月一分钱不少你的，你还有工作，你死不了！"黄秀琴狠狠地看着孟浅浅，那眼神仿佛要把孟浅浅谴责死。

孟浅浅咬紧牙关，如果不是这一年多在外面经历得多了，黄秀琴这个眼神就能让她跪下来。

"别吵了，别吵了！"孟致贤拍了一下沙发扶手，说道，"送去少管所的事情我再考虑考虑，孟浅浅，你回来了就多帮帮你妈。"

说完，他站起身来朝房间走去。

黄秀琴瞪着孟浅浅："做饭。"

孟浅浅看着黄秀琴，孟媛媛绕过孟浅浅，说道："我来。"

看着孟媛媛的背影，孟浅浅拽过孟媛媛的手臂，推开，她自己跟着黄秀琴进了厨房，桌面上摆着刚买的菜，这是午饭。都这个点了，他们还没吃午饭。孟浅浅看着那些菜，眼眶又湿润了。

晚上，她跟孟媛媛躺在床上，姐妹俩牵着手没有说话。几分钟后，她的手机"嘀嘀"响起，她拿起来一听。

应浩："睡了？"

他的声音很低，也很好听。

孟媛媛"唰"地看向孟浅浅。

孟浅浅失神地看着屏幕，一分钟后，她按着语音回复："还没，跟媛媛躺着呢。"

"你们睡在一起？"他的声音很淡，问得漫不经心，却直指中心。

孟浅浅："我们一直睡在一起的。"

应浩的下颌紧了几分："是吗？"

孟媛媛听着，凑过去道："浩哥，我们一开始是睡在一起，但是睡到中间基本就各过各的。"

孟浅浅一把推开孟媛媛的头，孟媛媛直笑。

应浩："哦？是吗？媛媛今晚也要离你姐姐远一点。"

他直接要求，孟媛媛瞪大了眼睛："不是吧，浩哥太过分了。"

孟浅浅推她："你走远点。"

孟媛媛笑着反手抱住她："哎，姐，你别难过，我很快就考出去了，外面工作好不好找啊？"

孟浅浅搂着她说："很好找，只要勤劳，饿不死。"

孟媛媛："那就好。"几分钟后，她说，"其实我还是有点担心爸，我感觉他工作很不顺利，如果哪天工作没了，到时我们读书怎么办？这个家怎么办？"

孟浅浅揉着她的头发，没有吭声，几秒后，她说道："我多存点钱，养你。"

她现在不能让家里人知道她的情况，东方的工资蛮高的，加上平时几乎没花费，她存下来不少钱，而且年底融资后，他们都拿到了一些奖金，这一部分奖金在应浩的眼里不算什么，但是对于孟浅浅来说却很高，足够孟媛媛读完大学。

至于股份，她完全没想法，更何况现在东方 A1、A2 的销量一般，公司目前还处于没有盈利的状态。

在家待了三天，孟浅浅几乎没出门，一直在家里忙活这忙活那的，而大大小小的吵架也层出不穷。

三天后，孟浅浅要回海城。

孟致贤跟黄秀琴一脸错愕，黄秀琴当场发火，孟致贤这次也不赞同：“现在过年啊，你还回海城干什么？”

孟浅浅看着他们道：“我实习公司让我回去值班。”

“实习公司？做什么的？”黄秀琴立即就问，仿佛能看到钱一样。

孟浅浅说道：“一家汽车公司，实习期过了才有工资，我现在只是个打杂的而已。”

黄秀琴：“不是吧，你这白打工啊。”

她不信，孟致贤当然也不信，但是他看了一眼孟浅浅，随后说道：“好，你去吧。”

孟浅浅看着孟致贤。

父女俩没有直接对话，但是孟浅浅却从这位父亲的眼里看出，他其实已经开始有点不想管孟嫒嫒了，或许他现在还愿意管她，但是他也计划着把孟嫒嫒给孟浅浅管了，所以也就不计较孟浅浅现在的谎话。

这或许是父女之间这么多年，唯一的一次共同想法吧。

孟浅浅进屋去拿了行李。

黄秀琴骂骂咧咧的，很是不爽，免费的帮手又没了。出了门，孟浅浅问孟致贤：“少管所的事情……”

孟致贤没吭声。

黄秀琴大骂孟浅浅，说她要害自家弟弟，让她赶紧滚。

孟浅浅便不再多说，直接下楼。

孟致贤到底还是不舍得他这个儿子受苦，所以他现在宁愿被孟啸这样耗着。

儿子真是重要啊。

下楼后，应浩戴着鸭舌帽靠在小区门口，看着她。孟浅浅朝他走过去，没有跟他打招呼，出了小区往西走。

应浩把手插在裤子口袋里跟着，差不多离开小区的范围后，他才从身后握住她的行李箱拿过来，牵着她的手，道：“又哭了？”

孟浅浅看了他一眼，一秒后，两只手搂着应浩的脖子，埋在他的脖颈上。

应浩挑起眉毛，感觉到那热泪流入了他脖颈里，他微微侧头，蹭着她的脸颊。接着，他用大手搂着她的腰：“哭什么呢，我养你，我们东方的小股东。”

“我可以自己养自己。”她低声道。

应浩：“然后呢？”

孟浅浅：“你再哄哄我。”

应浩笑起来，偏头在她唇角道：“等媛媛考出来，我再买套房子，让她住我们对面，以后她嫁出去，我们给她准备嫁妆。但是前提是，她不能再跟你睡，也得跟你保持点距离。”

孟浅浅听到这话，“唰”地转头看他：“你醋桶啊。”

应浩：“我是。”

孟浅浅瞪了他一眼，难过都被他说没了。应浩拿着袖子擦着她眼角的泪水，用大手掐着她的细腰，说道：“小花猫。”

孟浅浅抬手抓了他一下。

应浩笑着低声道：“叫一声来听听。”

孟浅浅的脸瞬间红了：“不叫！”

说完，她去拉自己的行李，应浩直接提起来，放到一旁。孟浅浅追着他，他搂着她的腰，两个人一会儿台阶上一会儿台阶下地闹着，直到来到车旁。

孟浅浅累得直喘气，靠在车旁，眼眸含着水汽。

应浩单手撑在车顶上，垂眸看着她，他说：“我们下午到了自己做饭，嗯？”

孟浅浅：“好。”

“走，上车。”他搂着她的腰，一把拉开车门，将她送上副驾驶位，顺便关上车门。随后他绕过车头去了驾驶位。

不一会儿，车子启动。

抵达海城，他们谁都没通知。把行李提上楼，把车停好，应浩搂着孟浅浅去了旧城区的市场，买了一些鱼肉和虾，还有一样青菜，又买了煮汤的材料。回到公寓，孟浅浅率先要去厨房，应浩拉着她，说道：“我做。”

孟浅浅瞪大眼睛：“你会做？”

应浩挑起眉毛，他挽起袖子，走进厨房。

孟浅浅靠在厨房门口，盯着他看。

应浩拿起刚买的米，洗净、下水、放锅，随后开始处理虾跟鱼，还有煮汤的排骨、玉米、胡萝卜，他的手法不算很娴熟，但是却有条不紊，一看就是确实也做过饭。

孟浅浅好奇道：“你真的会啊。”

应浩冷哼：“做过几次，我外婆不让我做饭。”

孟浅浅：“外婆肯定舍不得你做饭啦，宝贝外孙。”

他轻笑一声：“哦，那你现在是我的宝贝老婆。”

孟浅浅：“你走。”

两个人聊着天，孟浅浅最后还是进去帮忙挑虾线，一个小时后，饭菜端上了茶几。应浩打开靠着厨房的柜子，从里面拿出一瓶红酒，两个高脚杯，他懒洋洋地倒酒，放了一杯酒在孟浅浅的跟前，说道：“以后睡前可以喝点红酒。”

孟浅浅闻到了酒香味，她端起来：“你什么时候买的？”

应浩在对面的地毯上坐下：“过年前在网上订的。”

他端起来，跟她的碰了一下。

“叮”。

他抬起手，抿了一口酒，眼眸看着她，孟浅浅的脸微微变红，也轻抿着酒。

接着开始吃菜。

一瓶红酒，吃完饭还剩一些，孟浅浅收拾了桌子上的碗筷，厨房里的那个柜子是自动洗碗的，她把它们放进去，随后擦擦桌子，洗了手。从厨房里出来，客厅的灯从刚才就只开了一点儿橘色的。

应浩坐在沙发上，长腿交叠，他偏头看着她。

孟浅浅靠着厨房门也看着他。

四目相对，彼此都没说话。

一分钟后，他的嗓音低沉：“过来。”

孟浅浅耳根微红，她站直了身子，朝他走过去。走近了，应浩直起身子，两手交叉，“唰”的一下，他身上的卫衣被脱下来，露出了线条分明的腹肌。孟浅浅看着他，坐在了沙发上，他一低头便堵住她的嘴唇。

应浩手撑在沙发扶手上，腕表泛着少许的光，他肩膀上的文身，落入孟浅浅纤细的指尖里。

隔天，孟浅浅和应浩回了东方。

梁坤教授这些日子也没休息，后面的工厂也开始有序地生产车子。A1、A2 的订购量虽然不多，但也是有的，于是在人员配备上面，工厂那边又开了一个办公室，主要为生产部门的人用。这些人全是孟浅浅招的，他们的吃喝用度也全由孟浅浅这边负责安排，因此孟浅浅又租了一个宿舍。

这个宿舍在郊区，距离东方比较近，这样有一部分工人上班就没那么远了，但是因为这边是郊区，跟市中心的环境当然也不能比，宿舍各有好坏，所有人根据自己的情况选择住在哪里。

唐隽和周彦也搬离了东方那个宿舍，他们都到应浩这个公寓来，不过他们大多数时间还是住在学校宿舍里。

大三的课程不算少，周彦甚至还打算考研进修，只不过侧重点会放在东方这边。

研发部的人也越来越多了，孟浅浅这边又招了一个非常有经验的人事，孟浅浅带着杨恬，那个有经验的人事带着姜丽媛，分区管理，互不干涉，这样孟浅浅去上学的时候就可以放心很多。

二月中旬开学。

从放假到开学这期间，华星集团好几次因为换电站而上热搜，因为这个换电站，很多车企开始选择跟华星集团合作，华星集团的股票连续好几天涨停。

孟浅浅看到应涵开始频繁地出现在一些商务会议上，他那张脸本来就长得不错，加上又年轻，便迅速成为非常有话题的人物。而身为应涵女朋友的林飘，也成了学校里很多人议论的对象。

曾经她因为跟应浩在一起时劈过腿，所以被很多人私下议论。这次因为应涵，她又起来了，成了被众人巴结的对象。

孟浅浅跟常慧慧挽着手上了三楼，便看到林飘手提着一个很漂亮的包包，她前面的三个女生正在跟她攀谈。

林飘扬起眼眸，看了孟浅浅一眼，那三个女生“唰”地也跟着转头，她们看着孟浅浅，上上下下地打量着。

常慧慧翻了个白眼，说道：“你们挡着我们宿舍门了，请让让好吗？”

那三个女生一听，脚都不挪一下，笑道：“不是还有路吗？怎么，挡着你们门了？”

常慧慧用手指了指那三个女生留出来的小道，说道：“这样的缝隙我们怎么进？纸片人啊？让一让。”

那三个女生就是不让，林飘却一声都不吭，她靠着栏杆含着笑意，她说：“孟浅浅，我曾说过吧，东方不会成功的。”

孟浅浅看着她，几秒后，她转身，拿起一旁的扫把，随后指着她们，道：“让开，不然我扫了。”说着，孟浅浅就弯腰假意要扫地面。

那三个女生穿的都是长裙和裤子，眼看着灰尘要染上裤腿了，赶紧让开。常慧慧大笑，拉着孟浅浅的手腕进了宿舍，孟浅浅反手把扫把扔了出去，扔出去正好砸在林飘的脚边。

林飘的脸色有些难看。

孟浅浅两手关门，看着她道：“不到最后，谁输谁赢还不知道，别太得意了，林飘，人要适当地反思。”

说完，“砰”一声，门关上了。

外面的三个女生都愣了一下，看向林飘。

林飘紧紧地拽着小包，看着关上的门，一声不吭。

那三个女生回过神来，说道：“别管她说什么。外面都在传应顺尧要把拖油瓶儿子扶上位。”

东方的名声打出去后，海城大学里已经有一些人知道应浩是应顺尧的儿子，应涵也不像以前那么低调了，他开始频繁地出现在社交媒体上，加上应这个姓很少见，所以稍微套入一下，都能脑补一波小说剧情出来。

“看她那样，有什么好得意的？还没嫁过去呢！”常慧慧觉得晦气，拿了毛巾擦脸。孟浅浅听到那个女生说的话，心里有点难受，她拿起手机，准备给应浩发微信。

应浩先给她发了语音：“明天要参加一个商务会议，你跟我一起去。”

孟浅浅：“哦，需要穿什么？”

“长裤衬衫西装外套。”

“我不能穿裙子吗？”

“你敢！”

孟浅浅：“滚滚滚……”

应浩回了一句轻笑声，孟浅浅放下手机，倒觉得不那么难过了。她也进去拿了毛巾擦脸，然后洗了两个苹果，一个给了常慧慧。

常慧慧看向她：“你还好吧？”

孟浅浅啃着苹果：“我很好啊。”

常慧慧：“那就好，别管她说什么。”

“我不在意，我现在就是担心东方。”

“你担心也没办法，慢慢来吧。”常慧慧拍拍孟浅浅的肩膀，唐隽这段时间也是没日没夜地忙，都熬瘦了。

常慧慧为了照顾他，还偶尔给他熬点汤。不过，她熬的汤没孟浅浅做得那么好喝，有好几次被唐隽嫌弃，气死她了。

隔天下午，孟浅浅上完课，就赶去公寓换衣服。

穿上黑色西装长裤和白色衬衫，套上西装外套，把头发盘起来，穿上高跟鞋，孟浅浅完成了一次变装。

这时手机响起来，她提着小包下楼，一眼便看到站在车旁的男人。

应浩今天也是衬衫、长裤、西装外套，只是领带还没打，随意地垂放在两边。他看到她走出来，眼眸微眯，手搂着孟浅浅的腰就往怀里按去。

孟浅浅侧开脸，两手捏起他的领带，帮他系着，说道：“别亲……”

应浩埋在她脖颈里，停住了。

系好领带，他也人模人样了。

上车后，孟浅浅看到这个商务会议的主题，大概就是请一些车企巨头交流一下心得，并且在最近芯片紧张这件事情上沟通沟通，探索一下方向以及未来。

应浩握着方向盘，用指尖勾了一下领带，说道：“袁叔安排我参加的，说这个会议很重要。”

孟浅浅看着他：“你不想参加？”

应浩：“没什么兴趣。只是以后这些事情避免不了，不过可以培养成茂去。”

孟浅浅：“也是。”

随后，他们抵达会场。会方安排的是一家度假酒店。

孟浅浅跟着应浩很低调地从后门进去，选了两个位置坐下，却看到应顺尧带着应涵被一行人簇拥着进来。

孟浅浅一顿，她看向应浩，应浩也看着前方。

几秒后，他揉了一下唇角，长腿交叠，他大概猜到袁叔为什么要让他来了，袁叔是想让他看看应顺尧会说什么。

孟浅浅小声地道："应浩……"

他拉着她的手腕，让她坐下，随后，朝她"嘘"了一声，孟浅浅眨了一下眼睛，随后坐下。

不一会儿，人越来越多了，企业越大的坐在越前面。孟浅浅跟应浩的邀请卡上写的都是名不见经传的小公司，于是坐在挺后面的，这人一多，他们两个人就不太起眼了，应浩把手插在裤子口袋里，盯着前方的父亲和弟弟。

会议开始了，有人围绕换电站这个主题展开，不可避免地就谈到了应涵。

应顺尧全程没有开口，一直含笑看着应涵，并且全权放给他去说。应涵之前看到东方的车型，心里升起了一点儿危机感。但是，这一点危机感在这华星暴涨的股票中以及换电站的爆火中荡然无存了，他已经有些自满了。

他毫不怯场，侃侃而谈，谈他未来的所有计划。

很多人鼓掌夸奖，对待应涵的态度跟对待应顺尧的亲儿子一样。

孟浅浅看着都替应浩难过，她下意识地伸手去牵应浩的手。

应浩反手紧握着她的，没有吭声，只是看着应顺尧那张脸。

"顺尧，你要照顾好我们的儿子。"

"你放心，我的一切都是他的。"

应浩讥讽地扯了一下嘴唇。

不过，这个会议也有好的地方。毕竟是同行交流，在这里可以暗中促进一些合作，也可以倾听别人的意见。

应浩收敛了其他情绪，专注地听着，孟浅浅得去上个洗手间，她凑在应浩耳边道："我去洗手间。"

应浩偏头，点了点头："快去快回。"

"好。"

孟浅浅起身，猫着腰朝偏门走去，一把推开门，外面是长长的走廊。

她纤细的身影闪过门后，应涵在第一排，眼睛一扫便看到了，他一顿。

走廊外，要走到尽头才能到洗手间，男女洗手间对着门，孟浅浅转个身子进去，上完了洗手间，洗了手出来，高跟鞋一踩到门口，便看到应涵正靠着墙看着她。

孟浅浅一愣，心想糟糕，应浩来这里的事情被发现了。

她抿抿嘴唇，朝应涵点了一下头，脚跟一旋便要走。应涵站直了身子，笑着挡住她，说道："浅浅？"

孟浅浅下意识地后退，抬起眼睛看他："什么事？"

她今天盘起头发，脖颈修长漂亮，眉眼柔和，很美。

应涵看着她说道："想跟你聊点事。"

孟浅浅皱起眉头，又后退一步，后面却是墙壁，她看了一眼长长的走廊，这里距离会场的门并不远，并且也有几个人来回进出。她稍微放下心来，说道："我不认为我们有什么可聊的。"

应涵一直盯着她，笑道："有，你愿不愿意到华星总部来？持有东方的股份跟持有华星集团的股票，那是完全不一样的。"

孟浅浅看着他："然后呢？"

应涵把手抬起来，搭在她的脸颊边，垂眸看着她。

孟浅浅牙根一咬，酝酿着抬起腿，就在她准备扫过去的时候，一只大手从她身后伸过来，一把捏住应涵的脖子，紧接着，应涵被拽进了一旁的洗手间。

应浩一脚踹开了隔间门，接着撩开马桶盖，猛力一按，他低着嗓音，语气狠戾："我有没有说过，别靠近她？"

"哥，哥，我错了，我不敢了，哥。"应涵两手用力地撑着马桶边缘，嘴里使劲地求饶。应浩居高临下地按着。

两个人相互博弈，应浩按得手臂的肌肉都绷成一条线了。

"哥，哥……有话好说，这是在外面呢，回家我们再切磋。"

应浩眯着眼睛，他垂眸看着应涵。

这时，门外传来孟浅浅的声音，像是提醒，也像是慌叫："应董。"

接着脚步声接近，应顺尧的声音传来："应浩？应涵？"

应浩偏头扫了一眼外面，下一秒，手猛地一松。应涵"唰"的一下子站了起来，整个身子撞到隔间的墙壁上，一头打理好的头发变得一阵凌乱，西装也有了褶皱，他揉着脖子上疼痛的地方。

应浩冷淡地看着他，应涵扭动脖子，扯唇笑了笑。

脚步声逼近，应顺尧走到了这个隔间，看着隔间里的两个儿子，他看了几秒，说道："应涵，你是不是又犯浑了？"

应涵："爸。"

应顺尧转而看向应浩："晚上回家吃饭，让他给你赔罪。"

应浩看了应顺尧一眼，长腿一迈走了出去。

应顺尧轻扫一眼应涵，转身跟着应浩出去，说道："你以后确实得多参加这些商务会议，我会让袁从严再给你安排一些。"

应浩来到孟浅浅的跟前，用手指扶住她的下颌，检查她的脖颈和脸颊有没有被应涵碰到。孟浅浅摇头，她拍了一下他的手臂，示意他。应浩松开她，转身面对应顺尧，他说："我不喜欢，不用安排了。"

应顺尧道："那晚上回家吃饭。"

应浩挑起眉毛，看了一眼从洗手间出来的应涵，他微微偏头，对应顺尧道："好。"

应顺尧进而看了一眼孟浅浅，是那种轻飘飘的眼神，他很虚伪地问了一句："还好吗？不好意思，应涵是有些浑，我让他给你道歉。"

说完，他喊了一句应涵。

应涵揉着脖子，走下来，看着孟浅浅，笑着道："浅浅，不好意思。"

应顺尧这表面功夫做得是真好。

孟浅浅抿紧嘴唇，一声没吭，握着应浩的手腕。应浩挡着孟浅浅，对应涵说道："这一次是假的，下次就是真的了。"

应涵的眼眸闪烁，点了点头。

应顺尧看兄弟俩没再闹下去，略微松了一口气，他抬起腕表，对跟着出来的秘书说："走，回家，想跟两个儿子回家吃饭了。"

秘书一听，笑起来："应董真有福气，大少跟二少都很出色呢。"

应顺尧也笑了起来，眼角微微露出了细纹。他对应浩说："现在就走吧，这位是人事部的总监，对吧？我让司机送她回去。"

应浩："我先送她回去。"说完，他牵着孟浅浅的手腕，率先转身走了。

应顺尧看着应浩跟那女孩的背影，整理着袖子。一行其他人也跟着出来，纷纷笑问："应董，那是你大儿子啊？一表人才啊。"

应顺尧回过神来，笑道："是啊是啊，像他妈。"

"祝工啊？"

"是。"

"那确实的，对了，刚刚兄弟俩吵架啦？"

"对，应涵这浑小子，惹怒了他哥，差点被揍一顿。"

"哟呵。"几个人转头看向应涵，应涵揉着脖子，满脸的无辜。

身后那些议论声，孟浅浅多少都听到了，她突然觉得应顺尧挺可怕的，应涵也不是省油的灯。

她抬起眼睛看了一眼应浩，应浩没什么表情，他推开门后，弯腰拿起她的小包，朝左侧的门走去。这时大家才认出了应浩，纷纷打招呼，想攀谈，但是应浩都婉拒了。

来到停车场，上了车，车子开出去后，孟浅浅感觉呼吸才顺畅了一些。

"唰"的一下，黑色的SUV停在红绿灯前，应浩一手握着方向盘，一手伸过来，牵住她的手，捏着："你跆拳道得加强练习。"

孟浅浅看着他道："知道，其实你刚才不来，我也能踹他。"

应浩偏头看了她一眼："你打不赢他的，你得一招致命，然后喊我。"

孟浅浅点头："知道，踹那里嘛。"

应浩烦躁的心情好了一些，他笑着低头，亲吻她的手心："对，除了我，其他男人皆可这样对待。"

孟浅浅："你怎么还要回去吃饭？"

此时绿灯了，应浩启动车子，他说道："很久没回去了，回去一下，免得被他们怀疑，他们在掩盖真相的同时，也在时刻担心我是否知道了真相。"

孟浅浅顿时觉得脊背发凉："那你还那样对应涵，那么凶，等下引起他们怀疑。"

应浩没应声，几秒后，他转头看了她一眼，说："谁碰你，都没有好果子吃。"

几分钟后。

孟浅浅让他把车停在跆拳道道馆门口，她要去练习。应浩缓缓地把车停下，孟浅浅开了车门准备下车，想了想，又坐了回来，侧过身子，亲了他的脸颊一下。要走时，应浩搂着她的腰，偏了下头，含住她的唇瓣。

“晚上你回学校去吃饭，嗯？”

“好的，你快走吧。”孟浅浅推开他，转身下车。

应浩看着她进了场馆，才启动车子。

滨江花园。

应浩进门时，应顺尧跟应涵已经回来了。陈菲擦着手出来看到他，笑着道：“幸好早上备了一些菜，正好是你喜欢吃的，这段时间那么忙，要照顾好自己啊。”

应浩挽着袖子，说：“放心。”

陈菲看了他几眼，笑着转身进了厨房。

应浩走到沙发边坐下，应顺尧看了应涵一眼，应涵咳一声，站起身来，朝应浩鞠躬，说道：“哥，我以后绝对不会再那样浑了，那是我嫂子我知道，我当时也不知道怎么回事，鬼迷心窍地觉得嫂子太漂亮了，想跟她聊聊天。”

应浩剥着橘子的手顿了顿，他将橘子放回了桌面上，抬起眼眸看着应涵，说道：“我警告过你两次，但是你依旧不知悔改。”

应涵维持着这个姿势没动。

应顺尧指着应涵：“你啊，怎么说你才好。”

应浩剥了橘子放进嘴里，应顺尧看了一眼应浩，说道：“但是兄弟俩之间的事情，别直接在外面解决，能回家解决就回家解决，如今华星跟东方正处于风口浪尖，真要被人知道兄弟俩为了一个女人在外面大打出手就不好看了。”

应浩抬起眼眸，看了应顺尧一眼，他说：“所以我没用全力，没把他真按进马桶里。”

应顺尧点了点头：“嗯，这才对。”

应浩接着又道：“不过我想你也知道，她是我的初恋，对我意义重大，应涵是真的吓到她了。”

应顺尧看着他，语气是那种父亲式的询问：“行吧，那你想把你弟弟怎么样？游街示众啊？”

应浩说：“爸，你也说了，兄弟俩有事情，就在家里解决，应涵上次也说了，想跟我切磋，干脆今天切磋一下？”

应顺尧听着，看了一眼应涵，应涵在国外那几年学的都是泰拳散打，而应浩在老家连城那几年能学什么？他天真地活着。

应涵早就想切磋了，他立即站直身子道：“来啊，正好，我们兄弟俩好久没切磋了，来吧来吧。”他那种好战的血液在燃烧。

应顺尧叹了口气：“去吧，兄弟俩别太认真。”

应浩笑了一下，他站起身来，脱下西装外套，解开衬衫纽扣、袖扣，跟着应涵朝后院走去。

应涵抓抓头发，看着应浩：“哥，请。”

应浩站着没动，他说：“拳脚无眼，真打痛了可别告状。”

应涵：“当然不会，我就怕你手下留情。”说着，他率先出手，应浩长腿一旋，侧了一下身子。应浩一开始都是闪躲，应涵觉得他看起来是厉害了，实际上还是不太行。以前每年过年的时候，兄弟俩偶尔也会打打，他呢还得收着，因为应浩确实没练过。

直到应浩一拳下来，应涵整个人往后，直接摔在墙角，那种疼痛让应涵感觉喉咙里腥甜，眼冒金星。他愣怔了几秒，难道之前的判断有误？

应浩走上前，俯身拉着他的手，问道：“没事吧？”

应涵目光聚焦，看着应浩：“哥，你现在确实厉害了很多。”

应浩：“起来吧，侥幸而已。”说着，他握着应涵的手腕，把人扯了上来。

应涵靠在一旁的水龙头下，冲掉血味，他洗着手，有些恍惚，就是觉得似乎有些什么事情被他给忘记了。

应浩把手插在裤子口袋里站着，他说：“记住了，别碰孟浅浅。”

应涵顿了顿：“知道了，你故意报复的吧。”

应浩：“当然。”

应涵：“喂！”

兄弟俩离开后院，有两个保姆跟着散开。应浩皱眉，他知道保姆是应顺尧安排过来看他这个大儿子会不会打死他小儿子的眼线。

他轻扯了一下唇角。

吃过晚饭，应浩便离开了。

目送着黑色的SUV开走，应顺尧带着陈菲跟应涵回了客厅，陈菲心疼地看着儿子：“以后别去招惹你哥的女朋友了。”

应涵倒觉得没那么疼痛了，他瘫在沙发上，说道：“哥也太痴情了吧。”

应顺尧从保姆嘴里知道，应浩最后狠打了应涵一下，应涵没有防备，整个人摔在墙壁上。

他说道：“回国以后，你就开始散漫了，从明天开始，得再练习起来，我重新给你请老师。”

应涵：“知道了。”说着他坐起来，说道，“不过，哥的那个女朋友是真漂亮，有一种江南水乡出来的感觉。”

应顺尧眼眸有些凌厉地看着他：“我让你别把心思放在这上面，你没听到吗？”

应涵摆手道：“好好好，难道我还不能想一下吗？我就是觉得，那么漂亮的女人跟着哥有什么用啊，以后还不是得看着他摔下去。”

陈菲捂住应涵的嘴巴：“你别说了，闭嘴。”

应涵：“好好好……”

应顺尧眯起眼睛，说道：“你哥痴不痴情我不管，他跟他妈一样，但是你得清楚，你以后的妻子得是什么身份。什么林飘、孟浅浅，都只是消遣，这话你自己上次说的。”

应涵点了点头：“嗯，是的，就是有点可惜了，可惜了我碰上的是林飘，不是孟浅浅。”

应顺尧看他还惦记着孟浅浅，脸色瞬间阴沉下来。虽然应涵看起来是这副吊儿郎当的样子，但应顺尧知道他是拎得清的。倒是应浩，应顺尧看了一眼窗外，但愿他永远这么痴情。

想到这里，他拿起手机，拨打了秘书的电话，说道：“这几天准备一下，去东方开股东会。”

秘书一听：“好的。”

黑色的 SUV 在露天停车场停下。

应浩下车，手臂挽着外套，进便利店买了一瓶水，随后来到垃圾桶边，把手插在裤子口袋里，先漱口再喝，那血腥的味道散了后，他捏扁了矿泉水瓶，扔进垃圾桶里，随后上台阶，走进了公寓大门。

上楼，来到房门口，开锁，门一开，他一眼看到孟浅浅坐在地毯上，正在看书。灯光并不亮，她很认真，听见动静抬起头来。

“回来啦？”软糯的声音传来。

应浩回过神来，他将外套随意扔在单人沙发上，俯身看着她：“吃饭没？”

“吃了。”

“去哪儿吃的？”

“跟杨老师和他妹妹一起吃的，你呢？”孟浅浅合上书本，仰头跟他对视。应浩轻轻地扯着领口：“我没吃饱，想吃点面。”

孟浅浅看着他领口扯开，露出少许的文身。

她抿抿嘴唇，说：“我给你做吧。”

“好，辛苦老婆了。”

孟浅浅翻了个白眼，站起身来，朝厨房走去，应浩跟在身后，靠在门上看着她。

孟浅浅拿了围裙围上，把头发扎高一些，从冰箱里拿出鸡蛋和肉，又取了挂面，开始煮水。厨房里光线是白色的，孟浅浅穿着居家服，就这么忙活，马尾轻甩，眉眼温柔。他揉了一下唇角，只觉得心里滚烫。

这才是家，这才是家。

三天后。

孟浅浅早上上完课，中午在食堂吃完饭，便跟着唐隽去了东方。应浩等人还在研发室，孟浅浅从窗户看进去，看到应浩垂眸拿着模型，几个人正在探讨。

他们本打算放弃之前梁坤教授的建议，但应浩不同意，坚决要保留这个建议，所以这段时间他们一直在尝试。

结果昨天又碰上电池不稳定的问题，电池在工作和充电时温度偏高，安全性得不到保障，因此他们现在又得解决电池温度和稳定性的问题。

一堆的问题涌上来，梁坤教授这段时间都没回家，胡须都冒出来了。唐隽跟周彦除了上课也一直泡在研发室里。应浩昨晚都没回来，直接在研发室里待着。融资了并没有让东方更好，反而有了更多压力，但是不融资也不行，资金从哪里来？

孟浅浅收回视线，上了楼，去办公室，杨恬拿着文件上来给孟浅浅说道："三楼的宿舍漏水，找房东但他不搭理，现在我们得自己找人去弄，我一时不知道该去找谁。"

孟浅浅拿过来看了一眼，说道："你去找姜丽媛，她那边有人。"

"好。"杨恬迟疑了一下，说道，"对了，昨天宿舍电费交费后，我拿去给财务部报销，被周蜜挡了回来，说我们费用不明。"

孟浅浅抿紧嘴唇，说道："重新做个表格，跟上个月的电费对比一下，那个宿舍这个月用电比较多，标清楚后，再拿给她们，如果她们还有意见，让她们自己去找住在宿舍的研发人员。"

杨恬点头："好，就是这个周蜜时不时地找碴儿。"

孟浅浅："别搭理她。"

两个人谈着话，外面传来了车声，孟浅浅往窗外看去，便看到应顺尧跟袁从严下了车，紧接着另外一辆车也停下来，从上面下来的是刚刚给东方投资的一家投资机构的负责人陈董。

孟浅浅一愣，她的手机亮起来。

YING：准备一下，要开股东会。

孟浅浅一顿，她回复——

孟浅浅：好的。

这是融资后的第一个股东会，如果放在过去，孟浅浅压根没想过自己能参加这样的会议。但那份股权书也让她跟唐隽、周彦这样的大学生有了新的经历，江枫在东方融资之前，应浩也给了他一部分股份。

因为第一辆车出来后，江枫开始被很多人挖，虽然江枫一直表示会跟老板、老板娘共进退，但是应浩还是担心，为了留住他，应浩最后跟梁坤教授分了少许股份出来给江枫。

所以现在江枫也是股东了，孟浅浅收拾了一下自己，去喊江枫一起开会。

江枫正在啃泡芙，看到孟浅浅赶紧往她手里塞了一个："快吃，我知道要开股东会，哎，我不想见到那些油腻大叔啊。"

孟浅浅低着头吃，说道："不想见也得见。"

江枫："眼睛要瞎了。"

孟浅浅笑起来，她拿纸巾擦擦唇角，然后跟着江枫一块下楼。

会议室里人进进出出的，唐隽跟周彦站在外面，看到他们两个人，主动招手。

孟浅浅跟江枫走上前，问道："怎么不进去？"

唐隽说："等一会儿。"

江枫："你们也是不想看到这群糟老头子是吧？"

周彦笑着道："差不多吧，我知道这个股东会不会有什么好事，连华星集团的人都来了。"

"那不是老板的爹吗？"江枫朝会议室里面看去，看到应浩靠着桌子，抱着手臂，也是一脸沉默。

周彦笑笑，没吭声。

两分钟后，四个人进了会议室，孟浅浅跟江枫坐在最后面，她看着应浩，他长腿交叠，漫不经心地扣着衬衫纽扣，他干活的时候领口开了一些，此时扣回来显得正经一些。

应顺尧跟那位陈董坐在一起，一直在聊天，看样子彼此都认识。

梁坤教授戴着眼镜走进来，坐在应顺尧身侧。

很快，门关上，百叶窗拉好，会议开始。

会议刚开始，还算顺利，后来，应顺尧扫了一眼梁坤教授，说道："东方去年七月份启动，满打满算差不多快一年了，出了 A1、A2，但是叫好不叫座，续航能力只有 500 公里，没有任何的售后服务，其他方面也没有突破，梁教授，当初安排你来东方的最主要目的，你没忘记吧？"

他这是发难来了。

梁坤教授说道："我没忘记，我们还在努力。"

"努力吗？数据在哪里？今天当着陈董的面，我们拿出来，我看看你们研究到哪里了。"应顺尧说着就让秘书去拿数据。

秘书看向应浩，应浩的下颌微紧，几秒后，他笑着朝成茂点头。

成茂点了点头，带着应顺尧的秘书出去，没一会儿，一份文件就被拿过来了。孟浅浅看着那份文件，有几分紧张。

应顺尧接过文件，看到文件上的数据，脸色难看，把文件扔在桌面上："这是什么数据？乱七八糟的，续航呢？梁教授，你不是往这边发展吗？"

陈董也伸手拿过文件，看到后微微敛眉："怎么连电池的稳定性都还没办法解决？"

梁坤教授说："确实遭遇了这样的难题，我们现在是要做属于自己的电池，没有那么简单的。"

应顺尧看着梁坤教授，说道："老伙伴啊，这些年你确实走下坡路了，既然不行，就说一声不行，没人会笑你的。"

招揽不到梁坤教授，应顺尧便也没之前那么客气了，华星既然身为东方的最大股东，那么他就可以名正言顺地打压梁坤教授。

梁坤教授看着应顺尧，说道："再给我们一点时间。"

"多久？"

"半年。"

应顺尧说道："东方是我妻子祝愿一直想要启动的项目，它的前景必须是光明的。华星集团也是我妻子一手带起来，现在既然东方做成这样，我建议东方跟华星合作，使用华星提供的电池，华星集团的换电站也跟东方资源共享，需要再给梁坤教授安排一个助手，我明天会安排一个进来。"

他说完这话，全场安静下来。

几秒后，一道低沉的声音响起："我不同意。"

应顺尧"唰"地看向出声的应浩。

应浩长腿交叠，盯着自家的父亲，道："我不同意，东方是东方，华星是华星，我是东方的负责人，这一切我说了算。"

第十九章

创 世 东 方

父子俩对视着，会议室里依旧安静，几秒后，应顺尧的语气缓和了一些：“应浩，别犯傻，陈董还在这儿呢？”

应浩看向陈董，说道：“陈董，当初你投资是看中东方的未来吧，不是看中换电站吧？”

陈董一顿，面对年轻人这犀利的一问，他倒是有几分心虚。确实，一开始他是看中了这几个年轻人的能力，尤其是 APP 跟江枫的设计，以及人机交互这一块。他说：“确实是看中东方的未来。”

“既然如此，为何还要接受应董的建议？”应浩是句句犀利。

陈董看着这藏不住锋芒的年轻人，他往后靠了靠，道：“抱歉，我不插手这事情，你们自己商量。”

他这一表态，应顺尧的脸色一变，但很细微。他说道：“华星集团的资源可以给东方共享，你为什么要拒绝？在你们取得突破之前，可以先让东方有新的价值，应浩，你不要跟你妈一样轴。”

听见他提母亲，应浩抵了下牙齿，想说话。

袁从严一把握住他的手腕，袁从严看向应顺尧，道：“祝愿过世多年了，我劝你现在少提她，我们就事论事。”

梁坤教授：“我也不需要助手，应董不必操这个心。”

会议开到这里，火药味十足。陈董见状，率先带着秘书离开了，这已经演变成家庭会议了，没了陈董坐镇，应顺尧一个人跟他们三个人是打不赢的，他平复了一下心情，说道：“先别下结论，你们好好思考一下再说。”

应浩咬牙，他微微俯身，看着应顺尧：“我们不考虑。”

应顺尧盯着他这张脸，狠狠地深呼吸，半晌：“应浩，爸爸是为你好，华星集团的董事已经对东方的现状非常不满了。”

“你让他们来跟我说。”应浩丝毫不惧。

应顺尧眯起眼睛。

几分钟后，他带着秘书离开了。

看着他走后，应浩站起身来，狠狠地踹了一下椅子。

整个会议室陷入安静中。

袁从严拍拍他的肩膀，道：“我们应该早料到，你爸是资本家，他运作资本手段更是有一套，大家做好准备吧。”

说完，袁从严也转身走了出去。

梁坤拿下眼镜，揉着眼睛，没吭声，几分钟后，他叹了口气，说道：“我们一定要坚持，应浩，要坚持。”说完，他也走了出去。

应浩狠狠地扯了一下领口，靠着桌子。

唐隽骂了一声，道：“他就是想往这里面塞人，他就是想要我们把研究的技术跟他们分享。”

周彦：“早有预感。”

江枫也感觉到愤怒：“这是什么人啊？垃圾！亏我之前还很崇拜他，呸，油腻大叔。好生气，我觉得我需要吃泡芙才能平息怒火。”

周彦看着江枫道：“你可以去吃，冰箱里还有很多。”

孟浅浅走上前，来到应浩的面前，看着他。

应浩垂眸也看着她，几秒后，他伸手搂着孟浅浅的腰，把她抱在怀里。

孟浅浅靠着他的胸口，听着那跳动的心脏，他气得肌肤都隐隐发热，孟浅浅抱着他的腰，道：“我看到你爸的秘书把我们那份文件带走了。”

应浩低头埋在她的脖颈里道：“没事，废稿而已。”

孟浅浅松了一口气，她看到文件的第一感觉就很紧张，很怕那是他们研发的成果，她觉得以后要真研发出来了，这个专利肯定得申请。随即她又想到一个问题，她说道：“如果你爸插不进人到梁坤教授身边，会不会将人安插到别的岗位？”

她还记得很早之前公司刚开的时候，她也有这方面的担忧。

应浩：“他插不进来，袁叔一早就有准备，他一开始放进来的人都不是善茬儿。”

孟浅浅一愣，所以，周蜜也是袁总放进来的。她虽然偶尔有点烦人，但她是好人吧。她低声道：“我这两天跟周蜜还闹了矛盾。”

应浩一听，浅浅一笑，那点儿愤怒都没了，他的薄唇贴着她的脖颈，道：“放心，周蜜年纪那么大了，不会跟你计较的。”

孟浅浅：“你说话好毒。”

女人最讨厌被人说年纪大了。

从会议室出来，应浩带着唐隽、周彦又进了研发室。孟浅浅回了办公室，杨恬拿着报销单给孟浅浅道：“周蜜让你自己找她报销。”

孟浅浅一顿，接过报销单，亲自去二区找周蜜。

周蜜抱着手臂，姿态很高，吊着眼睛上下打量她。

孟浅浅也没跟她杠，打开文件，把宿舍用电用水的表格点开给她看，她说道：“这都是研发人员报的，你有问题，要不要去找他们过来问问？”

周蜜盯着孟浅浅，然后看到她脖颈上的吻痕。

周蜜一把拿过孟浅浅手里的报销单，直接在上面签了名，说道：“你跟应浩不只是同学关系吧？明明就是情侣，还装。”

孟浅浅：“那你知道了想怎么样？”

周蜜把单子放好后，站直身子看向她说道：“我啊，挺喜欢应浩的，长得太帅了，我这个老阿姨想跟他谈一场姐弟恋。”

孟浅浅张了张嘴巴，看着周蜜艳丽的长相以及身材，一秒后，说道：“你看看以后有没有机会吧。”

说完，她转身就下了楼。

下午，应浩一行人在食堂随便吃了点，晚上继续忙活到八点多，从公司出来，银色的月亮高挂半空，等他们回到海城旧城区，早就赶不回学校了，他们也懒得回去了，干脆几个人去海城旧城区的便利店找吃的，还可以吃吃关东煮和一些热饭、炒面。

他们进门后买了东西便碰上了便利店的店长，店长准备要结婚了，他给孟浅浅和应浩手里塞了喜糖，他笑道：“什么时候吃你们的喜糖？”

孟浅浅一顿。

应浩叉了一块鱼丸喂进孟浅浅的嘴里，说道：“很快了，先祝你们新婚快乐。”

店长笑容满脸：“谢谢，浅浅，真的要多谢你，我跟我老婆现在非常懂得沟通，沟通万岁。”

孟浅浅确实没想到自己喝醉酒无心插柳的一段话能给店长那么大的启发，她有些腼腆，其实她都记不住自己当时说了什么，她说道：“不用客气，祝你们新婚快乐，百年好合，早生贵子。”

这话刚说完，应浩就垂眸看着她，孟浅浅察觉到他的视线，看了过去。

应浩的下颌动了一下，漫不经心地挪开视线，嚼着鱼丸。孟浅浅看着应浩棱角分明的下颌，她轻声问道：“我是不是也祝福过你跟林飘百年好合，早生贵子？”

应浩咀嚼的动作微顿，没吭声。

孟浅浅又轻声问：“是不是？”

应浩坚决不回答。

唐隽跟周彦都是见证过孟浅浅那一场祝福的，两个人此时靠在货柜旁，笑着看好戏。唐隽说道：“我可以做证，浅浅学妹当初给应浩的祝福，那叫一个真情实意。”

应浩的眼眸扫了过去，唐隽笑得直打嗝。

周彦的神情却温和了很多，他说：“我还记得，在猫屋里我问过你，你是不是很爱你前女友，你说没有很爱。”

“还有这回事？”唐隽来了精神，站直身子，“真的啊？浩哥，你让我们怎么说你好，浅浅，打他！挠他！”

唐隽看热闹不嫌事大，立即给孟浅浅出主意。

孟浅浅看向应浩，应浩的下颌绷得很紧，他看着周彦，周彦微微含着笑意，表情有些无辜。

应浩收回视线，垂眸看着孟浅浅：“你信他的话吗？”

孟浅浅：“信不信很重要吗？”

应浩：“很重要，我那是欲盖弥彰。”

“好啦，我又没说什么。”孟浅浅去咬他签子上的鱼丸。应浩把签子往下让她好咬一点，眼眸看着她的表情。

吃完了东西出来后，孟浅浅手里拿着一瓶暖和的咖啡，应浩走下台阶，弯腰屈膝：“上来，我背你。”

孟浅浅握紧咖啡，爬到他的背上，勾着他的脖颈。

他今天穿着正装呢，衬衫、长裤，手臂勾着她的长腿，稳稳地走下台阶。身后三个男人也跟着出来，看着前面相叠的人影。

唐隽把手插在裤子口袋里，说道：“周彦，你啊，那点小心机还是藏不住，啧啧。”

周彦神情淡淡的，说：“爱情是爱情，事业是事业。”

“我看你是想添乱。”

周彦：“这不是没添到吗？”

唐隽看着拧着咖啡的孟浅浅，说道：“主要是有人心境变了。”

“你说是谁？”周彦轻问。

唐隽笑笑：“你猜。”

周彦冷笑，懒得搭理他。

江枫咬着棉花糖，走在他们身边，听着他们宛如天书的对话，话里有话，他听不懂，于是他干脆走到前面，去跟孟浅浅他们一起。

孟浅浅埋在应浩的脖颈里，他身上的味道很好闻。

江枫问道：“老板，老板娘，你们俩是彼此的初恋？”

孟浅浅转头，看着江枫。

应浩的嗓音很低：“是，我们是彼此的初恋。”

“有点美好啊。”江枫把棉花糖撕开放进嘴里，又撕了一片问道，“浅浅，你吃吗？”

“她不吃。”

江枫：“又不是问你。”

“除了我，她不吃其他人喂的。”

江枫：“老板，你这就有点霸道了吧？”

“我吃。”

孟浅浅朝江枫伸手，江枫的眼睛一亮，把棉花糖递了过去。

应浩在孟浅浅要伸手的时候，走快了两步，孟浅浅的手落空了，眼看着棉花糖离她远去，孟浅浅使劲勾着他的脖子："我要吃。"

应浩："等一会儿到楼下便利店给你买，你吃他的，他自己刚刚咬过的，你是不是要跟他间接接吻？"

"他撕的是干净的那块。"

应浩冷哼。

江枫追在后面："老板，你不要那么小气，就让浅浅吃一块嘛，我觉得好吃的东西要大家一起分享。"

"你自己吃吧！"

江枫："哼……"

应浩手长脚长，走得快了，江枫追不上。

孟浅浅搂着他的脖子，气急了咬他的耳朵。

路过海城大学门口，常慧慧挽着朱芳的手刚从出租车上下来，一看到他们几个，常慧慧立即挥手，随后一眼看到背着孟浅浅的应浩。

常慧慧掩嘴笑道："又背呢？应浩学长，你这是要背到老啊。"

应浩："有这个打算。"

常慧慧把袋子递给朱芳，跟朱芳说了两句话，朱芳朝孟浅浅等人挥手："晚安。"

孟浅浅笑着挥手："晚安，芳芳。"

朱芳看着常慧慧跑到唐隽那儿，不知道说了什么，唐隽弯下腰，常慧慧也趴上了唐隽的肩膀，被他背了起来。

朱芳叹了口气："我也要谈恋爱。"说完，她抹着眼角不存在的泪水拐进了学校。

唐隽背着常慧慧来到孟浅浅的身边，孟浅浅看着常慧慧，趴在应浩的肩膀上直笑："唐隽学长，你累吗？"

"累啊，她比你重啊。"

常慧慧拍了唐隽的头一下："闭嘴。"

应浩："唐隽，你怎么知道浅浅多重？"

唐隽："这个……"

又吃醋了，真是一句话都不能说错。

“就是，你怎么知道浅浅多重，难道你背着我背过浅浅吗？”

唐隽：“喂。”

孟浅浅赶紧也说道：“没有，我跟唐隽学长清白得很。”

江枫：“哇，你们的关系好乱。”

孟浅浅：“你闭嘴。”

江枫：“啊……”

就这样，几个人闹着回到公寓，进了公寓大门，孟浅浅挽着常慧慧的手臂，问道：“叶岚的男朋友又来找她啦？”

“是啊，他们今晚好像约着去看电影，叶岚还跟我说今晚不回宿舍，结果你看，我也不回宿舍了。”

“那就剩下朱芳一个人了吗？”

常慧慧：“是哦，今晚朱芳一个人睡也不知道她怕不怕。”

“我们要不要？”孟浅浅的话没说完，一只手就从一旁伸过来，扣着她的腰揽到怀里，应浩低声道：“我也一个人睡。我也怕。”

孟浅浅：“你……”

几个人进了电梯，因为楼层都不一样，基本不同行。出了电梯，应浩打开门，搂着孟浅浅进屋。孟浅浅开了灯，这才发现阳台的推拉门没关。孟浅浅惊了一下：“吹了一天，肯定有很多灰尘。”

应浩挽着袖子，说道：“你去洗澡，我收拾一下。”

“我先把书弄好。”孟浅浅弯腰把沙发上的书本收拾好，她跟应浩的书很多，她的大多都是专业课跟选修课的，应浩的书还包括一些课外书和汽车杂志，等等。她把书摆到靠着阳台的那个书柜上，回身便看到应浩握着吸尘器在吸灰尘。

他有点漫不经心，但是却很帅气。

孟浅浅看了他几秒，脸蛋微红，去收了衣服进来，然后捡了睡衣往浴室里走去。现在天气已经进入了春天，但还没完全热起来。孟浅浅洗澡就喜欢洗得浑身滚烫，洗完澡，她穿上睡衣，顺便吹头发。弄好后她才走出来。

应浩拿着抹布在擦书柜的边缘，有几分散漫。

孟浅浅顺着头发道：“我来擦。”

应浩转头看了她一眼，她穿着粉色的拖鞋，米色的吊带睡裙，披着一件薄款外套，头发披散着，眉眼特别温柔。他说道：“还有一点弄完，你先回去等我。”

孟浅浅脸一红：“谁等你啊，我直接睡了。”说完，她转身走向床。

应浩笑了一声：“那你睡。”说完，他拿着抹布走出阳台，用那里的洗手盆把抹布洗干净，顺手晾在衣架上，随即进屋，关上阳台的门。他用骨节分明的手指解着衬衫纽扣，不一会儿，走到浴室的时候，纽扣已经解完，腹肌隐隐约约地从衣衫里透出来。

他进去后，发现浴室的洗手台上摆放着孟浅浅的洗面奶、沐浴露、牙膏、牙刷，他脱下衬衫扔在一旁的收纳桶里，看着洗手台上的物品，眉眼含笑。

孟浅浅暂时也睡不着。于是，她拿了一本汽车杂志，趴着翻杂志。她现在也养成了睡前看汽车杂志的习惯了。看着这些汽车，其实她也能理解为什么别人会说车是男人的第二个老婆，有些车确实很帅。

十多分钟后。

床位塌陷，紧接着一个身影从身后罩了上来，带着水汽，几滴水珠滴落在孟浅浅的脖颈上，孟浅浅转头。

应浩手撑在她身侧，垂眸看着她，四目相对。

他另一只手搂着她的腰，低头堵住她的嘴唇，孟浅浅“唔”了一声，指尖下意识地抓着杂志，脖颈扬起好看的弧形。

他的吻渐渐地挪到脖颈、耳垂。

橘色的光照耀在床上，独成一角，暖洋洋的。人影被照在了墙壁上，像剪影一般，隐隐约约地从隔壁阳台传来了猫叫声。

大二下学期的课程要比大一的多，孟浅浅甚至有几天要连续上课，没有时间去东方。好在新招的人事主管很不错。加上常慧慧经常帮孟浅浅抄笔记，偶尔孟浅浅翘课后期的课程都可以补回来。

应浩、周彦、唐隽三个人的工作也得到了学校老师的支持，因为国家近几年一直在扶持新能源汽车，也给了很多补贴和便利，大家都很期待应浩他们的东方能有突破，毕竟他们是海城大学培养出来的学生，这样海城大学的收获肯定也很大。所以，他们三个人如今也被很多学生老师关注着。

不过，关注东方的就不止是海城大学的人了，华星集团的董事会也一直盯着，应顺尧自从那天提出的建议被驳回后，他并没有放弃。他的最终目的就是要让东方跟华星资源共享，有技术成果突破也要一起分享，他活脱脱就是一副想要剽窃的嘴脸。而如今东方没有突破就成了华星董事会为难东方的一个点。

今日，孟浅浅在二楼，看着四个中年男人走进来，一个个西装革履，肥头大耳。

杨恬噔噔噔地上楼，来到孟浅浅身边说道："华星董事会的人来了，又是提建议来了。"

这种会议孟浅浅就没资格参加了。

应浩从研发室里出来，取下手套，跟他们握手，随后几个人进了会议室。杨恬紧张得很："浅浅，这来来回回多少次了，他们怎么还不放弃啊？"

孟浅浅："人不要脸最无敌，他们都不要脸，当然不会放弃。"

杨恬看着孟浅浅，突然觉得这位上司现在嘴巴也厉害了很多，她说："就是，都不要脸，难怪大家都说社会上人心险恶。"

孟浅浅拍拍杨恬的肩膀，道："还是有好人的。"

十几分钟后，那四个中年男人从会议室里走出来，脸上的表情并不好看，甚至还带着少许的余怒，他们声音不算大，但是大家都能听到。

"冥顽不灵。"

"再拖下去，怎么进行第二轮融资？"

"东方跟华星分那么清楚？都是一个公司的，当初就不该答应袁从严签这份启动书，弄得我们现在里外不是人。"

说完，他们甩手就走出去了，这四个人，就是那次签东方启动书的那四位，除了雷叔，其他人都来了。应顺尧说不动应浩，就向这几个股东发难，给他们施加压力。不是你们主张签的启动书吗？你们有能耐了啊，越过我签名，你们自己收拾残局去。

四个人走到门口，一位姓林的董事，转身。

应浩把手插在裤子口袋里从会议室里走出来，那位林叔看着他道：“应浩，叔叔劝你，听一听大人的话，不要一意孤行，否则等华星放弃了东方，东方就将沦为案板上的鱼，任人宰割了。”

应浩的脚步微停，几秒后，他说道：“林叔，多谢你的劝告，同时，你也要记着你今天这个话，看看东方的未来是不是会变成一条鱼。”

那林叔脸色微变：“你真是……”

他转身便走，其他三位叹了口气，也跟着出去了。

应浩没有送他们出去，但是梁坤教授跟唐隽、周彦纷纷走了出来看着他，大家都听懂了这位林董的意思。

杨恬有点不懂，她问道：“那位股东什么意思？什么叫华星放弃东方，华星不是我们最大的股东吗？”

孟浅浅看着站在下面的男人，她觉得他心里不会那么平静。

她对杨恬说：“华星放弃东方，意味着他会将东方的股权卖掉，到时就有别的公司来收购我们。”

“这么严重？”杨恬的语气充满惊讶。

孟浅浅：“谁让他们是大股东呢，想要卖掉还是留着都是他们说了算。”

杨恬：“那如果换个股东会不会更好，说不定新股东不管事，让我们慢慢研发呢？”

孟浅浅看着杨恬，说道：“没那么简单。”

华星是应浩妈妈的，东方也是应浩妈妈的，应浩不会希望这两个公司被分割。这样一想，孟浅浅只觉得应顺尧好可怕，或许是因为没感情吧，所以，他可以说出要卖掉东方这样的话。

杨恬不知这当中的弯弯绕绕，带着一头雾水去工作了。孟浅浅又看了一眼应浩，这才坐下来开始办公。

几分钟后，楼梯口传来脚步声，她转头看去。

应浩拿着一个盒子放在她的桌上：“棉花糖，网上买的，刚到。”

孟浅浅一看，这是江枫那晚吃的同一个牌子，她支着下巴，盯着他看，这醋桶。应浩打开盒子，从里面取出一根，拆了放在她的唇边，说道：“干吗呢？这样看我，嫌被吻得不够？”

孟浅浅的脸一红，一把抢过棉花糖，她一边咬一边说：“你有没有想过找萧然？”

应浩用指尖顺着她的刘海，说：“没想过。”

孟浅浅抬起头看着他：“或许，我们想一想？”

应浩眯起眼睛，抬起她的下巴：“不到最后一刻，我不想找。”

孟浅浅点头，她能理解他的心情，就好像她很难熬的时候，也不会去找周乔一样。

那位林叔说完这些话后，没过几天，关于东方的一些不利的新闻就在业内传开了，什么东方 A1、A2 的车子出故障，人工智能跟 APP 的合作失灵了，APP 使唤不动车子，有了自主想法的 AI 是否很危险，它不跟 APP 合作，那么也不会听人的，会在路上突然失控吗？

这些没有证据的舆论四处扩散，大家都捕风捉影，说得跟真的一样，一度导致 A1、A2 的销量下滑。而与此同时，华星集团也推出了华星智联 APP，当晚上线直接上了热搜，华星 Bright 再次冲上销量榜首，换电站也愈发热闹。

孟浅浅还在加班，看到这则消息，她“唰”的一下，拿着手机下楼，一转身去了后面的仓库，她一把推开门，仓库里正站在车旁的几个人齐刷刷地看过来。

孟浅浅紧紧地握着手机：“你们看到热搜了吗？华星集团也推出了智联 APP。”

唐隽：“看到了。”

周彦苦笑：“迟早的，我们之前就预测过这件事情，APP 我们可能是第一个做，但绝对不是最后一个。”

孟浅浅：“但是就算这样，也太过分了吧，就算我们不是最后一个，但是华星也不能做第二个啊。”

应浩靠在车旁，拿着笔在本子上记着，说道：“应顺尧还没把东方卖掉，他当然要乘着东方的风，他那样的人，不会有任何廉耻心。”

孟浅浅看着他，看他眉眼锐利，头也没抬，还在记数据，但她知道他把所有一切都猜到了。

梁坤教授从车里出来，对孟浅浅说：“好了，先不用着急，你先回工作岗位，我们正在忙。”

孟浅浅回过神来，她立即道：“不好意思。”随后她立即转身。

应浩抬起眼眸看她，说道：“老婆，你进来。”

孟浅浅一顿，她转身，下意识地看了一眼梁坤教授，梁坤教授扶了一下眼镜，倒是没说什么。应浩拿着笔指着车，说道：“你觉得这辆车有什么地方你觉得很空的？”

孟浅浅走进去，摆在中间的这车，是改装了一些的 A1，大红色，非常显眼。她站在距离不远处的位置，看了几眼车子。

她看向应浩：“空吗？”

应浩点了点头，唐隽和周彦也纷纷看着孟浅浅。

孟浅浅咬着嘴唇，偏头看了一下，说：“我觉得车头跟轮胎都挺空的，一眼看去，哦，车顶也觉得空。”她说完，便看向应浩，“我这么说对吗？”

应浩笑着用笔挠了一下眉心，道：“对，好了，你记得等我下班。”

孟浅浅松了一口气：“嗯。”

说完，她转身就走，把仓库的门关上了。

唐隽耸肩道：“再来一个外行人，也还是解决不了我们的问题。”

周彦拍拍车头：“哎。”

梁坤教授打开平板看数据。应浩继续在本子上记下孟浅浅刚刚说的地方。梁坤教授抵了一下眼镜道：“应浩，干脆放弃我之前那个建议吧。”

应浩：“不。”

梁坤教授叹了口气。

晚上七点，孟浅浅没办法等应浩，常慧慧生理期肚子疼，而朱芳陪着叶岚去见朋友，常慧慧一个人在宿舍里有点可怜。

孟浅浅跟应浩说了一声后，便麻烦了李师傅送她回海城大学。车子来到宿舍楼下，孟浅浅下车刚走上台阶，就看到应涵戴着一副墨镜从楼上下来，迎面碰上，孟浅浅反射性地后退。

应涵用指尖勾了下墨镜，看了一眼孟浅浅，笑道：“嫂子好。”

孟浅浅看着这人，想起今晚上线的华星智联APP，他怎么有这个脸，连名字都不改一下，就叫智联呢？她冷冷地看了应涵一眼，一声不吭。

应涵挑起眉毛："嫂子对我有意见？"

孟浅浅抬起下巴，看着他，说道："你是不是不会取名？所以要剽窃别人的名字？"

应涵一听，瞬间听明白了她话里的隐射，她说他剽窃东方智联。

应涵微微一笑："不是的，东方是华星集团的，华星是东方的，都是一家人啊，怎么能叫剽窃？我们也愿意分享换电站呢，我们也愿意让东方剽窃换电站。"

孟浅浅："不要脸。"说完，她大步地跑上楼梯。

应涵站在楼梯口，看着她的背影，她的外套滑落了一些，虽然她拽上去了但还是让应涵看到了她肩膀上面有少许的痕迹。

常慧慧以前生理期，只有偶尔那么一两次会疼，孟浅浅都怀疑她被自己传染了，她跑前跑后给常慧慧灌暖手袋然后给她冲红糖水，又拿了热毛巾给她擦脸，常慧慧抓着她的手，说道："浅浅，你太好了，我想嫁给你。"

孟浅浅擦着她的汗，说道："你不想嫁给唐隽学长？"

常慧慧："我都没好意思让他知道我生理期。"

孟浅浅笑着道："理解。"

常慧慧捏着她的手："浅浅，浅浅，浅浅……很高兴大学能认识你们啊。"

孟浅浅："我也是，很高兴能认识你们。"她也是被命运善待过的，所以才可以遇见这么多的好人。三楼这四间宿舍，只有她们这个宿舍到现在从没吵过架，一直都相处得特别好。

常慧慧"嘿嘿"一声，不一会儿，常慧慧就昏昏欲睡了。

叶岚跟朱芳回来了。

应浩也给孟浅浅发了微信——

YING：我在楼下。

孟浅浅：好的。

然后她把常慧慧的情况告诉叶岚跟朱芳，朱芳表示会照顾她的。孟浅浅心里放松下来，洗了手后下楼，一眼便看到应浩站在楼梯口低头按着手机。

孟浅浅走过去。

应浩收起手机，看了她一眼，牵住她的手："常慧慧怎么样了？"

"她没事了，睡着了。"

应浩点了点头，牵着她往校外走，孟浅浅乖乖地被他牵着，两个人踩着月光，穿梭过校园，一路回到公寓，进门后，应浩解着衬衫，把她推在柜子上吻。

孟浅浅两手交握在他脑后，呼吸急促，她低着头，问道："我今天给你的回答有用吗？能不能帮到你呀……"

应浩刚解完最后一颗纽扣，几秒后，他抬起眼眸，看着她的眼眸。

接着，他似乎想到了什么，说道："等下……"

说完，他给她拉好领口，随后大步地走向客厅，一把拿过一旁的画本摊在桌面上，随后抄过钢笔，坐在沙发上开始画。

孟浅浅红着脸顺了顺裙子，又顺了头发，走过去，坐在他的身侧。

只见他在本子上画下一辆车的轮廓，接着，在四个轮胎里面加了东西，那是电机。

他找到放的位置了。

"找到了对吗？"孟浅浅没忍住发问，虽然她看不太懂，放这里有什么用。应浩放下画本和钢笔，他偏头笑着凑过去，堵住她的嘴唇。

孟浅浅愣了一下，身子歪靠在椅背上。他捧着她的脸，吻着，孟浅浅满脸通红，搂着他的脖颈。

两个小时后，浴室的门打开了，应浩抱着孟浅浅走出来，水珠滴落在地面上，孟浅浅的手臂微微地发抖，她轻声问道："不用去东方吗？"

"去，你先睡？"他把她放在床上，俯身顺着她的头发。

孟浅浅反手搂着他的脖颈，说道："不，我想跟去看看，明天是周六，没课。"

应浩挑起眉毛："行。"

随后，他起身，去衣帽间拿衣服，把两个人的衣服都拿来了。孟浅浅抢过衣服，躲到被窝里去换，应浩身上只穿了一条灰色长裤，他含着一抹笑意看着她在被窝里拱来拱去的，有好几次腿都伸出来了。他一边扣着衬衫扣子一边坐在床边，伸手握住她的脚踝，把她往外拖。孟浅浅的声音闷在里面，气急败坏地大叫："放开我——"

"砰"，枕头砸在他的脸上。

应浩轻笑。

十秒后，孟浅浅坐起来，肌肤泛着红晕，她瞪了他一眼，从那边下床。应浩站起身来，用指尖勾了下兜帽，捞起一旁的薄款外套，走上前，让她穿上。孟浅浅理了一下头发，顺着他的动作穿好。

应浩牵着她的手，弯腰拿起桌面上的两部手机，拿了车钥匙跟画本转身出门。孟浅浅锁门，经过江枫的房门，应浩抬脚就踹，"哐"的一声。

"谁啊！"江枫大喊。

"我。"

"老板，你没手吗！"说着，门打开了，江枫穿着恐龙睡衣站在里面，头发蓬松，瞬间衬得年龄小了好几岁，他看到这对情侣，抓抓头发，"怎么了？"

孟浅浅笑道："要一起去公司吗？今晚有烧烤吃。"

江枫的眼睛一亮。

应浩不容置疑地道："他得去，他作为一个设计师必须去。"

江枫眨了一下眼睛，隐约猜到了什么，他说："我去，等等我，这么精彩的时刻怎么可能没有我……"说完，他转身就往卧室里跑。

他的房间格局跟应浩的一模一样，只不过他只有一个小衣柜，衣帽间全被他用来放手办了。

江枫换好衣服，应浩又让孟浅浅通知唐隽跟周彦，他则通知梁坤教授，不过现在梁坤教授还没离开东方，没有取得突破，压力最大的人是梁坤教授，他已经成了华星股东们最直接施压的对象。

一行人赶到东方，东方的研发室还有仓库都还亮着灯，梁坤教授带着几位研发人员还在仓库里。应浩一把推开门。

梁坤教授扶了一下眼镜，看到他们后愣了一下："不是让你们先回去休息吗？”

应浩笑笑，走过去，把画本放在车顶上，说道：“我想到放哪里了，轮毂。”

梁坤一愣：“轮毂？”他拿起本子看。

应浩挽起卫衣的袖子，半蹲下身子，用手敲着轮胎，说道：“电池在启动中的损耗不可避免，所以你提议安装电机，我有一个大胆的想法，安在轮毂里面，且每一个轮胎各安装一个电机，靠四轮驱动回收电能到电池组……”

梁坤教授第一次有些错愕：“这样损耗依然存在。”

“没错，所以第二个解决方法就是把四个小型电机设计成驱动电机，再各配一个小型电池组，储备回收的电能，供电机使用，这样的好处是电能回收不会再有损耗，而且四个小型驱动电机驱动车辆，可以减少车辆起步和怠速所需的用电，将大大地提升车辆的续航。”

“这样会不会增加车子的重量？”

“会增加，但影响很小，我们新车全车百分之九十使用的都是重量更轻、质量更好的铝材料，影响几乎没有。”

周彦说道：“如果是这样，我们现在最大的问题就是我们手里的电池的稳定性跟安全性。”

“对。”应浩站起身来，靠着车身说道，“所以加油吧。”

唐隽：“对，加油，我怎么有点兴奋。”

江枫说：“我也兴奋啊，所以是要我给轮胎预留位置吗？”

应浩看着他道：“对。”

“没问题。”梁坤教授点了点头，一脸的欣慰，他拿下眼镜擦拭了好几下说道，“充电站的速度也得提升，这将是我们接下来要忙的。”

“嗯。”

孟浅浅站在一旁听着他们说话，大概能听懂一些了，看到他们的表情就知道这是一个很好的消息。

应浩看了她一眼：“老婆，点份消夜来吃。”

孟浅浅笑着举起手机：“点了，点了烧烤，可以吗？”

“可以。”

不一会儿，烧烤送到，唐隽去提，一行人回到仓库，围着坐下来，一边吃一边交谈，今晚估计要通宵了。

孟浅浅靠在应浩的怀里，袖子拉得长长的，挡住了整只手，掩嘴打了个哈欠。应浩垂眸看她，低声道："等下你去休息室睡，嗯？"

孟浅浅点头："好。"

应浩拿起鸡腿，一点一点地撕给她，她柔软得令人心生怜惜，就是那种让人想把什么好东西都捧到她跟前的那种。周彦看了一眼，挪开视线，低头喝着可乐。

唐隽说道："说起来，电机放轮胎这件事情，好像是浅浅学妹白天说的吧？"

几个人均看向孟浅浅，包括梁坤教授。

应浩道："是的，她给的灵感。"

唐隽立即举瓶："敬学妹一杯。"

孟浅浅只得坐起来，拿起饮料："谢谢。"

江枫："我也来敬，我也来……"

应浩看他要凑过来，怕他碰到孟浅浅，于是他挡着，抬起眼眸道："你离她远点行吗？上次还要喂她吃棉花糖。"

江枫："我……"

天！

唐隽同情地看了江枫一眼，我走过的路你也要走一遍啊，孩子。

吃完消夜，他们几个人要忙，江枫要重新改稿，应浩他们要忙电池。孟浅浅则回了休息室休息，因为东方这段时间的情况并不是很乐观，所以周六这天没有放假，一些主要的研发人员周六都要上班。

早上七点多，孟浅浅就醒了，她迷迷糊糊地睁开眼睛，对上正在闭目养神的男人，她的头枕在他的大腿上。

孟浅浅撑起身子，凑近他，看着他棱角分明的脸，这时，应浩睁开眼睛，视线对上。

他的眼眸是丹凤眼，形状狭长，所以有时看人会显得漫不经心，不在意。但是认真看，又会觉得他看不透。

九点多，孟浅浅又昏昏欲睡了。休息室的内线电话却响了，应浩拿起来接了，前台不知说了什么。

他垂眸道：“好，我现在出去。”

孟浅浅睁开眼睛：“怎么了？”

应浩俯身揉揉她的头发：“你睡。”

说完，他站起身来，将卫衣穿上，他抬手理了一下帽子后出去了。门关上后，孟浅浅也睡不着了，她坐起身，捞过一旁的外套穿上，随后她也走出休息室。杨恬今天加班，在办公桌旁敲着键盘，一看到孟浅浅出来，立即道：“早上好，浅浅姐。”

孟浅浅朝楼下看去，问道：“谁来了？”

杨恬说：“好像是什么汽车公司的。”

孟浅浅站在栏杆旁边看着，几分钟后，就看到来的那三个人往外走，应浩把手插在裤子口袋里，眼眸眯着，神情并不好。

吃午饭的时候，孟浅浅问应浩：“刚刚那些人干吗的？”

“汽车公司的，想要收购我们公司。”应浩往她碗里夹菜。

孟浅浅皱起眉头：“你爸要把东方卖掉？”

“他有这个意思，所以这些人才会过来找我们谈，想要捡个漏。”

孟浅浅都不知道该说什么了，感觉骂人都是轻的了：“这不是你妈的项目吗？他怎么这样啊？”

应浩看了她一眼，擦了一下她唇角的汤汁，道：“他就是这样。”

孟浅浅看他平静的表情，她觉得他肯定也很难过，只是被掩盖起来而已，或者是麻木了，孟浅浅牵了他的手。

她说：“你爸得不到就毁掉，他不是好人。”

应浩反手握着她的手，说：“嗯，放心，我承受得住。”

下午唐隽、周彦、梁坤教授休息回来了，得知别的汽车公司的人上门后，大家的脸色都不好，应顺尧一再地刷新他人品的底线。而他们此时什么都做不了，只能继续努力，所以几个人又钻进了研发室。

接下来的一个多月，越来越多的公司都盯着东方，听说华星集团有意要卖掉东方，那些公司时不时地上门，开出价格要收购东方。

陈董的心情也很差，他把准备给东方第二轮融资的合同也收了回去。

东方的 A1、A2 销量直线下滑，几乎跌到谷底，华星集团的智联 APP 出来后，东方的 A1、A2 就完全失去了竞争力，华星集团的股票跟销量一样，都噌噌地上涨。

东方正式陷入危机当中，孟浅浅跟其他人的工资，开始停发。

舆论跟危机制造得差不多了。

这天下午，应顺尧带着秘书进了东方，孟浅浅正在一楼跟杨恬说话，迎面碰上了他们。应顺尧看着孟浅浅，斯文地微微一笑："孟总监，应浩呢？"

孟浅浅抿紧嘴唇，说道："他们都在仓库。"

"麻烦你，通知他们一声，我们开个会。"说着，应顺尧带着秘书直接往会议室走去，完全把这里当成自己的地方。

他是东方的大股东，确实有这个资格在这里横着走，但是孟浅浅只觉得这人讨厌，她转身走去仓库喊人。应浩听罢，神情自若，他咬下手套扔在一旁，然后叫了唐隽、周彦，梁坤教授也跟上，一行人往会议室走去。

袁从严也从外面进来，他对应浩说："你爸来下最后通牒了。"

应浩没吭声，他把手插在裤子口袋里带着人进去。

应顺尧说道："你要是再一意孤行，这个月的股东大会，他们会把东方投出去，那么华星集团会放弃东方的股份，到时别的公司接手，那就不一样了。一个企业不可能开两个项目部却只研究一件事情，这都是在浪费资源。"

他伸手接过秘书递来的文件，放在应浩的面前，神情温和："我们是父子，我不会害你的，这是换电站跟电池共享文件，你签个名，这是在救东方。"

他一脸大义凛然。

应浩看了一眼文件，几秒后，他把文件推回去，说道："周末东方有一场新车发布会，应董记得参加。"

应顺尧一愣："什么？新车？"

"你们现在这个情况，怎么还上新车，外面有谁会买单？"

应浩长腿交叠，身子往后靠，笑了笑，没应声。

应顺尧看着他，突地有些心慌，他突然觉得他看不懂这个大儿子，一个月前他还不是这样的。

华星集团这周的股票涨得厉害，华星车的销量又上了一个新台阶，应涵志得意满，在采访时说很快会推出新车，媒体表示期待。

与此同时，东方在周六要开新车发布会的消息也不胫而走，业内有些哗然。“东方的情况不是不行吗？居然还出新车？”

“是打算出新车救市吗？都没市场了还怎么救？”

“弄了一个智联 APP，现在几家公司都跟着复制，东方完全失去竞争力了啊。”

“按我说，东方就应该跟华星资源共享。”

业内议论纷纷，都认为东方是在苟延残喘，但是周六这天晚上，他们为了看热闹，还是抵达了发布会现场。这次东方的新车发布会斥巨资在海城会展中心举办，会展中心的设计以银色为主，会展现场本身造型就有点像一辆飞驰的汽车。

所有人抵达门口，便可看见“中国新能源汽车，开创新世纪”“东方创世纪耀眼登场，与你相会”这样极其耀眼的宣传。媒体记者纷纷拍了相片跟短视频，不得不说，这个开篇，十分震撼，完全看不出一点要衰败的意思。

应顺尧带着秘书，应涵走在父亲的身后，林飘挽着他的手，应涵看了一眼宣传语：“口气有点大。”

应顺尧看了应涵一眼，又看到他旁边的林飘，微微皱起眉头，随后道：“先进去。”

这几天，他探听了很多消息，始终探听不到东方这次要出什么新能源汽车，只能到现场一探究竟。

进了会场，整个会场也全部以银色为主，极其耀眼璀璨，极具科技感。东方给所有股东都安排了舒适的座椅，应顺尧、应涵也都有座位，且在正中间。

林飘是临时插进来的，她跟应涵撒娇，应涵让服务员给她安排了一张椅子坐在他旁边。

应涵低声道：“哥到底会出什么新车？该不会只是个噱头，然后打算用这辆车收割一波韭菜让走人吧？”

应顺尧看了应涵一眼：“你闭嘴。”

应涵笑了一下，长腿交叠，看着台上，而一些媒体在后面也是议论纷纷，觉得东方这是在做最后的挣扎，都带着看好戏的目光。

后台此时也挺乱的，孟浅浅给应浩系领带，应浩想了想，握着她的手腕，说道：“不用系了，也不用给我化妆。”

他让化妆师走，化妆师只能收手，看着这男人原生态的俊脸，这脸放在哪个电视台都能火，不化妆也行。

孟浅浅道：“你就这样上去？”

“就这样，随意点。”应浩抬高下巴，解了两颗纽扣，挽起黑色衬衫的袖子。孟浅浅只能收起领带。

她看着他，他更加成熟了，眉宇的锋芒快盖不住了，他身上也快没有高中时的影子了。

“看什么？嗯？”他眼眸转来，问道。孟浅浅笑着摇头，她把领带放好，上前给他整理了领口，眉眼温柔。应浩搂着她的腰，垂眸看她：“等我，晚上带你去玩。”

孟浅浅说道：“新车发布会下来你还有时间玩？一堆记者追着你跑。”

应浩轻笑：“谁都没你重要。”

孟浅浅捏他的领口，眼眸含着笑意，没有吭声，其实这段时间，她变化也很大，也成熟了不少，很美。

两分钟后，应浩整理完耳麦，随后撩开帘子，走上台阶。他身材颀长，眉目冷峻，五官棱角分明，穿着黑色衬衫和长裤，随意散漫，有几分野性。一走上舞台，下面的观众先是安静了几秒，紧接着哗然，尖叫声顿起。

这些尖叫声大多来自女生。

东方这些日子处于风口浪尖，媒体记者都在议论它，但是没有人真正见过应浩，大多数时候都是袁从严去面对媒体记者。

谁都想不到，东方的负责人竟这么年轻这么帅气，他的五官继承了祝愿的优点，但又有属于自己的那股野劲儿。

尖叫声更多了，林飘在前排看着他，攥紧拳头。

应浩来到舞台中间，他慢条斯理地理了一下领口，按着耳麦，说道：

“感谢大家今天抽空而来，东方这些日子在大家的笔下估计已经奄奄一息了。”

他用眼眸扫了一眼现场所有人，低沉的声音带着几分散漫，听起来像在询问又带着几分幽默。媒体记者有些尴尬地挠头，有些使劲地用相机拍他，也有女生屏住呼吸，总觉得他在看自己。

应浩接着道：“在这里，我要澄清一下，东方没事，东方很好，东方是我妈妈祝愿一直以来的夙愿。很多年前我妈妈想要成立东方研发室，研发纯电动汽车，无奈在那个年代，技术不够，人才不够，只能搁置。”

听见祝愿这个名字，媒体跟一些业内大佬纷纷一阵唏嘘，紧接着有些震惊，原来他是祝愿的儿子，他的资料也太少了吧，既然是祝愿的儿子，东方怎么会倒。

“如今，我重新启动了东方这个项目。”应浩说着，往后走了几步，来到停放在中间的一辆轿车旁边。

轿车用银色的布盖着。

应浩弯下腰，伸手去解开一个小口，他用力一扯，那块银色的布就跟有生命一样，自动收缩回去，“啪嗒”一声，银色的布卷在一起，露出了里面藏着的车子。

纳多灰的轿跑，车身造型以及线条瞬间冲击着台下的所有人，爱车一族瞬间尖叫起来，这也太好看了。

应浩拍着车头，看着台下所有人，道：“它叫东方创世纪，纯电动汽车。”

说着，他走了回来，半蹲在台上，看着应顺尧跟应涵，微微一笑，说道：“续航里程 1000 公里。”

“什么？ 1000 公里？我没听错吧。”

尖叫声又起。

应顺尧的瞳孔紧缩，应涵“唰”地站起身来：“不可能。”

应浩按着耳麦，站起身来道：“其他性能比 A1、A2 升级两倍，APP 同步更新，充电 15 分钟可充够 50%，而为了保护电池，最后百分之二十会充得比较慢，但是整体的充电时间为 45 分钟。”

“续航里程比市面上其他新能源车多一倍的公里数，而且这充电速度逆天了吧。”

“这车出了，还有别的车什么事吗？”

应涵顿时坐立不安，应顺尧一把按住应涵的手腕，林飘看着应涵这表情，再看了一眼台上耀眼的男人，她的脸色苍白。

孟浅浅在后台看着舞台上那发光发亮的男人，耳边是台下的议论声跟尖叫声，她久久没有回过神来。

常慧慧挽着她的手，说道：“应浩学长的高光时刻。”

孟浅浅声音温柔：“他的时代要到来了。”

常慧慧笑着看向孟浅浅：“那你作为他的女朋友，又是东方的股东，这也是你的时代。”

孟浅浅微微一笑，眼眸继续看着应浩。此时看着他的不只有她，还有媒体记者和台下的观众们。

台上公布了售价后，媒体记者立即上前询问：“1000 公里在行驶的过程中总会有损耗的吧，你们如何解决损耗这个问题？”

应浩从容道：“我们给四个轮胎安上电机，就在轮毂里面，刹车卡钳的边上，靠刹车盘的转动带动电量回收。”

现场又是一片哗然。

应浩接着道：“1000 公里实际上能使用的公里数只有 850 公里，那么另外的 150 公里只能靠电机回收，用作驱动车辆的起步和怠速的所需用电。每行驶 100 公里可以为电池提供 3% 到 5% 的电量，环境允许的情况下相当于多提供 100 到 150 公里的里程。”

所有人听着他这么详细地解释，已经完全明白过来了，这是真的突破了，东方不只在电池的里程上突破，在续航上也突破了。

市面上新能源汽车续航里程最多的是诺雷公司，有 550 公里续航里程，实际上只有 380 公里，但诺雷喜欢搞这样的噱头。

华星集团的璀璨系列续航里程是 500 公里，损耗稍微小点，实际可以有 400 公里，但是 400 公里怎么跟 850 公里相比？更不用说东方在损耗方面的突破了。

应顺尧紧紧地抓着座椅边的扶手。

应涵的脑袋嗡嗡作响，他说："哥不是一直没突破吗？"

应顺尧松开紧抓着扶手的手，冷静下来，说道："肯定是梁坤那家伙要隐瞒的，几个月前我问起来突破这件事情，他们只给了我一份没什么用的数据，从数据上看，他们的车甚至连电池都不够稳定，但那会儿他们的电池应该已经出来了，一直没突破估计问题就在这块电机上。"

应顺尧不愧是应顺尧，一下子便分析出了整个过程。

应涵黑着脸："这个老家伙，他肯定还在记恨。"

记恨踢他出研发部的事情。

应顺尧迅速整理好心情，低声道："别着急，我们都是一家人。"

应涵一听，也放松了下来："当然。"

把现场交给主持人后，应浩转身下台，一撩开帘子便看到孟浅浅站在台阶下，他眼眸含着笑意，三两步下来，搂着她的腰，往自己身上按去，猝不及防。

孟浅浅抬手拍着他的手臂："那么多人看着呢。"

"看着怎么了？嗯？要藏着呢？"应浩低头含住她的嘴唇。孟浅浅红着脸，幸好工作人员拉好了帘子。

几分钟后，他松开她，牵着她的手，拿起手机，对其他人说："走，我们去坐摩天轮。"

江枫把手插在裤子口袋里，嘴里含着一根棒棒糖，跟上："哇，这么好，摩天轮，也太浪漫了吧？"

常慧慧笑着跟上："我也要坐。"

唐隽说道："浩哥，你真行，这么重要的晚上，却去坐摩天轮。"

周彦："放松一下嘛。"

应浩推开门，说道："对，放松。我们是东方的初创人员，但我们也是人，我们也要放松，要生活，还要谈恋爱。"说着，他偏头看了一眼孟浅浅。

孟浅浅的脸颊很红，瞪了他一眼，抿着嘴唇，他轻轻地一笑。

几个人直接从后门出去，接着前往停车场，但是走了不到几步，窸窸窣窣的脚步声从楼梯口传来，闪光灯也紧跟而来。

大批媒体记者追上来，话筒挤在一起：“请问，你们这几个都是初创人员吗？严雄的徒弟唐隽是不是也是你们团队的？”

“20××年极星未来概念车的获奖者江枫是不是也在这里？”

“关于华星集团即将要卖掉东方股份这件事情，是真的还是假的？”

记者围堵挤了上来，几个记者围住一个人。

应浩率先被围住，因为他最惹眼。推来挤去的，孟浅浅就松了他的手，被挤出了人群，她跟常慧慧一起，猝不及防地后退了几步，站在了外围。常慧慧突然觉得冷，她拉住孟浅浅的手，孟浅浅看着站在记者堆里的男人。

应浩因孟浅浅被推开了，眼眸微冷，正想发火。

梁坤教授和袁从严急忙赶来，梁坤教授一把按住他的肩膀，不知说了什么。应浩把手插在裤子口袋里，抬起眼眸面对那群记者，并看了一眼站在不远处的孟浅浅，得知她安稳后，他才专心应付那些人。

唐隽、周彦、江枫三个人都不可避免地被围住，今天本来他们这几个初创人员就没打算露面，他们跟应浩一样，都不喜欢太高调，毕竟都是学生，还是喜欢过自己的日子，用作品去惊艳其他人。

他们心怀梦想，却只想低调生活。

谁知道躲得过发布会，没躲过发布会以后。

他们几人引起轰动的主要原因是江枫设计的车身造型，当之无愧为目前最漂亮的，另一个原因还有唐隽的人机交互，开过A1、A2车子的人无不夸赞里面的系统，比市面上的系统要好很多，更不用说创世纪这款车子还多了四个电机，这就更考验系统的成熟性了。而传感器则在一辆车里是必不可少的，加上周彦老师的名气，周彦的话题也很多。

这四个男生年轻帅气，却已经做到很多车企目前没有做到的突破，能放过任何一个采访机会吗？那不能。

“我怎么还是觉得有点冷。”常慧慧搓了一下手臂，说道。

本来一行人走在一起了，她们两个人却被挤出来了。

孟浅浅听懂了常慧慧的话，她伸手给常慧慧搓手心。常慧慧笑着看她，搂住她道：“还是姐妹好。”

孟浅浅含着笑意：“当然，我们老了还是好姐妹。”

她看着被媒体围着的应浩，梁坤教授和袁从严也站在他旁边，他们从容不迫地回答着记者的问题。孟浅浅看着看着，抬头看向了天空，最亮的一颗星星就在应浩的头顶。楼梯口甚至来了一些女生，站在那儿探头。

常慧慧说道："浅浅，你得给应浩学长脸上贴上标签，孟浅浅之夫。"

孟浅浅笑道："那你给唐隽贴吗？"

常慧慧："暂时不贴，以后再说，以后要他在脖子上文'慧慧'两个字。"

孟浅浅："你真行。"

常慧慧："当然，我治夫有道。"

孟浅浅又笑起来，她眉眼弯弯的，宛如天上的明月。楼梯口的女生有些也注意到孟浅浅和常慧慧，她们以为那两个人和她们一样，都是专门来看东方初创人员的。

十几分钟后，记者跟媒体还有那些女生被保安给拦走了，应浩这才带着唐隽三个人朝这边走来，他垂眸看着孟浅浅，接着牵住她的手，往车子走去。

孟浅浅被他拉着，脚步跟上。

唐隽笑着也要牵常慧慧的手，常慧慧不给，她追上孟浅浅。周彦跟江枫也跟在身后，把手插在裤子口袋里。

江枫拨弄几下头发："我都要被这些闪光灯给弄瞎了。"

周彦："希望以后别再接受什么采访。"

江枫："没错，我当初参加极星大赛的时候，拿了奖就走。"

孟浅浅想了一下，道："难怪其他得奖者都被挖走了，你还在。"

江枫："我……"

应浩偏头看她，孟浅浅也看着他。

四目相对。

他的薄唇抿成一条线，几秒后，应浩松开她，拦腰把她抱起来。

孟浅浅惊了一下，搂着他的脖子，道："干吗呢？"

应浩："想抱你。"

几个人上了两辆车，驱车往对面那栋大楼开去。银色的会展中心被他们远远地抛在身后，东方的 LOGO 以及宣传语随风飘扬。

应顺尧作为华星和东方的股东，还是应浩的父亲，他正在大门口接受媒体采访。

摩天轮在中心图书馆楼顶。

两辆车子停在停车场，六个人从后门进去，应浩不知从哪里拿来的钥匙，直接一路抵达楼顶，开门进去。

摩天轮正亮着灯呢，璀璨耀眼。

有个工作人员在等他们，让摩天轮停下来，应浩搂着孟浅浅的腰率先走了进去坐下，孟浅浅一眼便看到会展中心门口站着的应顺尧跟应涵，她看向应浩："你爸爸跟应涵正在被采访。"

应浩凑过来，从身后搂着她的腰，也跟着往下看，"嗯"了一声。

四周都是五颜六色的灯光，他一靠过来，身上隐隐带着香水味，这味道是化妆师给他喷的，有些许的陌生，应浩垂眸看着她："在想什么？"

"在想你身上的香水味。"

应浩偏头闻了一下领口，他微微拧起眉毛，接着低头吻住她的脖颈，孟浅浅的身子一下子紧绷起来，她用余光看到隔壁那徐徐上升的摩天轮，里面是周彦，周彦倒是没看到她，他把手插在裤子口袋正在跟江枫聊天。

孟浅浅还是无端紧张，她说："你行了啊。"

应浩搂紧她："香水味不好闻，还是你身上的味道好闻。"

孟浅浅："我身上什么味道？"

"你猜？"他轻声回道。

孟浅浅："我才不猜。"

升到最高处的时候，孟浅浅看到了整个城市的面貌，她眼睛发亮。应浩顺着她的视线扫去，说道："漂亮吗？"

孟浅浅点头："嗯。"

"我六岁的时候，我妈带我来坐过，她指着会展中心对我说，以后华星集团的新车发布会要在这里举行。"

孟浅浅一愣，她说："你完成了阿姨的梦想。"

"是，只是来得太迟了。"

孟浅浅："不迟，刚刚好。"

应浩含着笑意，他看着那面对记者，看起来很从容的应顺尧，眼眸微眯。

从摩天轮上下来，一行人去了旧城区便利店吃消夜，他们这个晚上在会展中心非常耀眼，进了便利店，大家都只是普通学生。

今天是店长上班的最后一天，他明天要跟老婆去度蜜月。因为明天是五月一号劳动节，有几天的假期。

今晚他请客，煮了好几份关东煮，应浩他们一人一份。

靠窗的位置被其他学生霸占了，他们几个人就坐在便利店门口的台阶上，只给入门的地方留了一人行走的位置。孟浅浅靠在应浩的怀里，一口一口地吃着他喂过来的鱼丸，偶尔喝一口热热的咖啡，脸蛋被咖啡熏得红通通的。

唐隽说道："还是这种生活适合我们。"

应浩："有人会逼你过其他生活吗？"

唐隽："那倒没有，哈哈哈。"

"不过今天看了应董的表情，挺精彩的。"唐隽想了想，笑着看向应浩，应浩的眼眸淡淡的，没吭声。

回去的路上，唐隽背着常慧慧。

孟浅浅被应浩背着，回到公寓。今天白天出门前，孟浅浅忘记关阳台的门了，她放下手机，说道："不知道隔壁的猫会不会跑进来。"

应浩解着衬衫领口，说道："不会的，要真跑进来，书本第一个遭殃。"

孟浅浅立即去看书柜，最下面一层的书本还干干净净的，她松了一口气，道："我经常听隔壁那个女生尖叫，她的猫咪很顽皮哦。"

上次那个女生在阳台骂自己的猫，说它把书本当猫粮啃，问那只猫是不是想上天。孟浅浅当时笑坏了。

应浩走过去，一把拉上窗帘。

跟前一黑，孟浅浅一顿，应浩的手就从身后搂了过来，他开始低头亲吻她。孟浅浅猛地抓住窗帘，偏头跟他接吻。

两个小时后，孟浅浅一身水汽地趴在他的怀里，打着哈欠，听着他的手机不停地响着，她翻了个身，背对着他。应浩怀里一空，他顿了一下，看了她一眼，随后跟着搂过去，抱着她的腰，手随意地划着手机屏幕。

孟浅浅撩起眼皮一扫，就一个晚上，就有一百多个人加他微信。看名字看不出这些人是干什么的，但是有些头像还是可以看出的，那堆申请里掺杂着一些女生头像。

应浩修长的指尖一一划过，并没有通过。

孟浅浅轻声问道："为什么不通过？"

应浩："这是私人号码，以后也不会通过。要合作的自然会找袁叔，或者找华星集团。"

孟浅浅："哦。"

应浩放下手机，收回来，搂着她的腰。

他的大手很暖和，孟浅浅闭上眼睛，跟他互道晚安。

新车发布后，东方名声大噪。五一过后，孟浅浅回到公司，肉眼可见东方的不一样，上门的人多了。

陈董拿着第二轮融资的合同上门要给东方投资，不过跟他有一样想法的投资公司不少，连诺雷都拿出了最大的诚意，想要成为东方的股东，并且给了很多条件，这些都被袁从严和陈董挡了回去。

东方创世纪的销量一天就达到了华星 Bright 一个月的销量。之前 A1、A2 的外形再好，华星 Bright 的也不差，所以一般顾客综合考虑之后都会选择买华星 Bright，但是这一次，创世纪的外形远超华星 Bright 不说，性能还有续航里程就直接将华星 Bright 碾压在地。之前东方的光芒被压得几乎没了，这次，哪怕是东方的 APP 都有人称赞，它所有的亮点再次被夸上天。不少公司上门除了投资，更多的也是合作。

这也使得华星 Bright 的车主开始有些发难于华星。应顺尧一边承受着大儿子应浩带来的光芒，一边也多少有些压力。

应涵在华星跟业内也经常被询问到应浩的事情，他身上的光芒在一夕之间就被应浩全部夺走了，从高处摔落的感觉并不好，但是应顺尧拉扯着他。

这一天。

应顺尧带着应涵来了东方，孟浅浅跟杨恬正在说话，一转头看到了他们，她踩着高跟鞋站好，看着他们。

应顺尧看了一眼孟浅浅："孟总监，下午好。"

孟浅浅："您好，应董。"

应涵看着孟浅浅，笑了一下："嫂子好。"

这一声"嫂子"让孟浅浅的脸色变得不太好，这是在公司，来来回回有不少人。她说道："应董是来找应浩的吗？"

"是。"应顺尧轻描淡写地看了应涵一眼，然后对孟浅浅说。孟浅浅愣了一下，随即点了点头，她走过去，敲了研发室的门。

不一会儿，应浩来开门。

他含着笑意看了她一眼，随后抬起眼眸，也看到了应顺尧、应涵等人。应涵笑着喊："哥，在忙呢？"

应浩挑起眉毛："是啊。"

应顺尧看着这个大儿子，道："华星集团要注资。"

应浩："行。"说着，他把手套随意地放在一旁，喊了梁坤教授和袁从严，巧的是袁从严今天也在。孟浅浅站在研发部门口看着他们几个人朝会议室走去。杨恬凑过来，说道："为什么还答应让华星注资啊？"

孟浅浅看见她一脸好奇的表情，道："你问那么多干吗？"

杨恬："就有点不明白。"

唐隽笑着走出来，道："因为东方公司跟华星集团原本就是一家啊。"

杨恬"哦"了一声。

孟浅浅推着她道："去去去，去忙。"

"哦哦。"杨恬走了。

唐隽看着孟浅浅，笑道："学妹，我们的钱越来越多了，你开心吗？"

孟浅浅看向唐隽："学长开心我就开心。"

周彦"啧"了一声，走出来靠着门边道："唐经理身价不一样了啊。"

唐隽："周经理身价也不一样了。"

两个人互相调侃，孟浅浅在一旁微笑，周彦看了她几秒，随后挪开视线，又走回了研发室。

唐隽见他这样，跟着进去，撞了周彦一下，道："你得去谈一场新的恋爱。"

周彦摆弄手里的传感器：“没兴趣。”

唐隽：“我告诉你，兄弟情比什么都重要。”

“我是那么拎不清的人吗？”周彦说完，就抱起盒子转身走了。

会议室里，应浩在合同上签了名字，随后将合同推回给应顺尧。

应顺尧接过合同看了一眼，心情放松下来，东方现在受到那么多投资者的关注，如果应浩一个点头让其他投资者进来，华星就有点危险了。他看着应浩，心情很好，说道：“好好干，另外，华星跟东方原本就是一家的，如今你们突破了续航里程，多少冲击到了华星集团的换电站，所以我希望东方的专利能分享给华星，让华星制造中低端的产品。东方可以走高端车路线，占领高端车的市场，这些年高端车市场全是一些外国品牌在国内横行，是时候让东方这条龙亮亮相了。”

他这话一出，梁坤跟袁从严对视一眼。

应浩支着下巴，长腿交叠，神情淡淡的，说道：“我考虑考虑。”

应顺尧原本以为他会拒绝，还打算晓之以理，动之以情，用家人的名义束缚他呢，没想到这次他那么好说话。

应顺尧含着笑意道：“好，有得商量就行，不要太轴了，这都是你妈妈留下的东西，爸爸也只是帮着她实现而已，当时我那么逼你，也是希望你快速成长，没有压力哪来的动力，如今华星集团的研发室也在研发续航里程的问题，华星跟东方能合作那才是共赢，以后国产车不会输给任何的进口车，希望都在你们身上。”应顺尧看了一眼应涵，“向你哥学习。”

应涵站起身来，看着应浩，脑海里浮现出在门口看到的那一抹纤细的身影，又想起新车发布会时满场对于这位哥哥的尖叫。应涵其实很难受，但是他还是扯了一下唇角，朝应浩鞠躬：“哥，以后我一定好好跟你学习，希望你多带带我。”

应浩抬起眼眸，淡淡地看着他，没有应声。

应涵笑笑，又坐了回去。

接下来，应顺尧跟梁坤聊天，之前的针锋相对全没了，对话非常温和斯文。梁坤经常感叹应顺尧这表面功夫，做得实在可以，他学不来这个，所以在华星才会成为大家攻击的对象。

半个小时后，应浩跟梁坤站在门口，目送应顺尧跟应涵，还有袁从严。两辆轿车开走后，应浩的手机响起，是一条微信。

袁从严给他发了一份文件，应浩保存了起来。

晚上，孟浅浅跟应浩回去煮面吃。吃完面，两个人搭配着干家务，接着，各自洗澡。应浩先洗，孟浅浅后洗，她洗完出来，应浩只穿着长裤，坐在沙发上，俯身看着跟前的笔记本电脑。他脖颈处还有少许的水珠，正往下滴落。

孟浅浅不管什么时候看到应浩，脸都会红起来。她擦着头发走过去，坐在他身侧，看了一眼他的笔记本。

他正在发送邮件，而且是一次性发给很多人的。

应浩的手伸过来，搂着她的腰，亲吻她的头顶："困吗？"

孟浅浅摇头："不困。"

"头发没干呢？"他一边看着发送的邮件，一边接过孟浅浅的毛巾，擦拭她的头发，掌心温柔。

"叮"，邮件全部发送成功。

当天夜里，一条新闻出现在各大平台的头条榜上。

华星集团应顺尧给创始人祝愿编织的一场长达三十年的骗局。

网络彻底炸开。

第二十章

大 难 临 头

祝愿上学晚，比同辈晚了一年上学，所以考上大学那一年是二十一岁，她虽然身为女儿身，却喜欢汽车、电视、空调等，她以第一名的优异成绩考上了海城大学，她选的专业就是智能传感，那一年学智能传感的只有 21 个人，她是唯一的女生。

同年，她认识了金融系的应顺尧，应顺尧温柔斯文，两个人有很多共同话题，包括对未来的展望和想法，他们两个都很相近，因此在应顺尧几番告白以后，祝愿迅速堕入爱河，跟应顺尧谈起恋爱，也就是在那一年，应顺尧跟祝愿商讨了未来的方向，决定要创业开公司，造车。

大二那一年，祝愿开起来了一个小型工作室，所有的人才都是祝愿的好友，一群年轻人在艰苦的环境下，乐此不疲地开始造自己的第一辆车，他们也同时得到了海城大学导师的支持，申请注册了公司华星——中华之星。

因人才聚集以及祝愿独到的眼光，华星很快就在行业中崭露头角。祝愿身为创始人负责技术，应顺尧则专门负责经营，感情稳定的他们在大四毕业那一年便领证结婚了，毕业后第二年，祝愿生下一名男孩，取名应浩。

接下来的几年，华星经历了各种波折，高光时刻，随后紧跟着上市，成为一家上市车企。祝愿早年身体并不是特别好，在三十四岁那一年因患系统性红斑狼疮去世，那会儿应浩七岁。

祝愿去世后的第二年，应顺尧在一次去首都出差时，发生了一起车祸，他乘坐的车子撞破栏杆摔下高速，他被一名女子所救，这名女人叫陈菲。

康复后的应顺尧跟陈菲互生情愫，又看她独自一个人带着儿子，很辛苦，于是便把她娶进门，照顾他们母子俩，想要报恩。

那会儿祝愿的父母、应浩对这个救了自己女婿跟父亲的女人满怀感激，又因祝愿生前的嘱咐，他们没有多加阻拦，甚至给应顺尧送上祝福，对陈菲跟她儿子都很客气。而那一年祝愿的父母也恰好从大学里退休了，两个人商量着回老家养老，应顺尧亲自把二老送了回去。应浩留在父亲的身边，跟陈菲还有她那个儿子相处了半年后，因外公外婆对应浩的想念，应顺尧最后做决定把应浩送回老家陪他的外公外婆。

应浩回老家的第三年，应顺尧又把拖油瓶儿子应涵——他原来姓陈，跟着他母亲嫁进应家后改姓了应，并上了族谱——送到国外去培养，说是想要躲姓陈的那个男人，也就是陈菲的前夫。

这么多年来，没有人去怀疑什么，直到应浩高三那一年，袁从严出差去国外，恰巧在异国他乡碰上了应顺尧的这个拖油瓶儿子，发现他与应顺尧的姑姑有几分相似，于是心生怀疑，当下拿了应涵的少许头发回了国内。接着，袁从严便拿着应涵跟应顺尧的头发偷偷去做了 DNA 鉴定，鉴定结果出来后，显示这两个人是亲父子。

应涵压根就不是拖油瓶，他是应顺尧的私生子。

顺着这条线，袁从严开始秘密查下去，竟然发现了一个惊天骗局，陈菲是应顺尧的初恋，两个人在高中时就认识，他俩确定恋爱后从来没有分手过，应顺尧跟祝愿在一起的时候，陈菲一直存在，应顺尧跟祝愿结婚的时候，陈菲依旧在，祝愿怀孕五个月的时候，陈菲也怀孕了，祝愿生下应浩，五个多月后陈菲生下应涵。本来应涵这个名字是给应浩的，后来应顺尧觉得应涵更好听，于是把“应涵”这个名字给了私生子，把“应浩”这个名字给了他和祝愿的孩子。

祝愿去世后，应顺尧设计了一场车祸让陈菲作为救命恩人嫁给了他，并让应浩跟祝愿的父母对陈菲感激涕零，还心怀感恩地点头让陈菲进门。

陈菲进门没多久，应顺尧便把自己的股份分割了一部分给她，到了应涵十五岁那一年，陈菲又说为了让儿子更有保障，把自己那一份股份也给了应涵。应涵提前毕业回国后，应顺尧先把梁坤拖下台，再把自己的私生子送上总工程师的位置，在东方还没有突破之前，应顺尧已经下了任命书——即将任命应涵为集团的 CEO，他要把私生子扶上位，成为华星集团的掌舵人。

这一切，在今晚全部湮灭。二十多家媒体把这段故事讲出来，并声称握有人证物证，人证就是那位姓陈的前夫，他压根不是前夫，物证就是那张DNA证明，证实了应顺尧跟应涵是亲生父子的关系。

一下子，全国一片震惊，汽车行业一片哗然。

华星集团所有元老级的股东更是不敢相信，祝愿那么单纯、天真，只在自己的领域发光发亮，她竟然遭受了这样一个骗局，而身为祝愿的儿子应浩，差一点就要把华星集团拱手让给一个私生子。

这一晚，没有人睡得着，热搜噌噌地上涨。

华星集团上下动荡，媒体犀利地报道，网友们也开始敲着键盘疯狂地输出自己的想法。

这就是一场阴谋。

太可怕了，祝愿一直活在谎言中，她在怀孕的时候她的丈夫正在跟初恋厮混。

真的太可怕了，真不知道身边躺着的是人是鬼。

祝愿的死该不会跟应董有关吧？建议查一查啊，绝对不能放过坏人。

应顺尧得下台，不下台我就抛售华星集团的股份。

华星坚决不可以让私生子接手，我也是华星集团的股东啊。

祝愿学姐是我们最尊敬的行业大佬，大家还记得华星集团的第一辆车销往东南亚的时候我们看到了我国汽车的未来吗？

当然记得，没有人能够忘记，她这么好的人怎么会碰上应顺尧这样的人，不值，不值啊。

孟浅浅看完了热搜，看完了评论。她看了一眼身边正在看手机的男人，她沉默了几秒，凑了过去，抱住他的脖颈。

应浩一顿，垂眸看着她，一秒后，他伸手抱着她的腰，道：“我等这一天等很久了。”

孟浅浅：“嗯。”

她转过头，主动亲吻他的脸颊，男人如刀削一般的侧脸，棱角分明，亲一口她的心都在发颤，应浩垂眸就看着她，直到她亲到唇边，有些迟疑。应浩眯起眼睛："不继续吗？"

两个人的手机也在这时疯狂地响起，外面已经乱成了一锅粥，不论是东方，还是华星，甚至连海城大学都成为媒体记者追踪的焦点。

六人群里。

唐隽：我的电话要被打爆了，虽然我大概猜到是怎么回事，但是我没想到事情这么恐怖。

周彦：@YING 还好吗？我们都会站在你身后的。

常慧慧：应浩学长，你还好吗？我们所有人都会支持你的，一定要加油，一定要加油啊。

江枫：我来海城之前没人告诉我，会这么刺激啊。

江枫：@YING @ 孟浅浅 我要做东方的永久车身造型师。

YING：谢了，我没事。

回复完他们，应浩下了床，走去了阳台，孟浅浅也赤脚下了床，跟在他身后一块过去，不用靠近阳台栏杆就看到了水泄不通的门口，媒体记者追到公寓来了。应浩的手机"嘀嘀"响起，来电是袁从严。

他接起来，袁从严说道："董事会让你今天到华星。"

应浩的眼眸微眯："我不去。"

袁从严："哦？行，我跟他们说。"

应浩："袁叔，辛苦了。"

"跟我不必客气，这段时间不会平静，你要保护好自己。"袁从严嘱咐道。

"会的。"

挂了电话，他伸手揽过孟浅浅的腰。

孟浅浅看了他一眼："你接下来有什么打算？为什么不去华星？"

应浩把玩着手机，说道："他们没有一个人是无辜的。"

他说的是董事会那群人。

孟浅浅看着他，只觉得他又变了一些，更有手段了。

接下来的一整天，华星股价暴跌，东方的创世纪销量暴增，投资者的投资意向挤满了邮箱，所有的企业都在试图跟华星解绑——解除合作。董事会那群人急得快要疯掉了，连孟浅浅都接到两个董事会人员的来电，她有些诧异，但很快冷静地挂断了对方的电话。

她跟应浩一整天都没离开公寓，唐隽跟周彦、常慧慧、江枫中午还过来蹭饭吃，孟浅浅下厨，他们吃得满嘴是油。

唐隽："常慧慧，你得跟浅浅学妹学习。"

常慧慧翻了个白眼："我生来就是给你做饭的吗？做梦吧。"

周彦说道："撑得好。"

唐隽摊开手："行，我来做饭，可以吗？小慧慧。"

常慧慧拿起枕头砸他："你说的。"

江枫拿起碗递给孟浅浅："我还要一点炒饭。"

孟浅浅笑着准备接过碗。应浩劈手抢走，说道："你敢使唤她？！"

江枫十分委屈地拿过碗，自己进厨房去盛饭。

孟浅浅踢了应浩一下，应浩"啧"了一声。

外面一片慌乱，但公寓里一片温馨。

与此同时，昨晚睡在酒店的应涵被走廊的声音吵醒，他"唰"地坐起身，发现手机有一百多个未接来电。林飘也从床上起来，迷迷糊糊地拿起手机一看，上面的新闻推送让她瞬间清醒，接着她看向应涵，应涵也看到了新闻。

他的脑袋轰隆隆地作响。

林飘迟疑地举着手机："这是什么？这是真的吗？"

应涵回过神来，用力地推开她的手。

"哐"，手机跟着林飘的手一块掉在床上。

应涵快速地下床，说道："这不关你的事。"

"你是私生子，你妈是小三，你这样的身份还想要拿到华星，你要不要脸啊！"林飘突然尖叫起来。

这一切都让她崩溃，东方的成功，求而不得的感情，还有对孟浅浅的妒忌，最后这一则新闻让她彻底崩溃。

"闭嘴，你妈才是小三！"应涵一边穿衣服一边狠狠地看着林飘，"我妈跟我爸认识在先，怎么能算小三？小三是应浩的妈妈，她才是。”

林飘摇着头，死死地盯着应涵：“你妈害死了祝愿，害死了祝愿学姐。”

“滚。”应涵扯好衣服冷冷地道。

“你算什么东西，你有什么资格说我妈？你都是为了钱，别以为我不知道你为了陆礼打胎。”应涵说完，拉开房门走了出去。电梯门恰好打开，里面是乔装成普通人的记者，应涵眼尖看到了，他立即拉高了兜帽，一把推开安全门走了下去。那几个记者拿着房门号，一路来到 802 门口。

门没关，媒体记者们举着摄像机走进去，轻声地喊道：“应涵在吗？”

“唰”的一下。

镜头一下子扫到了床上坐着的女人。林飘穿着黑色吊带裙，有些呆滞地看着突然闯进来的人，一秒后，她在镜头里尖叫了起来。

“啊——”

“你好，请问你是应涵的女朋友吗？”

“应涵是不是昨晚跟你在一起？”

“他走了？门没关。”

“啊——滚——你们给我滚——”

林飘看着那扇门，他就这样走了，就这样走了。

她把那群记者赶走后，一把将门关上，靠在门板上，一时有些恍惚，不知道自己这三年到底在干什么。

应涵搭乘出租车赶回了滨江花园，正门没法进，只能从地下车库进，但出租车又没法进车库，他只能下车乔装了一下，东躲西藏地才刷卡上了楼。好在滨江花园物业管理很好，能保护好业主的隐私以及安全。

电梯抵达一楼后，他走出电梯。

他看到父母都在家，陈菲坐在沙发上脸色惨白，正在哭，应顺尧在打电话，让人撤新闻撤热搜。

看到他回来后，陈菲扑过去：“应涵！”

应涵抱住母亲：“妈，爸，这到底怎么回事？”

应顺尧颓废地放下话筒，看了过来，说道：“完了，我们完了……”

东方的营销部总监发了一份邮件给孟浅浅，是今天一整天的销量。孟浅浅用笔记本下载出来，打开。

只看了一眼，她就吓坏了，总觉得这个数字不真实。

她说："应浩，你看看。"

应浩靠在沙发的扶手上看书，他看了一眼，说道："大惊小怪。"

孟浅浅转头道："不惊讶吗？"

应浩懒懒地俯身，手撑在大腿上说："以后会越来越多的，他们别无选择。"

孟浅浅看着他眉眼间带着的自信，只觉得他耀眼夺目，她有些失神。

应浩揉揉她的头发，说道："我得出去一趟，你今晚早点睡。"

孟浅浅："你去哪儿？"

他凑过来亲她的唇角道："回来了再跟你说，别等我。"

孟浅浅："哦，好。"

应浩站起身来，将黑色T恤脱下，露出腹肌和后背。他去了衣帽间，取了一件黑色衬衫穿上，换上了黑色长裤，他抬手整理袖口，捞起手机和车钥匙，又揉揉她的头发，这才朝门口走去。孟浅浅趴在茶几上，看着他的背影。

"砰"，门关上了。

夜晚，还有些媒体在，为了躲避媒体，应浩直接步行去了地下车库，他开了黑色的SUV，一路来到滨江花园108号。他下车，把手插在裤子口袋里，一把推开大门。

院子里正在扫地的保姆看到他，瞬间有一种魂飞魄散的感觉，应浩冷淡地看了她一眼，大步地走上台阶。

客厅里的三个人听见动静，齐刷刷地抬起头，看到应浩的时候，顿时愣住了。陈菲反射性地站起来道："你……你吃晚饭没？我去给你做点……"

应浩说道："陈姨，不用再装了。"

陈菲的脸色刷白。

应浩看着应顺尧跟应涵，走了过去，随意地坐在他们对面的沙发上，长腿交叠，指尖虚虚地搭在扶手上，他没了以往的隐忍，神情冷漠，眉宇锋利无比。

应顺尧张了张嘴，想要说话。

应浩则往前倾，看着应顺尧："高三那一年我就知道这件事情了。"

应顺尧的脸色有些苍白。

应浩继续道："知道的时候我很想拿刀杀了你们，后来被袁叔拦了下来。"

"这几年……"他拿起桌面上的水果刀把玩，"你们三个人在装，我也在装，你在谋划着怎么把华星全部交给你的小儿子，我也在谋划着怎么让你们身败名裂……"

应顺尧紧紧地握着扶手，手指在发抖。

应浩抬起眼睛看着应顺尧、应涵、陈菲三个人，说道："知道我为什么要到今天才揭穿你们吗？"

应顺尧脊背发凉。

应浩盯着他道："因为当我身为祝愿的儿子站到了屏幕前时，那些曾经受我妈帮助的伙伴会成为我手里的一把剑，把你们全部捅成马蜂窝。"

陈菲倒吸了一口冷气，浑身发抖。

应涵指着应浩："你滚。"

"该滚的人是你们，这房子是我妈的。"应浩抬起眼眸冷冷地看着应涵，"从高处摔下来的感觉不错吧？"

应涵咬紧牙关。

应浩接着道："你们手里的东西，我会一样一样地收回来，你们做好准备吧。"

说完，他把水果刀扔在桌面上，转身便走。

没了那一层隐忍的面具，应浩的狠劲儿吓坏了陈菲，吓坏了应顺尧，也吓坏了应涵。

他走了几分钟后，他们还没回过神来。

直到保姆进门后，陈菲才惊慌地扑过去拉住应顺尧："怎么办？怎么办？我们接下来该怎么办？"

应顺尧被摇得烦躁："别吵！"

他一把推开陈菲。

陈菲靠着应涵，哭了起来。

看了一眼时间，九点半，孟浅浅睡不着，她靠着床头，和常慧慧玩了一把游戏，两个人输得好惨。

为了赢，下一把游戏开始前，常慧慧拉了唐隽做队友，这一把孟浅浅才苟活得久了一点。

这时，门响了。

孟浅浅一把放下手机看去，应浩解着纽扣绕过来一看：“还没睡？”

孟浅浅摇头。

她开着床头灯，整个人看起来懒洋洋的。应浩看了她几秒，走上前，俯身亲吻她的眉心：“在等我吗？”

孟浅浅：“嗯，你是不是去本家了？”

应浩一顿，随即笑着道：“是，去撕破脸皮。”

孟浅浅抬手摸着他的脸：“爽了吗？”

应浩挑起眉毛：“还行。”

孟浅浅笑起来，眉眼弯弯的，皮肤白皙。

孟浅浅低声道：“明天得上课啊，还有那么多记者怎么办。”

“我送你去学校。”

“嗯。”

接下来的一个星期，华星集团的股票跌入谷底。华星集团的董事会急得很，他们想找应浩去救，但是一直没有办法跟应浩碰面。

应顺尧和应涵则像缩头乌龟一样躲了起来。

董事会召开了一个会议，几个元老级股东问袁从严该怎么办。

袁从严靠在椅背上，说道：“我也不知道该怎么办啊。”

他一脸事不关己的表情让这群元老级的股东气坏了，他们其实知道该怎么办，但是这些年应顺尧太会收买人心了，他把股东们的荷包装得满满的，让股东们服服帖帖的，他甚至对一些事情睁一只眼闭一只眼，让股东们可以往一些重要岗位安插人手，有些股东几乎是全家靠着华星而活，这些都是应顺尧给的好处。股东们和应顺尧彼此都相处得非常好，如今让他们把应顺尧拉下台，实在是有些舍不得。

林董说道：“只要把那对母子赶出集团不就行了？祝愿是华星集团的创始人，难道顺尧就不是吗？他也是创始人啊。”

“就是啊，收回应涵的股份，让他们滚，再说了祝愿已经去世多年了，她走之前是幸福的，我们就尊重一下她，不要把事情弄得那么难看。”另一位股东陈叔说道，“人啊，还是要以大局为重，如果把顺尧拉下去了，目前没有更好的人选啊，我们可以再稍微利用一下他，等华星正常运转了再说，这股票再跌下去，我们都惨了。”

袁从严笑笑，没吭声。

雷董看了一眼他们两个，说道：“有更好的人选。”

“谁啊？”林董立即看向雷董，“你这个墙头草，两边倒，你还能说出个花来？你还能推荐什么人选？还是你自己想当，你行吗？”

雷董的神情有些难看，他说道：“你们别忘记了，如今东方突破了续航里程，1000公里，应涵弄的换电站很快就要被取代了，你们让应顺尧继续坐这个位置，华星才是真的要完，东方已经具备了打击华星集团的实力，应浩是祝愿的儿子，他有实力有身份，也是华星集团的股东，他不是最好的人选吗？”

“唰”的一下，几个董事都安静下来，看着他们不说话。

雷致远缓和下来道：“再说，应浩不是一个人在努力，祝愿肯定也会在天上保佑着他，同时，她也在看着我们。”

董事们无端地后背一凉，陈董看着雷致远说道：“你别吓唬我们。”

“我算吓唬你们吗？我们都是跟着祝愿出来的，而不是跟着应顺尧，你们总不能全部都失忆了吧？”

陈董咬了咬牙根，看了一眼其他人，其他人纷纷挪开视线。

陈董说道：“我没忘记，大家都不会忘记，但是时代变了，祝愿去世已经十几年了，我们总不能为了她，不顾自己的老婆孩子吧？”

他们走到今天，有钱有权，早就没有什么初心了，只想维持现有的生活。

雷致远这些年在董事会也见证了这几个元老级董事的畏缩以及爱势贪财，他“啪”的一声狠狠地拍了一下桌面，随即指着会议室的门，说道：“你们去看看外面，去听听外面的声音，多少行业老总对祝愿所遭遇的感到唏嘘，多少师兄师姐以及同窗好友为祝愿打抱不平，多少网民为她感到不值，你们这些祝愿曾经最要好的朋友竟然对这件事情无动于衷，如此冷血。这是赤裸裸的真相，我们所有人都活在应顺尧的谎言里，我们所有人都在成全他的自私自利，这样一个集团负责人，如此可怕，你们还想留着他！

你们觉得华星还有未来吗？！”

雷致远是真的动怒了，说他墙头草也好，说他在关键时刻选择最有利的战队也好，但是他确实真正感觉到了被欺骗的恨意。他仍然记得一年前见到应浩时的场景，锋芒内敛，而在这些外表下，这个孩子承受着多大的压力，心里有多少的恨意才能如此坚持地走到今天。

他这一巴掌拍下去非常用力，剩余的董事被吓到了，愣怔住了。

几秒后，他们渐渐地回过神来。

接着才发现，从事情发展至今，他们一直担心的只有华星怎么样，应顺尧怎么样，从没去思考过这件事情本身，他们忽略了这一场骗局的险恶用心。雷致远掐着腰指着他们道：“梁坤教授当初怎么下台的，大家清楚吧？应顺尧说那么多冠冕堂皇的话，不过就是要踢走梁坤教授给那个私生子让位。老宋跟老江怎么离开岗位的，大家也不陌生吧？别等到刀架在你们的脖子上才知道害怕，你们现在不出手，等应浩上来，第一个收拾的就是你们！”

他把话直接撂开了说，也懒得跟他们再弯弯绕绕的。

几位董事的脸色终于变了，尤其是陈董，听见“收拾”二字，仿佛看到一身是血躺在自己跟前的祝愿正望着自己，他下意识地往后靠在椅背上。

这时，袁从严的手机正巧响起。

几个人的视线扫过去，看着袁从严，袁从严笑笑，拿起手机，看了一眼号码接了，那头秘书着急地说了几句话。

袁从严说道：“好的。”

他挂了电话，把手机放回桌面上，看着他们几个，说道：“原先预订华星 Bright 的车主已经全部退款，而现有的车主组成了地区队，向华星索要说法以及担保，另外还包括其他系列的新能源汽车以及一部分的燃油车车主。”

他的话刚说完，陈董等人倒吸了一口冷气。

袁从严接着道：“只要东方完全崛起，华星无路可逃，造成的损失，各位承担吗？”

华星股票的下跌已经让他们焦头烂额了，还要应付这些车主吗？顿时，他们一个个都慌了神。此时，他们急需一个人来处理这些事情。

陈董“唰”地抬起头，道：“我们这就去找应顺尧。”

袁从严看着他笑道：“辛苦陈董了。”

陈董不想再说什么了，拉开椅子站起身来。其他几个人也跟着他起身，雷致远看了一眼袁从严说道：“这几天，袁董辛苦了。”

袁从严微微一笑，从容不迫：“雷董才辛苦，接下来还需要雷董多多帮忙。”

雷致远看着袁从严，心想，难怪应顺尧当初把袁从严直接调离华星总部，扔去其他分部近十几年，应顺尧早料到袁从严会坏他的事吧。

袁从严也能忍，他回到总部后，干的都是一些跑腿的工作，一个堂堂元老级的人物在外面风光，实际在公司只拥有一个闲职。他在应顺尧那儿多少有点忍辱负重，他估计也是为了今天。

雷致远点头：“我会的，希望好人有好报。”

他最后这话话里有话，大意是希望应浩上位后，袁从严替他美言几句。

袁从严含着笑意：“当然。”

雷致远转身离去。

夜深了，几辆轿车开到滨海花园 108 号门口，保姆看到车辆的车牌号，记起雇主的嘱咐，立即开了门。

雷致远带着陈董、林董、萧董还有董晖四个人进门。

应顺尧跟应涵还有陈菲都在客厅里候着，看到他们来了，立即招呼：“这几天辛苦你们了。”

雷致远看看陈菲，看看应涵，再看看应顺尧的嘴脸，他笑了笑，说道：“确实辛苦，集团如今情况不乐观，东方锋芒毕露，不少投资者打算转投东方，甚至连银行都惊动了，各大银行争先上门给东方提供资金链。”

应顺尧的脸色巨变，他说道：“华星是打不倒的。”

雷致远微笑，几个人落座。

陈菲上前帮忙倒茶，几个人看着陈菲，眼眸微微犀利。雷致远更是直接推开那杯茶，陈菲的手一顿，她的脸色有些发白，只能坐了回去。

在这群人面前，陈菲是第一次被落了面子，她咬了咬牙，让自己忍下来。应涵看到母亲被这样对待，想发怒又不敢发怒，只能忍着。因为应顺尧说过，这些人都是忠于他的，只要他们还支持，他就倒不了。

应顺尧当然也看到了他们对陈菲的态度，他也没立即发难于他们，现如今最重要的并不是这件事情，再说，他们会迁怒于陈菲也是理所当然。应顺尧说道：“先不说别的，我打算把整个故事变一变。”

说着，他从一旁拿出好几份 A4 纸，递给他们。

雷致远率先拿过来，一看，他的眼眸微冷。

应顺尧一边慢条斯理地喝着茶，一边说道：“这个故事需要你们做证，你们是祝愿的好友也是她的同学，你们只要稍微透露一下，当初是祝愿主动追的我，甚至在我表明我有喜欢的人的情况下，她还非要勾引我，并且用公司作为要挟，非要跟我结婚，我迫于无奈只能假意骗她。我也守了她九年，她去世了我才在一场车祸中被陈菲所救，最后和陈菲旧情复燃，应涵不是我的亲生儿子，我们可以再次拿出 DNA 的鉴定书，我这里有一份，媒体发布的那张，是应浩跟我的，只是名字换成应涵的而已，更何况应浩原来就叫应涵，我这里还有当初跟祝愿商量名字的细节。”

雷致远等人只觉得脊背发凉，冷汗直冒。

整个故事一翻转，祝愿这个已经去世的人就会被媒体拿出来议论，受到舆论的打击，那些为她说话的人只会觉得她仗势欺人。然而熟悉她、认识她的人，都知道她不是这样的人，她性格单纯、天真，一心扑在研发上，当初跟她出来的人如今没有一个人过得不好的，她早早地就让所有人持有华星集团的股份。

那些年华星能那么快崛起，也是因为车企界一些大佬的拉拔，因为她从不吝啬跟这些车企大佬分享她的研发成果。只要是国产车的公司，买她的专利基本不怎么花钱。愿意分享使得她的人缘非常好，这也是华星这几年管理进入腐败却依旧蒸蒸日上的原因，因为受她帮助的那些大佬时不时地也会跟华星分享一些投资方向。

舆论为什么能把应顺尧逼到不敢出门，就是因为很多人在为祝愿发声。

应顺尧这一招可谓是极其恶毒，他们几个人如果真的违背事实的真相对外修改故事过程，魔改祝愿的性格，他们几个人就成了应顺尧手中的枪。那么应浩的反扑就会更厉害，毕竟他突破了续航里程，他有实力，他到时会直接斗垮华星。

不行！绝对不行！

幸好他们几个人提前通了气，现在才不至于乱了阵脚，或者一个个被迷惑，让应顺尧得逞。雷致远紧捏着纸张，说道：“我终于明白为什么应浩要隐忍这几年，有了实力才披露这个真相，揭穿这个骗局。”

应顺尧一听，放下茶杯，看着雷致远：“你什么意思？”

雷致远微微一笑，说道：“如果今天应浩没有这个实力，他没有突破续航里程，东方没有做起来，那么今天你修改的这个故事一定会很蛊惑人，会蛊惑我们替你卖这个命，替你编造这个谎言，昧着良心说出那些违背真相的话。但是很可惜，应顺尧，你注定要失败了，我们都看中了应浩的实力，还有他带起来的东方，而你呢？你除了这一身的虚伪我们看不到你半点闪光点，你被淘汰了。”

说完，他第一个撕掉了手中这个故事。

陈董看到他撕了，紧接着第二个撕掉了，其余三个董事也一起撕了，一直没怎么说话的董晖说道：“太恶心了，我以为我这把年纪了，应该会很淡定的，但是我还是被应顺尧你给恶心到了。”

“你们！”应顺尧“唰”地站起来，指着他们，“这么多年，我给了你们多少好处？你们做的那些事情我不知道吗？”

“你死了就没人知道了。”林董听见这话，立即奓毛着反驳。

“林树严！”应顺尧的面容微微扭曲。

雷致远笑着拿出手机，对应顺尧道：“幸好一直通话中，我相信应浩会录下来的，放给所有媒体知道，你应顺尧还有这样的阴谋。”

他手中的黑色手机正在通话，名字是应浩，应顺尧一脸的不敢置信。

应涵冲过去想要抢走雷致远的手机。

那头，一道低沉的嗓音传来，带着冷笑：“应顺尧，幸会。”

他不再喊“爸爸”了，一声“应顺尧”就把他钉在耻辱柱上，应顺尧跌坐回了沙发上。

应涵被另外两位董事拉住，他气急了就开始打他们。

幸好有保镖冲了进来，拦住了应涵，他的拳脚确实不错，需要三个保镖才能压制住，保镖狠狠地把他的头撞到墙壁上。

陈菲疯狂地尖叫，抱着头，冲过去扒拉他们。

陈董拿出一份文件放在应顺尧的跟前，说道：“签吧，签了以后好好去当个普通人。”

应顺尧愣怔地看着文件——股权转让书，有应涵的，也有他的。他瞪着陈董，陈董笑道：“二选一，没打算让你一无所有，看你是想保你儿子还是保你自己。”

“唰”的一下，陈菲跟应涵往这边看来。

应顺尧看着转让书，摇了摇头。

雷致远把手机放在应顺尧的耳边，应浩低沉的声音漫不经心地传过来：“不签，今晚这场大戏明天就会上映，一定非常精彩，应导自导自演的一出戏评分一定很高。”

应顺尧这辈子从没这么害怕过，他的儿子让他害怕，应顺尧一把拿过笔，看着这两份股权转让书，应涵大喊了一声：“爸！”

陈菲也是往他这儿爬，他们母子俩的意思很明显。

应顺尧没搭理他们的话，在应涵那一份上签下自己的姓名。他这一签，陈菲跌坐在地上浑身发凉。

没了，什么都没了……

应涵也不敢置信地看着应顺尧，最后，他还是保全了自己。

接着，保镖押着应涵来到茶几旁，按着他，应涵握紧笔，转头看着应顺尧，他满眼的恨意。

大难临头，他彻底看清了应顺尧自私的嘴脸。

他被迫签下了名字，他跟母亲谋划了多年，自以为能吃下那个女人所创造的一切，如今全部成为泡影。这个父亲，给了他又逼着他还回去。

应顺尧该死，该死啊。

陈董把两份股权转让书收了起来，保镖也松开了应涵，应涵跌坐在地上，陈菲爬过来，抱住了儿子，无声地盯着应顺尧。

雷致远挂断跟应浩的通话，冷冷地看了一眼应顺尧，转身便走。陈董四个人跟上，出了门，陈董的脸色有些难看。

“雷致远，你跟应浩正在通话，我们几个都不知道，我们被你摆了一道。”

他们完全不知道雷致远的手机正在跟应浩通话，他们刚刚也不是没有犹疑，若是说错了话，他们都惨了。

雷致远看了他们一眼，他说道：“你们以为是我这么安排的吗？”

陈董一愣，随后后背发凉。

“难道是应浩？”

雷致远笑笑：“恭喜我们，都过关了。”

陈董停住脚步，神色惊恐，应浩今年几岁？他就有这样的谋略和手段！他用这通电话来试探他们啊……试探啊……

林董半天才出声道：“幸好我们站在了他这一边。”

否则未来会如何，恐怕难以预测。

公寓里，孟浅浅捧着书看着沙发扶手上的男人，他刚刚挂断了跟雷致远的通话。孟浅浅也听到了应顺尧改编的那个故事，那是个多么可怕的人，可怕到令人浑身发冷，明明有这么多证据和人证，他居然还要改故事，泼脏水，篡改真相，把所有过错都推到应浩母亲的身上，这样的人真的是应浩的父亲吗？

她放下书，正准备说话。

应浩却抬起脚狠狠地踹了一下跟前的单人圆椅，圆椅被踹倒了，在地面上滚动了一下。

孟浅浅“唰”地起身，膝盖跪在沙发上，看着他。

应浩的眼眸阴冷，他肯定不好受。

可能他有预感到应顺尧会自救，也预感到应顺尧会很无耻，但是他可能没料到，他会亲耳听到父亲这样谋划怎么泼母亲脏水。他的这种痛苦，她能够感受到，孟浅浅跪直了，抱住他的腰，应浩垂眸，看着怀里的女人。

他微微低头，用下巴抵着她的头顶，道：“浅浅，我庆幸我外公外婆没有参与这件事情。”

孟浅浅的手臂收紧，搂紧他的腰，他的腰劲瘦有力：“嗯，幸好他们不知情。”

“不，他们知情，只是他们没有参与，我不让，袁叔也不让。”他的嗓音很低，他说，“外公外婆也一直在忍，在装，这几年他们给我妈扫墓，对外公外婆都是一种折磨，他们这辈子过得坦坦荡荡，顺顺利利，从没想过会遇上这样的恶魔。”

孟浅浅在这一瞬间万分心疼他，心疼得不知如何是好，心疼到恍惚。

她抬起头看着他道：“为什么你还要保留他的股份，趁着这个机会全部拿走不是正好？”

应浩用鼻尖抵着她的鼻尖，低声道：“不，应顺尧这么多年铺的网太大了，很多人都对他马首是瞻，集团里还有很多不是我妈的人，这些人要用，就得先保应顺尧，华星集团现在受到重创，我若是去处理，得先安外，内不能乱。不到万不得已，我一定要留下华星。”

孟浅浅懂了，她也觉得神奇，自己竟然听懂了，或许做人事久了，慢慢地就懂得这些用人的手段。她很惊讶，但也知道自己在成长了。

她说道：“感觉多少有点便宜他了。”

应浩的薄唇贴着她的唇瓣道：“先让他以为保住了，再失去，才更有趣。”

孟浅浅一顿：“原来你打的是这个主意。”

应浩：“是啊。”

他含住她的嘴唇，他的唇瓣冰凉，而她的温热，一下子便让他觉得温暖起来，那些痛苦也渐渐地消散了，他抱紧她的腰。

他何其有幸，能拥有她呢？

手机在这时响起，惊扰了正在接吻的两个人。孟浅浅红着脸拉好睡裙，俯身去拿手机。应浩坐在扶手上，用指腹抹着唇角，问道：“谁？”

孟浅浅拿起手机回来，说道：“媛媛。”

应浩：“高考完了？”

孟浅浅“嗯”了一声，她接起来，喂了一声。

孟媛媛在那边笑着喊：“姐，我考完啦！”

孟浅浅笑问：“怎么样？”

“感觉还可以，上海城大学应该问题不大？”

“有没有去找乔老师对答案？”

“去了，我跟几个补习的同学都去了，把题目复刻下来，乔老师重做了一次，反正数学跟物理可以的，其他的我正常发挥啊。”孟媛媛的声音难掩兴奋。

孟浅浅也跟着兴奋：“好，拿到录取通知书，你就过来。”

“嗯嗯。”孟媛媛停顿了几秒后，说道，“姐，爸好几天没上班了，我听说他跟上司吵架了，上司让他停薪留职。”

孟浅浅一愣：“他会失去工作吗？”

“不知道啊，他现在都不怎么出门，昨天还打了孟啸。”孟媛媛接着道，“我看着可爽了，爸第一次打他呢，希望以后多打几次。”

孟浅浅沉默了几秒：“他们对你怎么样？”

孟媛媛：“啊？很好啊，不是，就是平常那样呗，还是那样……”她说着说着停了下来。

孟浅浅眯起眼睛：“黄秀琴有没有说什么？”

孟媛媛笑了一下：“没有。”

没有才怪，宝贝儿子跟赚钱的丈夫成这样了，黄秀琴肯定有话说。

孟浅浅问道：“她有没有说不让你上大学？”

孟媛媛在那边彻底沉默下来。

孟浅浅捏紧手机，道：“记住了，她说什么你都不要放在心上，你上大学不靠她。我会供你读书，我们姐妹俩好好工作，好好学习，知道吗？”

孟媛媛迟疑地道：“外面真的能打工吗？”

“当然。”

孟媛媛：“那就好，我会加油的。”

孟浅浅松了一口气笑道：“好。”

她得提前给孟媛媛打预防针，别看孟媛媛性格很强，实际上只是外表而已，她的内心常常会感到不安。这些她深有体会。就怕黄秀琴说了什么，彻底断了孟媛媛继续往外走的心，父母再不堪，始终是父母。

她当初就是这样，一边是学习，一边是家务。黄秀琴一直跟她说，上完护理学校，毕业后就留在连城当护士，护士既体面又吃香，想嫁人都容易些，还可以住在家里，上班也方便。她并不想听，但是这些话每天都在她耳边重复，加上学习太累，跟不上，她渐渐地被说动了，才会完全放弃。

复读那一年，全靠对应浩的信念，她才考上来的。

她挂了电话，转头，应浩正靠在沙发扶手上看着她，说道：“江枫隔壁还有一间空的公寓，到时租给媛媛住。”

孟浅浅摇头：“不用，先让她住宿舍。”

应浩眯起眼睛，心里却在打算再买一套房子的事情，至于滨江花园那套别墅，他们三个人搬出去后，要重新装修。他跟孟浅浅得有个体面的家，那套别墅再怎么样，也是他妈妈买下的。

孟浅浅看他的表情，说道："媛媛得独立啊，学生住宿舍，合情合理。"

应浩捏了她的鼻子一下："好，知道了。"

随后，他看了一眼腕表，拦腰把她抱起来，道："睡觉。"

孟浅浅搂着他的脖颈，道："你明天开始会不会很忙？"

应浩把她放在床上，俯身亲吻她的唇瓣，道："会。"

说着掀开被子躺下，搂着她。

"晚安。"

"晚安。"

应浩说是会很忙。结果第二天孟浅浅去学校上课，应浩开车送她到学校里，也陪着她进了教室里。孟浅浅在座位上坐下，低声问道："你不应该去华星吗？"

应浩拿了她的书本，靠在椅背上，似笑非笑地看了她一眼："陪你上课更重要。"

孟浅浅才不信。

她今天早上有两节课。

第一节课上到一半的时候，教室外面一辆黑色的轿车开过来，停在花坛边。后座车窗摇下，一个穿着西装的中年男人从车里看出来，接着按了一个号码拨打。孟浅浅看到应浩的手机振动了一下，她踢他一下："电话。"

应浩看了一眼，眼眸扫向门口。

几秒后，他按断电话，没接。

孟浅浅："你怎么不接？"

应浩说："我懒得接。"

孟浅浅抿紧嘴唇，看了一眼门外的车，黑色的，不算显眼，班上的同学跟老师也暂时没注意到。她收回视线，专心上课。应浩靠在椅背上，抓起她的马尾把玩着。孟浅浅甩了几下没甩开，她瞪了他一眼。

应浩的唇角含着笑意。

就这样，第一节课结束，准备上第二节课。孟浅浅抱着书本，跟他一块走出教室的门，那辆黑色轿车的车门立即推开，雷致远从车里下来，站在车旁看着他们。

孟浅浅的脚步微停，她看了一眼身侧的应浩。

应浩把手插在裤子口袋里，神情淡淡的。

雷致远走了两步上前，笑着道："我来接你，应浩。"

他说完这话，司机也从车里下来，站在车旁。学生跟老师也纷纷注意到这边，应浩看着雷致远没有应声。

雷致远笑着再往前一步，道："林树严他们本来也该来的，但是考虑到学校的环境，不想给你造成困扰，所以直接去华星集团等着了。应浩，有账，等忙完这一阵再算可以吗？"

四周的人多了一些，都看着这一幕。

应浩的下颌松了一些，他偏头，捏住孟浅浅的下巴，在她唇上印下一吻，说道："今晚有聚餐，我到时来接你。"

孟浅浅在大庭广众之下被一吻，脸红到能滴血，她推他："知道了。"

应浩深深地看了她一眼，随后松开她，走下台阶，朝黑色轿车走去。雷致远朝孟浅浅点了点头，接着转身跟上。

孟浅浅站在原地，看着应浩弯腰坐进车里，他坐稳后，车窗缓缓地摇上，那张冷峻的脸渐渐地被遮挡住。

周围的同学议论纷纷。

车子掉转车头，开走了。黑色的车尾越来越远，孟浅浅看得出神，连常慧慧喊她，她都没反应，常慧慧"唰"地上前，一把挽住她的手臂："浅浅！"

孟浅浅回过神来，对上常慧慧的脸："怎么了？"

"你看得也太入迷了吧，应浩学长去哪儿啊？这么大的阵仗，还有车亲自来接。"

孟浅浅扫了一眼四周的同学，他们都在往这儿看。孟浅浅转身，边走边说："华星集团的人来接他了。"

"华星？啊！懂了。"常慧慧一想反应过来了，她说，"这两天还有好多记者在学校门口蹲守，唐隽和周彦都差点被堵到。"

孟浅浅说："也是辛苦唐隽学长和周彦学长了。"

"可不是？不过应浩学长一出面，会慢慢平静下来吧。"

"应该会的。"

话音刚落，她们两个人的手机同时响起，两条热门推送直接推到她们跟前。

华星集团发生重大人事变动：袁从严接任董事长之位，应浩接任首席执行官之位。

应顺尧卸任董事长，彻底离开华星权力中心。

常慧慧有些震惊：“应浩学长上新闻了。”

孟浅浅低头看着这两条新闻：“是啊，他上新闻了。”

“果然大公司就是不一样，接任职位都会上热搜。”

孟浅浅：“那是集团，上市公司。”

常慧慧：“那学长的身份不得了了……”

孟浅浅笑笑，可不是？不一样了。

他进入了华星集团的权力中心，他达成所愿，但又像是一场梦。

“上课上课。”常慧慧拉着孟浅浅往选修课的教室走去，顺便在便利店买了吃的，买完单发现好些同学在往这里看。

常慧慧的眼睛扫过去：“你们看什么呢？”

那几个同学笑了笑，说道：“孟浅浅，恭喜你啊，应浩学长成为华星集团最年轻的 CEO 啊，真棒。”

孟浅浅一顿，说道：“谢谢。”

常慧慧转头看着孟浅浅，贼笑两声，撞了她一下：“啧，你身份也不一样了。”

孟浅浅扫了她一眼，不搭话，下了台阶，就往教室后门走去，跟常慧慧猫着腰坐下，两个人低头吃起常慧慧买的糖果，前面却传来了少许的议论声。

“应浩学长也太厉害了吧。”

“可不是，厉害了。”

“直接把他那个爸爸干倒了。”

“没看刚刚那车吗，开到学校来接他，求他回华星集团的吧，华星现在情况不好，必须有个人去处理。”

“是啊。”

“长得又帅又有能力，哎，孟浅浅这什么好命啊。”

“相比起来，孟浅浅就有点普通啦。”

常慧慧咬糖的动作一顿，她看向身旁的孟浅浅，孟浅浅安静地含着糖，翻着书本。常慧慧说道：“你别搭理她们的话，你还是东方的股东呢，又是东方的人事总监，她们算什么啊。”

孟浅浅笑笑，看了她一眼：“放心，我不会多想的。”

“最好是。”常慧慧捏捏孟浅浅的脸。

很快，老师来了，开始上课。

华星集团总部。

任命书下来后，袁从严跟梁坤教授陪着应浩去了他的办公室，这间办公室原来是应顺尧的，袁从严虽然接任了董事长之位，但是他还是打算待在他自己的那间办公室，于是这边便留给应浩：“你自己看看，有什么需要改动的，让成茂去办。你爸的东西都清空了。”

袁从严拿起桌面上的日历，看了一眼，顺手扔在垃圾桶里。应浩把手插在裤子口袋里看着这个办公室，说道：“没什么要改的，我也不经常在。”

“你毕业后重心肯定得放在华星这边，东方那边得放一放，提一个人上来帮你管理。”袁从严看着应浩说道。

应浩靠着桌子，拿起剩余的钢笔也扔了，但凡应顺尧用过的东西他都不要。他看向梁坤，说道：“梁教授，东方跟华星集团的研发部辛苦你了。”

梁坤扶了一下眼镜道：“不辛苦，应该的。”

应浩接着道：“但我认为华星研发部的主要研发方向得改一改。”

“哦？”他们两个人都有些好奇。

应浩看着他们说道：“芯片。”

梁坤一愣，袁从严也一愣。

应浩：“不要光说不练，看看华星研发部的现状，一团糟，各自为政，所有的研发目标都是纸上谈兵，应顺尧这几年靠着投资公司赚钱，研发这一块完全没有用心，他成了一个合格的资本家却不是一个合格的企业家。”

梁坤有些诧异。或许，越往后看才越能发现应浩的聪明跟远见。他眼眸里流露出欣赏：“没错，你说得很对，研发部这几年就是一潭死水，毫不夸张地说，幸好当初是在祝愿手里的时候公司上了市，否则华星走不到今天。”

应浩接着道：“所以我准备对讯连公司发起收购，收购完成后，芯片就麻烦你了，至于东方，它主攻的就是新能源汽车，把这一块做大做好就是它的使命。”

“好，很好，很好。”梁坤点头。

讯连原本就是做芯片研发，正好。

袁从严唇角含着笑意，看着应浩，很是骄傲。这时，成茂走过来，屈指敲了敲门板，说道：“记者会要开始了。”

袁从严从椅子上站起来，说道：“走吧。”

三个人出了门。

一眼便看到董事会的人等着他们，他们有些紧张地看着应浩，雷致远上前说道：“应浩，雷叔先跟你说，华星 Bright 的车主很多，今天记者会他们来了不少人。”

东方的突破，华星集团的丑闻，让 Bright 的车主怕换电站就这么废了，他们需要一个交代。

“你怎么打算？”袁从严也好奇应浩的处理办法。

其实最稳妥的方法就是回收所有 Bright 的车，然后再拆掉换电站，一劳永逸，但是华星集团的损失肯定是巨大的。

应浩没吭声，他整理了一下领口，随后下了楼，一行人来到会客大厅，隔着一扇门都可以听见里面热闹非凡的声音。这是华星出事后的第一场记者会，也是应浩更换“朝代”后第一次直面媒体。成茂推开大门，应浩走了出去。

看到这年轻的 CEO 时，整个大厅安静下来，接着闪光灯疯狂地亮着，这是祝愿的儿子，这是东方的初创人员，也是目前最年轻帅气的 CEO。

应浩走上讲台，他从容不迫，握着台上的话筒道：“大家好，我是应浩。”

闪光灯再次响起，噼里啪啦的。

应浩的眼眸看着他们，嗓音低沉：“感谢那些为我母亲发声的媒体，人生在世总是这样起起落落，浮浮沉沉，但黑暗总会过去，黎明即将到来。”

“啪啪啪——”掌声响起来，所有人都在唏嘘他们母子的遭遇，“啪啪啪——”

掌声如雷声一般。

一分钟后掌声落下，大厅归于安静。

应浩接着道："华星跟东方向来都是一家，以后无论大家买的车子是东方的，还是华星集团的，都不用担心，同一家公司同一种售后。"

掌声再次响起。

应浩："至于换电站，我们暂时不会拆，会保持原样，我们会在换电站的旁边安装东方的充电站，资源共享。"

那些等待着的车主"唰"地全站起来，紧接着紧密的掌声再次响了起来。应浩整理着袖子，接着道："等换电站老化了，所有 Bright 的车子都可以到东方换最长续航里程的电池。"

人群中有人憋不住了。接着，掌声再次响起，几乎要震破天花板了。

应浩走到一旁，微微鞠躬，说道："感谢大家对华星和东方的支持。"

"帅！"

"太帅了！"

"良心企业！"

有车主大喊。

资源整合、共享，没有留一杀一，简直太强了。记者们立即争先上前去采访，应浩笑笑，推开一些话筒，示意了一下，随后转身走下讲台。成茂带着人上前去拦，应浩推开门，董事会的人和袁从严、梁坤都没走。

看着这年轻男人的面容。

他们都觉得华星腾飞，指日可待。

袁从严拍拍应浩的肩膀："做得好。"

海城大学。

孟浅浅下午上完第二节课，跟常慧慧往宿舍走去，突然，常慧慧一把拉住孟浅浅躲到树下："那个应涵来了。"

孟浅浅的心一跳，偷偷地扫过去。

应涵开着跑车停在楼梯口，正在拨打电话，但是估计没人接，他打了一遍停下来，接着又打了第二遍。

过了一会儿，林飘跟陈莉从不远处走过去，看到那辆车子，林飘第一反应是拉着陈莉就跑，谁知道车门推开，应涵从车里下来，大步追了过去，从身后一把抓住林飘的头发，林飘疼得大叫起来。

陈莉吓坏了，第一反应想要去叫人。

“打你电话怎么不接？怎么？想甩了我？当初是谁说陪着我的？看我落魄了你就想甩了我？没门儿，我这里是你想来就来，想走就走的吗？”应涵拽着林飘的头发往车子方向拖，那样子引起了很多人的注意，四周的人全部围过来，看得人心惊胆战，他怎么那么粗鲁。

林飘挣扎哭喊着道：“你放开我，应涵！”

应涵冷笑一声，把她拽到车旁，要把她弄进车里，林飘死死地拽着车门，不肯上车。

常慧慧的心跳加速，说道：“太吓人了，这是干吗？”

孟浅浅看着应涵那完全没有手软的样子，她抿紧嘴唇，说道：“他是不是有病。”

“可不是有病吗？”

孟浅浅道：“得叫人阻止吧。”

常慧慧拽着孟浅浅：“你可别出去，上次这个人不是对你好像有点想法吗？”

孟浅浅道：“我当然不会出去。”

她不会往枪口上撞的。

宿舍管理员也下来了，想要阻止应涵的暴行，但是被应涵的眼睛瞪走了。

陈莉给主任打了电话，不一会儿，主任带着保安来了。应涵看到他们这么多人来了，脸色更为扭曲，不得已只能松开林飘，并且踹了林飘一下，接着他上了车，启动车子呼啸而去。

林飘被陈莉扶住，整个人跟失了神的木偶一样。

常慧慧看着，说道：“林飘学姐还真有点可怜，但是可怜之人必有可恨之处啊。”

孟浅浅没吭声，她觉得林飘可以活得更好的，哪怕像她这样，没自信，内向地活着，也好过张牙舞爪，企图去奢求不属于自己的东西。

看着人群散了，孟浅浅跟常慧慧才从拐角处走出来。

这时，一段视频发送到她的微信群里，她跟常慧慧点开，看到了应浩在记者会的讲台上说的那一番话，隐隐约约可以听到掌声以及说他帅的声音。

常慧慧说道："应浩学长是真的帅，他的处理方法好好哦。"

孟浅浅看着他，微微一笑："是的。"

他很优秀，很耀眼。

"是什么？"一道低沉的嗓音从身后传来，孟浅浅跟常慧慧转头，便看到应浩站在车旁看着她。

常慧慧笑道："刚刚浅浅说你好丑。"

孟浅浅愣了一下，说道："没有。"

应浩："哦？你说我丑？"

孟浅浅摇头："没有。"说着，她反射性地转身，朝楼梯口跑去。应浩冷哼一声，大步地向前，从身后一把揽住她的腰，说道："跑什么跑，去吃饭，常慧慧，上车。"

"哎，遵命。"

常慧慧抱着书本，高兴地朝车后座走去，拉开车门上车。

孟浅浅扑腾了一下，应浩按着她的腰，薄唇贴着她的耳垂，道："原谅你刚刚的出言不逊。"

孟浅浅红着脸，故意说道："滚，我又没说什么，再说了，你丑你还不承认吗？"

应浩低笑一声，抱着她待了一会儿。

孟浅浅任由他抱着，安静了几秒，道："今天顺利吗？"

"顺利，走吧，今晚吃大餐。"

"什么大餐？"

"去了就知道了。"应浩搂着她的腰转身，朝副驾驶位走去。

四周的女同学看着这一幕，纷纷有些唏嘘，她们纷纷想起刚刚被拽头发的林飘，林飘跟孟浅浅成了很明显的对照组。

大家也不由自主地想起东方还在渡难关的那段时期，林飘那嚣张的表情，孟浅浅多被她看不起啊，但哪怕是这样，孟浅浅当时跟应浩学长的感情却是好的，哪像林飘，应涵出事后她就跟他闹掰了，虽然大多数人都会这么做，但是林飘现在这样，也真是令人唏嘘。

黑色的轿车启动。

三楼的栏杆处，陈莉站在林飘的身边，说道："你要不要休息一阵子？

你精神状态不是很好。”

林飘：“死不了。”

陈莉叹了一口气。

林飘看着那远去的黑色轿车，突然捂起脸哭起来：“我做错了吗？我只是想要逃出自己的原生家庭，你知道吗？我是骗我爸妈说我考到海城大学会赚很多很多的钱回去，他们才肯供我读书的。不然，在我高三那一年，早就被我爸妈嫁给别人了。”

陈莉一愣。

林飘紧接着道：“可是我给他们一次，他们就会要第二次，我赚多少都不够给他们花的。我为什么要给？我不想给，所以我只能嫁人，嫁个家庭好的，足够让我应付他们，足够让我活得滋润。”

陈莉拿了纸巾递给她，轻声道：“你不应该把希望寄托在别人的身上，你应该先独立啊，你的成绩那么好，你为什么不能好好读书好好赚钱？你靠男人，你觉得到目前为止，哪个男人能让你靠得住？”

林飘的肩膀抽着，一直在哭。

陈莉接着道：“在这一点上，我知道你不喜欢听，但是我还是想说，孟浅浅比你理智多了，也比你聪明，你应该知道，她现在是东方的股东吧？她选择了站在应浩的身边，而不是花应浩的钱。”

林飘哭得更厉害了，陈莉拍拍她的肩膀，陪着她。

十多分钟后，黑色轿车在一家酒店门口停下。常慧慧挽住孟浅浅的手“哇”了一声道：“我们吃饭的地点要升级了。”

孟浅浅：“升得有点快。”

“哈哈，就是，有点快，没缓过来。”

孟浅浅微笑。

其实东方这几个人没少聚餐，不过几乎所有的聚餐都在学校附近的餐厅或者大排档，等等。学生有学生喜欢的聚餐方式，基本很少到这种从外表看就消费不起的地方。

应浩一只手插在裤子口袋里，另一只手牵着孟浅浅，说道：“今晚是袁叔请客。”

孟浅浅："难怪。"

应浩偏头看了她一眼，随后扫了一眼常慧慧，常慧慧被他一扫，无奈地松开孟浅浅，应浩眉梢微挑，算是满意了。

孟浅浅瞪了应浩一眼，应浩笑着牵着她的手进了大堂。

酒店金碧辉煌，带着淡淡的清香，孟浅浅看着觉得很漂亮，身材姣好的服务员上前接待，常慧慧觉得过分高级，还是挨着孟浅浅身边走。她们今天都穿得简单，孟浅浅是一条浅绿色的泡泡袖裙子，常慧慧是白色的上衣跟牛仔裤。

往里面走，服务员推开了一扇大门，炫丽的吊灯露出来，戴着帽子的厨师站在厨台后面正在给大家制作龙虾，这是高级自助晚餐。

常慧慧一连"哇"了好几声，被进门的唐隽上前捂住她的嘴巴："你行了，别一副没见过世面的样子。"

常慧慧掰开他的手，道："我确实是没见过世面啊。"

唐隽一脸的无奈。

周彦跟江枫也走过来，江枫已经开始吃起来了，手里端着的托盘里面放着好几块小蛋糕，他看到孟浅浅，立即凑上前，道："来，挑一块，我觉得这个慕斯蛋糕很好吃，你试试。"

那精巧的蛋糕令人的食欲一下子就上来了，孟浅浅伸手就要去拿，应浩的手快过她，拿起来后，放在她的唇边，低声道："我喂你。"

孟浅浅对上他的眼眸，耳根微微泛红，张嘴咬了，他侧着身子，领口微敞，眼眸看着她。

孟浅浅在他的注视下，吃完了蛋糕，他明明什么都没做啊，她就感觉脖颈都红了，她用手背擦了一下唇角。

"姐姐！"一道清脆好听的女声传来，孟浅浅放下手抬起头看去，便看到穿着米黄色衣服的苏婳正笑意盈盈地往这儿走来。

孟浅浅微微一笑："苏婳，好久不见，放假了？"

苏婳说道："还没呢，我就是回来看看我爸妈。"

"应浩哥哥好。"她看了一眼应浩，应浩撩起眼眸，看了一眼苏婳，点了点头。他在看孟浅浅时的眼神又深又欲，但是看苏婳时，就很疏离冷淡。

苏婳笑着跟孟浅浅说道："姐姐，这边有大龙虾，炙烤的，特别好吃，我们过去吃吧？”

孟浅浅顿了顿，她看了应浩一眼。

应浩：“我等会儿带你去吃。”

孟浅浅：“自助餐就是要自己吃才有趣啊，你老带着我干吗？”

应浩：“呃……”

情侣间的拌嘴，有点意思。苏婳的视线这才看到按在孟浅浅腰上的那只大手，她愣了一下后，似乎才想通，才恍然。

她抬起头看向应浩，应浩没看她，只是跟自家女朋友对视，最后他捏了一下孟浅浅的腰，道：“行，去吃吧，对了，苏漫老师也来了，记得跟她打招呼。”

“OK。”

孟浅浅从他怀里出来，笑着拉住常慧慧，然后招呼苏婳，苏婳回过神来，笑着挽住孟浅浅的手臂，道：“我让师傅给我们留了特大的三只。”

孟浅浅看着苏婳，笑问：“苏漫老师呢？”

“她在那边，跟林阿姨正在聊天。”苏婳指着靠吧台的那边，孟浅浅顺着她的手指，看到苏漫今天穿着浅色系的旗袍，正在跟一名长相很出众的女人站在一起，那女人穿着黑色裙子，头发是大波浪，也很知性。

她恰好看过来，孟浅浅猝不及防地跟她对上，一时没法挪开眼睛，她朝对方微笑点头。

苏婳说：“她是袁叔叔的老婆。”

原来是袁总的老婆，确实很有气质，都是长辈。

苏漫也看过来，看着孟浅浅，朝孟浅浅微笑，眼眸温柔。孟浅浅喊了一声：“苏漫老师，晚上好。”

“晚上好，浅浅。”苏漫含着笑意。

“浅浅”二字让林筱雅更专注地看过来。

“妈，我们去吃龙虾了。”

“去吧去吧。”苏漫摆手。

苏婳拉着孟浅浅往那边走，三个女生来到炙烤龙虾这边，果然，那龙虾极其肥美，常慧慧咽了一下口水，说道：“我闻到香味了。”

苏婳拿了三个碟子过来，孟浅浅接过来，戴了一次性手套，装了一份先给常慧慧。常慧慧接过来，美滋滋道：“谢谢浅浅，浅浅最好了。”

苏婳有点羡慕：“姐姐，我也要。”

孟浅浅含着笑意地装了另外一份给苏婳，于是三个人一人一份端着站在一起，一边吃一边看看还有其他什么可以吃的。

龙虾的味道是真好。

在不远处，林筱雅看着穿着浅绿色裙子的女生，在这奢华的自助餐厅里，她难掩柔美，但又带着几分清新，挺引人注目的。

苏漫顺着林筱雅的目光，说道：“你见过孟浅浅？”

林筱雅抿了一下红酒，笑道：“第一次见。”

苏漫轻声问道：“怎么样？”

林筱雅：“跟想象中的一样。”

苏漫笑笑：“浅浅是个很温柔的女生，她身上有些特质是苏婳应该学习的，柔而不娇，软而不弱。”

“苏老师对浅浅的评价蛮高的。”林筱雅看着苏漫道。苏漫笑笑，她抿了一口红酒道：“只是难得碰上这样的孩子罢了。”

林筱雅含着笑意，转头又看了一眼孟浅浅，想起了应浩来找她的那一次。

他说他放不下她。

这样的女生是有这样的魅力。

吃过龙虾，三个人转去吃寿司，江枫端着泡芙过来，一边塞泡芙一边说：“自助餐怎么能吃寿司？你们这样大亏啊！”

孟浅浅刚往嘴里塞，她听罢问道：“怎么亏啊？”

“饭啊，这寿司里全是饭，你们吃了还用得着吃别的吗？”江枫一脸的恨铁不成钢。

苏婳讪讪地放下寿司：“姐姐，是有点道理。”

常慧慧也立马把最后一口寿司吃完，道：“对，我们应该多去吃海鲜之类的，这些才值钱，才能吃回本啊。”

常慧慧撞了一下苏婳：“小美女，你之前应该吃过不少自助餐吧，怎么没有吸取教训？”

年龄相仿，常慧慧很快就跟苏婳也熟悉起来了。

苏婳擦擦唇角，说道：“我也很少吃这么好的自助餐。”

常慧慧震惊："不是吧，你爸爸不是梁坤教授吗？"

苏婳点头："是啊，但是我妈妈管得严。"

常慧慧："啊……"

孟浅浅看着苏婳，其实从之前的相处就能感觉得出来，苏漫对苏婳的教育很严格，她说道："行吧，我们去吃海鲜，我看那边有北极甜虾，这个好像也很好吃。"

苏婳："好。"

江枫："我也跟你们一起，我跟他们聊不到一块。"

孟浅浅顺着江枫的视线看了过去，便看到应浩跟袁从严还有梁坤站在一起，唐隽和周彦各自端着一杯红酒，五个人正在谈话。应浩靠着桌子，漫不经心地握着酒杯，不知在说什么，但是他的气场强了很多，连带唐隽和周彦都有些变化。

这时，梁坤往这边看来，孟浅浅的视线跟梁坤撞个正着，孟浅浅愣了一下，随后朝梁坤点头，梁坤扶了一下眼镜，也朝她点了点头，随后看了一眼她身边的苏婳。因为隔得远，孟浅浅没办法跟对方打招呼，只能点头示意，示意完了，她收回视线，跟着她们一块去吃其他的海鲜。

今晚人不算多，这里只有东方的初创人员以及员工和员工家属，另外华星这边只有袁从严带着妻子参加。

庆祝这一场仗打赢了。

晚上八点半，应浩找到孟浅浅时，她喝了酒，正趴在桌子上，满脸殷红。应浩眯起眼睛，上前扶起她，盯着同样醉倒的常慧慧，他抬脚就踹了一下抱着酒杯的江枫，江枫迷迷糊糊地坐起来，说道："老板，我劝了的，但是老板娘不听，跟苏……苏什么婳的，喝了两大杯就倒了。"

应浩："行。"

说着，他抬起头喊了一声唐隽。唐隽急忙放下酒杯跑过来，一看常慧慧这样，捂着额头道："我早说了，她们肯定会碰酒的，你偏不信。"

应浩用眼眸扫了一圈，又问江枫："苏婳呢？"

江枫打了个酒嗝，说："洗手间。"

说话间，苏婳扶着额头朝这边走来，她撑着沙发椅背，一脸的醉意，她看着应浩，说道："应浩哥哥，我们就喝了两杯。"没错，这里四个人，真的一人只喝了两杯，还是果酒，结果全醉了。

应浩对周彦说："你去喊一下梁教授。"

周彦点了点头，转身离去。

他走之前看到孟浅浅纤细白皙的手臂攀上应浩的脖颈，孟浅浅搂着他的脖颈："你来得太迟了，你知道我生日已经过了吗？"

她一喝醉就会说很多话。

应浩搂着她的腰，把她扶起来，道："没过，你生日不是十月二日吗？"

"过了，你错过了。"孟浅浅摇摇晃晃地倒在他的怀里，控诉道，"错过就是一辈子。"

应浩按着她的腰："没过，我记着呢。"

"你骗人，我没醉，我觉得果酒好喝。"说着，她又换了一个话题，"果酒甜甜的，你给我打包一杯回去。"

"一杯怎么打包？嗯？我给你买一箱，但你只能在家里陪我喝。"应浩拦腰把她抱起来，孟浅浅噘起嘴："谁要陪你喝，我也不要一箱，我就只要一杯……"

细碎的脚步声从那边传来，梁坤带着苏漫匆匆赶到这边来，苏漫扶着女儿的肩膀，眼眸看向这边嘴里叭叭的孟浅浅以及抱着她的应浩。梁坤看着应浩道："没怎么喝过酒的人会很难受，你照顾好她。"

应浩点头："苏漫老师，梁教授，我们先走了。"

苏漫立即道："慢点。"

孟浅浅埋在应浩的脖颈里道："你快点。"

她声音软糯，那种娇软的语调。

应浩的眼眸深了几分，搂着她腰的手紧了紧，低声道："闭嘴。"不许在这里这样说话。

说完，他立即转身，大步地往门口走去。

周彦跟唐隽都听到了，他们两个人对视一眼，耳根难免红了起来。唐隽把醉得像只小猪的常慧慧也给抱起来，周彦扶起醉得七荤八素的江枫，江枫抱着抱枕道："我可以走。"

"那你自己走。"周彦突然有点烦躁，脑海里一直回荡着孟浅浅刚刚那句话。

江枫被放开后，居然还真的跌跌撞撞地往门口走，最后直接撞在了门上，“哐”一声。

周彦：“你……”他回过神来，赶紧上前扶住江枫。

而留下的一家三口，苏婳其实没那么醉，她只是有点头晕而已，她看着离去的高大身影，收回了视线，打了个嗝。

苏漫拿着纸巾擦拭她的额头：“我一不留神，你就偷偷喝酒。”

“妈妈，我们喝的是果酒。”

苏婳揉了一下眼睛，眼眶红红的，像小兔子。

苏漫：“我有没有说过，在外面不许碰酒？你在学校里是不是也偷偷喝了？”

“真的没有，没有啊。”苏婳的声音提高，反驳道。

苏漫匀了一下气息，还想说话。

梁坤看着红了眼角的女儿，对苏漫说道：“好了，这是在公共场所，先回家吧，我跟袁从严说一声。”

苏漫也只得停下嘴里要说的话，她看了一眼女儿，苏婳的眼眶愈发地红。

苏漫扶着女儿，向门口走去。

苏婳：“妈妈，我头晕。”

“你活该。”

苏漫有些生气，苏婳垂下头，没吭声。

大家都喝了酒，不能开车。到了门口，应浩叫了两名酒店代驾，孟浅浅上车后靠在他怀里，说道：“你打包了没啊？”

应浩垂眸看她：“打了。”

“是打包了一杯吗？”

应浩：“是。”

江枫在副驾驶位上，扣着安全带，代驾启动车子。江枫打了个酒嗝道：“我也觉得果酒甜甜的很好喝，一点都不输给那些果汁。”

应浩眯起眼睛，踹了一脚副驾驶位的椅子：“你想喝就自己喝去。”

“跟老板娘一起喝才好玩嘛。”

应浩：“我看你是想被打。”

孟浅浅听着，立即伸出手，来到应浩的面前："你打啊，你打啊，你有种打死我啊。"

应浩偏头看着她那张红通通的脸，他低声道："你可别哭。"

孟浅浅："谁哭谁是小狗。"

应浩冷笑一声，点了点头："嗯，今晚你当小狗。"

"你才是小狗呢！"她下一秒又反悔了。江枫在前面哈哈大笑，直说老板娘喝醉了好可爱。

代驾也没忍住笑了。

应浩敛着眉心，盯着怀里这个女人。

好在很快抵达公寓。

唐隽他们那辆车也到了，唐隽先把常慧慧送上楼。周彦站在台阶上抽烟，看到他们的车到了，走下来打开副驾驶位的车门，把江枫拽下来，江枫跌跌撞撞地跟着。应浩搂着孟浅浅下来，随后拦腰抱起她，走向电梯。

四个人进了电梯，身上都带着淡淡的酒味。江枫的脸贴在电梯壁上，直呼冰凉凉的。周彦把手插在裤子口袋里，任由他贴着。

孟浅浅在应浩的怀里，蹭了蹭："我还想喝，你一定要给我打包。"

这个话题她已经说了七八次了，应浩说道："好，给你打包。"

"你怎么能忘记我的生日呢？"

"没忘记。"

"应浩，你好浑蛋。"

应浩垂眸看她："哪里浑蛋？"

孟浅浅眨了几下眼睛，说："周彦比你好多了。"

这话一出，连江枫都站直了身子，瞬间清醒了。应浩的脸色肉眼可见地黑下来，他抬起眼眸看向周彦。

周彦愣怔了几秒，接着道："我倒是没想到我在她心目中的评价那么高。"

应浩的下颌紧着，眼眸一直看着周彦，周彦咳了一声。

孟浅浅接着道："应浩是小狗。"

应浩收回视线，看向孟浅浅："你再说一遍。"

孟浅浅："小狗，哼。"

这时电梯抵达，应浩抱着孟浅浅大步地走出去，用指纹解锁进门。应浩把孟浅浅放在沙发上，随后撑在扶手上盯着她：“你再说一遍，我好还是周彦好？”

这间公寓熟悉的檀香味让孟浅浅觉得温暖，她眼睛眨也不眨地看着应浩。

几秒后，她伸手搂着他的脖子：“你好，你好啊。”

软绵绵的嗓音让应浩的心俨然一软，他按着她的腰，低声道：“这才像话，我给你做醒酒汤去。”

孟浅浅“哦”了一声，应浩松开她，起身要走，孟浅浅却一把抓住他的手腕。

应浩一顿，偏头看她：“嗯？”

孟浅浅招手：“你弯腰。”

应浩挑起眉毛，随后弯腰，手撑在她头顶的椅背上，眼眸盯着她：“然后呢？”

孟浅浅双手勾着他的脖颈，红唇凑上前，堵住他的薄唇。

应浩的眼眸微眯。

她亲了他一会儿，然后就松开了。应浩看她靠了回去，他问道：“怎么不亲了？”

孟浅浅：“亲一下就好嘛。”

应浩轻笑：“那不行，亲一下怎么够？”说完，他低下头堵住她的嘴唇。

孟浅浅“唔”了一声，感觉到天旋地转。

她渐渐记起那香甜的果酒，清醒了很多，却很快再次堕入炙热当中。

与此同时，酒吧里。

应涵坐在吧台上，一口接着一口地喝酒。酒保认出了他，转身去找了酒吧的老板，那老板出来后，小心地拍了拍应涵的肩膀：“应涵小少爷，请问今晚是刷卡还是记账？”

应涵抬起眼眸：“记账。”

那老板的神情有些尴尬：“不好意思，到月底了，得清账，还是先把账给结了吧。”

应涵看着对方，他笑了笑，从口袋里拿出几张银行卡拍在桌面上：“去刷，看看哪一张卡有钱，对了，我上次在这里玩的钱是不是还欠着？一起算了。”

老板大松了一口气，一把抓起卡，说道：“是的，您之前欠的钱还挺多的，所以让您先结一下。”

“去刷吧。”应涵很大方。

老板拿着卡便转身走了。

刷了几分钟后出来，他的脸色也有些难看，他说：“您这些卡都没钱。”

“没钱吗？哎，我忘了，我好像是没钱了啊。”应涵仿佛才反应过来一样，老板站在吧台后，脸色愈发难看。

应涵盯着那老板：“你们这些狗眼看人低的家伙，当初专门为我设立VIP卡座，今晚那卡座就让别人坐了，我得在这吧台憋屈地坐着，还派个酒保盯着我，滚！你们配吗？！”

他的神情有些扭曲。

从高处摔落是很疼，很痛苦，但是更痛苦的是被父亲放弃，被按着手签下那份股权转让书。他说着笑起来，继续喝酒。

酒吧老板咬着牙，几秒后，他弹了弹手指。

酒保看到老板的脸色，立即出去。几分钟后，进来了七八个高大的男人，直接围在应涵的身侧，应涵依旧不为所动地继续喝酒。

也不知道是谁先出的手，不一会儿，吧台边就打了起来。

应涵平日里拳脚很好，此时喝酒了稍微弱一些，两三个人他能打，但是七八个人就不行了。

十几分钟后，他的脸被按到了吧台上。

那酒吧老板上前，顺了顺衣服，看着应涵道：“应小少爷，都是文明人，我也不想这么不体面地处理事情，但是欠债还钱天经地义，你想想你当初在这里赚了多少钱，我们当场给你划的账吧？我们多爽快，而你呢？你也要爽快一点，现在，你赶快想办法，把账给填上，谢谢。”

应涵挣扎了几下，脸差点碰到玻璃碎渣上，他不敢再挣扎了，只能说道：“手机拿来。”

酒吧老板把他的手机放在他的面前。

应涵用语音开启了手机，拨打了应顺尧的电话。

通了几秒后，应顺尧接起来：“喂。”

应涵说道："我要还债，你得给我钱。"

应顺尧愣了一下，紧接着他说道："你欠什么债了？应涵，我们现在这个情况……"

"别废话，给我钱。"应涵打断他。

应顺尧在那边紧捏着手机，神情要动怒又不敢，因为陈菲站在餐桌旁看着他，经过那天的事情后，陈菲和应涵并没有离他而去，依旧还陪着他。

应顺尧事后也知道自己自私，他的底气多少有点不足，他顿了顿，问道："你欠多少？"

应涵报了一个数。

应顺尧的脸色更难看了："你干什么去了，你欠那么多？"

应涵笑起来："很多吗？你还想让我给你养老吗？想的话就给钱啊。"

应顺尧："我……"

"这么一点钱，对你应董来说不算什么吧？"应涵接着道，"您是华星集团的股东啊，看看应浩今天的表现，明天股价是不是得上升啊？"

应顺尧忍着，几秒后，他道："好，我给你转过去，收到钱后你立即回家。"

"好啊。"

不一会儿，应顺尧转了一大笔钱进来。应涵还掉欠账后，酒吧老板的嘴脸又变了，亲自送他出门，并请他下次再来玩，说下次有新的玩法。

应涵坐进车里，听着那老板的话，冷笑一声。

十多分钟后，跑车回到滨江花园。

门外站着很多的保镖，把整个别墅都围住了。应涵"唰"地从车里下来，冲上前，就看到应顺尧跟陈菲手里提着行李箱，被保镖一把推了出来。应涵立即扶住陈菲，陈菲哭起来道："他们来赶人了。"

应涵看向那些保镖，脸色难看，面露不甘。

保姆也被一把推了出来，保姆看着他们，也是一脸惶恐。接着保镖开始拆家，把关于他们的东西用力拆下来。

应顺尧转身看着这些保镖，他的手机响起，他接起来，对面来电是应浩。

应浩的嗓音低沉："慢走，前华星董事长。"

应顺尧觉得后背发凉。

第二十一章

门　当　户　对

挂了电话后，应浩靠在床头发了一会儿呆，身侧的孟浅浅动了一下，他伸手拍了拍她的肩膀，孟浅浅穿着睡裙，领口滑到一边，露出白皙的肩膀，应浩触摸到她的肌肤，偏头垂眸看她。

她睡觉一直喜欢弓着身子，大多数时候都是他迁就她，从身后搂着她弓着，有时怕她伤到脊椎，他会强迫性地把她身子掰直，用腿夹着她。

此时没有他的干预，她继续弓着身子。

应浩脑海里浮现出她今晚醉酒后的话，他眼眸深了几分，指尖在她的手臂上滑了几下。

几秒后，他掀开被子，长腿迈下床，仅穿着黑色长裤，裸着上半身，他拿起手机朝阳台走去。

迷迷糊糊中，孟浅浅觉得身边的温暖没了，半睁开眼睛，看到他高大的背影，站在阳台门前。她呆呆地看了好久。

公寓里一片寂静。

应浩看着阳台外，而孟浅浅抱着被子，默默看着应浩。

华星记者会结束后，隔天，华星集团的股票从谷底开始暴涨，股民跟投资者又看到了华星集团的未来。突破了续航里程的东方创始人应浩成了最年轻的 CEO，大家在他身上看到了光芒和希望，愿意重新选择华星。

一大早，应浩得去华星，孟浅浅早上也有课。

她起来后做好早餐，跟他吃完，随后，应浩站起身来拿过领带，一手系着，一手收拾桌面。孟浅浅坐在地毯上，说道："你快去吧，都九点半了，我来收拾就行。”

应浩看了她一眼：“你下午不用上课，记得去东方。”

孟浅浅点了点头：“好。”

应浩的唇角勾了一下，端着碗筷进了厨房，接着把碗筷扔进洗碗机里，擦拭了手，拿着抹布出来，放在茶几上。

孟浅浅看他这样不拘小节，领带要系不系的，看不过眼，便抬手给他系领带。应浩的指尖一顿，松开手，看着她的脸，道：“你还喜欢粉色吗？”

孟浅浅说道：“还行吧。”

“还行是喜欢还是不喜欢？”应浩伸手捏她的下巴，孟浅浅挥开他的手，继续给他系着领带，道：“现在似乎更喜欢银色跟蓝色多一点。”

应浩：“我看你的衣服都偏白跟浅色系的。”

孟浅浅系好后，道：“喜欢跟穿是两个概念。”

应浩站直身子，整理了一下袖子，点了点头：“好，我知道了。”

“晚上等我去东方接你。”他道。

孟浅浅“哦”了一声，随后目送他出了门。门关上后，她才起身去换衣服，换了一条浅蓝色的衬衫裙，加上一条黑色腰带。孟浅浅背着斜挎包出门，在一楼跟常慧慧集合，常慧慧昨晚在唐隽那里睡的。

常慧慧从对面的电梯出来，脸红红地挽住孟浅浅的手臂。

孟浅浅看了她一眼：“一大早你脸红什么？”

常慧慧：“一大早就不能脸红吗？你自己呢，脖子上遮不住的红痕。”

孟浅浅“啪”的一下，下意识地捂住脖子，常慧慧见状，直笑。

孟浅浅瞪着她，看常慧慧嘴唇红润，她说：“你们接吻了？”

常慧慧“唰”地看着她：“哪里，别乱说。”她死不承认，一把拉着孟浅浅走出去，两个人搭了公交车去学校。

今天早上只有选修课，两个人进教室，教室里的同学正在议论华星今早的股票：“刚开盘就猛涨！”

“弄得我也想投资一下了。”

“据说金融系的师兄师姐早上开盘就买入了，他们说至少能飘一周那么久。”

常慧慧听得震撼，她问孟浅浅：“你买了没？”

孟浅浅跟看傻子一样看常慧慧：“我会玩这个吗？我压根就不懂。”

常慧慧：“可惜哦，早知道我们也搞一点。”

“至少预备几万块吧。”前座的女同学转头过来看着孟浅浅跟常慧慧说道，“昨天看到记者会的视频后，就有金融系的学长嗅到风向，毕竟是发生在身边的事情，他们早就做好准备了。”

常慧慧咋舌：“几万块，那算了。”

那同学笑起来，随后看了一眼孟浅浅：“浅浅，你男朋友没安排让你买啊？”

孟浅浅翻开书本，道：“没有。”

那位同学愣了一下：“这么好的赚钱的机会都不跟女朋友分享。”

常慧慧听出那位同学的讥讽，她立即道：“我们压根就不懂股票，进去了也只是被别人割韭菜而已，你觉得应浩学长会让自己的女朋友成为赌徒吗？”

那位女同学被拧得尴尬，她说：“我只是问问而已，有什么大不了的。”说完，她转身坐了回去。

常慧慧气呼呼的，孟浅浅拍拍常慧慧的肩膀道：“不要跟她们计较。这些声音，会越来越多。”

常慧慧看向孟浅浅。

孟浅浅很平静地翻着书，指尖纤细白皙，看起来有几分脆弱感。常慧慧低声道：“你说这些人，什么时候才能不那么嘴碎？”

孟浅浅：“很难，有人的地方就有江湖。”

果不其然，前面那位女同学拿着手机按着语音低声跟她的舍友开始小声地议论孟浅浅。

“都说了她很普通啊。”

“就是呢。”

“应浩学长的光芒太耀眼了。”

“估计过不了多久就要分啦。”

常慧慧立马想打人，孟浅浅按着她，示意老师来了。

老师来了后，大家才总算安静下来。

常慧慧低声道："打她。"

孟浅浅说："你别跟应浩说，他现在正焦头烂额的，别给他增添负担。"

常慧慧："但……"

中午她俩跟叶岚、朱芳四个人一起去吃午饭，下午孟浅浅没课，李师傅开车过来接她，送她跟在公寓里窝了一个早上的江枫去东方。

东方的变化也很大，投资者变多了，那位陈董也来了东方，午饭孟浅浅还是跟唐隽、周彦去食堂吃饭。东方创世纪的订单多到吓人，厂房的机器人连夜开着，排班和加班费都增加了很多。姜丽媛新招了很多新员工，孟浅浅打开电脑一一审核，审核的内容还包括杨恬交上来的加班费用，等等。

周蜜拿着一本账本婀娜多姿地走上来，把账本放在孟浅浅的跟前说道："有几笔账，你过目一下，签个名。"

孟浅浅翻开，一眼看到是工厂员工的内部聚餐费用，她一边对一边看。

周蜜抱着手臂道："你们这几位负责人太忙了，生产部的经理只能直接在我这里报，我给应总打过招呼的，他说你签个名就行。"

孟浅浅对好后，在本子上签名，随后合上本子，递还给周蜜："辛苦周姐姐了。"

"你什么时候变得嘴这么甜了？"周蜜翻了个白眼，拿过账本，接着道，"我想知道，东方什么时候再招个负责人进来？应总去了华星，我们这边就成了没爹的孩子，这不好吧。"

孟浅浅："这个我不太清楚，他也没跟我说，有什么事情你还是直接跟他联系。"

"哦，我经常找他，你不吃醋？"周蜜故意反问。

孟浅浅看了她一眼："您随便找他。"

周蜜："没点危机感。"说完，她撇撇嘴，转身便下楼了。

孟浅浅看着她走后，收回视线，继续看着电脑屏幕。

确实如金融系那班学长学姐说的，华星集团的股票连涨一周，达到了应顺尧在位时都没有的价位，接着进入缓慢增长的过程。很多人都在观望，想知道应浩上位后会做什么样的决策，会做出什么新的改变。

在一周后，华星智联全线升级，增加了更多智能操作，在原有的系统上做了优化，让华星 Bright 的车主有了更舒服的体验，良心企业直接钉在华星集团的头顶上。

保障普通人的利益，是应浩上位后做的第一件事，他拥有了民心，也算成功了一半，哪怕华星内部乱七八糟的。

应顺尧留下的那些人，不跑的都在捣乱，跑了的在外唱衰华星。但也有一些人老老实实地遵从应浩的调配，并且因为应浩重新调配了薪资，他们都很满意，开始更卖力地工作。

而华星董事会那群人，哪怕是帮着应浩上来的，依然要夹紧尾巴做人，尽管应浩调走的那些人是他们安插进来的，他们也不敢有半点怨言，能让华星稳住，就已经是救命恩人了。他们也明白，应顺尧的时代远去了，接下来是应浩的时代，轮不到他们这群老家伙说话，好在应浩暂时没有把刀挥到他们头上。

应顺尧带着应涵跟陈菲住进了他之前随手买的一套大平层里，过了一周，应顺尧开始频繁有一些动作，他联系了一些过去的好友，想要干一些事情，但是华星集团的再次崛起，以及互联网的记忆让那些“好友”视他如洪水猛兽。

他竟然连个好友都没有了！

接着，他只要出门就会被记者拍，一次次地报道他的存在。那些谩骂的声音再次响起，应顺尧不得已只能退回了家里。

陈菲看着这位以前斯文儒雅的中年男人，开始不修边幅，开始不知道在做什么，只能赖在家里。有钱却过得毫无生气，胡子不刮，穿着随意。陈菲几乎不敢相信这个人是应顺尧，没钱的摧残远没有精神的摧残可怕。习惯了掌着权势，习惯了身边有浩浩荡荡一群人鞠躬尽瘁，应顺尧这个一开始便有极大野心的人完全受不了这种没有朋友、无事可做的生活，所以他的精神开始变得不太好了。

不太好的人还有应涵，他也出去找过工作，也想要做点什么，但是密密麻麻的网把他网住，失意的时候，他开着跑车到处乱窜，没过多久，应涵开车到了那间酒吧的门口，他看着进进出出的人，几秒后，他一把推开车门下去，上了台阶。

酒吧的老板一看到他笑道：“应小少爷来啦，喝酒还是玩游戏？”

应涵整理了一下衣服，朝楼梯走去说：“玩游戏。”

半夜，大平层里响起了摔东西的声音，陈菲拽着应顺尧的衣服，大吼道：“给应涵转钱，你不转是不是要他死？”

应顺尧推她，夫妻俩推搡成一团。

“咔嚓”一声，陈菲的指甲断了，这段时间他们没有请保姆阿姨来，怕这些人说三道四，陈菲都是自己做家务自己搞卫生。多年的娇生惯养让她真做起这些事情来又慢又乱，此时连涂得漂亮的指甲都断了，陈菲尖叫了一声：“我的指甲。”

应顺尧推着她：“别吵，吵什么吵！”

“指甲，我的指甲断了，应顺尧，我的指甲断了。”陈菲拽着他，“你也不能总待在家里，你得出去，你是应顺尧啊，你看看你现在的样子。”

应顺尧挥开她的手：“我去哪儿？我能去哪儿？”

“你先给应涵转钱，他会被人打死的。”陈菲回过神来抓起手机，对那边的人说道，“你们千万别打他，我们这就转钱。”

那头的人冷冷的没有说话。

陈菲又抓着应顺尧，应顺尧垂头坐在床边，拿起手机，转了一大笔钱给应涵，他也不知道为什么要转，没力气去说了，反正转了就是，只要别吵就行。而应涵因为应顺尧的妥协，开始变本加厉，经常去酒吧玩，消费金额也日渐攀升。

新闻偶尔报道这一家三口，大家都在看这一家子会走到什么地步。没有人会猜到这只是应浩的一步棋，也没有人知道应浩多了解应顺尧。

这个借着他妈妈乘了东风的男人这些年那么养尊处优。祝愿在的时候，应顺尧靠着祝愿成立公司，他负责成为资本家，身后有祝愿带着的一群人作为他的后盾。分部由袁从严处理，研发部由梁坤坐镇，元老级的董事会都是祝愿的同学，他们在股东大会上面对外来的资本，都坚定地站在应顺尧的身后，应顺尧还需要做什么？他只需要收买人心，这也是他为什么对这些元老级的董事会那么用心的缘故。

如今，他的身后没有了这些人，他就只能彻底垮台。

陈菲这些年看到的应顺尧身上带着光环和滤镜，她看不到这个男人骨子里带着的怯懦以及自私。

现在她也看到了，真是精彩。

七月初，华星集团完成了对迅连的收购，正式踏上芯片研发的道路。这是应浩上位后做的第一件大事。

华星集团的股票再次疯涨。

孟媛媛的分数也出来了，达到了海城大学的录取分数线，但是通知书还没下来，她也不敢立马来海城，孟浅浅倒也没催。

孟媛媛在电话里说："爸生病了，病了好几天了，起不来，家里情况不好。"

孟浅浅微微皱起眉头，道："他生了什么病？"

孟媛媛道："感冒发烧轮着来。"

孟浅浅问："是因为工作吗？"

孟媛媛回答她："我感觉像，估计影响心情然后就一直好不了吧。"

孟浅浅抿紧嘴唇："你呢？你可不要被他们说说你就不来海城了。"

"当然不会，我坚决要出去，你不知道黄秀琴到昨天还偷偷拿钱给孟啸，爸都病成那样了，她还管着她那个儿子。"

孟浅浅："你让爸去看医生，不管怎么样，把身体养好最重要。"

孟媛媛点头："知道，说实话，看得他那么可怜，我都不敢走，所以他必须好起来，这样我走得才没有负担。"

孟浅浅懂孟媛媛的心情，她只希望孟媛媛不要被影响，不能因为一个心软就为了他们留在连城，这绝对不行。

姐妹俩又聊了一会儿，桌面上的平板响起，是微信视频通话，孟浅浅弯腰一看，是应浩，他出差了，去了黎城。

她挂断跟孟媛媛的通话，坐在地毯上，滑了绿色键，视频跳出来。

应浩解了领带坐在沙发上，眼眸带着几分酒意，他含着笑意道："老婆，在干吗？"

孟浅浅支着下巴，看着他道："刚才跟媛媛打电话。"

“高考分数出来了？怎么样？”

孟浅浅：“应该是考上了。”

应浩长腿交叠，看着她：“好，考上了好。”

孟浅浅：“你喝酒了？”

“喝了一点，你今天穿的什么，站起来我看看。”

孟浅浅抿紧嘴唇：“不给你看。”

应浩眯起眼睛，几秒后，他把手机放在茶几上，身子往前倾，道：“我猜一下，你穿着白色的衬衫跟黑色的格子裙，今天东方开会了吧？”

他一下子猜中了，孟浅浅的脸有些红：“你走开。”

应浩挑起眉毛：“我抱抱。”

孟浅浅：“你抱啊。”看你隔空怎么抱。

应浩解着领口，道：“想你了。”他领口微敞，打了个哈欠，眼角有点儿红，深深地看着她，又说道，“过两天回去，等我。”

孟浅浅点头“嗯”了一声，她指尖抬起来，顺了下他的眉毛，应浩笑起来，眯起眼睛道：“怎么？想我？”

孟浅浅：“才没有呢。”

应浩：“但我想抱你。”

孟浅浅笑笑。又聊了一会儿，那边成茂找他，孟浅浅只得挂了视频，她靠着沙发坐了一会儿，几分钟后看了一眼衣柜旁边的行李箱，随后又挪开视线，抱着手臂发呆。

隔天，东方充电站准备全面上市，梁坤教授跟袁从严从华星赶来东方，开了将近三个小时的会议，其中一个小时，应浩在视频那头参与，随后剩下的两个小时，他没时间，就全听梁坤教授的，最后这事情主要落在唐隽跟周彦的头上，他们接下活，会议也就结束了。

孟浅浅合上笔记本，跟着起身。

袁从严却喊住了她：“孟总监，稍等一下。”

孟浅浅一顿，转过身子等着，梁坤教授扶了一下眼镜，弯腰在袁从严的身侧不知说了什么，袁从严点了点头，随后朝孟浅浅招手：“坐吧。”

孟浅浅看了一眼梁坤教授。

梁坤教授神色有些冷淡，看得出他明确知道袁从严要跟她谈什么内容，有些话他不好说出口，但是换成袁从严就可以，他这次也没看孟浅浅，只是顺手把门关上。

“砰”一声，会议室里便只剩下她和袁从严，孟浅浅一直觉得袁总是个比较深不可测的人，身份上的差距让孟浅浅很少会跟他有其他的交集。

她抿紧嘴唇在会议桌的最后面坐下来。

袁从严从椅背上起来一些，坐直身子，扣上西装外套的扣子，道：“这些日子，东方一路走来不容易，你做得很好，感谢你对东方的付出。”

孟浅浅：“袁总客气了，我是有领工资的。”

“是，你还是东方的股东，在这一点上，应浩做得很细致，不一定要是技术人员才安排股份，只要参与到这个项目里来的初创人员都必须有，东方即将要进行第二次的融资，你们手里的股份也会越来越值钱，在这之前，你不要轻易地卖掉。”

孟浅浅：“那得看情况。”

袁从严愣了一下，他这才认真地看着孟浅浅，这个穿着衬衫和裙子的女生，褪去了一开始的青涩，身上隐隐地有了一些成长的变化，即使很细微。袁从严点了点头：“也是，股份属于你，你有权决定它的去留。”

“接下来有些话，我希望你认真听。”袁从严敲了一下桌子道，“应浩父母的情况你也清楚，他母亲去世，父亲又那般，如今他在商场上就成了一只孤狼，应顺尧指不定哪天就卷土重来，华星未来要走的路还很长，他需要更多人的帮助，他想要守住华星、守住祝愿的夙愿，他必须站得更稳。就这些日子，你跟应浩之间的关系还未完全公开，已经有不少人找上我，希望我能介绍应浩跟他们的孩子认识。你听得懂吗？”

孟浅浅笑了笑：“听得懂，您的意思是我配不上他，他需要门当户对。”

袁从严敲桌面的指尖微顿，他说：“你能明白是最好的。”

孟浅浅接着又道：“其实你们多虑了，我从很早之前就计划着离开他，只是看他还没稳定，我不想让他再受伤，才陪着他走到今天。哪怕你今天不说，我也是要跟他分手的。”

听到她的话，袁从严愣住了。

孟浅浅看了他一眼，站起身来，鞠躬，随后收起笔记本跟笔转身便朝门口走去，一把拉开门。她走得干脆，没有流半滴眼泪。

走廊上很安静，孟浅浅转身朝一区办公室走去，巧的是她跟梁坤教授正好碰上，他似乎正要去找袁从严。

孟浅浅的脚步微顿，梁坤教授也看到她了。

沉默了几秒，梁坤教授问道："谈完了？"

孟浅浅点了点头，跟他擦肩而过的时候，她嗓音很轻地道："梁教授，当初在大厅的那幅画，是你有意为之吧。"

梁坤教授的脚步一顿。

孟浅浅："您费心了。"说完她大步地往前走，细跟鞋子在地板上也发出少许的声音。

梁坤教授回头看了她的背影一眼，神色淡漠，只是略微有些诧异。

她似乎什么都知道，也是，那样家庭出生的孩子是要比别人更敏感的，不谈其他的，他确实不否认孟浅浅是一个优秀善良的孩子。

他收回视线，朝会议室走去。

正巧，袁从严开了门，从里面走出来，四目相对，袁从严点了点头，梁坤教授松了一口气。

袁从严揉揉眉心道："似乎有点多此一举，她早有计划。"

梁坤教授："以防万一。"

袁从严："也是。"

路过研发室，唐隽和周彦正好背着包从里面出来，唐隽笑着喊道："浅浅学妹。"

孟浅浅猛地回过神来，看了过去，笑问："要出门？"

唐隽："是的，去看换电站，中午一起吃饭？"

孟浅浅摇头："几点了，我还是在食堂吃吧。"

唐隽点头："也行，晚上你也别先跑，跟我们的车子走。"

孟浅浅微笑："到时看。"说着，她朝楼梯走去。

周彦从包里拿出一盒巧克力，走过去，给孟浅浅道："给你们吃的，江枫那小子前两天在网上买的，今天快递到我这里，你吃一点儿然后其他的给他送去吧。”

孟浅浅低头看着巧克力，看了好几秒，才接过来道：“好的。”

“走了。”周彦说完，招呼了唐隽，两个人朝门口走去。孟浅浅拿着巧克力，在原地站了好一会儿才动弹，随后，她走上楼梯，把巧克力递给杨恬，对她说：“我要先下班了，你把这个拿给江枫。”

杨恬“哎”了一声，接过来，转身下楼去厂房找江枫。

孟浅浅看着她走后，在电脑里拉出一份交接文件，在上面标注了“杨恬收”，随后将电脑调至待机状态，她捞起小包，稍微收拾了一下桌面上的东西——其实也没多少，她不怎么放私人物品。弄好后，她下楼，从前门走出去，在门口叫了一辆网约车，离开了东方。

车子越开越远了，再往回看，东方的 LOGO 愈发模糊。

孟浅浅收回视线。

一路回到公寓。公寓这个点也很安静，正是上班跟上学的时间段，她拿了行李箱，回头看了看房子，她收拾得很干净整洁。

“砰”，门关上了。

孟浅浅回了学校宿舍，叶岚和朱芳都买了明天的机票，今天还在宿舍里，看到她拉着行李箱回来后，愣了几秒。

“怎么回事？怎么了？”

“浅浅。”叶岚“唰”地站起身来，来到她面前，问道。

孟浅浅说道：“我跟应浩提了分手。”

“什么？”朱芳“唰”地也站起来，“好好的怎么分手？”

孟浅浅眼眶微红，但神情平静，语气也很平静，她把行李箱往里面拉，来到衣柜旁，说道：“本来就打算只陪他走到今天，我们之间相差得不止一星半点，所以也没必要继续往下走。”

叶岚震惊了一下：“你这什么意思？”

朱芳抱着手臂：“所以你一开始就没打算跟他走长远吗？”

孟浅浅道：“嗯。”

叶岚问：“是不是因为学校里的那些流言？”

孟浅浅关上衣柜门，说道：“她们说的也没什么错。”

叶岚瞬间安静下来。

朱芳上前，伸手抱住孟浅浅："想哭就哭吧。"

突如其来的温暖，让孟浅浅愣了一下，但是她依旧没哭，只是眼眶红着，不一会儿，一滴泪水突然顺着她的眼角滑落，她很快擦拭了一下，说道："其实我们在之前就该结束了，这一年半算是偷来的，这次好好道个别。"

朱芳拍拍她的肩膀。

叶岚："你接下来有什么打算？"

孟浅浅："想出去走走。"

叶岚："暑假我也要去走走，要不我们两个一起去？"

孟浅浅摇头："不了。"

叶岚："那行，慧慧那边？"

孟浅浅："她这段时间正在热恋中，我过几天再跟她说。"

常慧慧也去找了兼职，也去了一家小店打工，住在公寓里，跟唐隽已经同居。随后，孟浅浅跟叶岚、朱芳两个人去吃了午饭，回来后，她买了一张从南到北的高铁票，没有任何目的，走到哪儿是哪儿，她收拾了简单的行李。

叶岚跟朱芳送她去高铁站。

目送她进站后，叶岚跟朱芳突然觉得，浅浅成长了，她坚强了，要开始一个人去看祖国的大好河山。

巧的是，应浩这一天都没联系孟浅浅，隔天一早，七月六日，从黎城飞往海城的班机降落。

唐隽跟周彦还有江枫开着两辆车去接他，应浩单手拉着行李箱，怀里抱着一束浅蓝色的玫瑰花，戴着墨镜从里面走出来。

江枫"哟"了一声："这种颜色的玫瑰花真漂亮。"他伸手去摸。

应浩侧开身子，问道："她还在公寓里？"

唐隽："今天周末不用上班，应该是的。"

应浩点了点头，他朝车子走去。唐隽接过他的行李，而身后的两辆车全是银色的，东方创世纪，车子造型非常亮眼，在接机口成了非常耀眼的存在。四个人上车，应浩坐进副驾驶位，车子启动。

开了没多远,“啪”，十几个小气球从车窗飘出来，上面写着——“浅浅，嫁给我。”

就这样，两辆车招摇过市，往斯格公寓开去，周末的早晨，斯格公寓也很安静，车子停下。常慧慧穿着一身漂亮的红色裙子站在门口等着，一看到他们来了，立即招手：“快，我守在门口好久了，没发现浅浅下来，她这只懒虫，肯定还在睡觉。”

应浩长腿迈下车子，抱着玫瑰花走上台阶，往电梯走去。

不一会儿，抵达楼层，来到房门口。

应浩开门，“咔嗒”一声。

屋里飘着淡淡的香味，有一阵风从阳台吹出来的，应浩含着笑意地抬起眼眸，下一秒，看到空旷的屋里，他愣了一下，脸上的笑意渐渐消散。

那一刻，应浩反射性地看了一眼门牌号。1206，没有错。

接着，他冲进了屋里，第一时间去衣帽间，他“唰”的一下，一把将衣柜门拉开，衣柜空置了一半，他往上一扫，放在上面的粉色行李箱不见了。

“哐”，衣柜门大力地收了回去。

应浩转身回到客厅，他脸色苍白，眼眸阴郁。

唐隽、江枫、周彦三个人也意识到了什么，纷纷看着他，彼此对视几秒，常慧慧恍然过来，接着尖叫起来：“浅浅呢？”

她的声音几乎要冲破屋顶，冲出走廊。

应浩：“她跟你们说什么了没有？”

“没有。”唐隽第一个反应过来，“会不会是回家了？东西都带走了吗？”

应浩转而走向浴室。“砰”，推开了门。

洗手台上只剩下他的牙刷和毛巾，应浩的身子晃了一下，靠在门上，脑海里走马观花地闪过这一年多来的所有细节画面，他的神情有些恍惚，下一秒，他的眼眸看到抱枕下放着的一封信，他走过去，抽出那蓝白色的信封。

所有人的目光立即聚集在那信封上。

江枫：“老板娘写的？”

常慧慧：“快拆开看看。”

应浩坐在沙发上，抽出里面的信。

应浩：

展信佳。

看到你成功，我真的很替你开心，祝愿阿姨在天上肯定会很欣慰的，外公外婆也不用再装了，他们可以过自己想要过的生活，这一切都在往好的方向发展。

而我们之间，我想在这里跟你说一声，我们分开吧。

之前就应该分开的，我们是两条完全不可能相交的线，是我硬挤进了你的生活，给你造成了困扰，很抱歉。

你不用来找我，我想跟你说一声，从跟你复合的那一刻起，我就打算着有朝一日你成功后，我便离开。

没错，我在还没有忘记过去的时候就先可怜你，想要陪着你。并不是因为我有多么伟大，而是我想还给你，你对我的好。

如今，你我不相欠了。

你要好好守护华星集团，好好生活，我希望我们再见面时，只是陌生人。

只是……陌生人。

应浩用指尖捏紧了信纸，低着头，眼眸一片猩红，他觉得整个世界化为了灰烬。“嗒”，一滴水珠落在信纸上。

常慧慧原本想上前，看看信里的内容，却发现沙发上的男人陷入了雕塑状态。连江枫都觉得慌了，他看了一眼唐隽和周彦。唐隽拉着常慧慧，神情完全沉下来。周彦看着应浩，说道：“你那么急着想要求婚，肯定是意识到了什么吧？”

应浩没应声。

“是因为听到了那些声音，所以想要结婚，给她一个保障，这是你的想法对吧。”周彦细想了一下，“浅浅跟你在一起应该承受了不小的压力，昨天公司开了会议以后，浅浅被单独留下来了，你觉得，他们会跟她说什么？”

应浩抬起头，猩红的眼眸里沉沉一片。

紧接着他想起了很多细节，梁坤教授的，袁从严的，之前也是袁从严表示小情小爱不值一提，必须考上海城大学，必须要守护妈妈的东西，而对自己没用的女生要不要尝试忘记。

应浩“唰”地站起身来，他身上带着的抱枕也掉在地上。他弯腰把信封捡起来，把信折叠了放进去，收好，他抄起手机就往门口走去。

他神色冷静，只有眼眸红着。

唐隽看了一眼周彦：“你什么意思？有人让浅浅走的？”

周彦没吭声，转身大步地跟上应浩，常慧慧跟江枫急忙跟上。唐隽看着应浩先下了电梯，他拽着周彦的手臂：“你说清楚，袁从严他们干了什么？”

周彦：“我也只是猜测而已。”

唐隽的脸色沉下来，周彦有时确实比他要细心。

常慧慧拧起眉毛：“所以浅浅……真的走了？”说着，她就落泪了。

几个人跟着应浩来到门口，但是终究慢了一步，应浩启动着车子扬长而去，而放在副驾驶位上的玫瑰花歪倒，里面钻石戒指的盒子和房本掉了下来。

银色的轿车停在华星集团总部的门口，应浩大步下了车，走进大堂。前台看到老板来了，第一时间踩着高跟鞋婀娜多姿地走出来，一张脸化得极其精致，笑意盈盈：“应总，您……”

应浩看都不看她，直接进了电梯。

电梯一路上行，抵达顶楼。

应浩一出电梯便又有人迎上来，他一眼便看到袁从严和梁坤在办公室里谈话，他走过去，一把推开了门。

办公室里谈话的两个人均看过来，一阵安静。

应浩盯着他们，随后走进去，拿出信封用力地按在桌面上。

梁坤教授下意识地看了一眼那信封。

袁从严立即按了按电动窗帘的按纽，窗帘缓缓地关上。

应浩看着袁从严：“怎么，袁叔怕员工知道，你棒打鸳鸯吗？”

袁从严示意秘书关门。

门合上后，袁从严才看向应浩说道："我很早就表明过我的立场了，之前的时候她扶不上墙，你那么拉扯她，她都跟不上你的脚步，甚至连努力一把都不肯，这样的女孩谈何有未来？你现在是没经过大的挫折，以后呢？如果你出事了，她能挡在你前面吗？"

"我从出生的一刻起就在渡劫，我不需要一个多强大的女人来帮我，我不需要。"应浩狠狠地看着袁从严。

"你现在说不需要，你以后呢？"

"以后我也不需要，你这么做跟我爸有什么区别，你想要我成为第二个应顺尧吗？"

袁从严："不，你不会，你继承了你妈妈的品质，你绝对不会。"

"你别忘记了，我身上流着应顺尧的血！！"应浩指着自己，眼眸阴冷。

袁从严眯起眼睛，他老婆是应浩的干妈，在某种程度上，他也是应浩的干爸，当得知应涵的身世后，他也一直在谋划，谋划着回到华星总部。应浩忍辱负重，他亦然，此时却针锋相对。

"应……"梁坤教授张了张嘴想说话。

应浩转头看着他道："我不会娶苏婳的，你以为你的算计我不知道吗？我只是不想挑破，我为什么要在你面前跟孟浅浅那么恩爱，就是想让你知道，我没了她不行。"

袁从严大声地喝道："应浩！"

应浩咬着牙根，冷冷地看着梁坤教授。

梁坤神色淡定，他说："你好好考虑一下。"

袁从严一把拽过应浩的手臂，吼道："你知道苏家吗？海城的苏家，梁教授带着诚意而来，连你爸都不知道苏漫老师是苏家的长女，有苏家支持你，华星未来会走什么道路，你自己想清楚！更何况，苏婳温柔可爱，长相也不差，你既然当初接受林飘，那么你也可以尝试接受苏婳。"

应浩收回目光，看着袁从严，半晌，冷笑起来："你自己娶她吧，你们磨合磨合。"

袁从严不敢置信。

应浩甩开他的手，抄起桌面上的信封转身就走。

“哐”，门被用力地关上。

应浩的手机紧跟着响起，他看都没看便接起来，来电是杨恬，她在电话里声音颤抖，她说道：“应总，我今天到公司拿东西，不小心打开了孟总监的电脑，她留了一个很大的文件给我，上面写着交接，应总，这是怎么回事啊？”

她语气里一阵慌乱。

应浩进了电梯，靠在电梯壁上，沉默了几秒，说道：“你打开看看，先交接。”

“那浅浅姐呢？”

应浩的嗓音低沉，带着少许的喑哑：“我去找她回来。”

挂断电话后，应浩点进微信里，找到孟浅浅的微信，发了一句话过去：“你在哪儿？”

她没有拉黑或者删除他，但是她没有回复。他打她电话，也是通了但没人接，从顶楼下来这么一段时间，他打了无数个电话，发了无数条微信。

那边一直没回复，仿佛人间蒸发了一样。

“叮”，电梯抵达一楼。

应浩大步地走出去，来到大门口，他们几个人都在，站在车旁。应浩的眼眸扫过他们几个，说道：“她跟你们联系没有？”

常慧慧眼睛都哭肿了，她抽噎着举着手道：“她发了一条信息给我。”

应浩一把抢过她的手机，低头一看。

孟浅浅：慧慧，不好意思，才跟你说，我跟应浩分手了。

应浩眼前一黑。

而下面常慧慧给她发了十几条信息。

常慧慧哭着道：“她发完这条就没再回复我了，我发什么她都不回复……呜呜呜，她不要我们了。”

应浩的指尖一紧，说道：“她只是不要我而已。”

这话说完，常慧慧哭得更厉害了，怎么会这样？

应浩把手机还给常慧慧，他逐渐冷静下来，问道：“你那两位舍友呢？”

她们肯定知道些什么。

常慧慧睁着红通通的眼睛，“啊”了一声道：“她们早上坐飞机回家了。”

“你联系她们，现在。”

常慧慧“嗯”了一声，立即拨打叶岚的电话，但是下一秒又反应过来：“她们应该还在飞机上。”

刚说完，里头就传来：“您好，您所拨打的电话已关机……”

她抬头看向应浩。

应浩抿紧薄唇，几秒后，他说：“我自己找。”

一刻他都等不了了。他走向车子，开了车门坐进去。

唐隽说：“我觉得可以去公司看看。”

应浩：“嗯。”

随后他启动车子，而两辆车的天窗还飘着求婚气球，大堂的前台也看到了这些气球，这时，前台的电话响起，前台赶紧接起来：“你好，袁总。”

“应总走了吗？”

前台看了一眼门口，道：“走了。”

袁从严：“行。”

停顿了几秒，前台说道：“应总的车子上有气球，我看像是求婚气球……”

袁从严一愣：“求婚气球？你看到上面的字没？”

“孟浅浅？”前台只记得这几个字，主要是这名字挺好听的，很容易记住。袁从严在那边沉默了几秒，说道：“好，我知道了。”

随后，他挂断了电话。

幸好差了一步，他心想。

袁从严坐下来，跟梁坤继续谈刚刚在谈的话题。

十多分钟后，梁坤教授收拾文件，说道：“暂时先这么定。”他抵了一下眼镜，又道，“袁董也别给自己太大压力。”

袁从严：“不会，刚刚应浩说的话，梁教授也别放在心上。”

梁坤教授："不会的。"

两个人互相安慰一番，随后梁坤便出去了，袁从严用指尖揉了一下眉心，看了一眼时间，干脆收拾了东西回家。

钥匙入孔，刚进家门，林筱雅就冷冷地看了他一眼。

袁从严皱了一下眉头。

林筱雅冷笑道："你能不能收一收你那势利的性子，能不能尊重一下孩子们？"

袁从严将外套挂起来，说道："你知道什么？"

"我知道什么？我只知道你打着为他好的名义欺负他，拆散他跟孟浅浅！"林筱雅指着他，"你别进来，你在外面想清楚了再说。"

袁从严的脚步一顿，他看着林筱雅："你不知道，苏家，你知道苏家代表什么意思吗？"

"我不知道，我也不想知道，我劝你最好想清楚，想清楚你今天所做的一切跟应顺尧有什么区别。"

袁从严的脸色铁青。

林筱雅怒道："出去。"

袁从严："我……"

僵持几秒后，他一把捞起外套，转身出去了。

林筱雅拿起抱枕狠狠地扔向了门板。

回到东方，今天东方只有工厂的人在轮值，机器人都在忙活着。应浩直接上了一区的办公室，弯腰点开孟浅浅的电脑。

她的电脑桌面很整洁，办公桌上的好几样小东西也都被收走了。应浩失神地看着她原先放橡皮筋和午休眼罩的位置，几秒后他才回过神来，看着屏幕，点开浏览器——孟浅浅喜欢在网站上买车票。

他点进历史浏览，翻了很久，翻到两个月前的，但是没有半点痕迹。他愣怔地看着屏幕，而唐隽、周彦、江枫、常慧慧几人站在身后看着他，常慧慧觉得他下一秒就会崩溃，她多少有点担心。

接着，她看到应浩坐了下来，开始在电脑上敲代码，他在试图翻找历史。

可惜，孟浅浅这次很谨慎，她没有在电脑上买车票。

应浩双手放在键盘键盘上，半晌，他垂眸，低着头道："我该怎么办？"

常慧慧小声道："要不再等等？"

应浩顿了顿，他抬起头，正要说话。

常慧慧的手机便亮了起来，是叶岚发来的微信——

叶岚：慧慧，怎么啦？

常慧慧顿时跳起来，她说道："叶岚回复我了，她到家了，我这就给她打电话。"

应浩停下手上的动作。

常慧慧拨打了叶岚的电话，叶岚也很快就接通了，常慧慧立即问了孟浅浅的去向。叶岚早料到了，她觉得以应浩的性子，她若是什么都不说，迟早麻烦。

于是，她说了："浅浅往南走了，买的黎城北站的高铁票。"

几个人一愣。

江枫有些震惊："不是吧，老板，你刚从黎城回来。"

应浩抿紧薄唇，对叶岚道："谢谢。"

叶岚："不客气，别跟她说是我说的。"

应浩："好。"

挂了电话后，应浩立即下单买了去黎城的高铁票。他扯下本子，跟唐隽、周彦、江枫、常慧慧四个人开始回忆孟浅浅喜欢什么地方。

江枫觉得自己能帮得上忙很厉害，立即举着手道："她之前说过，想去黎城的港口，那里离港城最近。"

应浩划勾。

周彦："我觉得她喜欢猫跟狗，会去一些猫狗比较多的地方，黎城有个猫屋很出名，她应该会去。"

唐隽耸耸肩膀："她那么喜欢吃甜品，那些网红甜品店肯定要去试试啊。"

常慧慧："还有关东煮，她肯定也会去吃的。不过，她肯定是住在青年旅馆，省钱嘛。"

听到青年旅馆，应浩的下颌一紧。

他用笔勾上他们说的那些地方，撕下被他划了勾的这一页纸后，他看向他们四个人道："如果有一天，让你们推荐一个人当东方的总裁，你们要推谁？"

他们几个人一愣。

应浩没等他们回复，站起身来，抄起桌面上的手机，嗓音很低："好好想想，而我，能信任的只有你们。浅浅也是。"

孟浅浅买的座位在十二号车厢，走在她前面的是一个年轻的女人，抱着一个孩子，孩子在女人的怀里哭闹，那个女人柔柔弱弱的，孩子一蹬腿，她手中的婴儿包掉在了地上，奶瓶跟钥匙还有各种小物件全摔在了地上，还有一样看起来有点像奶瓶的，直接摔在孟浅浅的脚边。那女人没办法腾开手，有些慌乱地看了过来，满脸的无措。而四周走过的人纷纷直接跨过去，大家都在赶车，并没有人搭理她。孟浅浅见状，弯腰扯过那个婴儿包，然后把满地的东西捡起来，往包里塞。

孩子还在那个女人的怀里哇哇大叫，那女人看着孟浅浅，鞠躬说道："谢谢，谢谢……"

捡好后，孟浅浅站直身子，把包挂回女人的手臂上，笑道："不客气，要不我帮你把拉链拉上吧？"

那女人看着孟浅浅唇角的笑容，沮丧烦躁的心情好了很多，她说道："好的，麻烦你了，我上高铁上得匆忙，孩子饿了正闹着呢。"

孟浅浅笑道："没事。"说着，她低头帮忙拉上拉链，但是因为东西太多了，得按压着拉，这样一个婴儿包，塞得那么满，可见孩子要用的东西有多少。

"谢谢，你是大学生吧？"那女人收好手臂，问道。

孟浅浅含着笑意："是。"

"真好……"她的语气略微惆怅，怀里的孩子紧跟着又开始闹起来，她不得已只能抱着孩子哄，边哄边往座位走去。

孟浅浅看了一眼手中的票，拖着行李箱也走向座位，那个姐姐跟孩子就在斜对面靠走道的位置。孟浅浅特意买的最后一排，行李箱可以不用往上塞，她坐下后，看着那位姐姐正在给孩子泡奶粉。

孩子哇哇大叫，她旁边的一个阿姨帮忙哄了一下，孩子并没有停下哭号，整个车厢都是孩子的哭声。

接着有人抱怨了几句："吵死了。"

"明显孩子是饿了，至少喂饱了再上车啊。"

"哎。"

那个姐姐慌乱间不停地跟其他人道歉。

孟浅浅看着，突然说道："喂饱了再上车要是错过时间你赔吗？"

说喂饱的那个男人愣了一下，转头看了过去。

孟浅浅捏紧手机，神色淡定地看着对方。

那个男人看是个年轻的女生，张了张嘴，但孟浅浅太过淡定，他最后什么都没说转过头去。而因为孟浅浅说了这话，其他人倒没再叽叽歪歪的，那个姐姐也终于给孩子喂上奶了，她回头看了孟浅浅一眼，冲孟浅浅点头。

孟浅浅微微一笑。

高铁飞快地行驶着，孟浅浅看着车窗外飞速而过的风景，心情很平静。

抵达黎城北站，已经过了晚饭的点。孟浅浅随着人流出来，看着繁华的夜景，她随意走到一家旅馆，订了一晚房间，旅馆环境简单，孟浅浅放好行李便出门了，外面人潮涌动，尤其是靠近江边的街道。

她找了一家面馆吃面，媛媛这时正好来电话了。

她接了起来，媛媛在那头说道："姐，你吃饭没？"

"准备吃。"

"啊，你说我要不要先把衣服跟书什么的先寄过去？"

孟浅浅："先不要吧，我不在海城。"

"你去哪儿了啊？"

孟浅浅顿了顿："我出来走走……"

"跟应浩哥吗？"

孟浅浅握着的筷子一顿，几秒后，说道："不是，我一个人出来的，媛媛，我跟他分开了。"

“啊？什么？”孟媛媛以为自己听错了，“分开是分手那个意思吗？”

孟浅浅：“是。”

孟媛媛彻底愣住了：“姐，你是不是一直觉得你配不上应浩哥？”

孟浅浅：“是，也不是。”

“那到底是还是不是？”孟媛媛急得很，绕口令似的反问。

孟浅浅看着都快坨了的面说道：“先不说这个，我在吃晚饭。”

“啊？那你赶快吃，不过，姐，你去哪儿了啊？”

孟浅浅吃了一口面，笑道：“不跟你说。”

孟媛媛：“啊……”

学坏了！居然卖关子。

挂了电话后，孟浅浅赶紧把面吃了，吃完买了单，然后沿着江边走。

一个人挺舒服的，吹着风，只是黎城很燥热，风还带着热气。

逛了一圈，孟浅浅便回了旅馆。

旅馆的房间很干净，只是散发着淡淡的霉味。孟浅浅洗完澡在床边坐下来，拿出手机订了往北的高铁票，她开始了想一出是一出的旅游。其实她活到至今还没这么自在过，她现在想干什么就干什么。

巧的是这一个晚上，应浩没有联系她。

挺好的。

隔天，孟浅浅去了黎城港口看对面的港城，高楼大厦耸立着，波光粼粼的海面上还有被太阳反射出来的光芒。

孟浅浅趴在栏杆上，一看便是半个小时，她在这里畅想自己的未来，也许是开一家小店，也许是继续在公司上班，奔波于城市跟城市之间，忙忙碌碌但非常充实。

太美好了。

趴了一会儿，旁边有人在卖冰激凌，彩色的冰激凌很惹眼，孟浅浅过去买了一份，草莓味的。她拿着它，犹豫了一下，脑海里浮现应浩的话：不许吃那么多，你不怕疼吗？嗯？

孟浅浅“啧”了一声，她张开嘴，像是要故意跟他作对一样，大口一咬，冰得厉害，但是也甜得厉害。她拿着冰激凌坐上环城公交，一边看着整个城市的面貌一边啃着手里的冰激凌，哪怕冰得厉害，她也吃得特别欢乐。

没过多久，车子抵达网红街，她进了一家猫咖，点了一杯咖啡，蹲在地上跟猫玩了半个多小时。随后捧着咖啡离开，又步行回了旅馆，收拾毛巾跟牙刷的时候，手机里有很多的来电跟微信消息，来电大多数都是应浩的，也有常慧慧等人的。

他回来了。

孟浅浅坐在小沙发上，拿起手机，看着他发来的微信。

YING：你在哪儿？

YING：浅浅。

YING：回答我。

YING：我看到信了，我不同意。

YING：陌生人？你让我怎么跟你当陌生人？

YING：浅浅，你要逼疯我……

他的每一句话，孟浅浅都想回复他：你好好看信行不行？最后，她想了想，觉得没必要回复。

他懂的，他只是不想懂而已。

想到这里，孟浅浅直接把微信卸载，没了这个社交软件，她觉得平静多了。随后她拖着行李箱出门。

来到一楼时，旅馆的老板笑着递给孟浅浅一个红色的礼盒袋，孟浅浅问道：“这是？”

“你是我们旅馆昨天入住的最美的女生，这是送你的选美礼物，希望你下次到黎城来，继续来光顾我们的生意。”

孟浅浅愣了一下，有点不好意思：“下次不知何年何月了。”

“人生无处不相逢嘛。”旅馆老板笑道，“说不定很快呢？”

孟浅浅一听，也笑了笑，接过了礼盒袋，随后把门卡还给他。跟老板道别后，孟浅浅朝高铁站走去，进了车厢坐好后，她才拆开了那个礼盒袋。

里面是一只玩偶小熊猫，带着大大的黑眼圈看着她，特别可爱。孟浅浅看着眉眼都舒展开了，心情也更好了。

下一站是到丰市。

丰市位于西北方向，那里是个四线城市，跟连城一样。

抵达丰市又是晚上，这儿比黎城还热，孟浅浅一下高铁就赶紧选了个旅馆住进去，然后再出去吃晚饭。她下车的地方没有很多高楼大厦，她选旅馆的时候其实是想选高铁站不远处的旅馆的，因为那家旅馆门口有一只奶白色的布偶小熊，但是那家可能太受欢迎了，已经住满了，她只能退而求其次地选了现在这家。

而此时，海城站开往黎城北站的高铁抵达，一个戴着鸭舌帽，提着中型黑色行李箱的男人出了站，他身后有个男人抱着孩子在不停地打电话，走得太快了，孩子嘴里的奶嘴掉到地上。

应浩垂眸看了一眼，弯腰捡起那个奶嘴递给那个男人。

那男人愣了一下，接过来，匆匆地说道："谢谢。"

应浩："不客气。"说完，他便走下台阶。

他手里捏着一张纸，上面是孟浅浅会去的一些地方，他一抬眼便看到"小圆圆旅馆"，那家店有浅蓝色的招牌。应浩眯起眼睛，立即提着行李箱上了台阶，他人长得高大，一进门就很显眼。

前台一抬起头看到他，视线都没法挪开了。

应浩走过去，拿出身份证，递给她，说："开一间房，我想问一下，有没有一个叫孟浅浅的女生入住这里？"

前台接过他的身份证，暗暗地看了他的名字和身份证号，好年轻的男生。她红了脸，抬起头道："我帮你查查。"

应浩点了点头。

前台先给他办理入住，然后低头翻看过往客人住房记录，很快便查到了孟浅浅的信息，她说道："她已经退房了。"

应浩的脸色微变："她有说要去哪儿吗？"

前台愣了一下，看着他摇头道："没有，她怎么会跟我们说这个？"

应浩拿过身份证："暂时不住了。"

"哎。"前台有些诧异，接着她好奇地问道，"她是你的谁啊？"

"我老婆。"说完，他拉起行李，转身出门，走了没几步，听见身后那前台不知拉住了谁，道："老板，你早上送小熊猫礼盒的那个女生，她竟然结婚了。”

应浩的脚步微顿，转身返了回去，回到旅馆的门口。

店里的老板跟前台一抬头，便看到站在门口高大冷峻的男人，前台惊了一下，捂着脸躲在老板的身后。

老板看向应浩：“你是？”

“你送她礼物？”

老板一顿，回过神来，停下教训前台不可透露客人的信息这件事情，抬起头说道：“是，她是我们店里昨天最漂亮的客人，所以准备了礼物送她。”

最漂亮？

应浩的薄唇抿成一条线，他问道：“她有说过她下一站会去哪里吗？”

他按捺下所有的醋意，有些低声下气地问道。

老板摇摇头：“没有，我不探听客人的隐私。”

应浩：“我……”

老板有些好奇地问道：“你为什么会找到这里？”这个男人挺巧的，在这附近十几家的旅馆里选中他们这家。

应浩：“她会选什么，我最清楚。”

老板一愣，有多了解才能一下子选中对方所选的旅馆呀……

应浩不再废话，压低鸭舌帽转身便走。他回到了高铁站，靠在柱子旁，翻着手机，翻找孟浅浅的下一站，她会去哪儿？接下来是继续往南？还是往北？

应浩突然有些无助，怕自己选错，手机上的字眼都有些模糊不清了。他抵了一下牙齿，强迫自己冷静下来，过了一会儿，应浩选了往北的方向——丰市站。

第二十二章

自　由　自　在

丰市有一些保留完好的古建筑，值得一去。不过现在已经是晚上了，孟浅浅便没有出门，而是在房间里看书。

这间旅馆的隔音并不好，门外走过的人都吵吵闹闹的，有喝醉酒撞到门的，也有骂骂咧咧从门口走过的。

接着，隔壁隐约传来了少许的某些声音，很细微。但是孟浅浅这边太安静了，以至于那些声音尤其明显。

她一愣，翻书的动作都停下了。

她的身子“唰”地往后挪，因为床头对着墙壁，声音就是从隔壁传来的。她脸红耳赤的，下了床去行李箱里翻找，找出了一对耳机，她塞进耳朵里，调了音乐，整个人才放松下来坐回了床上，继续翻着专业书。

九月份就是大三了，希望媛媛的录取通知书早点到，她才好安排两个人的生活。看了两个多小时的书，隔天要早起，孟浅浅便先睡了。

楼下车水马龙，丰市的绿植做得很好，大树遮屋，霓虹灯闪烁。应浩把手插在裤子口袋里，拖着行李箱从不远处走过来，他眼眸往上抬，扫着附近的旅馆，很快，看到了奶白色的布偶小熊。

他脚步停顿，紧接着提着行李走了进去，门面很窄，前台也挂着一个布偶，应浩来到柜台前，拿身份证给对方：“住店。”

前台的妹子正在吃饭，满嘴油光，正想拒绝，一抬头对上一双狭长的眼眸，她愣了一下，“啪嗒”一声，她手里的筷子掉在桌子上。

她赶紧拿着纸巾擦唇角，道：“住店吗？我们这儿满了……”

“满了？”应浩嗓音很轻地反问。

“是啊……不对，等等。”妹子想了一下，说道，“还剩最贵的一间，你要不要啊？”

价格偏中的也都基本满了，只剩下八楼那间最大的，也基本没有人会住的。应浩看了一眼柜台上的布偶，说道：“要，麻烦你帮我办理。”

“好的好的。”妹子有些高兴，拿过身份证，开始办理。

应浩垂着眼眸，问道：“有没有一位孟浅浅的女生住在这里？”

这位妹子比之前那个谨慎了很多，她停顿了一下，道：“不好意思，我们不能透露客人的信息。”

应浩用指尖在桌面上敲了敲：“好。”

“这是您的卡，802，电梯在那边，住店愉快。”

应浩接过房卡，点了点头，拿着行李箱走向电梯，进了电梯后，他低头翻看着房卡，有些恍惚，她应该会喜欢这个旅馆的，她会住在这个旅馆的。他这样安慰自己，很快，电梯抵达八楼，宽敞的八楼只有四间房，两间很大的，两间比较小的。

应浩刷卡进门。

他还没吃东西，于是在一楼随意买了一份泡面，接着，烧水开始吃。吃完去洗了澡，他穿着灰色长裤赤着上身走出来，坐在床边，拨打了孟浅浅的电话。

电话通了，但是没人接，这让他怀疑她已经把自己给屏蔽了。

应浩点进短信想要编辑，最后指尖停住，又把编辑的字删了。

她要是知道自己来了丰市，立马转道就麻烦了。但是，她在丰市吗？

应浩只能赌一个可能。

他往后仰躺在床上，看着天花板。

而这时，隔壁那间比较小的房间传来了少许的声音，很细微，但是不明显，应浩回过一点儿神来，眼眸微眯。

半晌，他站起身来，踹了一下墙壁，那边的声音瞬间一静。

应浩坐回了床边，脑海里却全是孟浅浅，他调出了游戏页面随意地玩着。

林筱雅：浩，你离开海城市了？

他停下游戏，调出微信页面——

YING：是。

林筱雅：嗯，找到了把她带回来，干妈给她道歉。

YING：等我先找到她再说。

林筱雅：好。

林筱雅看着这话知道应浩目前还没找到孟浅浅，她也有点烦躁，虽然袁从严跟她说了，人家孟浅浅本来就计划要走的，他只不过是顺水推舟而已，但是林筱雅还是生气，她看了一眼空荡荡的房间，在心里默默地骂袁从严。

应浩继续玩着游戏，隔壁又传来了少许声音。

应浩听着那女声，神色冷淡，一把游戏玩完，他起身洗漱，随后回到床上，躺下后，脑海里全是孟浅浅，全是她。她的声音很好听，柔软甜美，没有哪个女人能比得上她。

应浩“唰”地起身，他从行李箱里拿出上衣套上，最后捞起手机下楼。前台小妹换了人，现在值班的人正在休息。

应浩在门口的小沙发上坐下，长腿交叠，按着手机，他正对着电梯，谁下来他都一目了然。

四线城市的凌晨也很热闹，烧烤摊、奶茶店、便利店，都还亮着灯。应浩这一夜没有回房间，他在门口的沙发上守株待兔。

而早上七点半，对面的旅馆门铃响起，孟浅浅穿着黑色吊带裙和防晒衫，拿着一把遮阳伞从里面走出来，阳光猛烈，孟浅浅躲在伞下，往古建筑的方向走去，她的身影从窗户前闪过，应浩身子往前倾，按着手机，看着电梯。

一夜没睡，他精神还可以，就是神色冷峻，冷到进门的人看到他都不敢多看一眼。

很快，孟浅浅拐了个弯，离开了这个片区，来到古城区这边，买了一份油条和豆浆，边吃边走，随后买了门票，进入园区，开始半天的游玩。

小白熊旅馆。

老板来上班一眼便看到沙发上坐着的男人，她愣了一下，她这个小店还真很难见到这么帅气的男生，她敲了敲柜台。那值班的睡得迷迷糊糊的，揉着眼睛道："老板娘好。"

"起来，洗个脸下班，看你这样，进贼了你都不知道。"

"没贼啊，我盯着监控呢。"

"那他呢？他是谁？"老板娘敲着桌面。

值班的往那边看去。

应浩听见动静，抬起头，四目相对，应浩没什么表情，值班的却觉得后背发凉，他对老板娘说："他是 802 房的客人，从凌晨就坐在这里。"

老板娘看向应浩："这位帅哥，我们的房间不舒服吗？"

应浩没应声，他垂着眼眸，眉眼低冷："你们房间的隔音很差。"

老板娘："呃……那您可以跟值班的说，我们给你换个房间。"

应浩看着老板娘说："不用，你只要帮我个忙。"

"什么忙？"老板娘看出男人眼底的阴郁，像是要走向崩溃似的，为情所困？

应浩道："你看一下，你们有没有见过这个女生？"说着，他点开孟浅浅的相片，放在桌面上。老板娘跟值班的低头一看，巧的是老板娘还真的见过孟浅浅。

老板娘却没有直接对应浩说有，而是说道："没见过。"

但是她的眼神却骗不了应浩。

应浩拿过手机，点头："好。"

说完以后，他还是在沙发上坐着，玩着游戏看手机，他认为孟浅浅是在这家旅馆的，但是他一直等到中午也不见孟浅浅的人影。

老板娘实在看不下去了，说道："好，我告诉你，我见过，但是她没有在我们店住下，当时我们已经满了，这个女生就出去了。"

应浩抬起头，看着老板娘。

老板娘觉得他很难过，但是他还在强撑。

老板娘轻声问道："你吃饭了吗？"

应浩没吭声，他站起身来，朝电梯走去，便对老板娘说："退房。"

老板娘：“呃……”

十多分钟后，应浩退了房，提着行李箱，走下台阶，他看到路标标着古城区，他盯着看了一会儿，拉着行李箱直接往古城区而去。

四周注意到他的人很多，但是没有人发现这个男人一身的凛冽，找不到孟浅浅，他的每一步都走得沉重，每一步对他来说都是折磨。

很多很多过去的回忆涌了上来。

他牵着她的手走在树荫底下，他让她不要跟周乔玩，她摇头说不肯。

他又生气又无奈，最后又怕两个人再继续吵，只能忍着，紧紧地牵着她的手，走了一半，他回头一看，发现她也甜甜地笑着，他顿时想亲她。

那时月亮高挂半空，他觉得自己能爱她很久很久。

再回想过去的一年多，她很多无声的抗拒都已经很明显了，常慧慧说的那句话像个魔咒。

她在可怜你。

这句话直接印在他的脑海里，他一直拒绝承认这个事实。而偏偏，这又像是孟浅浅能做得出来的，她始终善良，始终在用自己的方法回馈别人。而他只是被回馈的对象之一。

应浩手撑着树干，忍去少许的晕眩，旁边有人在卖饮料和面包。他走过去，买了一份，打开盖子，喝了一大口水。他咬着面包，面包屑沾在唇边，他用指腹抹开。

阳光猛烈，应浩的眼眸半眯着。

而那边园区的出口，孟浅浅撑着伞走出去，她找了一家店吃午饭。她坐下的时候，应浩正在检票入园。

拖着行李箱进园的男人多少有点奇怪，很多人看着他，应浩像丝毫没有感觉似的，他随意地走向那些建筑，这里的建筑以徽派为主，古香古色，他觉得孟浅浅一定会来。

但是，他能不能碰到她？

一圈走下来后，他出了园门。

而此时，孟浅浅回了旅馆，又订了高铁票。

她在盐城跟柳城中间犹豫了很久，最后选择先去盐城，买了盐城南站的高铁票后，收拾了行李，向高铁站出发。

应浩坐在她吃过面的那家面店，长腿抵在地上，翻看着盐城和柳城的高铁信息，这两个城市，她一定会去，而且会长住。因为盐城的海边房子很多，她曾说想要过晨起日落都在海边的日子。至于柳城，那里有个兔子园。

应浩紧紧地捏着手机，喝了一口矿泉水，最后选了柳城的高铁票。踏上车厢的那一刻，应浩靠在椅背上，没来由地心慌。

孟浅浅确实在盐城订了个长租房，时间长达半个月。

她出门不算多，大多时候她都在房里看日落看日出，她很喜欢这样的生活。楼下沙滩上的人每天都很多，很热闹，她就趴在窗户上，看着楼下的热闹。

她喜欢这种热闹，能让人心情平静。

应浩去了柳城，住了五天。这五天里，他一直在人群中搜索孟浅浅的身影，他守在酒店的几天里，没有见到孟浅浅，人群中也没有她。

他重新买了盐城的高铁票。

第六天的下午，日落之时。

应浩看着三楼那间落地房，一个女生趴在窗户上，头发披散，眉眼弯弯地看着沙滩上的人。应浩的眼眸又深又红，他眼睛一眨不眨地看着她。而她没有发现他，一直看着沙滩上玩乐的人，她很开心，很享受现在的生活。

这时，孟浅浅的眼睛往这边扫了过来。

应浩见状，往树下走了两步，树完全挡住了他的身影。

孟浅浅只看到绿色的叶子迎风摇晃，她没有在意地收回视线，随后转过身，去浴室里放水泡澡。这间旅馆的环境要比之前住的那些好，她当时在网上买的打折卡，打了七九折。

泡完澡，孟浅浅点的比萨也来了，孟浅浅穿上睡衣走过去拉开门。

酒店服务员将外卖递给她：“孟小姐，你的比萨。”

孟浅浅笑道：“谢谢。”

“不客气，晚上要下水玩玩吗？”服务员微笑地问。

孟浅浅想了一下，问道：“能租救生圈吗？”

“当然可以，在一楼租就行。”

“好的。”

孟浅浅拎着比萨关上门，回到沙发上坐下，拆开袋子，里面多了一杯奶茶，她有些错愕，她不想花太多钱，所以没有点奶茶，她拿起电话，拨打了一楼的前台，说明了这个情况。

对方说：“是店家送的，说最近搞活动。”

孟浅浅顿了顿：“那以后都送吗？”

“不一定哦，您运气好。”

孟浅浅：“谢谢。”

她看了一眼比萨还有奶茶，最后认了这件事情，奶茶配着比萨吃完。吃完后，她拿出比较保守的泳衣，换上，裹在外套里面，然后下楼，去前台租了一个救生圈，接着她赤脚颤巍巍地来到海边，盯着波光粼粼的海面。

夜晚的海面哪怕有很多人，但仍然有几分宁静。

孟浅浅小心翼翼地在沙滩上坐下，整个人坐进救生圈里，然后看着水浪往自己身上扑来，她也不闪不躲，笑着开始玩水。

有几个小孩跑过来抓住孟浅浅的救生圈要和她玩，孟浅浅就跟他们拉扯，都是七八岁的孩子，孟浅浅却玩得极其认真。

“我的。”

“姐姐，你借我。”

“不借。”

“你那么瘦，里面再塞一个我吧。”

孟浅浅：“我刚刚好啊，塞不进啦，你们这群小屁孩。”

话刚说完，两个小男孩就推了孟浅浅一把，孟浅浅抱着救生圈就往水里扑去，一只大手从身后握住她的救生圈，把她拉了起来。

孟浅浅跌坐在沙滩上，一身的水。

两个男孩的妈妈挤了过来，纷纷跟孟浅浅道歉，两个男孩也鞠躬道歉：“姐姐，对不起，我们不是故意的。”

孟浅浅抹了一下脸上的水珠，笑着道：“没事没事。”

那两个小男孩上前扶起孟浅浅，孟浅浅站起身来，她左右看了看，想起自己刚刚被人扶了一下，但是没看清对方的长相。

她左右看了看，没看到人就放弃了。

接下来在盐城的日子，孟浅浅发现自己的运气似乎变好了。动不动地就有些优惠，但那些优惠很小，她就没再细想。

半个月后，孟浅浅买了高铁票，往柳城去，在高铁上，又一次碰见了那对母子，这次小男孩很乖巧地坐在那个姐姐的怀里，嘴里咬着一只奶嘴。

那个姐姐看到孟浅浅，有些诧异又有些惊喜："你也要去柳城吗？"

孟浅浅："是，你们？"

"我老公是柳城的，我上次是……"她顿了顿，似乎有些不知道该怎么说。

孟浅浅也笑笑，没有多探听，加上两个人不在一个车厢，于是打了招呼就分开了。孟浅浅来到八号车厢坐下。柳城这个城市保留着很多老房子，所以连高铁的建造都是老房子的样貌。

孟浅浅在座椅上睡了一觉，抵达目的地往外走时有点蒙。

身后不少人排着队下车，迷糊中，她听到一个很低沉的嗓音正在讲电话。

"文件发我邮箱，我这几天没空，还有，你不用搭理他们。"

孟浅浅"唰"地往后看去，但是人群中并没有应浩，她怀疑自己听错了，于是快步来到门口，下了车。她下车后，一个高大的人影才从椅子上站起来，他压低帽檐，把手插在裤子口袋里，跟在人群身后下了车。

来柳城的人也很多，孟浅浅几乎是被挤着出来的，出来后，她直接奔向柳城的城区，进了一家叶子旅馆。

她上楼后，一道高大的身影也跟着进来，他订的是她隔壁的那间房。

巧的是，孟浅浅从来没遇见过隔壁那房间的人，但是偶尔晚上可以从不太隔音的房间里听见对方在讲电话的声音。

透过墙壁，他的声音很低，隐隐的有些熟悉。

孟浅浅怀疑过几次，但是从没见过他的人，也就作罢。

这天，风和日丽。柳城的天气要好很多，不会很热，很适宜。孟浅浅穿着浅色系的长裙，背着小包，拿着遮阳伞，又买了很多胡萝卜，去了兔子园。

兔子园是可以喂兔子的，并且还给客人准备了沙发。

孟浅浅在一个小沙发上坐下，取出胡萝卜，跟隔壁的女生一样，把胡萝卜喂给兔子。小兔子踮脚踩在台阶上，啃着胡萝卜，孟浅浅高兴得眉眼弯弯，特别有成就感。

隔壁的女生看着孟浅浅，笑道：“它们是不是很可爱？”

孟浅浅点了点头。

女生说道：“我心情不好就来喂兔子，看到它们开心，我自己也开心，你呢？你也是心情不好吗？”

孟浅浅：“没有，我心情很好。”

“看得出来，你眼睛都笑得眯成一条线了。”

孟浅浅嘿嘿一声，她说：“我这些日子很自在。”

女生点了点头：“看得出来。”

两个年纪相仿的女生一边喂着兔子一边聊天。而隔壁那个沙发上，一个男人坐在沙发上，鸭舌帽压得很低，他一下一下地喂着兔子，不让它吃太多又勾着兔子来吃，他垂眸听着孟浅浅的话，骨节分明的手指青筋微起。

喂完兔子，孟浅浅起身，拿起伞出门，走向古楼里面，楼里面人潮涌动，有特别多的人，好多学生穿着汉服慢条斯理地走着。

孟浅浅看着觉得真美。

她买了糖葫芦和小糖人，一边吃一边看，这里还有人用竹子编了蜻蜓等，孟浅浅停下来，买了几样，准备回去给她们当手信。

阳光打在她的脸上，她笑得眉眼弯弯的，很是好看。

不远处戴着鸭舌帽的男人站在原地，恍惚回到过去，曾经，她的笑容也如今天这般甜美。

这时，孟浅浅抬起头，往这边扫来。

隔着来来往往的人群，两个人四目相对。

对上了，孟浅浅愣了一下，应浩的眼眸微眯，紧紧地看着她。

孟浅浅反射性地想起了酒店里的那道声音，她看了他几秒，转身便提着手里的东西走进人群里，没有回头。

应浩看着她走远后，拳头微拧。

半晌，他低头，转身，朝反方向走去。

古城里还有很多地方可以逛，孟浅浅走得很快，走进了一些巷子，在人群中回了两次头，都没看到应浩的身影。她松了一口气，又放松了心情，开始游玩。

就这样，到了晚上七点半她才回旅馆，一进旅馆就被前台叫住："孟小姐？"

孟浅浅的脚步微停，看向对方："叫我？"

"你是叫孟浅浅吧？"

孟浅浅抿紧嘴唇，点头："是。"

"603房的应先生让我把这封信给你。"

孟浅浅看着桌面上的浅蓝色信封，上面还有东方银色的LOGO，她一顿，她对东方是有感情的。

服务员把信封往前推了推，示意孟浅浅拿走。

孟浅浅伸出手，拿了以后问道："这位应先生……"

"哦，他退房了。"

孟浅浅松了一口气："好的。"她走向电梯，搭乘电梯回到房间。她没急着看信，先把今天买的礼物放好，然后拿着睡裙去洗了个澡。

洗完澡出来，她盘腿坐在沙发上，才拿起那封信，拆开，从里面倒出了一枚钻戒。

孟浅浅愣了一下，她看了钻戒一眼，随后打开那封信。

浅浅：

展信佳。

陪你走了快半个月，我像个偷窥者一样，躲在你的身后，看着你对这个世界绽放笑容。你的笑容甜美动人，却是我触摸不到的。

我知道，之前的我不成熟，家里的变故让我慌了神，我选择了最惨烈的方式跟你结束第一段感情。

这一切都是我的错。

我最大的错误，是在大二的时候，和林飘在一起。也难怪袁从严都在质疑我对你的感情，所有人，包括你，肯定会觉得我身边有谁都可以。

感谢你的善良，这一生遇见你是我的幸运。

我会带着对你的爱，虔诚地守在佛前。

我希望我们再见面时，只是陌生人。

我会带着对你的爱，虔诚地守在佛前。

给彼此的信结尾是截然不同的两种态度。旅馆里的空调细微地响着，孟浅浅看完了信，有些沉默。她曾觉得，应浩对她的好，连她的父母都比不上。

同样的人，二十来岁，人生还不算太长。她出生在一个重男轻女的家庭，弟弟出生的那一刻，她和妹妹的日子就蒙上了阴影。生活中充斥着各种各样的偏心，而这种偏心的对待，至今没有人跟她说为什么。

她在父母那里不会得到答案，但她跟应浩的这两段感情，应浩给了她交代。

孟浅浅拿起钻戒翻看了一下，上面有“HAO”字。她把钻戒放回了信封里，又把这封信合上再装回信封里。

她揉揉眼睛，站了起来，走到窄小的窗户边往外看。

车水马龙的街道，对面有一群穿着汉服的女生走过，她们青春洋溢，妆容精致，是一道美丽的风景线。

孟浅浅看着她们入神，她在想，她们肯定都很自信，这种自信源于她们自己的长相、对生活的态度，还有爱她们的父母。她跟周乔很容易羡慕成暖，因为成暖身后站着爱她的父母，而她和周乔，没有父母的爱，便很难获得自信，想要自信只能靠自己挣。

这一夜，孟浅浅一直在做梦，梦里繁乱。隔天古城举行汉服活动，孟浅浅手里拿着糖葫芦，看到昨天喂兔子的女生也在汉服的队列里，她也看到孟浅浅了，朝孟浅浅招手。孟浅浅吃完最后一颗糖葫芦，拍拍手，突然也想加入，她寻到一家专门做汉服的店，选了一套竹绿色的对襟短衫。

换好衣服，店家给她上妆。

在上妆的时候，很多人看到她后，眼睛都没挪开，像是发现了一块玉石一样，店家问道："小美女，你该不会是哪个明星吧？"

孟浅浅笑着摇头。

"那怎么这么漂亮啊？"店家看着镜子里的她，一阵感叹。孟浅浅有些害羞，脸颊不染而红，一切弄好后，她提着裙子走出店门。她被阳光照射得微微眯起眼睛，那个女生在队伍里走出来，拉住孟浅浅的手道："一起游街去。"说着，孟浅浅就被拽入队伍里。

孟浅浅轻盈地踩着鞋子，笑着跟上。

她也青春洋溢啊……不远处，应浩戴着鸭舌帽看到她了，眼眸深了几分，随后，他对一旁的成茂说："我先不回去了。"

成茂看着应浩："那您还退房吗？"

"不退，但是，骗她说我退了。"

成茂："那……昭明寺？"

"照计划。"

成茂："好的。"说着，他认命地把应浩的行李又送回了旅馆。

应浩则去店里买了一部摄像机，随后拿着跟着队伍。人多，他倒不会很惹眼，除了身高。好在大家都在往前走，没时间左右看。他握着摄像机，调试着，不停地拍着孟浅浅。

孟浅浅跟那女生有说有笑的，眉眼弯弯，很漂亮。偶尔她的眼神扫过来，应浩为了躲避她的视线，立即压低了帽檐，略微躲一下。他原本是打算把她追回去，可是看到她过得开心自在，他并不想打扰她。同样的，他也终于正视了他们一开始就存在的问题。

她以为他谁都可以，她给他的那封信是在告别过去。

而他给她的那封信是在交代过去，未来依然爱着。

"我怎么觉得有人跟着我们？"那个女生低声问道。孟浅浅回头扫了一眼，人太多了，只能看到不少戴着帽子的人，男女都有。她说道："没有吧，会不会是有人喜欢你，正在追求你？"

女生的脸一红。

孟浅浅一看就知道有的，女生又往后看了好几眼，不管那个人在不在，她现在都可以幻想他在，于是她的心情更好了。

孟浅浅含着笑意顺手买了小糖人，穿着汉服吃小糖人很甜呢。走了几圈后，她的额头出汗了，拐个弯看到了那个姐姐抱着孩子站在巷口，正在默默地流泪。

孟浅浅愣了一下，那个姐姐就住在这里？

接着那个姐姐抬起头看到孟浅浅，四目相对，那姐姐瞬间背过身子去，用袖子擦着泪水。孟浅浅立即挪开视线，她无意探听别人的隐私，然而等队伍从那姐姐的身边走过的时候，那个姐姐说道："美女。"

孟浅浅一顿，看了过去。

那个姐姐说："我请你喝奶茶吧。"

孟浅浅从队伍里走出来，跟原本同行的女生道别。女生虽然有些失落，但是彼此萍水相逢，连名字都没留，只能跟孟浅浅道别。队伍走远后，孟浅浅朝那位姐姐走去，她怀里的孩子扁起嘴像是想要哭，周兰把他抱起来哄了一下，说道："我叫周兰，你呢？"

孟浅浅："孟浅浅。"

"上次坐高铁的事情我都还没跟你道谢呢。"

"你说了。"

"我说了吗？"周兰笑了笑，两个人走到奶茶摊前，点了两杯原味奶茶，周兰拿着手机扫了码，孟浅浅不好跟她抢，拿起两杯奶茶，两个人走到后面的藤椅上坐下。

孟浅浅喝了奶茶，周兰却没那么轻快，孩子又开始闹了，还要抓她的奶茶，周兰拍了一下孩子的手，孩子就哇哇大哭，一下子就惹得周围有一些探究的目光。

周兰立即跟其他人道歉，孟浅浅看到她的神情，隐约套入了自己那张脸，或许她未来也是这样吗？

好不容易把孩子哄好了，周兰才拿起奶茶喝了一口，她看着孟浅浅道："你是暑假来玩的对吗？"

孟浅浅："是。"

"真好，你去了黎城，还去了盐城？"

孟浅浅："嗯，想到哪儿去哪儿。"

"真好。"周兰拍拍孩子，垂下眼眸道，"如果我当初努力点考上大学，可能生活会不一样。"

孟浅浅愣了一下："你没上大学吗？"

"没有，差几分。"周兰低声道，"其实也可以去一些学校，我不想去，就没去，我又没勇气复读，索性就算了。"

孟浅浅惊了一下，跟她何其相似，同时她也庆幸当初咬着牙考出来了。

周兰抬头看着她："所以看到你们我很羡慕。"

孟浅浅看了一眼她怀里的孩子，孩子正咬着奶嘴，眼睛圆溜溜地看着她。孟浅浅问道："你是高中毕业就结婚了吗？"

"也不是，我出来工作过两年，本来还打算去首都的，但是家里非要我相亲，我自己又没什么自信能在首都立足，最后我妥协了。"

孟浅浅仿佛又一次看到自己的影子，她说道："不自信有时真的很可怕。"

"可不是？我连对我妈说'不'的能力都没有，结婚后没多久就生了两个孩子，我从此就更难有未来了。"

"两个孩子？那另外一个……"孟浅浅又看了一眼宝宝。

周兰微微一笑："双胞胎，另外一个宝宝在我婆婆那里，她说双胞胎不能放在一起养。"

孟浅浅："这……"

奶茶喝完后，周兰也得回去了，她怀里的孩子需要喝奶，几个月的孩子，隔一会儿就得喂。孟浅浅起身，送周兰回去，她就住在那条巷子的里面。周兰让孟浅浅不用送了，她进去就行，孟浅浅也没勉强。

她站在原地目送她，脑海里在想着周兰刚刚说的话，周兰说想为自己争取一次，但没机会。孟浅浅闻到了棉花糖的香味，朝那边走去。

应浩坐在对面的台阶上，嘴里含着一根棒棒糖，看着她，她这一趟出来，认识蛮多人的嘛。

而这时，巷子里一个男人走过，紧接着，"啪"一声，一个女人的身子踉跄着出现，接着那女人捂着脸走了回去。

应浩的眼眸扫过去，认出那被男人扇巴掌的女人就是孟浅浅刚刚谈话的女人。应浩眯起眼睛，他又看向孟浅浅，孟浅浅站在那儿咬着棉花糖有些出神，有些呆。

这傻瓜。

应浩“咔擦”一声咬碎了棒棒糖。

这时，孟浅浅拿着棉花糖转身，应浩立即拿着摄像机挡着脸。

孟浅浅倒是没发现他，她有心事，干脆回了旅馆。

接下来的一段时间，孟浅浅去古城玩再也没见过周兰了，那个女生倒是见过几次。与此同时，孟媛媛拿到了海城大学的录取通知书。

孟浅浅松了一口气，她得回海城了，去接孟媛媛。

准备回去的前一个星期，孟浅浅重新下载了微信。所有的聊天记录都没了，微信是一个全新的状态，孟浅浅觉得这代表一个新的开始。

她点进东方内部的论坛，看到上面正在议论着新的总裁人员会是谁，那也就意味着东方目前还没有负责人，她随意翻了翻，了解了一下东方最近的情况，才退出去。

回海城的这天，海城正在下雨。孟浅浅来到出口处，正准备拦的士，手中的手机便响了，孟浅浅一看，来电是常慧慧，这次她没有跟之前一样忽视，而是接起来：“慧慧，我……”

“浅浅！应浩学长入住了昭明寺，好像要出家！现在整个华星跟东方都乱成了一锅粥。”

孟浅浅一愣：“什么？”紧接着，她脑海里浮现了那封信最后那句话，虔诚地守在佛前，他原来是这个意思。

“应浩学长要出家，整个东方跟华星都乱啦。”常慧慧又复述了一遍，孟浅浅回过神来，问道：“他有说为什么吗？”

“没有，他前几天不声不响地就去了，他们到今天才发现的，你什么时候回来啊？”常慧慧急得很。

孟浅浅看了一眼灰色的天空，说：“我刚到。”

“太好了，我去接你。”

“不用，慧慧，我已经叫了车，到了我们再聊。”

“好。”

不一会儿，拦到了的士，孟浅浅上了车，肩膀被雨水打湿了一些，她有些失神，又想起了那句话。

他真的打算出家？那华星、东方怎么办？

孟浅浅发现自己多少还是会被他影响，她顿了顿，敛了心神，让自己冷静下来。很快，车子抵达海城大学门口。孟浅浅拖着行李箱走下来，打开雨伞，撑着走进校园里。熟悉的校园，熟悉的建筑，有几分亲切感。

一路来到女生宿舍，鞋子都有点湿了，上楼行李箱也不好拿，费了不少劲，孟浅浅抬着行李箱来到三楼，匀了一下气，随后拖着行李箱朝宿舍走去。

到了门口，屋里的常慧慧一抬头看到她，就尖叫起来，紧接着跑出来，一把抱住孟浅浅："你可算回来了！"

孟浅浅回抱常慧慧："抱歉。"

"没事，我们知道你是去散心，我们还知道袁总跟梁教授他们找你谈话的事情，换成是我，我都受不了。"

孟浅浅笑了笑："不是，我也早有计划。"

"知道。"但是常慧慧还是心疼孟浅浅，她帮孟浅浅把行李箱拉进去，问道，"这段时间玩得开心吗？"

孟浅浅笑道："当然。"

"那就好。"常慧慧觉得孟浅浅又变了一些，孟浅浅她的改变不是一下子的，而是隔一段时间就有新的变化，很细微。

孟浅浅问道："应浩是怎么回事？"

常慧慧叹了口气："我也不知道啊，你觉得他会出家吗？"

刚刚孟浅浅也问过自己，此时被常慧慧这样一问，她却清楚地知道，他不会。

东方乱，但是华星更乱。

成茂安静地站在袁从严和梁坤的跟前，神色淡定。袁从严看着成茂带回来的应浩在昭明寺的相片，衣服就不说了，头发剪成了寸头，一张脸明明那么冷峻但似乎真的看破了红尘似的。

"啪"，他放下手机，说道："他这是在跟我抗议吗？"

旁边的梁坤看着那照片，神色也难看起来。

成茂微微一笑："当然不是抗议，应总失去了女朋友，对世间没了追求，那也是正常的。"

"正常？"袁从严冷笑，"为了一个女人，值得吗？"

成茂收起了笑容，看着袁从严："值不值得，您看着不就知道了。"

袁从严简直不敢相信。

成茂说完话，安静地继续站在一旁。办公室里落针可闻，应浩去追孟浅浅，他们都知道，没追到他们也都知道。他们一方面觉得孟浅浅这次确实有决心，一方面觉得应浩跟梁坤女儿的事应该快成了，因为苏婳回了海城，苏家那边连苏老都准备见一见应浩。

没想到在孟浅浅准备回海城的前一个星期，应浩先回来了，然后不声不响地直接上了山，接着就传出了这样的消息这样的照片。

梁坤："他这样对华星不利啊，难道他没想过这一点吗？"

袁从严咬着牙："他没那么糊涂。"

梁坤："可他对孟浅浅……"

袁从严想起林筱雅骂他的那些话，他的脸色愈发地阴沉。应浩这是在告诉他，同样的事情，他不会让它发生第二次。

他还真的非孟浅浅不可，离不了她。他也不再是之前的那个说分手就分手的应浩，更不是大二那个会接受任何别的女人的应浩，他只要孟浅浅。同样的，他也在告诉他们两个人，消停吧，我的人生你们都没资格指手画脚。

袁从严："他在向我们明确表明，他非孟浅浅不娶。"

梁坤："可他这次不是没追回人吗？"

袁从严："他还年轻，还有那么多时间，一时的失败算什么？他现在要对付的就是我们这两个老家伙。"

梁坤完全震惊了，他从不知道一个年轻人能有这样的手段和想法，之前，他听到应顺尧对应涵说以后一定要娶海城的名门贵族，应涵连连点头，表示一定，其他女人都是过眼云烟。梁坤想到了很多，也想到了自己。

梁坤："华星集团如今离不了应浩。"

袁从严一声不吭。

当然离不了，别说东方那几个初创人员，应浩从上位华星负责人时就备受各界的关注，因为他是祝愿的儿子，很多人把对祝愿的情感寄托在他身上，今天华星若是敢换掉他，明天华星就能再次遭受重创。

更何况，他从来没打算过把应浩换掉，撇开观念不同，他只希望应浩能顺顺利利的。华星是应浩的。

梁坤当然也明白这一点，他们这么费尽心思地扶应浩上位，当然是希望他能带着华星集团走向新的里程碑。没有人比他更合适了。而应浩恐怕比他们更清楚自己的价值，所以求婚也安排在了上位之后，也敢在现在做出这样的决定。

他在逼他们两个老家伙低头。

梁坤沉默了几秒："如今，我们该怎么做？"

袁从严看着梁坤："您觉得呢？"

梁坤抹了一把脸，神色颓然。

袁从严放在桌面上的手机也响起来，来电是林筱雅，他挂断了。林筱雅紧接着发了一条微信进来。

林筱雅：道歉！

袁从严把手机翻转，神色难看。梁坤匆匆地看了一眼，也猜到了林筱雅发了什么过来。

梁坤："非得我们两个去吗？"

袁从严说："梁教授，人有时要能屈能伸。"

梁坤一脸的不情愿。

跟慧慧在宿舍待了没多久，唐隽跟周彦还有江枫就开车过来接她们。孟浅浅跟常慧慧下楼，雨停了，但地面还湿润着。

车窗摇下，江枫在车里招手："老板娘，好久不见！你又漂亮了。"

孟浅浅笑着瞪了他一眼。

周彦看着她，说道："你终于回来了。"

唐隽："我还以为你要休学呢。"

孟浅浅："好不容易考上来，休什么学？不舍得。"

唐隽："也是，上车吧，去吃饭。"

江枫立即开了后车门，孟浅浅跟常慧慧挤上车，江枫缩到窗边，问孟浅浅："你最近是不是胖了？脸圆了不少。"

孟浅浅踹了他一脚。

常慧慧教训江枫："不可以说女生胖的，咬你啊。"

江枫："事实还不让说，你们这掩耳盗铃啊。"

唐隽跟周彦在前面拼命点头表示赞同，常慧慧骂了唐隽一声。唐隽立即收了笑声，车子启动，很快来到旧城区的一家餐厅。

四个人进了餐厅坐下，少了一个人当然会有些不习惯，而且这个人还是领导者应浩。

唐隽看向孟浅浅："真分手啊？"

孟浅浅看向唐隽："难道我说的话没有信服力？"

唐隽一笑："不敢不敢。"

唐隽："浅浅学妹变化挺大的。"

孟浅浅："我们大家变化都大。"

唐隽："的确如此。"

周彦给几个人倒了水，他先给了孟浅浅水，他说道："应浩上山的事情，你怎么看？"

孟浅浅喝了一口水，对上周彦温和的眼眸，道："他应该有某种目的吧？"

周彦笑笑："你很了解他。"

孟浅浅抿紧嘴唇，耳根微红，然后笑了笑。

几个人开始吃饭，分开这么一段时间，他们完全没有任何生疏感，反而更加亲近了。

吃完饭，几个男生送她们回宿舍，孟浅浅下车后，看了常慧慧一眼："你不跟着去公寓？"

常慧慧一把挽住孟浅浅的手臂，摇头："我陪你。"

孟浅浅看着唐隽，唐隽在车里笑，随后，他说："浅浅，照顾好慧慧。"

孟浅浅一笑："好啊。"

周彦："你跟应浩学的是吧，动不动就让别的女生照顾自己的女朋友。"

唐隽："近朱者赤，近墨者黑。"

常慧慧："你们快走吧。"

唐隽"啧"了一声，然后启动车子，车子掉头而去。孟浅浅跟常慧慧目送他们走后，两个人便上楼了，孟浅浅进了宿舍先洗澡，等忙完出来，跟常慧慧坐在书桌前看书，孟浅浅顺便浏览了一下附近的租房信息。

常慧慧探头看过去，问道："浅浅，你要租房？"

孟浅浅："嗯，我妹过来了，能有个地方可以住。"

常慧慧："不住宿舍吗？"

"主要住宿舍，房子备着。"

常慧慧瞬间懂了，这意思是没打算回老家了。她沉默了一下，凑过去道："你知道应浩学长买了一套房子吗？就在新城区那边，本来是作为你跟他的婚房。"

孟浅浅握着鼠标的指尖一顿。

常慧慧："其实你走后的第二天，应浩学长是打算跟你求婚的，但是你这一走，计划打乱了，他也差点崩溃了。"

孟浅浅抿紧嘴唇，看着屏幕，几秒后，她说："我没打算那么早结婚。"

常慧慧："懂，他估计也料到你会离开他，所以他想先下手为强。"

孟浅浅没再吭声。

常慧慧看着孟浅浅的侧脸，竟然猜不到孟浅浅现在在想什么。孟浅浅失神了几秒，随后继续翻看租房信息，最后看中了一间两房一厅的老式房子，就在旧城区，距离便利店很近。孟浅浅给房东打电话，预约明天看房。

隔天一早，常慧慧打着哈欠陪着孟浅浅下楼，她要陪孟浅浅去看房，两个人刚走到大门口，门口停着一辆黑色的轿车。

看到她们出来后，司机给开了车门。紧接着，袁从严和梁坤从车里下来，朝她们两个人走过来，常慧慧见状，惊了一下，握住孟浅浅的手臂，孟浅浅跟他们交过锋，反而淡定了很多。

孟浅浅温和地打招呼："袁董、梁教授，早上好。"

袁从严看着孟浅浅，心里微微地叹气："早上好。"

梁坤没有吭声，袁从严说道："浅浅，到车里坐会儿，我们聊聊。"

孟浅浅顿了一下。

常慧慧紧张地握着孟浅浅的手臂，孟浅浅沉默了几秒，说道："我们在这儿聊吧？反正今天学校也没什么人。"

梁坤听罢，说道："车里隐秘性更强，我们不会对你做什么的，没那个必要。"

孟浅浅看向梁坤："不是你们要找我谈话吗？"

梁坤："我……"

袁从严看着这女生，她有几分犀利。他有些诧异，随后也懒得再端架子了，他说："我跟梁坤今天过来，是想跟你道个歉，上次说话重了，是我们不对。"

常慧慧没走开，听见这话，瞬间睁大了眼睛。

孟浅浅听着袁从严开口，瞬间明白了那个男人为何上山，他的目的在这里呢，或许这只是他其中的一个目的而已。

袁从严接着道："我开门见山地说，华星和东方离不了应浩，东方很快就要进行第二次融资，他需要出面，而且东方在这周也要开股东大会，他必须参加，不能一直在山上待着，他除了你，谁的话都不听，我希望你能去见见他。"

孟浅浅："我已经离开东方了，也跟他分手了，我没义务找他，这是你们的事情，你们自己解决吧。"说完，孟浅浅拉着常慧慧转身便走。

两个高大的中年男人站在原地，有些愣怔。尤其是袁从严，梁坤反应过来后，说道："这小丫头片子说什么呢？什么意思？"说着，他就要跟上去。

袁从严喊住梁教授："少安毋躁。"

梁坤停下脚步。

袁从严看了一眼天空，又看了一眼走远的两个人，女生的背影有几分纤细，他倒是小看孟浅浅了。

他不是没见过孟浅浅，前几年，他见过她，那会儿女孩躲在应浩的怀里哭，柔弱得很，她看人不敢看对方的眼睛，明显就是不自信。

如今变化是真大，而应浩的决心也更强了，这两个孩子都不好对付了。

袁从严道："明天再来吧。"

梁坤看着袁从严，瞬间明白了他的意思。敢情这是要打持久战？

“我去，你居然拒绝？你居然拒绝？哈哈哈，太爽了。”常慧慧走远了才捂住嘴巴尖叫，“我还以为你会直接答应呢。”

孟浅浅说道：“我不能辜负他的苦心。”

“谁啊？”常慧慧好奇，“谁啊？谁的苦心？啊？应浩学长的吗？啊……我知道了，他为什么上山了，他要他们给你道歉对吗？然后让他们来求你，去请应浩学长回来对吗？”

孟浅浅：“应该是这样，但是可能也有别的目的，别的我就不知道了。”

“我的天，但是这手段就很绝啊。”常慧慧惊喜道，“他在向别人表明，他只要你。”

孟浅浅又想起他信里那句话。

所有人，包括你，肯定会觉得我身边有谁都可以。

她沉默了几秒，随后拉着常慧慧道：“好啦，我们赶快先看房子。”

接下来的几天，孟浅浅和常慧慧看了好几套房子，最后还是定下了最初的那套，两室一厅，在二楼，而且稍微简装过，家具也有，可以直接拎包入住。孟媛媛把一些书以快递的方式寄过来，孟浅浅给她收书，然后放到了租的房子里。

与此同时，袁从严、梁坤隔三岔五地来找她，除了道歉就是希望她能去见应浩，他们的人去了都见不到他，也不知道他如今什么情况。

孟浅浅一直拒绝，表示自己很忙。

袁从严彻底见识到了这个女生的厉害，梁坤也被磨得没了脾气。

眼看股东大会越来越近，融资也越来越近了。

这天下午，孟浅浅跟常慧慧两个人正取了快递要上楼。

因为公司事情很多，唐隽和周彦、江枫这段时间都必须在东方镇守，没办法，应浩不在，他们要是也不在，东方会更乱，所以他们没办法来帮忙，只有孟浅浅和常慧慧两个人搬着书。

这时，黑色轿车在身后停下，紧接着，司机下车，袁从严也跟着下车，两个人上前，司机率先拿过书本，常慧慧的手一空，一愣。

袁从严也拿过孟浅浅手里的书，说道：“女孩子不要干这么重的活。”

孟浅浅：“呃……”

袁从严一边上楼一边问孟浅浅：“明天就是股东大会了，东方没有一个负责人不行，你去见见他吧。”

“袁叔，我以后不再插手你们之间的事情了。”

常慧慧这段时间经常见到袁从严，少了很多疏离感，她说：“袁董，你要是早这样，多好，也不用把应浩学长逼上山。”

袁从严没吭声，老脸都丢尽了，好在目前还没其他人知道。

孟浅浅：“我去了他不一定能下来。”

袁从严把书放进屋里沙发上，拍拍袖子，站直身子看着孟浅浅：“他这次的态度很强硬，他在向我抗议，你是他的软肋，你去了就能解决。”

孟浅浅：“呃……”

袁从严接着道：“东方确实需要一个新的负责人，否则，以后事情都不用谈了。你陪着东方走过来的，你对它是有感情的吧？”

孟浅浅走进去倒水，说道：“袁总，我说不过你们。”

袁从严：“你再考虑考虑，他更多的也是向你表示，他没有你，他真的会遁入空门。”

孟浅浅倒好水后，放在一旁，她的耳根微烫。

袁从严：“水我就不喝了，希望明天能有个好结果。”说完，袁从严转身便走，司机跟在他身后，顺手关上了门。

常慧慧看着他们走后，“嗖”的一下回来，看着孟浅浅：“你怎么想？”

孟浅浅站在桌旁，把倒给袁从严的那杯水自己喝了，她说：“我想想吧。”

“还想什么呢？唐隽他们都有点急，据说梁坤教授推荐了一两个人来，好像是要接手东方，应浩必须下来主持，不然就乱套了。”

孟浅浅抬起眼眸，看向常慧慧。

她思考了几秒，说：“好，去。”

常慧慧：“那今天就走？”

孟浅浅：“给李师傅打电话吧。”

常慧慧立即给李师傅打电话，但是没想到来的是成茂——应浩的那位助理。成茂笑道：“孟总监，请。”

孟浅浅换了一条黑色的裙子，有些修身的，穿着低跟鞋子，弯腰上车。常慧慧在楼梯口挥手，成茂关上车门，绕去驾驶位开车。

车子启动，孟浅浅问道：“昭明寺在哪儿？”

“在中联公园那边。”

孟浅浅点了点头，她只知道那里有公园，但不知道那里居然还有寺庙。成茂说道：“应总没有出家，他只是去借住而已。”

孟浅浅：“嗯。”

猜到了。

车子上了山，但是到了半山腰不能往上开，所以他们就步行上去。好在地面很平坦，孟浅浅提着小包跟成茂走在一起，一步步地上山，山上的香火缭绕，佛殿就在正中间，此时有些安静。

今天的天空有些灰蒙蒙的，看来这几天又要准备下雨了。孟浅浅刚站定，便看到应浩拿着一个草编的扫把走进来。他头发剪短了，比寸头似乎又长一些，但是又不是之前那种发型，轮廓更加明显，锋利、冷峻，线条更加分明。

他看到孟浅浅，眼眸深了几分，但是站着不动。

遥遥对望着。

孟浅浅抿起嘴唇，走上前，来到他面前，抬起眼睛。

他居高临下，佛殿里光芒四射，他唇角勾了几分弧度：“嗯？”

孟浅浅：“明天开股东大会，我希望你下山一次，开完了你想再上山就上呗。”

应浩：“好啊，听你的。”

孟浅浅听罢，点了点头：“那我先走了。”说完，她转身便走。

应浩抬起眼眸看着她的背影，示意成茂送她，成茂哪敢怠慢，赶忙跟上。

应浩看着她的背影消失在山间，过了许久，他把扫把放在门边。接着转身走回佛殿里，跪在蒲团上，他闭上眼睛。

一位大师走出来，看着他：“准备走了？”

应浩：“嗯。”

“心中什么想法？”

应浩：“得不到她，我就再上山唠叨你们。”

大师：“呃……”

你赶快走吧。

传得那么厉害，实际上他也没出家，不过就是障眼法，他跟很多住在庙里修行的人一样。孟浅浅上了车后更加明白这全是应浩的手段。

成茂开着车，看了她一眼，道："孟总监，应总不这样做不行，因为苏家苏老想见应总，如果他不上山，前几天你回到海城的时候，听到的所有消息都会是应总跟苏家联姻。如果你听到这个，你会怎么想，他赌不起，他只能用行动告诉你，告诉所有人，他只想要你，因为他过去一直没办法让你信任，这一次他想让你信任他。"

孟浅浅的视线转向成茂。

成茂从内视镜里看着她。

孟浅浅："苏家是苏婳吗？"

成茂："是的，海城的一个挺厉害的家族。"

孟浅浅想起梁坤，难怪苏婳姓苏，苏漫老师的家庭背景这么强大，苏婳才随的母性。梁教授娶了一个这么厉害的老婆。

她想起萧然的家族。她想起他刚刚毫不犹豫的那句"好"，她抿了一下嘴唇，看着窗外。说到底，她的不自信，还有她的原生家庭，确实是谁都能嘲笑的点。

孟浅浅的心情很复杂，她回到租的房子后便坐着发呆，没过多久，她开电脑，打开了文档。

隔天。

股东大会安排在下午两点，孟浅浅没有跟应浩碰面，只是听说他确实是下山了。她跟着唐隽的车去了东方。

刚下车，周蜜就抱着手臂上下打量她："听说你去旅游了？"

孟浅浅笑道："是的。"

"不错，气色还可以。"

杨恬也跑了出来，抱住孟浅浅，孟浅浅摸摸她的头。

随后唐隽和周彦便走出来，笑着看她。孟浅浅朝他们走去，三个人一起走向会议室，江枫也从二楼下来，跟上孟浅浅，他上下打量孟浅浅，眼神别具深意。

孟浅浅看他："你这样看我干吗？"

江枫笑眯眯的："不告诉你。"他把手插进裤子口袋里，装模作样。

孟浅浅看笑了。

随即几个人走进会议室坐下，梁坤、陈董还有袁从严不一会儿便一块走进来，他们看了孟浅浅一眼，尤其是袁从严，目光和以前相比倒是温和了很多。

坐下后，袁从严道："辛苦你了。"

孟浅浅："袁董客气。"

梁坤什么都没说，他不说话不笑的时候，倒是威严得很。

唐隽问道："浅浅学妹，应浩这次会来吧？"

孟浅浅说："可能？"

袁从严听罢，让秘书去看看应浩来没来？多久来？大家就这样，又等了十分钟左右，一抹高大的身影从正门走了进来，穿着黑色衬衫和长裤，他把手插在裤子口袋里，剪短的头发衬得他野性十足。

简直就是压轴。

所有人都看着他。

应浩弯腰拍了拍袁从严的肩膀："袁叔，下午好。"

袁从严："呃……"

接着，应浩拍拍梁坤的肩膀："梁教授，好久不见。"

梁坤："呃……"

唐隽压低声音，跟孟浅浅几个人说："多损啊，山上的笋没了。"

一个二十几岁的年轻人将这两个加起来快一百岁的董事逼成什么样了。尤其是袁从严，找孟浅浅已经找得没了脾气，这要是拍下来肯定精彩。

陈董啥事不知，最快乐，他笑道："应浩头发都剪短了？"

"是啊。"

"看着更精神。"

"谢谢陈董的夸奖。"

应浩在位置上坐下，眼眸看着孟浅浅，也许是头发剪短了，他眼里的侵略性更强了。孟浅浅没有搭理他，低头翻着本子。

袁从严抬起头道："开始吧。"

于是，会议开始。

谈了一会儿后，便聊起了东方新总裁的任命。梁坤扶了一下眼镜道："我这里有个人……"话刚起了个头，只见孟浅浅站起了身子，她看着对面的袁从严、梁坤、陈董，还有应浩，她用眼眸扫了一圈后，道："我自荐当东方的新总裁。"

"唰"的一下，全场安静下来，谁都没想到孟浅浅会提，而且还自荐。

袁从严也愣住了。

孟浅浅打开桌面的笔记本电脑，推给他们看："这是我在任职人事部总监时所办成的事情，项目内容都在这里，希望大家给我一个机会。"

唐隽："我天！"

周彦："这……"

江枫第一个反应过来，他举手道："我赞同，我投她一票。"

周彦笑着道："我也投她一票。"

唐隽："我们今天原本想举荐孟浅浅的！"

梁坤不敢置信，他转头看向袁从严，袁从严没吭声，看着那站在对面的女生，她还是过去那个女孩吗？

这时，应浩挑起眉毛，挽了一下袖子，也举手："我也赞同。"

陈董："啊……"

有点众望所归？那我也赞同？

"荒唐！"梁坤忍不住了，猛地拍了一下桌子，第一个反对，"你是什么资历，你还想当总裁！"

唐隽顿时反问："她怎么就不能当？我们几个初创人员中她就是最好的智囊，我们想扶她上去，怎么就不行？"

周彦微微一笑，道："今天哪怕孟浅浅不开口自荐，我们几个人也会力推她的，我们私下早就商量好了。"

梁坤看向应浩，应浩靠在椅背上，含着笑意，也看着梁坤。梁坤总算感觉到他们几个在针对他了，袁从严看着这情况大抵也明白了，他看着孟浅浅，倒是没有像梁坤那样直接否定她的提议，他说："我能问你一个问题吗？"

孟浅浅："可以。"

袁从严："你为什么想当？"

"锻炼自己。"

"这次去旅行，有什么收获？"

孟浅浅："还是想努力一把。"

"但是，你之前选择离开人事部。"

孟浅浅看着袁从严："你们不找我私聊前，我是有计划跟应浩分手，而离职交接本来是打算在无法控制的情况下才递交出去。我想和平分手，而不是逃，因为你们的表示，我最后只得仓皇而逃。"

袁从严愣了一下，他认真地看着孟浅浅，她只是个二十来岁的女孩，面对他们两个人的强权，确实没别的选择，他们的话说得那么重，她在东方是完全没法留下来的。

"那你这次选择回来是？"

孟浅浅："为我自己。"

袁从严下意识地看了一眼应浩，应浩正用手支着下巴，一动不动地看着孟浅浅，袁从严收回视线，再次看向孟浅浅："你拥有东方的股份，近几年不工作，这些钱都够你用了，你确实没必要回来。"

孟浅浅笑了笑，她说："我从来就没打算用东方的股份，这一次旅游，我用的是自己赚的钱，我一分一分地赚回来，然后一分一分地花出去。"

"你回来后要的职位也太高了。"

孟浅浅："但我在人事部做的工作都被你们抹干净了啊，所以我想尝试一下争取别的岗位。"

但我在人事部做的工作都被你们抹干净了啊……在场的所有人都听得出来，她原本所剩无几的自信心被打碎了，她现在想要另一个职位证明自己，她认为接下总裁之位，干出的业绩总不会跟在人事部一样，随意就被否认吧。

袁从严瞬间明白了，如果他当时找她私聊的时候，用的是另外一个方法，比如肯定她在人事部做的工作，将她的自信心稳住了，或许她这次就真的不一定会回来。

像高三考差了一样，她这次也想要重新考试。

袁从严再次看了一眼应浩，应浩一直看着孟浅浅，仿佛能看到高四那一年，她咬着牙努力一样，她当时大部分是为了他。这一次，她是为了自己，她想要在毕业之前，先拥有丰富的职场经历。算一算，孟媛媛应该是快到海城了，她也是为了孟媛媛吧。

孟浅浅看着袁从严，说道："袁董，希望你能给我一个机会。"

袁从严突然重新认识了这个女生。

他说："股份你先留着，以后再说。人事部这一个月姜丽媛已经升为人事部总监了。总裁这个位置，需要有经验有魄力的人来当，而东方又属于一个技术型的公司，很多职位都需要相应的技能。我想了一下，或许秘书室更适合你。"

孟浅浅的心突然定下来，她说道："谢谢袁董。"

"试用期半年，希望半年后你能转正。"袁从严开始认真给孟浅浅规划，这里他最适合给她规划，因为他资历最高，做事也不掺杂任何情感。若是换成应浩，估计直接让位了。

"我会努力的。"孟浅浅鞠躬。

一旁的梁坤张了张嘴巴，说道："既然……"

陈董却突然说道："那这个总裁的位置，就还是让应浩继续做吧，孟浅浅当你的秘书，正好你可以多锻炼她。"

"唰"的一下，所有人都愣住了，简直不敢相信陈董的话。孟浅浅看着陈董，也呆住了。

应浩却笑起来："我同意。"

袁从严："老陈……"

陈董看了一眼腕表，说道："好啦，位置定下来也就没什么事了，我先走了，对了，第二轮融资早点开启，我要追加投资。"说完，他转身便出去了。

会议室的一众人回过神来，面面相觑。

袁从严想了想，看了一眼应浩，说道："那你继续当吧。"

总裁跟秘书，近水楼台先得月。

应浩看了一眼对面的孟浅浅，笑道："好。"

孟浅浅："嗯……"

都定下来了，会议自然就要结束了。袁从严起身，追着陈董而去，他搭着陈董的肩膀，低声问道："你为什么突然做出那样的决定？"

陈董弯腰坐进车里，袁从严也跟着坐进去。

陈董看着袁从严，说道："我给应浩卖个面子，他从进门就一直看着孟浅浅，你们都没发现吗？听孟浅浅的意思，他们还是前男女朋友？应浩余情未了啊。"

袁从严的身子往后靠，听着他的话，突然觉得，他这个干爹还不如人家陈董。陈董接着道："我也看得出来东方的初创人员对梁坤的不满，他们一直在阻挠梁坤安排人进来。我可不想让东方内斗，袁董啊，要有成人之美，不管你们之前做了什么，这些我就不去探听了，但希望你们以后多听听孩子们的意见，我很看好应浩，当然我看孟浅浅这个女孩也不错，他们两个挺般配的嘛。"

袁从严："呃……"

"走吧，一起去喝杯咖啡？"陈董吩咐司机开车，袁从严顿了顿，也没反对，车子启动，袁从严想了想："陈董，你真觉得孟浅浅跟应浩配吗？"

陈董："当然，那么有毅力的女孩，怎么不配？我就烦现在海城那些世家，天天讲门当户对，门当户对害了多少有情人，尤其是早年的那一批人，现在都什么时代了，多点宽容吧。"

袁从严没吭声，陈董的话多少戳中了他的打算。

既然应浩放不下，他就培养培养孟浅浅，也考核考核她，看看她能走多远，这也是为什么他今天会那么认真听孟浅浅说话的主要原因。

陈董接着又道："其实，我看有些孩子是需要鼓励的。你一味地打击他们，只会毁了他们，尤其是原生家庭有问题的孩子。"

袁从严："这倒是。"

陈董："还别说，我也是穷过来的。当初看到东方初创的这几个孩子，我感觉有我的缩影，才会在看了他们的车子后就投资。资本也不是全是万恶的，商人也有梦想。"

袁从严："老陈，你这领悟比我高多了。"

陈董看了他一眼："多学习学习吧。"

袁从严："嗯……"

陈董的黑色轿车走后，梁坤神色有些阴沉地从东方走出来。门外车子停着，他走过去，司机给他拉开了车门。

梁坤弯腰坐了进去，这时，车门再次被打开，他抬头看去。

应浩半弯腰看着他："梁教授，我们谈谈。"

梁坤看着这日渐气势强盛的男生，他说："进来吧。"随后他让司机出去。

应浩坐进车里，车门关上，他长腿交叠，头发此时真短得贴近头皮了。梁坤看了他一眼："想谈什么？"

应浩靠着椅背，道："东方的初创人员对你一直以来都很尊敬，包括浅浅，苏漫老师对她的喜欢，难道一开始都是作假的？"

梁坤的神色一沉："苏漫喜欢孟浅浅，不假。"

"喜欢她好欺负对吗？"

梁坤神色更冷了一些，他看着应浩，应浩也看着他，毫不退让。

梁坤说道："应浩，苏家是有诚意的。"

应浩："我不需要。"

梁坤："好，我知道你不需要，所以这件事情到此为止，那么我们之间还有什么可谈的？"

"有啊。"应浩理了一下袖子道，"我想问问梁教授，当时你犹豫了那么一段时间，是在考虑什么？"

应浩指的是请梁坤过来东方帮忙的那段时间。

梁坤："考虑了很多。"

应浩转头看着梁坤，梁坤解开西装纽扣，身子往后靠，说道："我在你父亲手下干活的时候，大多数时候都是脖子上架着一把刀，四年前华星 W2 需要收回来的时候，你父亲连夜带人到研发部把我给臭骂了一顿。他在研发部里安插自己的人，跟我搞对抗，我一个技术人员时时刻刻还要防着那些人给我穿小鞋，以至于我渐渐地失去了本心。后来的几年，我几乎都是在混日子，这让你爸更有理由去弹劾我，我时常怀念祝愿在的时候，那个时候，我们才是真正的研发人员。所以当你出现在我面前时，我觉得机会来了，同时我也受够了在你爸手底下那种不安生的日子，所以当我重回华星集团，我要稳固我的身份，而你就是最好的突破口。”

应浩听着，冷笑：“是，所以我的浅浅就成了牺牲者，当初我以为你让我给她股份是真为她着想，然而这只是你的补偿手段。”

梁坤没吭声，他没有跟应浩说，苏婳对应浩从一开始就有好感。他作为苏婳的父亲，这真不是他拍着脑门想出来的，而是因为他一直在观察女儿，才发现了女儿对应浩的喜欢。上次在自助餐餐厅里，苏婳的眼眶通红，是因为得知应浩和孟浅浅是情侣啊。

车里安静了几秒。

应浩摇下车窗，低头看着车底。

几秒后，应浩紧接着一把抓住梁坤的领口，拽到了跟前，他眼眸阴冷地盯着他：“你们的自以为是，害我失去她，你们又凭什么插手我的人生？梁教授，我今天跟你谈，就是希望你以后老老实实地当个华星集团的董事，老老实实地干自己的活儿，我们来日方长，好好磨合，你并非不可替代。”

一旦不对，你就滚。

这是应浩下的最后通牒。

他跟应顺尧最不同的做法就是他不会有任何表面功夫，他把丑话说在前头，后面不会再有别的废话，他说到做到。

梁坤的眼镜歪了一些，到了此时，他也说不了什么，他知道应浩还念着他是祝愿曾经的同学才留了点儿面子，他说道：“好。”

两个人也算是达成了共识。

应浩松开手，转身开了车门走了出去。

梁坤扶正眼镜，泄气地叹了口气，吩咐司机开车。

司机看了一眼他的神情，启动车子，扬长而去。

应浩返回东方，找到秘书室，他看到孟浅浅在里面整理东西，而杨恬、周蜜则站在一旁陪着她，三个人有说有笑的。

周蜜回头看到应浩，眼睛一亮。

帅气啊。

应浩屈指敲了一下门：“浅浅，要搭我的车回去吗？”

孟浅浅的指尖微顿：“不搭，你先走吧。”

应浩：“呃……”

他突然改口道：“我还有事，也没那么快走。”

第二十三章

穷　追　不　舍

看着应浩走后，周蜜点了一下孟浅浅的桌面问道：“你跟应总真结束了啊？”

孟浅浅说：“是。”

周蜜“哎哟”了一声：“这么好看的男人怎么就放过了？”

孟浅浅翻着文件，这些文件都是刚刚成茂拿来的，有一份是到丰市开分厂的项目书。她看向周蜜，说道：“只有结束，才能开始。”

周蜜一听：“年轻人，总是纠结爱不爱，其实我看啊，图一时快乐就好。”

孟浅浅：“周姐姐，我要是有你这么潇洒就好了。”

可惜做不到，她不是要惩罚谁，而是当初考上海城后得到的结果太痛苦了，她有很长一段时间都是浑浑噩噩的，连跟周彦在一起都像是被推着走。而后来他们两人再复合，就是因为他确实难。她现在要清醒一些，先清醒地往前走再谈感情。

周蜜：“等你到了我这个年纪，可能想法会更开放一些。”

孟浅浅笑起来：“哦，我等着。”

杨恬在一旁听着她们的对话，似懂非懂，她说：“浅浅，你要是还是人事部总监就好了，我好喜欢跟你一起工作。”

孟浅浅：“姜丽媛对你好吗？”

杨恬：“挺好的。”

“那就好。”孟浅浅收拾完手里的事情，微信响起来，是孟媛媛发来的微信，是一张高铁票，孟浅浅看了，笑起来。

媛媛终于要来了。

“行吧，你忙。”周蜜拍拍孟浅浅的肩膀，“欢迎你回来。”

孟浅浅：“谢谢。”

随后，周蜜带着杨恬出去了，孟浅浅又重新收拾了这间秘书室，之前是成茂在这里办公的，后来应浩去了华星集团，成茂也跟着过去了。

东方如今的所有销售、采购跟合约洽谈都是直接整理后通过邮件发到成茂的邮箱。

这次，成茂把邮箱和密码发给孟浅浅。

成茂：我总算不用干两个人的活儿了，实在是辛苦了。

孟浅浅：你才辛苦啦。

成茂：哈哈，我们就不必客气来客气去的，我可是你招的，记得当时在招聘会上，你一眼就看中了我，然后轻声细语地问我，想到我们公司来吗？

孟浅浅：你还记得那么清楚。

成茂：当然。

看到成茂发来的信息，孟浅浅笑了笑，又收拾了一会儿，转眼就晚上七点多了。孟浅浅从办公室里出来，一眼看到研发室里灯火通明，江枫也在一区办公室忙，他咬着棒棒糖在画稿。孟浅浅就没有去跟他们打招呼，而是直接朝门口走去。

走了没几步，身后传来应浩的声音：“忙完了？”

孟浅浅愣了一下，说道：“嗯。”

“一起回去。”

他的声音还是从身后传来，人并没有走到前面来。

孟浅浅道：“我坐李师傅的车，我约好了。”

“哦？”

说话间，李师傅的车开过来了，孟浅浅开了副驾驶位的车门，她上了车，随后看出去。应浩站在台阶上，把手插在裤子口袋里看着她。

四目相对。

孟浅浅收回视线，吩咐李师傅开车。

车子启动开出去。

应浩随后走向自己的那辆车，油门一踩，跟上前面的东方 A1。

车子上了高速，结果碰上有车子追尾，这么短的一段高速路也塞车。孟浅浅坐在副驾驶位上，低头按着手机跟孟媛媛确认高铁到站的时间，孟媛媛想给孟浅浅带一些衣服，孟浅浅让她别忙活了。

这时，李师傅喊了一声："应总。"

孟浅浅顺着李师傅的声音看去，看到车旁的那辆东方创世纪，应浩把手搭在车窗上，看着她，道："车里玩手机，小心头晕。"

孟浅浅这才发现塞车，而他的车子也来到了身侧。

她抿紧嘴唇："谢谢提醒。"

应浩看着此时车子都停着，他身子往车窗这边搭过来，问道："你是不是租房了？"

孟浅浅："你猜。"

应浩："呃……"

然后，车子动了，孟浅浅让李师傅开车。李师傅笑着"哎"了一声，随后启动车子，并跟应浩道别。过了没几分钟，应浩的创世纪又跟上来，偶尔前偶尔后地跟着他们。孟浅浅低头按着手机，侧脸柔美，没有搭理那辆银色的帅气车子。

因为跟孟媛媛发微信发得入迷，车子到了旧城区孟浅浅才反应过来，她对李师傅道："你先等等。"

李师傅愣了一下。

略微等一下，孟浅浅进便利店里买了一瓶水递给李师傅："辛苦了。"

李师傅一愣，笑着接过来："孟总监，你人真好。"

孟浅浅微微一笑，随后扫了一眼不远处那辆银色的闪着车灯的轿车，她转身上楼。回到屋里，孟浅浅下了一碗面条，当晚饭吃，随后去洗漱洗澡，忙完出来看书，手边的手机也响了起来。

YING：住二楼？

孟浅浅：你猜。

YING：微信肯回复我了。

孟浅浅没有再回复，她看完书就睡觉了。隔天孟浅浅也去了东方，但应浩没来，他现在主要重心在华星。

下午四点多。

孟媛媛的高铁到站了，孟浅浅要工作，没办法去接她，只好让她自己回旧城区。孟媛媛为了省路费，选择了公交车，结果坐错车了，一来一回，到了六点多才到旧城区。孟浅浅跟着唐隽、周彦、江枫的车回去。几个人刚到旧城区就看到孟媛媛撑着墙，站在垃圾桶旁边吐。

孟浅浅赶紧下车，跑过去，扶住她："你刚到？"

"嗯，刚到，姐，我快吐死了。"孟媛媛哭得脸色发白，她一抬起眼睛看到三个帅哥朝这边走来，眼睛一亮，"姐，都是你同学啊？"

孟浅浅回头看了他们三个一眼，道："都是应浩的同学，还有一个是同事。"

"你好啊，我叫江枫。"江枫朝孟媛媛伸出手。

孟媛媛有些害羞，跟他握了握。

唐隽跟周彦就没握手，两个人点头打了招呼。

唐隽笑道："小妹，我们先去吃饭吧，你现在饿吗？"

孟媛媛："饿啊。"

"那走吧。"

孟浅浅笑着敲了孟媛媛的头，牵着她的手，又拿纸巾给她擦了擦唇角，把行李箱先拿上楼，然后一行人前往餐厅。

孟媛媛靠着孟浅浅，低声问道："应浩哥呢？"

孟浅浅："他在忙。"

孟媛媛："你们真的结束了啊？"

孟浅浅："先吃饭。"

随后一行人去吃饭，孟媛媛面对他们三个男生多少有点拘束，她看着自家姐姐，觉得姐姐很美，跟他们的关系也很好。

孟媛媛放心了，觉得外面的世界超级美好。

因为多坐了那么久的车，孟媛媛挺累的，吃完饭，孟浅浅就带着她回去了。两室一厅的房子被弄得很温馨，孟媛媛高兴坏了。

孟浅浅蹲在地上收拾孟媛媛的衣服。

这时，孟媛媛的手机亮了一下。

孟媛媛拿起手机看了一眼，紧接着悄悄地看了孟浅浅一眼，她说：“姐，我想吃酸奶，我去买点吧。”

孟浅浅：“嗯，去吧，抽屉里有零钱。”

“好的。”

孟媛媛没去拿零钱，只拿着手机就下楼了。抵达一楼便看到靠在车旁叼着烟的应浩，孟媛媛嘿嘿一笑：“应浩哥。”

应浩站直身子，把手中的两个袋子递给孟媛媛：“给你，还有她的。”

孟媛媛接过来：“谢谢应浩哥。应浩哥，你要上楼坐坐吗？”

应浩挑起眉毛：“可以啊。”

孟媛媛咳了一声，笑眯眯地在前面带路。应浩把手插在裤子口袋里上楼。上了楼梯后，光线有些昏暗。

孟媛媛走了几步发现应浩的脚步停了，她愣了一下，回头看着那冷峻的男人：“应浩哥？”

应浩沉吟了几秒：“我就这么上去，她会不会生气？”

孟媛媛瞪大眼睛：“哥，你现在这么胆小了？”

应浩看着孟媛媛道：“你姐走的那一天，我的世界都塌了，我还能大胆到哪里去？”

孟媛媛：“呃……”

几秒后，应浩靠在楼梯扶手上说道：“算了，我先不上去，你赶快上去吧。”

孟媛媛：“哦……”

她三步并作两步地继续往前走，偶尔回头看了一眼，应浩垂着眼眸看着地上。孟媛媛觉得他有几分落寞。

唉。

她进了屋，孟浅浅把衣服都叠好了收进衣柜里，她回头一看：“买那么多？”

孟媛媛的嘴巴张了张，突然不敢说这是应浩哥送的，她含糊了几句：“啊。是啊。”

孟浅浅走过来，翻了一下袋子里的东西，都是她爱吃的。她斟酌了一下，还是说道："以后别这样花钱，知道吗？偶尔一次就算了。"

"知道知道。"孟媛媛赶紧点头，她才不舍得这样花呢，她拿起手机给应浩发微信。

孟媛媛：应浩哥，我不敢跟我姐说是你买的，她现在说我花钱多，都怪你啊。

YING：呵，你胆子也很小。

孟媛媛：……

不帮你追人了啊。

隔天，孟浅浅带着孟媛媛进了海城大学，因为还没到报名时间，所以先看看。常慧慧得知孟媛媛来了，也赶紧过来，两个人一见如故。孟媛媛想学人力资源专业，跟孟浅浅一样。

孟浅浅不干涉，但是她还是认真地给孟媛媛讲了其他专业未来的就业方向，孟媛媛问孟浅浅："学什么才能更快地搞钱？"

孟浅浅："你以为天上会掉钱吗？每一个行业都是需要资历的。"

孟媛媛："好的吧。"

常慧慧哈哈大笑。

午饭是孟浅浅做的，三个人吃饱后，常慧慧说陪着孟媛媛再逛逛，孟浅浅则去了东方上班。应浩今天也在，他让孟浅浅去办公室找他。

孟浅浅便去了。

推开门，应浩把文件放在她面前，道："丰市的项目，后天跟我出一趟差，今晚要跟陈董他们吃顿饭，让他们帮忙疏通一下关系。"

孟浅浅接过文件，翻了一下，点了点头："好。"

应浩看着她："那现在出发？"

孟浅浅："嗯。"

应浩转身，从衣架上取下外套穿上。孟浅浅拿着文件跟着，应浩在口袋里摸了一下，摸出一颗大白兔奶糖，随后放在掌心里递给她。

孟浅浅一愣。

应浩偏头看她："给你的。"

孟浅浅伸出手，拿过来，说："谢谢。"

应浩心里松了一下，随后两个人上车，成茂当了司机，车子启动，向酒楼开去。包厢的门推开，里面包括陈董一共六个人，桌面上都是酒。孟浅浅看着有点晕，应浩看了她一眼："现在你知道当秘书的难处了吧？"

孟浅浅："今晚我们互相照顾。"

应浩听着，低低地笑起来，她还是那么可爱。他坐下后，成茂也坐下，孟浅浅坐在他左手边，陈董说道："今晚女士不喝酒，浅浅你喝果汁吧。"

孟浅浅："谢谢陈董。"

随后，她的跟前上了果汁。

他们则开始谈话，孟浅浅坐在应浩身旁，看着他面不改色地跟人喝酒、敬酒，丰市要开分厂，为了节约运输成本，所以需要跟那边的负责人争取优惠，上次诺雷公司在丰市打了对赌条约。应浩自然不希望东方也打对赌，当走上对赌的这条路，就像诺雷那样，质量会下滑。所以今晚这酒，得喝。

晚上十点半，酒局结束。

孟浅浅起身送陈董他们，一个个地给他们送出去，跟他们的司机叮嘱了几声，然后她返回了包厢。

成茂趴在桌子上，满脸通红，一看就醉死了，孟浅浅拿外套给他披上，然后看了一眼另外一把椅子，应浩不在。

她拿起桌面上的热毛巾，一眼看到站在阳台上的男人，他靠着栏杆低着头，眉眼锋利，有少许的醉意。孟浅浅走过去，把热毛巾递给他。

应浩抬起眼眸，看着她。

他的眼眸很深。

对视几秒。

应浩伸手："我们重新认识一下。应浩。"

孟浅浅把毛巾放在他的掌心里："孟浅浅。"

今晚夜色好，天空似有流星滑过，微风吹来。吹乱孟浅浅的头发，增添了几分温柔。应浩接过毛巾，说道：“那以后就不再是陌生人？”

孟浅浅想起自己写的那封信，她笑了笑，说道：“你是我上司。”

说完，她转身往包厢里走。

几秒后，他“啧”了一声，笑着擦拭脖颈——酒喝多了出汗。他迈着长腿，跟着走进包厢，说道：“打电话给李师傅，让他过来接。”

孟浅浅说：“打了。”

应浩：“这么快？”

孟浅浅“嗯”了一声，拿起手机跟小包。应浩看着她的动作，说道：“帮忙把我的手机也一块拿了吧。”

孟浅浅顺手便拿了应浩的手机。

黑色的手机有些冰凉，她不小心将屏幕一按，手机一亮，屏幕是她坐在公寓里看沙发的相片。孟浅浅愣了一下，随后若无其事地将屏幕摁灭。

应浩靠着柜子，似笑非笑地看着她。

孟浅浅的手机亮了一下，是李师傅发来的微信，她抬头说道：“李师傅到了。”

“好。”

应浩走上前，将成茂肩上的外套拿下顺手递给孟浅浅，随后将成茂扶起来。成茂一身酒气。

应浩：“酒量也太差了。”

孟浅浅拿着成茂的西装外套跟在应浩身边，问道：“我是不是也该去学喝酒？”

“你不用，在酒桌上你只要拒绝一次就可以拒绝无数次。”应浩偏头看了她一眼，心想谁敢让你喝酒，他就找谁。

孟浅浅“哦”了一声。

两个人进了电梯。

不一会儿抵达一楼，李师傅把车开过来，他下车开了车门，从应浩的手里接过成茂，然后吃力地把成茂塞进副驾驶位，说道：“这得喝了多少啊？应总，你还好吧？孟总监也喝酒了吗？”

应浩说：“我没事，她没喝。”

都不用等孟浅浅回答，他就先替她回答了，说完后，他打开后座的车门，示意孟浅浅上车。

孟浅浅打个哈欠，低头坐了进去。进去后，她往那边门靠去，应浩紧跟着上车，他坐进来后，解了点儿领口。

孟浅浅按着手机，跟孟媛媛说自己快回来了。

孟媛媛：好的，姐，我等你。

李师傅已经启动车子，这个点路灯投射进来，应浩开了点儿车窗，指尖抵着下巴，眼眸看着孟浅浅。

孟浅浅放好手机。

应浩嗓音很低，问道："媛媛填了什么专业？"

孟浅浅："人力资源。"

"跟你一样呢。"

孟浅浅笑道："嗯。"

应浩看着她低垂的侧脸，有些吃醋，媛媛在她心里很重要。而他还要努力多久，才能跟媛媛持平，甚至是高于媛媛。

车子缓缓地开着，进入旧城区，烟火气就足了，烧烤跟大排档取走了夜晚的冰冷。

应浩看到人行道上挎着花篮的女生，他对李师傅道："停车。"

李师傅愣了一下，但还是踩了刹车。

应浩打开车门下去。

孟浅浅看着他走下去，探头看了一眼，也不知道他要去干吗？一分钟后，应浩回来，怀里抱着一束玫瑰花，他手撑在车顶上，俯身把玫瑰花递给她，道："小姑娘剩下这一束玫瑰花，没卖出去，我买了，送你，今晚辛苦了。"

玫瑰花还挺娇艳的。

孟浅浅看着大红色的花，又看着他的眼眸。

应浩藏在花下的指尖紧了几分，有点担心她不收。求婚的玫瑰没有送出去，这一束只是心血来潮，希望她能收下，给他点儿希望。

李师傅从内视镜里往后看。

成茂在呼呼大睡。

空气中似乎充斥着不安，但又被外面的夜生活所掩盖住。孟浅浅抿紧嘴唇，笑了笑，伸手接过了玫瑰。

手臂一空，应浩的唇角挑了一下，接着弯腰坐上车，道：“想吃消夜吗？”

“不了。”

“好，回去吧，李叔，开车。”

李师傅听得出男人语气里的轻松，身子莫名地也跟着放松下来，笑着启动车子，他说道：“这旧城区看着就有生活气息，也算是给我们这些打工人一个温暖的归宿吧，有空应总跟孟总监得去吃吃天桥下那一家饺子馆，那可真是太好吃了。”

应浩挑起眉毛：“名字叫什么？”

“思佳饺子馆。”

应浩：“好。”

他看着孟浅浅：“有空我们一起去吃。”

孟浅浅抱着玫瑰花，看了他一眼：“嗯。”

应浩的唇角勾了勾。

很快，车子抵达旧城区，先到了孟浅浅的住所，孟浅浅抱着玫瑰花下车，跟应浩和李师傅道别后，随即转身朝楼梯走去。

应浩坐在车里，看着她进楼道的背影，很想上去抱她，但是此时不敢。

李师傅看应浩一直没说走，他也不敢说走，只是陪他坐着。

不一会儿，马路对面二楼的某户亮起了灯，一眼就知道孟浅浅已经到了，应浩这才吩咐李师傅开车，把成茂先送回去。

“姐，谁送的玫瑰花？”孟媛媛抱起玫瑰花，跟在孟浅浅的身后问。孟浅浅打开洗手间的灯，进去洗漱，说道：“上司送的。”

“啊？”孟媛媛很震惊，那就是应浩哥送的咯？

应浩哥你行啊，有进步！

孟浅浅洗完澡穿着睡衣出来，招呼孟媛媛去睡觉。桌面上和沙发上全是书，有孟浅浅的也有孟媛媛的。

孟浅浅进了房间后，说道：“回头再买个大点的书柜。”

孟媛媛今晚要跟姐姐一起睡，她躺在床上，问道：“一个书柜会不会很贵啊？”

孟浅浅：“去二手市场挑。”

“OK，开学前我们把这事情办完吧。”孟媛媛现在对未来的生活充满了期待，终于逃离了那个家庭，不用听黄秀琴唠唠叨叨的，也不用担惊受怕自己的零花钱被拿走，更不用看孟啸那张嘴脸，实在是太爽了，这种生活是会上瘾的。

孟浅浅：“嗯，快睡吧。”

孟媛媛：“好的。”

姐妹俩挨在一起便睡着了。

距离开学还有半个月的时间，孟媛媛隔天就表示想要去打工，孟浅浅带她到便利店面试，常慧慧站在一旁收银，笑着朝孟媛媛伸手：“欢迎你，小媛媛。”

孟媛媛惊喜地道：“哎呀，慧慧姐也在啊，太好了，我们可以做伴了。”

老板走出来说道：“你的上班时间一天只有两个小时，帮我擦货就行了。”

孟媛媛：“哦，好的。”

孟浅浅看着干劲十足的孟媛媛，心情有些复杂，妹妹比她更有行动力。常慧慧拉着孟浅浅，低声问道：“你当了秘书后，怎么样？”

孟浅浅：“还行吧。”

常慧慧看着她道：“你跟应浩学长断不了的。”

孟浅浅踢了她一下。

又过了一天，便是要去丰市谈项目的日子，这次坐飞机去。应浩一早就开车过来接孟浅浅，孟浅浅为了显得专业些，穿上了职业套装，她踩着低跟的高跟鞋走下来，应浩握着方向盘盯着她，眼睛也不眨一下。

孟浅浅拉开副驾驶位的车门，上车。

应浩用眼眸往下扫，看到她白皙的长腿，他挪开视线，启动车子，说道：“等下最好还是换成西裤，带了吗？”

孟浅浅愣了一下：“带了。”

“换了。”

孟浅浅看着车子开上大路，问道：“我这样穿有什么问题吗？”

应浩："问题很大，我们只是谈个正经项目，我不希望那边的人注意力被别的事情吸引走。"

孟浅浅："行吧。"

很快，车子抵达机场，停好车后，两个人把行李拿了下来，随后去办理登机手续。这不是他们第一次一起出差，第一次还是去找梁坤的时候。这么长时间，真是物是人非，谁都没想到梁坤会搅浑水，应浩也不会想到。

孟浅浅那次在酒店里，她问了他复不复合，他一时欣喜若狂，没有注意到她那句话，她问了上句，没有下句。

应浩偏头看了一眼走在身旁的女生。

孟浅浅看向他："嗯？"

应浩停下脚步，说道："你脖子上的红绳出来了。"

孟浅浅愣了一下，停下脚步，抬手整理。红色的绳子挂在衬衫的领口上，孟浅浅拽了一下没拽出来。应浩垂眸看了几眼，接着走上前，伸手，握住绳子，帮她整理。他一靠近两个人就离得很近，近得孟浅浅抬起眼睛就是他的下巴、喉结。孟浅浅抿紧嘴唇，低下头，又看到他尾指的月牙形咬痕。

应浩的指尖从她领口处顺了一下，说道："好了。"

孟浅浅抬手又整理了一下，看着他退开，道："谢谢。"

应浩看向她："走吧。"

红色绳子回到脖颈里，孟浅浅扣上衬衫纽扣，跟在他身侧，往安检口走去。应浩用指尖摩擦了一下指尖，手上隐约还残留着红绳上的体温。

如果可以，真想再把她抱起来吻。

慢慢来，别急。

抵达丰市，熟悉的城市面貌展现在两个人跟前，应浩看着这座城市，便想起他为了选孟浅浅往北还是往南而发抖的指尖，好在最后选对了。

若是他当时选的是南，他不知道自己会不会再次崩溃。

孟浅浅也对这座城市有感觉，她喜欢丰市的小吃，她想起他信里说跟了她半个月，那他也到过丰市？

孟浅浅想到这里，看了他一眼。

应浩顺手跟人买了一根糖葫芦递给孟浅浅，孟浅浅一愣，随后接过来。

接着，应浩叫的车来接他们两个人。

上了车，孟浅浅穿着一身套装，拆了糖葫芦，一口一口地咬着。

应浩坐在一旁，翻看手机里的文件，看她吃到最后，问道："能给我吃一口吗？"

孟浅浅回过神来，看了他一眼。

应浩挑起眉毛："嗯？"

孟浅浅定定地看着他，随后，张嘴把最后一块吃完，她含糊道："没了。"

应浩顿时笑起来："你行，孟浅浅。"

中午随便吃了点，下午两个人在酒店里办公。酒店是孟浅浅选的，一人一间，她左边，他右边，但是办公得在一起，所以孟浅浅到了应浩那间。因为要见的客人都是高职位，所以他们这一趟住酒店也奢侈了一把。

两个人在应浩那个套间的客厅里办公。

孟浅浅才发现秘书真的有很多事情要办，接手的文件全是汽车专业方面的，不像当人事那会儿，处理的都是一些生活跟人才方面的事情。孟浅浅一边看一边得查资料，应浩更忙了，华星集团旗下有很多家公司，其中投资公司就二十几家，投资方向也完全不一样，而项目就更不用说了，多达上万个。

应浩得砍掉一些投资项目，同时，投资的公司也得整合，因为有些公司的钱全是用来养董事会那群人。这都是应顺尧留下的烂摊子，同时华星集团的公关部这些年的活儿干得不好，要整顿，现在应浩正在让猎头挖人才。

孟浅浅听着他一直在打电话，她也专心地办公。

应浩打电话想骂人时，想了想，起身推开卧室门进去，他不想吓到孟浅浅。孟浅浅处理完事情，一抬头，他轻扯着领口出来，而他身后是白色的床，应浩问道："想喝奶茶吗？我叫人送上来。"

孟浅浅收回视线："好。"

应浩反手准备关门，眼眸也看到了床，他停顿了一下，关上，随后来到沙发这边坐下。

不一会儿，服务员送了奶茶上来，应浩去接的。

应浩把奶茶插了吸管递给孟浅浅，孟浅浅正在做表格，顺手接了。

应浩把手插在裤子口袋里站在她身后，垂眸看着："你表格做得不错。"

孟浅浅咬着吸管："谢谢夸奖。"

应浩一笑，就喜欢她在这些小细节上显示出的可爱。

隔天。

今晚免不了要喝酒的，两个人下楼，孟浅浅走到前台，从值班人员手里接过一个袋子，应浩把手插在裤子口袋里看她一眼："那是什么？"

孟浅浅："醒酒片。"她收起来，看着他道，"给你备着。"

"喝完谈完离开包厢再给我，不能在现场给。"应浩提醒。

孟浅浅："好。"

应浩开了东方创世纪的车，载着孟浅浅抵达现场，光看环境就不得了，里面别有洞天，紧接着进了包厢。

来的人孟浅浅觉得都很厉害，她的掌心稍微有点冒汗，坐下后，应浩低头看了她一眼，随后伸手握住她的掌心点了点。他突如其来的触碰，把孟浅浅惊到了，她反射性地往外抽，应浩低声道："冷静点。"

"会的。"她说。

随后，她把手抽回来，整理好情绪，抬起头，露出微笑。

漂亮的女生笑起来总是吃香的，看着她别人的心情都好多了。丰市的负责人笑道："今晚不用那么拘谨，应总，你先听听我们的条件。"

应浩："好，应该的。"

紧接着，孟浅浅见识了一场很厉害的谈话，哪怕面对的这个人明显不好惹，应浩依旧寸步不让，而让他这么有底气的，就是华星集团的影响力以及东方如今的成绩，最后应浩以免租三年的优惠拿下。

丰市负责人和应浩彼此握手，达成口头承诺。

那么接下来就是喝喝小酒，聊聊天。孟浅浅全程没有被安排喝酒，她就是偶尔帮忙递递纸巾，孟浅浅看着应浩喝酒，有些担心。

好在十点半左右，这顿饭就散了。

握手，送人。

最后剩下孟浅浅跟应浩，应浩把手插在裤子口袋里，几秒后，把指尖抵在薄唇边，走到一旁的垃圾桶。孟浅浅从包里赶紧拿出醒酒片，走过去递给他。应浩伸手接过，放进嘴里，眼眸看着她，问道："明天的机票订了吧？"

"嗯。"

"走。"

说着，他站直身子，走下台阶。

车子恰好也到了，代驾在驾驶位上。应浩跟孟浅浅上了后座，车子启动，应浩扯下领口，身子往后靠，淡淡的酒香味充斥在整个车厢里。

孟浅浅看他脖颈微微泛红。

"醒酒片没用？"她轻声问。

应浩睁眼，眼眸里的醉意上来了。

他手撑着车座，往她这儿挨过来，低声道："这东西就是吃个安慰。"

孟浅浅微微往后靠，看着他："有安慰吃也好，好过没有。"

应浩挑起眉毛，他狭长的眼眸深深地看着她，头发似乎又长了些，但依然是寸头，他要是换套衣服，形象就变了。

他说："也是，你买的，再给我一片。"

孟浅浅："你当它是润喉糖啊？"

应浩盯着她："这是救命药。"

孟浅浅："呃……"

夸张。

隔天应浩和孟浅浅回到海城市，接着直接去东方开会。这次开会多了一个年轻人，是海城大学今年刚毕业的学长，他即将要被派到丰市分厂当负责人。

开完会下班。

唐隽提议："我们好久没聚餐了，一起去聚餐吧？"

周彦点头："可以啊。"

应浩解下领口，手插在裤子口袋，看着孟浅浅："你叫上媛媛和常慧慧。"

孟浅浅："嗯。"

江枫高兴地叫道："终于又回到了以前的感觉了，太爽了。"

随后一行人朝门口走去，孟浅浅按着手机，先通知了媛媛和常慧慧，她的脚踩到台阶晃了下身子。应浩走在她身后，反射性地伸手扶住她的腰。孟浅浅愣了一下，随后赶紧稳住身子，走快两步，下了台阶。

应浩的掌心一空，他把手收回了裤子口袋里。

周蜜拿着小包从里面走出来，看着这一幕，"啧啧"了几声，她故意走到孟浅浅身侧，撞了孟浅浅的肩膀一下："你们啊，小年轻。啧啧。"

孟浅浅莫名其妙地看了周蜜一眼，周蜜笑笑，先走了。

唐隽调侃道："我觉得周蜜确实有成熟姐姐的那种魅力。"

周彦刚刚看到应浩搂了孟浅浅一下，他失神了一会儿，接着道："你现在是有妇之夫，小心。"

唐隽："哎，怎么回事呢，夸一夸都不行。"

周彦笑了笑。

唐隽问应浩："周蜜是个不错的女人吧？"

应浩看着孟浅浅的背影，语气淡淡的："很差，我心里只有一个女人是最好的，她就站在我的面前。"

齐刷刷的，现场所有人看向孟浅浅。

孟浅浅后背一僵，她翻了个白眼，走快了两步。

江枫一头雾水："你们不是分手了吗？你还是被甩的那个，你现在夸浅浅有啥用呢？以前她跟你在一起的时候，你夸过吗？"

应浩冷扫江枫一眼。

江枫："啊？"

随后一行人启动车子，回了海城旧城区，接上了孟媛媛和常慧慧，常慧慧笑着挽上唐隽的手臂。

孟媛媛睁大了眼睛，挽住孟浅浅的手臂，道："原来他们是一对。"

孟浅浅笑起来："是的。"

聚餐就没必要开车了，于是他们便把两辆车停在了便利店的门口，几个人步行去了烧烤店，进去后，唐隽就举手："来一打啤酒。"

周彦："生蚝来一打。"

江枫："烤馒头来一份，记得给我加炼奶。"

随后不一会儿，烤串上桌了，摆了满满一桌子。唐隽给常慧慧夹了茄子，说道："希望以后这种聚餐的机会多一些，前段时间，总感觉要散了一样。"

他说着，孟浅浅没吭声，低头吃脆骨。

应浩坐在对面看着她。

几秒后，他起身，去买了一杯奶茶，放在孟浅浅的跟前。瞬间常慧慧跟孟媛媛都看着他，应浩面不改色地坐回去，说道："不用看我，我只买给她。"

孟浅浅坐直身子，看了他一眼，拆了吸管，接着给自家妹妹："喝吧。"

孟媛媛对上应浩的眼眸，移开了视线，识相地道："我不喝，姐姐，你喝。"

应浩得逞了，眉眼含着笑意。

孟浅浅看了他一眼，没搭理。

不过这个晚上，大家聚在一起，确实又找到了过去的感觉。孟浅浅很珍惜现在，同时，她对未来也充满希望，因为她握着妹妹的手。

吃过晚饭，步行回海城大学。这一次，只有唐隽背着常慧慧，孟媛媛"哇哦"一声，说道："以前应浩哥也经常背我姐。"

江枫很好奇："以前？"

孟媛媛点头："是的，之前他们每次到我们家里的小区，我都得给他们打掩护，怕我爸妈碰见。"

几个人聊着，往孟浅浅跟应浩那儿看去，孟浅浅狠狠地瞪了孟媛媛一眼，应浩的嗓音低沉："我现在也可以背她，但她没答应当我女朋友，我有点犹豫。"

孟浅浅转头，看了他一眼："你闭嘴。"

应浩挑起眉毛。

接着，孟浅浅踹了孟媛媛一下，孟媛媛笑着跑开了。江枫哈哈大笑，他跑到前面道："媛媛，来，枫哥背你。"

孟媛媛"哎"了一声，竟然真的跑过去了。

孟浅浅愣住了，大喊道："孟媛媛！你不许去！"

话没说完，孟媛媛跳上了江枫的后背，江枫哈哈大笑，对孟浅浅道："你可以买一整盒泡芙收买我，我现在就放她下去。"

孟浅浅："你值得一盒泡芙吗？"

江枫："老板娘，你这人有点小气啊。"

孟浅浅："你喊我什么。"

江枫："孟浅浅，你这人有点小气。"

其他人听着，全哈哈大笑。接着，队伍就变成，唐隽背着常慧慧走在前面，江枫背着孟媛媛并列。身后三个人，孟浅浅走在中间，左边是周彦，右边是应浩。

应浩的眼眸看着孟浅浅："真不要我背？"

孟浅浅："不要。"

随后，她追上前，去打孟媛媛。吵吵闹闹着，回到了租的房子里，一进门，孟浅浅掐着腰盯着孟媛媛："你觉得你这样可以？你跟江枫认识多久了？"

孟媛媛上前抱住孟浅浅的腰，说道："他是你们的朋友啊，他长得那么可爱，像小弟弟，没什么的啊。"

孟浅浅："他比你大好吧，怎么算小弟弟。"

孟媛媛笑道："一头卷毛，笑起来还有酒窝，那么爱吃甜食，不是小弟弟是什么？年龄也掩盖不了他的稚嫩。"

孟浅浅："今晚你拖地。"

"OK。"

这时，孟浅浅的手机响起，来电竟是家里。孟浅浅和孟媛媛对视一眼，接了起来，来电是黄秀琴。她在电话里哭道："你爸爸失业了，他两个月没领到工资了！他两个月没领到工资了！你们还在外面快活，你真的要我们死是不是？"

孟浅浅皱起眉头："失业了？"

"是啊，我们都快没饭吃了。"黄秀琴的声音里夹着哭泣。

孟浅浅捂住话筒，看向孟媛媛："你来的时候听说了吗？"

孟媛媛愣了一下，说道："我是有看到爸每天都拿着一份报纸在外面晃荡，我听别人说他打算要换工作，但我不知道他两个月没领工资了，我出来的时候，他给了我两百块钱，说让我省着点花。"

孟浅浅沉默下来，这次媛媛考上海城大学，孟致贤没有打算供她了，所以媛媛是空着手来的，而她也有两个月没收到家里的钱了。

她渐渐地不需要家里的钱了，也没打电话去问。

她放开手，话筒里黄秀琴还在哭着：“你爸爸找不到工作，我们都会死的，孟浅浅，你真的想要我们死吗？”

孟浅浅说：“你让孟致贤来接电话。”

黄秀琴哭着走进房间里，拽了一下孟致贤，但两个人推搡着，隐隐有吵起来的意思。孟致贤大声地吼道：“你闭嘴，谁让你跟她们说的，她们两个人在外面就容易吗？我让你别说，你还打什么电话！”

黄秀琴大哭：“我不说……我不说我们日子怎么过。”

“死不了，你电话挂掉，我明天就能找到工作。”说完，嘟嘟嘟的声音传来，孟浅浅挪开手机，看向孟媛媛。

孟媛媛摊手耸肩：“管他呢，他自己不是说要去找工作吗，孟啸现在还在外面玩。”

孟浅浅顿了顿，说：“你赶快拖地，然后睡觉。”

“好的。”

随后，姐妹俩分工干完家务活，洗漱后睡觉去了。

接下来半个月，家里也没来电话，开学日也到了。孟浅浅给孟媛媛还有自己交了学费，带着孟媛媛去了宿舍，孟媛媛运气好，分到的宿舍统共住了三个人。孟浅浅送完她，自己也回了宿舍。

叶岚一看孟浅浅来了，立即道：“你知道吗？林飘没来上学了。”

孟浅浅一愣：“她不是大四了吗？”

“是啊，听说暑假的时候，她父母从老家过来，亲自把她押走的。”

孟浅浅：“啊……”她觉得胆寒。

叶岚又看着孟浅浅：“你呢，跟应浩学长如今什么情况？”

孟浅浅：“他现在是我上司。”

“我知道啊，问题是你们之间……”

话没说完，常慧慧撞进了门里，举着手说道：“嘿，全校都知道你甩了应浩学长……”

孟浅浅看向常慧慧：“什么？”

随后，她点进了论坛，看到了一个匿名的人发了一个帖子，大意就是孟浅浅把应浩给甩了，应浩为此差点上山出家，下面是一票质疑的评论。

真的假的？孟浅浅有那个胆子甩应浩学长？

哇，大新闻啊。

之前你们说她配不上应浩学长，现在人家直接把应浩学长给甩了，精彩吗？帅吗？

帅，孟浅浅太帅了。

接着，宿舍门口就聚集了不少人，都是来看孟浅浅的，场面就如当初孟浅浅跟应浩在一起被公开时。

看着那些目光，孟浅浅淡定地走上前去，盯着那些同学，接着，反手把门一关。

“砰”，好些同学的鼻子差点被压到，她们纷纷后退。

“孟浅浅，不回答一下吗？你为什么甩了应浩学长啊？”

孟浅浅没回答，回了宿舍，舍友四个人坐下来聊聊天，如今她们已经是大三了，时间过得真快啊。

“在宿舍？下来，我刚买了点儿吃的。”

孟浅浅拿过手机，不小心就点了这句语音。叶岚跟朱芳愣住了，纷纷盯着她的手机：“所以……你们藕断丝连？”

孟浅浅摇头：“没有。”

常慧慧在一旁嘿嘿直笑。

孟浅浅不打算回复应浩这条微信，她放下手机继续跟叶岚、朱芳她们聊天。五分钟后，门板敲响，常慧慧站起身来去开门，一把把门拉开。

门外，高大的男人把手插在裤子口袋里，头发短得贴着头皮，眼眸盯着孟浅浅，身边聚着很多看好戏的同学。

常慧慧愣了一下，赶紧挪开位置。

孟浅浅转头，对上他的眼眸。

男人气势挺强，他说：“泡芙，在市中心那家店买的。”

孟浅浅：“呃……”

安静了几秒。

叶岚推了一下孟浅浅。

孟浅浅才站起身来，往门口走去，说道："你怎么跑女生宿舍了？"

应浩一只手撑上门框，垂眸看着她："学校里知道我被你甩了，应该有很多男生加你微信吧？"

孟浅浅抬起头看他。

半晌，她点头："是啊。"

应浩的薄唇紧抿。

几秒后，他对旁边的一众女同学道："大家看着，我又巴巴地跑来追她了。"

一众女同学拼命地点头。看到了看到了，没想到能看到这样的好戏，还有，应浩学长现在更帅了，更野了，好好看，多看几眼。

孟浅浅："你现在走。"

应浩："呃……"

走就走。他松开门框，要走时，他的眼眸看着她，神情上看不出什么，但是眼眸里隐隐有哀求。别接受别人。

不许。

不许。

确实如应浩所说的那样，很多同学加了孟浅浅的微信，有学弟有同学也有学长，不过，孟浅浅都没通过。

应浩打算把孟浅浅追回来的信息又上了论坛。

应浩学长对孟浅浅学姐怎么那么穷追不舍啊。

大三，喊孟浅浅学妹的人越来越少了，喊她学姐的人越来越多了。班上的同学经过这两年的相处，再叫不出名字，那也认得出脸。

孟浅浅跟常慧慧去上课，那些说应浩迟早跟孟浅浅分手的同学看到她纷纷收回视线。坐下后，常慧慧笑道："一群被打脸的家伙。"说得还挺大声，前面的同学都听见了。

孟浅浅拽了常慧慧的手一下，说道："专心上课吧。"

常慧慧："你都忘了，她们之前怎么说你的？"

孟浅浅笑了笑，说道："我已经不在乎了。"

常慧慧看着孟浅浅，说："不在乎就对了。"她撑着下巴道，"我也要成长。"

孟浅浅转头看了常慧慧一眼，发现她眉心皱着，似乎也有烦恼。孟浅浅低声问道："你跟唐隽学长应该没问题吧？"

常慧慧回过神来："没有。"

但孟浅浅不太信，可是常慧慧不想说，她也没办法。

开始上课了，两个人只能安静下来。

下课后，孟浅浅跟常慧慧去食堂吃饭，打了饭坐下，对面那个女同学就是刚刚选修课上的那个，常慧慧撞了一下孟浅浅的手臂道："冤家啊。"

孟浅浅笑笑，拿起筷子吃饭。那女同学的另一个同学也来了，也是个女生，坐在她旁边，两个人看了一眼孟浅浅，紧接着故意似的说："知道自己配不上就分手呗，还说甩什么甩，人要有自知之明。"

"是啊，现在不分以后也是要分的，迟早的……"

常慧慧很震惊，她撸起袖子就想说话。

这时，一个高大的人影从那边走来，懒洋洋地从她们那一桌侧身走过，两个女同学一抬头愣了一下，要说的话都卡在喉咙里。紧接着，应浩直接来到孟浅浅的面前，提着一袋牛奶："在便利店买的。"

孟浅浅咬着筷子抬起头。

"热的，你生理期又要到了。"应浩拿着牛奶抵了一下孟浅浅的脸，眼里带着宠溺。牛奶暖暖的，贴着脸。

孟浅浅的脸颊有些红，是被牛奶贴的，她说："我打了绿豆沙……不喝牛奶。"

应浩垂眸看了一眼她碗里的绿豆沙，端了起来，直接一口喝完，喝完后，把牛奶放在孟浅浅的跟前："我喝你的绿豆沙，你喝我的牛奶，不错的交易。"

说完，他在椅子上坐下来，长腿交叠，手插在裤子口袋里，看着她。孟浅浅看了一眼四周投来的目光，她忍了忍，先不跟他计较了。而身后那一桌的那两个女同学看到这一幕立马闭上嘴。

在应浩的注视下，孟浅浅吃完了饭，应浩拿过牛奶袋，打开，推给孟浅浅，道：“好喝的，甜的，你试试。”

孟浅浅拿过来，喝了一口，看着他道：“你们不准备论文吗？”

“在准备。”

这牛奶的味道确实很香。

孟浅浅也没再纠结那个绿豆沙了，她有时是挺贪凉的，但生理期确实快到了。常慧慧扒完最后一口饭，擦擦嘴，说道：“我吃完了，走吧，下午还有课。”

孟浅浅看着应浩：“我们先走了。”

应浩：“一起，我等下去华星集团。”

孟浅浅：“嗯。”

于是，孟浅浅跟常慧慧挽着手，应浩跟在身后。孟浅浅和应浩没有像过去那样在学校里牵手接吻，而是有些许的疏离，但是应浩这样跟在她的身后，陪着她下楼梯，眼里只有她一个人，又像是一种新的守候方式。

应浩把孟浅浅跟常慧慧送到宿舍午休，转身便走。

看着他走远后，常慧慧挽紧孟浅浅的手臂，把她拉到身边来道：“你们这样，除了不接吻不拥抱，你们之间的感觉似乎也没差多少。所以你以后到底会不会重新考虑他？”

孟浅浅：“可能？”

常慧慧：“你们也不容易啊。”

孟浅浅笑笑。

接下来的半个月，孟媛媛一直在军训，军训快结束时，她突然崴了脚，跟当初孟浅浅大一的时候何其相似。不过，孟媛媛脚崴到了有孟浅浅照顾，还偶尔有江枫等人的嘘寒问暖，可比孟浅浅当初潇洒多了。

孟媛媛同时也发现原来自家姐姐跟应浩哥在学校里这么出名，三番两次地上了论坛的帖子，而且是两个人的名字一块上。

应浩再次追求孟浅浅的所有细节都被不少同学盯着，很多人发现，应浩经常给孟浅浅送吃的，接送她去班里跟宿舍。最重要的一次追求事件，在学校里炸开了锅。

应浩参加《汽车商人》的杂志采访时，男人的左手无名指戴了一枚素圈戒指，采访的主编问道：“请问你这素圈戒指是已婚的意思吗？”

穿着黑色衬衫跟长裤，眉眼锋利的男人抬起手看了一眼，说道：“在我心里，我已婚。”

主编愣了一下，笑道：“看这样，是不是还有一枚女戒？”

应浩：“是。”

“她不肯答应你的求婚吗？”

“目前是。”

“如果她一直不答应，你要一直维持已婚的状态吗？”

应浩：“是的，这辈子我会一直是已婚状态，为她守着身心。”

主编更诧异了，她笑道：“好，我能知道她是你什么时候认识的吗？”

应浩：“高中。”

“初恋啊？”

“嗯，是初恋。”

主编有些唏嘘，人生还很长，应浩却敢许下这样的承诺。这份杂志一出来，瞬间售空，很多人只为了他这句“我已婚”就买了单。

是什么样的女生让他居然在这么美好的年纪许下这样的诺言，外界议论纷纷，业内也有不少人好奇，华星集团不少人都在打听，只有东方的工作人员知道这位白月光是谁，海城大学的学生就更清楚是谁了。孟浅浅手里的那枚戒指也让不少人好奇，想看一看，但连常慧慧都没见过这枚戒指。

孟浅浅把戒指收起来，没有还给应浩，但她也没戴。

很快，国庆七天假期到来，学校放七天，东方只放三天，并不是因为要压榨员工，而是华星璀璨系列有不少的车主开始找东方换电池。这大大地增加了唐隽、周彦他们的工作量，于是几个负责人人均只放了三天。

随着东方创世纪的问世，很多车子都有了危机感。而明年，也将是电动车爆发的时期，据诺雷公司传来消息，他们也将突破 800 公里的续航里程。还有很多家公司选择跟东方合作，当然这些合同都会交到应浩的手里。

放假的三天，孟浅浅打算给孟媛媛买点衣服，1 号这天，她跟孟媛媛去买衣服。2 号这天她生日，孟媛媛打算做个蛋糕给孟浅浅。

她一边试着衣服，一边说：“姐，应浩哥那边没表示吗？你明天生日耶。”

孟浅浅转身看着她，说道：“我们姐妹俩过就行了。”

孟媛媛撇嘴：“他要是错过你这个生日，我把杂志撕了，从此不信他嘴里的所有鬼话。”

还有再也不帮他追姐姐了，这么好的日子，这么不知好歹。

孟浅浅拿起腰带给孟媛媛扣上，说道：“他这几天都在华星集团，忙得跟陀螺似的。”

“姐，你不在意吗？”孟媛媛反问。

孟浅浅的指尖一顿，越在意越痛苦，还是不要在意的好。

更何况，他们目前又不是情侣，她有什么资格在意？

她扣好后，让孟媛媛看看镜子。

孟媛媛一看：“哇，漂亮是漂亮，会不会很贵？”

孟浅浅看了一眼价格：“不贵，最近打折。”

“那我买这一条就好。”

孟浅浅：“嗯。”

孟媛媛一眼看到一条黑色的吊带裙，有点性感，有点小可爱的那种，她立即让服务员取下，然后让孟浅浅去试。

孟浅浅被动地进了换衣间，随后换了衣服出来。

孟媛媛的眼睛一亮：“太好看了，就这条吧。”

孟浅浅看了一眼镜子里的自己，说道：“太露了。”

“不会，你就穿这个，明天生日，我给你做蛋糕，你穿着这一身许愿，快，买下来，不然我这条裙子不要了。”说着，孟媛媛就要解腰带。

孟浅浅眯起眼睛看孟媛媛，后来没敌过她，只好买了。

隔天，阳历 10 月 2 日，正好是孟浅浅生日。虽然还在假期，但是成茂却发了几个项目给孟浅浅，说让她先过目，晚上交给应浩。都是工作，孟浅浅当然不会拒绝跟抱怨，她认认真真地看完，接着下午去了东方打印出来。

她拿着文件来到应浩的办公室，他不在，孟浅浅把文件放在桌子上，然后便出去了，随后回了家。

下午，孟媛媛让孟浅浅赶快洗澡，换上漂亮的衣服，然后她要开始做蛋糕。孟浅浅拗不过她，只好去洗了个澡，换了一件 V 领的黑色吊带裙，换好后，她擦着头发走出来，外面天色渐黑，放在茶几上的手机也跟着响起。

她弯腰拿起来，来电是应浩，她一顿：“喂。”

应浩低沉的嗓音从那边传来：“你放在东方的文件我拿到了，你现在有空吗？”

孟浅浅看了一眼时间——六点。

“有。”

“去公寓里，帮我拿一份文件，送到新城小区这边来。”

她是秘书他是上司，他吩咐的，她当然没理由拒绝。

孟浅浅说道：“好。”

“门密码还是你的生日。”他说。

孟浅浅：“好。”

挂了电话，孟浅浅跟孟媛媛说了一声，孟媛媛“哎”了一声，从厨房里走出来：“那你早点回来啊。”

孟浅浅低头穿鞋，道：“知道。”

随后，她下楼。从这里到斯格公寓只需要走路，不需要搭车，孟浅浅直接走过去，随后很快抵达斯格公寓，再次来到这里，很多回忆浮上脑海，孟浅浅匆匆看了一眼就收回视线，进了电梯，来到十二楼，接着来到房门口。

她输入密码，门“咔嗒”一声。

孟浅浅停顿了一秒才推开，里面扑面而来的熟悉檀香味，是他身上惯有的那种味道。孟浅浅走进去，看到自己忘记带走的杯子就摆在他的蓝色杯子旁边，跟她之前住在这里的时候一模一样。

他没有清走。

孟浅浅看了一眼便收回视线，那份文件放在床边那边的柜子上，那里是专门用来放文件跟笔记本的。孟浅浅走进去，文件袋里面像是不止装着文件，她拿起来。

她没有近视，一眼看到上面写着“安眠”二字。

孟浅浅愣了一下，往前走了两步，把灯挪开，拿起那个瓶子凑到跟前，离得近了，能看得更清楚，上面的字眼更清楚了。

而他，什么时候开始服用这个药?

这时手里的手机响起，来电是应浩，孟浅浅惊了一下，匆匆地把药放了回去，然后拿着手机和文件往外走，她直接来到走廊上，才接起来电话。

“喂？”

“拿到了吗？”

孟浅浅的心咚咚跳着，她举着文件袋，问道：“是柜子最上面棕色的文件袋吗？”

“嗯。”他轻笑了一声，“过来，新城小区这边。”

孟浅浅听着他的笑声，想起床头柜上的药瓶。

她敛了心神，朝电梯走去。

这个季节，海城却还是挺热的，去新城区只要过天桥就可以了，因此孟浅浅并没有搭乘交通工具，很快，来到新城小区大门口。她左右张望，看到应浩把手插在裤子口袋里站在不远处一家店铺的门前看着她。

四目相对。

孟浅浅踩着低跟的鞋子走过去。

越走越近了，应浩的视线落在她白皙的脖颈和手臂上，眼眸微眯：“什么时候买的新裙子？”

孟浅浅：“昨天。”她把手中的袋子递给他。

应浩取下烟，在一旁掐灭了走回来，把手插在裤子口袋里，俯身盯着她，道：“打开，然后里面有个遥控，开关按一下。”

孟浅浅看着他的眼睛，不知道他在搞什么鬼。她的手伸进文件袋里，摸到了一个像遥控器一样的东西，接着她拿出来。应浩站直身子，绕去她的身后，手臂一把搂住她的腰，道：“按一下。”

孟浅浅：“什么？”

她说着，摸到了红色按钮，她挣扎着要从他怀里出来的期间，“啪”的一声。

前面一家店铺瞬间一亮。一家猫咖出现在她的面前，而隔着硕大的落地玻璃，有好多猫咪在里面踮脚扒着玻璃窗，看着孟浅浅，而当中，有一只便是小橘。

小橘冲着孟浅浅“喵喵喵”，但是因为玻璃有隔音听不见。

孟浅浅愣住了。

应浩用手扶着她的腰，在她耳边道：“生日快乐，浅浅。”

第二十四章

生　日　快　乐

“生日快乐！”不远处爆出一个大喇叭的声音，接着，常慧慧带着唐隽、周彦、江枫、孟媛媛从不远处的阴影中跑出来，孟媛媛手里还提着一个大蛋糕。

他们冲过来，瞬间把孟浅浅给淹没了。

“生日快乐，年年十八，我的好姐姐！”

“生日快乐呀！”常慧慧笑着抱紧孟浅浅，唐隽跟周彦笑着，把手插在裤子口袋里站在一旁，江枫笑眯眯地说：“今天我请你吃泡芙吧。”

孟浅浅被他们簇拥着，而猫咖的灯光投射出来，孟浅浅从人群中看着站在人群外的应浩，他的唇角含着笑意，眼眸也看着她。

孟浅浅的嘴巴张了又张，最终还是没说出来——我看到你床头柜的安眠药了。她跟他同居了那么一段时间，从没见过他吃这个药。

应浩笑着伸出手，把她从人群中拽出来，说道：“走，吃饭去。”

孟浅浅跟在他的身后，看着他的背影。

其他人也笑着跟着进去，而厨房里已经有厨师在做饭，空气中弥漫着甜甜的味道，还有牛排的味道。

小门一开，小橘第一个从里面冲出来，两只爪子扒着孟浅浅的腿。孟浅浅立即弯腰把它抱起来，小橘胖了一些，但还是那么可爱。她问应浩：“小橘不是被收养了吗？现在怎么……”

应浩用指尖拨弄着小橘的尾巴，说道：“江女士她怀孕了，意外怀孕的。所以，她无法再照顾小橘了。”

孟浅浅愣了一下，她看着他的眼睛：“所以你就把它要回来了？”

应浩抬起眼眸道："是啊，以前你不是说要养猫吗？以后这里随便你造。"

孟浅浅定定地看着他，灯光暖暖的，她的脸微微泛红。

"哇，猫猫，快过来。"好几只猫咪也跟着跑出来，在餐厅到处乱跑，毛茸茸的小家伙让所有人的心都萌化了。常慧慧和孟嫒嫒各自抱了一只猫咪，不停地撸着它的毛发，"好可爱好可爱，我喜欢这只黑的。"

"我喜欢白的。"

小橘还是那么暴躁，被应浩摸了一下尾巴转过身就挠他。应浩"啧"了一声，用指尖戳了一下它的头："别太嚣张，你妈不骂你，我骂。"

孟浅浅一听，抬脚去踹他："你说什么呢！"

应浩笑着看她，笑而不语。

孟浅浅抱着小橘转身，道："别搭理他，我们跟小白玩。"

常慧慧握着小白的爪子："嗨，你好，我是小白。"

孟浅浅："嗨，我是小橘，你怎么比我胖。"

常慧慧瞬间爆笑，嗲声嗲气的："没办法，我就是胖，嘤嘤嘤。"

"哈哈哈哈哈哈……好好笑，你们太好笑了。"江枫抓起一只灰色的小猫，他说，"我长得像汤姆吗？"

所有人盯着那只灰色小猫，几秒后，全笑起来。

"像，还真的有点像，哈哈哈哈。"

一群人笑成一团。

应浩靠着墙壁，把手插在裤子口袋里，看着笑得眉眼弯弯的孟浅浅。她这裙子是真漂亮，让他蠢蠢欲动。

孟浅浅笑着笑着对上他的眼眸，两个人在空中对视几秒。孟浅浅瞪了他一眼，随后挪开视线，应浩挑起眉毛，笑了起来。

这时，服务员端着牛排出来了，应浩把手从裤子口袋里抽出来，走过去，单手接过来，然后走了回来，放在桌子上，道："吃饭。"

香味飘了出来，大家都饿了。

看到孟嫒嫒拿着刀叉，孟浅浅这才反应过来。她拽着孟嫒嫒的耳朵："你刚才就知道了？"

孟嫒嫒一愣，她赶紧摇头："慧慧通知我的……"

孟浅浅盯着孟媛媛“哼”了一声。

吃过晚饭，孟媛媛拿着蛋糕放在桌面上，插上二十三根蜡烛，孟浅浅今年二十三岁了。蜡烛跳跃，照着她的脸，孟浅浅闭上眼睛，所有人围在她身边。

应浩看着她。

孟浅浅许愿：健康快乐，顺利毕业。媛媛好好读书。所有人一切顺利。应浩也顺顺利利。

随后，她睁眼，往前，吹熄了蜡烛。

“生日快乐，开开心心，我们明年还要在一起！”常慧慧振臂欢呼。孟媛媛抱住孟浅浅，孟浅浅笑着说道：“好的，开始切蛋糕。”

她抬手去拿，应浩递给她，孟浅浅接过，切好。

一人一块。

吃完蛋糕，大家又跑去撸猫。孟浅浅坐在台阶上，应浩坐在她身侧陪着她，猫屋跟咖啡厅两间的面积差不多，暖暖的灯光打在猫屋里。孟浅浅怀里抱着小橘，顺着它的毛发，跟应浩坐得挺近。

应浩穿着黑 T 和牛仔裤，孟浅浅是黑色的吊带裙，颜色一样，有点情侣装的感觉。应浩一条腿放在台阶下，偶尔侧过身子，去逗她怀里的小橘。

常慧慧往上一看，看到这一幕，只觉得这两个人太般配了。

孟浅浅低头看着被他逗得气急败坏的小橘，问道：“会有人打理这家店吗？”

应浩：“当然。”

孟浅浅：“那就好。”

应浩偏头，看着她，道：“我们跟如意宠物诊所合作，以后猫猫的所有问题直接送到诊所那里。”

孟浅浅对上他狭长的眼眸，点了点头：“好。”

应浩定定地看着她：“你今晚很漂亮。”

孟浅浅耳根微红：“谢谢。”

说完，两个人都安静了。

而他还维持着这个姿势，他眼眸看着她的嘴唇。孟浅浅被看得脸红，她拍了拍小橘的背，小橘似乎是感觉到了孟浅浅的慌张，转过身子，爪子就往应浩的领口抓去："喵——"

应浩吓了一跳，反手拽着小橘的颈肉拉起来摇晃："叫什么叫！"

小橘在他手上挣扎。

孟浅浅说道："放下。"

应浩一顿，乖乖地放下了小橘，放回孟浅浅的怀里，孟浅浅抱着小橘站起身来，踢了他的小腿一下。

应浩："啧……"

他低笑一声。

夜深。

一行人从猫咖走出来，店里的服务员站在门口目送他们。大家喝了不少咖啡，都挺精神的，走上天桥，天桥底下车子呼啸而过，几个人趴在栏杆上看着飞驰的车子，数着东方创世纪的车牌。

五辆车当中就有一辆。

"我们的车子太漂亮了。"

"像一把剑，'咻'的一下出鞘。"

"特别有成就感。"

东方创世纪的车确实像剑，飞驰而过的时候像是还有星星在跳跃。微风吹起孟浅浅的发丝，也吹着她的裙摆。

孟浅浅拢了一下头发。

应浩站在旁边，看着她。

几秒后，孟媛媛跟常慧慧闹起来，两个人推搡来推搡去的。孟浅浅笑着跟在她们的身后，快走到最后一个台阶的时候，孟媛媛的身体撞到了孟浅浅。孟浅浅踉跄了一下，往后退了几步。

应浩立即伸手去扶她的腰。一个转身，把她按在了栏杆上。

他俯身，眼眸里很深。

瞬间，在场的人都安静了，全盯着他们看。

孟浅浅伸手推他，应浩不动如山。

"咚咚咚"。

不远处是飞驰而过的车子，霓虹灯闪烁。

应浩掌心用力："浅浅……"接着，他偏头，凑过来，下颌线分明，就在薄唇要碰到孟浅浅的嘴唇时，孟浅浅抬手挡住，掌心被他的薄唇贴着。他抬起眼眸，眼眸里闪烁着欲念，如深海。

孟浅浅低声道："浑蛋，你想干吗？你还在观察期。"

应浩的眼眸定定地，几秒后，他老实地往后退了一些，孟浅浅也从他怀里挣脱出来，其他人这才如梦初醒似的。

孟媛媛挽着孟浅浅的手臂，急忙道："我们先走了，拜拜，晚安。"

说着，快速地拽着自家姐姐跑了。孟浅浅无奈，被她拉着，朝旧城区跑去，姐妹俩的裙子在半空中摇曳。

应浩站直了身子，看着她的背影。

唐隽："兄弟，你斯文点，收一收行吗？"

江枫："啧啧，过分了啊，不是女朋友就想亲她，要点儿脸。"

应浩偏头看了他们一眼，转身先走。周彦也走了。

唐隽看着他们走了，牵住常慧慧的手，常慧慧盯着唐隽，想挣扎又没挣扎，就这么默默地走。

回到家里。

孟媛媛气喘吁吁地撑着膝盖，笑道："姐，应浩哥替你实现愿望了，猫咖啊，以后你可以看到很多猫猫，太可爱了！啊啊啊啊！"

孟浅浅倒了一杯水，没吭声，她跑得胸口起伏。

孟媛媛说道："刚刚应浩哥是想吻你吗？"

孟浅浅看了她一眼："真八卦。"

孟媛媛嘿嘿一笑："你要是不阻止，他就吻下去了。不过，他对你真的挺有心的。姐，其实我们的生活已经很差了，以后不会再差了，你一定要遵从内心，我觉得再差也不过如此，能开心一时算一时，不要让自己有遗憾。"

孟浅浅看着孟媛媛："你哪儿来的歪理？"

"这是歪理吗？我告诉你，我以后男朋友要一个接一个地谈，我开心了就谈，不开心了就分，绝对不要让男人阻碍我搞钱的道路。"

孟浅浅倒了一杯水放在她手里："行，赶快喝了，然后洗澡睡觉，你现在先把书读好，我希望你能读研。”

“什么？”孟媛媛震惊，“还要我读研啊？”

孟浅浅：“你可以考虑，我只是希望而已。”

孟媛媛：“头晕，不行，不行，不行。”

隔天是假期的最后一天，孟浅浅不会睡懒觉，一早就起来看邮件。这时她的手机响起，来电是海城的一个陌生号码，她接起来。

那头一道温柔的女音传来：“你好，是孟浅浅吗？”

孟浅浅：“是的。”

“我是应浩的干妈，是这样的，我接到医生的电话，说应浩最近失眠有些严重，让我过来看看他，但是我打他电话一直没人接，我也不知道公寓的密码，所以我想问问你，公寓密码多少？”

孟浅浅愣了一下：“失眠？”

林筱雅说：“是啊。”

孟浅浅抿紧嘴唇：“您在哪儿呢？”

“在公寓门口。”

孟浅浅想了想，合上笔记本，随后穿上防晒衣，说道：“我去找您吧。”

“哎？好啊，我一直想见见你，老袁那人不让我见。”

老袁？袁董？

孟浅浅开门，下楼，很快便来到公寓门口。她看到一名穿着棕色修身裙的女人，一头大波浪，孟浅浅见过一次，在那次自助餐厅里。孟浅浅她走上前，说道：“您好。”

“浅浅，早上好，打扰你了。”林筱雅看着孟浅浅，唇角含着笑意，她温柔地顺了顺孟浅浅的刘海。

孟浅浅被她这样温柔一顺，有些不好意思，她轻声问道：“他怎么了？”

林筱雅一顿，说道：“浅浅，给他个机会吧。”

孟浅浅：“他……”

林筱雅叹了口气，看了一眼公寓大门，说：“从你离开后，他晚上就很难睡得着，需要借助药物才可以。”

她看着孟浅浅：“是不是觉得他白天精神还可以？”

孟浅浅没应声，但看表情是的。

林筱雅说："他一直在硬撑。"

昨晚看到那个药瓶子的时候，孟浅浅的心跳就有点快。她看着林筱雅，说道："我把密码给你吧。"

林筱雅点头："好啊。"

孟浅浅把密码报给她，林筱雅一听，她说："这是你的生日吧？"

孟浅浅没有否认，她点了点头。

林筱雅笑了一下，收起记了密码的手机，问道："那你愿意给他机会吗？"

孟浅浅说："阿姨，我之前可怜过他，所以选择点头跟他复合，但我现在不想急匆匆地就点头，我们分开这么一段时间，重新认识重新相处，也算是给彼此一个机会吧。"

林筱雅何其聪明，一听就懂。之前应浩说放不下孟浅浅，没过多久就追到人了，她还想着孟浅浅这女孩心确实挺软的，以后很容易被人拿捏。如今看来，孟浅浅清醒了很多。

林筱雅含着笑意道："也是，不能道德绑架，他失眠是他的事情，跟你何干。"

孟浅浅："不是的，还是希望他能好，我们都不知道他失眠的事情，看来他并不想让我们知道。"

林筱雅："是，不想。"

孟浅浅"嗯"了一声："既然这样的话，阿姨你自己上去吧，我们互相加个微信，如果有什么情况，你跟我说，看看我能不能帮得上忙。"

"好啊。"林筱雅拿出手机，跟孟浅浅互相加了微信。

这女孩活得通透，却又不缺善良，难怪应浩忘不掉放不下。

加完微信，林筱雅得上楼了，她走了两步，顿了顿，又回来了，从小包里拿出一盒巧克力递给孟浅浅道："干妈第一次见面，送你的礼物。"

孟浅浅一愣，摆手想说不要。

林筱雅硬塞，说道："别跟我客气。"说完，她转身进门，朝电梯走去。

孟浅浅握着巧克力盒子，有点无奈，林筱雅刚刚那样像土匪一样，她压根拒绝不了。目送林筱雅进去后，她便转身离开，回了旧城区。

斯格公寓的物业一直做得很好，林筱雅抵达十二楼，踩着高跟鞋来到房门口，她低头输入密码。

“嘀”一声，门开了。

屋里很安静，光线也昏暗，但好在收拾得挺干净的，长期跟两位老人家住在一起，应浩的生活习惯很不错。

林筱雅在柜子上放下小包，换了门口的女士拖鞋，粉粉嫩嫩的兔子鞋，一看就是孟浅浅的。她穿上后，朝里面的床走去，一米八的大床上，应浩趴在床上，被子虚虚地搭在腰间，长腿一看就是没穿衣服。

林筱雅见状，立马闭上眼睛，抬脚踹了一下床。

“啪嗒”一声。

这一踹，药瓶从应浩的手里滚落，掉在地上。

林筱雅看到药瓶就知道他昨晚肯定吃了药，很是心疼，这孩子要被折磨成什么样了。她喊道：“应浩！应浩！”

喊了几声，他还是没起来。

林筱雅怕他用药过量，但是男女有别，早知道刚刚叫袁从严一起来了，要么孟浅浅来也行。林筱雅想着要是他再不醒，直接打120，想了想，林筱雅又一次踹了床：“应浩，孟浅浅来了。”

孟浅浅来了。

这一声让床上的男生动了一下，紧接着他睁开眼睛，有几分迷糊。林筱雅说道：“起床，快点，去看医生。”

应浩撑着身子，被子滑落，背部线条很明显。

林筱雅转过身去。

应浩的嗓音低冷，迷迷糊糊地看着她的脚：“你干吗穿她的鞋子，脱下来。”

林筱雅：“呃……”

“干妈，把她的鞋子脱下来。”

林筱雅踢掉脚上的拖鞋，然后问道：“你穿衣服没有？”

应浩随意地拢了一下被子，遮挡住下身，随后说：“你出去。”

林筱雅赤着脚赶快走出去。

应浩起身，往衣帽间走去。几秒后，他弯腰捡起了地上的拖鞋，拍了拍，顺手放在柜子上，才拿上自己的衣服。

十多分钟后，应浩将衬衫塞进裤子里，走出来，垂着眼眸，靠着柱子。

林筱雅坐在沙发上看着他，精神一看就不是很好，更别提有些明显的黑眼圈。

林筱雅："你昨晚几点睡的？"

"不记得了。"他在床边坐下来，又说，"我想换个医生，他是不是给我开错药了？"

"吃了没效果吗？"

"没有。"

林筱雅："你……"真是又心疼又不知该说什么。

"医生打电话给我，说你半夜打他电话，询问能不能加量，对吗？"

应浩："嗯。"

"你晚上都在想什么。"

"没想什么。"

"你要不搬出这栋公寓吧，换个新的地方。"

"一样睡不着，我也不舍得离开这里。"

"你没打算跟她说吗？"

应浩抬起眼眸，看着林筱雅："不想说，不想让她再可怜我，她现在不走我已经谢天谢地了。"

林筱雅："嗯……"可惜她已经知道了。

应浩腿往前伸，说道："以前的时候，我稍微用点心思就把她追到了，真的太容易了。"

林筱雅："所以当初就不该听老袁的话，哎，不过年轻啊，总会犯错的。我今天咨询了医生，他说还有个办法可以尝试一下。"

"什么办法？"

"睡前跟她联系一下，聊天、视频，都可以，可能有点效果。"

应浩身体往前倾，把手肘搭在大腿上："可以吗？"

"试试？"

应浩："万一她不搭理我呢？"

林筱雅："你不试试怎么知道？"

应浩："呃……"

孟浅浅回到住所，孟媛媛已经起来了，正在洗手间里刷牙，孟浅浅拿着面条进了厨房，准备做鸡蛋面条当早餐。

吃过早餐，孟媛媛要去打工。

孟浅浅在家里继续看文件，明天得上班了，其实她让孟媛媛进修读研究生，主要原因是她自己也想要进修，但她知道自己没那个机会，她最重要的还是赚钱，养孟媛媛。

半个小时后。

林筱雅：浅浅，他醒啦，今天他得去华星集团。

孟浅浅：他怎么样？

林筱雅：凌晨才睡着，最多睡了两个小时。

孟浅浅：哦。

林筱雅：不必担心，暂时没事，有空干妈请你吃饭，拜拜。

孟浅浅：拜拜。

放下手机后，孟浅浅身子往后靠，发了一会儿呆，然后才开始继续手中的工作，下午她去了猫咖，去看小橘跟其他猫猫。服务员虽然没有直接喊她老板娘，但是对她态度非常好。晚上回到住所，孟浅浅做饭，跟孟媛媛吃饭，姐妹俩忙完到九点半左右，因为不喜欢熬夜，很快便躺在床上。

这时，孟浅浅的手机有个语音进来，是应浩的头像。

孟浅浅一看到他的头像就想起今天林筱雅说的话，她接了："喂。"

"睡了？"男人低沉的声音传来，透过金属很是好听。孟媛媛"嗖"的一下，视线扫来，孟浅浅翻了个身，说道："刚躺床上，你呢？你今天去华星集团了？"

"嗯，去看看芯片的研发情况 。"

孟浅浅："今天不是休假吗？"

应浩："对于我来说，没有假期，哪像你，小秘书，还有个三天假。"

孟浅浅的脸一红："谁是小秘书。"

"你啊。"

孟浅浅："闭嘴。"

应浩含着笑意："不要。"

孟浅浅咬牙。

"你今天都自己做饭？"停顿了几秒，男人低沉的嗓音又再次传来。

孟浅浅："嗯，早上一顿面条晚上一顿面条。"

"中午呢？"

"中午炒了个土豆丝还有番茄炒蛋。"

应浩微微皱起眉头："没有肉？"

"不吃肉。"

"你又不胖。"

孟浅浅："你上回还说我胖呢。"

"有吗？哪敢说你胖。"

孟浅浅靠着枕头："明明就有。"

他轻笑出声："我的错，嗯？"

孟浅浅的唇角都勾了起来，等她反应过来后，两个人已经聊了很久很久，他低沉好听的声音就在耳边，孟浅浅顿时有些失神。

仿佛回到了以前那些日子，两个人在QQ上聊天，很久很久都不舍得放下手机。

孟浅浅反问："你呢，你今天在华星都吃了什么？"

应浩："中午跟袁叔一起吃饭，在华星食堂吃，你下回过来，我带你去吃。"

孟浅浅："你去食堂，员工都盯着你吧。"

应浩："我可没注意。"

孟浅浅："哦。"

应浩："在意？"

孟浅浅的心一跳："没有。"

应浩笑起来："下回让成茂打饭，我不去食堂吃了。"

孟浅浅："你想去哪里吃就去哪里吃，我真没管。"

"对啊，我想去哪里吃就去哪里吃，所以我让成茂给我打饭。"

孟浅浅："呃……"

几秒后，她问道："对了，我问你，唐隽跟慧慧之间是不是出问题了？"

应浩眯起眼睛："不太清楚，问周彦可能知道，明天去东方，我替你打听一下？"

孟浅浅："好啊。"

"我明天早上去接你，一起去东方。"

"嗯。"

"不早了，你早点睡，晚安。"

孟浅浅："晚安。"

说完后，她便挂了电话，手机有些发烫，孟浅浅有些失神，也没问他今晚的状态。孟媛媛一把扒住孟浅浅的肩膀，孟浅浅猛地回神："你还没睡？"

"我怎么睡？"孟媛媛笑得贼兮兮的，一把抱住孟浅浅的腰，"姐，我感觉又回到以前了。你那个时候天天跟应浩哥聊到深夜，你们有很多话可以聊。"

孟浅浅看着孟媛媛的笑容，回想刚刚聊天的画面，似曾相识，但又有些不太一样。不过他今晚能睡好吗？应该能的。

她拉了被子，回抱住妹妹，说道："睡吧。"

孟媛媛："晚安，姐。"

"晚安。"

一觉睡到天亮。

学校还在放假，但是东方得上班。一大早，孟浅浅洗漱完，换上一件衬衫跟修身黑色裙子，随后提着小包下楼。

东方创世纪的车便停在门口。

应浩靠在银色的车旁，翻着平板，看到她下来后，眼眸很深，唇角微勾："早上好，小秘书。"

孟浅浅走近他，瞪了他一眼："早上好。"

上车后，应浩启动车子，开出大路没多久，应浩打开中控台，从里面抓了一把大白兔奶糖放到她跟前。孟浅浅一愣，她看了一眼中控台的小格子，里面放了大白兔奶糖还有一些她喜欢吃的糖果，最下面还放了一小包红糖。

应浩顺着她的视线，支着下巴扫过去，说道：“都是替你准备的。”

孟浅浅接过大白兔奶糖：“车子是新提的？”

应浩：“你喜欢银色，我才提的。”

孟浅浅看了一眼大白兔奶糖，蓝白色的包装，她拆了一颗吃，放进嘴里很甜。

应浩看了她一眼，眼眸里含着笑意。

孟浅浅看着他的眼眸，不经意地问：“你昨晚睡得好吗？”

应浩顿了顿，笑着挪开视线，懒洋洋地往后靠，看着前方的路况，说：“很好。”

是真的很好，睡前跟她聊一会儿，她的声音一整个晚上都在他脑海里浮现，他的心得到安定，竟然在两点半左右不用借助药物就能睡着。

孟浅浅看着他的侧脸，觉得他不像撒谎，心里便放松下来。

“你昨天有去看小橘？”

孟浅浅：“嗯。”

应浩点了点头。

很快，抵达东方，结果车子直接陷入了水里，应浩立马把车开到前方的入口高地上，孟浅浅看着东方大门口的唐隽，拿出手机拨打过去：“怎么回事啊？这么多水。”

唐隽说道：“隔壁的厂房砸到水管，爆炸了，现在水往低处流，我们这儿最低，所以全到我们这里了。”

孟浅浅：“姜丽媛人呢？”

“她去处理了。”

孟浅浅挂了电话，跟应浩说了情况。应浩看着这满地的水，已经没过脚板了。他眯了眯眼睛，随后从车里下来，绕到副驾驶位，打开车门，弯腰去解她的安全带，孟浅浅：“干吗呢？”

话没说完，应浩直接把她抱了起来。

他说："拿好小包。"

孟浅浅："你自己呢？"

"我没事。"

说着，他转身就走进水里。

孟浅浅只能搂着他的脖子，应浩垂眸看着她，四目相对。孟浅浅从他眼里看到了自己，她抿抿嘴唇，两个人对视着，几秒后，孟浅浅挪开视线，小声嘀咕："看什么看？"

应浩："你好看。"

说着，上了台阶。唐隽在一旁，站直身子，"啧"了一声："你们俩真行。"

应浩放下孟浅浅。

孟浅浅看了一眼他的裤腿，全湿了，说道："你去换条裤子吧。"

应浩："嗯。"

孟浅浅直接回了秘书室，而后面的工厂很多华星集团的车停在里面，已经开始换电池了。虽然因为华星原先也是梁坤做的，所以两家的车子可以共用电池，但换电池的第一辆车得实验。

下午的时候，东方门口那一片水池终于被清空了，也算免费洗了一个地。

孟浅浅拿着文件准备去找应浩时，她的手机一响，她拿起来一看，微信竟是苏婳发来的。

苏婳：姐姐，对不起。

孟浅浅顿了顿。

苏婳：我要去留学了，当交换生。

孟浅浅：好好学习，注意安全。

苏婳发了一条语音过来，带着少许的哭腔："姐姐，是我不对，我当初是喜欢应浩哥的，我爸妈看我喜欢他，所以才有了那个打算，我……我对不起你。你把我删了吧。”

孟浅浅：……

她沉默几秒后，回复——

孟浅浅：如你所愿。

随后，她把苏婳删了。

“咚咚——”

身后的门响了两下，孟浅浅转身，看到应浩端着食堂做的香芋西米露站在门口，说道：“看谁发的微信看得那么入神？”

孟浅浅：“苏婳。”

应浩走进来，把碗放在桌面上，看了她的手机一眼：“删了？”

孟浅浅：“我问你，你看得出来她喜欢你吗？”

应浩：“看不出。我以为她喜欢你。”

孟浅浅：“呃……”

“所以，我懒得给她好脸色。”应浩紧接着说，他靠在桌子旁，又端起那碗西米露，“吃吧，热的，我专门让师傅给你做的。”

孟浅浅要伸手，应浩突然挪开，他拿起勺子，舀了一勺，说道：“我喂你。”

孟浅浅一把抢过勺子和碗：“不用。”

这里到处都是玻璃，姜丽媛的办公室就在附近。应浩把手插回裤子口袋里，看着她吃，孟浅浅一边吃一边问道：“你问周彦没？”

应浩摇头：“还没问。”

孟浅浅看了他一眼：“你怎么不问？”

应浩：“晚点再问。”

孟浅浅：“行……”

他明显不在意这件事情，还等他去问，真是辜负了她的信任。

吃过西米露，孟浅浅放下碗，拿起手机，直接拨打周彦的电话。应浩见状，眼眸沉下来，他一把抢过孟浅浅的手机，孟浅浅“哎”了一声，转身去抓，她指甲有点长，不小心抓到应浩的脖颈。

抓了这一下，两个人都安静了。

应浩偏头用指尖碰了碰脖颈。孟浅浅愣了一下，凑上前问道：“疼不疼？我不是故意的。”

应浩垂眸看着她踮脚的样子。

几秒后。

他偏头，在她耳边道：“你觉得我怕这个疼吗？我从没怕过，你在我身上留了不少吧？嗯？”

孟浅浅：“呃……”

她后退一步，抬脚就踹他的小腿。应浩笑起来，放下手机，往后退，孟浅浅追了过去，说道：“踹死你，踹死你……”

应浩一直后退，直接坐在孟浅浅的办公椅子上。

孟浅浅来到跟前，脚不踹了，拽着他的领口：“起来，别坐我的椅子。”

应浩往后靠，手瞬间摸上她的腰，按住：“你说什么？再说一遍。”

孟浅浅这才反应过来，两个人闹成这样，她匆忙要后退，应浩按住，不让，他仰头看着她的眼睛。彼此对视着，呼吸略有些交缠。就在孟浅浅心跳有些快的时候，应浩舔了一下唇角，道：“今晚睡前我们跟昨晚一样，聊聊天好吗？”

孟浅浅：“好。”

应浩接着道：“我认为没必要问周彦，我们解决不了，唐隽从一开始对常慧慧就不认真，他们开始得比我们还仓促。”

孟浅浅愣了一下，随即，她回想了一下常慧慧跟唐隽的开始，就是那天晚上玩水，然后周彦一句戏言，你们也在一起吧。接着，没过多久，常慧慧跟唐隽就有来有往了，再后来确定关系也花了一些时间。但是，她从没细想过。

果然，每一段仓促开始的感情结果都不好。

孟浅浅从他身上起来，拿起手机，给常慧慧发微信。

孟浅浅：如果有什么心事，可以找我。

常慧慧：你在干吗呢？这个时候给我发信息，不用上班啊。

她这语气还是很开朗的啊。

孟浅浅觉得自己多虑了。

国庆节很快就过去了，同学们回到校园时，孟浅浅已经上班四天了。她现在每天四点一线，学校、住所、东方、猫咖。有时太忙了就没去猫咖，她跟应浩每天睡前都会聊天，大多数是语音。有时聊一些工作，有时聊一些学校的事情，有时是鸡毛蒜皮的日常小事。

他一直没有开口复合。

孟浅浅当然也不会去问，他的车子里几乎全是孟浅浅喜欢的东西，后座买的抱枕是浅蓝色的小兔子。他戴上了素圈戒指，孟浅浅的都没拿出来，接受采访的那个杂志后来又加印了几万份。

有一次去华星集团办事，应浩带她去食堂吃饭，华星集团的食堂比东方大了不知道多少倍，而且八大菜系全都有。

他出现在食堂里，如孟浅浅所想的那样，很多人看着应浩，男女员工都有。孟浅浅坐在他对面，他给孟浅浅切牛排，一小块一小块地切好给她吃。

周围的员工看着这一幕，对这个女生好奇得要命，但是往她的手上看，却没有看到她的戒指，所以她并不是应总的女朋友咯？也不是那个跟应总交换戒指的女人咯？可是应总怎么对她那么好？还亲自给她切牛排。

孟浅浅的心脏也强大了很多，不怎么在意她们的目光，镇定自若地吃着牛排，她说："你帮忙吃一点，太多了。"

应浩放下刀子，拿起纸巾擦擦手指，随后拿起叉子，叉了孟浅浅跟前的一小块牛排，帮着她吃。

孟浅浅低声道："我觉得你们这里的牛排好吃。师傅很会做。"

应浩咀嚼着道："让他来东方给你做。"

孟浅浅："不要，我还是很喜欢东方的师傅的。"

应浩喝了一口咖啡："你喜欢他？"

孟浅浅："你……"

懒得跟他说，什么都能想歪。

这时，应浩放在桌子上的手机响起来，他看了一眼，眼眸敛了一下。孟浅浅放下叉子，看着他："谁啊？"

应浩拿起手机，说道："你先吃，我接个电话。"

说完，他站起身来，走到一旁靠窗的位置，把手插在裤子口袋里接了起来。

来电是医院的电话，应顺尧被应涵气得住院了，已经住进去三天了，这些年他一直有健身，但是自从下台后，日子就过得浑浑噩噩，健身这事情自然就没再拿起来，经过这么大半年，他的血压开始飙升，尤其是取钱给应涵的时候。

而这一次，应涵不满足于每次跟他取钱了，他直接让应顺尧把华星集团的股权分他一半，因为如今华星集团正蒸蒸日上啊，应顺尧的股份愈发值钱了，应涵当然想要了，加上陈菲也似乎没了耐心陪着应顺尧，这一次三个人爆发了一场大战。应顺尧吵架到一半直接晕倒，然后住院。

住院这三天陈菲和应涵都没有去看他，留下他一个人孤零零的，应顺尧看着医院里的人来来回回的，心里慌张，终于拿起手机给应浩打了电话。

应浩："说。"

"应浩……华星集团的股份。"

应浩没吭声，等着他继续往下说。

应顺尧："你过来看看我，我们再商讨。"

他这意思是想要把股份还给应浩。

应浩垂眸："好啊。"

说完，他直接挂了电话。回过头，看到孟浅浅坐在那儿小口地抿着咖啡，眼睛盯着他，应浩的唇角勾了一下，走上前，握住她的手腕，低声道："走，回去。"

"回哪儿？"

"送你回旧城区。"

孟浅浅"哦"了一声，站起身来，被他握着手腕往前走。接着一些人举起手机，拍下这一幕。孟浅浅愣了一下，挣扎了一会儿，应浩把孟浅浅拉到身后，用身子挡住她，眼眸扫过去，盯着那几个拿着手机的员工。

他也不说话，就盯着。

员工们瞬间厌了，放下手机，低下头。

从华星集团出来后，应浩把孟浅浅送回了住所，天色已黑，他把车子掉头去了私人医院。应顺尧连医院都选很贵的那种，仿佛还是过去那个应董似的。车子停下后，应浩来到 VIP 病房，推开门走进去。

应顺尧靠着床头，转头扫了过来，一张脸多了好些皱纹，隐约可见老态。

应浩走过去，把手里的文件袋顺手放在床头柜上，整个病房很大，但只有应顺尧一个人，窗户开着，外面是万家灯火。

应浩放好文件，抱着手臂靠着墙壁，没有吭声。

应顺尧安静地看着他，又看了一眼柜子上的文件袋，许久，他说："早就准备好了？"

应浩用指尖在手臂上点了点，道："什么都要留一手，才安心，因为谁都不知道恶魔在何处。"

应顺尧的脸色变了变，说道："医院真是个看尽世间炎凉的地方，即使是住在 VIP 房间里，依然能听见为了财产争吵的声音，昨天，中州的老严走了，两个儿子吵起来，儿媳妇打起来，老严的病床被撞歪了。"

应浩用指尖挠了一下眉心，懒懒地看着他，没有接话。

应顺尧："看到这一幕，我就在想，孩子生下来干什么，就为了这最后一幕吗？"

应浩冷笑一声，他往前俯身看着应顺尧："你要是老老实实当应顺尧，你会有今天？你也配感慨？如果我手握镰刀，杀人不犯法，你早就死了，还等着寿终正寝？儿子孝敬围在床边？"

应顺尧看着应浩这张冷漠的脸，下意识地后背有些凉，从什么时候开始，这个一直被他认为只会鲁莽的儿子变化如此之大，如此有心机有手段。他说道："好，走到这一步我也没什么求的，我只希望你偶尔有空多来看看我，我不想到死是孤零零的，你也知道我手里还有华星集团的股份，这也是你一直想要的东西吧。"

应浩听着，笑了："你今天不是让我来谈股份的事情吗？怎么？反悔了？"

应顺尧被戳中了心思，也没反驳，他说："日久天长，你要看得更长远一些。"

应浩站直了身子，继续靠在墙壁上，盯着应顺尧："那这一切都要看你的诚意。"

应顺尧："什么诚意？"

应浩下巴微抬，点了一下柜子上的文件。

应顺尧抬手，拿了起来，从里面取出来，一看，是一份遗嘱。

应浩说道："诚意就在这份遗嘱上面，我妈的东西我坚决不会让它流到陈菲和她儿子的手里，你还想要日久天长，老年安详的日子，就签了这份遗嘱，股份只能归我。"

应顺尧盯着这份遗嘱，全部已经拟好，只需要他签个名字就行。

他抬头看向应浩："我签了，你就能给我养老送终吗？"

应浩微笑："当然。"

应顺尧定定地看着应浩，几秒后看了一会儿遗嘱，想起应涵这些日子的变化，陈菲这些日子的变化，尤其是陈菲，那一脸嫌弃的表情，而他在医院躺了三天，她一次都没来看过他。这日子他过够了，而她跟应涵也应该得到惩罚。他知道这份遗嘱他签了，只要他没死，他都可以再改，应浩为了这份遗嘱，应该会守承诺。

十来分钟后，他落笔，在上面签上了自己的名字。

应浩盯着他的字，唇角轻扯，眼眸冷漠。

应顺尧的字是真漂亮。

应浩拿过文件袋，他说："你好好养身子，可别再被气坏了，我给你换个护工，私人护工。"

应顺尧一听，抬起头看着应浩："好。"

应浩看了一眼腕表："我还得去华星集团，先走了。"说完，他转身就往外走。

应顺尧突然又喊住他："应浩。"

应浩停下脚步，没有回头。

应顺尧说："我对你妈妈是一见钟情的，这份感情没有作假。"

几秒后，站在门口的高大男人没有回答应顺尧的话，径自离去。来到车旁，他打开车门，将文件袋用力地扔在副驾驶位上，随后坐进驾驶位，用力地甩上门，他往后靠，眉宇阴郁。

一见钟情？你也配？

孟浅浅回到住所，孟媛媛在看书，她说：“姐，冰箱里有冰糖雪梨，你喝点。”

孟浅浅放下小包，转身出来，打开冰箱，从里面取出冰糖雪梨，坐在餐桌旁，一口一口地喝着，她看着孟媛媛，问道：“爸妈最近打电话过来没？”

“没有。”孟媛媛翻着书，说道，“不过我听同学说，爸好像是找到工作了，在对面那个小区当保安。”

孟浅浅：“当保安？栖园小区吗？”

“嗯，那还算是个不错的小区呢，估计工资还行吧。”

孟浅浅放下勺子道：“但是跟之前当销售主管肯定没得比。”

“那肯定了，所以他们得省着点花啊，不然这个年都过不好。”

孟浅浅听着，没有吭声，端起碗进了厨房，顺手洗了。洗完后出来，她拿了睡衣准备去洗澡，正好收到了林筱雅发来的微信。

林筱雅：浅浅，在忙吗？

孟浅浅：不忙，阿姨。

林筱雅：哈哈，我是想要谢谢你。

孟浅浅：啊？

林筱雅：听说你这段时间每天晚上都跟应浩聊天吧？其实这是应浩的医生建议的，他说这样有助于他治疗失眠以及减轻对药物的依赖。

孟浅浅看到林筱雅的话，恍然才反应过来，原来他每天晚上找她聊天，哪怕只是很平常地聊日常，聊一些吃吃喝喝，但是这能够改善他的失眠。

孟浅浅：他现在不吃药了吗？

林筱雅：有好几天不吃了，他已经开始恢复正常了，浅浅啊，阿姨很喜欢你，因为只有你是他的软肋，救赎。

林筱雅：这么说有点矫情，但确实是真的，感谢你，陪着他又治愈了他。

孟浅浅：阿姨，他也是个很好的人。

林筱雅：你们都是好孩子。

林筱雅：上次送的巧克力喜欢吗？我听应浩说，你喜欢吃甜食，我这里有从国外带的糖果，下次我送去学校给你吃吧，不过吃甜的归吃甜的，还是要注意锻炼，回头跟我一起去逛街练练瑜伽怎么样？

孟浅浅：我有练跆拳道。

林筱雅：咦？应浩让你去学的？

孟浅浅：嗯。

林筱雅：你看你们，羁绊这么深，多好，好啦，你去忙吧，我们下回再聊。

孟浅浅：好。

放下手机，孟浅浅转身进了洗手间，热水从头顶倾泻而下，她洗头洗脸。二十分钟后，洗完了澡。

她走出来，擦着头发，桌面上的手机振动了一下，孟浅浅拿起来看了一眼。

YING：在干吗？

这个点还不是睡觉的时候，他就发信息来了？孟浅浅回复说刚洗完澡洗完头，应浩回了一句："下来走走？我就在你家楼下。"

孟浅浅顿了顿，回道："好。"

随后，她把头发披散下来，也懒得吹了，直接搭在肩膀上，直接就穿着棉裙下楼，一眼便看到他站在车旁，把手插在裤子口袋里，路灯倾斜下来，他的头发前几天又剪短了些，五官更加立体，下颌线分明。

他抬起眼眸，定定地看着她，眼眸深如墨。

孟浅浅的步伐慢了些，随后下了台阶，手顺便插进了睡裙的口袋里。

柔柔软软，眉眼漂亮，杏眼像是蓄了水。

应浩站直身子，走到她面前，闻到她身上飘来的淡淡香味，他垂眸："头发没吹干？"

孟浅浅："今晚有风，自然风干吧。"

应浩一直看着她："那需要去一些环境比较好的地方吗？散散步，顺便吹吹头发。"

孟浅浅抬起眼眸看他："去哪儿啊？"

应浩："走，我带你去。"

说着，他抬腿走，孟浅浅跟上他的脚步，跟着他转身往反方向走。

应浩走在外面，偶尔看到人匆匆而来，会伸手揽住她的腰往这边带了带，孟浅浅的头发偶尔滴水，滴到他的手臂上。

他说："你不多穿一件衣服？等下感冒了。"

孟浅浅说："大热天的哪里会。"

应浩"啧"了一声。

不一会儿，两个人拐进了一个小公园，这个小公园有个喷泉，不少的孩子在里面玩儿，树荫遮灯，地上是一团树影。

孟浅浅说："这个小公园还是第一次见。"

应浩："很小的，一圈就走完了。"

孟浅浅"哦"了一声，这里的花坛边铺的是鹅卵石，颜色挺漂亮的，孟浅浅看着看着，应浩顺着她的视线，含着笑意道："上去走走。"

孟浅浅抬头看他，应浩的神色带着鼓励。

孟浅浅想了想，接着脱掉鞋子，站了上去。一上去，那石头的触感从四面八方袭来，孟浅浅笑着道："好凉。"

应浩把手插在裤子口袋，接过她的拖鞋，道："走，看你能坚持多久。"

孟浅浅偏头看他，然后小心翼翼地往前走，并下意识地抬手："哎——"

脚底的疼痛让她摇晃了一下，一只骨节分明的手牵住她的手，他说："忍着。"

孟浅浅的手尖用力，身子摇摇晃晃："有点疼。"

应浩垂眸，看着她白皙的脚踩在那些石头上，光线昏暗，但是，她的脚却白得惊人。他眼眸微深，不舍得这样的脚被折磨。

“啪”，拖鞋被扔在地上。

应浩松开拖鞋单手抱着她的腰，把她带下来。

孟浅浅赶紧去穿鞋子，一头长发微干了，她说：“算了，我以后不玩这种了，不过是不是疼的话代表身体不好？”

应浩垂眸看着她，说道：“没有科学根据的，你多走几次就健步如飞了。”

孟浅浅笑起来，她站直身子，看了他一眼，道：“你走过？”

应浩把手插在裤子口袋里，看着她眉眼：“没有。”

孟浅浅：“那你说得好像经验丰富。”

应浩低笑一声，用指尖勾了一下她的鼻子：“没吃过猪肉，我还没见过猪跑吗？”

孟浅浅的脸一红，瞪了他一眼，转身便走，应浩跟在她身后，两个人一前一后地走着，女生的影子被男人的影子覆盖，像在默默陪伴默默守候。

这个公园果然小，真的转了一圈就出来了。孟浅浅转身说道：“我们回去吧。”

应浩：“好。”

孟浅浅：“很晚了，你今晚能睡个好觉吧？”

应浩的眼眸看着她，唇角勾了一下：“能。”

孟浅浅：“那就好。”

两个人顺着原路返回，一路的繁华投在他们两个人身上，像是红尘中的一抹温馨。

海城到了十一月份，还是暖和的。

在十一月初，有新闻报道称原华星董事长应顺尧在医院里反复生病，他签署了遗嘱，要把华星集团的股份留给大儿子应浩，以至于第二任妻子陈菲跟私生子应涵跑到医院跟应顺尧吵了一架，应涵甚至威胁应顺尧的生命，陈菲一再地哭诉。

这件事情闹得沸沸扬扬的，闹了十来天，并且直接通知了应浩。孟浅浅放下电话，拐去应浩的办公室，屈指敲门。

应浩抬起眼眸：“嗯？”

孟浅浅说了医院来电的事情。

应浩的身子往后靠，几秒后，他站起身来，解了一点儿领口，顺手抄起桌面上的一份文件，走到孟浅浅的跟前，说道："晚点你跟唐隽的车回去。"

孟浅浅看到他脖颈上泛着少许红晕，她轻声问道："你没事吧？"

应浩俯身，抵着她的额头："你觉得我有事吗？"

孟浅浅的刘海凌乱，隔着头发，她觉得他的额头似乎有点发烫，她说道："你是不是不舒服？"

"没有。"应浩站直身子，抬手顺了顺她凌乱的刘海，"我去医院了，今天小秘书不用加班，让你休息一晚。"

孟浅浅："那你赶快走吧。"

应浩："嗯。"

他松开手，朝楼梯走去。

孟浅浅目送他走后，回了办公室，唐隽他们在群里商量明晚怎么给应浩过生日，孟浅浅看了几眼，没有参与讨论。

银色的轿跑启动，很快开上高速，来到私人医院，医院门口早有记者在，记者们正跟保安拉扯着，应浩一下车，记者举着话筒就朝应浩这儿挤来。

应浩没搭理，长腿一迈，上了台阶，黑色的身影很快消失在记者的镜头中。他领口微敞，眉眼冷漠，来到应顺尧的病房门口，直接拐了进去。

病房里。

陈菲哭得眼睛红肿，一脸憔悴，鬓角白发丛生，早已不是那个贵妇般的模样了。

而应涵一脸的凶狠，头发的颜色染成了黄色，像是个流氓。他看到应浩进来后，冷冷一笑。

应浩神色冷漠，靠在门上，低头理着袖子，眉眼锋利，一脸的漫不经心。

应顺尧则像找到救命稻草一样，直起身子道："应浩，你把他们赶出去，赶出去。"

纠缠了这么十几天，他的病反反复复都是被他们刺激的。他已经受不了了。

“赶我们出去可以啊？你现在改遗嘱，我身为你的小儿子，我妈身为你的妻子，这辈子你都得养着我们。”

应顺尧：“我给你的钱还不够吗？还不够吗？你这样下去，再多的身家都会被你玩完的，陈菲，你助纣为虐，你应该管管你儿子，而不是一没钱就跑来要钱。”

陈菲看着应顺尧，说道：“他是你儿子，要点儿钱怎么了？”

应顺尧气得胸膛起伏，他感觉血压再次上升，都快要缺氧了。他颤着手指着陈菲：“你现在悔过，我就算了。”

陈菲冷笑，她满眼都是嫌弃。

应顺尧此时一身病服，脸色苍白，皮肤皱着，鬓角发白，浑身上下都是她最讨厌的味道。应顺尧何尝看不出来她的嫌弃，那些嫌弃像是刀子割在他的心上一样。光鲜亮丽的时候，这个女人何曾这样对待过他。

他把手垂放了回来，说道：“陈菲，我要跟你离婚。”

陈菲一听：“你觉得我会答应跟你离婚吗？”

应涵恶狠狠地看着应顺尧：“你居然想跟我妈离婚？你想得美，我们赖也要赖死在这里。”说着，他看向应浩，说道，“我可是应顺尧的儿子，应浩是我哥，我靠着应浩的名声，我就可以吃到不少便利，我干吗要走呢？”

应浩扣好袖口，面对应涵的挑衅，他笑了笑，随后，把手中的文件，扔到陈菲的面前。说道：“你儿子在华星就任期间伙同财务总监挪用公款，你看看金额，够不够去吃牢饭。”

陈菲一听，连泪水都停了，她“唰”地看向应涵。

应涵的脸色瞬间惨白。

看到应涵这表情，八九不离十。陈菲的膝盖一软，应顺尧简直不敢置信，死死地盯着应涵，应涵吼道：“我是华星集团的股东，我拿点钱怎么了？！”

陈菲大哭：“你不要说了，应涵。”

应顺尧失望透顶，或许这些年他对这个小儿子太宠爱了，他一直在为应涵谋划，从来不要应涵操心，他只要闭上他那张嘴就行了，而如今，他竟然如此肆无忌惮。应顺尧跌靠回了床头。

陈菲都不敢去看那个文件袋。

应浩抬起头，抱着手臂，道："给你两个选择，一是补足公款，然后离婚，二是我把他送进监狱。"

陈菲看向应浩，应浩面无表情。

陈菲却看得出应浩把这个证据一直拿在手里，就是为了等今天。她是气应顺尧改了股份继承人，但是今天闹过后，只要不离婚，她就还有机会，而离了婚……就什么都没有了。想到这里，她才发现自己有多蠢，为什么不能再忍一忍？为什么要因为应顺尧的自私而寒心？为什么要跟应顺尧作对？

之前二选一的时候，就是应浩使的离间计。

陈菲的脸色惨白。

她不离婚，那么应涵怎么办？她离婚了，保全了应涵，可是她跟应涵就一无所有了。

"我没那么多时间，只给三秒，三、二、一……"

"我离婚。"陈菲抢着道。

应浩听罢："好，打开你面前的文件。"

陈菲伸手拿起那个文件袋，倒出来，里面除了应涵挪用公款的证据，还有一份离婚协议书，一切都是准备好的。

应涵见状，抱着头，号啕大哭起来。

从医院里出来，应浩就觉得头重得厉害，他将衬衫领子拉起来，低垂着眉眼，冷着脸上了车，启动自动驾驶，回到公寓，上楼。

下班后，孟浅浅跟着唐隽的车回去，唐隽的手机亮了一下，他拿起来看了一眼，随后放下。孟浅浅在后座，看他这样，下意识地看了一眼他的手机。这时，周彦从副驾驶位上，递了一颗糖果给孟浅浅："大白兔奶糖。"

孟浅浅一顿，接了，她心不在焉地拆着糖纸。江枫对于明天怎么帮应浩过生日一个劲地出主意。孟浅浅却突然想起应浩走前额头的滚烫。

她拿起手机，编辑——

孟浅浅：回来没？

发出去后，直到抵达海城市区，他都没回复。

在旧城区下车，孟浅浅看了一眼不远处通往斯格公寓的路，想了想，直接拨打了应浩的电话。嘟嘟声响了许久，就在孟浅浅觉得没人接的时候，对方终于接了，孟浅浅立即问道："你在哪儿？"

应浩的嗓音很低，有些嘶哑："在公寓，你下班了？"

孟浅浅："嗯，你是不是发烧了？"

"没量。"

孟浅浅："你去医院回来直接睡了？"

"嗯。"

"你想吃点什么？"孟浅浅反问。

那头，应浩："你要来看我？"

孟浅浅："不是，给你点个外卖。"

"那就没必要了，我不饿。"

孟浅浅："呃……"

她挂断电话，随后看了一眼不远处的粥店，走过去，买了一碗白粥配榨菜，然后朝斯格公寓走去。

一路抵达所在楼层，孟浅浅来到他的房门口，她盯着那密码门，最后输入了自己的生日——971002。

"嘀嘀"，门开了。

孟浅浅推门进去，屋里温度有点高，很显然应浩没开空调。这儿她是分手后第二次来了，摆设还跟上次一样，她用的所有东西都摆在原地，沙发上她喜欢的那两个抱枕，也还放在上面，地上的粉色拖鞋也摆在原地。

孟浅浅换上鞋子，把粥放在茶几上，一转头看到银灰色的床上，应浩用手遮着额头，正躺着。而柜子旁摆放着一幅很大的画像，是油画，里面是她穿着衬衫和短裙踩着低跟鞋子从楼上下来的画面。

嘈杂混乱的背景被虚化了，只有她的眼眸往前看，美得动人。

孟浅浅愣住了，他什么时候画的？！

这时，床上的男人醒了，他睁开眼睛，狭长的眼眸定定地看着她，孟浅浅的目光挪过去对上他的，她的心一跳，指着那幅画："这画以前没有啊。"

应浩："外婆让人画的，我喜欢你这样穿。"

孟浅浅："你……"她问道，"你吃药没？"

应浩撑起身子，长腿屈着，领口微敞，他摇头："没吃。"

孟浅浅："我买了粥，你喝点，喝完了吃药吧。"

应浩把长腿放到地上，随后站起身来，额头隐隐冒汗，他往孟浅浅这儿走来，衬衫敞得可见一大片胸膛。

发烧让他的眼眸更沉了，孟浅浅看到他走过来，反射性地后退。紧接着，他大手一捞，捞住她的腰，往他怀里按去。

孟浅浅整个人撞进他的怀里。

她咬牙："你干吗？"

应浩单手紧紧地抱着她，俯身闻着她的发丝，道："看到你出现在这里跟做梦一样，我现在很虚弱，感觉出现幻觉了，我想寻找一点真实感。"

孟浅浅只觉得他鬼话连篇，她略微挣扎，应浩却纹丝不动，他眼角微红，问道："我多久没这样抱你了？"

孟浅浅："你……"

下一秒，她给他一招过肩摔。

应浩愣了一下，下一秒，反手拽着她的手臂，一个用力，孟浅浅跌趴在他的胸膛上。她撑起身子，还没撑起来，应浩长腿一翻，天旋地转，她瞬间翻了个身，倒在地上。应浩压着她的长腿，俯身，垂眸看着她："教你跆拳道是为了对付我？"

孟浅浅披头散发的，她脸颊泛红，瞪着他。

应浩笑看着她，几秒后，他俯身埋在她脖颈处："让我依赖一下，好吗？嗯？"

孟浅浅有点累，他体重挺重的。孟浅浅干脆懒得挣扎了，只是脖颈慢慢地又开始泛红，好在应浩没有做什么。

抱了一会儿，他搂着她的腰起来。

孟浅浅推他："早知道就不来看你了。"

应浩含着笑意，坐在沙发上，接过白粥，低头开始吃起来，吃得那叫一个香。孟浅浅去拉抽屉找药箱，药箱里面还有很多暖宫贴等，全是她之前用的东西，她走的时候带走了，他又买了回来，重新填满。

孟浅浅：“你……”

她挪开视线，拿了退烧药并关上抽屉。

不一会儿，应浩吃过粥，也吃过药了。孟浅浅看了一眼手机，孟媛媛发微信过来，说自己到家了，孟浅浅看了一眼应浩。

他靠在椅背上，眯着眼睛：“你要回去了？”

孟浅浅：“嗯。”

应浩舔了一下唇角，扯了一下领口：“媛媛就那么重要？”

孟浅浅：“这是我亲妹妹。”

应浩冷笑一声：“我送你下去。”

孟浅浅：“你休息吧，我自己下去，别吹到风了。”

说完，她转身就走。

应浩坐在沙发上，盯着她的背影，看着门关上后，他狠狠地踹了一下茶几，时间好像很久很久了，但是他依然不敢开口说复合，怕她会拒绝。他抓抓头发，默默地想：病死算了，就没那么痛苦了。

应浩二十三岁的生日在猫咖度过的，跟孟浅浅一样，只是他因为刚退烧，看起来挺阴冷的，唐隽调侃：“你这样子像是我们强迫你过生日一样。”

应浩的身子往后靠，道：“差不多，心如死灰。”

他眼眸是看着孟浅浅说的。

孟浅浅抱着小橘，察觉到他的视线，看了他一眼，应浩定定地跟她对视几秒，看到她有点承受不住了。孟浅浅想了想，瞪了他一眼，然后挪开视线。

应浩生日过后，日子过得就很快了，平安夜、圣诞夜、元旦，这些节日一样一样地过。天气也逐渐寒冷，很快，海城大学放假，接着东方放假。今年新年，孟浅浅跟孟媛媛打算留在海城市过年。

送走常慧慧、唐隽、周彦、江枫、叶岚、朱芳，就剩下三个人。这天送走朱芳后，孟浅浅看了一眼站在楼梯口的男人。她顿了顿，走过去，刚来到他身后，就听到他含糊道：“我今年不回去过年了。”

那头他外婆的声音问道：“为什么啊？”

应浩道：“我留在海城陪她过年，海城市旧城区每一年都有很多人不回去，我怕她有危险。”

孟浅浅一顿，眼眸盯着应浩的背影。

他的嗓音再次传来：“元宵我回去看你们，记得跟外公说一声。”

外婆在那边说道：“哎，知道啦，没事的，我们知道。去吧，去吧。”

“好。”说完，应浩挂断了电话。

随后，他看了一眼腕表，一转身，对上她的眼眸。

孟浅浅有点猝不及防被人抓到的感觉，她眨了几下眼睛，她本来是想问问他什么时候回去的，谁知道听到他这通电话。

孟浅浅张了张嘴，许久，她说：“那，大年三十一起吃饭？”

应浩一听，眉梢微挑：“好。”

大年三十这天，可以明显感觉到海城市的人越来越少了，附近的菜市场也没什么店家，孟浅浅跟孟媛媛跑到超市买了一堆菜，然后回来做。下午五点多，门铃响了，孟浅浅擦擦手去开门，应浩穿着长款外套，里面一件黑色衬衫跟长裤，他提了两手的东西。

孟浅浅见状：“买了什么啊？”

应浩看了她身上的红色裙子一眼：“随便买的。”

说着，他把这些东西放在沙发上，孟浅浅还看到里面有衣服的袋子跟包包的袋子，她说：“你该不会买很贵的东西吧？”

应浩脱下外套，递给她：“你猜？”

孟浅浅接过来，挂上，说道：“洗手，吃饭。”

“好啊。”

应浩向洗手间走去，孟媛媛端着菜出来，看到应浩开心地喊道：“应浩哥，新年快乐。”

应浩从里面出来擦擦手，靠着门框道：“新年快乐，喊这么开心是要收红包？”

孟媛媛嘿嘿一笑。

不一会儿，三个人在餐桌上坐下，这也是应浩第一次到她们这里吃饭，吃的还是年夜饭，他也看清了她们这个小家，整洁、温馨。他心里全是妒忌，妒忌孟媛媛抢走了他的人，他拿起手机，给孟浅浅和孟媛媛各发了一个红包。

孟浅浅是 520+1314，孟媛媛是 1234。

孟媛媛一对比，震惊了："应浩哥，不说别的，至少……"跑腿费……她用口型表示。

应浩端起饮料喝了一口，抬起眼眸扫她一眼，懒得搭理。

孟浅浅看着他发来的那一串红包数字，耳根微红，对孟媛媛说："我发一个给你。"随后，她发了个 500 元的红包给孟媛媛。

祝福语"学业有成"。

孟媛媛高兴地跳起来："今晚我是最大赢家。"

她一高兴，所有家务活她都包了，吃完饭她直接去洗碗，把客厅留给孟浅浅和应浩，孟浅浅把糖果盒子挪到应浩的跟前。

应浩身子往后靠，看着她身上的裙子，她这红色裙子是蕾丝款的，很好看。孟浅浅拿起遥控，打算开电视，她问道："你要不要给外公外婆打个电话。"

"晚点再打。"

他身子往前倾，手肘撑在膝盖上，随后往旁边一抓，抓住了孟浅浅纤细的手指，孟浅浅愣了一下，看过去。一枚戒指出现在应浩的指尖，紧接着不等孟浅浅反应，他直接一套，套入了孟浅浅的无名指上。

孟浅浅对上了他的眼眸。

应浩说："当我女朋友，这戒指是新的，代表新的开始。"

他说完，站起身来，单膝跪在孟浅浅的跟前，随后握紧她的指尖，低头一吻。孟浅浅指尖滚烫，下意识地想要抽出来。

就听到了孟媛媛的尖叫声。

"砰"，厨房门张开。

孟媛媛看到这一幕，愣了几秒，紧接着反应过来道："姐，快看，快看啊，窗户，窗户。"

孟浅浅一愣，看到洗手间的窗户一闪而过的灯，她站起身来，朝她的卧室走去，走到窗户边，探头一看。

外面的所有灯都亮了起来，粉色的灯在这个新年夜里非常温馨，灯上有字——“浅”，紧接着，海城的天空升起了无人机，满天的“浅浅”都是为她亮起的，孟浅浅下意识地摸上无名指上的钻戒。

一只手从身后搂住她的腰，应浩低声问道：“可以答应我吗？”

孟浅浅看着那些对着这个窗户的无人机，心砰砰地跳，她轻声问道：“你哪来的那么多无人机？”

“我投资的。”

“答应我，嗯？当我女朋友，如果能当我老婆那更好了。”应浩的脸轻轻地蹭着她的脸颊。

孟浅浅看着炫丽的“浅”字，她说：“好。”

应浩手臂猛地收紧。

孟浅浅略微挣扎：“你轻点。”

应浩拉着孟浅浅的胳膊，让她转了个身，同他面对面。应浩注视着孟浅浅说道：“这是我们第三次在一起，这一次明明白白清清楚楚我请求你点头，对吗？”

孟浅浅看着他的眼眸：“嗯。”

他说：“我希望这一次恋爱的尽头是下辈子。”

孟浅浅脸烧红。应浩低头堵住她的嘴唇，“啪嗒”，门紧跟着合上，客厅一点光线都投不进来，孟浅浅抵着墙壁，手抓着窗户，指尖泛红。

“唰”，窗帘拉上。

对着窗户的床上，影子绰绰。

“嘘。”他吻着她的嘴唇。

孟浅浅眼尾泛红。

与此同时，也在吃年夜饭的梁坤教授、袁从严均收到了一份文件。应浩把东方的股份转给孟浅浅，瞬间，孟浅浅成了东方持股最多的人。

梁坤教授：“啊？”

袁从严：“什么？”

第二十五章

终将圆满

这顿年夜饭梁坤教授一家吃得都不安心，苏婳今年没回来过年，只有梁坤教授、苏漫陪着苏老爷子跟老太太吃饭。

梁坤放下手机，叹了口气。

苏漫给他夹菜，问道：“怎么了？”

梁坤看向苏漫，说道：“应浩把东方的股份转给了孟浅浅。”

苏漫的筷子一顿，几秒后，说道：“东方是应浩母亲的夙愿，他怎么就肯这样送出去，是他提的还是孟浅浅要的？”

梁坤扶了一下眼镜：“不是孟浅浅要的，她当初自荐当总裁的时候是有点天真，但是能看得出来她也是被我们逼的，想要快速成长，然后堵住那些质疑她的声音。”

苏漫端起果汁喝了一口，她看着眼前的菜，道：“祝愿的儿子不天真，但是够痴情。”

梁坤：“我也有点无法理解，居然放弃了东方的股份，全部给孟浅浅，问题是他们还没结婚，只是男女朋友，这买卖不划算。”

苏漫看了他一眼，没吭声。

或许他们根本无法理解，为什么应顺尧能生出这样的儿子，深情至此。

袁从严那边属实无语，但他也不惊讶应浩会做出这样的事情，只要面对孟浅浅，他做什么他都不会惊讶。

他放下手机。

林筱雅瞪了他一眼：“吃饭就吃饭，看什么手机。”

袁从严拿起筷子，说道：“应浩把东方的股份给了浅浅。”

林筱雅一愣，紧接着笑道：“很好啊，之前不是听说浅浅自荐当总裁吗？再过几年就更加名正言顺了。”

袁从严看了妻子一眼：“你就没别的想法？”

林筱雅：“我看你也不是很惊讶，我还能有什么想法，我巴不得他能有自己的家，幸福安稳地过一辈子，这样我将来去看祝愿的时候，才能有点颜面。”

袁从严：“看来我得好好培养一下孟浅浅……”

林筱雅：“你培养就培养，不要太严格，还有别插手太多，应浩又不是没脑子，他自己不会教啊？需要你这个名不正言不顺的干爸来教？”

“你说的是什么话？”袁从严眼眸扫过去，“什么名不正言不顺，我比谁都有资格。”

“是是是，你最有资格，你最有资格搞破坏。”林筱雅说着，像是又想起了什么，道，“对了，我们是不是该提前准备，他们结婚的事情。”

袁从严：“这个事情你自己操心。”

林筱雅：“你就只会搞破坏。”

袁从严：“你……”

客厅里放着春节联欢晚会，孟浅浅累极了，钩着他的脖颈，白皙的后背全是汗，头发也被打湿了。应浩用手抱着她的腰，按出了痕迹。

他低头不停地亲她，亲她的眉眼，亲她的鼻子，亲她的嘴唇。孟浅浅摇头，往他怀里靠去，她声音软糯：“你给外公外婆打个电话。”

应浩：“守岁的时候打。”

窸窸窣窣的，他翻了个身，覆在她上面，孟浅浅也顺着他的姿势躺直，应浩看着她，堵住她的嘴唇。

而窗外，满天的“浅浅”慢慢地消去。

他们年少相识，相恋，经过两次不明不白地分手，第三次终于清醒地复合，明确地走向有对方的未来。

一个多小时后。

孟浅浅偏头看着应浩，道：“不出去吗？”

应浩笑着看着她："要不，我们自己在房间里守岁好了？"

孟浅浅："不行。"

说着，她站起来，应浩想了想，把她拉回了床上。

孟浅浅侧头看着应浩，四目相对，房间里只开了一盏橘色的灯，但他们依然从对方的眼中看到了自己。

孟浅浅看着他棱角分明的唇角，看着看着，凑上前，亲吻他的唇角。

应浩一愣，指尖停住。

孟浅浅说："从今以后，我要学着自信，学着勇敢，我们一起慢慢走，但是等你不要我了，你一定要提前说。"说完，她往后退。

应浩却一把捏住她的下巴，贴着她的嘴唇道："这话应该我说，你恨我，怎么骂我都行，但是不要像上次那样，留下信一走了之。"

孟浅浅泪水直流："我懦弱啊，复合后，我依然觉得我们走不远，我时刻记着你曾经说过的话，你说你不想要情爱只想往前走，看着你越来越出色，我知道，我们的差距会越来越大……"

应浩亲吻她的泪水，道："你想的，我都知道，但是你发现没，是我离不开你，而不是你离不开我。"

"你没了我照样过日子，而我，没了你，连觉都睡不好。"

孟浅浅泪眼蒙眬地看着他。

应浩又一次吻住她的嘴唇，孟浅浅的眼泪顺着脸庞滑到他们的紧挨着的唇瓣上，应浩稍微一动，便能尝到咸味，孟浅浅用手臂再次搂着他的脖颈。

不要再想东想西，两个人好好在一起就好，再差不会比过去差。

孟媛媛当初说的话，孟浅浅都听在耳朵里。

又过了十来分钟，手机一响，孟浅浅拿起来一看。

孟媛媛：姐，我们要一起守岁——

孟浅浅瞬间有些清醒，赶紧推开应浩，说道："守岁。"

应浩挑起眉毛，随后扶着她的腰，让她站稳，孟浅浅的红色蕾丝裙被脱了扔在床尾。

孟浅浅不知道裙子有没有坏，干脆不穿了，拿下衣架上的外套穿上。

应浩也懒洋洋地从床上下来，他扣了下裤子的扣子，然后捞起一旁的衬衫穿上，黑色衬衫上了身，他扣好领口，脖颈上的抓痕明显。

孟浅浅嫌他扣得慢，她急于要出去，于是上前给他扣。应浩见状，松开手，搂着她的腰，看着她道："元宵节你跟我一块回连城？"

孟浅浅匆匆地看了他一眼："但是那会儿东方开工了。"

应浩："电脑带上，文件回去处理。"

孟浅浅："会不会有点急？"

应浩眯起眼睛，几秒后，他点了点头："行，明年我看你怎么躲。"

孟浅浅："呃……"

扣好后，她打开门，发现孟媛媛歪在沙发上，哼着歌正在看春晚，看得开心。一看到房门口的孟浅浅还有她身后那懒洋洋的男人，孟媛媛"唰"地坐直身子，笑道："姐，姐夫？守岁啦。"

一声姐夫，孟浅浅的脸红得厉害，她走过去，拍开孟媛媛踩在茶几上的脚。

应浩却眉梢染上笑意，十分满意这个称呼："红包给少了。"

孟媛媛把脚从茶几上放下来，说道："是吧？是吧？给少了吧，1234多敷衍啊。"

应浩："回头给你补几块钱。"

孟媛媛："你……"

孟浅浅笑着坐下，拿起手机。

应浩坐在她身侧，让她把身子靠在自己的肩膀上，孟浅浅点开微信发现大家都在恭喜她，也不知道恭喜什么，她在东方的群里问。

唐隽：应浩没跟你说？

孟浅浅捏紧手机，看了一眼应浩，应浩拿起橘子剥开，放了一片到她的嘴里，道："不知道怎么跟你说，我怕你不要，所以先不跟你说了。"

孟浅浅咬住橘子，两三下吃完："你这话不矛盾吗？"

应浩笑起来，凑近她，在她耳边道："我把东方的股份给你，以后你持有的股份超过梁坤了。”

孟浅浅愣怔了：“那你呢？”

“我还是东方的股东啊，华星集团就是东方的股东啊。”

孟浅浅：“你疯了。”

应浩：“没有，以后我给你打工，宝贝。”

孟浅浅：“我才不要。”

应浩：“文件放着，随时等你签字。”

孟浅浅还想说话，微信就来了视频，视频竟是孟致贤发来的，孟浅浅愣了一下，想了想，不动声色地从应浩怀里出来。应浩当然也看到微信视频的名字，他皱了一下眉头，有点不爽，靠在扶手上，盯着她看。

孟浅浅滑开视频。

孟致贤的脸从里面露出来，接着，还有黄秀琴，手机摄像头调整好后，孟浅浅喊道：“爸，妈，新年快乐。”

“新年快乐。”孟致贤说道。

黄秀琴倒没说话，就看着孟浅浅，眼眸一直看着孟浅浅房子里的装饰。孟浅浅拉了孟媛媛一下。

孟媛媛撇了一下嘴，也凑过来，跟父母打了招呼。

孟致贤看着她们姐妹俩，问道：“吃过年夜饭了吗？”

孟浅浅语气平淡：“吃过了。”

孟致贤点了点头：“在外面过年，要注意安全。”

孟浅浅：“好。”

黄秀琴挤过来，道：“花钱别太大手大脚的，你们俩不管如何都是我生出来的，你们有义务……”

“闭嘴。”孟致贤转头吼了一句。

黄秀琴瞬间闭上嘴巴，这时，那边传来孟啸的声音：“饿死了，有饭吃没有？”

黄秀琴一听，立即道：“有，给你热着。”

“你穿的那是什么东西？”孟致贤看到孟啸的穿着，立即皱起了眉头。

孟浅浅在这边看着他们这样，她直接挂断了视频电话。

这个家已经烂了。孟啸都那样了，黄秀琴还那么为他着想，孟致贤至今也没打算把孟啸送去教育。

孟媛媛立即翻了个白眼："晦气。大过年的听到孟啸的声音我就想吐。"

孟浅浅放下手机，她转头对上应浩的眼眸，应浩叼着烟看着她，几秒后，他取下烟："躲开我干吗？"

孟浅浅一顿，想到自己刚刚那下意识的动作。

"以后我们结婚，是要跟你爸妈拿户口本的，你迟早得把我介绍给你们家里人。"

孟浅浅听他句句犀利，上前一把捂住他的薄唇。

应浩被她一捂，顿住了，垂眸看她。

孟浅浅看着他的眼睛道："介绍是要介绍的，不过你要穿得落魄一点。"

应浩没应声。

孟浅浅："我跟我爸妈说，我贷款给媛媛读书的，懂吧？"

应浩的手一伸，搂住她的腰，往怀里带去，孟浅浅半个身子趴在他怀里，应浩拿下她的手，亲吻了一下："懂。"怎么能不懂。

而孟媛媛早已习惯他们的秀恩爱了，以前她去找姐姐，都会看到应浩搂着姐姐的腰靠在树下聊天。

孟媛媛此时正拿着手机，在跟江枫聊天。

孟媛媛：我说了过年他们必须有结果，看，你输了。

下一秒，江枫给孟媛媛发了一个红包。

江枫：你拍张照片给我看看。

孟媛媛：不行。

提示：孟媛媛领取了你的红包

江枫：小妹，不行你还领红包？红包还我。

孟媛媛：你可是有股份的人耶，两百块的红包你也这么小气吗？你知道我姐夫给我发了多大的红包吗？

江枫：多大？

孟媛媛：1234。

江枫：哈哈，好敷衍，明显是懒得思考就随便给的，这点钱对应老板来说，九牛一毛。

孟媛媛：……

这人嘴巴太损了，讨厌死了。

她拿起瓜子使劲嗑。

应浩看了一眼时间，差不多了，他拿起手机给外公外婆打电话，两位老人家很早就守在电话前，很快就接起来：“浩？”

“外公外婆，新年快乐。”

“新年快乐，你外公给你准备了红包，放在你的枕头下。”

应浩眉眼含着笑意：“谢谢。”

“还准备了两个。”外婆在那边轻声道。

应浩一听，挑了一下眉头看了一眼怀里的女人，孟浅浅趴在他怀里，脸红红的。应浩笑道：“另外一个是给浅浅的吗？”

外婆：“是啊，你们……在一起吃的年夜饭吗？”

应浩：“是的，她做的饭。”

外婆：“好好好……”

这时，外公在那边嘀嘀咕咕：“不是在追人吗？追人怎么没点态度，应浩又不是不会做饭，怎么让人家女孩子做？”

应浩想了想，看了一眼怀里的孟浅浅。

孟浅浅笑了起来，她用手指戳他的胸膛：“你怎么没点态度。”

应浩捂住话筒低声道：“明天给你做早餐。”

孟浅浅：“稀罕。”

那头，外婆想了想，还是跟应浩说：“要细心点哦。”

应浩：“好。”

外公又凑过来：“回头我给你发几份菜谱，你对着学。”

应浩：“行。”

外公想了想，又道：“你要是还没追到，可以打电话回来问，我叫几位伯伯给你出点主意。”

应浩：“算了吧，外公。”

外公：“怎么能算了，他们比你有经验多了。”

孟浅浅“扑哧”一笑，双手猛地捂住嘴巴。

应浩看着孟浅浅这样，喜欢得不得了，他搂着她的腰，对着手机道：“外公，先不说了，我追她去了。”

外公：“嗯？”这么晚？

随着春节联欢晚会的倒数开始，看着数字往下跳，新的一年到来。海城不能放烟花，所以没有烟火气。

天气较冷，外面天空像蒙着一层薄雾。

倒数完，孟浅浅在微信上也很忙，她跟周乔、成暖在三人的小群里发微信，周乔这边被老爷子催生，成暖计划毕业要为周练保驾护航，最后剩下孟浅浅。

周乔：你们复合了？

孟浅浅：嗯。

成暖：我觉得你们分开也挺可惜的，我觉得你们以前很甜。

周乔：@成暖 你哪来的错觉？

成暖：你们不知道，我最近接触了一些娱乐圈的人，发现他们对爱情的随便，我觉得蛮恐怖的。

成暖：我希望周练能永葆初心，周乔，你被萧然保护着，可能不知道，遇见一个对自己好的人有多难。

成暖：前几天我生理期，周练还拉着我去吃冰，我怕他不开心，没敢跟他说，浅浅，你当初跟应浩在一起，他会这样吗？

周乔：周练怎么这样。

孟浅浅：对啊，他怎么这样，那你现在呢？

成暖：我疼死了，被我妈骂死了，我跟浅浅都是不能吃冰的体质，周练又不是不知道……

孟浅浅：你下次直接跟他说啊。

成暖：我怕他不开心。

周乔：为了让他开心，你就不顾自己了？

成暖：……

其实有段时间，孟浅浅都没跟两个一起长大的闺密联系了，她完全没想到周练现在会这样对成暖。

“脚。”男人低沉的声音传来。

孟浅浅顿了顿，一边按着手机一边抬起脚。应浩把热水盆放在她的脚下，里面放了几片姜，他把她的袜子脱了，把她的脚放进盆里，温度刚好，孟浅浅的脚放下去后，舒服得她按手机的手指都快了。

成暖还在群里控诉周练。

成暖：我希望他不要对出名这么执着，他不肯，他一天天的很焦虑，连我都顾不上了。

孟浅浅：他以前不是也记得你的生理期吗？

成暖：他记得，但是他没应浩做得好吧，每次应浩都提前跟你说，他哪里会，所以我一对比我就生气。

孟浅浅：……

她看了一眼半蹲在地上给她洗脚的男人。应浩一手摸着她的脚，一手按着手机，衬衫领口微敞，正是她抓出来的痕迹。

她脸色微红，低头继续看向手机微信。

周乔：@成暖，你是傻子吗？你提醒他啊，他是猪脑子吗？前一天还记得你生理期，后一天带你去吃冰，无语了。

孟浅浅：就是，你得跟他说。

成暖：呜呜呜，我也不知道现在怎么变成这样，烦死了。

孟浅浅：抱抱。

周乔：浅浅，你呢，应浩现在……他在你身边？

孟浅浅：嗯。

周乔：我听萧然说，他要把他那家子公司的股份给你啊？

孟浅浅：嗯。

周乔：我的天哪，我以前错看他了。

成暖：浅浅，那你不就变成有钱人了？

孟浅浅：我还没签名呢。

周乔：赶快签！

孟浅浅：好的好的，别催。

成暖：应浩也太好了吧。

太感慨了。

她的脚被抬起来，应浩在用毛巾给她擦脚，擦完后，他把孟浅浅的脚放在沙发上，随后把水端去洗手间倒掉。接着，他走出来，挽着袖子："睡觉了，跟谁聊？嗯？聊那么久。"

孟浅浅说："跟周乔、成暖。"

"你们好久没联系了吧？"应浩说着，走过来，弯腰把她抱起来。

孟浅浅勾住他的脖颈："你洗完澡了？"

应浩转身走向主卧室，说道："来之前就洗好了。"

孟浅浅："那你今晚要留在我这边睡了？"

应浩把她放到床上，撑在她跟前："不行？"

孟浅浅咳了一声，翻身往里面滚去，说道："我的床只有一米八，不够你睡。"

应浩一米八九。

应浩解了点儿领口，走过去关上门，随后回来掀开被子道："只能委屈一下了。"

"别看手机了。"应浩抽走她的手机，从身后一把搂住她的腰，把她拖进怀里，孟浅浅身上穿着棉睡裙，被他拖过去后，把手机放在枕头下。

应浩的吻落在她的脖颈上，密密麻麻的，搂着她的手臂愈发地紧。

孟浅浅推他的手，应浩低声道："知道，我就亲一亲。"

孟浅浅："你……"

不一会儿，孟浅浅就在他温暖的怀抱里睡着了，应浩却睡不着，垂眸看着她，一直看着。这时孟浅浅放在枕头下的手机亮了一下、两下，应浩微眯起眼睛，伸手取出她那部手机，一眼看到孟媛媛发来的信息。

孟媛媛：姐，我一个人睡不着，我想跟你睡。

孟媛媛：你能不能半夜偷跑过来陪我啊？

应浩放下孟浅浅的手机，拿起自己的手机，编辑发给孟媛媛。

YING：巧了，我没了你姐也睡不着。

孟媛媛：啊啊啊啊。

隔天，孟浅浅觉得应浩跟孟媛媛之间有情绪，孟媛媛有点赌气，应浩则懒得搭理孟媛媛似的。他做的早餐，孟浅浅的煎蛋是两个，孟媛媛是一个，而且还有点小。孟浅浅挑起眉毛，看了一眼应浩。

应浩说道：“鸡蛋大小又不是我能决定的。”

孟浅浅：“呃……”

吃过早餐，应浩拿着书翻着看，大年初一也没什么地方可以去的。

孟媛媛一边洗碗一边盯着客厅的应浩，她又看了一眼自家姐姐：“姐……应浩哥该不会一直在我们家住吧？”

孟浅浅看了她一眼：“不会，他今晚就回去了。”

孟媛媛松了一口气：“好。好。”

孟浅浅轻飘飘地问：“你昨晚不是叫姐夫吗？”

孟媛媛：“呃……”我后悔了行不行！

姐妹俩住在一起，应浩当然不能一直住在这里，于是吃完饭，应浩拿着一本本子，推给孟媛媛说：“这样安排你满意吗？”

孟媛媛拿起本子一看，上面写了孟浅浅一周的安排。

周一到周三住在家里，周四到周日住到他那边。

孟媛媛抬起头：“应浩哥，你比我多一天！”

应浩长腿交叠，翻着书，懒洋洋地道：“我是她老公，多一天正常，能分你三天就不错了，不要不知好歹。”

孟媛媛：“我……”

孟浅浅从浴室里出来，擦擦手，问道：“什么一天三天的？”

应浩放下书本，俯身，把本子合起来，说道：“没什么。”

孟媛媛：“呃……”

一秒后，她说：“应浩哥，你有种把本子摊开，给我姐看一看啊。”

应浩：“嗯……”

孟浅浅看向那本子，随后走过去，伸手拿走那本子，应浩拽了一下领口，往后靠。孟浅浅看完，抬起眼眸看他。

几秒后。

孟浅浅：“我答应了？”

应浩：“你……”

孟媛媛：“哈哈哈……”

满屋子都是孟媛媛的笑声，简直猖狂至极。应浩把手插在裤子口袋里，盯着孟浅浅看：“难不成我以后还得一个人睡？”

孟浅浅放下本子，挽起袖子道：“看情况。”她都没想到这一块，他就先想好了？

应浩的下颌紧了几分。

孟浅浅说：“我去做饭吧，快十一点了，中午你们想吃什么？”

孟媛媛停下笑声，举手道：“面条吧，我想吃番茄肥牛面。”

孟浅浅：“好。”

说完，她转身去冰箱拿菜，大年三十那天在超市买了很多菜屯着，这个新年都可以不用出门，她一边拿菜一边问应浩：“你呢？你想吃什么呀？”

后面这个“呀”好听得要命。

应浩看着她，道：“都可以。”

孟浅浅：“嗯。”

她从冰箱里取出肥牛和嫩骨，进了厨房。她一走，客厅里就安静了。孟媛媛咳了一声，拿起手机按着。

孟媛媛：我今天惹恼应浩哥了。

江枫：什么情况？你怎么惹恼的？说来听听。

孟媛媛：这个话题似乎不太适合跟你说，就是关于跟谁 shui 的问题。

江枫：别以为我看不出来这是一个拼音“睡”！

孟媛媛：……

江枫：你是大孩子了，不要老是抢姐姐行吗？自己的床自己睡。

孟媛媛：我怎么不能抢，我跟我姐从三四岁就一直睡在一起，我怎么不能有自己的诉求？更何况，他们还没结婚呢，而且指不定什么时候要结婚，那个时候我就是被动放弃，所以现在我坚决不会主动放弃的。

江枫：很有道理，那你一定要坚持，我支持你。

孟媛媛点头，就是就是，这时，微信“嘀嘀”两声，她点出去一看——

YING 给你发了一个红包

她立即看向对面沙发上的应浩，他抬着下巴，示意她点开红包。

孟媛媛犹豫了几秒，点了进去。

一个大红包正等着她，她想了想，点了，200 块，她打四天工也才这个金额，紧接着——

YING 给你发了一个红包

YING 给你发了一个红包

YING 给你发了一个红包

……

一连串的红包像下雨一样，她的手机不停地响着。孟媛媛一个个地点，全是两百，一共十个，入账两千。

应浩：“钱也收了，该帮忙吧？”

孟媛媛这才反应过来，自己中招了，狡猾的应浩哥！

江枫：坚持到底！加油！

孟媛媛：我突然有点别的想法。

江枫：什么？

孟媛媛：宁拆一座庙，不毁一桩婚。

江枫：你怎么突然改想法了？

孟媛媛：大概是金钱的魅力吧。

江枫：老板拿钱收买你了吧？！我真是看错你了。

孟媛媛：我不能跟钱过不去啊。

江枫：……

看孟媛媛收了红包，应浩便不再待在客厅，他直接去了厨房，孟浅浅围着围裙正站在案板边切番茄，她扎着低马尾，穿着一条浅色的修身裙，眉眼柔和。应浩进去后，把厨房门关上了，随后从身后搂住她的腰。

应浩收紧手臂，低声道："好香。"

孟浅浅拿刀的手一顿，只觉得男人的手掌滚烫得很，隔着衣料都能感觉到。她说道："还没煮呢，哪里香？"

应浩抵着她的肩膀，呼吸在她耳边："你香。"

孟浅浅的耳根随着他的呼吸渐渐泛红，他见状，笑着吻了上去。

孟浅浅猛地握紧刀柄，她低声道："喂。"

"你切你的，我亲我的。"他不正经地说道。

孟浅浅咬牙，小声地嘟囔："滚。"

"就不。"他抬起眼眸。

"我来。"他说着，接过她手上的刀还有番茄，环抱着孟浅浅，低头切着，孟浅浅把手搭在台上看着，应浩的下巴偶尔蹭到她的脸颊。

这时，孟浅浅放在一旁的手机响起。

她拿过来看了一眼，竟是林筱雅发来的微信，她一顿，下意识地抬起眼睛看应浩，应浩也看到了，说道："看看干妈发来了什么。"

孟浅浅点进去。

林筱雅：浅浅，明天是初二，你跟应浩过来家里吃饭好不好？

应浩扫了一眼："你回复她，好。"

孟浅浅没立即回复，而是问道："真的要去？"

"去吧，你初二有事？"

"那倒没有。"

应浩笑着把番茄放进碗里，单手打开煤气炉，顺势松开她，道："那就去吧，顺便把媛媛带上。"

孟浅浅听到把媛媛带上，也就不犹豫了，她回复了林筱雅，说好的。

她说："那我们下午得买点东西去吧？"

应浩："嗯，下午去商场看看。"

安排妥当，孟浅浅就站在案板旁边看着他操作，他煮着煮着，看她一眼道："围裙。"

孟浅浅反应过来后，"哦"了一声，他身上这带着金丝的白色衬衫一看就值钱，她转身取下门后的另外一条围裙，这条围裙还是他早上做早餐时去楼下的小店买的，浅蓝色的。孟浅浅抖开了，给他套上，系上带子。

就在孟浅浅要松开围裙的时候，应浩一只手握住她的手腕，往腰上拉："别走。"

孟浅浅的脸"唰"地一红："你干吗啊？"

"看不懂吗？嗯？"

孟浅浅："呃……"

他说："让我也享受一下，你从后面抱住我的感觉。"

孟浅浅咬牙，翻了个白眼，但还是伸手抱着他的腰，应浩的眉梢扬起，含着笑意，孟浅浅觉得手掌贴着他腹肌，主要是衬衫太薄了。

她用脸蹭一蹭他的后背："对了，林阿姨他们现在住哪儿？"

"江市。"

孟浅浅一愣："那不是要跨市啊？"

"嗯，袁叔是江市人，海城到江市只需要一个小时就到了。"

"哦哦。"确实，江市距离海城很近。

二十分钟后，三个人的面都做好了，三个人在餐桌上坐下来，孟媛媛还拿了酱菜出来，这是她跟孟浅浅过年前腌的，配面条刚好，酸辣可口。在餐桌上，孟浅浅跟孟媛媛说了去袁从严家的事情。

孟媛媛嘴里咬着牛肉，“啊”了一声，随即想到刚收到的两千块，她挣扎了一下看了应浩一眼，说道：“算了吧，其实我跟同学明天有约。”

孟浅浅看她：“你跟什么同学有约？”

“我舍友啊，她是海城本地人，约了明天看电影，反正我不跟你们去，你们自己去吧。”

孟浅浅一顿，她看了一眼应浩。

应浩拿起纸巾擦着唇角，眉眼懒洋洋的：“不去就不去吧，都二十岁的人了，有自己的社交很正常。”

孟浅浅从桌子底下踢了他一下。

应浩：“啊……”他抬起眼眸，看着孟媛媛，“你还是去吧，嗯？”

孟媛媛不敢置信，怎么那么快改口？不是很不想让她跟着吗？她看向应浩，眼神对峙了几秒，孟媛媛觉得他还是不想让她去，她得坚持，更何况她确实真的要跟同学出去玩啊。

她看向孟浅浅：“姐，我真不去，我同学都买电影票了，不过你跟姐夫是不是也应该找个时间去看看电影？”

怎么又改姐夫了？孟浅浅实在看不透孟媛媛的小九九，她想了想，应浩说的确实也有道理，媛媛也应该有自己的社交。

她说：“好吧。”

应浩：“过两天我跟你姐也去看电影，多谢你提醒。”

孟媛媛得意啊，那不得再给我发个红包。

吃过午饭，孟媛媛困死了，洗了碗就要去午睡。孟浅浅拦住她，说一起去商场的，孟媛媛刚入了账有了钱，她立马拒绝，说明天跟同学去逛。孟浅浅便也不再勉强。应浩进屋给她拿了一件长款外套，给她穿上，他自己也穿了一件长款外套，随后拿起车钥匙跟手机牵着她的手出门。

下楼顺便扔了垃圾，接着上车，往商场开去。

这一次去的商场就是孟浅浅之前迷路的那个，说起迷路，应浩收好车钥匙，搂着她的腰，问道：“你之前在便利店送外送的时候，怎么记的路？”

孟浅浅笑起来道：“我画了一张小地图，以便利店为基点，往外扩开，慢慢地就记住了，一开始我也找不到路，被投诉了好几次。”

应浩听罢，笑了：“挺会想办法。”

孟浅浅：“当然。”

两个人进了电梯，也有零散的人跟着进电梯，他们两个成了电梯里最惹眼的一对。应浩不喜欢其他人看孟浅浅，他把她推在墙壁上，站在她面前，挡着那些目光，孟浅浅仰头看他，手指有点无聊，于是拨弄他的下巴。

应浩用手掌按着她的腰，说道：“公共场合注意点。”

孟浅浅“嗖”地把手收回来。

应浩低笑，他凑到她耳边道：“你是又胆小又爱撩。”

孟浅浅：“谁撩你，不要脸。”

很快，电梯停了，电梯里的人陆陆续续地出去了，应浩这才牵着孟浅浅的手转身也出去了。别看外面街道冷冷清清的，商场里的人不少，而且所有店铺都开着。

前面有几个一看就是大学生，牵着手，大摇大摆地走着。女生穿着兜帽上衣，男生也是，两个人正巧是情侣装。孟浅浅看着他们牵着的手，有些恍惚。

她记起了那一次，她和应浩也是这样看着其他情侣牵手，而她跟应浩保持着一定的距离，她下意识地看向应浩。

应浩察觉到她的视线，也转头看她。

他牵紧她的手，说：“是不是似曾相识？”

孟浅浅抿紧嘴唇：“嗯。”

应浩笑着把她拉过来一些，随后松开她，手抬起来搂着她的腰。孟浅浅靠在他的怀里，想了想，伸手也搂住他的腰。

应浩低头点她的鼻尖：“想吃什么？我们先吃点好吃的，东西慢慢看。”

孟浅浅：“我想吃冰激凌。”

应浩眯起眼睛：“你一张嘴我就知道你想说什么，可以，去买，你吃一点剩下我吃。”

孟浅浅：“嗯。”

随后，两个人朝冰激凌店走去，巧的是前面就是之前那对穿情侣装的小情侣，孟浅浅看着他们觉得很美好。

不过她很快也发现很多人看着他们了，尤其是看着应浩的女生尤其多，他身材颀长，加上那张脸，到哪儿都是焦点。

孟浅浅看了应浩一眼，应浩垂眸正翻着手机，一派懒散，也不注意其他人的目光。孟浅浅往旁边不经意地挪了一下，又被他给搂了回去，他看着她，低沉地问道："去哪儿？"

孟浅浅气急："快到我们了！"

"哦。"他应了声，这才往前一步。

孟浅浅："你……"

她看了一眼应浩搂着她的手，再看到其他人的目光，说实在的，有点小虚荣。她脸红红地挪开视线。

他们两个人买了草莓味的冰激凌。

应浩拿着直接递给孟浅浅，孟浅浅张嘴舔了一下，她把眼睛眯起来："好好吃。"

应浩轻笑，搂着她往外走："那就再吃一点？"

孟浅浅："当然要吃了。"说着，她又咬了一口。

应浩见状，笑了一声，眼眸带着宠溺，他很喜欢看她吃东西，很可爱。

一些比较高档的品牌都在商场四楼，吃完冰激凌后，两个人便上了四楼。孟浅浅估计自己的能力只能给林筱雅买条丝巾，于是她专门去挑了丝巾，付账的时候她挺心疼的。

应浩把手插在裤子口袋里看了她一眼，笑了。应浩提过售货员手里的小袋子，牵着她的手走出去道："你非要买这个，不买的话干妈也不会说什么的。傻瓜。"

孟浅浅："我是不是一脸心疼？"

应浩垂眸看了她几秒："嗯，是一脸可爱。"

随后应浩又买了一些东西，那些东西的价格比孟浅浅买的贵多了，突然的，孟浅浅竟然有些平衡，她花得少啊。

回到旧城区，孟媛媛还没睡醒，孟浅浅把买的小蛋糕放在家里，稍微收拾一下自己，便跟着应浩出门了。

从海城到江市距离近得很，上了高速就更快了。应浩买了不少零食放在孟浅浅的副驾驶位上，孟浅浅一边看风景一边吃零食，偶尔还得喂应浩几口。

很快，抵达江市。

夜幕降临，袁家本家的灯光也亮了起来。

袁家的房子在一个高级小区里面，夜晚环境很好，车子在门口停下，林筱雅肩膀上披着披风从里面走出来，高兴地一把拉住孟浅浅的手。

孟浅浅笑道："阿姨，新年快乐。"

"看到你我更快乐。"林筱雅笑道，牵着她进门。

应浩提着礼物走在后面。

袁家家里有保姆，还有两位老人家坐在客厅里，灯火通明，袁从严从书房里走出来。孟浅浅跟袁从严点了点头："袁董，新年好。"

"新年好。"袁从严看了她一眼，随后看向应浩，应浩放下礼物，脱下外套递给保姆，在沙发上坐下来，跟两位老人家打招呼。

他喊爷爷奶奶，孟浅浅也跟着喊。

两位老人家认真地看着孟浅浅，都和蔼地笑着，随后又从口袋里拿出两个红包塞给孟浅浅，孟浅浅不敢收，林筱雅按着让孟浅浅收了，孟浅浅看了一眼应浩。

应浩道："收呗，孙媳妇都这待遇。"

袁从严："你……"

要脸吗？

袁从严跟林筱雅并没有生孩子，主要是林筱雅的子宫不太好，后来两个人干脆就决定不要孩子了。袁从严父母这边挣扎过一段时间，后来时间长了也渐渐地看开了。所以应浩也算成了袁从严跟林筱雅的希望，这也是袁从严为什么最后会妥协他跟孟浅浅的感情。

因为有爱，所以愿意妥协。

在餐桌上，袁从严问了孟浅浅有没有打算进修的想法。

孟浅浅一愣，她握着筷子，看完袁从严，又看了一眼应浩。

应浩的下颌紧了几分，也看着她。

孟浅浅跟他对视几秒，挪开视线，看向袁从严，道："如果可以，我当然希望能进修，但是我妹妹还在读书，我还是以她为重。”

袁从严道：“你妹妹今年二十岁了吧？已经可以独立了，你也要为自己考虑一下。”

孟浅浅：“我……”

袁从严转头看向应浩：“你该不会想反对吧？”

应浩抿紧薄唇，他说：“非得在这个时候谈这件事情吗？”

袁从严：“这……”

林筱雅脸色也不好，她喝道：“你还是闭嘴吧，袁董！”

袁从严：“我……”

闭嘴就闭嘴。

餐桌上的气氛恢复了一些，两位老人家拿着公筷给孟浅浅夹菜，孟浅浅立即道谢，她看了一眼应浩，心知他有点不爽。应浩也看着她，端起酒喝了一口。

这顿饭吃得有点久，结束的时候两位老人家都累了，保姆伺候他们去休息。撤走餐桌上的餐盘，清扫干净餐桌后，林筱雅去端了水果出来，放在桌面上，笑着牵着孟浅浅的手道：“对了，你生日是不是在十月份啊？”

孟浅浅笑道：“是的。”

林筱雅笑着掩嘴：“那应浩不是十一月份吗？他比你小一个月呢。”

孟浅浅从没想到这个问题，她愣了一下，看向应浩。应浩明显也听到这个了，他挑起眉毛，道：“浅浅哪儿像我姐姐？”

他这一声姐姐叫得尾音勾起。

孟浅浅：“你……”她拿起橘子皮就扔了过去。

应浩笑着偏头躲开。

林筱雅含着笑意：“一个月也算的吧。”

袁从严看着林筱雅：“你纠结这个干吗？他们都是同一年的，怎么？满足你对姐弟恋的幻想？”

林筱雅：“哟，你也少生一个月啊，结果呢，你比我大四岁，老男人。”

袁从严：“我……”

孟浅浅看向应浩。

应浩笑着抵着下巴，让她看戏。

两个孩子在，他们当然没吵起来，不过就是拌拌嘴罢了，但也隐约可以看出他们平日里的相处模式，应该很有趣。这也让孟浅浅看到袁从严在家里的另外一面，至少亲切了很多，不像在公司那样，高高在上，气势凌人。

明天初二，林筱雅打算带着孟浅浅出门见好友，所以今晚都要早点睡，她把孟浅浅带到二楼的客房，从衣柜里拿出一套新的睡衣递给孟浅浅："专门按照你的尺码买的，内衣内裤都在里面。"

孟浅浅接过来，脸有些红，说道："我们洗过澡过来的。"

"没关系，再洗一次，再说了，今晚都喝了酒吧，酒味重。"林筱雅含着笑意，眼眸看着孟浅浅，应浩这眼光是真不错，孟浅浅那种美就是让人很想保护。同样，孟浅浅的善良也非常难得。她很期待这两个孩子组成一个家庭。

孟浅浅也喝了些红酒，身上的味道重倒是不重，但是多少有点酒香味，现在闻着还可以，明天醒来可能就重了，所以身上的衣服得挂好吹一吹，这样明天才能穿，再者，穿着现在这身睡一个晚上衣服估计会变形，所以孟浅浅也就没再拒绝。

孟浅浅："那我去洗澡。"

"去吧，你困了就先睡，别等应浩，他肯定得跟袁从严聊很久。"

"好。"

她们上楼前，应浩跟袁从严进书房去谈话，看样子应该是谈工作上的。林筱雅关门出去后，屋里安静下来，孟浅浅解了头发，转身进了浴室。

这边的浴室超级大，还有浴缸，孟浅浅打开花洒，洗了一个热水澡，整个人确实舒服了很多。等她穿上贴身衣物，然后再去打开睡衣的时候，她愣了一下，睡衣是那种绸缎的，很贴皮肤，而且里面是吊带外面是披风款的那种。

孟浅浅还没穿过这么女人味的睡衣，她穿上后，总觉得裙子太短了。她拉了拉裙子，然后吹头发，吹干头发后，她走出去。应浩还没回来，孟浅浅坐在床边，拨弄着头发，拿着手机按着，询问孟媛媛在干吗。

孟媛媛：看电视，一个人看电视好爽哦。

孟浅浅：早点睡。

孟媛媛：我下午睡太多了，晚上有点睡不着，姐，你买的那蛋糕好好吃，我当晚饭吃了。那个蛋糕在哪儿买的？我跟同学去看电影的时候顺便买一份。

孟浅浅：花田蛋糕。

孟媛媛：我的天哪，这个很贵的，算了算了。

孟浅浅：偶尔吃一次没事，你喜欢就好。

孟媛媛：姐姐，你太好了，你是我的大宝贝。

孟浅浅：就你嘴甜。

门在这时打开，应浩走了进来，他轻轻地解着衬衫纽扣，怕孟浅浅睡了，结果一拐弯看到她坐在床边。

他的脚步微顿，眼眸盯着她白皙的长腿。她的这身睡衣是黑色的，称得她更白了，应浩的眼眸眯起来，几秒后，走过去，两手按着她的腿，垂眸看着她。

男人突如其来的逼近，让孟浅浅的手一抖，她抬起头，对上他的眼眸："跟袁董谈完了？"

应浩："嗯。"

孟浅浅放下手机："那你去洗澡，衣柜里有睡衣。"

应浩没吭声，接着堵住她的嘴唇，孟浅浅"唔"了一声，应浩往前了一些，长腿替换了两手，孟浅浅不得已整个人跌回了床上，床柔软至极。应浩拉着她的手，十指交握，吻得深入，孟浅浅一头长发披散在白色的床上。

屋里灯光昏暗。

应浩偏头，亲吻她的脸颊，带着热气吻上她的耳垂，低沉中带着少许的调侃："嗯？姐姐？是这样吗？"

孟浅浅的脸颊滚烫，她偏头："你说什么呢？"

他笑着道："姐姐嘛——"

不一会儿，房间里的温度提升，孟浅浅的这种睡衣不堪一击，根本经不起他的折腾。

两个小时后，孟浅浅把肩带拉起来，把裙子往下顺，可又被他抱了回去，他亲吻她的脸颊，道："今晚我一直在思考。"

孟浅浅偏头，看着他狭长的眼眸："你思考什么？"

"该不该让你去进修。"

孟浅浅拽着他刚穿上去的衬衫："我自己会考虑，不用你帮我考虑。"

应浩抬高下巴，定定地看着她："我要是阻止，也会增加你的烦恼，不如我们一次性说开。"

孟浅浅的心猛地跳了一下，她说："你说。"

应浩问她："你别考虑媛媛，别考虑金钱，只考虑你自己，你自己说，你想去吗？"

孟浅浅沉默下来。

应浩："我知道你想的，你只是碍于媛媛，碍于金钱。"

孟浅浅："是。"

她承认，她有束缚，有压力。

应浩顺着她的头发，含着她的嘴唇亲吻了几下，道："所以，一年后我陪你去，我不放心你一个人在外面。"

孟浅浅愣怔了，她盯着他，她唇上还泛着水光："你也要去？"

"我也应该出去进修。"

"那华星集团呢？"

应浩："放心，人才总会有的，不过出去之前，我得跟你领证。"

孟浅浅："为什么呢？"

应浩："外面的男人那么多，没有已婚的身份，我不得把你每天都装在口袋里？"

孟浅浅一听，悄然翻了个白眼："哦，说得你好像没有女人盯着似的。"

应浩："哈哈哈。"

第二十六章

你　要　娶　我

这个话题不宜再继续下去。应浩说道："你先睡，我洗个澡。"说着搂着她的腰把她放在床上。

孟浅浅两手撑着床，看着他，道："你心慌了？"

应浩站起身来，脱着衬衫，听罢，睨她一眼："谁心慌？"

"你啊。"

应浩嗤笑，他的衬衫脱下，能看到肩膀上的抓痕深深浅浅，腹部肌肉线条分明："我没心慌，但是你们女人喜欢翻旧账，几百年前的事情比记账还清楚。"

孟浅浅仔细一想，好像是的，她说："是，我想翻翻之前的旧账。"

应浩穿着有些松垮的长裤，他一顿，站在不远处盯着她。她仰着头，跟他对视，房间里开了暖气，很暖和，橘色的床头灯投射过来，把应浩的身影拉得高大，他抓抓短得贴着头皮的头发，逼近她："不如，继续刚才的事？"

他眼底带着隐晦的欲望。

孟浅浅下意识地往后挪了挪，披肩滑落，露出白皙的肩膀，他顺着视线看去，孟浅浅在他目光的追击下，匆忙抓起披肩，她说："你转移话题。"

应浩挑起眉毛："这么美好的夜晚，聊这个做什么呢？"说着他手撑到床沿上，让后背呈一条直线，他肩膀微抬，显得锐利张扬，他偏头，堵住她的嘴唇。孟浅浅用手抓着披肩，缩着肩膀，被动地跟他接吻。他的吻技是越来越好了，越来越有进步，吻得孟浅浅迷迷糊糊的。

孟浅浅松开他，嗓音软糯："你现在不让我翻旧账，以后我还是会翻的。”

应浩：“随你翻。”说完他单膝跪在地上，抬起她的腿，孟浅浅再次跌在被子上。

袁从严家小区的环境比旧城区还有应浩住的公寓都要好，一个晚上都安静得很，早上保姆上楼时也会放轻脚步，所以孟浅浅一觉睡到天亮，没有任何梦境，睡得超甜。醒的时候应浩戴着耳机在听音乐，他的手还给她当枕头。

孟浅浅转动了一下脖子，应浩偏头看了她一眼：“醒了？”

孟浅浅点了点头，她搂着他的脖颈紧了几分，嗓音软糯：“几点了？”

应浩关掉音乐，取下耳机，翻了个身把她整个抱在怀里：“八点半。”

孟浅浅：“嗯，幸好没睡过头。”

应浩亲吻她的眉心：“干妈说几点出门？”

“十点半，我们估计在外面吃午饭。”

应浩轻轻地“嗯”了一声，下巴蹭着她的额头，手掌漫不经心地按着她的细腰，偶尔撩她裙摆上来，又顺手给她顺回去，但下一秒又恶劣地轻轻地拍她，孟浅浅脸红耳赤，低声道：“你快点起来。”

应浩笑了一声，手掌用力，把她紧紧抱住。

孟浅浅伸出手也抱着他的腰，他没穿上衣，呼吸都喷洒在他脖颈间，而他的文身她一撩眼皮就能看到。

颜色淡了一些，但是更加自然了。

原来情侣早上起床之前是可以一起赖床的，只是相互拥抱也可以赖好久。九点出头，两个人才磨磨蹭蹭地起床，洗漱完准备换衣服。

门被敲响了，应浩随手抓了一件睡衣套上，走过去开门，门外是保姆，她捧着一叠衣服递给应浩：“这是太太一早让人送来的新衣服。”

应浩看了一眼，接过来：“谢了。”他用长腿将门踢上。

孟浅浅从里面走出来，探头问道：“什么啊？”

应浩走过去，把衣服放在床尾：“给我们的新衣服，昨晚喝酒我们的衣服不能穿了。”

孟浅浅刚刚提了昨天的裙子闻了一下，那味道确实有点重。

应浩拿出上面的裙子，是一条红色的茶歇裙，款式很不错。他递给孟浅浅："去穿上吧。"

孟浅浅接过来，看着就挺漂亮的，她进浴室去换。

几分钟后，她走出来。

应浩刚套上一件黑色卫衣，他一抬头，眼眸微眯："这么好看的？"

孟浅浅挺喜欢这条裙子的，她在他面前转了一圈："我也觉得好看。"

应浩理好领子，伸手一把搂着她的腰拽了过来："这么好看今天别出门了。"

孟浅浅撞在他怀里，仰头看着他："你那么霸道的？"

应浩轻笑："是的。"

孟浅浅翻了个白眼，懒得搭理他。

两个人走出房门，九点半，楼下餐桌上他们已经在吃早餐了，听见脚步声，袁从严跟林筱雅转头看来，看到这对小年轻，一前一后地走下楼梯。

林筱雅万分欣慰，而且看到孟浅浅穿着她买的这条裙子："浅浅，快，阿姨看看，这裙子怎么那么适合你呢？"

孟浅浅的脸微微发烫，她走过去，手就被林筱雅牵着。

"吃饭吧。"袁从严看了一眼腕表，提醒道。

"对，吃饭，等下跟我出门，让他们两个男的玩自己的。"林筱雅让孟浅浅坐下孟浅浅就听话地坐下，她看了一眼林筱雅，赶紧低下头吃早餐。

吃过早餐，孟浅浅穿上外套跟林筱雅出门，江市的温度跟海城一样，有点湿冷，而且今天没有阳光，更冷一些。

林筱雅开车，看了孟浅浅一眼，女生真的很漂亮，穿着红色裙子更显白，林筱雅微笑。

车子一路来到江市的一家专门为女性提供服务的俱乐部，下车后，林筱雅让孟浅浅挽着她的手臂，她说："今天可能要跟几个姐姐一起吃饭，这些姐姐有些是应浩妈妈的朋友……你都叫姐姐就行。"

孟浅浅"嗯"了一声，她想了想，叫林筱雅："姐？"

林筱雅一听，笑起来："哎！嘴真甜。"

包厢门推开，香水味扑面而来。在长沙发那边坐着四五个女人，其中一个坐在单人沙发上的，是苏漫，她今天穿着一身暗紫色的旗袍，气质出众。孟浅浅猝不及防跟她的视线对上，愣了一秒，随即，她轻声地喊："苏漫老师。"

苏漫脸上带着淡淡的笑容，她先看孟浅浅一眼，再把目光扫向林筱雅："我还以为你今天不来了呢。"

林筱雅微笑："正好应浩带女朋友回来，我顺便就把她一块带出来了。"

这一说，另外四个姐姐立即看向孟浅浅。

"应浩的女朋友？"

"长得真标致。"

"这就是应浩的女朋友？看，戒指戴上了，是杂志上他说的那个吧？叫什么名字？"

四个姐姐对孟浅浅一下子来了兴趣。

林筱雅含着笑意："孟浅浅，你们叫她浅浅就可以。"

"浅色系的浅吗？"

孟浅浅点头："是的。"

"这，名字好听耶，过来坐姐姐这里。"

孟浅浅就被其中一个姐姐拉了过去，她坐在了她们中间，被香水味围绕着。孟浅浅能感觉到她们的热情。

"祝愿的儿媳妇呢，哈哈，祝愿要是在，她肯定会很高兴的。"

全场只有苏漫安静地坐在那里，脸上带着微笑，像之前无数次聚会那样，但似乎又不太一样。林筱雅直接在苏漫身边的长沙发上坐下，她笑着看了苏漫一眼，说："浅浅跟应浩挺配的，对吧？"

苏漫含着笑意，点了点头。

林筱雅："你这点头是真心的还是敷衍的？"

苏漫目光收了回来，对上林筱雅的眼眸，林筱雅依然带着笑容，但是少了亲切，跟上次吃自助餐时完全不一样了。

苏漫反问："很重要吗？"

真心或者敷衍。

林筱雅笑了笑："我们家老袁糊涂，我可不糊涂，但是我当时也没想到，你我站在一起谈孟浅浅的时候，想法居然是完全不同的。"

她是用看儿媳妇的目光看孟浅浅，苏漫却是以淘汰者的目光看孟浅浅。

林筱雅后来每次一想起来，就对自己生气，她居然没有察觉到苏漫的险恶用心。

那头，应浩妈妈的朋友拉着孟浅浅问了很多问题，比如：

“你跟应浩什么时候认识的？”

“认识多久了？”

“应浩跟你求过婚吗？”

“高中就认识啊，哇！听起来很美好啊。”

孟浅浅被轰炸得不知怎么回答，最后有个姐姐笑着问：“两个人吵过架没有啊？”

孟浅浅张了张嘴想说话，林筱雅那边替她回答：“吵嘛吵得少，主要是波折太多了。”

“咦，这是什么情况？”几个人看向林筱雅。林筱雅含着笑意，说道：“前段时间有个名门世家非要招我们家应浩做女婿，但在应浩身上不敢下功夫，就在浅浅身上下，逼她离开应浩，要不是这两个孩子情比金坚，估计就分手了。”

“什么？谁啊？欺人太甚。”

“对啊，什么时代了，还用这种旧手段。”

“天下的男人都死光了是吗？哪个名门世家啊，我听听看是不是劣迹斑斑的那几家。”

林筱雅笑着转头看了苏漫一眼，苏漫的表情还算镇定，只有放在大腿上的手轻轻地拧了一下。而那些姐姐还在问林筱雅，是谁呢？哪个名门世家？

孟浅浅也看到了苏漫的表情，她瞬间明白了林筱雅此番用意。

林筱雅收回视线，笑着对其他人道：“哎，不说了，给她们名门世家留个面子吧，下回你们谁倒霉跟她们家联姻上的话，我一定提醒。”

这话宛如一巴掌拍在苏漫的脸上。

林筱雅若是当场说可能还好，她这样欲盖弥彰，更加令人惦记。苏漫往前倾，拿起桌面上的手机，敲了几下，接着接了个电话，几秒后，她说：“突然有些事，先走了，我们下次再约。”

“好，下次再约。”

几个姐姐抬头和苏漫告别，苏漫很快便拢着披风转身出去了。

几个回马枪下来，林筱雅大获全胜，看着人走后，她笑着挪过去，说道：“把我儿媳妇还给我。”

“哟，还没结婚呢，儿媳妇就先叫上了，浅浅你同意吗？”

孟浅浅含着笑意摇头。

“你看，浅浅都不同意。”

午饭直接在会所吃，吃完了林筱雅带着孟浅浅回家，一进门，林筱雅就道：“太解气了！终于让我找到机会怼那个女人了。”

客厅里正在下象棋的两个男人抬起头，应浩伸手牵过孟浅浅的手，问道：“干妈带你去见了我妈的朋友？”

孟浅浅：“嗯。”

应浩笑着拉着她坐下，拿起一个橘子，剥开，喂到她嘴里：“她怼了苏漫？”

孟浅浅捂嘴咬着汁水，一听，反问：“你怎么知道？”

应浩：“猜的。”

袁从严听到这里，低下头继续摆弄棋盘，林筱雅倒了一杯水，喝了一大口，看向袁从严，问道：“袁董怎么不说话呢？”

袁从严：“咳……”

下午，两个人便要回海城市，林筱雅往车厢里塞了很多东西。创世纪的车厢在车头，应浩靠在车旁，说道：“没必要拿那么多。”

林筱雅一边塞一边说：“都是给浅浅的，不是给你的。”

应浩：“哦，那随你。”

塞完后，林筱雅伸手抱了抱孟浅浅：“下回陪干妈逛街。”

孟浅浅：“好的。”

“走了。”应浩伸手把孟浅浅从林筱雅怀里拽了出来，拉到副驾驶车门边，开门上车。孟浅浅坐进车里跟林筱雅挥手。应浩调了一下车座，启动车子。

很快，车子掉头。

渐渐地，看不到林筱雅和袁从严的身影了，孟浅浅才坐正身子，她看了一眼应浩，道："阿姨又像长辈，又像是我们的朋友。"

应浩"唔"了一声，手肘搭在窗台上："嗯，如果我妈还在，肯定也是这样。"

孟浅浅："是。"

这个世界上不是只有苏漫、黄秀琴这种妈妈，还有像林筱雅、祝愿这种妈妈。都说孩子是父母的映射，孟浅浅希望自己身上不要有太多黄秀琴的影子，她不喜欢。

回到海城旧城区，孟媛媛飞奔下来帮忙提东西，叽叽喳喳地跟孟浅浅说昨天的电影多好看，电影院里有多舒服。

孟浅浅看着妹妹眉飞色舞的样子，笑起来，揉揉她的头发。应浩提着东西走在后面跟着她们进了门。

林筱雅给的大部分都是吃的，正中了吃货姐妹的心。

吃过晚饭，孟浅浅洗完澡从浴室走出来，孟媛媛正坐在沙发上看电视，看得津津有味。孟浅浅直接拐进了自己的房间。

应浩开着笔记本电脑，正在翻看外国的学校。

孟浅浅擦着毛巾，凑过去看，道："我是不是应该现在就准备？"

应浩用指尖敲着键盘，想了想，道："干脆你考研算了，经管读研。"

孟浅浅搂着他的脖颈："为什么又改？"

应浩："外面乱。"

孟浅浅："哦。"

几秒后，孟浅浅道："那如果是读研，就没必要那么快领证了。"

反正都在国内。

应浩："也是要领的。"

"为什么啊？"

应浩："为了名正言顺地听你喊一声'老公'。"

孟浅浅："呃……"

这件事情定下来后，应浩就跟袁从严说了一声，袁从严那边点头，他昨晚听应浩的意思是要跟她一块出国。

袁从严觉得学习是好事，不能阻止，但是应浩毕竟身份特殊，所以他后来跟应浩又谈了一下。大意就是不一定非要出国，可以选择读研，跟周彦一样，这也是为了孟浅浅好，以方便她以后能走得更长，而不应该因为有妹妹要照顾而选择委屈自己。

他是认真地有在打算培养孟浅浅。

水珠滴落在应浩的手背上，应浩看了一眼，将椅子转了个身，把她拉到怀里坐下，拿过毛巾给她擦头发："头发又不弄干。"

孟浅浅："没来得及。"

应浩冷哼："以后没了我，你不行。"

孟浅浅笑道："是呢。"

应浩："敷衍呢？"

孟浅浅笑眯眯的，她说："我也松了一口气，不用出国，至少我能陪着媛媛。"

应浩眯起眼睛："你就想着孟媛媛，我呢？！"

孟浅浅："你……"

好好的，怎么突然就发火了？

这时，孟媛媛还发了微信进来。

孟媛媛：姐，姐夫今晚回去吗？

应浩冷笑，他拿起手机，按着语音："我不回去。"

孟媛媛："呃……"

大年初八全市各大公司开始复工，孟浅浅当然也得回东方上班。

刚开工事情不算很多，周蜜等人都有些懒洋洋的，一个个拿了红包直接拆了在那里数。孟浅浅漏了一些文件在家里，让李师傅帮忙去家里取回来，她抱着文件往厂房门口走去，便看到应浩跟四个中年男人正站在门口说话。

孟浅浅知道他们是一家汽车公司的负责人，目前在谈合作，想要购买东方的电池，她没有上前打扰，准备走上台阶。

"等下。"应浩一个错眼看过来，喊了一声。

孟浅浅停下脚步，看着他，有点茫然。

应浩走过来，来到她跟前，半蹲下去，说道："鞋带开了。"

孟浅浅却看到他们几个汽车负责人眼里带着的调侃。

看着孟浅浅的背影进了东方大门，应浩这才走向几个汽车负责人，那四个中年男人笑着看他，道："那就是杂志上你说的女生？"

应浩含着笑意："是。"

"你可知你这一番言论间接也给东方打了一个很好的广告吗？"商人重利，最先想到的都是利益的问题。

应浩的眼眸淡淡的，道："我说的是真心话，并非糊弄。"

"看得出来，有没有想过为她打造一款车？"

应浩对上他们的视线，含笑不语。

他们见套不出话，也笑了笑，随即不在这个话题上继续下去。应浩看了一眼腕表，说道："我们上楼谈。"

"好。"

这边，孟浅浅进门后，周蜜晃着手机，说道："我看到了，他给你系鞋带，你说这样的男人去哪里找啊。"

周蜜自认为是情场老手，但第一次被这样的爱情感动，或许是因为自己没有，所以才更容易被感动吧。

孟浅浅看到她手机上拍了她跟应浩的照片，她说："我看看。"

周蜜递给她，孟浅浅点开放大，看到他单膝蹲下时的样子，黑色衬衫，棱角分明的俊脸，周蜜是聚焦后拍的，还能看到他尾指上的咬痕。

孟浅浅看着心跳有些快，原来不管什么时候，她还是为他心动。她直接把相片转发到她的微信里。

周蜜"嚯"了一声："孟浅浅，你太自觉了吧。"

孟浅浅笑着把手机递给周蜜，说道："他本来就是我的，相片也是我们的。"

周蜜："天哪，你也学会秀恩爱了……"

孟浅浅的脸微微发红，朝研发室走去，周彦今年还没来，但是唐隽来了，在里面忙活着，孟浅浅拿着几张草稿走进去，放在他的手边。

唐隽抬起眼睛笑着看她："谢了，学妹。"

孟浅浅："不客气。"

唐隽手边的手机也跟着响起，他拿起来看了一眼，随后放下，放下时翻转了手机的屏幕，孟浅浅无意探人隐私，可是常慧慧是她好友，她笑问："慧慧什么时候回学校啊？"

唐隽低头翻着草稿，嗓音很淡："估计是明天，你要去接她吗？"

孟浅浅："学长明天很忙吗？"

唐隽："明天要跟导师去吃饭。"

孟浅浅："嗯，哦。"

"我先走了。"她说。

"慢走啊，学妹。"唐隽的声音淡淡的，孟浅浅出了门，把门关上，在门口站了几秒，随后才上楼。

因为她的办公室跟应浩的隔得不远，她一眼就能看到应浩靠在办公桌旁，抱着手臂跟他们那四个人谈话，他偶尔指尖划一下眉峰，漫不经心又好看。孟浅浅看了一会儿，推开门进了自己的办公室，然后把文件放在桌子上。她翻了一下，发现文件少了一份——是新季度新车的项目书。

东方创世纪到目前的市场已经饱和了，新车也即将要推出来，大概在三月份左右。但是此时还没看到项目书，孟浅浅记得年前应浩说会给她的，她拿起手机，编辑问应浩。

孟浅浅：新车的项目书在你那里吗？

几分钟后。

YING：在。

孟浅浅：我这边还没看呢。

YING：哦，你不用看。

孟浅浅：为什么啊？

YING：不为什么。

孟浅浅听着他这个语气就来气，这什么意思？浑蛋。

当然，孟浅浅觉得自己不能带着私人情绪，所以她把这个情绪压下来，先认真工作。中途去了一下江枫的办公室，江枫跷着二郎腿正在吃泡芙，听见脚步声，手划了一下鼠标，屏幕一黑，孟浅浅明明看到电脑屏幕上是新车的造型。

她问道："新车的设计，你开始了吗？"

江枫咬着泡芙，摇头："还没呢。"

"你吃吗？"他将手中的泡芙递给孟浅浅，孟浅浅接过来，咬了一口，看着他道："可是，我刚刚看到你屏幕上有稿子。"

"没有，那是画着玩的。"

孟浅浅："所以上次开会，新车不打算做了？"

江枫笑着仰头，说道："那我就不知道啦。"

孟浅浅看他这样，伸手抓着他的椅背，狠狠地转了一下。江枫"哎"了一声，赶紧放下腿抵住地板。

"老板娘，你过分了哦。"

孟浅浅转身离开，回了办公室。

下午四点多，因为开年第一天复工，没什么事情，大家都想早点回家。孟浅浅把文件归档后，站起身来，门就被敲响了。

孟浅浅一抬眼，便看到应浩推开门进来，拎着一杯奶茶，他低头拆开吸管插上后放在她的跟前。

孟浅浅扫了他一眼，没搭理，拎起包就要走。

应浩偏头看着她走动的身影，唇角勾了一下，手臂猛地搂住她的腰："奶茶不要了？"

孟浅浅被他抱了回来，抬手拍着他的手臂："不要了，谁稀罕呢。"

应浩单手按着她的腰，笑着靠在桌子旁，说道："项目书不是不给你看，而是被我 pass 掉了。"

孟浅浅愣住了，看着他："为什么呢？"

应浩："突然有了新的想法。"

孟浅浅："什么想法？"

应浩抵着她的额头，亲吻她的鼻尖："到时你就知道了。"

孟浅浅不知道他在搞什么鬼，但是她想了一下，说道："但是至少车子的各项数据你都要给我，我才好安排后续的宣传问题。"

"好，明天给你。"

孟浅浅："嗯。"

应浩另一只手拿起那杯奶茶，挪过来，递给她："可以喝了吧？"

孟浅浅偏头，咬住吸管。她今天涂了浅色系的口红，透明的吸管被她一碰就留了一圈印子，应浩紧搂着她的腰，道："你打算什么时候领证？"

孟浅浅顿了一下，她说："没想过时间。"

应浩说道："我希望能早点，就算不早点领结婚证，也得先做好准备，比如你和媛媛的户口本是不是应该先拿出来。"

孟浅浅咬着珍珠，一听："是，户口本得先拿。"

应浩看着她道："更何况，你还有一套房子没领。"

"什么房子？"孟浅浅有点蒙圈，应浩拿走她手里的小包，牵着她的手，朝门口走去。

"是啊，你还有一套新城小区的房子。"

听见新城小区，孟浅浅这才想起来，那是应浩之前准备求婚的房子，她听常慧慧说过，但是她完全没有想过以后会去住。

她抿唇道："估计得空置了。"

应浩转头看了她一眼："我就知道。"

"你舍不得孟媛媛。"他语气酸得很。

孟浅浅："呃……"她看着他的侧脸，拽了一下他的手，安抚的意味有点浓。

应浩冷笑："哄不好的。"

孟浅浅："谁要哄你。"

应浩："你……"

下了楼，研发室的门关着，唐隽估计还没走。孟浅浅看了一眼收回视线，应浩倒也注意到了，他知道她担心常慧慧和唐隽的事情，但是他们两个人的事情外人担心也没用。

他牵着她的手，开了车门，把她按在副驾驶位上，问道："晚上吃什么？”

孟浅浅看着他落座在驾驶位上，说道：“都可以。”

应浩：“去市场看看。”

“嗯。”

过年到现在，应浩基本都是在孟浅浅家吃的饭，所以买菜有时就变成他们两个人去买。车子停在菜市场旁边的停车场，两个人下车，朝菜市场走去，应浩肩宽腿长，牵着她一边看一边讨论吃什么。

孟浅浅说：“炒个土豆丝吧。”

应浩半蹲下去，去挑土豆。孟浅浅站在他身边，菜市场有点脏乱，他不愿意让她下蹲，于是只能他自己来了。

选了两个土豆，应浩拍拍手，孟浅浅拿着他的手机扫码付款。

应浩接过袋子，道：“买条鱼吧，今晚给你做糖醋鱼。”

孟浅浅挽住他的手：“真的啊？好啊，我好久没吃了。”

应浩看了她一眼，含着笑意往前走，他长得太吸引人了，市场里的阿姨都盯着他看，连吆喝声都大了很多。

两个人来到鱼摊前，应浩俯身看鱼，选了一条福寿鱼。

那阿姨捞起来，笑着问道：“我看你们年纪还挺小的，结婚啦？”

应浩顺着她的目光看了一眼无名指，他抬起眼眸，说道：“是的，结婚了。”

“恭喜啊。”

应浩：“谢谢。”

孟浅浅的脸微微泛红，她手里拿着手机，有点无所事事，而应浩的手里提着一袋子土豆，还提了一些香葱之类的。阿姨杀了鱼，把鱼装进袋子里，然后放在网中，可能是看孟浅浅手里什么都没有，于是网兜直接朝孟浅浅跟前递来。

网兜带着鱼腥味，孟浅浅倒不嫌弃，想要伸手。应浩一把握住那个网兜，挪到自己这边来，取走袋子，随后另一只手牵着孟浅浅的手，带她走了。

孟浅浅已经付好款了，她晃着手机对阿姨说：“已经付好了哦。”

阿姨笑着点头，然后看着那男人牵着女生的手就这么走远。旁边几个人小声地嘀咕：“小伙子长那么帅还那么宠老婆，上次来买菜的时候也是这样，他手里提着一堆东西，女生出了菜市场两手空空的，听说钱是女方管的。”

“你这也打听到了？”

“是啊，他们就住在这旧城区里，好像在斯格公寓那边也有房子吧。”

“斯格啊？那地方贵啊。”

“我女儿以后找的老公有他一半好我就得笑醒了。”

出了菜市场，应浩把菜放在车厢里，启动车子，回了旧城区，一进门，孟媛媛正坐在沙发上看电视，她很喜欢看古装剧，看了还要跟江枫讨论。

“姐，你们回来啦。”

孟浅浅换了鞋，扎起头发，把两个人的手机放在桌子上，道：“又在看电视剧。”

“好好看，今晚快演到高潮了呢。”

应浩对电视剧完全没兴趣，他拿着菜进了厨房，孟浅浅跟着他进去，取下围裙，帮他系上，两个人养成了默契。系好围裙，应浩打开水龙头开始处理土豆，孟浅浅站在一旁看着他。

应浩很利落地处理好鱼，看她还在发呆，凑过去堵住她的嘴唇。

孟浅浅的脸一下子就红了。

他吻了一下她的唇瓣，道：“去客厅等着，等下油溅你身上了。”

孟浅浅微微喘息，看着他的眼睛，突然觉得两个人领证也挺好的。她张了张嘴，问道：“你户口本现在……在你那里吗？”

应浩挑起眉毛：“嗯。”

孟浅浅：“哦。”

她转身走了出去，在沙发上坐下后，孟浅浅支着下巴看着电视。

很快，晚饭做好了。

孟媛媛一看桌上的菜，她叹了口气：“又全是我姐爱吃的菜。”

她拿起手机拍了一张照片，发给江枫。

孟媛媛：应浩哥做饭好吃是好吃，但是他做的全是我姐爱吃的菜啊。

江枫：难不成让他做你爱吃的？

孟媛媛：不敢不敢，偶尔奢望一下。

江枫：哈哈哈哈。

吃过晚饭，他们各自去洗澡。孟媛媛失宠多日了，希望应浩能回公寓，她在沙发上正打算说话，应浩拿起手机，给她转了一笔钱。

孟媛媛一看到钱，瞬间懒得反抗了，她指着房间：“应浩哥，你请。”

应浩嗤笑一声，解开衬衫领口朝屋里走去。孟浅浅在书桌旁翻着书本，看到他进来后，小声地问道：“今晚你在这里住？”

应浩拿起睡衣，睨她一眼：“不然呢？媛媛不赶我，你赶？”

孟浅浅摇头：“随你。”

应浩冷哼一声，转身去浴室，洗完澡出来，孟浅浅已经开始看书了，她要准备考研现在就得开始学习。应浩擦擦头发，让孟浅浅起来，孟浅浅站起来，应浩在椅子上坐下，接着按着她的腰，孟浅浅坐在他的腿上。

应浩的身子往后靠，一手搂着她的腰，一手按着手机，他说：“我明天回连城。”

孟浅浅一愣，转头看他：“明天？”

“嗯。”

“不是说十五吗？”

“外婆有点感冒，我回去看看。”他放下手机，抬起眼眸看她。

孟浅浅点了点头：“好，有什么需要交代我的吗？”

应浩眯起眼睛：“不许跟别的男生走得太近。”

孟浅浅拍他的肩膀：“我是问工作上的。”

“公司你全权看着，有什么事打电话给我。”

孟浅浅：“好的。”

几秒后，她往前搂着他的脖颈，应浩偏头轻声问道：“终于舍不得我了？”

孟浅浅趴在他怀里，没应声。

应浩亲吻她的脖颈，道：“舍不得就早点跟我领证。”

孟浅浅缩在他怀里，还是没应声。

隔天一早，唐隽开车来接应浩去高铁站，他一个人回去懒得开车，直接坐高铁方便。孟浅浅就没跟着去送，她还得去东方，只是不太明白唐隽有空去送应浩，为什么没空去接常慧慧。

目送车子走后，孟媛媛挽着孟浅浅的手道："姐，我也要去东方看看。"

孟浅浅："走吧。"

两个人坐上李师傅的车，前往东方，唐隽送完应浩没回东方，下午两点多，常慧慧的高铁到了，孟浅浅跟孟媛媛一块去接常慧慧。

常慧慧的头发居然剪短了，拖着行李箱从里面走出来，看到孟浅浅笑着立即抱住她："想死我了。"

孟浅浅笑着也回抱住她："这个年过得怎么样啊？"

常慧慧松开她，笑道："还可以。"

她的眼眸往外扫了一眼。

孟浅浅说："唐隽跟他老师去吃饭了。"

常慧慧一顿，笑道："哦，我知道，他跟我说了，走吧，我给你们带了土特产。"

孟媛媛一听有吃的，说道："江枫肯定得高兴死吧。"

常慧慧看了一眼孟媛媛："哦，你们有情况。"

孟媛媛："什么情况？"

孟浅浅拽了一下常慧慧的手，让她闭嘴。常慧慧嘿嘿一笑，三个人上了李师傅的车，一路回了旧城区。应浩不在，常慧慧今晚干脆就在她们家住下，三个人挤在孟浅浅的床上聊天说话。

孟浅浅的手机亮起来，来电是应浩，她立即接了起来。

应浩的嗓音从里头传来："忘记说一声了，你的床不要被别的人碰，女的也不行。"

在床上的常慧慧和孟媛媛愣了一秒，反射性地起身，下了床。

孟浅浅拦都拦不住，她握紧手机："床是我的。"

应浩："乖，如果她们非要在你房间待着，让她们打地铺吧。"

孟媛媛："啊……"

常慧慧:“呃……”

过分啊，过分啊。但她们同时也被这男人的占有欲所折服，简直了。

常慧慧下意识地看了一眼桌面上自己的手机。

毫无动静。

连城的冬天也是湿冷湿冷的，所以外婆才会感冒。应浩进门后，放下行李箱，把祝愿的牌位摆了出来。

外婆戴着帽子站在柜子前，将香递给他，应浩走上前，接过来，随后跪在地上，微微俯身，说道:“妈，我把华星集团要回来了，也把东方做起来了，你可以放心了……”

他三叩头，接着又道:“还有，我要娶妻了，她叫孟浅浅，她陪着我走过最艰难的时候，是我生命里的光。”他再叩头。

维持这个姿势许久，他才缓缓抬起头，站起身来，看着祝愿温柔的笑容。母子俩似乎在对视，几秒后，应浩才把香插上:“明年一定带她来见你。”

旁边，外婆咳了一声，应浩扶住她，道:“吃药没？”

外婆:“吃啦，我都说没什么事，你非要跑一趟。”

应浩把外婆扶在沙发上，给她倒了一杯水，说道:“我放心得下？”

外婆便不再说话了，外公从后院进来，看到应浩倒是不惊讶，问道:“中午要吃什么？”

应浩:“都行。”

下午外婆还有些低烧，应浩怕她烧起来，一直守在她的床边，外婆握着他的手，问道:“什么时候结婚哪？要给那个孩子一个婚礼啊，聘礼、房子和车子一样都不能少啊。”

应浩拍拍她的手背，低声道:“知道，都准备着呢。”

外婆:“那你们什么时候结婚哪？没给个时间啊？”

应浩:“她还在考虑。”

外婆:“你怎么不太行啊。”

应浩:“我……”

晚上，外婆的烧退了，应浩想起孟浅浅这个性格，于是看着外婆睡着后，打电话给孟浅浅，让她别让孟媛媛碰他们的床。

让孟媛媛她们两个女生走后，孟浅浅趴在床上道："我没想到呢。"

应浩："你这小脑袋，我就知道。"

孟浅浅："你才是小脑袋。"

应浩轻笑。

孟浅浅在那头想了一下，问道："外婆怎么样了？"

"下午有点发低烧。"

孟浅浅："现在呢？"

"烧退了，刚躺下。"

孟浅浅："那就好。"

随后两个人安静下来，各自的床边都没有对方，孟浅浅抓抓头发，她想了一下，道："我怀疑我的户口本不好拿。"

应浩："嗯？怎么说？"

孟浅浅："我们一家五口都在一个户口本里，我妈那个性格肯定不让我拿的。"

应浩眯起眼睛："你结婚她都不肯？"

孟浅浅想了一下："倒也不是，我爸应该可以。"

应浩："那就从你爸那里下手。"

孟浅浅："嗯。"

几秒后。

应浩："想我吗？"

孟浅浅："嗯。"

她在床上滚来滚去，但是偌大的床只有她一个人。

应浩轻笑："我也想你，对了，我明天上你家一趟吧？"

孟浅浅停止滚动："啊？"

应浩："给你爸妈先打个预防针。"

孟浅浅突然想到一件事情，之前黄秀琴一直不肯让她跟应浩在一起，她坐起来，盘着腿说道："好，你去，然后你告诉她，你是应浩，你要娶我。"

她已经可以想象黄秀琴那张脸的表情了，肯定精彩。应浩挑起眉毛，发现她有时也挺坏的。

他的嗓音低低沉沉：“老婆，你有点坏。”

孟浅浅的脸红起来，她说：“没你坏。”

“哦？视频打开，我看看你。”

孟浅浅打开视频，应浩看到她趴在床上，小脚跷着，眼睛水润润的。应浩解开了衬衫领口往后靠，盯着她不说话。

孟浅浅：“干吗？”

应浩看了她很久，突然身子往前倾，嗓音低哑：“你今晚穿的吊带裙睡的？”

孟浅浅：“啊，是啊。”

应浩：“你平时跟我睡的时候，你都穿的棉裙，我不在你就穿吊带裙？”

孟浅浅：“你……”她犹豫两秒，关了视频。

隔天，连城天气灰蒙蒙一片，听说是有雨。应浩进屋去看外婆，外婆这一觉睡得挺好，只是还有点咳嗽。感冒后的咳嗽最拖拉，应浩扶起外婆，说道：“吃过早餐，得去看看医生。”

“好啦，没什么大不了的。”外婆握着外孙的手站起来，两个人出了房门，去吃早餐。吃过早餐，应浩带着外婆去看了医生，开了些药回来。

午饭过后，应浩看着外婆睡下，随后关了门，整理了一下兜帽的领口，随后拿着车钥匙，走出门。他家的这个小区距离孟浅浅家的小区有点距离，他沿着墙边走，眉眼冷峻，加上黑色的卫衣，他整个人像是泼在墙上的墨水，神秘，又疏离。

应浩拐出巷子，往前走了不远进了小区。连城老式房子多，基本都是楼梯房，跟海城市的旧城区一样，应浩走上楼，来到孟浅浅家门口。

家庭住宅很少关门的，此时屋里开着电视，沙发上没人。应浩屈指在门上敲了敲。几秒后，“谁啊？”伴着这一声，黄秀琴从厨房里走出来，视线一扫，对上门外的男生，不，应该说是男人。

黄秀琴是记得这张脸的，她愣了几秒：“你……”

“中午好，阿姨。”应浩眉梢微挑，轻轻问候。

“你……你来干吗？”

“我为浅浅而来。”

黄秀琴听见这话，头皮一麻：“什么意思？”

“阿姨，我认为你现在得给叔叔打个电话，我想谈的人是他。”

黄秀琴这辈子没出过连城，不知道外面的世界，但电视没少看，以前应浩在她眼里就是个孩子，是可以任由她怎么贬低都行的。但此时站在门口的高大的男人，出色的长相，那一身的气势，压制得她说话都有些结巴，等她反应过来，她已经给孟致贤打了电话。

很快，孟致贤赶来，一上楼对上应浩的视线，孟致贤匆匆说道：“进屋聊。”

应浩长腿一迈，走了进去，在沙发上落座，沙发跟茶几的距离太近，他得略微往后靠。孟致贤在对面的椅子上坐下。

黄秀琴使劲地跟自家丈夫使眼色，可惜孟致贤的注意力都在应浩的身上，他在打量这个男人。

黄秀琴只得倒了茶水，放了一杯热茶在应浩的跟前，就这么短短的几分钟，黄秀琴已经不太敢看应浩了，气势太强。黄秀琴回了餐桌，跟自家丈夫各占一边，两个人的椅子都高于沙发，却还是敌不过沙发上男人的气场。

安静了几秒。

孟致贤问道：“你叫？”

“应浩。”应浩抬起头，往后靠了靠。

孟致贤点了点头：“你说你为了浅浅而来，浅浅现在在海城。”

“我知道，我们在交往。”这话一出，黄秀琴的脸色一变，孟浅浅果然跟应浩又勾搭在一起了！

孟致贤却愣了一下，紧接着他想起了一些事情，他似乎在楼下见过这个男人，而那会儿，也是孟浅浅从海城回来的时候。

孟致贤正了正身子：“你们什么时候开始交往的？你们高中是同学对吗？”

“是，高中同学，交往……严格来说从浅浅大一下学期开始到现在。”

孟致贤一算时间，这么长。

黄秀琴立即对孟致贤说道："我都说了，不要支持她去海城读书，她压根就不是为了读书，她是为了这个人，你以为她能好好读书吗？她不能，她现在还把嫒嫒带出去，以后嫒嫒估计……"

"阿姨！"应浩突然出声，声音低沉而冷漠。

声音一出，黄秀琴转头看向应浩。

应浩用手掌撑着膝盖，盯着黄秀琴道："浅浅准备读研，你们有钱吗？"

"什么？读研？"连孟致贤的脸色都跟着变了。黄秀琴和孟致贤现在哪里负担得起她们读书，他们下意识地这样想，但忘记了他们对两个女孩早就撒手不管了。

应浩的唇角扯了一下："没钱就闭嘴。"

黄秀琴不敢置信地看着应浩。

应浩紧接着道："我跟浅浅打算领证，需要户口本，今天我主要是来拿户口本的。"

这下连孟致贤都愣住了，反应过来后："领证？要结婚？"

黄秀琴："不行，不可以。"

应浩笑了笑，盯着他们道："你们有什么理由反对呢？"

"她没家了，我给她一个家，你们还要反对？你们这么当父母的？"

黄秀琴："那也轮不到你……你，你……你什么都没有，你还敢上我们家提亲。"

孟致贤却看着应浩，他心里很震撼。

应浩的眼眸犀利，看着他道："叔叔，我说得没错吧？你们舍二取一，逼得两个女孩在外面过年，漂浮无根，她想结婚你们还要拦着吗？"

孟致贤一声不吭，脸上只觉得火辣辣的。

黄秀琴却不干了："户口本不会给你的，孟浅浅的结婚对象也不可能是你，我很早就反对她跟你在一起的，我坚决不会让她嫁给你的。"

应浩看着黄秀琴，笑了："十万彩礼。"

黄秀琴听见这个数字，喉咙顿时卡住了。

孟致贤看到自家妻子这样，瞬间恼火："你丢不丢人？丢不丢人！"

黄秀琴满脸的委屈，她看着孟致贤："十万，我们……我们现在这样，十万，我们可以……”

“闭嘴！你闭嘴！”孟致贤猛拍桌子。刚刚应浩的话已经在他脸上打了一巴掌了，此时黄秀琴的反应只是在他脸上那一巴掌添了一层麻油。他转头看向应浩，说道：“你先回去，这件事以后再说。”

应浩挑起眉毛，笑了笑，手插在裤子口袋里，冲孟致贤点了点头，随后他转身走了出去。

黄秀琴看着他走出去，差点就上前拦了。

应浩走出门，带笑的眼眸沉了下来，他把手搭在栏杆上，在原地站了一会儿，指尖用力，呵，都是什么父母。

“咔嚓”一声，本就有些年头的木制栏杆微微裂开。

应浩这才敛了神情，走下台阶。

回到家里，外公外婆都在午睡，应浩把自己扔在沙发上，敞着腿，靠在椅背上，他发了一会儿呆，随后拿起手机，点开后直接拨了个视频电话过去。

响了几秒钟。

那头接了，镜头晃动，接着孟浅浅的脸才进入视频，她扎着马尾，有些喘气，眼睛很水润。

应浩眯起眼睛：“在外面？”

孟浅浅点头，她手机晃动了一下，常慧慧跟孟媛媛朝他挥手，她又把手机挪了回来，孟浅浅说道：“我们在商场逛街。”

应浩看着她：“你想买什么？”

孟浅浅：“就逛逛，也没说要买，刚过完年呢，还有很多东西，主要是想吃点蛋糕。”

应浩听着，唇角勾了一下：“买花田牌的？”

孟浅浅：“差不多吧，媛媛上次说很好吃，我想带她吃点。”

应浩：“好。”

孟浅浅看着他那边光线有些昏暗，他的头发又短了一些，看起来野性十足。她问道：“外婆跟外公呢？”

“都在午睡。”

“哦，你去我家没？”

应浩顿了顿，说道：“去了。”

“他们怎么说？”

听她这样问，看来他们还没给她打电话，应浩微敛了眉眼，说道：“你先逛街，我晚上再跟你聊。”

孟浅浅很好奇黄秀琴的反应，但此时确实不是说话的好时候，商场里人太多了。她嗓音软糯：“好吧。”

有点儿撒娇。

应浩笑起来，看着她漂亮的眉眼，想她了。挂断视频后，应浩点开支付宝，给孟浅浅转了 50000 块钱。

YING：给你买蛋糕。

孟浅浅：你转那么多钱干吗？买块蛋糕才多少钱啊！

YING：剩下的给你当零花钱。

孟浅浅：你……

常慧慧和孟嫒嫒看着孟浅浅账号上的钱，羡慕的眼泪从嘴角边流了下来，孟浅浅的支付宝原本才 1002 余额，现在变成了 51002 元。

孟嫒嫒心想，她姐夫给了那么久的钱还不如他给姐姐一次轻飘飘的转账。

很好，这个姐夫太可以了，天花板级别。

吃了药，老人家就爱睡，晚上吃过饭应浩陪着外婆在后院散散步，不一会儿她就困了，应浩扶着她去休息。

这时，他的手机响起，来电是一个连城的手机号，他看了一眼，挑起眉毛接了。

那头，孟致贤的声音传来：“是应浩吗？”

应浩的嗓音很低：“是的，孟叔叔。”

孟致贤：“有空吗？我们出来聊聊。”

“有空。”

孟致贤报了一个地址，应浩挂断电话，跟外公说了一声，外公按着遥控器说道："外面下雨，带把伞去。"

应浩看了一眼外面密密的小雨，应了声好，走到门边，顺手拿了一把黑色的雨伞，撑着走进了雨里。

孟致贤说的地方在三中附近，是一家名为尚佳的烧烤店。应浩抵达时，孟致贤已经到了，他正坐在靠着雨棚旁的矮桌子上。

应浩走过去，将雨伞收了，他肩膀上落了点儿雨水，他在椅子上坐下来。

孟致贤从一旁拿了一瓶啤酒，递给他："喝吧？"

应浩接过来："喝。"他打开，喝了一口。

椅子有点矮，桌子也矮，他的长腿无处安放，只能往后移了移，空出点儿位置。孟致贤看了他一眼，这男生长得好看这点先不说，最重要的还是身上那股气质，蠢蠢欲动，带着痞味和野性，他说："我见过你。"

应浩撩起眼皮，没应声。

孟致贤接着说："上次在我们家楼梯口跟你擦肩而过，你当时脸上似乎被打了一巴掌。"

应浩点头承认："嗯，是你女儿打的。"

孟致贤："我猜也是。"

他的语气很平静，他喝了一口啤酒，烧烤也跟着上了桌，孟致贤拿起一串鸡脆骨，吃了一口，外面是淅淅沥沥的雨水，溅到了脚边。他说道："浅浅一直很懂事，几乎不怎么需要我们操心，或者……是我们不关心她吧。"

应浩咀嚼着脆骨，听着冷笑一声。

孟致贤看着男生明显的嘲讽，他心头一紧，说道："不管如何，她想结婚，我没资格阻止。"

应浩捏着啤酒，又喝了一口，看着孟致贤。

孟致贤说："我打给浅浅，我需要问问她，她是不是真的想嫁给你。"

应浩："好。"

孟致贤拿出手机，在这雨水滴答的环境下，拨打了孟浅浅的电话，孟浅浅过了几秒才接起来，嗓音温软："爸？"

这一声爸让孟致贤不知为何，心头一震。他捏着啤酒瓶，道："浅浅，你想好了？你要嫁给他吗？"

这一问，雨水仿佛都停止了，只剩下零散几滴水声，咚咚咚的像是砸在人的心头。孟致贤看着应浩，应浩盯着手机，指尖下意识地捏紧啤酒瓶，咀嚼的下颌无意识地动了几下，像是在等待一场审判。

淅淅沥沥的，雨水又多了些，在这雨声中，孟浅浅温软的嗓音再次传来："爸，我想好了。"

应浩浑身的劲像卸下一样，他收了收长腿，继续咀嚼着鸡脆骨。

孟致贤收回在应浩脸上的目光，他握着手机，对孟浅浅说："这么多年了，我没有尽到当爸爸的义务，高三那一年我跟你妈也是一样，自私地希望你能留在连城，我那时希望你能肩负起带弟弟妹妹的责任，甚至也认为你不继续读书反而会更好，至少你妈还能有个帮手。所以，我从来没阻止过你妈对你的严厉。复读那年，你很努力，我也看在眼里，你妹妹为了你，牺牲掉自己的学习时间，揽下了很多家务活，我看到你们姐妹的相互帮助，也自私地希望你们以后能用这样的态度对待你们的弟弟，来帮助他。但是，你弟弟终究是被我们宠坏了，他现在变成这样，是我和你妈都不愿意看到的，但是我们放不下他，曾经期待他到来的这份感情至今没有变少。我也反思过，我们对他的教育以及溺爱，但既然事已至此，我还是得对你弟弟负责。希望你不要怪我们。"

孟浅浅的泪水一颗一颗地掉落。

她咬着牙，笑了，说道："好，我知道，这是你们的选择，而我的选择，也是将媛媛带走，远离你们。你们自己种下的苦果，不应该剥削到我们的头上。"

说完，孟浅浅直接挂了电话。

"嘟嘟"的声音传来，就像是一场审判结果敲下的锤音。孟致贤垂手，放下手机，他侧过身子，从一旁拿起一个文件袋，递给应浩："我们家不需要彩礼，希望你能照顾好她。"

应浩伸手接过文件袋："不用你说，我也会照顾好她的。"

说到这里，也没必要再留下来，应浩站起身来，招呼服务员买单，随后拿起一旁的雨伞，撑开了走出去。留下孟致贤坐在原地，一口一口地喝着啤酒，鬓角白花花一片，他老了。

半个小时后，孟致贤进了家门。

黄秀琴冲过来，朝他发起了疯："你把户口本给他了是不是？彩礼呢？彩礼呢？"

孟致贤推开黄秀琴。

黄秀琴号啕大哭："十万啊，十万啊，那个浑球他压根就没钱，他诓你的，他故意诓你的，知道你会心软，知道你会愧疚，专门挑事，故意拿十万引诱我们。"

"你也知道是引诱？你还上当？"

黄秀琴："难道我不是为了我们着想？为了孟啸着想吗？十万块够我们生活好久了，你就这么轻飘飘地给他，孟致贤你装大方，你假惺惺，你都穷成这样了，还要面子？"

"那就可以卖女儿吗？"孟致贤狠狠地把衣服扔在地上，盯着黄秀琴反问。

黄秀琴愣怔了："这怎么能算卖？要彩礼不应该吗？"

"你自己问问，你有资格要这份彩礼吗？！"孟致贤大声地喝道。

黄秀琴看着他凶神恶煞的脸，吓到了。

孟致贤："这件事情就到这里，我给浅浅打过电话，她自己同意要嫁的，既然我们不能为她做什么，就不要干涉她的选择。"

黄秀琴一听是孟浅浅同意要嫁的，她顿时冷笑："我就说了，她当初就冲着那个男的去的，还没学会飞，就要嫁人，她迟早得后悔。"

孟致贤的脸色难看："她是你女儿，不是你仇人，你这是什么意思？你就盼着她嫁得不好后悔吗？"

黄秀琴冷笑："连十万块彩礼都要算计的浑球能有多好？孟致贤，我也看明白了，你也别假惺惺表示自己有多大度，你就是想甩掉她们而已。"

孟致贤简直不敢相信她能说出这样的话。黄秀琴被他的眼神盯得害怕，转身往房里走去，一把关上门。

挂断电话后，孟浅浅的泪水还在往下掉，孟媛媛立即上前抱住孟浅浅："姐，别哭，他们不要我们，我们也不要他们。"

孟浅浅："嗯。"

常慧慧赶紧拿了纸巾给孟浅浅擦泪水，说道："没关系的，以后就定居海城市吧，多好，这可是一线城市，更何况，浅浅，你还有应浩。"

孟浅浅拿过纸巾擦拭泪水，说道："我就不该对我爸爸抱有期待。"

孟媛媛："姐，我从来就没有期待，你要学我。"

孟浅浅看着她，捏她的脸。孟媛媛再次抱住孟浅浅，这时，孟浅浅的手机亮起来，她点开一看，应浩发了户口本的照片过来，孟浅浅的心安定下来。

YING：收一下。

孟浅浅：收什么？

下一秒，她的银行账户入账100万。

YING：这是给你的彩礼。

孟媛媛跟常慧慧探头一看金额，愣住了，这下子泪水从嘴角边直接掉到地上。孟媛媛掰着手，算道："一个零、两个零、三个零……"

常慧慧："不用算，7位数，6个零。"她抹了一下口水说道。

YING：不要拒绝，这钱就是彩礼，放在你的银行账户里，想怎么用随你。

这段话发过来的时候，孟浅浅正在编辑字，她看着这段话，几秒后，删除了正在编辑，那就先收着，以后再说。

第二十七章

东 方 浅 浅

三天后，海城大学开学，应浩也回来了。他拿着自己的户口本跟孟浅浅的放在一起，说道："先放你那里，我们挑个日子去领证。"

孟浅浅收下两本户口本，看着他，应浩搂着她的腰，堵住她的嘴唇。

接下来，应浩和孟浅浅准备看日子领证、办婚礼。林筱雅为婚礼这件事情跑了好几次海城找孟浅浅。

孟浅浅主要是准备考研，但也经常要去东方，秘书室又找了两个秘书，属于孟浅浅的下属，都是帮着处理工作上的事情。

应浩提交了毕业论文，他整个大四下学期很少回学校，主要是待在东方跟华星。而东方的新车迟迟没发布，孟浅浅收到数据两个多月了，还不见项目书启动，为了这件事情，她晚上都磨着应浩。

应浩揽着她的腰，按着手机，一直用再等等来敷衍她，孟浅浅干脆把他踢下床。

六月份，应浩顺利毕业。夏日酷暑，孟浅浅给房子重新换了两个空调，暑假也正式到来，而就在她在思考晚上要吃什么的时候，东方大群里收到了一条信息。

@所有人，今晚新车发布会，有空的可以赶往会展中心去看看。

东方内部群瞬间炸开。

哇，终于出来了。

我们家这辆车是秘密武器吗？我怎么没听说项目启动啊？

哈哈，你们都没听说过吧。

@研发部 你们肯定知道，说吧，说吧。

孟浅浅此时也想问唐隽跟周彦还有江枫，搞什么鬼？为什么她会什么都不知道？不过，她可以直接找应浩。

孟浅浅：新车都要发布了，我才知道？应浩！

YING：乖，晚上记得到会展中心，李师傅会去接你。

孟浅浅：浑蛋。

孟浅浅：浑蛋，浑蛋，浑蛋。

YING：别这么喊。

孟浅浅：我偏喊。

应浩发了一条轻笑的语音过来，听着他低沉的笑声，孟浅浅的耳根又发烫起来。

晚上，孟媛媛回来吃饭，吃完饭，姐妹俩出门，李师傅已经在楼下等着了。她们上车，一路赶往了会展中心。

上次发布会是银色的主题，今天的主题是蓝色的，炫彩一般的蓝色。

宣传语只有四个字——挚爱一生。

孟媛媛指着宣传语："这是什么？这像是卖钻戒的。"

还真别说，真挺像的。

孟浅浅都怀疑走错了地方，周蜜站在门口朝她招手，她才确定，她看着周蜜："是不是整个公司只有我被蒙在鼓里？"

周蜜笑起来："你猜啊。"

孟浅浅拉着媛媛转身就走进入口，媛媛也认识周蜜了，跟她挥手打招呼。

今晚人山人海，周彦在前面朝她招手，江枫也是赶紧拍了拍椅子，唐隽则在后台没出来。

孟浅浅挤过去，跟媛媛坐下，问道："什么情况？"

周彦含着笑意："看看就知道了。"

江枫也是一脸的神秘。

孟媛媛："我感觉你们都贼贼的。"

江枫："你才贼呢，等会儿下巴别掉了。"

孟浅浅听着他们的话，看着舞台。十多分钟后，嘈杂的会场安静下来，紧接着灯光暗了一些，一个高大的身影从侧面的楼梯走了上来，他穿着黑色衬衫跟长裤，戴着腕表的手握着一个话筒，指腹上戴着一枚素圈戒指，尾指有一个月牙形的咬痕。他来到舞台中央，所有人看到他的正脸，纷纷尖叫。

应浩！

孟浅浅愣了一下，没想到今晚他会上台，他如今身居高位，这种新车发布会当然不需要再亲自出马。

应浩垂眸，看向孟浅浅，很直接，狭长的眼眸里带着笑意。

孟浅浅愣怔了。

应浩抬手，握着话筒，说道："晚上好。"

他嗓音低沉，一出来，全场的人再次尖叫，许多人身为东方的粉丝，完全没想到这次新车发布会应浩会上台，这简直是意外之喜。

应浩含着笑意，在舞台上踱步，几秒后，他说道："感谢大家百忙之中抽空而来，看到你们拿着东方的应援牌，挺有意思的，也挺感动的，这也是创造带来的幸福感，东方的使命任重而道远。"

"啊——"粉丝再次尖叫。

应浩含着笑意，把手插在裤子口袋里，宛如在自家的客厅一样，自在，从容。偏偏灯光又照射在他的脸上，使得他的俊脸更加清晰，宛如一幅画一般。他用薄唇靠近话筒，说道："感谢你们的喜欢，今天这款车，续航突破 1200 公里，当然，这不是最重要的。"他抬起眼睛，看向现场，"最重要的是，这款车，为了我老婆而制造的。"

全场瞬间安静下来。

安静一秒后，尖叫声哗然飙高，像是要冲破屋顶。

孟浅浅的心脏一阵紧缩。

应浩的眼眸看着她，说道："这款车，名叫东方浅浅，给挚爱的她。"

说完，一辆蓝银色的轿跑缓缓地从后面开了出来，看到车子的那一刻，所有人都疯狂尖叫，太好看了！啊！科技感满满的线条，太帅啦。

孟媛媛一把抓住孟浅浅的手臂："姐，你看到了吗？你的车，你的车，你的车，以后全中国都知道，应浩的老婆叫孟浅浅。"

应浩的老婆叫孟浅浅。

应浩含着笑意，问道："喜欢这辆车吗？老婆。"

聚光灯"唰"地一下子打到孟浅浅的身上。女生很漂亮，眉眼弯弯，温柔甜美，是一道风景线。

那些之前喧哗的人纷纷赞叹："真漂亮啊，真漂亮。"

孟浅浅躲闪不及，她红着脸，心跳加速，在这聚光灯下，拿起手机拨打应浩的电话，应浩在台上接了起来。

所有人都看着他们隔着这么一段距离对视，通话。

孟浅浅抿紧嘴唇，道："量产以后，你老婆要被很多人买回家了，你可真行，应浩。"

应浩："啊？"

全场看到他变脸。

"哈哈哈哈……我现在就订一台。"

"立马订，立刻，现在就订。"

"哈哈哈哈……大型翻车现场，笑死了。"

"热搜预订，哈哈哈。"

"应总，你还是太年轻了，我不管，我觉得好浪漫，谁都不可以反驳我，我现在预订三台，把你老婆抱回家。"

"赶紧订，他等一下后悔了，直接关闭后台。"

"哈哈哈哈……"

应浩确实也后悔了，立即让人关掉预订通道，并发了声明，新车稍作调整，三天后重新上市。但是他这么做一点用都没有，因为今晚新车发布会在这最后一幕直接登上热搜，很多东方粉丝表示只要这辆车，只要开通预订通道，立马下单。

东方官博表示：

稍作调整只是改些小细节，大方向不会变，请大家耐心等候。

这条官方微博底下有很多评论——

哈哈哈，亲眼见证了一个男人的玩不起。

应浩，你玩不起。

你玩不起，你玩不起。

笑死，被一位老兄说中了，应浩真的关闭了后台，真是绝了。

哈哈哈，上热搜啦，你还想低调？做梦吧。

我拿着号码牌，等着买你们的车，车牌又不用摇，车子又那么好看，想让我放弃？没门。

你玩不起！

我除了这辆车，我哪辆都不要，应浩，你玩不起。

我不想等，我想拥有“东方浅浅”。

无心插柳柳成荫，华星集团和东方的股东投资者估计都没料到，一次平平无奇的新车发布会会让东方上了热搜，不花一分钱宣传就这么上了，还直接上了前十。

应浩下了台，让销售部注意后台，唐隽靠在椅子上，摊手笑道：“完蛋，你打算怎么调整？”

应浩的长腿踩着高脚椅的脚踏，说道：“把浅浅的标识去掉就行，修改一下系统。”

唐隽点头：“这简单。”

后门推开，应浩转头看去，孟浅浅站在那儿看着他，应浩朝她走过去，牵住她的手。

孟浅浅说道：“让你瞒着我。”

应浩咳了一声，道：“想给你个惊喜。”他用脚勾了一张椅子给她坐下。

孟浅浅坐下后，问道：“你真打算关闭后台啊？”

应浩俯身撑在她后面的桌子上，用指尖划着她的眉心，说道：“嗯。”

孟浅浅：“陈董他们可能不会同意哦。”她抬手搂着他的脖子，说道。

应浩："让他们轰炸吧，我们明天去领证。"

孟浅浅："好。"

随后，应浩跟唐隽说了一声，牵着孟浅浅从后门离开，后门停着一辆蓝银色的轿跑，在月光下熠熠发光，东方的LOGO很漂亮地竖立着。应浩拉着孟浅浅走到车后面，指着车尾给她看，孟浅浅一眼看到银色的"浅"字，还真别说，浅字跟这辆车很配，有种淡淡的美感。

"漂亮吗？"他低头看她。

孟浅浅伸手摸了摸那个"浅"字，说道："很漂亮。"

有人用她的名字创造了一辆车，这是她从来想都不敢想的，她抬起眼睛看向他，几秒后用手搂着他的脖颈，在他唇边落下一吻。应浩愣了一秒，随即，手臂紧了几分，低声道："还不止呢，看看全车？"

孟浅浅点了点头。

应浩笑着带着她走向副驾驶位车门边，开了车门，把她按在座位上。

刚坐好，应浩对着中控问道："坐在这里的是谁？"

"浅浅。"系统自动回答。

应浩："她喜欢什么？"

"她喜欢吃甜食，关东煮，雪糕，冰激凌……"

"她长什么样？"

屏幕上立即跳出孟浅浅坐在教室里的相片。

应浩："我不在的时候，你会保护她吗？"

"当然会，浅浅是我的主人。"系统是个脆脆的女声，一板一眼地回答着应浩的话，孟浅浅听着，觉得神奇，心里也暖暖的。

应浩偏头看她："怎么样？"

孟浅浅又抬手搂着他的脖颈，仰头问道："量产车也这样吗？"

应浩摇头："不会，但他们的系统就叫小浅。"说着，他皱起眉头，"后悔了，我让唐隽改系统了。"

孟浅浅笑起来，揉着他的耳朵："活该。"

应浩垂眸看着她："不过，看到你这个笑容，很值得。"

她笑起来眉眼弯弯的，满眼都是他，他很喜欢她这样笑，孟浅浅仰起头，亲了他的下巴一下。

应浩眯起眼睛，随后给她扣上安全带，顺便关上车门，朝驾驶位走去，他坐进车里，启动车子，并对系统说道：“导航回斯格公寓。”

“好的。”

很快，车子开出去，一条有些堵塞的道路出现在眼前。刚上大路，应浩的手机便响起来，跟孟浅浅预料的一样，来电是股东以及华星集团的董事，在电话里让应浩再考虑一下，车子现在预热那么好，不要调整了，赶紧开通预订通道。

应浩支着下巴，淡淡地听着，等他们说完，他全都拒绝。

股东们愣了一下，立即道：“应浩啊，叔叔不是要说你，是觉得再调整不会比这个更好，你看看网上的热度，你再好好考虑一下吧。”

应浩：“我还没调整，你们怎么知道呢？”

那头对方哽了一下。

应浩：“挂了。”

他挂断电话后，孟浅浅看着他道：“他们说你了？”

应浩：“嗯。”

孟浅浅：“要不，别调整了？”她当时觉得有点不可思议，所以那样反问他，现在想想，如果能给东方创造价值，这也没什么。

应浩坐正身子，牵住她的手，说道：“要调。”

孟浅浅看着两个人交握的手，他的手骨节分明，和自己的手交缠着。孟浅浅想了想，算了，他有自己的打算，一想到那些车主对着系统喊小浅，确实也有点怪怪的。

车子回到斯格公寓，进门后，应浩就把她按在柜子上，吻她，孟浅浅格外柔顺，搂着他的脖颈，两个人在玄关处亲了很长时间。

光线打过来，可见孟浅浅白皙的脚踝，小腿，她的脚微微垫起来，微微颤抖。

许久。

床头灯亮起来，孟浅浅一头长发披在肩膀上，应浩眯起眼睛看着她，接着用指尖捏了她一下。

“嗯？”

孟浅浅说道：“明天领证吗？”

应浩：“是。”

孟浅浅趴回他的胸膛，道：“好吧，我有点累。”

应浩气笑了，轻声逗她。

关于“东方浅浅”这款新车的事情还在发酵。一般事情都是有两面性的，都会有利有弊，但是或许是应浩的身世太过坎坷，也或许是喜欢东方的大多是年轻人，再或者是尊重爱情，那些东方车友调侃应浩玩不起归调侃，但几乎没有什么不好的骂声，难得的竟然全是一些好的声音，甚至被说成了一段故事。

多年后，“东方挚爱”这款车有了这么一个故事，它的原名叫“东方浅浅”，创造它的人本来是为老婆而制造，后来发现别人买走这辆车相当于把他老婆带回家，于是后悔了，立即全面关闭预订通道，重新改名改系统调整后再上市，改为“东方挚爱”。

所有车主都可以加上挚爱的名字。有很多人报上了自己妻子的名字，女朋友的名字，也有人报上了男朋友、老公的名字，所以它叫东方挚爱。当然这都是后话。

隔天一早，一行人浩浩荡荡地前往民政局，抵达目的地的时候，一看排着长队，孟媛媛震惊地道：“那么多人啊？”

她这个不婚主义者吓坏了。

周彦沉默了几秒，道：“我们得去排队，不然什么时候他们才能领证啊？”

应浩跟孟浅浅也愣住了，随后应浩走上台阶道：“我排，浅浅你找个地方坐下来，外面热。”

孟浅浅跟着他走上去，他今天穿着白色衬衫跟长裤，脖颈上一条抓痕有点明显，孟浅浅想了想，从包里拿出遮瑕膏，走过去，拽着他的手臂，道：“我给你遮一下，这样有点明显。”

应浩已经排在队伍的后面了，他挑起眉毛，撩起领口看了一眼脖颈，随即低笑着微抬下巴，孟浅浅看到他凸出的喉结以及修长的脖颈，满脸都泛出红晕。她赶紧挤了遮瑕膏，遮住抓痕。

应浩把手插在裤子口袋里，有点儿散漫，但却是这大厅里最帅气、最显眼的那个，很多人盯着他看，前面的队伍也有不少人往回望，看着这对夫妻恩恩爱爱地，蜜里调油地在这里擦着遮瑕膏。

完全搞不懂他们居然还要来离婚?

一位大哥看着应浩脖颈上的抓痕，他有些同情地问道："打架打的吧？"

应浩一愣，转头看了一眼那位大哥："不是。"

"这么长一道不是打架？"那位大哥觉得他欲盖弥彰，满脸的不信。

应浩眯起眼睛，反问道："非得打架才能留下抓痕吗？"

大哥："废话，不然呢？不过你老婆还算不错，知道给你遮遮。"

那位大哥说着，用眼眸看了一眼孟浅浅，孟浅浅正在拧盖子，耳根微微泛红，她被打量得有点尴尬。那位大哥看清孟浅浅的长相后，有些诧异："你们俩这长相，都可以去娱乐圈了吧？不打算再缓和一下？"

应浩皱起眉头，揽着孟浅浅的腰，按在腰侧，盯着那位大哥："您什么意思呢？领个证还要缓和？"

大哥一听，震惊了："你们要领证啊？领证走隔壁啊，在这里干吗呢？我说呢，哪有离婚还卿卿我我的。"

应浩一愣，孟浅浅顺着对方的手，看到了隔壁空荡荡的窗口，再往上看，终于看到了上面的字——离婚登记。旁边是——结婚登记。

应浩和孟浅浅愣在原地。

几分钟后，他们两个人来到隔壁的结婚登记处。

站在这边的窗口，孟浅浅看着那边的队伍，她看了应浩一眼。

应浩捏住她的下巴，把她的脸转过来，说道："别看，我们不会离婚的，我会把你宠上天，让你十指不沾阳春水，让你在家貌美如花，我赚钱养家。"

孟浅浅："好，你说的。"

应浩："当然。"他拿过笔，在上面签下自己的名字，孟浅浅也拿过笔，签下名字。

十来分钟后，两本红色的、热腾腾的证件放到他们的手里，孟浅浅的手心也冒着热气，滚烫不已。

应浩的心情也很激动，他摩挲着结婚证，拍了一张照片，发给外公外婆看。

外婆发了一个大拇指回来。

外面阳光猛烈，一行人走出民政局。

唐隽笑笑，说道：“结个婚也太复杂了。”

孟浅浅看了一眼唐隽：“你有本事这辈子不要结婚。”

常慧慧今天说没空来陪她，到底是真没空还是不想见到唐隽，谁也不知道。唐隽笑了笑：“我跟媛媛一样，都是不婚主义。”

孟媛媛：“哎，别拿我来说事啊。”

应浩淡淡地看了唐隽一眼，他下了台阶，站在孟浅浅的跟前，道：“我背你。”

孟浅浅：“好。”说着，她上前，趴在他的肩膀上，男人的肩膀宽阔得很，他身上的沐浴露香味跟她的是一样的，她紧紧地勾着他的脖颈。

应浩把两本结婚证一起拿着，勾着她的长腿，一步步地走下台阶，像背着她的未来。

林筱雅当晚就开了一个大型派对，安排在她海城那套嫁妆别墅的后院。微风徐徐，林筱雅还特意让人做了一条横幅，写着“应浩孟浅浅喜结良缘”的字样，就挂在露天后院里，以欢迎这对新人。

烧烤摊架起后，啤酒跟零食一箱箱地搬进来，唐隽、周彦、江枫、周蜜、叶岚、朱芳、孟媛媛等人都来了，热热闹闹的。

应浩坐在矮椅子上，衬衫领口敞了一些，两手正在烤孟浅浅喜欢的鸡脆骨。他骨节分明的手指翻转着，偶尔端起一旁的啤酒喝一口，喉结滚动，用指腹擦拭嘴角的酒水。

孟浅浅撕了一小块的鸡腿肉放在他的唇边，他偏头咬了，孟浅浅叹了口气道：“慧慧说她今晚不来了。”

应浩：“嗯。”

孟浅浅挽住他的手臂，啃着鸡腿。

应浩喝了一口啤酒，问道：“喝吗？今晚开心，允许你喝点。”

孟浅浅的眼睛一亮，抬起头，张开嘴，应浩把酒瓶抵在她的嘴唇上，接着微微抬起来，酒水冰凉，滑入孟浅浅的嘴里。

孟浅浅眯眯眼睛，一脸的畅快。

应浩挪开酒瓶，在她嘴唇上印了一个吻，说道：“甜。”

孟浅浅：“我甜还是酒甜？”

应浩：“还用说？当然你甜。”

孟浅浅：“你也很甜。”

应浩继续手上的烧烤动作，他道：“是吗？我那么甜？”

孟浅浅：“呃……”

这时，孟浅浅的微信响起，是一个视频邀请，孟浅浅一看名字，有些错愕，是她高三那年的班长，也是那个当初老说她不配跟应浩玩的班长，她们很久没联系了，怎么会突然发视频过来。

想到这里，孟浅浅打算挂断。于是她划了一下屏幕，谁知道不小心划到了绿色键，就这样，镜头点开。看到对面几个女生的脸，孟浅浅简直猝不及防。

此时再关掉就有点刻意了。哪怕对方开了美颜，孟浅浅还是能一眼认出对面那几个人都是高三同班的同学，有一个还是她当时的同桌。

那个班长看到孟浅浅，笑了一下，道：“浅浅，好久不见啦。”

孟浅浅被动地回道：“好久不见。”

班长笑道：“我们想问问你，你暑假回连城吗？我们打算办个同学聚会，聚一聚。”

孟浅浅：“不好意思，我没有在连城。”

“啊？是吗？那好可惜啊，我们都四年没见了吧，正好大学毕业，大家都抽空回来，就说想开个同学会呢，我听说你考上海城了，海城跟连城这么近，不打算回来吗？”

班长这个人有时就是这样，因为孟浅浅好说话，性格软糯，所以她永远都是一副不让孟浅浅拒绝的语气。

孟浅浅笑了笑，说道：“不了，有点忙，你们聚就好……”说到这里，一根鸡脆骨伸到孟浅浅的唇边，孟浅浅愣了一下，张嘴就咬，结果鸡脆骨跟签子粘得太紧了。

孟浅浅咬不动，应浩直接用手扯下来，喂到她的嘴边。

捏着脆骨的那只手，骨节分明，还戴了戒指，明显就是个男人的手，镜头里的班长见状，愣住了，她笑着问："浅浅是交男朋友了？所以不能回来吗？"

孟浅浅看向镜头，咀嚼着脆骨，道："是，我们刚结婚。"

班长又是一愣："这么快结婚？怎么没通知我们啊？浅浅，你不厚道。"

孟浅浅淡淡地笑了笑，张了张嘴想要说话。

班长紧接着又问："你跟谁结婚啊？我们真的一点消息都没收到，天哪，孟浅浅，你真是闷声干大事。"

孟浅浅准备干脆挂了视频，这时，应浩又端了啤酒过来，他的嗓音很低："剩下最后一口。"

孟浅浅一听，转过头去喝，她这一动，手机也跟着一动，孟浅浅低头在喝啤酒时，应浩抬起眼眸看向了镜头，对上里面错愕的几个人，尤其是那位女班长，他眉梢淡淡地说："跟我结的婚，刚领证，你们若是想参加婚礼，报个名字上来，我让人寄请柬。"

班长看到应浩时，已经愣怔住了。居然是跟应浩！！

她讪讪地笑道："浅浅，你跟应浩复合了？"

应浩没让孟浅浅回答，他直接回答对方，道："是，我追的她。"说完，他伸手挂断了视频。

孟浅浅也收起手机，应浩取下脆骨给她吃，说道："把她们的名字报给干妈，请她们来参加我们的婚礼。"

孟浅浅："好啊。"

视频挂断后，那位班长又发了微信给孟浅浅。

纤纤：浅浅，你真的跟应浩又在一起了？

班长把她那个不相信进行到底。

孟浅浅：是，我和他刚领证。

发过去后，班长很久都没回过来。又过了十多分钟，班长发了好几个人的名字过来然后说道——

纤纤：浅浅，我们都想去参加你的婚礼。

孟浅浅：好啊。

她们参加她的婚礼是出于什么目的，孟浅浅心里清楚，不外乎是来探个究竟，看看孟浅浅是不是撒谎骗她们的，哪怕班长刚刚看到应浩出现在视频里。

孟浅浅把这几个人的名字发给林筱雅。

林筱雅高兴得很，握着手机，对孟浅浅道："浅浅，你终于对办婚礼上心了，干妈好欣慰啊。"

孟浅浅笑了起来，应浩在一旁叼着一根签子冷哼一声，伸手捏了孟浅浅的脸，道："你能不能上点心？嗯？干妈的眼光跟我们一样吗？"

孟浅浅扫了他一眼："你不是让我貌美如花吗？"

应浩："呃……"他扔掉签子，拿起一块骨头啃了下，说道，"行，明天我来操办，你好好学习，天天向上。"

孟浅浅抱住他的腰："你真好。"

应浩的喉结滚动，心软得一塌糊涂，他说："我能更好。"

孟浅浅笑眯眯的："我信你。"

从这之后，应浩见识到孟浅浅的放松，或许是她从小身为姐姐，有压力，什么都要走在前面为弟弟妹妹考虑。而如今，应浩的爱让孟浅浅卸下这一身责任，她撒娇，依赖应浩，但又努力学习努力工作，分得清工作和生活，依赖时全身心依赖，自己一个人的时候又可以独立。

猫咖一开始的经营权在应浩的手里，后来慢慢地转到孟浅浅的手里，她还特意写了一份策划书，内容包括猫咖的周年纪念日，还有每一周的爱猫日，等等。

猫咖的生意也越来越好了，应浩也乐于看到孟浅浅的成长。

大四这一年，孟浅浅的课程没那么多了，但是她因为要考研，所以面临着转专业的难度。以前高三她觉得很难的学习，到了大学，她发现没了黄秀琴的唠叨，加上有应浩的鼓励，她学起来并不难，甚至还挺好的，她真的是属于鼓励型人格。

而她跟应浩的这场婚礼，足足筹备了一年多，直接筹备到孟浅浅大四毕业。她高三的那个班长在同学群里明里暗里地说她撒谎——哪里有婚礼？都是骗人的。

毕业后的八月份，班长和几个同学接到了喜帖，上面写着：

新郎应浩，新娘孟浅浅，于八月十二日在海城酒店完婚，特邀请您出席。

班长上一秒还在说孟浅浅撒谎，不想下一秒就接到了请帖，她一声不敢吭。

八月十二日这天，孟浅浅从斯格公寓被应浩接走，上了东方浅浅的轿跑，车子启动，孟浅浅抓着捧花，旁边是应浩。

应浩牵着她的手，看着她，心跳加速。

孟浅浅直接穿的婚纱，头纱隐隐若现，她也看了一眼应浩，随后偎依到他怀里，应浩搂住她的腰，在她眉心落下一吻："我爱你，浅浅。"

孟浅浅："我也爱你。"

轿跑开出去没多久，身后的东方轿车排起长龙，跟着应浩的那辆轿跑一起前往酒店，头顶是在拍摄的无人机。

东方的车型原本就漂亮，此时两三条街都挤着东方轿车，这场婚礼说是世纪婚礼也不为过。

抵达酒店，姐妹团也都到了。

孟浅浅下了车，应浩牵着她的手，朝大门走去。

班长带着同学挤出来看，看到牵着孟浅浅的应浩，终于相信，他们结婚了。

而孟致贤跟黄秀琴、孟啸是从连城赶来的，黄秀琴一直看不起应浩，觉得应浩不过是个浑球，他给孟浅浅的婚礼，肯定好不到哪里去的，然而等她今天来到婚礼现场才发现，应浩的身家情况，她简直不敢相信。

孟致贤看着女儿没有被任何长辈牵着，而是由应浩亲自牵进去，这才想到原本牵着孟浅浅的手的那个位置应该由他来的。

可惜，来不及了，她不需要他们这对父母了。她跟应浩相互扶持，组成了一个家庭。

应浩跟孟浅浅交换戒指，撩起她的头纱，偏头吻住她的嘴唇，全场轰动。

孟媛媛跳起来，举着手，大喊："姐姐，你要幸福！你一定要幸福！你一定一定要幸福！一定要！"孟媛媛甚至还跳起来，挥洒着手中的花儿。

林筱雅不甘示弱，也跟着喊道："应浩，你要幸福，要照顾好浅浅，要对她好，要对感情忠诚，要对婚姻忠诚。"

成暖哭倒在周乔的怀里："浅浅嫁了，我好开心，他们终于修成正果了。"

周乔拍着成暖的肩膀，抢过话筒，对着应浩威胁道："你对她不好试试，我立马给她介绍十个八个男人。"

应浩转头看过来，用指尖轻扯了一下领结，看了周乔一眼："你做梦！"

孟浅浅捧着花抬脚踢了一下应浩。

应浩看了一眼她，几秒后，他看向周乔，说道："你教训得是！周姐。"

全场哄堂大笑。

唐隽："应浩，你能别仄吗？！"

这一场婚礼狂欢到晚上，中间安排了不少节目，光是抽奖就多达二十个，最大的奖项是海城斯格公寓一套，然后就是东方最新款的轿车，其余的有包包、手表等奢侈品，这些礼品让婚礼热闹非凡。

看着新人下来敬酒，坐在同学桌的孟浅浅的高中同学们，至今还有些蒙圈，尤其是班长穆纤纤，她的名字跟孟浅浅的有点接近，所以偶尔她会被同学调侃，放在一起对比。

孟浅浅因为性格跟成绩都不出彩，一直在班里都没什么存在感，哪怕她长得漂亮，但是偏偏孟浅浅又很朴素，不怎么打扮，又比较自卑。自信能影响一个人的气质，但孟浅浅几乎没什么自信。而穆纤纤不一样，她成绩不错，性格开朗，在班上很有人缘，长得没孟浅浅好，但是她会打扮，她总觉得打扮一下可以弥补长相的不足。

穆纤纤先喜欢的应浩，结果不等她跟应浩告白，应浩就追了孟浅浅，还追到了。她完全不明白自己哪里会输给孟浅浅，此后她就有点针对孟浅浅了。孟浅浅的性格又比较软糯，穆纤纤总以高姿态去面对她，说话酸里酸气，阴阳怪气的。

所以后来孟浅浅跟应浩分手后，穆纤纤堵在心口的那口气总算顺了，哪怕后来听说孟浅浅为了应浩复读了，她也没觉得有什么大不了的。毕竟他们一毕业就不怎么联系了，她可是亲眼见证过孟浅浅的失神落泪的。

之前毕业后，她联系孟浅浅，邀请孟浅浅参加同学聚会，也是想看看复读后还在读大三的孟浅浅现在心情如何，变成什么样了，谁知道却得知孟浅浅领证结婚了，还是跟应浩。

她一直不相信，没有亲眼见到，她是绝对不会相信的，直到收到了请柬，来到了现场，她才发现这一切都是真的，孟浅浅真的如愿嫁给了应浩。她还记得高三毕业那一年，她添加了应浩的微信，他一直没有通过。

而这场豪华的婚礼更是让她宛如在梦中，孟浅浅何德何能呢？

旁边几个同学一边喝酒，一边羡慕感叹今晚的热闹，其中一个突然想起来一件事情，道："对了，去年东方这款车子是不是上了一次热搜？"

正在喝酒的几个人愣了一下，接着一个个拿起手机开始查询，终于找到去年的热搜词条，那个女同学举着手机，给穆纤纤看，说道："原来之前应浩真的有为孟浅浅制造过一辆汽车。"

东方浅浅。穆纤纤盯着词条，心底一片冰凉。

这时，到敬酒环节了，应浩牵着孟浅浅的手，端着酒杯，他主要敬的是乔老师和师母，这一路酒喝得多，哪怕酒里掺了些可乐之类的饮料，但他依然是喝了很多酒。他领结也不知去哪儿了，敞着白色衬衫领口，酒意把他的眉眼晕染得愈发锋利。他靠近，含着笑意道："我敬老师跟师母一杯，感谢你们的教导以及对浅浅的支持。"

乔老师跟师母笑着起身，他们一站起来，其他同学也跟着站起来。

"百年好合，早生贵子啊。"师母含着笑意带动其他人一起祝福。

应浩听见这话，垂眸看了一眼身侧的女人，正好也对上她的杏眼，他笑了一下，她也记得这八个祝福语。

这对新人旁若无人地甜蜜对视，大家都看在眼里。郎才女貌，确实般配。

杯子碰撞发出清脆的声音。

孟浅浅被人挤了一下，应浩不动声色地改而搂着她的腰，孟浅浅往他怀里靠去，碰完杯后，他们又对视了一眼，随后喝光了杯中的酒。

应浩低声道："还能喝？"

孟浅浅踮脚在他耳边道："能，我喝饮料。"

应浩挑起眉毛，点了点头。

孟浅浅转过身，让常慧慧又满上一杯，她往前，亲自敬乔老师跟师母，她的嗓音依旧软糯，眉眼间是被岁月洗过，成长过后的温柔，她说："谢谢乔老师跟师母的帮助，感激不尽——"

说完，她微微鞠躬。

乔老师"哎呀"了一声，竟一时不知该说什么。

师母抬手道："起来起来，看到你得偿所愿，我们很欣慰，应浩，你好好对她。"

应浩点头："会的。"一定会的。

看着他们往下一桌走去，师母的眼眶也红了，她拿手当扇子，说道："他们真不容易，比别人要坎坷啊。"

乔老师赶紧抽了纸巾给自家老婆擦，说道："经历过风雨才能见彩虹……"

师母："但这也太难了，想想，他们那会儿才十几岁啊，现在也不过才二十四岁。"

乔老师："这倒也是。"

他们两个人坐下，桌上的同学纷纷看了一眼穆纤纤，穆纤纤被那些目光看得有点不知所措，当他们在背后八卦孟浅浅的时候，她正在承受家庭和学习的压力。而她跟应浩这一路走来也不容易，因为没有人支持，全靠他们两个人努力和坚持。

她们都不知道，那一年孟浅浅若是留下信走了，抛弃一切不再回来，今天应浩就不会站在这里，他可能疯了，也可能常伴青灯。

往下的那一桌都是长辈、股东、董事，还有苏漫、苏婳，苏婳今天原本不想来的，苏漫硬逼着她来，因为应浩给苏婳单独发了请柬。

苏漫不愧是大家族出身，她一定要苏婳出席，就是为了让应浩看到诚意，看到她们的心歇了。

我的丈夫在你们华星，你可以放心用他。

苏婳躲在母亲的身后，给孟浅浅送上了祝福。

孟浅浅轻轻一笑，礼貌冷淡，是对她们最好的表示。

应浩搂着她，往下一桌走去，林筱雅却笑着掐着腰，道："我很记仇的，应浩也很记仇，苏漫老师，人生道路上尽量不要轻易树敌，否则碰到像我这样的，真的挺惨的。"

苏漫的脸色细微一变。

敬完酒了，应浩半醉着，孟浅浅扶着他进了休息室，这一路敬酒走来，朋友、同学、老师、亲戚，一个个熟悉的不熟悉的面孔，都记录着应浩跟孟浅浅这一路走来的风雨。

应顺尧也出席了，在家属席上。他因为高血压，只能配了轮椅，应顺尧的鬓角全是白发，孤零零地坐在座位上，应浩没有跟任何人介绍他，但同时又有很多人认识他。

这种感觉，也是挺有趣的。

孟浅浅接过毛巾，擦拭应浩的脖颈，应浩长腿叉开，整个人靠在椅背上，看着她。孟浅浅知道他在看她，她也有些眼热脸红，两个人都挺安静，擦完他的脖颈，孟浅浅抬起头，擦他的耳朵，看向他的眼睛："想说什么？"

应浩的腿再分开一些，用手扣着她的腰，把她按在大腿上，说："不想说什么，只想看看你。"

孟浅浅轻轻地擦着他的耳朵，说道："你应该是醉了。"

应浩微微侧过脖颈，让她擦拭得便利一些。

他道："还没醉。"

孟浅浅趴在他的肩膀上，用毛巾擦拭他的肩膀，不经意地擦到他的文身，孟浅浅看着那个文身，低声道："颜色浅好多了。"

应浩："回头让人补一下色。"

孟浅浅："好。"她又说，"我也去文一个，文在后腰处怎么样？"

应浩猛地转头过来盯着她："你想弄死我吧？"

孟浅浅拍他的肩膀："我文身，怎么算弄死你。"

应浩用手指按着她的腰："你文这里？不是弄死我？"

孟浅浅笑得脸红："那怎么办？你觉得文哪里？"

"哪里都不行，每个地方我都受不了。"他还要照顾一下事业，不能夜夜温柔乡，孟浅浅盯着他，翻了个白眼。

应浩气笑了，他抬高下巴，堵住她的嘴唇，吻了一下。声音响起，休息室的门"唰"的一下开了，常慧慧一眼看到正在接吻的两个人，愣了一秒，反手关上门。

随后，她在门外，屈指敲门，提醒道："送客了，差不多就出来吧。"

孟浅浅推他的肩膀，示意他松开。

应浩咬住她的唇瓣，随后用手按着她的脖颈，抵着她的额头，狭长的眼眸睁开，对上她的眼眸，彼此对视着。好一会儿，应浩才松开她。

孟浅浅被拉起来的时候，小腿都是软的。

应浩低声道："再辛苦一会儿。"

孟浅浅："嗯。"

宾客肯定是要送的。

一个多小时后，酒店的宾客就走得差不多了，留下的一些都是从别的城市过来，要在这里住下的。

孟致贤、黄秀琴、孟啸就得在这里住下，孟媛媛再不喜欢他们，也得招呼。她手里拿着洗漱用品等，用卡刷开了房门，对他们说："这是个套间，有两间房，房间里的电话可以直接打到一楼，想吃什么就跟一楼说，这个酒店是姐夫朋友旗下的产业，服务很好的。"

孟致贤提着行李走进去，黄秀琴看了眼这么好的房间，她顿了顿，拉住孟媛媛道："你是不是早知道你这个姐夫的身家条件？"

孟媛媛冷淡地看了她一眼，说："姐夫的一切都是靠自己赚的，他做事风险也很大，背着不知道多少债，你知道银行给姐夫放了多少贷款吗？"

黄秀琴一辈子在连城生活，没出过远门，整天围着锅台跟丈夫、孩子，哪里会知道这些，一听说债务，就有点怕：“多少啊？”

“几个亿吧。”孟媛媛漫不经心地说道，这些说辞都是孟浅浅提前跟她说的，就是要让黄秀琴知道他们并没有表面那么光鲜。

“几个亿？”黄秀琴简直不敢置信，“这么多？那以后破产了你姐不就惨了？”

孟媛媛沉默着，黄秀琴嘴里就不能说出好话，她想反驳，但是想想，算了，就让她以为她们穷着吧。

孟媛媛说道：“是啊。”她很敷衍地应着，放下毛巾，说道，“早点睡吧，明天会有人送你们去机场的。”

孟啸却突然开口：“别说得那么惨，姐夫不会连彩礼都没给吧？姐姐倒贴啊？”

孟媛媛听见孟啸说话就生气，她狠狠地瞪着孟啸：“我知道你打的什么主意，你闭嘴。”

黄秀琴的脸色也变了：“孟媛媛，你说什么呢，你弟弟问一下都不行？对啊，结婚总要有彩礼吧，你姐夫看着有头有脸的，连彩礼都不舍得出？”

孟媛媛气不打一处来。

孟致贤洗了一把脸，从里面出来，听见这话后，脸色立即变了，他是冲着孟啸和黄秀琴吼的，吓得孟啸缩了一下肩膀。

黄秀琴看着孟致贤道：“我们养个女儿容易吗？这么多年，没有功劳也有苦劳，再怎么不对，彩礼总要见一见的吧？你也别逞强，你那份工作摇摇欲坠，小区的保安也有人抢着做，等你丢了工作，我们一家三口跟着喝西北风啊？”

孟致贤：“你闭嘴，媛媛，你先回去，今天辛苦了，在这里的事情不要跟你姐姐讲，我们明天就回连城。”

孟媛媛看了一眼父亲，点了点头，转身出去，顺势关上门。

“砰”一声。

她翻了个白眼，嘀嘀咕咕：“早知道不要通知他们来了，什么人嘛。”

应浩和孟浅浅夫妻俩陪着萧然、周乔、周练、成暖在酒店的酒吧喝了一会儿小酒，周练这次和他们见面，变化很大，气性高了很多。

孟浅浅觉得她不认识这个人了，不过她并没有说什么。喝完酒，应浩、孟浅浅夫妻回了斯格公寓，进门后，应浩就靠在沙发上，解开衬衫纽扣，敞着胸膛。

他的胸膛跟随呼吸起伏，线条分明，他还有腹肌。

孟浅浅摘着头发上的累赘，从房间走出来，来到应浩的跟前："帮我一下。"

敬酒服是鱼尾款的，束腰绑带，应浩坐直身子，抬手给她解绑带，他看着绑带松了，孟浅浅白皙的后背、腰线、蝴蝶骨渐露。美不胜收，应浩往前，按着她的腰，吻住。

孟浅浅惊了一下，她低声道："洗澡去。"

应浩含糊道："等一下。"

这时，孟浅浅的手机响起，打破了屋里升起的温度，应浩停下动作，伸手捞过孟浅浅的手机，打算挂断，却看到来电是黄秀琴。

孟浅浅也看到了，她跟应浩对视一眼。

应浩搂着她的腰，让她坐在大腿上，说道："接吧。"

孟浅浅坐稳后，接起来，黄秀琴的声音便传了过来："浅浅，妈不跟你说别的，但是你得明白，再怎么样，我们都是一家人，你忍心看着我跟你爸喝西北风吗？"

孟浅浅皱起眉头，一秒后，她说："怎么会喝西北风呢？现在这个社会，只要有手有脚，饿不死人的。"

黄秀琴："孟浅浅！"她都快不认识这个女儿了，说话这么难听。

孟浅浅抿了一下嘴唇，说道："你直接说，你想要彩礼，对吗？"

黄秀琴："这不是应该的吗？应浩看样子也是有头有脸的人，要是让别人知道，他连彩礼都没给就把你娶进门，你觉得别人会怎么说他？"

她这话显然是威胁，她打算不要脸到底。

孟浅浅冷笑，她早猜到了，她说："我只有一个条件，你把孟啸送去少管所，要么送去当兵，每个月我可以斟酌给你们一点零花钱。"

黄秀琴听见这话，立即骂孟浅浅。

孟浅浅直接挂了电话，放下手机后，她确实有些疲惫，她搂着应浩的脖颈："我妈……真的很烦。"

应浩抱着她，“嗯”了一声，道：“不怕，她翻不起什么浪。”

“嗯。”

“走，洗澡去。”应浩把她扶起来，亲手脱了她身上的敬酒服。孟浅浅无处可逃，被他拦腰抱起，往浴室而去。

婚后，孟浅浅跟应浩还住在斯格公寓，这公寓面积不小，但是房间和客厅是通着的，最重要的是还有一个很大的阳台，夫妻俩住刚刚好，而且离孟媛媛跟孟浅浅租的那套房子也近。

新城小区那套房子则在孟浅浅的名下，应浩同时也买了另外一套小户型的房子送给孟媛媛当嫁妆。不过这个暂时保密，他们夫妻二人打算等孟媛媛出嫁的时候，再跟她说，可是她满嘴的不婚主义，估计难等。

黄秀琴那天的威胁就跟风一样，一吹就散，孟致贤走的时候让孟浅浅不要担心，黄秀琴做不了什么。因为这个家一直都是孟致贤在赚钱，他那种威严早就根深蒂固了，哪怕他现在赚得再少，黄秀琴靠着他，依然得听他的话。

孟浅浅以前不懂，后来这些年想明白了，一个人的经济实力决定了他的说话权。所以，她更加努力考研、努力学习、努力工作。

没过多久，孟啸惹了事，差点被人弄残。

孟致贤掏空了家底，给他治疗，儿子好了，他也失去了工作，孟致贤顶着一头灰白的头发，将孟啸送去了少管所。随后，他再继续找工作。

孟浅浅刚刚进门，手里拎着快递，应浩比她早回来，他从厨房里出来，靠着厨房的门，点了点腕表：“几点了你才回来？”

孟浅浅把快递放在柜子上，换鞋，说道：“今天周蜜跟姜丽媛吵架，我拉都没拉住。”

应浩眯起眼睛：“为什么吵架？”

孟浅浅看了他一眼：“因为爱情。”

应浩抱着手臂靠着门：“因为周彦吧？”

孟浅浅：“你知道？”

应浩走上前，捏住她的下巴，盯着她的眼眸道：“我知道，他心里……"

他冷笑了一下，没往下说。

周彦心里还有孟浅浅，这么多年从没变过，哪怕现在周蜜跟姜丽媛这两位大姐姐都喜欢他，他看都不看她们一眼，就是因为他心里还有人。

孟浅浅看着他就知道他又吃醋了，她说："早八百年的事情了，能不能别再提了？"

应浩没吭声，他牵着她的手，说道："今天给你炖鲍鱼汤。"

孟浅浅："嗯。"

随后她便接到了孟媛媛的电话，说了家里的事情。孟浅浅挂断电话后，坐在椅子上，咬着筷子，没吭声。

应浩抬起头看她，问道："怎么了？"

孟浅浅把这件事情说了。

应浩拿起纸巾擦拭她嘴角的汤汁，说道："你做什么决定我都支持你。当年没有你爸爸的放手，我们领证可能没那么容易。"

孟浅浅一听，来到他跟前，坐在地毯上，仰头看他："你说，我要不要每个月接济一下他们？"

应浩顺着她的刘海，点着她的鼻尖道："听你的。但是只能给限定额度，给你父亲，不要给黄秀琴。"

孟浅浅："嗯。"

这时，她的手机响起，她看了一眼微信，是媛媛发来的。

孟媛媛：姐，我想说，要不，每个月给他们一些生活费吧……

孟浅浅见状，笑了起来。

她亲应浩的下巴，说道："你看，媛媛也跟我有一样的想法。"

应浩的长腿敞开，看着她道："嗯，我的浅浅最善良了。"

这个决定做好后，孟浅浅打电话给孟致贤，说了给他们生活费的事情。孟致贤在那边沉默了许久，最后，他说："浅浅，谢谢你。我还是会去找工作的，不会拖累你们。"

听见这话，孟浅浅的眼眶微微有些湿润，她说："不要找太辛苦的。"

“好。”

挂了电话，这件事情算是解决了。没了孟啸，孟浅浅知道，孟致贤的生活会好过很多，至于黄秀琴，就如应浩说的那样，根本翻不起什么浪。

接下来的日子，孟浅浅定时地给孟致贤打钱，就跟曾经，他也准时给她打钱那样。

日子过得飞快，孟浅浅读研也有一年多了，东方则启动了上市，而在上市之前，华星芯片研发成功，在各企业被卡死芯片的时候，华星自主研发的芯片救活了千千万万的国内企业。

在这几个月里，应浩忙得脚不沾地，连家都没回过几次。

孟浅浅一边读研一边在东方上班，唐隽跟周彦也升了职位，两个人同为副总裁。八月十二日是孟浅浅和应浩的结婚纪念日，应浩说会回来陪她过，孟浅浅去市场买了菜做了一个蛋糕，然后便在家里等着他。

晚上八点半，家门才打开，应浩提着一个很大的礼盒走进来，含着笑意看她。

孟浅浅从沙发上起来，走过去，勾住他的脖子：“老公，你回来啦。”

应浩单手按着她的腰，放下礼盒，堵住她的嘴唇，低声道：“礼物，拆开看看。”

孟浅浅拆开礼盒，里面是一只很可爱的布偶猫。

孟浅浅尖叫：“好可爱。”

应浩搂着她往里面走：“特意让人给你找的，喜欢吗？”

“喜欢。”孟浅浅把布偶猫抱出来，小猫咪还很小，趴在她的手臂上，软绵绵地看着她，孟浅浅的心都软了。

应浩从身后搂着她的腰，看着她逗猫咪。

平日里孟浅浅的吃喝用度都很好，各种牌子应浩都会给她买，所以对于孟浅浅来说，她不怎么追求物质，反而她总惦记着没有养一只布偶猫。这次终于找到机会送她了。

孟浅浅逗了一会儿布偶猫，把猫咪放下，让它自己去玩。孟浅浅跟应浩开始吃饭，吃蛋糕，这个蛋糕上面写着应浩跟孟浅浅的名字，结婚纪念日，蛋糕不算大，很小，两个人吃完刚好。她再咬奶油的时候，应浩坐在对面，轻轻地解着衬衫领带，解开点儿纽扣，随后起身，堵住她的嘴唇。

接下来便顺理成章了。

直到，应浩按着她的腰，看到后腰处的“YH”二字后，他愣了一下，紧接着，他咬牙，俯身，捏住她的下巴：“你文身了？”

孟浅浅原本就没什么理智了，她凭着本能点头。

应浩的手猛地收紧，接下来，便是一阵混乱。

隔天一早，床头的手机一直在响，孟浅浅累得完全动不了，她连踢应浩都没力气了，应浩伸手拿过手机，解了锁，放在她的耳边，孟浅浅抬起眼眸，冷冷地看了他一眼。

应浩：“老婆……”

孟浅浅接了电话，来电是周彦，说在楼下接她，去见个合作商，很重要。孟浅浅应了一声，她又看向了应浩。

应浩咳了一声，单膝跪在地上，给她按脚，低声道：“走不了路？我替你去。”

孟浅浅撑着身子坐起来，然而看到床上的凌乱，她踢他：“你去。”

“行。”

十多分钟后，应浩系着领带，亲吻一下孟浅浅的额头，转身出门，一路下楼。周彦看到是他下来后有点错愕。

应浩一看到周彦，便想起这个人的心思，他走到周彦的面前，嗓音低沉地说道：“昨晚闹得太过了，她今天不方便，我替她去。”

这人故意的！绝对是故意的！给他下马威呢。

车子启动，开出大路，早高峰到处塞车。车里飘着淡淡的香薰味，味道是茉莉花的香味，也是孟浅浅喜欢的这个香味。

应浩用指尖挠了一下鼻尖，随意地翻着手中的文件，漫不经心地问道：“周蜜和姜丽媛你喜欢哪个？”

周彦顿了一下，看了他一眼。

应浩的下颌线分明，侧脸冷峻，看似随意的问话实际藏着深意。

周彦收回视线，说道：“我哪个都不喜欢。”

应浩很轻地笑了一声：“那也不能单身一辈子，如今不缺钱不缺时间，找个时间休个假，出去玩玩，放松一下。”

周彦听出他话里的意思，他看着前面的路况，说道：“行。”

兄弟这么多年，周彦还不明白他藏在里头的一点点威胁吗？他当然知道。周蜜和姜丽媛的追求是个导火索，他越是不答应、不表态，就一直在提醒应浩，他心里还有人，所以在某种程度上，周彦很烦周蜜和姜丽媛。可是同在公司，避免不了见面，他也想离她们远点，让她们冷静一下，所以应浩的提议他点头接受。

东方如今已经走上正轨，研发人员也越来越多了，他们都站在后方把控着大局，给自己休个假也不错。

应浩看完了文件，随手合上，他和周彦同时摇下车窗透气，两个人安静地看着外面。

旁边停下一辆大巴。

今天是某公司团建，车里不少女人看到下面的轿跑，眼睛一亮，两个帅哥！然后她们看到其中一个帅哥的一只手随意地搭在车窗上，无名指上戴着一枚素圈戒指，骨节分明，看起来有几分懒散。

帅哥结婚了？失望。

孟浅浅在床上又躺了一会儿，屋里很安静，她趴着趴着又昏昏欲睡。

手机在这时响起，孟浅浅抓过手机，没看，直接接了。

“喂？”

应浩低沉的嗓音传来：“还在睡？”

孟浅浅：“嗯。”

“好，那你睡，起来的时候给我打个电话，或者发个微信，我帮你叫个餐。”

孟浅浅：“不了，我自己煮点面吃。”

应浩：“嗯，你睡吧，晚点我再给你打电话。”

孟浅浅听罢，直接挂了电话，然后把手机塞在枕头下，又趴着睡着了。这一次不知睡了多久，迷迷糊糊地听见了门铃的声音，她抱着枕头，有些烦躁，几秒后手机一亮，她抬起头看了一眼——是媛媛。

她得知孟浅浅没去东方，专门买了菜过来给孟浅浅做吃的。

孟浅浅直接把密码告诉了孟媛媛，应浩隔一段时间会改一下密码，主要是以防别人没事就来他们这里串门，因为之前孟浅浅的生日这个密码实在太好猜了。

“嘀嘀”两声。

孟媛媛拉开门进来，说道：“姐，中午做炸酱面吃吧……”话没说完便看到床上正在睡的孟浅浅，她的声音立即压低，然而下一秒便看到孟浅浅伸在被子外面的长腿，一大片的淤青，孟媛媛惊了一下，放下手里提着的菜就往床边走去，伸手去戳孟浅浅的腿。

“嗖”的一下。

孟浅浅把腿收了回去，她嗓音嘶哑：“你煮汤面吧，我不吃炸酱面。”

孟媛媛这才发现床有多凌乱，哪怕她脸皮再厚，也止不住脸红，她“啧啧”了几声，又看了一眼自家姐姐脖颈跟肩膀上的吻痕，说道：“都说了你文身姐夫肯定得疯，你还非要抱着侥幸心理，现在好了吧，可怜巴巴的。”

孟浅浅：“闭嘴。”

她转身去煮面，结果不小心看到了那只布偶猫，她“哇”了一声，孟媛媛弯腰抱起布偶猫：“姐，姐夫送你的？”

“嗯，屋里还有点猫粮，你倒给它吃。”孟浅浅趴着不想动，说道。

孟媛媛：“好。”

随后，她先撸了一下猫，又给它倒了猫粮，然后才去厨房。厨房门关上后，孟浅浅下了床。

她打开衣柜，从里面取出了一条黑色的修身吊带长裙，穿上后，她才去了浴室，洗漱。忙完走出来，孟媛媛也恰好开了厨房门，姐妹俩四目相对，孟媛媛看到姐姐脸色红润，皮肤白得如玉一般，脸上比以往有肉了一些，一头半卷的头发垂放在肩膀上。

那一刻，孟媛媛张了张嘴，说：“姐，你好美。”

孟浅浅把头发往后背撩了一些，伸手接过她手里的碗，道：“吃面，我好饿。”

孟媛媛急忙跟上，姐妹俩坐在地毯上。

孟媛媛盯着她道：“我说真的，你嫁给姐夫后，真的越来越漂亮了，这大概就是嫁对人的原因吧。”

孟浅浅低头吃面，她是真的饿了。

孟媛媛撑着下巴一边吃面一边看自家姐姐。这时，玄关处传来了开门声。紧接着，应浩手里提着几个大包的饭菜走进来，一眼看到孟媛媛也在，他扯下领带随手放在柜子上，说道：“孟媛媛，你怎么知道你姐今天没上班？”

孟媛媛扭头看着他，嘿嘿一笑：“我有我的消息渠道。”

应浩冷哼，走过来，把饭菜放在桌子上，随后挽起袖子，坐在孟浅浅的身侧，撩她往下滑的刘海。

应浩低声问道：“好点没？”

孟浅浅抬起眼眸看了他一眼，没吭声。

应浩轻笑，抬手脱了西装外套，随意搭在扶手上，打开打包盒，里面都是孟浅浅爱吃的菜，她最近迷上了一家餐厅的酸甜排骨，应浩特意绕了远路给她打包回来的，他拿起筷子，夹了放在她的嘴边，孟浅浅张嘴咬住。

孟媛媛早已习惯他们的甜蜜了，她也拿起筷子要夹，应浩用筷子敲了她的筷子一下：“她吃完了你再吃。”

孟媛媛：“嗯？！”

孟浅浅看了应浩一眼，然后她白皙的指尖推着那排骨，推到媛媛的面前，媛媛高兴地笑道：“那我就不客气了。”

应浩气笑了。

“行。”

他身子往后靠，抵在沙发上，把玩着筷子。

孟浅浅看了他一眼：“你吃了？”

“嗯，谈好事情后，顺便去吃了饭。”

孟浅浅：“合同签了吗？”

应浩：“当然，你们之前已经谈得七七八八了，我不过是收个尾而已。”

“嗯。”孟浅浅点了点头，随后她的手机响起，她拿起来一看，是周蜜发来的微信。

周蜜：浅浅，你老公不是人。

孟浅浅：？

周蜜：他劝周彦休假，现在周彦打了三个礼拜的请假条。

孟浅浅：啊……

她转头看向应浩。

应浩挑起眉毛，看了她的手机一眼，道："周彦辛苦了那么多年，休息一下也没什么吧？"

孟浅浅踢了他一下："你是不是威胁周彦了？"

"没有。"

"你觉得我信吗？"

应浩长腿屈着，不说话。

孟媛媛见这对夫妻气氛不太对了，立即放下筷子跟碗，说道："我吃饱了，我先回去。"说完赶紧溜了。

她一走，门一关，应浩立即把孟浅浅抱到自己的怀里，哄着道："我这是为他好。"

孟浅浅这时也冷静下来，她说道："我觉得周彦……"

"你打算狡辩说他不喜欢你吗？"

孟浅浅："没有……"

应浩用指尖轻轻地按着她的腰，看着她的眼睛道："没必要掩耳盗铃，这是所有人都知道的事情。"

孟浅浅叹了口气，搂着他的脖颈："你就吃醋吧。"

上次周彦给她拿了一次大白兔奶糖，应浩直接从车里下来，也不说话，手插在裤子口袋里就盯着她，仿佛她只要拿了，他肯定得打周彦一顿。

"我是吃醋啊。"他理直气壮地道，几秒后，问道，"你吃完了吗？"

孟浅浅点了点头："嗯。"

"坐着，我给你按按腰。"

孟浅浅乖乖地趴在他的怀里，他用指尖按着她的腰，来缓解她的酸痛感。

周彦提交了请假条后，很快就出发去旅游，具体去了哪里也没人知道，周蜜跟姜丽媛的战火也消停了。他一走，所有工作都落在唐隽的身上，唐隽忙得跟狗一样。

好几次，唐隽看到孟浅浅来了，说道："你老公害人。"

孟浅浅："辛苦了。"

唐隽"啧"了一声。

孟致贤这个年纪，工作不好找，他又找了一份保安的工作，但是做了没多久因为一次发烧请假几天，烧好后就被人通知辞退了。接下来的半年，他找工作都很艰难，全靠孟浅浅打回去的生活费，没了孟啸，黄秀琴持家能力还算不错，竟然过得也算还可以。

孟媛媛打电话给孟浅浅说道："妈又寄了橄榄菜过来，我等下给你送去？"

孟浅浅："好。"

她们大多都是跟孟致贤联系，很少跟黄秀琴联系，但黄秀琴这半年来总时不时地寄一些她自己做的酱菜过来，有时是橄榄菜有时是咸菜。姐妹俩也懒得拒绝，毕竟这些酱菜也带着一些童年的回忆。

这一年，东方上市，股民纷纷进市，东方汽车股票一度暴涨，随后平稳增长。应浩的外公外婆也是在这一年来到海城，住进了滨江公园108那套别墅。外婆说来海城的主要原因是做梦梦到抱着一只小猪猪在怀里，她有点迷信，认为那是个孩子，才决定来海城的。

孟浅浅听见这个梦，看了应浩一眼。

应浩笑着低头，在她额头上轻吻，道："我们措施做得挺好的，暂时不会有小猪猪。"

孟浅浅说道："那万一呢？"

应浩看着她说道："我不想让你那么早经历生育的痛苦，哪怕你不想生，我都全力支持。"

孟浅浅看着他，踮起脚亲吻他的下巴。

她对孩子目前也没太大的想法，不过外公外婆来了，应浩就多了两个亲人，也算不错。外婆的这个梦做到孟浅浅读完研究生，孟浅浅的肚子还没动静，外婆觉得自己迷信过头了，有点丢人，她拉着外公，决定还是回连城吧。

应浩被气笑了："你们都多大岁数了，还折腾来折腾去的，就留在海城吧。"

外婆看着应浩："我们还是回去吧，等你们想生了我再来帮你们带孩子。"

应浩："你们……"

最后只能派车把两位老人家送了回去。

同年八月，孟浅浅怀孕了。

她每个月的生理期都是应浩记的，这个月她难得记起来自己应该到生理期了，把卫生巾放在包里放了半个多月，也迟迟不见动静，后来裤子落红，但又不是正常的那种红，她惊了，拿起电话拨打了应浩的号码。

彼时，应浩正在华星开会，会议上除了新股东，就是一些元老级董事，会议进行得如火如荼，门被推开了。

几个董事看到成茂，脸色难看："没看到在开会吗？"

成茂面色镇定，但心里又不淡定，他举着手机，说道："应总，你老婆的电话，好像是身体的问题。"

全场准备发难的董事一愣。应浩一顿，"唰"地站起来，走向成茂，拿过手机，放在耳边，那头女人低软的嗓音传来："老公，我有点不对劲，我怀疑是不是怀孕了。"

那一刻，应浩不知所措，紧接着，他强迫自己冷静下来，他说："我现在过去，你别动，在办公室对吗？"

"嗯。"

"好，等我。"他嗓音低沉，声音很稳，安抚着她。孟浅浅在那头，顿时就心安了很多。

挂断电话后，应浩紧捏着手机，他看向其他人："会议延后。"说完，长腿一迈便走了出去。

一众人看着他走后，纷纷看向袁从严。

袁从严抬手收起资料文件道："当年东方浅浅的事情应该让大家知道，这个女人对他有多重要了吧，所以，我们先散了。"

陈叔说道："这都多少年了，这对小夫妻的感情还那么好？"

袁从严看了陈叔一眼，说道："因为他们只有彼此。"

陈叔一听，倒也理解了。年少时喜欢的那个人陪着自己走到今天，一起进步一起成长一起组建家庭，这份感情实属难得，更何况应浩这种经历过家庭背叛的。

雷叔说道："什么时候浅浅能生个宝宝，那就更圆满了。"

袁从严道："我老婆也是这么想的，一天天求神拜佛的。"

其他人听罢，哈哈大笑。

会议室的气氛倒也轻松了很多，如果说应顺尧当初在位的时候，他们彼此之间还存在着不少的钩心斗角，如今应浩在位，反而渐渐让他们也把应浩当成了自己的孩子，看着他成家，看着他立业，所有人的关系反而更融洽了一些。

抵达东方，应浩直接上楼，周蜜几个都在，陪着孟浅浅，孟浅浅一直在百度，看看自己是什么情况，听见应浩来了，她愣愣地看着他。

应浩上前，弯腰把她抱起来，道："直接去医院，别自己吓自己。"

孟浅浅："嗯。"

随后在一群人的簇拥下，应浩抱着她上了车，直接让她在后座躺着，周蜜陪着她。车子启动去了医院。

一通检查下来，医生让孟浅浅保胎。

虽然医生说问题不大，别人也有这个情况，但孟浅浅还是吓坏了，靠在应浩的肩膀上哭起来。

应浩搂着她低声地哄着："孩子不重要，你才重要，若是能两全其美当然最好，不能的话也没关系，来日方长。"

孟浅浅"嗯"了一声。

接下来的日子，孟浅浅开始休息，保胎。日子过得很慢，每次检查她都紧张无比，外公外婆又从连城过来，林筱雅放下了工作陪着孟浅浅。漫长的孕期后，到了生产的日子。因为孩子的臀位问题，不好顺产，只能选择剖腹产。

这一夜，手术室的灯亮着。

应浩一直站在外面等着，他祈祷，甚至祈求着母亲——让她顺顺利利的，让她顺顺利利的。

看到孟浅浅被推出来的那一刻，应浩的眼眶红了，他握着她的手，垂眸看着她："辛苦你了，老婆。"

孟浅浅低头看了一眼怀里的男宝宝："孩子……"

应浩亲吻她的眉心，用指尖碰了碰孩子肉嘟嘟的脸，说道："宝宝跟你姓，姓孟。"

全场的人愕然，但又奇异地觉得理所当然。

（正文完）

番外一

草 莓 奶 昔

孟浅浅打着哈欠做完自己和弟弟妹妹的早餐，时间来不及了，她随便吃了点煎蛋就出了门，拉着书包带进了校门。路过小卖部看到有同学拿着草莓奶昔从里面走出来，孟浅浅狠狠地咽了一下口水，她很想吃草莓奶昔，可是她没钱。

她收回视线，朝楼梯走去，正巧碰上有人下来，那人高高大大的，她往左他也往左，她往右他也往右，就这样来回两三次，孟浅浅这才发现不对劲，她抬起头，对上了一张俊脸，那人笑得吊儿郎当的。

应浩含笑俯身看她："小矮子。"

他靠过来了。

孟浅浅愣怔地看着他："你……你才是小矮子。"

应浩抽出手，朝她这边伸来，孟浅浅一惊，反射性地后退。

一个有些凉的瓶子贴在她的脸上，孟浅浅被吓到了："什么啊？"

接着，她闻到了草莓的味道。她转头看到了草莓奶昔近在咫尺，她眨了眨眼睛，应浩欣赏着她的表情，之前在小卖部门口她就是这样可爱。他故意让她撞到自己，应浩低声蛊惑："想吃吗？"

"送你好不好？"

孟浅浅猛地抬起眼睛看着他。

男生吊儿郎当地站在台阶上，眉梢全是笑意。孟浅浅回过神来，一把推开他的手："不要。"然后埋头就要走。

应浩看她要走，跟着她的脚步移动，又一次挡住她的去路。孟浅浅急得快哭了，她伸手推他："你走开。"

应浩看她要哭的样子，愣了一下，立即道：“OK。”然后往旁边让开。

孟浅浅飞快地走上台阶。

应浩看着她跟自己擦肩而过，他正斟酌着要不要道歉，便看到她书包拉链没拉，大敞着。应浩挑起眉毛，长腿一迈，跟了上去，随后将草莓奶昔放进了她书包里。

一路来到自己的班级，孟浅浅进门，教室里全是草莓奶昔的味道，班长穆纤纤跟两位女同学坐在她的座位上一边喝着草莓奶昔一边聊天。

看到孟浅浅来了，班长“啧”了一声道：“你昨晚作业做了没？我今天可不等你。”

孟浅浅在座位上坐下来，说道：“做了。”

她不去闻那些奶昔的味道，但此时她只吃了一点儿煎蛋的肚子有点饿，她又咽了下口水，然后把书包取下来。

班长看到她的书包居然没拉，有点嫌弃：“孟浅浅，你像个学生吗？这么邋里邋遢的。”

孟浅浅也愣住了，她说：“我早上起得急，忘记拉了。”

她赶紧低头把作业本拿出来，结果看到了书包里面躺着的草莓奶昔。孟浅浅就跟看到宝盒一样，她伸手抓住了草莓奶昔，还有点凉凉的。

怎么会有这个？

“快交作业。”班长又催了。

孟浅浅立即松开那个瓶子，然后拿出作业本递给班长。

班长这才带着另外两名同学离开，孟浅浅又看向了书包里，把那瓶奶昔拿出来，奶昔的底部有字，她翻过来看。

浅

那个“浅”字写得很好看，看着赏心悦目。

这瓶奶昔，孟浅浅一直没喝，她害怕这是别人弄丢的，但又觉得不真实。到了第三节课课间休息的时候，有几个女生笑着往外看，班上的文娱委员靠在窗户边喊道：“应浩。”

孟浅浅抬头跟着看过去。

高大的男生靠在栏杆上，正在跟一个男生聊天，他笑着看了一眼文娱委员，接着眼眸扫过来，看向她，孟浅浅接触到他的视线，愣了一下，这才想起早上他似乎拿了一瓶草莓奶昔，她从桌肚里拿出来低头看了一眼那瓶草莓奶昔，又把它推回去。

下一节是体育课，孟浅浅站起身来，然后走向后门。应浩下节课也是体育课，他靠在栏杆上盯着她看。

孟浅浅想到这节课可以跟周乔一起上课就很兴奋，走了没几步，身后传来一个声音。

“孟浅浅，你的奶昔怎么还不吃？”

孟浅浅的脚步一顿，接着她回头，看到身后那高大俊朗的男生，她抿抿嘴唇：“是你放的？”

应浩把手插在校服口袋里，走下来，说道：“嗯。”

孟浅浅没应声，转身就下楼了。

应浩眯起眼睛看着她，跟上，说道：“周六有空吗？带你去夹娃娃。”

孟浅浅迟疑了一下：“周六我家里有事。”

“一个小时都没有？”

孟浅浅顿了顿，她又看了他一眼。

男生挑着眉梢，很帅，似乎不容拒绝。

孟浅浅：“我要写作业。”

“那我们一起写作业。”他说。

孟浅浅：“呃……”

这时，抵达一楼，孟浅浅看到周乔，立即拔腿就朝她跑去。应浩站在楼梯口看到她跟周乔抱在一起。

他“啧”了一声，走向自己的那个班。

周六。

孟浅浅拖完地，额头出汗，她坐在靠近阳台的桌子上开始写作业，这时手机亮起来，她看到有人加她好友。

孟浅浅点开，是一个鸭舌帽的头像，名字叫YING，她一时没想那么多，点了通过。这一通过，对方就发信息过来。

YING：在写作业吗?

孟浅浅：嗯。

YING：乔老师布置的数学?

孟浅浅：你怎么知道。

YING：猜的。

孟浅浅：你是……

YING：应浩。

孟浅浅：你……

YING：要出来吗?我陪你写作业，然后写完了我带你去玩。

孟浅浅：去哪儿玩?

YING：你想去哪儿?

孟浅浅抬起头看了一眼正在做手工的黄秀琴，她抿了一下嘴唇，迟疑了一下，回复他——

孟浅浅：算了，我不出去了。

YING：哦?那不行，我在你家楼下。

孟浅浅放下笔跟本子，站起身来，小心地走向厨房，推开厨房的窗户往下看，一个高大的男生穿着卫衣靠在门卫的窗户边低头按着手机，孟浅浅的手机跟着响起，她点开一看。

YING：我看到你了。

孟浅浅：呃……

她松开手，关上窗户，有些不知所措地走出厨房，黄秀琴看了她一眼："干吗去?写完作业了?写完了就过来帮忙。"

孟浅浅低着头道："我还没写完，我……"

"一点作业你要写多久？你妹妹跟弟弟都写完了，你还在这里磨蹭。"

孟浅浅看向黄秀琴："我有一道题不太懂，我想去问问周乔。"

"不许去。"

孟浅浅："我不懂，我得去。"

说完，她飞快地收拾桌面上的作业，然后塞进书包里，在黄秀琴骂骂咧咧的声音里，飞快地下了楼。

站在门卫室外面的男生见她出来后，停止跟门卫聊天，他走上前，自然地接过她的书包，孟浅浅愣了一下，呆呆地跟着他。

应浩提着她的书包，把手插在裤子口袋里，看了她一眼："我们去网吧吧？嗯？"

孟浅浅看向他，点了点头："好。"

进了网吧，竟然是她和周乔经常待的那一家，坐下后，应浩转身去前台拿了一个袋子过来，放在孟浅浅的跟前。

孟浅浅看着那袋子，愣了一下。

应浩从里面拿出奶茶，递给她，说道："喝。"

孟浅浅接过奶茶，不知道该怎么形容自己的心情，她偷偷看了他一眼。应浩坐下来，拿出她的作业放在桌面上，说道："我教你，写完我们去玩？"

孟浅浅："好。"

随后他教她作业，她喝着奶茶，后来她勉强懂了，开始提笔写。应浩开了电脑，一边扫雷一边等她。有几个女生从外面进来，看到他，立即打招呼，然后围过来，笑着跟他聊天。他一边漫不经心地跟她们聊天一边继续扫雷。

孟浅浅咬着笔，看了一眼那些长相漂亮的女生，然后她低头继续写作业。写完作业，孟浅浅的手机响了，来电是黄秀琴，她立即摁灭，然后看向应浩，应浩看了她一眼，唇角含着笑意："写完了？"

孟浅浅点头。

应浩站起身来，拿过她的书包说道："走。"

孟浅浅跟上他的脚步，两个人走出网吧，接着朝不远处的一家游戏城走去。孟浅浅的书包被应浩直接寄存在前台，应浩买了币，然后带着她进去。孟浅浅第一次来这种地方，左右看，好奇得很。应浩来到一个夹娃娃的地方，说道："早上说带你来夹娃娃的，嗯？"

孟浅浅看着他的笑容跟眉眼，说："你会吗？"

应浩看了她一眼："当然，我夹多少个，你会答应和我做朋友？"

孟浅浅看着他的眼睛："一百个。"

应浩挑起眉毛，简直不敢相信。这小可爱狮子大开口，他看了一眼手机："一个小时吗？"

孟浅浅点头："一个小时。"

应浩："好啊，我接受挑战。"说着，应浩站直身子，挽起卫衣的袖子，开始操作，一个、两个，孟浅浅站在一旁，看着他，觉得他挺厉害的。

应浩叫了服务员拿来一个袋子，然后把袋子塞在孟浅浅的手里，说道："你拿着。"

孟浅浅拿着袋子，把他夹的娃娃放进袋子里。

夹了十几个后，应浩要夹一个很大的粉红豹。

他看了孟浅浅几眼，道："这个有点难，你要不要试着操作一下？"

孟浅浅一愣："我吗？"

应浩转头看了她一眼："是。"

孟浅浅顿了顿，放下手里的袋子，走上前，盯着里面的粉红豹，按上转动方向的那个。可惜她很明显不会，有点胡乱操作。

应浩垂眸，沉默了一秒："很快就有人来赶我们了。"

她轻声地问道："为什么会赶我们？"

应浩："因为我今天夹了太多娃娃了。"

番外二

薄荷硬糖

从浅浅跟应浩的公寓里出来，常慧慧甩手就往外走，唐隽把手插在裤子口袋里，看着她。接着常慧慧进了电梯，他也跟着进了电梯。

唐隽的公寓在十五楼，按了数字后，电梯里一阵安静。

常慧慧低头按着手机，唐隽看了她一眼，也拿出手机点着，谁都没有说话，但唐隽知道她在闹什么，可他没有开口安抚。

直到电梯抵达十五楼，门开了，唐隽站直身子，走了出去。常慧慧没有跟着，唐隽的脚步微顿，他抬手抓了抓头发，几秒后，准备继续往前走。

常慧慧抬起眼睛，挡住了电梯门，问道："你现在还喜欢浅浅吗？"

唐隽皱起眉头，回身，把手插在裤子口袋里道："多久的事情了？你还翻出来？"

常慧慧："可你一直遗憾吧，当初没有用全力去追，周彦至少还行动过。"

唐隽偏头，淡淡地看着她。

常慧慧抬高下巴，说道："不然为什么我做什么你都觉得不如浅浅？"

唐隽眼眸微眯："所以你一直在暗自比较吗？"

"没有，我只是在乎你的心情而已。"常慧慧说道。

唐隽没吭声，几秒后，他往回走了几步，把她挡着门的手一把拉住，牵着，说道："别闹了，我要是真那么喜欢，当初周彦要插手的时候我就不会退缩，你有空可以去问问浅浅，我跟她的联系才多少啊？还没跟你的多。"

也不能一直霸占电梯，常慧慧只能跟着他出了电梯，她说道："是吗？

那你老觉得我哪儿哪儿都不好。”

“没有，人无完人不知道吗？你也有你的可爱之处啊。”唐隽说着，打开了门，看了她一眼，“今晚睡这里？”

常慧慧没吭声，推开他，走了进去。

她换了鞋，看着唐隽也换鞋，她想了想，却不知道在想什么。最后她走过去倒了一杯水，然后喝了几口，拉开阳台门，出去看阳台上种植的多肉。

这是他们在网上买的几盆多肉，现在长得非常好看了，常慧慧用指尖戳了戳它们的叶子，拿出手机，拍了好几张照片，然后调色发了朋友圈。发完后，她收起手机，转身回屋，唐隽坐在沙发上按着手机，手边放着一本 AI 人工智能大全的书。

他这里还有很多的模型，靠着阳台的地方就摆了很多。常慧慧站在阳台门边看着他的背影，好一会儿才走上前去，低头一看，他在跟人聊天。

是同系的一个学妹发了一组数据给他，让他帮忙看看对不对。

他一边翻书一边计算，然后发回去给她。

学妹：学长，太棒了，我算了好久都没算出来，小鸭子的脚都抬不起来，一直用脖子蹭着地板，我晕死了，同学一直在笑我。

唐隽：确实好笑。

学妹：呃……

他们聊的这些，常慧慧都不懂，她抿抿嘴唇，收回视线，把杯子放下，问道：“唐隽，你喝水吗？”

他的声音从身后传来：“喝，冲杯速溶咖啡吧。”

常慧慧一边操作，一边问道：“你今晚不睡了？”

“忙完手头的工作再睡。”

常慧慧：“哦。”

冲好了咖啡，常慧慧端着咖啡回到客厅，这边的格局跟浅浅他们那边的格局差不多，但是，唐隽这边放了很多模型还有好几个机器人。这些机器人，有些是声控的，也有些是遥控的，常慧慧偶尔会跟它们一起玩。她把咖啡放在桌子上，坐在唐隽旁边，唐隽盯着笔记本，翻着书，帮着班里的同学编程。

咖啡的香味扑面而来，唐隽伸手端起来喝了一口。

他今天穿着白色衬衫，领口有一点儿金边，都说男人认真工作的时候最性感。

他或许就是。常慧慧不好打扰他，靠在扶手上，低头翻着手机。

刚刚发的朋友圈有不少人点赞，常慧慧看到“西西”的点赞，这个西西就是刚刚跟唐隽聊天的那位学妹。

常慧慧斟酌了一下，点进西西的朋友圈，西西是人工智能专业出了名的美女，她的头像是她站在海城大学篮球场，穿着超短裙跟短款上衣在夕阳落下时拍的，一条长腿又白又直。常慧慧看着头像发呆。

随后，她退出朋友圈，点进游戏里跟人跳伞。常慧慧一边跟着随机匹配到的小哥哥跑，一边问道：“唐隽，西西学妹是不是很漂亮，听说她要参加今年的机器人大赛，你也参与吗？”

唐隽喝了一口咖啡，道：“嗯，我参与，西西学妹，是挺不错的。”

“砰”一声，游戏里的常慧慧被“枪杀”了，她看向唐隽，他专心地看着屏幕，指尖敲着键盘。常慧慧咬了一下嘴唇，再次收回视线，继续玩着游戏。下一把游戏因为随机匹配，又碰到刚刚那个小哥哥，她不小心点了语音，那个小哥哥说：“你这回能跟紧吧？上一局被你害死了。”

常慧慧按语音：“不好意思。”

小哥哥：“走吧。”

随后带着她往前跑。

唐隽听见了他们的对话，他挪动鼠标，问常慧慧：“在玩游戏？”

常慧慧：“嗯。”

唐隽点了点头，继续敲着代码，他的水平跟应浩差不多，敲完最后一行，页面一闪。唐隽揉揉脖颈，端着咖啡往后靠，看了一眼埋头玩游戏的常慧慧，她屈膝坐在沙发上，穿着牛仔裤跟上衣，她其实长得挺清秀的。

唐隽伸手，握住她的脚踝。

常慧慧从手机游戏里抬起头：“你忙完了？”

唐隽：“嗯。”

常慧慧："你先去洗澡吧。"

唐隽反问："你什么时候玩完？"

"不知道。"常慧慧说着，操纵着人物往前，唐隽往上握着她的脚腕，摩挲了几下，有些酥麻。

常慧慧缩回脚，那头小哥哥又说："你进屋等着吧，这波能行。"

常慧慧："好。"她说完以后，准备继续，却略微停顿了一下，她抬起头看向唐隽，唐隽靠着沙发椅背，往她这儿侧着身子，握着她的脚腕，按着手机。

常慧慧突然有些烦躁，玩完这把，她直接退出游戏。

唐隽轻声地问道："完了？"

常慧慧抬起头。

唐隽撑着沙发，凑过去，先亲她的眉心，然后再往下，贴着她的唇瓣。常慧慧只觉得自己很没出息，一下子就心跳加速。

常慧慧下意识地伸出手，搂着他的脖颈。

唐隽接吻很温柔，还很有耐心，常慧慧觉得自己很喜欢他的温柔，但又觉得有点抓不住。

唐隽搂着她的腰，把她抱过来，按在腿上，常慧慧抓着沙发椅背，咬他的嘴唇。

唐隽"嘶"了一声，看着她。

常慧慧眼底带着怒火。

唐隽叹了口气："又不开心了？接吻都不开心？"

常慧慧："就没开心过。"

唐隽"啧"了一声，指尖往上抬，又堵住她的嘴唇："浅浅那事情别再想了，都过去了。"

纠缠了许久，方才停歇，浴室的灯亮起来，两个人一前一后地从浴室里出来，常慧慧擦着头发，突然转身，抱住唐隽的腰。

唐隽一愣，随即一笑，抬手抱着她的腰："要哄才能睡？"

常慧慧看着他道："你喜欢我哪里？"

唐隽垂眸，看着她的眼睛，顿了顿，道："可爱。"

常慧慧："只有这个吗？"

唐隽："喜欢一个理由就足够了，哪有一直很完美的人啊？"

常慧慧抿紧嘴唇，看着他，亲他的下巴。他低头，温柔地也亲亲她的嘴唇，说道："睡吧。"

"嗯。"常慧慧拉着他的手，"你也睡。"

"OK，我把笔记本关了。"唐隽任由她牵着手，随后走到茶几旁，关机，把笔记本合上。常慧慧看他合上了，又拉着他。

唐隽被她的急切逗笑了，说道："这么急吗？"

常慧慧红着脸，看了他一眼。

唐隽含着笑意，下一秒，他抽出手，弯腰把她抱了起来。

常慧慧"哎"了一声，说道："要掉啦，要掉啦。"

唐隽无奈地说道："是要掉了。"然后来到床边，一松手。

常慧慧惊叫一声，摔在床上，唐隽笑着揉着她的头发，常慧慧抓他的手腕，把他往下扯。唐隽单膝跪上床沿，手撑在她的两侧，垂眸看着她。

常慧慧的心怦怦直跳，睡衣上下起伏。

唐隽抬手，摸着她的脸、下巴、脖颈，随后他低头亲吻她的唇角，说道："早点睡，晚安。"

常慧慧的心都提起来了，他却给了这么一句。

常慧慧："滚。"

唐隽一笑，掀开被子上了床。常慧慧抬脚去踹他，唐隽按住她的小脚，道："老实点，我明天还要去东方，这段时间有点忙，续航里程还没突破，大家都紧张着呢。"

常慧慧："那关我什么事？"

唐隽夹着她的小腿，看了她一眼："支持一下你男朋友的事业。"

常慧慧看着他，几秒后道："好吧。"然后依偎到他怀里。

唐隽搂着她的腰，声控关了她床头那盏灯，然后他这边这盏却没关，他拿起手机，随意地刷着朋友圈。

常慧慧下意识地抬起头去看他，他看得很认真。

常慧慧很想问他，是不是也给西西她们点赞呢。想了几秒，常慧慧抬手，抓住他的手腕，道："睡觉啦。"

唐隽突然被拉住手腕，他垂眸："干什么呢？"

常慧慧看着他道："睡觉，你说你明天要去东方，结果还不睡。睡觉，睡觉，睡觉。"她拉起被子，将他的脸一起盖住。

唐隽无奈一笑："好好好。"随后把手机放在床头柜，朝被窝里躺进去，接着把她整个人抱在怀里。

常慧慧心里这才安定下来，头埋在他的脖颈里说："晚安。"

唐隽："晚安。"

接下来唐隽很忙，常慧慧也知道，她一边打工一边上学，偶尔为了照顾唐隽，也会下厨做点菜，熬点汤，不过她怕他觉得自己做的不好吃，很多时候也不太敢做，而且东方食堂的菜是真好吃，她经常去东方食堂蹭饭。

当然，唐隽在学校里也有课，常慧慧偶尔难得能跟他一起去学校。

这天，常慧慧上完课，买了些吃的，准备去接唐隽下课。他的系距离常慧慧有点远，常慧慧直接骑了一辆校园单车去找他。

抵达他们教室，里面人很多，严雄老师也在。唐隽被很多学弟学妹围起来，不知在讲什么。

常慧慧放好单车，走上前，靠着窗户往里面看。

人群中的唐隽很耀眼，他此时穿着白色的衬衫，外面穿着一件薄款外套，笑着翻着书，有几分讲师的风范，他长得也好看，有点鹤立鸡群，加上学霸的光环，到哪儿都是主角。

他笑着道："有些问题你们自己解答一下啊，全都问我，脑子都生锈了。"

"不会不会，听你一席话胜读十年书啊。"西西捧着书遮住脸笑道。

其他人紧跟着笑着说："可不是，这次比赛你一定要指导一下我们。"

唐隽点头："OK，但是你们也要思考，我很忙的。"

"哈哈哈哈，好啊，这次西西负责，学长，西西是不是很棒？"

唐隽看了一眼西西，笑着点头："是的，很棒，还很漂亮。"

"哟哟哟——"所有人都尖叫起来，男生也跟着狼嚎，气氛一下子被烘托起来。

西西满脸通红。

常慧慧站在窗户外面，指尖有些凉，她看看西西，又看看唐隽，西西正看着唐隽。唐隽转头跟严雄老师谈话。

可这样，常慧慧还是觉得指尖发凉。

她往后退了退，离开窗户，来到外面的花坛边坐下，拿出手机，正巧页面落在学校论坛里。论坛里一个帖子被顶在最上面：

第××届机器人大赛于××月××日举行，要票的到我这里领。

上面还有主创人员的名单，西西就是其中一个。

论坛里有人回帖——

据说这次唐隽学长会参与。

是啊，东方A1的人机交互你们试过吗？

很牛啊，我感觉无人驾驶指日可待。

对啊，我们组最近也在努力，争取不给学长丢脸。

西西要加油！

哈哈，西西真是人美能力也出众。

常慧慧心想优秀的人都是跟优秀的人玩的。她退出论坛，发了一条微信给唐隽。

常慧慧：我买了关东煮，你吃吗？不吃我自己吃了。

几秒后。

唐隽：等老师走了再说，你在哪儿？

常慧慧：在天边。

唐隽：不是说来找我吗？

常慧慧：不找了。

那头，他没再回复。

又过了十多分钟，教室里的人才散了。脚步声跟嬉闹声混在一起，密密麻麻的。唐隽被簇拥在中间，一走出来，便看到坐在花坛边上的女生，常慧慧今天穿着牛仔裤和一件短款黑色上衣，脚踩在地上，看着他，手边还放着一份关东煮。

天色好，光线亮，不知为何她看起来有点迷茫。

唐隽的脚步一顿，看了她几秒。

常慧慧这才回过神来，握着手机站起身来，提起一旁的关东煮，朝他走来。唐隽顿了顿，偏头跟严雄老师说："老师，那组数据我明晚发你，还得回去复盘。"

严雄点了点头："行，东方那边有需要帮忙的，可以找我。"

唐隽笑道："好的。"说完，他把手插在裤子口袋里，走下台阶，学弟学妹站在身后目送他。

常慧慧在很多人的注目下挽上他的手臂，说道："你再不出来，关东煮就要凉了。"

唐隽偏头看了她一眼道："不是说在天边吗？"

常慧慧嘿嘿一笑："玩笑话，我要是现在在天边，就看不上你这凡夫俗子了。"

唐隽笑起来，接过关东煮，打开。

某些时候，常慧慧的身材是很棒的，尤其是穿牛仔裤时，腿又长又显得干净利落。唐隽拿出鱼丸放在她的唇边，常慧慧笑眯眯地咬住，然后握着他的手腕，让他吃。

唐隽也张开嘴，吃了。

他们两个来回像是在互相喂着，身后目光炯炯，尤其是那几个学妹，几个学妹中又以西西为主。那些学妹看着这对情侣从眼前这样离开，西西把遮住脸的书垂放下。严雄老师走后，几个学生叹了口气，看了西西一眼，道："学长该不会跟应浩学长一样，准备'英年早婚'吧？"

"如果是这样，就剩下一个周彦学长了。"

有人说孟浅浅，自然就有人说常慧慧。

"学长这个女朋友读什么专业的？有啥本事？"

"平平无奇的一个女生吧。"

“孟浅浅的闺密。”

“这也行？内部消化？”

常慧慧是见识过孟浅浅被八卦的，她也猜到自己应该会被说，尤其是那么多目光扫过来之际。唐隽问道：“去买菜还是去蹭饭？”

常慧慧很不想自己做饭，做了唐隽也会嫌弃，她笑道：“去蹭饭吧，我听说浅浅今天要做大餐。”

“好。”

唐隽将关东煮的袋子跟盒子扔进垃圾桶里，随后两个人去了孟浅浅和应浩那儿蹭饭。吃过晚饭，两个人回到住所。

洗完澡，唐隽忙自己的工作，他开着电脑，看一些汽车测评以及修改系统的视频。东方没有突破，压力很大，即使这种问题是梁教授跟应浩该操心的，但他自然希望能给到什么有效的想法。

常慧慧窝在沙发一角，抱着抱枕，点进学校论坛，翻看唐隽跟自己的帖子。她就是那种哪怕知道论坛上全是别人说她跟唐隽不好的，她还是想看，完全属于自虐型，论坛的议论中只要有一句说她跟唐隽的好话，她都觉得值得。果然，“花间论坛”有写她跟唐隽的帖子，很普通的一个帖子。

唐隽的女朋友是常慧慧对吧？

这恋爱谈得也太低调了吧，完全不见怎么开始，就已经开始了。

常慧慧正在用小号回复，这时，一只戴着腕表的大手伸过来牵住她的手腕，常慧慧抬起头，唐隽盯着笔记本，说道：“过来帮我看看这个。”

他没看她，只是单纯牵她而已。常慧慧“哦”了一声，抱着抱枕，膝盖跪在沙发上，往他那儿凑去，她看到屏幕上有个带镰刀的机器人，看起来威风凛凛。

她问：“看什么？”

唐隽闻到她发丝的香味，看了她一眼，她穿着睡衣短衫加长裤。唐隽不动声色地扫了一圈后，说道：“你觉得镰刀好还是斧头好？”

常慧慧一听，认真地看了看，说道：“斧头吧，有点意思。”

唐隽“嗯”了一声，常慧慧觉得回答了问题，准备坐回去，而她刚刚顺势按在桌面上的手机屏幕纳入唐隽的眼中。

唐隽看到她在看论坛，也看到属于他跟她的帖子，他淡淡地说道：“‘花间论坛’向来都是八卦重地，以后多看一点专业论坛吧。”

常慧慧一听，反射性地快速坐回沙发角落，说道：“我随便看看而已，我们专业……我们专业论坛我也看，只是看得少。”

“你现在提前准备一下毕业论文吧。”唐隽俯身拿着鼠标开始换武器。

常慧慧靠着扶手，屈着长腿，一声不吭地看着他的侧脸，小声地“哦”了一下，然后她迟疑了一下，问道：“你刚刚弄那个机器人，是用来干吗的？”

“他们比赛要用的。”唐隽说道。

常慧慧：“是西西那组吗？”

“嗯。”

常慧慧又沉默下来，她继续刷着论坛，后来又想了想，起身去卫生间洗漱，洗漱完了直接回到床上躺下。她点开朋友圈看，刷到西西发的最新朋友圈。

是个机器人拿着匕首的相片。

常慧慧看到唐隽点了赞，她想起刚刚唐隽还问了她，换了斧头，现在怎么又换成匕首了？常慧慧拉起被子，遮住脸睡觉。而唐隽看他们把机器人的外形定下来后，便进入系统去忙自己的事情，这一忙就到了凌晨一点多，他伸个懒腰往后靠，才发现常慧慧已经去睡了。

她住在宿舍的时候还很老实，晚上十点半上床睡，跟他住在一起后，熬夜她是第一名。唐隽笑了一下，站起身来，也去洗漱，随后关了屋里其他的灯，回到床上。

常慧慧睡觉不太老实，有时脚会直接垂到床边。唐隽掀开被子一看，常慧慧的一条腿已经快要挨着地板了。他把她的脚拉了回来，然后才在她身边躺下。常慧慧转身就抱住他的腰——睡梦中反射性地一抱。

唐隽关了床头灯，呼吸轻了一点，主要是她抱得太紧了。

他拍拍她的手臂，说道：“松点。”

常慧慧在睡梦中呢，哪能听他的，反而抱得更紧，唐隽无奈，只能躺下，把她抱过来，搂着她的腰。

房里昏暗，只剩下清浅的呼吸。

唐隽想了想，头低下去，去寻找她的嘴唇，轻轻地吻着。

很温柔。

常慧慧在迷迷糊糊中抬起下巴，去回应他。

吻毕，他也有点困，接着便睡着了。

东方突破在即，有时不一定能回公寓住，而且加上要上课还要帮西西他们参加机器人比赛，唐隽偶尔就回宿舍去住，或者有时住在东方。常慧慧在公寓等了他几次，后来也索性先回宿舍去住，大姨妈来了都是孟浅浅照顾的。

她没敢告诉唐隽，而唐隽也从没问过。

这天，常慧慧的肚子有点涨疼，躺在床上不想动，她刷着朋友圈，刷到西西她们的比赛开始了，然后她看到视频里唐隽的身影一晃而过。

常慧慧一愣。

这次比赛是在海城大学进行，她知道很多人都会去看，当然朱芳跟叶岚还有浅浅都没去，她们不感兴趣，但是唐隽去了。

她点开微信，点开唐隽的头像，编辑。

不知为何，手指竟有些抖，她缓了一下。

常慧慧：你在哪儿？

唐隽：在学校里。

常慧慧：你在看比赛吗？

唐隽：嗯。

常慧慧：你为什么不叫我？

唐隽：啊？你不是身体不舒服吗？浅浅学妹也跟我说了。

常慧慧紧捏着手机，把手机放下，一声不吭地盯着天花板。她确实不想出去，但是他不叫她，自己去看了西西的比赛，他什么意思呢？常慧慧觉得头疼，觉得累。

一个多小时后。

唐隽：买了一杯热奶茶，我叫浅浅送上去给你。

常慧慧：不用，我准备睡觉了。

唐隽：?

唐隽：才八点半。

常慧慧：八点半不能睡觉吗?

唐隽：行。

发完这句话，他没再回复。门恰好推开，孟浅浅一边吃着苹果一边把奶茶放在常慧慧的床头，常慧慧看孟浅浅手里还有另外一杯，她抿紧嘴唇，拉高被子，声音很低："浅浅，我好困。"

孟浅浅把奶茶放在桌子上，说道："那你先睡，明天再喝吧。"

常慧慧脑海里浮现了两杯奶茶，而应浩从来只给浅浅买，他只会买一杯，她知道自己不该这么想，不该胡思乱想，他们两个人性格不一样，做事情也不会一样，但是她还是控制不住。

过了几天，常慧慧生理期过了，她又生龙活虎了，精神也好了很多，她看浅浅要去东方，立即说道："我跟你一起去吧。"

孟浅浅一边扎头发一边道："好的，不过下午的课你得回来上啊，顺便帮我记一下笔记。"

"OK，没问题。"常慧慧选了一条西装款的长裤穿，然后配上一件深色的上衣。

孟浅浅看了她一眼，笑道："慧慧，你的身材真好。"腿很长身材高挑。

常慧慧捏她的脸："你才好呢。"

两个人相视一笑，随后出门，今天是李师傅来接的孟浅浅，常慧慧上车后靠在孟浅浅的肩膀上，看着窗外的风景。

半个小时后，抵达东方。

常慧慧跟着孟浅浅下车，孟浅浅得直接去办公室工作，她进门后就往研发室走去，研发室里面亮着灯，里面正欢声笑语。

财务周蜜拿着本子刚刚跟唐隽说完话，踩着高跟鞋笑着在跟唐隽、周彦聊天。唐隽手里拿着一个传感器转动着，一身白色大褂，笑起来有点吊儿郎当的。常慧慧看了他好久，随后周蜜拿着本子朝门口这边走来，常慧慧立即让开了位置。

周蜜看了她一眼，笑道："来看男朋友啊？"

常慧慧笑道："是啊 。姐姐你穿高跟鞋好美啊！"

周蜜顺着她的视线，看了一眼自己的高跟鞋，接着抬起头道："你迟早也会和我一样的，你现在读书就得有学生气，有读书的样子，以后再慢慢成长吧。"

常慧慧点头："哎。"

周蜜踩着高跟鞋转身上楼。常慧慧目送她走后，这才推开门走进去，周彦拿下手套，准备出门，转头看到她，常慧慧扬起笑脸，"嘘"了一声。

周彦点了点头，安静地走出去。

常慧慧来到唐隽的身后，他低头还在看传感器，她走到他身后，抱住他的腰，连同他的白色大褂都拢在怀里，收紧手臂，抱得紧紧的。

唐隽一愣，偏头看了过来。

常慧慧探头跟他对视："嘿，男朋友今天很忙啊？"

唐隽笑起来，取下手套，揉揉她的头发，说道："很忙，你身体好点了？"

常慧慧眨了一下眼睛："是啊。"

唐隽轻声问道："中午在食堂吃？"

"好。"

随后唐隽继续忙手里的活儿，常慧慧抱着他的腰，探头看着他骨节分明的修长手指。唐隽拿起一个小尺子，轻轻地拍她的手背。

常慧慧说道："不松，我就不松。"

唐隽"啧"了一声："小赖皮，你这样抱着我，我怎么工作？"

常慧慧："我阻碍你手脚了吗？我也没有啊。"

唐隽："但你抱着我的腰，我还要分神顾着你。"

"你是惦记还是顾着？"常慧慧故意问道。

唐隽一顿，他看了她一眼，道："本来只是顾着，你这么一说，还真有点惦记。”

常慧慧的脸一红：“不要脸。”

唐隽挪过一旁的笔记本，俯身看着上面的数据，道：“正常。”

午饭一群人在食堂里吃，吃过饭后，大多数人选择去午休，周彦则直接去了仓库，去看之前梁坤教授提的那个电机能装在哪里。

常慧慧跟着唐隽去了研发室，抱着手臂看着他忙活。

周蜜的小助理叫珠珠，发了一条微信给他：“唐总，早上放你们研发室的发票还在吗？”

唐隽翻了一下，拿起手机按了语音道：“在。”

珠珠立即道：“好的，我下去拿。”

唐隽将发票递给常慧慧，说：“等下给她。”

常慧慧“嗯”了一声。

她之前见过珠珠几次，实习生，很清秀的一张脸，有点儿楚楚可怜。不一会儿，研发室的门被敲响，常慧慧拿起发票朝门口走去并拉开门。

门外的女孩下意识地喊道：“唐总……”结果看到常慧慧，瞬间卡壳。

常慧慧把发票给她，看着女孩带着红晕的脸，她愣了一下，接着她下意识地回头看唐隽，他还在忙，看笔记本看得入神。

常慧慧又收回视线，看向珠珠：“你，还有事吗？”

珠珠一顿，立即摇头，说道：“没事。”然后转身就跑了，带着仓皇，像秘密要被发现一样。

常慧慧把门关上，在门边站了一会儿，几秒后，才朝唐隽走去。唐隽敲完笔记本，说道：“你去休息一下，我没时间午睡。”

常慧慧：“我也不困。”

她看到唐隽的手机亮了几下，都是珠珠发来的微信，常慧慧问道：“你不回复一下？”

唐隽抽空看了一眼手机：“估计又问发票的问题。”

他点开了听，对方确实在说发票，大意就是还有一份在他们这里，麻烦找一找。

唐隽按了语音回复：“一次性说完吧，珠珠，你这样我得天天给你找发票，你实习期是不是不想过了？”

沉默了几秒，那头女生回复：“对不起。”急得都快哭了。

唐隽：“啧，有什么好哭的？行，你下来拿吧。”

唐隽又翻了一下。

常慧慧看着他翻发票，一声不吭。很快就翻到了，他转身递给常慧慧。

常慧慧“啧”了一声：“我才不当你的送票员。”

唐隽一听，笑了，拿起发票自己要过去。常慧慧却又从桌子上下来，一把抢走发票，噔噔噔地走到门边，一把拉开门，递给珠珠。珠珠正好下楼，看到发票又看到常慧慧，伸手拿过来。

常慧慧笑道：“工作压力是不是很大啊？”

珠珠一愣，小声地回道：“有点吧。”

常慧慧：“小心被开除哦。”

珠珠：“啊……”

门关上后，常慧慧回到唐隽这边，唐隽轻扫她一眼，说道：“你威胁人还挺有一套的，她哪里惹你了？”

常慧慧盯着他：“你不知道吗？”

唐隽拧了下眉毛，几秒后，说道：“去休息吧。”

常慧慧看着他道：“你要是没那么优秀就好了。”

唐隽听罢，靠着桌子，把手插在大褂口袋里道：“我跳级到海城大学，早就不是‘优秀’二字可以评价的了。”

常慧慧咬牙，她也觉得自己愚蠢了，她说：“行吧，我去休息，我下午还有课。”

说着，她转身，几秒后，她走了回来，勾住唐隽的脖子，在他嘴唇上落下一吻。

唐隽顿了顿，搂着她的腰，亲吻她的唇瓣，眼眸看了一眼研发室的监控，他浅浅一吻，没有深入。

他说：“晚上回公寓住吧。”

常慧慧：“那你早点下班。”

“行。”

下午还有课，常慧慧在东方囫囵地睡了半个小时，唐隽叫李师傅送常慧慧回海城大学。走的时候，常慧慧看了一眼研发室，唐隽不在。

孟浅浅从楼上下来，拿了一块大白兔奶糖递给常慧慧，说道：“他们去后面看车了，你快去上课吧。”

常慧慧接过大白兔奶糖，撕开后看了孟浅浅一眼：“周彦给你的？”

孟浅浅笑着摇头：“不是，应浩买的，买了一整箱。”

常慧慧一听，有些羡慕：“是因为之前周彦老在抽屉里留这个吧，他就吃醋。”

孟浅浅笑笑，神情有些虚渺。

常慧慧上前抱抱她，说道：“好了，我先走了，对了……”她抿了下嘴唇，迟疑道，“那个珠珠是什么学校毕业的？什么时候过实习期啊？”

她有些心虚地看着孟浅浅。

孟浅浅一顿，她往二楼看了一眼，然后才对上常慧慧的目光，孟浅浅说道：“她怎么了？实习期还没过，还有一个月，我招的，东市大学毕业，做事情还行吧？”

常慧慧笑笑，说道：“没有，就是早上一个发票找了好几次。”

孟浅浅看着常慧慧的笑容，她明明在笑，但却偏偏看起来有点笑不出来的感觉。孟浅浅想了一下说道：“周蜜一共有两个助理，珠珠也是需要竞争的。”

常慧慧点了点头：“嗯，那我走了，你晚上回宿舍吗？”

孟浅浅：“看情况。”

常慧慧“嗯”了一声，随后出门，上了停在门口的车，对李师傅说了感谢。孟浅浅站在原地几秒，看着车子开走后，她转身往回走，一眼便看到唐隽穿过长长的走廊从那边走过来，而他旁边，珠珠这个女生穿着及膝的 A 字裙跟着，不知在说什么。

两个人不至于笑得很开心，但看起来气氛挺融洽的。珠珠的眼神里也多少带了点儿崇拜，孟浅浅从很多女生的眼里都见过，她们看应浩的眼神也差不多。

只不过现在的应浩从不搭理。

孟浅浅想了想，转身走上台阶，叫来了杨恬，说道：“这个月的实习生考核表交上来我看看。”

杨恬：“好的。”

这两节课上得常慧慧昏昏欲睡，她掐了掐自己，努力让自己清醒一点，随后认真上课，一下熬到四点多。下课后，常慧慧抱着书起身，打了个哈欠，拿出手机问唐隽。

常慧慧：几点下班？晚上去哪里吃？

唐隽：你想吃什么？点个外卖？

常慧慧：都行。

发完，唐隽没回复，常慧慧又打了个哈欠，随后扫码一辆单车，朝公寓踩去。停好车后，常慧慧上楼，进屋后先稍微打扫了一下卫生。唐隽是个比较喜欢团体生活的人，他其实还有很多私人物品放在学校宿舍，这边公寓则都是一些比较大件的机器人或者汽车模型等，他平日里拿东西跟放东西都是有规律的，常慧慧一般尽量不去碰他的那些东西。

搞完卫生，常慧慧在沙发上瘫着，拿起手机刷朋友圈，这才发现西西他们那队拿了一等奖，西西站在C位，戴着一顶鸭舌帽，女生看起来又酷又优秀。常慧慧点了赞，然后说了句恭喜，她发完看到唐隽也说了恭喜，她立即回复唐隽——

常慧慧：外卖呢？

直接在别人朋友圈里询问，常慧慧知道不好，但她就是故意的。唐隽没有回复她，但是门铃很快就响了，是外卖到了，常慧慧抿抿嘴唇站起身来，走去开门。

唐隽点了刺身和清酒，常慧慧跟外卖小哥说了感谢后关上门，回到沙发边坐下，把外卖摆好盘。门再次被打开，唐隽走了进来，脱下身上的西装外套，挽起衬衫袖子。

常慧慧抬起头看着他：“回来啦？”

“嗯，外卖到了？”唐隽先去洗手间，洗了手后擦手。

常慧慧说道：“刚到。”

唐隽靠着沙发这边坐下，打开清酒，常慧慧闻到香味，她摇头：“我不喝，你喝吧。”

唐隽看了她一眼，笑道：“喝一口？”

常慧慧端起酒杯，小小地抿了一口，辣得她直伸舌头。唐隽往后靠了靠，把她喝了一口的那个杯子拿过来，仰头喝完，喉结滚动，他眉梢含着笑意，眉尾微微挑起。

她有时会被他这个长相迷惑，平日里插科打诨他最在行，但却有种说不上来的不上心跟散漫感。

这种散漫感是从骨子里透出来的，不是行为上那种让人看不透的，而是真实的就是这样。常慧慧夹了生鱼片放在他碗里。

唐隽夹起来吃掉，一只手随意地按着手机，在计算什么。一顿饭慢慢地吃完，吃完后收拾桌面，唐隽轻扯领口，带着酒香味。

他打开笔记本，说道：“你先洗，我再复盘一下今天的数据。”

常慧慧：“好啊。”

说完，她拿了睡衣去洗澡，顺便洗头，她只喝了一口小酒，酒香味很快就淡了，几乎没有。洗完澡跟洗完头出来，她身上只剩下淡淡的沐浴香味，看他还在敲键盘，常慧慧没有打扰，她拿着手机朝大床走去。有好多天没住在这里了，常慧慧趴在床上觉得挺舒服的。她靠着床头继续按手机，后来想了想，拉了被子遮住自己，在被窝里玩儿。

夜深了，床上拱起的地方有一丝光亮透出来。

唐隽合上笔记本，拿了睡衣，便进去洗澡，洗完澡出来，他偏头擦着头发，顺势关了客厅的灯。

来到床边，他将毛巾搭在单人椅背上，掀开被子。被子里的女生握紧手机，抬起头看他，蜷缩着的身子露出了白皙的腰线，唐隽伸手，覆上她那条腰线。

他带着的水珠顺着滴落在常慧慧的脖颈，接着像是有了灵魂一路往下滑。

唐隽垂眸看了一眼那滴水珠，他笑了一下，接着低头堵住她的嘴唇，顺势拿走她手里的手机放在床头柜上。常慧慧在他俯身的那一秒，眼睛就闭上了，她反射性地伸手搂着他的脖颈，唐隽一手按在她腰线上，一手撑在床上，吻完她嘴唇便继续往下。

没一会儿，房间温度升高。

许久，常慧慧头都顶到床头柜了，被唐隽拉了回来，他的汗水顺着滴落，落在她脖颈处，常慧慧搂着他的脖颈，呼吸紊乱。

唐隽这时很轻地道："周蜜的助理珠珠实习期没过，被浅浅学妹送走了。"

常慧慧一愣，紧接着睁开眼睛，对上他的眼眸，他的眼眸被灯光打得有几片阴影，常慧慧的心跳突然有点快，想起白天跟浅浅说的话。她确实是在暗示浅浅。

唐隽伸手揉揉她的头发，说道："你这张乌鸦嘴，上一秒才说了她，下一秒她就没过试用期，浅浅在人事方面很利落啊。"

常慧慧专注地看着他的眼睛，想看出什么，她笑着附和："那我本来就觉得一个事事麻烦别人的实习生是留不长久的嘛，东方又不是收容所。"

唐隽翻了个身，穿上睡衣和长裤，坐在床边，说道："那是的，浅浅学妹看人蛮准的。"

常慧慧看着他的背影，咬牙："你经常夸浅浅嘛。"

唐隽抬手说道："做得好当然夸了，我还想着浅浅学妹是不是觉得最近珠珠老麻烦我，才直接让她走的。"

常慧慧这时听明白了，唐隽知道是她开的口，至于他是怎么知道的，她也懒得去问了，她打个哈欠翻个身，说道："我困了，先睡啦，你早点啊。"

唐隽听罢转过头看着她，常慧慧背对着他。

唐隽伸手揉揉她的头发："晚安。"

常慧慧嗓音温和："晚安。"

东方创世纪突破那天，常慧慧跟孟浅浅一样高兴，抱着唐隽没有松手。而来自华星集团的压力也很大，应浩的父亲三番两次逼着应浩。

常慧慧也陪着他们在东方没日没夜地忙，很快，东方创世纪的新车发布会开始，这是一场激动的震撼人心的事件。尤其是东方在突破里程这一块是要载入汽车史册的。常慧慧高兴得都要尖叫了，而对于他们这一行人来说，最高兴的还是能聚在一起。他们一群人从后门出来，原本打算偷偷地走，谁知道记者蜂拥而至。

常慧慧跟孟浅浅挽着手，很快被挤出了人群，常慧慧看着在人群中的唐隽，觉得那仿佛是另外一个世界，她觉得月光有点凉。她抱紧了孟浅浅，想给孟浅浅一点温暖。

孟浅浅看着应浩的眼神也充满了迷茫。

常慧慧觉得从浅浅的眼里看到了一样的情绪，看到唐隽谈笑风生，而她站在这冰冷冰冷的，常慧慧有一瞬间觉得他干吗要那么优秀？干吗要呢？干吗要大出风头。

终于，他们采访完了。

他们几个人朝她们走来，唐隽伸手牵住常慧慧的手，常慧慧反射性地甩开他的手，唐隽愣了一下，然后回头看了她一眼。

常慧慧冲他笑了笑，然后追上浅浅。唐隽收回在半空中的手，插回裤子口袋里，也跟上他们，眼眸在常慧慧身上转着，他拿出手机，微信都要炸了，信息挤满了整个微信。

顶到最上面一条是西西学妹发来的，他随意点开。

而常慧慧挨着孟浅浅走了一会儿，发现自己成了电灯泡，于是放慢脚步，踮脚看向他的手机，却一眼看到西西的信息。

西西学妹：唐隽学长，谢谢你送我的门票，你们的车太帅了，我也要向你们学习。

常慧慧愣怔了一下。

她问道：“你送了新车发布会的门票给西西？”

唐隽抬起头看了她一眼：“你刚才不是跟我生气吗？”

常慧慧哽了一下，她拽着他的手问：“你送票给她？”

唐隽：“嗯，他们组比赛拿了奖，问我要了几张票。”

常慧慧看了他几秒，牙关微微咬紧。

唐隽牵住她的手："干吗呢？"

常慧慧一声不吭，这次是真想甩开。唐隽看她紧绷的侧脸，挑了一下眉梢，倒是没再问，上了摩天轮。常慧慧拿着手机不停地拍拍拍，拍下面拍天空的美景。

唐隽坐在椅子上，随意地按着手机，随后转个身子坐到常慧慧的身侧，搂着她的腰，说道："等下想吃什么消夜？"

常慧慧静静地看着窗外，说道："关东煮吧。"

唐隽笑了一下："好。"

从摩天轮上下来后，一行人去吃了关东煮，随后回家时，常慧慧是被唐隽背回家的，她勾着他的脖子，故意晃动。

唐隽拍了下她的长腿："消停点。"

常慧慧："哼，就不。"

闹着回到公寓，常慧慧躺下时，突然想起了西西学妹的头像，西西学妹好像在唐隽的聊天列表最上面。

那是不是意味着他们经常聊天？连她的头像都在下面……

常慧慧烦得抓起被子狠狠地遮住了脸，唐隽躺下感觉到她的动静，从身后搂着她的腰，问道："还不睡，明天黑眼圈见人。"

常慧慧："嗯……"

她闭上眼睛睡觉了。

接下来的日子，常慧慧老老实实地上班，而东方跟华星，应浩的身世还有应顺尧的丑闻爆出来，外界跟学校都轰动了。唐隽自然也更忙了，而且他偶尔需要分担应浩的工作，连日来都干脆住在东方。

常慧慧呢，也只能偶尔去陪陪他。时间过得很快，一下子来到了暑假，她给家里人打了电话，说今年暑假要留在海城打工。

父母虽然理解但也有些不舍，常慧慧安抚好家里人，又想跟唐隽说家里的事情。

手机一拿起来，才发现她跟唐隽有两天都没发微信了，唐隽那边实在太忙，她也没敢老发微信给他，但是他居然也没主动给她发微信。

常慧慧：浑蛋，我暑假要留在海城了。

十来分钟后。

唐隽：好，那你先搬到公寓吧。

常慧慧：你有空帮我搬吗？

唐隽：晚上。

搬进公寓后，常慧慧每天就两点一线，接着应浩表示要跟浅浅求婚，一切都准备好了。常慧慧比自己要被求婚都开心，一直等着这一天，但她没想到等来的不是求婚成功，而是孟浅浅的出走。

常慧慧看着空荡荡的房间，又哭又叫，浅浅这个性格的人，她是鼓足了多大的勇气才选择离开。应浩明明对她很好啊，好到所有人都会羡慕那种，她却还是要离开。她是不是真的受不了那些人老是觉得她配不上应浩，浅浅是那么辛苦地熬着啊，硬要陪着他走到今天。

看到应浩那样子，常慧慧觉得他可能要疯了。

她转身紧紧地抓着唐隽的手臂："怎么办，怎么办？"

唐隽搂着她的腰，说道："当务之急是把人先找到。"

于是一行人给应浩出谋划策，应浩总算冷静下来，他最后说了一句有点怪异的话，常慧慧听不太懂。

她被唐隽搂着回了房间，一进门，她就问："应浩学长刚刚那话是什么意思？"

唐隽把她按在柜子上说道："他的意思是让我们找机会举荐浅浅为东方的总裁，他想要给浅浅信心，也想要让那些看不起浅浅的人看看，孟浅浅就算身无所长，我们几个人也能扶持她上位。"

常慧慧整个人愣住了，应浩学长竟是这样打算的。

浅浅当总裁，以后其他人再也不敢看不起她了。

唐隽拨弄她的刘海，随后亲吻她的唇瓣，由浅到深。常慧慧搂着他的脖颈，回应他，两个人在玄关处吻得难舍难分。

常慧慧趴在他的肩膀上，问道："你能理解应浩学长的做法吗？"

唐隽顺着她的头发把玩，轻声问道：“你说的是什么？”

“扶持浅浅上位。”

唐隽：“当然能理解。”

常慧慧：“你说……你以后会为我这么做吗？”

唐隽顿了一下，几秒后，他笑道：“应该吧？事情没到那个时候，谁也不知道。”

常慧慧的心一路往下掉，掉到冰水里。

接下来的一个多月，快两个月，东方发生了很大的变化，浅浅的离开让唐隽、周彦等人跟梁坤、袁从严之间的气氛变得格外剑拔弩张。常慧慧哭着希望浅浅回来的同时，却也羡慕浅浅对他们的影响。

好在难熬的日子过去了，浅浅回来了，回来后的浅浅有一种脱胎换骨的感觉。

常慧慧觉得孟浅浅是知道自己想要什么，所以不会再选择逃避。应浩学长却上了山，整个事情发展得有些不可控，谁也不知为何会如此发展。

直到常慧慧听到浅浅的一些话才知道，应浩学长的打算是，他在逼那两个老家伙。常慧慧真的感叹他们彼此真了解对方。

好在事情后来发展得顺利，浅浅重回了东方，应浩学长又开始追求浅浅了。

八月底要开学前，母亲的身体有些不舒服，常慧慧买了一张高铁票回家。有差不多五天的时间，常慧慧在家里陪着母亲。

她晚上躺下点开唐隽的微信头像，斟酌了很久，一直没发出去，不知该说什么。他也很忙，几乎不怎么主动发微信给她。

这天，常慧慧在自家超市收银完回到家里，吃了一份汤圆，然后去洗漱，刷牙，忙完后在床上躺下，她下意识地拿起手机刷朋友圈。西西也恰好发了一个朋友圈，发了自己在练瑜伽的相片，几乎关联认识的好友都点了赞，在这群人当中，唐隽也点了赞。

常慧慧指尖瞬间一顿。

几秒后，她点开唐隽的头像。

常慧慧：你在干吗？

隔了十多分钟。

唐隽：刚跟家里通话，父母让我今年挑个时间回家。

常慧慧：哦。

她发完这个“哦”，唐隽则没再回复，常慧慧看了一眼窗外，一声不吭，不知自己在想什么。这五天两个人的联系屈指可数。她在最后一天赶回学校报名。

大三的生活开始了。

这天下课，常慧慧拿起手机，发微信给唐隽。

常慧慧：我去东方找你吧。

两分钟后。

唐隽：不了，今晚还有个会议。

唐隽：慧慧，要不，我们思考下，我们未来的可能性？

看到他发来的这条信息，常慧慧是蒙的，她曾经也试着想过未来，想她跟他有没有可能，但是从没有一刻像现在这么深刻地觉得真实与残忍。

晚上十点半。

常慧慧坐在沙发上抱着抱枕，看着走进来的唐隽，他今天穿着很简单的白色衬衫和牛仔裤，依旧那么帅气。唐隽挽起袖子，走了过来，将手中的奶茶放在茶几上，想了想，拆开吸管，戳进去后，递给她。

常慧慧伸手接过，她看看奶茶，又看看他，觉得自己居然还能平静地接过奶茶。

唐隽抬手解了点儿领口，拉过单人沙发坐下，彼此都有点安静。

常慧慧张了张嘴，问道：“你是不是喜欢上别人了？”

唐隽往后靠，看着她摇摇头说道："没有。我不至于那么无耻。"

"那为什么呢？"

唐隽拿过一旁的魔方转动着，这是他思考的时候偶尔会玩的。组成一面后又拆掉，反反复复，不在意结果似的，只是凭着本能这样操作。

常慧慧低头咬着吸管，喝着奶茶，唐隽这才说道："从创业后就很忙，学业也有点耽误，我跟你之间开始得似乎不太明朗，所以想重新思考下我们的以后，你考虑过吗？"

他抬起头看了过来。

常慧慧捏着奶茶杯，手是两个温度，指腹是热的，被奶茶烫的，指背是凉的。她说："我考虑过，但可能没你想的那么深。"

唐隽顿了顿，说道："不说别的，毕业后你会留在海城吗？或者说你想为我留在海城，对吗？"

常慧慧点头，随即又摇头。

唐隽说："我影响到你的择业方向，我记得你之前说了，毕业后希望去黎城某一家公司上班，这样可以离父母近一点，因为你是独生女，父母只有你。"

常慧慧咬牙："是说过，但那又如何，我想去就能去得了吗？"

唐隽："至少没有我这个牵绊，你可以走得更远。"

常慧慧："你这是为我好吗？"

唐隽长腿交叠，指尖还转着魔方，他摇了摇头，又点了点头："为你好，也为我好。"

常慧慧突然把奶茶放在茶几上，她的动作让她怀里的抱枕也跟着掉在地毯上，她盯着他说道："你确定不是因为西西吗？或者是因为珠珠？因为我的小心机直接把珠珠送走了，她实习期还没到呢就被劝退，对她打击很大吧，她应该会发微信跟你说她现在多难过多想哭吧！"

唐隽抬起眼眸看她。应该说女生更加了解女生，她说的珠珠的状态全中，但是也有一部分不中，唐隽说道："不是因为珠珠，只是我跟你之间的问题。"

"你敢说她没发信息给你？你敢说她没有诉苦吗？"

唐隽拧起眉毛："当然有。"

“当然有，那就是了！”常慧慧指着他道，“你喜欢她。”

“没有。”

常慧慧情绪外露到肩膀微微颤动，她说道：“你不喜欢她，那你喜欢西西对吗？跟你一样拿了机器人大赛第一名，跟你一样都是严雄老师的爱徒，所以在朋友圈我询问你的时候，你不喜欢在那里直接跟我联系，就怕她多想或者是我破坏你们心照不宣的点赞。”

唐隽愣住了，半晌，他眯起眼睛，身子往前倾盯着她道：“没有，我跟她没有半点关系。”

“你骗人，你就是那么想的，你干脆直接说吧，什么我们的未来都是骗人的，你只是找到了一个更优秀让你更欣赏的女生而已。”

唐隽盯着她几秒，说道：“我不想把话说得太开，你还是别逼我了。”

“我逼你，我哪里逼你？”

唐隽抿起嘴唇，用指尖抵了一下唇角：“慧慧，我再重复一遍，我跟你之间，没有第三个人，没有第三者。”

常慧慧：“那到底是为了什么？你说啊！”

唐隽往后靠了靠，沉默下来。而常慧慧眼眶含泪，一颗都不肯让它滴下来。

窒息过后，沉默过后，气氛沉下来之后。

唐隽终于开口，他说道：“是我的问题，我有些腻了，或许我本性如此，对婚姻没有太大期待，对爱情也很随意，我很难跟谁一路走到底。”

常慧慧愣住了，她什么都预料过，唯独没有想到这个，腻？是对她腻吗？还是什么？对婚姻没有期待？可是她从来没想到那么远啊。

很难跟谁一路走到底？是说他没那么喜欢她吗？

唐隽看着她呆愣的表情，稍微收拾了一下，站起身来，说道：“今晚你在这里睡，我先回宿舍，对不起。”

等他走到门口，常慧慧突然开口问道：“如果今天跟你在一起的人是浅浅，你也会说一样的话吗？”

门已经开了，唐隽握着门把手，半晌，他叹了口气说道：“一样会的，这也是为什么我当初没有坚持追浅浅学妹。”

说完，他走了出去。

“砰”，门关上了。

常慧慧坐在原地，茫然地看了一眼这间房子，许久许久，她才伸手，拿起了奶茶，喝了一口，可是奶茶已经凉了，仿佛就像她跟唐隽之间的感情一样。其实仔细想想，哪有什么感情，一开始他们在一起似乎就是糊里糊涂的。

她想起浅浅和应浩学长，他们之前也是莫名其妙地就复合，没有任何预兆。

常慧慧抽了一张纸巾按住眼睛，眼睛一直看着这个房间。

许久，她歪倒在沙发上看着天花板发呆。

就这样，常慧慧一夜都蜷缩在沙发上，直到睡着了。

隔天一早，常慧慧起身后有些茫然，而屋里空荡荡的，唐隽自然没有回来。

常慧慧脚踩在地板上，用手撑着沙发，一声不吭地看着这个房子。

又过了十来分钟。

手机闹铃响起，早上得去便利店上班，常慧慧才回过神来，她拿起手机看了一眼，然后洗漱刷牙。弄完后，她将自己的牙刷跟毛巾、洗面奶以及杯子一块扔进了一旁的垃圾桶，然后才转身出门，她收拾了一下自己，去了便利店。

孟媛媛过来买了一根棒棒糖，看到常慧慧笑眯眯地顺便买了一根给她。

常慧慧接过来，说道：“谢谢，快上学去吧。”

孟媛媛看着她道：“慧慧姐，你昨晚没睡好呢？”

常慧慧拆着棒棒糖纸，说道：“嗯。”

孟媛媛：“学习不要学太晚啦，拜拜。”

“拜拜。”

常慧慧拿起棒棒糖，放进嘴里，开始认真上班。接下来的很长一段时间，常慧慧又找了一份工作，是在超市里做销售的，上班时间基本都是晚上。白天上学，她穿梭在校园里，也基本不会碰到唐隽。

原来有些人说不想遇见就真的不会遇见，所有的偶遇也许都是故意的。浅浅似乎也察觉到她跟唐隽之间的问题，好几次欲言又止，好几次问她，常慧慧都含糊其辞。其实她也知道，她跟唐隽迟早还要再对上一次。不过今年他们似乎约好了，直到寒假来临，他们也没再见面。

今年她没有留在海城，一放假便提了行李箱回家。家里的超市得开到年二十九，到家后很忙，常慧慧得去超市帮忙，只有晚上有一点点的时间，偏偏超市的阿姨叔叔还有邻居们聊起天来，都会问常慧慧在学校里有没有谈恋爱。

常慧慧一愣，一边上货一边摇头。

“听说上大学不谈恋爱挺遗憾的。”

常慧慧笑着摇头：“是吗？”

“当然。”

常慧慧没再吭声，那位阿姨一边摆货一边说道：“我姐姐的女儿在首都读大学，谈了个研究生男朋友，哎哟，那一天天的，在我们眼前显摆，什么高才生啊什么学霸啊，前途无量啊，还要读博士什么的，听得我耳朵聋。”

常父凑过来，让常慧慧让开一些，他说道：“我要是有个这样的女婿，也会跟人吹牛的，听起来多优秀啊。”

那位阿姨笑着道：“老板，那倒也是哦，高才生啊，谁不喜欢，不过慧慧也不错，慧慧也是高才生哦。”

常父看了常慧慧一眼，说道：“她啊，当初也是被逼着考上去的，海城那样的学校，人才济济，她能顺利毕业就行。”

阿姨点了点头：“那是，不过我姐姐那女儿长得是真好看，听说那个研究生可喜欢她了，过年带着礼物都回来了。”

“是吗？不错哦。”

常慧慧在一旁听着，突然鼻头有些酸，几秒后，她转身就走，她去年还打算今年跟家里人说自己谈恋爱的事情，没想到根本不用开口就夭折了。女生的心思有时也挺虚荣的，研究生算什么？唐隽那才厉害。她心里头越想越难受，干脆回了家里。

父母都在超市，家里也没人，她坐在沙发上拿着遥控器随便地按着，随后她拿起手机，下意识地翻朋友圈列表。唐隽发了一张窗户的照片，上面贴着一个“福”字。

从玻璃倒影可以看到他骨节分明的手指。

常慧慧在点赞上面犹豫了很久，没点下去，但她看到西西点了赞，这下子她彻底放弃了。

就这样，来到大年三十，吃过年夜饭，常慧慧跟父母在沙发上看春晚，朋友圈还有微信群以及微博都热热闹闹的，大家都在祝福彼此。

有时人真的是这样，明明不该去想但还是会控制不住地去想，常慧慧就是这样，最后她点开了唐隽的头像。

常慧慧：新年快乐，唐隽。

几秒后。

唐隽：新年快乐。

随后，两个人便没了下文，常慧慧很想再跟他说点什么，可是犹豫了好久，终究是没有再继续下去。

接着大年初一，一家人在家里聊天，同学群里热火朝天。

常慧慧跟他们聊了一会儿，确定聚会的时间后，常慧慧又看到唐隽的微信头像，她犹豫了几秒，编辑——

常慧慧：你们今年过年会同学聚会吗？

几秒后。

唐隽：有，但我没打算去。

常慧慧：为什么呢？

唐隽：肯定都问东方的事情，还有应浩家的事情，我懒得搭理。

常慧慧：哦，也是。

连她这个“外人”都偶尔会被询问应浩家的事情，更何况是唐隽，接下来的几天，常慧慧时不时地找唐隽聊天，唐隽大多数时候都有回复。就在常慧慧身心愉快的时候，唐隽似乎也察觉到她的来意，发了一条微信给她，彻底地断了她所有的后路。

唐隽：慧慧，那间公寓以后你住吧，我打算毕业前都在宿舍里住。

常慧慧的心一凉，原本仅存的一丝希望破灭，她发信息给他，问他——

常慧慧：非得这样吗？你确定吗？唐隽！
唐隽：我们彼此冷静下吧。

常慧慧瞬间崩溃，她发了很多消息给他，她问他——

常慧慧：怎么冷静？你告诉我，该怎么冷静？
常慧慧：你就是变心了，唐隽，你不要人模人样地装。
常慧慧：你就是喜欢上别人了。你就是。

常慧慧给唐隽发这样的信息，她不停地轰炸他。但他自此没有再回复她，可能是不屑回复吧，准备回海城之前，常慧慧看着自己的一头长发，突然起了念头，她直接去了理发店，将一头长发剪短。

镜子里的人变了样，似乎真的变了……

她留了二十多年的长发如今全部剪掉了，短发也很适合她。

回海城那天，常慧慧其实有点紧张，她是被父母送到高铁站的，上了站后，她一直握着手机，翻来覆去。

此刻，她多么希望出了站口，是唐隽来接，但并不是，来的人是浅浅跟孟媛媛，常慧慧的心宛如被挖了一个巨大的窟窿，她恍然回过神来，哦，他不会来了。

晚上在浅浅家睡，三个人暖在一个被窝里。

常慧慧的心情好了很多，三个女生闹着，直到应浩发来的信息打破了和谐，应浩一如既往地霸道，不让她跟孟媛媛睡在浅浅的床上，她跟孟媛媛无奈地对视一眼，都在翻白眼。

但是翻完了白眼，她的心空落落的，下意识地看了一眼毫无动静的手机，从她下了高铁到现在，他没有发来任何一条信息。

常慧慧跟孟媛媛躺在床上时，她不知自己在想什么，或许是心凉，或许是麻木吧。

很快，便开学了，常慧慧回了宿舍去住，不过宿舍里现在只剩下她跟朱芳，叶岚男朋友大学毕业了，过来海城找了工作，在外面租房子，他们住在一起。

朱芳一直想谈恋爱，但是没谈到恋爱，于是把动力放在学习上，厉害得很。而常慧慧无处可去，无精力可发，便在宿舍里陪着朱芳。

她以前喜欢听八卦，但轮到自己的事情的时候，她也不想多说。

朱芳看了她好几眼欲言又止，最后朱芳拍了拍她的肩膀，说道："加油。"

嗯，加油。

三月初的时候，常慧慧拿着书去学生会找一个同学，在楼梯口匆匆地跟唐隽撞上，她看了唐隽一眼，便收回视线，然后拐上楼梯。

唐隽转头看了她一眼，才发现她已经是短发状态了，涂了车厘子色的口红，有些许的艳丽。

唐隽顿了顿，想问一句，还好吗？他最后想了想，还是沉默，把手插在裤子口袋里，下了台阶。

常慧慧上到三楼，走得太快，书本掉在地上。

"啪"一声，声音超级大。

常慧慧才陡然回过神来，她看着书本，过了许久，弯腰捡了起来，捡起来后，她回头，楼梯空荡荡的，没有他半点身影。

常慧慧抿紧嘴唇，突然觉得日子真的了无生趣。

很快，她们要升大四了，同样的，应浩学长、唐隽、周彦他们都要毕业了。毕业典礼，不上课的同学都去看，浅浅肯定也会去，连朱芳都去凑热闹。

只有常慧慧，坐在图书馆，翻着书，喝着奶茶，一动不动地看着很远很远的地方，那里戴着学士帽的一群人，她收回了视线。

后来，浅浅跟应浩领结婚证，她没有去。

一年后，她们也毕业了。

常慧慧投递了黎城一家食品销售人事部的简历，得到了对方的回复，她被录取了。同时应浩学长跟浅浅的婚礼也安排在这个暑假，浅浅邀请她当伴娘。

常慧慧欣然接受，说道："见证你们走到今天，能当你们的伴娘是我的荣幸。"

孟浅浅满脸通红。

常慧慧抱住孟浅浅："祝福你，你一定要幸福。"

孟浅浅红着眼眶："你也是，要往前走。"

常慧慧："嗯，我会的。"

接下来，常慧慧作为伴娘，也参与到婚礼前期的一些操办当中，八月十二日是孟浅浅跟应浩大婚之日。

这天孟浅浅很紧张，常慧慧能感觉得到，浅浅的姐妹团有很多人。

应浩那边的兄弟团也多，不过只有一部分上来堵门，江枫是带头的那个，简直要把门拆了。常慧慧穿着浅蓝色的伴娘服就差拿扫把把江枫扫出去。

随后应浩顺利地接到浅浅，背着她下楼。常慧慧提着浅浅的小袋子，和孟媛媛走在他们身后，看着被背着的浅浅，她恍然想起了很多画面，到斯格公寓的门口，她站在一旁看着浅浅跟应浩上车，车窗摇上后，媛媛拉着常慧慧说道："慧慧姐，我们去后面的车子吧。"

"好啊。"常慧慧转过身来，踩着高跟鞋往后面的车子走去。

兄弟团的车挺多的，唐隽靠在车旁，他刚刚没有上楼，他今天西装革履的，常慧慧走了几步便跟他对上。

四目相对。

这时，江枫喊道："你们过来这边，快点。"

孟媛媛唾弃："那么快干吗？我们穿高跟鞋耶。"

常慧慧"啧"了一声，拽着孟媛媛说道："确实得快点，你穿高跟鞋行不行？酒店里有平底鞋。"

孟媛媛点头："太好了，我受不了这个鞋子。"

常慧慧笑着拉着孟媛媛上了江枫那辆车，孟媛媛先上，常慧慧后上，她弯腰勾了一下后脚跟，扯了一下止血贴，这才收回了长腿，进了车里。

前面那辆车上，周彦看了一眼常慧慧，随后看了一眼唐隽，他拍了拍唐隽的肩膀："听说常慧慧不留在海城。"

唐隽"嗯"了一声，他打开车门，上车前，隐隐约约看到常慧慧收回的白皙长腿。

他弯腰坐进车里，抬手抓了抓脖颈跟头发，说道："这段时间忙得颈椎病都出来了。"

周彦"啧"了一声："一样。"

唐隽握上方向盘，启动车子。身后那辆车比他先开，从他身侧开过，唐隽漫不经心地一转头，便看到常慧慧在后座里，拆了一颗薄荷糖放进嘴里，她的睫毛很长，把糖放进嘴里后还舔了一下嘴角。

唐隽看了几秒，收回视线。

婚礼顺利完成。

大家在酒店狂欢，新郎、新娘不在，KTV、酒吧、泳池都挤满了人。常慧慧没有参与，她收拾收拾便离开了酒店。

又过了两天，常慧慧起程回了黎城，她经过一个星期的培训，成功上岗。

时光飞逝，三年后。

一辆从海城的航班飞往了黎城。

常慧慧并没有一直在人事部上班，半年后她就转做销售，销售这个职业对她来说很适合，她这一干就是两年半。两年半后她升职，成了黎城的销售总监。

这天有个客户要来看产品，常慧慧一早便开车去机场接人，初夏的黎城温度很高，常慧慧穿着一件黑色的露肩上衣和一条西装长裤，戴着墨镜，踩着高跟鞋站在机场出口处，身后是东方今年最新款的梦想者 SUV，这款车型很高大，也很帅气。

常慧慧站在车旁多少称得身材高挑。

她抱着手臂看着腕表，又看了一眼机场，那位客户迟迟不出来。而远处却往外走来一行人，带头的男人穿着白色衬衫跟长裤，身后跟着三个男生，因为长相出众，所以不少目光扫向他们。

常慧慧又看了一眼腕表，时间过去二十分钟了，那个客户依旧没来，她抱着手臂往前走了几步，想要略过那四个男人往后看，不经意间，对上了那男人的眼眸。

四目相对。

常慧慧愣了一秒。

唐隽没有戴墨镜，他只是看着她，几秒后，他已经近在咫尺。

常慧慧的手臂慢慢地垂放，透过墨镜，唐隽眉梢锋利了一些，这些年，她也不是完全没有他的消息。

东方上市，他被采访，在电视上见过一面。

他们的微信没有互相屏蔽，她偶尔也能刷到他发的朋友圈，只不过那是私人号码。常慧慧如今为了工作，更多的是使用工作号码，哪怕是朋友圈发个牢骚，也是在工作号上，屏蔽了客户跟老板才发。

三年时间，确实挺长，她对他很陌生。

“在等人？”唐隽出声，他的声音还是一如既往的温和，当然声音也还是好听的。

常慧慧笑了一下，取下墨镜，睫毛很长，扇动了一下，她说：“是啊，等一个客户，好巧啊，你来黎城出差吗？”

常慧慧很喜欢穿裤装，她身材本就适合，此时的她看着干净利落，很好看。

唐隽点头道：“嗯，东方在这边开了一个研发室，我过来看看。”

“开在哪里？”常慧慧好奇地问道，“怎么没听浅浅说？”

唐隽看着她的眼睛，说道：“刚弄好，有空过来玩。”

常慧慧："好啊。"

说完，不远处，客户带着秘书，拖着行李，有些笨重地朝这边走过来，常慧慧微微侧身看过去，跟客户的视线对上，她收回视线看了一眼唐隽，笑道："我要接的人来了，有空微信联系。"

唐隽："好。"

话音刚落，她已经踩着高跟鞋朝后面走去，客户笑着道："常总监，不好意思啊，刚刚拿行李的时候出了点儿意外，久等了吧？"

"不会，时间刚好。"常慧慧含笑上前，说道，"吃早餐了吗？"

"吃了。"

常慧慧接着道："那我们直接去公司。"

"好啊。"

短短交谈过后，常慧慧踩着高跟鞋转身，带着客户跟他的秘书朝车子走去。她并没有跟唐隽再对视。

在她身后也停了另外一辆东方梦想者，七座的 SUV。唐隽的助理开了车门，唐隽来到车旁，下意识地回头看了一眼身材高挑的女人。她笑意盈盈，干净利落，眉梢带着几分从容，当然最值得惊叹的还有她的身材，非常高挑。她皮肤也很白皙，在新妆容的修饰下，也显得她成熟了很多。

给他开门的助理跟着他的视线看了一眼，说道："唐总，她是总裁的闺密吧，我见过一次。"

唐隽收回了视线："嗯，是的。"

他弯腰上了车，上车后，车门关上。

前面那辆东方梦想者也开了车门，客人跟秘书上车，常慧慧关上车门，拿了墨镜戴上，绕过车尾去那边开车。唐隽抬头，看到她拐过去的身影。

不一会儿，前面的梦想者启动，身后的也紧跟着启动，两辆车一前一后地离开机场。

他们的方向不同。

常慧慧很快掉头，唐隽那辆车则开的直线。

就这么一弯一直变成了两条反方向的路。

这个客户在丰市有十几家无人超市，打算跟常慧慧的公司合作，常慧慧直接带着客户回了公司。

刚一下车，常慧慧的助理就从台阶上下来，帮忙提行李，然后说道：“姐，这车也太帅了吧！老板对你真大方啊。”

常慧慧拍拍袖子，说道：“那是，也不看看这车是谁造的。”

“知道知道，你闺密公司的车嘛。”助理笑嘻嘻的，这车当然也不是常慧慧的，价格那么贵，常慧慧目前还买不起，当然浅浅也有说要送给常慧慧，但是常慧慧想要自力更生，没打算要。

不过，她的老板倒是买了。今天很重视这个客户，于是让她开去接人。

进了公司后，他们坐下来谈，老板也亲自出马，谈得很顺利，他们当场就签了合同。

中午出门找了一家挺不错的餐厅请客户跟他秘书吃饭，这家餐厅是一家中式餐厅。常慧慧拿着卡先挂老板的账，然后让助理带着客户跟秘书进去，她签好名字，拿起一颗薄荷糖拆了放进嘴里吃，“咔嚓咔嚓”地咬着，一回身，便看到那边靠窗的餐桌，唐隽放下菜单看了过来。

四目再次对上。

唐隽安静地看了她几秒，常慧慧也是一愣，随即她朝他微微一笑，点个头，随后咀嚼着薄荷糖，脚跟一旋往里面的包厢走去。

她走在长长的走廊上，神思飘了几秒，又恍然清醒。

门推开后，她走了进去，脸上带笑，很有感染力。她招呼客户点菜，并表示等一下要开车，不能喝酒。客户倒也没勉强。

一顿饭吃完已是一个多小时后。

一点半左右，客户有些醉了，他的秘书扶着他，小助理把账单递给常慧慧，常慧慧接过来，顺手放到收银台上，说道：“挂章总的账。”

“好的。”

收银员拿走账单后，常慧慧直接朝门口走去，她一把推开门，外面的热气扑面而来，好在门口还有些凉气。门口站着一个高大的男人，把手插在裤子口袋里，看着不远处的停车场。

常慧慧走出去，便跟他碰上了。

唐隽转头。

常慧慧顿了顿，高跟鞋站稳，看着他狭长的眼眸，她说道："好巧啊。"

唐隽笑了笑，说道："是很巧。"

常慧慧从包里拿出手机，看了一眼时间，说道："我先走了。"

唐隽听着点了点头，没有再出声。

常慧慧走下台阶，按了下手机，黑色的梦想者就启动无人驾驶朝这边开来，常慧慧拉开车门，上车，车里弥漫着淡淡的酒气。她又拆了一颗薄荷糖，放进嘴里。

小助理坐在副驾驶位上，她往外看了一眼，"咦"了一声："常总监，那个男的好帅，他好像是东方创始人之一？"

常慧慧抬手整理了一下车上的摆设，随意地道："是。"

"那你认识他吗？"小助理好奇得很。

常慧慧转头看去，轻描淡写地看着门口那男人，唐隽正好也看过来，视线再次撞上，炎炎夏日，常慧慧觉得他的眼眸有些深，三年过去了，谁都会变，他变得更成熟了。

常慧慧含着笑意，对助理说："认识，以前都是同学，只是这几年不怎么联系而已。"说完，她启动车子。

助理兴奋地侧过身子，问道："真的同学啊？天啊，据说有很多人在追他，东方三个初创人员都很帅哦。"

常慧慧屈指敲了一下助理的头："少做梦，多做事。"

随后，车子转弯，开了出去。

另外一辆梦想者这才缓缓地开到唐隽的跟前，车型高大，挡住了唐隽的所有视线，唐隽隐约记得他看常慧慧最后一眼时，她屈起的手指，白皙纤细，还涂着浅粉色的指甲。

助理开了车门，唐隽弯腰上车，他点开车里的平板，随意地滑动。

私人微信暴露出来，他看了许久，才点进通信录里。

把客户和他的秘书送到酒店午休，常慧慧也回了公司午休，下午又带客户去了自家仓库，这一整天忙下来，常慧慧脚不沾地，晚上回到家里，父母都还没回来，她洗漱完进房间里休息、看剧。

看剧是她解压的方式，她一边看还一边刷微博，甚至点开了许久没点开的私人微信。

“嘀嘀”，最上面有一条新的微信。

常慧慧滑动，往上一看，是一个熟悉而又陌生的头像，但是名字她很熟悉。

唐隽。

常慧慧顿了顿，点了进去。

唐隽：明天有空吗？过来看看东方的研发室？

常慧慧看着空荡荡的聊天框，只有这句话，她没有特意删除之前两个人的聊天记录，但是不知道在哪一天就没了，或许是更新系统的时候，或许是换手机的时候，记不清了。

他发来的这条微信是下午发的，他的邀请有点突兀，但也还好。

常慧慧：明天什么时间？在哪儿呢？你把地址发我吧。

十分钟后，唐隽分享了一个地址过来。

常慧慧一看，好家伙，在黎城金融中心区，那里很贵，看来东方真的是越来越好了。她回复了一个好字，随后丢开了手机，继续看剧。

晚上十一点半，父母从外面回来了，进门就唠叨常慧慧。

常慧慧赶紧关了平板电脑，躺下休息。

母亲回身跟常父说：“又跟我虚与委蛇，她以为躲得过初一就躲得过十五吗？”

常父笑道：“躲不过你这只母老虎。”

母亲：“你……”

隔天一早，常慧慧洗漱完，吃完早餐，在母亲的唠叨下出门，随后带客户去了另外一个仓库，下午重新调整了合同，时间差不多了又把客户送到机场，目送他登机后，常慧慧看了一眼时间，让小助理把车开回去，她自己搭车去了市中心。

东方最新的研发室在腾飞大厦二楼，常慧慧跟前台报备后，上了楼，电梯门一开，极具科技感的研发室纳入眼底，室内全是科技感十足的银色、蓝色，常慧慧看着有点眩晕，她走出电梯，地板上都能印出她的人影。

唐隽穿着白色大褂从里面走出来，把手插在大褂外套口袋，含笑道：“来了。”

常慧慧看向他，说道：“我穿高跟鞋不怕戳破你们的地板吧？”

唐隽挑起眉毛，用指尖挠了一下眉心：“不会，你没那么重。”

常慧慧翻了个白眼：“也有一百斤。”

“哦？体重刚好，进来吧。”唐隽眉梢带着笑意，侧了下身子，邀请。

常慧慧往前走，跟上他的脚步，左右看着现场的小型机器人，唐隽看着她的侧脸，说道：“这边主要跟江氏、周氏、许氏合作，除了无人驾驶更多的还有一些医疗。”

常慧慧惊叹：“黎城三大家族啊。”

唐隽推开一间研发室的门，说道：“是的，资本入局，东方会发展得更快，而且这三个集团是应浩千挑万选的。”

常慧慧：“听说他们都很厉害，不过像我们这种小老百姓是没机会见到的。”

唐隽轻笑，她还是跟过去那样可爱。

研发室里的各种机器人看得常慧慧眼花缭乱，她很喜欢这些。

唐隽靠在白色的桌子旁看着她，问道：“你觉得这里好吗？”

常慧慧：“当然了。”

唐隽点了点头道：“我会在黎城这边待半年，需要等这边稳定后再走。”

常慧慧听罢，继续点头：“嗯。”

她“嗯”完了继续跟机器人玩，偶尔抬起头问唐隽，唐隽会给她解答，常慧慧扎了个丸子头，一些零碎的头发垂落在脖颈处，露肩的上衣露出白皙的肩膀，那些零碎的头发像在她肩膀上跳舞。

唐隽看着看着，有些回忆浮了上来，令他收回了视线。

屋子里很安静，但又有机器人的声音。

半个小时后，唐隽看了一眼腕表，随后站直身子，说道："晚上，我们一起吃……"

话还没说完，常慧慧的手机便响了起来，一首英文歌《情爱》，唐隽一顿，他听着这首歌，看着她接了电话。

常慧慧站直身子，"喂"了一声。

那头不知说了什么，常慧慧说道："好的好的。"

她挂断电话，看着唐隽，笑道："时间不早了，下次我们再一起吃饭吧，我男朋友来接我了。"

唐隽一愣，他盯着她，一时竟不知问些什么。

常慧慧却继续道："我先走啦，拜拜。"说着，她一把拉开门，朝电梯走去。

唐隽看着门晃动，而高跟鞋已经渐渐走远。

许久，唐隽拿起遥控器，点开了身后的屏幕。

常慧慧的身影走出大厦，一辆银色的东方挚爱停在门口，常慧慧弯腰坐进副驾驶位里，驾驶位上的男人看不到长相，他伸手拿了一颗薄荷糖给常慧慧。

她接了。

车子开走，屏幕一暗。

唐隽用指尖紧捏遥控器，一声不吭。

这场再遇，来不及了。

番外三

无　可　挽　回

接过薄荷糖，常慧慧笑道："谢谢章总。"

章辛耀看她一眼，笑了笑："常总监难得请我帮忙，不必客气。"

常慧慧拆开糖纸，放进嘴里，也笑了笑。

她看着非常干练，眉宇间少了少女的甜美，多了一丝女性的性感。章辛耀转动着方向盘，偶尔余光会扫她一眼："家里催婚吗？"

常慧慧叹口气："会。"

章辛耀："正常的。"

"我们家有点丧心病狂了。"

章辛耀一笑："听起来我家比较好。"

常慧慧舌尖抵着薄荷糖，转头道："章总买这车该不会是为了对付你父母吧？"

章辛耀摇头："我就喜欢这车的设计理念。"

常慧慧笑道："嗯，挚爱。像我闺蜜跟她老公一样。"

章辛耀挑眉："你闺蜜不就是东方挚爱的原型人物吗？"

常慧慧哈哈笑起来，她一脸骄傲。

章辛耀偏头看她一眼，唇角也跟着微微勾了起来。

两个人只约定了帮忙，并没有一起吃晚饭这一环节，章辛耀便把常慧慧送回了家。

车快到小区，常慧慧立即叫停，章辛耀微微刹车，不解地看她。

常慧慧一笑，说道："章总在公交车站放我下来就行，我们家房子距离小区大门太近，我怕……"

她讪笑。

章辛耀福至心灵，瞬间明白，他好笑地把车开到公交车站，缓缓停下：“行，你的心情我懂，那这几步路就辛苦你走过去了。”

“章总仁义。”常慧慧抱拳，“下回请你吃饭。”

关上门，高挑的身影朝小区走去。

章辛耀没立即开走，坐在车里，静静地看着，直到她进了小区大门，东方挚爱这才启动。

脱鞋进门。

常慧慧就闻到了菜香，她探头看向厨房：“妈，我回来了？”

常母放下手里的望远镜，掐着腰回身看她，上下打量，随后高冷地“嗯”了一声。常慧慧觉得母亲行为有点奇怪，但她没在意，吃过晚饭，洗完澡，她回了房间，靠着床头刷手机。

“滴滴”，手机一响。

她指尖一顿，点进去一看。

唐隽：吃完饭了？

常慧慧沉默，她没回。

唐隽：下回介绍你男朋友给我认识吧。

常慧慧一看，脸色微变，她坐直身子，把这个截图给孟浅浅。

常慧慧：他的脸呢？

孟浅浅：……

孟浅浅：黎城那边是他申请过去的。

常慧慧：然后呢？

孟浅浅：你觉得然后呢？

常慧慧心里冷笑，冷笑过后，她直接回复了唐隽。

常慧慧：他很忙的，见他需要预约。

唐隽：没事，我等着。

常慧慧拳头拧紧，问题是她去哪里找个男朋友？

抓着头发犹豫了好久，常慧慧最后还是敲开了章辛耀的微信头像，她咬着指头斟酌，想了又想。

许久，她编辑——

常慧慧：章总，最近有空吗？再帮我一个忙。

章辛耀：你说。

常慧慧：见个人，前男友。

章辛耀：行啊。

常慧慧：章总，大恩不言谢，欠你两顿饭。

三天后。

章辛耀开车接上常慧慧，常慧慧抓抓头发，讪笑着看着他，章辛耀上下打量她这身红色裙子："不错，挺好看。"

常慧慧扣了安全带："章总别取笑我了。"

章辛耀笑了笑，启动车子："前男友叫什么名字，先说说，我好有个底。"

"唐隽。东方的副总裁。"

章辛耀诧异地看向她："这等身价还让他成为前男友？"

常慧慧："我是那种为钱的人吗？"

章辛耀轻笑着摇头："那不是。"

车子抵达了餐厅，常慧慧便看到唐隽穿着黑色上衣跟长裤站在门口，他的眉眼宛如大学时期，但似乎又复杂了许多，他走到一旁，静静地看着这边，看着他们这辆车。

章辛耀看常慧慧一眼，常慧慧神色淡定。

两个人一同下车，常慧慧走过去，挽住章辛耀的手臂，章辛耀垂眸看她手臂一眼。

唐隽的目光也扫了她手臂一眼，许久，他拉开了门，道："进来吧，等会儿要下雨。"

常慧慧"嗯"了一声，跟章辛耀走上台阶。

唐隽手插在裤袋里，定定地看着她，看她从身边走过，也看到她身侧男人看过来的一眼。

眼眸在空中对上，无声硝烟。

章辛耀微微一笑，带着她进了门。

留他一人停在原地，不知在想什么。

许久。

唐隽才迈了长腿，走了进去，落座在常慧慧跟章辛耀的对面。

常慧慧介绍："章辛耀，我男朋友。唐隽，东方副总裁。"

唐隽伸手："你好。"

"你好。"章辛耀回握。

唐隽看着章辛耀，微微一笑："她漏说一句，我是她前男友。"

常慧慧倒茶的手一抖。

章辛耀看她一眼，回唐隽："知道，她已经提前跟我说了，就是怕我胡乱猜测。"

唐隽一听，舌尖掠过内颊："是吗？"他看向常慧慧，"越来越体贴了。"

常慧慧也看着他，笑得有些皎洁："一直都那么体贴。"

其实不是的，以前太不体贴了，他不爱她没有察觉，也不愿意分手，还去打扰他。

她笑得很好看，唐隽唇角的笑却淡了很多，他挪开视线，招手让服务员过来点餐，他在试图点常慧慧喜欢的菜色。

章辛耀三言两语则改了几样菜，他说："慧慧晚上要吃营养一些，维持体重不容易。"

常慧慧"呀"了一声："对，不吃太多肥腻的，还是你懂我。"

章辛耀一笑，看她好几眼。

唐隽靠着椅背，一声不吭。

服务员划掉了他刚才点的菜。

这顿饭，平静无波，他们彼此都很淡定。

常慧慧跟章辛耀虽谈不上很亲密，但他们彼此对对方的了解，却已胜过了唐隽和常慧慧。

也令唐隽看清了一个事实。

时间，是一把利器，杀光了你以为你还记得的那些回忆。

饭后。

常慧慧挽住章辛耀的手起身，说道："唐总，谢谢你请客，以后有机会我跟阿耀会回请你的。"

唐隽沉默地看着她。

常慧慧朝他点点头，跟章辛耀离开了座位。她从他身边走过，手腕就近在眼前，唐隽静静地盯着，忍住了握住的冲动。

许久。

窗外车子已经开走了，餐厅里人声涌动，唐隽这才起身，走向门口。

推开门，外面淅淅沥沥的——下雨了。

他拿起手机，给常慧慧发微信。

唐隽：他爱你吗？

常慧慧：比你爱，便足够了。

唐隽：你跟他什么时候结婚？

常慧慧：不久的将来。

常慧慧：唐隽，人要往前走，过去的日子，想起来都觉得腻。

唐隽没有撑伞，走入了雨中。

他手中的手机，被他紧紧掐着。

没过多久。

大约半年后，唐隽收到了一张喜帖。

新娘是常慧慧，新郎却不是章辛耀，是另一个男人。

唐隽回忆起来，才发现，她那时在骗他，她跟章辛耀根本不是男女朋友。他走到玻璃窗前，看着下面流动的车辆。

他眼眸又深，又冷，又疯狂。

结婚对吗？

好啊。

番外四

东 方 挚 爱

孩子的名字最后是孟浅浅取的，取为谦字——孟谦，寓意为谦虚有礼，斯文待人。

应浩听罢，挑了眉梢："斯文待人？"

孟浅浅点头。

应浩扯唇："你更喜欢斯文的男人吗？"

孟浅浅愣了一秒，随即道："斯文有什么不好？"

应浩今日穿着一身黑色的衬衫跟长裤，领口微敞，头发抓了起来，眉骨锋利，浑身上下散发着一股散漫、不羁，根本跟斯文搭不上边。他指着自己，看着自家老婆道："你觉得我斯文吗？"

孟浅浅一顿，她仰头，仔细看着应浩。

从以前，他就没斯文过，就是一坏男生。

她摇头。

应浩手插在裤袋看着她怀里的儿子："那我儿子要那么斯文做什么？你希望他像谁？嗯？"

他那语气到最后泛着酸。

孟浅浅又愣了一秒，很快，她反应过来，她拢了拢儿子的衣服，道："这都能吃醋……"

应浩：……

应浩的外公外婆年纪已大，虽然他们也想帮他们带小孩，但是孟浅浅心疼两位老人家，所以在权衡利弊以后，她决定自己带小孩。

应浩反对过。

她则很坚决，她觉得家庭的教育非常重要。孟啸就是在一个失败的家庭教育中成长的，最后长成了一个废人。她要亲自看着孟谦长大成人，并且成为一个优秀的人。

出了月子后，孟浅浅就去东方辞职。

孟媛媛打电话给她，骂道："姐姐，你傻不傻，你在家带孩子，久了成为黄脸婆，以后跟姐夫的关系会越来越差的。"

孟浅浅看了一眼正在开会的应浩，他支着下颌，掀起眼眸看她一眼，随即他眯眼，示意她去办公室里等他。

孟浅浅唇角勾了一下，踩着高跟鞋旋身朝他办公室走去，随后回孟媛媛的话，道："以后的事情，以后再说。"

"姐姐，你太傻了！姐夫有颜有钱……"

孟浅浅笑了笑："谁说在家里带小孩就会成为黄脸婆？"

孟媛媛："大部分都这样啊，难道还会有例外吗？"

孟浅浅："当然有。"

一只大手从身后伸过来，扣住她的腰，应浩低着嗓音问道："谁呢？骂我老婆是黄脸婆？"

孟媛媛："告辞。挂了。"

"嘟嘟嘟"——忙音传来。

孟浅浅放下手机。

应浩的另一只手也跟上来，交握在她腰上，把她整个人扣在怀里，他问道："交接完了？"

孟浅浅："嗯。"

应浩："不后悔？"

孟浅浅："不会。"

"你不在公司盯着我，不怕我乱来？"

孟浅浅一顿，顿时想起很多年前的林飘。应浩偏头看她，见她沉默，突地抬手捏住她下巴："不许乱想。"

孟浅浅回神，瞟他一眼。

应浩看她这样，就知道她想到什么，他说："这么多年，你对我还不够信任，那就用一辈子证明吧。"

孟浅浅："啧。"

接下来，孟浅浅开始了宝妈的生活，说是宝妈，实际上应浩安排了两个保姆，林筱雅搬到了隔壁的别墅，串门只需要走个小门，外公外婆也帮着带孩子，孟浅浅除了喂喂奶，基本上很多事情都不需要她做。

应浩每天准时回家，如果太忙了，也会打电话回来。每天干了些什么，都事无巨细地跟孟浅浅报备，连去开个商务座谈，他都让秘书录了一小段视频过来。

孟媛媛嘴里塞着苹果，看了一眼那段视频，"啧啧"几声："姐夫这是干吗呢？报备行踪啊。"

孟浅浅："是啊。"

孟媛媛"切"了一声："我倒要看看姐夫能维持多久。"

这一维持，就是两年，孟谦已经会走路会说话了。应浩说今天回来吃饭，信息刚发到孟浅浅的手里，门口就传来了车声，紧接着高大的男人走了进来，应浩脱下外套，弯腰抱起在地上走的儿子。

他朝孟浅浅走了过来。

孟媛媛看了一眼孟浅浅的手机页面，姐夫才刚给姐姐发了信息说要回来吃饭，这会儿人就到家了。孟媛媛撑着下巴，心想，还真的维持了这么久。

应浩低头亲了下孟浅浅的眉心。

孟浅浅淡淡一笑，她这两年养胖了些，更白了，眉宇间全是女人味，应浩眼底火花跳跃，碍于人多，压了回去。

孟浅浅抬手，给他解着领带，问道："明天要去京市？"

应浩单手握了握她的手："嗯。"

孟谦在他怀里打哈欠。

应浩："他下午没睡？"

"没有，精神亢奋。"

应浩扫了一眼儿子："不睡长不高的。"

孟谦眨了眨眼："不会哒。"

全家人全笑了起来。

吃过晚饭，一家人在客厅看了一会儿电视，孟浅浅就抱着孟谦上楼洗澡，应浩解着领带跟进来，抱着手臂靠在门上。

孟谦很乖巧，洗澡时不闹，舒舒服服地躺着。

应浩气笑："这么会享受。"

孟浅浅唇角含笑："他很喜欢泡澡。"

应浩看着她颊边的发丝，他眼眸微深，从口袋里拿出手机，"咔嚓"拍了四五张她的相片。

他保存好，随后发了一条朋友圈——

应浩：有妻如此，夫复何求。

周彦点了赞。

唐隽：浅浅越来越漂亮了。

孟媛媛：不得不承认，我姐姐真的漂亮。

江枫：越来越女神了！哪儿像黄脸婆！

周乔：还行吧，我们家浅浅就算当全职妈妈，那也是最漂亮的全职妈妈。

何况孟浅浅这样子完全看不出为生活操劳的样子，她身材窈窕，白白嫩嫩，眉眼漂亮到夺目。

周乔总算跟应浩和解了，他对孟浅浅确实很好。

看到周彦点赞，应浩冷哼一声。孟浅浅正好把孟谦抱起来，应浩回身拿过保姆递来的大毛巾，上前把毛巾搭在孟谦身上，从孟浅浅手里接过他，抱着出去，把孩子递给保姆。

孟浅浅额头出了汗，她抬起袖子擦拭。

应浩回身便看到她在擦脸，而领口被汗给打湿了，若隐若现。应浩上前，一把勾住她的腰，往他怀里按去。

孟浅浅反射性地撑着他的肩膀，她头发飘散："应浩——"

应浩堵住她的红唇，长腿一钩，把门关上。

孟浅浅满脸飞霞，他解着皮带，她脸更红。

不一会儿，两个人气喘吁吁。

隔天一早，孟浅浅还没起床，应浩小心翼翼地推开了门，拉着行李箱，上了门口的东方挚爱。

孟浅浅醒来时，应浩还在飞机上，她收拾好自己，就下了楼。

孟媛媛咬着油条，看着自家姐姐，皮肤白皙，还泛着红。

两年前，她还担心姐姐在家当了全职妈妈以后，跟姐夫会产生矛盾，谁知道，都是她多虑了。姐姐如今更美了，姐夫也很疼她，足够了。

这次应浩出差要半个月左右，他再忙睡前都会给孟浅浅发视频，看看她也看看儿子。

这一天，距离应浩回来有四天左右。可半夜，东方挚爱的所有系统全部瘫痪，警笛声响起，东方挚爱系统出事的事情上了热搜。

交通也跟着瘫痪，车主们不得不紧急转用安全系统，逼迫车子停车。而此时，唐隽跟周彦也不在海城，华星乱成一团。

应浩打了一个电话过来："老婆，去公司。"

孟浅浅愣了一秒，立即起身，取下外套穿上，叫来保姆看着孟谦，随后她下楼。秘书已经等在门口了。

上了车。

孟浅浅问道："什么情况？"

秘书开着车，说道："我们的系统是被攻击的。"

孟浅浅："是因为这次合作的事情吗？"

秘书"嗯"了一声。

孟浅浅不再问，这次跟京市的闻家合作，怕是动了某些人的奶酪。抵达华星，江枫看到孟浅浅来了，眼睛一亮，像看到救命稻草一般。

华星此时灯火通明，几位股东也来了，看到孟浅浅时说道："你能不能行？你在家里都两年了。”

几位股东又是那副样子，孟浅浅没搭理，她推开办公室，让秘书安排人开会。

会上，孟浅浅说：“首先得联系所有东方挚爱的车主，随后启动公关，让热搜不要发酵下去。第二步官方要亲自出来解释，这个解释的人除了我没别的人选。第三步要升级安全系统软件，来确保所有车主的车子不遭受损毁、保护车主们的隐私。第四步配合交通部门处理这次产生的事故并对车主进行赔偿。

虽然孟浅浅休息了两年，但这些处理方法完全不需要她再思考，她脱口便出。

整个华星松了一口气，所有人宛如有了定心骨一般。

开完会，孟浅浅进入直播间，面向所有车主解释这次故障。

叫嚣着的车主看到东方挚爱的主人出现，安静了几秒。

孟浅浅两手交握在胸前，对着镜头鞠躬，她眉眼柔和，温柔可人，她轻声道：“很抱歉发生这种事情，华星以及东方一直以来致力于做安全又漂亮的车子，所有系统都是我丈夫一手建立的，这几年，从单个系统到双系统也是为了应对有可能发生的任何意外。面对今天这场意外，我们华星跟东方不会推卸任何责任，事故发生原因也一定会查清楚，所有车主都可在东方 APP 上收到解释，后续赔偿换车会有专人跟各位车主联系。”她直直地看着镜头，说道，“东方挚爱是以爱为生的产品，这次事故，不会打倒我们心中的爱。感谢大家的宽容与支持。”

话音落下，页面依旧安静。

许久，才慢慢地有车主表示愿意等待解释。

有了一位车主的支持后，其他的车主也慢慢地跟上，叫嚣的声音总算缓和些了。孟浅浅离开镜头后，其他人全松了一口气。

这一夜，华星灯火通明。

孟浅浅不能走，她需要在这里坐镇。

外头天色渐渐亮起来，灰蒙蒙的天空被划破，透出了一丝金光。

孟浅浅揉着额头，端起咖啡，便看到了推门进来的应浩，他手臂上挽着外套，发丝凌乱。

夫妻俩四目相对，应浩轻抓了一下头发，便大步朝她走来，俯身撑着桌子，亲吻她的眉心：“老婆，辛苦了。”

孟浅浅轻轻一笑，放下咖啡，钩住他的脖颈：“你回来就好。”

我们都需要你。

（全文完）